한국의 극장과 극장 문화

문화동력

지식과교양

| 머리말 |

극장을 중심으로 모인 입장들

몇 해 전, 개인 저서를 정리하는 과정에서 문득, '극장'이라는 화두를 더 이상 미룰 수 없다는 생각을 하게 되었다. 공연예술의 분야는 다양하고 관련 세부는 헤아릴 수 없다고 하지만, '극장'의 중요성과 필요성은 그 어떤 분야나 세부보다 그 중요성에서 뒤진다고 할 수 없을 것이다. 그런데 근대 이후의 공연예술 관련 연구에서 극장은 생각보다 소홀하게 다루어졌다. 뒤늦게 문제를 깨닫고 이를 보완하려는 이들이 나타났지만, 아직은 그 속도와 숫자가 미약한 것임에 분명하다. 이 점은 하루빨리 시정되어야 할 사안이 아닐 수 없다.

이러한 생각을 하며 주위를 돌아보면, 아름아름 극장 연구의 필요성에 눈을 뜨고 관련 연구를 수행하는 학자들과 세미나 팀을 만날 수 있을 것이다. 그들은 머리를 맞대고 이 문제를 해결하기 위해서 여간 열심히 아니다. 평소 세미나를 즐기지 않는 나로서는, 여러 사람들의 의견을 모으는 일, 즉 상대방의 의견(견해)을 듣고 상호 소통하는 일을 어떻게 할 수 있을까 고민하게 되었다. 분명 세미나는 남의 의견을

들고 자신의 의견을 접합시키는 점에서 큰 미덕을 가지고 있기 때문
이다.

　고민 끝에 극장에 대한 다양한 생각을 모은 한 권의 공동저술을 생
각해 내었다. 극장 연구를 위해 뒤를 따르는 후학에게도 도움이 될 수
있을 뿐만 아니라, 그 동안 읽고 정리했던 극장사의 흐름을 대략적으
로나마 확인할 수 있는 자리가 될 수 있을 것 같았기 때문이다. 구구절
절하게 설명하지는 않았지만, 이 책에 자신의 원고(연구)를 기꺼이 보
내주신 선생님들도 이러한 생각에 동의한 것으로 볼 수 있다. 머리 숙
여 감사드린다. 이 책이 한 정리자의 시각에 의해 편저의 형태로 출간
되었지만, 함께 자리를 연구자들은 공동 집필자이자 보이지 않는 세
미나를 함께 하는 구성원이라고, 적어도 나는, 생각한다. 이러한 나의
생각이 세상과 동료들 그리고 공동 저술자들에게 오해 없이 수용되기
를 희망한다.

　『한국의 극장과 극장 문화』는 그 동안 극장 연구의 다양한 시각과,
기원과 흐름에 대한 논의를 동시에 포괄하고자 했다. 하지만 그 과정
에서 몇 개의 논문을 함께 하지 못한 점은 아쉬운 점이다. 필자들 중에
갑자기 연락이 되지 않거나, 개인적인 이유로 고사한 경우가 그러한
데, 눈 밝은 이들에게 그것은 이 책의 흠으로 지적될 수 있을 것이다.

그 책임은 편(저)자인 내가 지기로 한다. 다양한 분야에서 하나의 주제를 중심에서 관련 연구를 진행하고, 그 결과를 공유할 수 있다는 점은 학문을 하는 이들의 몇 안 되는 즐거움일 것이다. 그 즐거움을 누릴 수 있는 작업이었다.

　노문숙 선생님과 김규리 학생은 이 책을 준비하는 과정에서, 그리고 원고를 수합하고 정리하는 과정에서 큰 도움을 주었다. 깊이 감사드린다.

2019년 6월 4일

김남석이 공저자들을 대표하여 이 책을 엮으며

| 목차 |

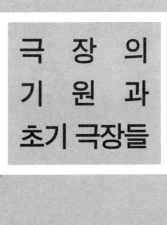

1

극 장 의
기 원 과
초기 극장들

'협률사' 설립과 종합적 연행물의 생성

김재석

1. '협률사' 재검토

한국의 근대전환기극을 다룰 때 '협률사'(協律社)[1]를 빠뜨릴 수가 없다. 한국 연극사상 최초의 실내극장이면서, 한편으로는 기획 공연이라는 새로운 공연방식을 도입한 주체이기 때문이다. 1902년에 이루어진 첫 공연 〈소춘대유희(笑春臺遊戲)〉를 위시하여, 협률사에서 이루어졌던 공연 모두가 근대전환기의 새로운 연극을 창출하는데 밑거름이 된 실험의 가치를 지니고 있다 하여도 과언은 아니겠다. 더 나아가, 근대전환기에 활발하게 전개되었던 고전극의 해체와 새로운 공연양

---

[1] 극장 '협률사'와 '원각사'는 동일 건물이기 때문에 서술에 있어 혼란이 생기기 쉽다. 후대의 증언에서도 그러한 점들이 발견되는데, 이것을 방지하기 위하여 이 책에서는 이인직이 극장 운영에 참여한 1908년 이후에는 '원각사'로 지칭하고, 그 이전은 '협률사'로 부르기로 한다.

식의 탄생, 연극개량론[2]의 급속한 확산, 그리고 일본 신파극의 유입 · 정착의 과정을 올바르게 파악하기 위해서는 협률사를 반드시 통과하여야 한다.

그럼에도 불구하고 협률사에 관한 많은 부분이 아직 제대로 밝혀지지 않은 상태에 있다는 사실이 안타깝다. 극장 협률사에 대한 실증적 자료가 제대로 남아 있지 않기 때문에 연구가 벽에 부딪혀 있는 것이다. 겨우 이데 쇼우이치(井手正一)의 『한국병합기념첩』[3]에 실려 있는 사진을 통해 협률사의 외관만 확인할 수 있을 뿐이지, 극장의 내부 모습이나 공연 광경을 보여주는 사진은 확보하지 못하고 있다.[4] 그 외에도 극장 건축과 운영에 직접 참여한 인물들의 기록일지처럼 협률사를 이해하는데 꼭 필요한 자료들이 현재까지 전혀 발견되지 않고 있다. 『황성신문』이나 『대한매일신보』 같은 당대 신문의 기사들, 김재철의

---

2) 연극개량론은 근대전환기의 연극에 대해 비평적 관점에서 언급한 글을 총칭하는 용어이다. 주로 신문에서 논설이나 언단(言壇)의 형식으로 발표되었다. 연극 비평의 개념이 확립되기 이전이므로, 글쓴이의 주관이 많이 개입되었다고 여겨지는 기사들도 일부 포함한다.

3) 井手正一, 『韓國倂合紀念帖』, 東京 : 駸駸社, 1910. 이 책은 상하권이 합철되어 있으며, 상권은 한국의 제반 여건에 대한 설명이 있고, 하권에는 사진들이 실려 있으며 면수가 따로 붙어 있지 않다. 동일한 책이 저자를 따로 밝히지 않은 채 東京의 啓文社에서 1911년에 간행되었는데, 그동안의 연구에서 저자로 소개한 우에노 마사키치(上野政吉)는 이 책의 발행자이다.

4) 이두현은 그의 저서에서 사진의 출처를 "『同化그라프』(1959년 10 · 11월 倂合號)에 실린 韓末秘話通歷(2)의 圓覺社寫眞"(이두현, 『한국신극사연구』(5쇄), 서울대학교 출판부, 1981, 24면)이라 하여, 마치 잡지 『동화그라프』에서 이 사진을 원각사로 확정하고 있었던 것 같은 오해를 불러 일으켰다. 그러나 잡지에서는 "서울 기생들의 연기장이다."(『동화뉴스그라프』, 동화통신사, 1959년 10 · 11월 병합호, 25면)라고만 표기하고 있을 뿐이다. 이 설명은 『韓國倂合紀念帖』의 설명인 "京城妓生 / 演技場 THE BALL PLACE OF KISEI OF SOUL"을 그대로 옮겨 놓은 것이다.

『조선연극사』[5]와 최남선의 『조선상식문답 속편』[6]에 실려 있는 내용
들이 협률사에 대한 최상의 기록일 정도로 자료가 미비한 편이다. 그
래서인지 협률사의 설립과 운영에 대한 논의도 "고종 등극 40주년을
맞아 내외귀빈들을 접대할 목적으로, 당시 관청 건물인 봉상시(奉常
寺)의 남쪽 부분을 개조하여 만든 극장이자 기관"[7]이라는 사실을 밝
히는 정도에 머물고 있다.[8] 특히 관립 기관의 성격을 지녔던 협률사가
어떤 이유와 계기로 인하여 사적 용도의 극장으로 변화하게 되었는가
를 분명하게 밝혀 설명하지 못하고 있다.[9]

---

5) 김재철, 『조선연극사』, 학예사, 1939, 168~169면. 김재철은 이인직이 궁내부직할
인 국립극장 「원각사」를 왕실의 내탕금(內帑金)으로 지금의 신문로 교회 자리에 건
설하였다고 했다. 김재철의 설명을 인나미 코우이치(印南高一)가 『朝鮮の演劇』(東
京 : 北光書房, 1944, 225면)에 인용처를 밝히지 않고 그대로 옮겨 놓았는데, 이로
인하여 왕실의 내탕금 설이 확대 유포된 것으로 보인다.
6) 최남선, 『조선상식문답 속편』, 삼성미술문화재단, 1972, 222~223면. 1947년 최남
선은 『조선상식문답 속편』에서 '戲臺'를 설명하면서 동일한 극장을 협률사로 설명
하였으며, 고종 즉위 40주년 稱慶禮式을 위해 세운 극장이라 했다. 최남선의 입장
에 대한 부연 설명은 유민영의 『한국 근대극장 변천사』(태학사, 1998, 23~25면) 참
조.
7) 서연호, 『한국연극사(근대편)』, 연극과인간, 2003, 49면.
8) 이러한 범주에서 크게 벗어나지는 않지만 사진실과 조영규의 최근 논의를 주목할
만하다. 사진실은 "궁정은 고정적인 건출물로서 최초의 옥내극장인 희대를 제공하
고 민간 연희단체는 이 극장을 근대적인 상업극장으로 전환시키는 역할을 수행하
였던 것이다"(사진실, 『공연문화의 전통』, 태학사, 2002, 440면)라고 했다. 극장과
연희자를 분리하여 보았다는 점이 새롭긴 하지만, 박황의 『창극사연구』에서 인용
한 사실 외에 민간 연희단체 '협률사'의 존재를 증명할 자료를 따로 발굴하지 못했
다는 점에서 설득력이 약하다. 조영규는 고종의 "즉위 40주년을 기념하여 전통적인
방식의 진연과는 별도로 마련한 서구식 의전 행사"를 열었고, "이때 초청한 각국 대
사들을 일반 백성들이 함께 환영하는 축제적인 분위기를 만들기 위해 서구사회의
극장과 같은 전문 연희공간인 〈희대〉가 설치되었다"(조영규, 『바로잡는 協律社와
圓覺社』, 민속원, 2008, 7면)라고 했다. 기존의 주장인 '협률사' 국가 기관설과 동일
한 맥락이라 하겠다.
9) 우대성, 박언곤(「한국의 근대건축의 기수 沈宜碩에 관한 연구」, 『대한건축학회학술

이러한 의문점들을 풀기 위해서도 앞으로 더 많은 연구가 계속되어야만 한다. 그동안 협률사를 '국립극장'의 역할을 했던 극장으로 설명하기도 했는데[10], 그 점이 타당한가를 검토해보기 위해 칭경예식(稱慶禮式)[11]에서 어떠한 역할을 담당하고 있었는지를 분명하게 확인하여야 한다. 그러나 칭경예식에서 맡은 역할이 분명하게 드러나 있지 않으며, 국가기관을 민영화했다는 구체적 증거가 없는 점, 그리고 첫 기획 공연이 '종합적 연행물'(variety show)이었던 사실에서 협률사가 국가기관이라기 보다는 '희대회사'였을 가능성도 고려되어야 한다. 또한 관객 취향을 추수하는 협률사의 공연 성격이 '1900년대 연극개량론'을 촉발시키는 계기가 되었다는 점도 살펴보아야 한다.

2. 협률사 황실 건립설의 재검토

2.1. 칭경예식에서 협률사의 위치

고종 즉위 40년 및 망육순(望六旬) 기념식에 대한 준비는 1901년

발표논문집』(16권 2호), 대한건축학회, 1996, 160면)과 김정동(『고종황제가 사랑한 정동과 덕수궁』, 도서출판 발언, 2004, 152면)은 한국의 서양 건축을 개척한 심의석이 협률사를 지었다고 밝혔다. 그러나 심의석의 활동 범위와 관련하여 얻어낸 추측일 뿐 정확한 근거를 제시하지는 않고 있다.

10) 최남선, 앞의 책, 344면.

11) 1902년에 치르진 칭경행사를 정확하게 표기하자면 '고종 즉위 40년 및 망육순(望六旬) 기념식'이다. 이 글에서는 '고종 즉위 40년 기념식'과 '망육순 기념식'을 필요에 따라 구분해서 사용하고자 하며, 기념식 그 자체를 가리킬 때에는 표기의 번잡함을 피하여 칭경예식으로 줄여 쓰기로 한다.

12월 11일에 황태자가 그 필요성을 상소하면서 시작되었다.[12] 고종은
나라의 상황이 어려움을 들어 청을 거절하였지만 황태자는 거듭 상소
하면서 의지를 굽히지 않았다. 마침내 고종은 황태자의 청을 받아들
이면서 황실의 절차에 따라 존호(尊號)는 올리지만, 진연은 내년 가
을에 준비하여 간소하게 치르라며 허락을 하였다.[13] 이에 따라 국가
에서는 도감을 설행하고 준비에 착수하였다.[14] 기념식은 고종의 기로
소(耆老所) 입소와 내외진연(內外進宴) 거행, 망육순(望六旬) 내외진
연 거행, 즉위 40년 기념식의 순으로 치러질 예정이었다. 그 외의 행
사로는 어진(御眞)의 제작, 송성건의소(頌聖建議所)의 석고(石鼓) 제
작, 조야송축소(朝野頌祝所)의 기념비 제작, 기념장과 기념우표 제작
등이 계획되어 있었다. 기념식은 황실의 관례에 따라 시작되기는 하
였지만 대한제국 황실의 위상 제고 사업과 연계하여 준비되고 있음을
주목할 필요가 있다. 여러 행사들 중에서 고종은 즉위 40년 기념식에
큰 관심을 쏟았는데, 행사에 참여하는 각국의 특사에게 국가와 국왕
의 위상을 과시할 수 있는 기회로 생각하였던 것 같다. "다른 행사들
이 대부분 황태자의 상소에서 출발하고 있는 것과는 달리 이 기념식
은 고종이 직접 내린 지시에서 출발"[15]하고 있기 때문이다.

　고종 즉위 40년 및 망육순(望六旬) 기념식 중에서 기로소 입소와
내외진연 거행, 망육순 내외진연의 거행은 제대로 거행이 되었지만,
즉위 40년 기념식만은 고종의 관심에도 불구하고 연기를 거듭하다가

---

12) 『고종실록』, 1901. 12. 11.
13) 『고종실록』, 1901. 12. 25.
14) 『황성신문』, 1901. 12. 27.
15) 이윤상, 「고종 즉위 40년 및 망육순 기념행사와 기념물」, 『한국학보』(111호), 일지
　　사, 2003, 116면.

부득이 취소되고 말았다. 1902년 10월 18일에 개최할 예정이었던 즉
위 40년 기념식이 연기된 이유는 7월부터 발생하기 시작한 콜레라 때
문이었다.[16] 콜레라의 만연한 가운데 국가적 행사를 치르게 될 경우
국가의 위상 제고라는 목표를 달성할 수 없을 것이기 때문에 취한 당
연한 조처라 하겠다. 대외 행사가 취소되었음에도 불구하고, 대내 행
사라 할 망육순 내외진연이 12월의 예정된 날짜에 그대로 진행한 것
에서도 그러한 사실을 확인할 수가 있다. 그렇다고 하여 즉위 40년 기
념식이 바로 취소된 것은 아니었다. 1903년 4월 30일로 연기하여 기
념식을 거행하기로 다시 결정[17]하고 준비에 착수하였으며, 칭경예식
사무소에서 외국 대사의 영접을 비롯하여 행사의 전체 계획을 준비하
기도 했다.[18] 그러나 행사를 치르기 직전에 영왕(英王)이 천연두에 걸
려 병석에 눕자, 역시 대외적 시선을 고려하여 부득이하게 일정을 가
을로 미루지 않을 수 없었다.[19] 그 이후 즉위 기념식에 전력을 다하기
어려울 정도로 국내외 상황이 악화되어 갔으므로 기념식은 무산되고
말았다.

　고종 즉위 40년 및 망육순(望六旬) 기념식이 단순한 행사가 아니라,
국가와 황실의 위상 제고 사업의 의미를 강하게 지니고 있었다는 사
실을 다시 강조할 필요가 있다. 이 시기에 생겨난 협률사의 성격을 파
악하는데 아주 중요하기 때문이다. 기념식은 국가적 중요 행사이므
로 준비 과정이 아주 치밀하며, 거듭되는 회의를 거쳤기 때문에 많은

16) 『황성신문』, 1902. 7. 21 ; 『황성신문』, 1902. 9. 23.
17) 『고종실록』, 1903. 2. 23.
18) 『황성신문』, 1903. 3. 12.
19) 『고종실록』, 1903. 4. 10.

기록이 남아 있다. 그런데 기왕의 논의에서처럼 칭경예식에 활용하기
위하여 봉상시의 일부를 개조해 극장을 설립했다면, 협률사에서 행할
특별한 행사와 공연물이 계획되어 있어야 하지만 그러한 논의는 전혀
찾아볼 수가 없다. 고종이 기로소에 든 것을 축하하는 내외진연 및 망
육순 내외진연[20]은 궁중 정재(呈才)의 전통적 방식으로 계획되었고,
또 진행되었다. 고종은 망육순 외진연을 중화전에서, 내진연은 함녕
전에서 거행할 것과 진연 의식의 연습을 장례원(掌禮院)에서 할 것을
명[21]하고 있으나 협률사의 용처에 관해서는 아무런 언급을 한 바가 없
다. 그런 점에서 보자면 협률사는 칭경예식 중에서 내외진연에 활용
된 공연 공간은 아니라고 말해도 좋겠다.

협률사 건립에 대한 다른 가능성을 찾아보기로 하자. 내외진연에
필요한 용도가 아니라 즉위 40년 기념식에 활용하기 위해 만든 공간
으로 생각해볼 수도 있겠다. 1903년에 계획된 즉위 40년 기념식은, 각
국의 대사 영접(4월 27일), 원구단에서 의식을 거행(4월 30일), 원유
회를 거행(5월 4일), 관병식 거행(5월 5일), 각국 대사의 귀국 인사(5
월 7일) 순으로 짜여 있었다.[22] 어디에서도 협률사에 대한 언급은 찾
을 수 없다. 즉위 40년 기념식 중에도 협률사를 활용하려는 구체적 계
획이 없는 것으로 보아, 기념식의 공식 행사장에 들지 못한 것을 알 수
있다. 물론 협률사가 극장이므로 각국 대사를 초청하여 베푸는 만찬
과 공연을 관람하는 공간으로 활용되었을 가능성도 타진해 볼 수 있

---

20) 영인본, 『高宗壬寅進宴儀軌』(상·하), 서울대학교 규장각, 1994 ; 인남순·김종수
　　공역, 『고종황제 50세 경축연향 女伶呈才笏記』, 민속원, 2001.
21) 『고종실록』, 1902. 8. 9.
22) 『황성신문』, 1903. 3. 12. 이 계획은 1902년 10월에 행하기로 했던 기념식 행사 내
　　용(『고종실록』, 1902. 7. 20)과 거의 동일한 것이다.

다. 그러나 즉위 40년 기념식을 통해 국가와 황실의 위상을 제고하고
자 했던 고종의 의도를 고려할 때 그러할 여지는 거의 없어 보인다. 고
종의 즉위 40년 기념식에 사용할 목적이라면, 극장의 건설과 활용에
대한 공식적 논의가 있어야 할 터인데 경축 행사를 준비하는 과정에
서 그런 논의가 전혀 보이지 않기 때문이다.[23] 『고종실록』에는 칭경예
식에 필요한 경비의 내역에 대해 상세하게 기록해두고 있다.[24] 만일
국가 기관인 봉상시 건물의 일부를 헐고 새로운 극장을 신축(개축)하
였다면 그 사실에 대한 명령과 금전의 출납이 있어야 할 터이지만 아
무런 언급이 없는 것으로 보아, 정부가 주도하여 협률사를 건축했다
는 지금까지의 주장은 설득력이 약하다 하겠다.

　더구나 고종 즉위 40년 및 망육순(望六旬) 기념식을 통해 국가와
황실의 위상을 제고하려는 행사 목적까지 고려할 때, 국가의 공식 기
관으로 극장을 설립할 바에야 봉상시의 건물 일부를 헐어 사용하기
보다는 서양식의 대극장을 건축하려는 계획을 세웠을 것으로 보아야
한다. 유길준의 예에서 알 수 있듯, 당대의 유력 인사들은 극장의 필요
성을 이미 느끼고 있었기 때문이다.

---

23) 의정부의정(議政府議政) 윤용선(尹容善)이 의정부에서 의논한 경축의식 계획을
　　고종에게 보고한 글에서도 협률사 건설에 대한 언급은 없다.(『고종실록』, 1902. 4.
　　24 참조)
24) 예를 들어보자면 "망우리(忘憂里) 사우정(四隅亭) 건축비 1,160원, 평양(平壤)에
　　서 불러 올린 부대의 건물 신설 구역 내의 집 값 4,104원, 관병식(觀兵式) 때 군사
　　들의 예복비 32,497원, 무감(武監) 파수 군사들의 솜옷비 119원, 일산(日傘)을 드
　　는 사람들의 옷차림비 442원, 친위(親衛) 제1대대(大隊)의 영사(營舍) 이전비 및
　　춘천(春川) 주둔대의 영사 수리비 51,789원, 시위(侍衛) 제1대대(大隊) 영사 수리
　　비 971원, 법관 양성소(法官養成所) 신설 경비 11,800원"(『고종실록』, 1903. 8. 8)
　　등이다.

今에 泰西人의 此戲를 爲ᄒ야 其屋舍築造ᄒ 制度와 座臺 排鋪ᄒ 形
樣을 記ᄒ건되 유리창에 金碧으로 휘황히 채색ᄒ고 전기등과 炭氣燈으
로 漆夜라도 백주ᄀᆾ치 광명ᄒ며 鐵椅의 錦座ᄂ 後者가 前者에셔 次정
□로 漸高ᄒ고 堂內 사면에 彩欄으로 周圍ᄒ야 亦 座椅를 排□한 후에
당내 일면에 遊戲ᄒᄂ 座臺를 排鋪ᄒ니 其 廣濶홈과 편리홈이 極臻ᄒ
지라[25]

자신이 방문했던 극장의 화려함에 매료된 유길준은 연극의 가치를
새롭게 인식하기에 이른다. 그 무렵 서양의 문물을 견학하기 위해 찾
아간 한국뿐만 아니라 동양의 유력인사들은 한결같이 서양식 극장문
화에 감탄하곤 했다. 대체로 그 나라를 대표하는 극장에 초대 받았을
터이므로 규모의 웅장함과 화려함에 먼저 압도 되었고, 그러한 극장
을 강대국의 면모를 과시하는 대표적 장소로 인식하고 돌아왔다.[26] 예
를 들어, 1896년에 러시아를 방문했던 민영환은 극장 초대에 응하지
않고 하급 관리만 대신 참석하게 하였으나, "둥근 집이 7층이요 매 층
주위가 5·6백 간"되어 "관중이 만인"[27]이나 들어가서 관람하는 놀라
운 풍경은 상세히 기록해서 전하고 있다. 공연문화를 낮추어 보는 인
식이 팽배해 있던 당대 유력인사들에게 서양 극장의 풍경은 극장의
가치와 유용성을 깨닫게 해주기에 충분했던 것이다.

---

25) 유길준전서편찬위원회, 「서유견문」, 『유길준전서 1』, 일조각, 1995, 454~455면.
26) 일본의 경우도 역시 그렇다. 1886년에 간행되어 일본 연극의 개량 방향을 제시한
    바 있는 改進散人(坪內逍遙의 필명임)의 『극장개량법』(大版出版會社)에서도 서
    양식 대극장과 거기에 적절한 연극에 대해 논의하고 있다. 그 책의 표지에 등장하
    는 유럽풍의 대극장의 모습이 메이지 정부가 원했던 극장의 모습을 잘 알게 하고
    있다.
27) 민영환, 『海天秋帆』, 을유문화사, 1958, 40면.

서양의 문물을 선진적인 것으로 파악하고 있던 개화담론의 일반론
으로 보더라도, 고종 즉위 40년을 기념하는 행사에 사용될 극장이라
면 당연히 서양식의 새로운 극장을 건설하고자 하는 논의가 있었을
것이다. 그리고 극장 건축에 대한 의지만 있었다면 그 당시 여건으로
볼 때 그리 어려운 일은 아니었을 것이므로, 국가적 차원에서는 논의
자체가 이루어지지 않았던 것으로 보는 편이 더욱 타당해 보인다. 칭
경예식에서 새로운 극장건설에 대한 논의가 빠진 까닭은 전통적 공연
예술을 낮추어 보았던 중앙관리들의 일반적 태도 때문이라 해야 하겠
다. 즉 그 당시의 건축술로 보아 새로운 극장을 지어 외국의 축하 사절
을 초대하는 것은 어렵지 않으나, 그들이 이상적으로 여겼던 서양적
연극 공연물이 없는 상황에서 무리할 필요는 없다는 생각에서 아예
배제된 것이 아닐까 한다.

그와 더불어 협률사가 애초에는 관청이었다는 주장을 확인해보기
위해, 관의 공식기관으로서 '協律司'가 그 당시에 존재했는지도 다시
살펴볼 필요가 있겠다. 칭경예식이 진행될 무렵에 정부의 공식 직제
상에 '協律司'는 존재하지 않는다. 1900년에 궁내부 장례원(掌禮院)
의 직무상 분담 안에서 협률과(協律課)를 교방사(敎坊司)로 고쳐 부
르고 제조(提調) 1명을 칙임관(勅任官)으로, 주사(主事) 2명을 주임
관(奏任官)으로 두며 전선사(典膳司)를 증설하고 제조 1명을 칙임관
으로, 부제조(副提調) 1명을 주임관으로 두되 다만 연회 때에만 임명
하여 그 일을 관리하도록 하였다.[28] 그 당시의 직제로 보자면 칭경예

---

28) 『고종실록』, 1900. 6. 19. 이 사실은 1900년 6월 21일자 「관보」(1606호)의 2면에
"宮內府職員中 掌禮院職掌內에 協律課를 以敎坊司로 改稱"한다고 공고되어 있다.
그러므로 그 당시 협률사라는 관의 공식 조직은 존재하지 않았던 사실은 분명한

식에 관여하는 기관은 교방사라 부르는 편이 맞을 것이므로, 극장 협률사는 정부 직제에 속하지 않은 특별한 단체로 보아야 하겠다.

2.2. 협률사 건립과 위치

협률사를 고종 즉위 40년 및 망육순(望六旬) 기념식을 위해 만들었다는 주장은 타당성이 약해 보인다. 협률사를 건립하여 공식적 행사 공간으로 사용할 계획은 애초 없었다고 보는 편이 타당하겠다. 지금 현재 협률사로 알려진 건물은 국가적 행사를 위한 건물로는 격이 맞지 않는다는 점이 그러한 추측에 무게를 더 실어주고 있다. 현재 협률사 건물로 알려진 사진은 1910년 이전에 찍힌 것이겠지만, 1900년대에 간행된 어떤 사진집에도 동일 사진이 실려 있지 않기 때문에 정확하게 몇 년도에 찍은 사진인지 알 수가 없다.[29] 건물의 둥근 외관은 19세기 후반에서 20세기 초에 걸쳐 한국에 건립된 서양식 건물과 너무 많이 다르다. 극장용 건물이어서 그렇다고 생각할 수도 있겠지만, 그 무렵 일본에 세워진 극장의 외관과 비교해보더라도 너무 다르기 때문

것이다.

29) 참고로 필자가 확인해본 사진집은 다음과 같다. 村上天眞, 『東宮殿下韓國行啓紀念帖』, 京城, 1907 ; 坪谷水哉 編, 『韓國寫眞帖』, 東京 : 博文館, 1905 ; 山本誠陽, 『明治 三十七八年 淸韓戰時風景寫眞帖』, 東京, 1905 ; 杉原忠吉, 『京城居留民團獻上眞帖』, 京城, 1907 ; 京城出版協會, 『朝鮮土産 京城名所寫眞帖』, 京城 : 京城出版協會, 1908 ; 韓國出版協會, 『韓國名所寫眞帖 第一輯』, 京城 : 韓國出版協會, 1908 ; 栗原萬壽, 『北韓名勝寫眞帖』, 元山, 1908 ; 『韓國風俗風景寫眞帖 第二輯』, 京城 : 日韓書房, 1909 ; 臨時韓國派遣隊調製, 『南韓暴徒大討伐記念寫眞帖』, 東京, 1910 ; 杉市郎平 編, 『倂合紀念朝鮮寫眞帖』, 東京, 1910 ; 『日韓合倂紀念 大日本帝國朝鮮寫眞帖』, 東京, 1910 ; 杉市郎平 編, 『倂合紀念 朝鮮之警務機關』, 京城 : 新半島社, 1911.

에 의아스럽다.

1886년에 간행되어 일본의 연극 개량에 크게 기여한 스에마츠 켄쵸우(末松謙澄)의 『연극 개량의견』[30]은 서양식 극장과 공연 체계를 도입해야 한다는 주장을 담고 있다. 스에마츠 켄쵸우는 연설의 상당 부분을 새로운 극장 건립의 필요성 주장에 할애하고 있으며, Theatre Francais, Theatre de L,opera 등의 극장을 중요한 모범으로 삼고 있다. 19세기 중반 부터 20세기 초까지 일본에서 건립된 극장은 대체로 일본식과 서양식을 절충한 외양과 내부 구조를 가지고 있다.[31] 일본의 서양적 근대화가 한국 근대화의 모범으로 자리 잡기 시작하고 있었던 때에, 극장 건립에 대한 일본의 사례를 완전히 무시하고 원형의 외관을 지닌 극장을 건립하였을 가능성은 아주 적다.

최남선은 "奉常寺의 일부를 터서 시방 새문안 예배당이 있는 자리에 벽돌로 둥그렇게, 말하자면 羅馬의 '콜로세움'을 縮板한 型制의 소극장을 건설"[32]했다고 했다. 그동안 협률사를 "관청건물인 봉상시(奉常寺)의 남쪽부분을 개조하여 만든 극장이자 기관"[33]으로 설명한 것은 최남선의 설명을 그대로 따랐기 때문으로 보인다. 그런데 〈그림

30) 末松謙澄, 『演劇改良意見 全』(再版), 東京 : 文學社, 1888. 이 책은 연극 개량회원이던 스에마츠 켄쵸우가 1886년 東京文學會에서 했던 연설을 市東謙吉이 필사한 다음 활자본으로 간행한 것이다.
31) 1893년에 유럽을 다녀온 일본의 신파 연극인 카와카미 오토지로는 서양식 극장을 모범으로 삼은 극장 건립을 추진했다. 각고의 노력 끝에 칸다(神田)에 '카와카미자'를 1896년에 개관하였다. 서양식 극장을 선호하는 분위기가 실제 연극인들 사이에서도 확산되고 있었던 사례에 해당한다. 이에 대해서는 오자사 요시오, 이혜정 옮김, 『일본의 극장과 연극』, 연극과인간, 2006, 26~33면 참조.
32) 최남선, 앞의 책, 222면.
33) 서연호, 『한국연극사(근대편)』, 연극과인간, 2003, 49면.

1)[34]에서 보듯이, 봉상시 건물은 지금의 종로구 당주동 128번지에 위치하고 있었으므로, 경희궁의 홍화문에서 북쪽으로 올라간 위치이어서 지금의 새문안 교회 자리와 상당히 떨어져 있다. 봉상시의 일부를 터서 극장을 만든 자리가 새문안 예배당이 있는 자리가 될 수가 없는 것이다. 봉상시 내에 희대를 설치했다고는 하지만, 이것만으로 바로 그 자리에 극장을 건립했다고 확정해서 말하기는 어렵다. 이때의 설치란 희대회사가 자리를 잡았다는 뜻으로 보는 편이 더 타당할 것이다. 더구나 협률사가 계속해서 봉상시에 있었던 것이 아니라 곧바로 다른 장소로 옮겨갔다.

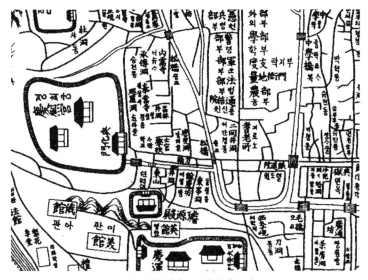

〈그림 1〉 봉상시가 표기된 당대의 지도

---

34) 「Korea」 Vol. II의 부록에 실린 서울 지도, 『서울600년사-3권』(서울특별시시사편찬
위원회, 1997)에 소재.

司局移接 奉常寺內에 權設ᄒ얏던 協律司를 再昨日에 新門內西北鐵
道局으로 移設ᄒ고 鐵局은 小安洞으로 移定ᄒ얏다더라[35]

봉상시 내에 희대를 설치하였다는 기사가 난 지 일주일만에 협률사
는 신문내의 서북철도국 건물로 옮겨갔다. 서북철도국이 옮겨간 소안
동은 당시 안국방(安國坊)의 소안동(小安洞)으로 지금은 종로구 안국
동이다. 경의철도 부설을 효율적으로 진행하기 위하여 서북철도국을
옮겨갔고,[36] 그 자리를 협률사가 사용한 것으로 보인다. 서북철도국이
있었다는 신문내가 바로 새문안이다. 김재철은 "홍화문(興化門) 못미
처서 신문내 (新門內) 예배당이 있으니, 그 예배당이 바로 원각사(圓
覺社)의 자리"[37]라고 언급하였다. 1910년에 새문안 교회가 지금 터에
자리 잡았으니, 김재철이 정확하게 그 위치를 몰랐던 것으로 보인다.
그 당시에 "夜珠峴 協律社"로 널리 알려진 데서 알 수 있듯이, 극장은
야주현과 가까이 있었을 것이므로 봉상시 건물이 아니라 현재 새문안
교회 터의 옆에 있었다고 보는 편이 더 타당하겠다.[38] 다시 정리해보
자면, 협률사는 봉상시에 잠깐 자리하였다가 서북철도국이 사용했던
건물로 이사를 가서 극장을 마련하였으며, 그 건물은 지금의 새문안

---

35) 『황성신문』, 1902. 8. 21.
36) 서북철도국은 1899년 9월에 궁내부 내장원 산하에 설치하였으며, 경원선 철도 건
   설을 담당하도록 되어 있었다. 1905년 4월에 폐지되었다. 朝鮮鐵道史 編纂委員會,
   『朝鮮鐵道史』第1卷(創始時代), 朝鮮總督府 鐵道局, 1937, 109면 참조.
37) 김재철, 앞의 책, 168면. 김재철은 협률사에 대해서는 따로 언급하지 않고 있다.
38) 지금의 자리에 새문안 교회가 설립된 것은 1910년이다. 『새문안 교회 100년사』
   (대한예수교장로회 새문안교회 역사편찬위원회, 1995, 169면)에서는 "터 주인은
   '염정승'(廉政承)"이라고 언급하고 있으나 확실한 근거를 제시하지는 않고 있다.
   1910년에는 '원각사'가 공연장으로 활용되고 있을 때이므로 새문안 교회 터를 '원
   각사'의 터라 보기는 어렵다.

교회가 자리한 터 옆에 있었던 것이다. 협률사가 본격적인 영업 활동을 시작하기 위하여 관객들의 접근성이 좋고, 공연장으로서의 활용도가 높은 공간으로 옮겨간 것이라 하겠다.

〈그림 2〉 협률사로 알려진 건물이지만, 『한국병합기념첩』(1910)에서는 기생의 연기장이라 했다. 다른 사진집에 중복 게재되어 있지 않아 사진 찍은 시기를 정확히 추측할 수가 없다. 협률사(원각사)라는 간판도 없고, 공연장에서 흔히 볼 수 있는 외관 장식이 없다는 점도 의아스럽다. 1900년대 서울에 건축된 서양식 건물과는 상당히 다른 독특한 외관을 가지고 있는데, 근대전환기 동아시아에서 모범으로 삼았던 서양식 극장과는 너무나 동떨어진 형식이다.

그렇다면 현재 극장 협률사로 알려진 건물은 어떻게 마련된 것일까. 극장을 위해 새로운 건물을 지은 것이 아니라, 다른 용도로 쓰고 있던 기존 건물을 수리하여 극장으로 활용하였다고 보는 편이 더 타당해 보인다. 후일 궁내부에서 "협률사 일관(一款)은 해당 가옥과 기물은 원래 궁내부 소유이며, 빌려주었을 뿐이다"[39]고 밝힌 것으로 보

---

39) 宮內府大臣 李載克이 議政府參政大臣 朴齊純에게 보낸 공문(4월 23일자, 공문86호)에서는 "協律社一款은 但該家屋什物이 旣係本府所有故로 定限借租而已요 其營業等事는 實非本府所管則自貴府로 嚴飭禁斷"이라고 했다.

아, 그 건물은 아마도 서북철도국에서 사용하기 위해 건축하였던 것
으로 짐작된다. 서북철도국은 궁내부 산하 기구였기 때문에 이전 후
에 협률사가 그 건물을 임대하기가 용이했던 것으로 보인다.

애초에 극장 용도로 짓지 않았기 때문에 공연에 필요한 무대와 객
석을 추가로 설치하여야 했을 것인데, 아무래도 전용 극장건물에 비
해 규모도 옹색하고 부속시설도 불편할 수밖에 없었던 것이다. 1902
년 협률사의 첫 공연인 〈소춘대유희〉를 관람한 프랑스인 부르다레
(Emile Bourdaret)의 글에도 그 점이 잘 드러나 있다.[40] 그가 "대단히
허름"한 건물의 "허름하기 짝이 없는 매표소에서 표를 받아, 들어설
때 나무 계단을 기다시피 해서 올라"가야 했던 이유도 전용 극장건물
이 아니라서 관객의 동선을 위한 배려를 할 수 없는 조건 때문이겠다.
관객 "400명을 수용"하는 객석은 "소박한 나무의자에 붉은 싸구려 양
탄자를 모든 좌석에 방석으로 깔아" 둔 정도이며, "특별석에 놓인 두
개의 화로가 난방 장치의 전부"인 상황이었다. "작은 무대는 곡마단
에" 가까울 정도로 무대 장치를 제대로 갖추지 못하였으며, "무대 뒤
의 여유 공간이 없"고 "몇 개 안 되는 전등"만 갖추고 있을 뿐이었다.

이처럼 극장 시설이 미비했던 것도 애초부터 극장으로 설계되지 않
았기 때문이겠다. 그 당시 극장을 신축하려 했다면 당연히 일본이나
서양 기술자의 설계를 받아 극장의 최소 형식을 갖추었을 것이며, 더
구나 칭경예식에 사용하려 했다면 부르다레의 표현과 같은 조야한 극
장은 절대 만들어질 수가 없는 것이다. 1906년에 협률사의 공연을 관

---

40) 에밀 부르다레, 정진국 옮김, 『대한제국 최후의 숨결』, (주)글항아리, 2009,
    255~259면. 이하 부르다레의 글에 대해서는 개별 각주를 생략하기로 한다.

람한 우스다 잔운(薄田斬雲)은
"무대 위의 배치가 나빠서 마치
남 집에서 열린 연회를 울타리 틈
으로 안을 들여다보는 것 같이, 항
우도 유방도 얼굴이 보이지 않는
다"[41]고 했다.

협률사의 무대와 객석 배치가
공연을 보기에 적합하지 않은 구
조라는 사실을 비판했던 부르다
레의 의견과 동일한 맥락이다. 부
르다레와 우스다 잔운의 관람기
를 종합해보면, 그 당시 협률사에
는 배우의 등퇴장을 배려한 무대
구조가 갖추어져 있지 않았던 것

〈그림 3〉 츠보우치 쇼요가 1886년에 간행
한 『극장개량법』의 표지이다. 서양의 대극
장을 개량의 모범으로 삼고 있음이 표지에
서도 잘 드러나 있다.

이 분명하다. 윤백남이 남긴 도면을 보면, 무대 뒤편의 별도 공간에 의
상실, 화장실, 소도구실이 있다.[42] 배우를 위해 꼭 필요한 시설이 사용
하기 불편한 위치인 원형의 극장 뒤에 어정쩡하게 붙어 있는 사실도
처음부터 극장으로 설계된 건물이 아니라는 사실을 증거하고 있다.
다시 말하자면, 윤백남이 기억하는 극장은 적어도 이인직이 「원각사」
를 운영할 즈음에 개축하면서 마련된 공간으로 보아야 한다는 것이

---

41) 薄田斬雲, 『暗黑なる朝鮮』, 東京 : 日韓書房, 1908, 120면.

42) 백순재, 「원각사극장 연구」, 중앙대학교 석사학위논문, 1974, 73~74면. 이 그림에
    나타난 극장 구조는 초기 협률사의 것이 아니라, 극장시설을 여러 번 개축하면서
    만들어진 것으로 보는 편이 타당하겠다.

다. 이 모든 사실을 종합해 볼 때, 극장 협률사는 국가에서 공식적으로
건립한 극장은 아님이 분명해진다.

3. 희대회사 협률사의 가능성

3.1. 희대회사 설립과 협률사의 관계

칭경예식에 대한 논의 과정에 협률사의 건립과 역할 분담에 대해
공식적 언급이 없다는 점, 그리고 그때에는 교방사에서 궁중 연회에
관련된 업무를 맡고 있었다는 점에서 협률사가 국가 기관으로 출발했
을 가능성은 희박해 보인다. 그렇다면 협률사는 어떻게 출발되었을까.

〈그림 4〉 스에마츠 켄쵸우(末松謙澄)의 『연극 개량의견』에 들어 있는 프랑스 극장의 실내
그림. 근대전환기 동아시아에서 모범으로 삼은 극장의 구조가 어떠한 것인지를 명확하게
보여주고 있다. 제대로 된 서양식 극장을 짓기 위해 동분서주했던 카와카미 오토지로가 이
상적으로 생각한 극장도 바로 이곳이다

조심스럽지만, 애초부터 공연 활동을 주업으로 하는 전문회사로 협률
사가 출발했을 가능성을 타진해보기로 하자. 협률사가 칭경예식을 위
한 공식 기관이 아니었다는 입장에서 아주 중요하게 다루어져야 할
신문 기사가 하나 있다. 바로 '희대회사'(戱臺會社) 설립에 대한 것이
다.

　戱臺會社 風說에 曰戱臺會社를 紫霞洞에 創設ᄒ고 漢城內所在 妓女
　及他醜業婦를 會集ᄒ야 一處에 都聚資生케 ᄒ다ᄂ딕 社主ᄂ 誰某인지
　아즉 不知라더라[43]

〈그림 5〉 '협률사가사문권'
봉투

　『황성신문』에 실린 위의 기사에서 누군가
에 의해 공연을 주업으로 하는 '회사'가 설립
되었다는 사실을 알 수가 있다. 그 무렵의 사
회 동향을 상세하게 기록하고 있는『日新』[44]
이라는 책의 1902년 2월 26일자에도 동일한
내용이 기록되어 있는 것으로 볼 때, 희대회
사의 설립은 소문이 아니라 사실임이 분명
하다. 거기에 더하여 불완전한 자료이긴 하
지만, 〈그림 5〉에서 보듯이 1902년에 발행
된 '協律社家舍文件'[45]의 존재는 건물을 매

---

43) 『황성신문』, 1902. 4. 3.
44) 국사편찬위원회, 『日新』, 국사편찬위원회, 1983. 이 기록물의 편찬자가 누구인지
　　는 아직 밝혀져 있지 않다.
45) 규장각에 보관되어 있는 '協律社家舍文件'에는 한성부에서 발급한 家舍文券과 매
　　매계약서 각 6편이 들어 있다. 가사문권과 매매계약서는 협률사와 관련 없는 것이

매한 회사로서 협률사의 실체를 알게 하고 있다.

고종이 칭경예식을 거절하자 황태자가 거듭 간청하여 허락을 얻어
낸 시기가 4월 13일이므로, 영업을 목적으로 하는 희대회사가 칭경예
식과는 무관하게 이미 설립되어 있었던 것이다. 기사의 내용을 볼 때
희대회사의 공연은 기녀들을 중심으로 하고 있었다. 그 무렵 배우 활
동이 가능한 자원 중에서 대중적 인기를 쉽게 얻기에는 기량과 용모
가 뛰어난 기생들이 가장 유리하다는 점에서 그러한 사업 방향은 적
절했다 하겠다. 거기에 더하여 그들은 '도취자생',[46] 즉 사업을 독점적
으로 운영하려는 의욕을 가지고 있었다. 희대회사를 설립한 이들이
예능이 뛰어난 인적 자원을 모아 공연 조직을 만든 다음, 그 당시 활동
하고 있던 군소 공연 조직[47]을 압도하는 독점적 지위를 확보하려 했던
것이다. 희대회사는 기존의 공연 조직에 비해 근대적 조직으로 체계
를 갖추었을 터이므로 공연의 질과 운영 기술로 승부하여도 여타 단
체를 압도하고 대중들의 인기를 독점할 수 있겠지만, 그들은 일종의
공인된 공연단체로서의 우월한 지위까지 확보하려고 했던 것 같다.
이전까지 존재했던 군소 공연 조직 정도의 능력으로서는 전혀 불가능
한 일을 계획 세운 것에서 희대회사에 관여하고 있는 주축 세력들이
당대에 상당한 실권을 가진 자들임을 짐작할 수가 있다. 신문 기사에
서는 희대회사의 설립자가 누구인지 알 수 없다고 했으나, 실명을 직

어서 아쉬움이 많이 남는데, 일단 회사로서의 협률사의 존재를 드러내어 보이는
증거로서는 의미를 가진다고 생각한다.
46) 도취는 도집(都執)과 통하는데, 조선 후기에 상품을 매점하고 독점하는 형태를 가
리키는 말이다.
47) "西江 開雜輩가 阿峴等地에서 舞童 演戱場을 設ᄒ엿ᄂ디"(『황성신문』, 1899. 4.
3)에서 알 수 있듯이 군소 공연 조직이 상당수 존재하였다.

접 드러내기 어려운 지위의 '자하동'에 거주하는 사람일 가능성이 높
다.[48] 자하동은 지금의 서울 종로구 청운동 창의문 아래에 위치한 동
네인데, 당시는 사대문 안에서도 유력자들이 많이 거주하던 지역이었
다. 이러한 사실을 종합해보면, 희대회사는 당대에 상당한 재력과 권
력을 지닌 사람들에 의해서 설립된 근대적 경영체계를 갖춘 공연 조
직이라 하여야겠다.

이 희대회사가 협률사일 가능성이 높아 보인다. 『뎨국신문』에서는
협률사를 "멋멋 대관ᄒ시는 량반님네가 즈본을 합ᄒ야 설치ᄒ거시
라"[49]고 하였다. 이 또한 협률사가 애초부터 유력 인사들에 의해 관허
회사로 만들어졌음을 알게 하는 증거가 된다. 만일 국가의 자금으로
건축했다면 결코 이러한 소식이 나올 수 없기 때문이다. 우스다 잔운
이 남긴 기록도 그러한 점을 확인 시켜주고 있다.

관기 양성은, 예전에는 현재의 서대문 안에 있는 관인 클럽에서 하였
다. 당시는 궁내부가 직할하고 연예 연습을 시키면서 또한 일반사람들
의 관람을 허용해주었다. 일등석 1원 50전부터 1원, 50전, 30전과 같은
자리 등급이 있고, 그 극장의 관리는 정이품인 공무원이며 매일 입장권
판매소에 와서 감독하고 있었다. 관기들은 연극장의 공무원한테서 허
가를 얻으면 연극이 끝나고 나서 어떤 관람객과 손을 잡으며 관기 집이
나 음식점 등으로 놀러 갈 수도 있었다. 그러나 정이품님의 허가를 얻
지 않은 채 남자와 관계를 갖게 되었을 경우에는 그 다음 날에 관기들

---

48) 회사 설립 신청을 하면 대표자의 주소가 등재되기 때문에 자하동에 거주하는 사
람으로 보는 것은 틀림이 없을 것이다.
49) 『뎨국신문』, 1902. 12. 16.

을 다 모아서 망신거리로 훈시하여 뭇사람 앞에서 창피를 주었다. 그래
서 그녀들은 결코 정이품님의 허가 없이 손님과 나가지는 않았다. 일본
사람이라도 정이품님께 부탁을 하여 조금 돈만 주면 미녀를 알선해주
고 또 관기 쪽도 턱없는 돈을 손에게 요구하는 일은 없었다. 지금은 이
제도도 관정개혁(官政改革)으로 들어가자 폐지되어 버렸다.[50]

우스다 잔운은 협률사를 관기 양성기관이면서 극장으로 보고 있다.
관기들이 공연의 중심에 있었고, 또 대중적 인기가 대단하였으니 그
렇게 인식될 만 했다.[51] 정이품의 관리[52]가 협률사를 관리하고는 있지
만, 배우들에게 매매음(賣買淫)을 공공연하게 운영하고 있어서 국가
기관 다운 품위는 전혀 찾아볼 수가 없다. 이익을 남기기 위하여 관기
들을 공연에 사적으로 동원하였음을 충분히 짐작할 수가 있다.
　협률사라는 명칭은 1902년 8월에 처음 신문에 등장하는데 그때부
터 이미 국가 기관의 행태와는 거리가 있는 모습을 보이고 있다.

　戲臺敎習 稱慶禮式時에 需用次로 戲臺를 奉常寺內에 設置ᄒ고 漢城
內 善歌善舞ᄒᄂ 女伶을 選擇ᄒ야 演戲諸具를 敎習ᄒᄂᄃᆡ 參領 張鳳煥

50) 薄田斬雲, 앞의 책, 91면.
51) 부르다레의 기록에서도 기생배우들이 공연의 중심이었음을 알 수가 있다. "이 저
녁에 진짜배기 궁궐 무용수들이 등장하는 예외적인 순서가 있었다. 이 새로운 구
경거리를 보려고 환장한 군중이 극장에 몰려들었다."(에밀 부르다레, 앞의 책, 259
면).
52) 우스다 잔운은 "이모 씨"라 칭했고, 거주지가 "영락정의 일진회 남면 옆집"이라고
만 밝히고 있어서 정확하게 누구인지는 알 수가 없다. 일진회와 관련이 있으면서
고위관직을 두루 지냈고, 1909년에 극장을 설립하기도 했던 이지용(李址鎔)일 가
능성이 높다.

氏가 主務호다더라[53]

이때는 고종이 기로소에 든 것을 축하하는 내외진연이 끝난 후이다. 그러므로 그들이 하고 있는 연습이 만일 칭경예식에 사용하기 위한 것이라고 하면, 10월에 개최 예정이었던 망육순 내외진연 및 즉위 40년 기념식에 대한 준비를 하고 있다는 뜻으로 해석해야만 한다. 그러나 "漢城內 善歌善舞ᄒᆞᄂᆞᆫ 女伶을 選擇"하여 준비한다는 사실이 선뜻 납득이 가지 않는다. 앞선 진연에 참여한 여령으로 평양 등지에서 온 기생 30명, 서울 기생 50명이나 있었기 때문이다. 이들은 외진연의 예행연습을 진연청과 함녕전에서 세 차례나 했고, 내진연 예행연습을 함녕전에서 모두 여섯 차례나 한[54] 상당한 기량을 갖춘 배우들이었다. 굳이 서울의 새로운 여령을 뽑아 훈련할 필요가 없는 것이다. 여기에서 서울의 기생들을 모아 희대회사를 운영하려 했다는 위의 기사를 상기해볼 필요가 있다. 칭경예식의 공식 행사 계획에 협률사가 언급되지 않는 것을 볼 때 장봉환이 주무하는 희대는 앞에서 살펴본 희대회사일 가능성이 크다. 희대회사에서 필요로 하는 배우를 선발하여 교육 시키면서, 왕실과 연관이 있는 것처럼 위장하여 대중들의 호기심을 극대화하려 한 것으로 보인다.

마치 고종 즉위 40년 및 망육순(望六旬) 기념식에 관여하고 있는 것처럼 외관을 위장한 협률사는 칭경예식과 무관하게 독자적으로 사업을 벌려 나가고 있다. 1902년 10월 31일부터 연속해서 아래와 같은 광고를 신문에 게재하는데, 창부를 보내어 공연을 해주고 돈을 받는

---

53) 『황성신문』, 1902. 8. 15.
54) 『황성신문』, 1902. 4. 26 ; 『황성신문』, 1902. 5. 15.

일은 관으로서는 불가능한 일이었다. 희대회사이기 때문에 가능한 일이다.

> 唱夫歌債 1等 唱夫歌債 20圜 2等 14圜 3等 10圜 時限은 晝則自朝至暮요 夜則自暮至曉事 繼晝至夜하거나 繼夜至晝하면 歌債疊償事 歌債는 毌過二日事 唱夫前期一日來求本社事. 協律社 廣告[55]

창부가채란 그들이 받는 봉급이 아니라, 창부들을 불러서 노래를 시키는 경우 손님이 지불해야 할 금액이다. 이 광고를 통해 창부를 고용하는 시간에 따른 금액과 지불 방법, 그리고 적어도 하루 전에 협률사를 찾아 신청해야 한다는 식의 운영 방침이 서 있었음을 알 수가 있다. 협률사는 이전에 존재했던 군소 단체들과 차원이 다른 운영 체계를 가지고 있었던 것이다. 더구나 이 광고에 바로 이어서 "본샤 창부 외에 소릭ᄒ러 단이면 셰금은 빗랍홀 스"[56]라고 선언하고 있다. 협률사에 속하지 않은 창부들의 활동을 제어할 뿐만 아니라, 소비자측에서 창부를 임의로 부르는 기회마저 차단하려는 의도가 엿보이는 대목이다. '도취자생'하려 했던 희대회사의 계획을 구체적으로 실천하는 단계에 들어간 것이다.

고종 즉위 40년 및 망육순(望六旬) 기념식을 위장막으로 사용한 협률사의 활동 조짐은 12월 4일에 공연된 〈소춘대유희〉를 통해서도 알

---

55) 『황성신문』, 1902. 10. 31.
56) 『뎨국신문』, 1902. 11. 3, 『황성신문』, 1902. 11. 5. 1903년에 가면 "음률ᄒ는 공인을 임의 본샤에서 관활ᄒ는 바인즉 소창ᄒ러 다니는 것을 불가불 금단ᄒ는디 더욱 엄금홀 것은 졀에 나가 노는 일"(『뎨국신문』, 1903. 3. 27)이라 하여 절대적 권한을 행사하고 있다.

수가 있다. 근대적 공연 체계를 최초로 도입한 공연으로 기억될 〈소춘대유희〉를 살펴보면 칭경예식과 협률사가 전혀 상관없는 조직체임을 알 수가 있다. 고종의 망육순을 기념하는 외진연이 12월 3일 거행되었으며, 12월 7일에 내진연이 거행되기로 예정되어 있는 시점에 독자적 공연을 시작하고 있기 때문이다. 협률사에서 공식적으로 칭경예식에 관여하고 있었다면, 그 날짜에 80여명의 창부들을 동원하여 입장료를 받는 공연[57]을 시작할 수가 없다. 〈소춘대유희〉가 칭경예식의 일환으로 치르는 공연이 아니라, 일반 관객들에게 입장료를 받고 관람하게 하는 상업적 공연이므로 칭경예식에 참여해야 할 창부들을 동원할 수 없음은 분명한 사실이다. 〈소춘대유희〉의 공연날짜를 12월 4일[58]로 잡은 까닭은 진연이 끝난 다음 날에 시작함으로써 고종의 망육순을 축원하는 사회적 분위기를 이용하려 한 것으로 추측할 수가 있다. 이처럼 협률사가 실제로는 영업 활동을 하는 희대회사로 운영되면서도 칭경예식을 적극 활용하였고, 영업주체에 정부 관리가 포함되어 있어서 주위에 많은 혼란을 안겨 주었을 것이다.

3.2. 관허회사로서의 협률사

처음 등장한 신문 기사에서 관청인 것처럼 協律司로 표기한 사실을

---

57) 『뎨국신문』, 1902. 12. 16.
58) 『황성신문』과 『뎨국신문』에 게재된 광고를 보면, 〈소춘대유희〉를 "今日로 爲始"한다고 하며 "光武 六年 十二月 二日 協律社 告白"이라 했다. 이 때문에 공연날짜를 12월 2일로 보는 견해도 있다. 그러나 광고의 금일은 광고가 게재된 12월 4일로, 그리고 12월 2일은 협률사에서 광고를 의뢰한 날로 보는 편이 타당한 해석이라 생각된다.

검토해 보기로 하자. 일단 신문에서 회사(社)를 관청(司)으로 오기했
을 가능성이 높다. 이러한 혼란은 단순한 실수일 수도 있지만 관리들
이 회사에 참여하고 운영함에 따라 사기업과 공기업의 분간이 애매해
져 혼란이 발생하고 있었던 당대 관허회사의 풍조와 연관이 있을 것
이다. 그 당시 주로 관료들이 주축이 되어 설립한 회사들은 거의 반관
반민의 형태를 띤 것으로 보인다. 예를 들어, 1902년에 설립된 육상미
(陸商米)를 취급한 창성사(昌盛社)의 총장은 이용익이고, 도사장은
육군부령인 엄준원 등이었으며, 1903년에 설립되어 육미곡(陸米穀)
을 취급한 영흥사(永興社)와 참정사(參政社)의 경우 본사는 내장원에
서 관장하고 그 회사가 소재한 지방의 감리 또는 순교(巡校)가 본사의
지휘를 계승하게 되어 있었다.[59] 관리들이 사조직인 회사를 꾸려 놓고
도 공조직을 활용하여 영업을 하는 예가 많았으므로, 일반인들이 회
사의 성격을 혼돈하는 경우가 허다했을 것이다. 희대회사인 협률사의
경우에도 공조직을 교묘하게 활용하였을 가능성이 높다. 특히 칭경예
식을 둘러싸고 사조직이 공조직의 힘을 빌려 행세하는 경우가 허다했
던 상황을 고려할 때 더욱 그렇다. 예를 들어, 석고(石鼓)의 건립을 주
도했던 송성건의소는 민간단체이지만, 비용을 마련하기 위해 관을 활
용하여 공문을 발송하여 강제성을 띤 모금을 하기도 했다. 그러한 행
태에 대해 각 지역에서 비판하는 목소리가 높았으나 계속 추진되었다
고 한다.[60] 거기에 더하여 칭경예식을 빙자하여 사복을 채우는 행위까

59) 김영모, 『조선지배층연구』, 일조각, 1977, 379~380면.
60) 『뎨국신문』, 1902. 9. 8 잡보, 『황성신문』, 1902. 9. 6 ; 『황성신문』, 1902. 9. 10 잡
보. 결국에는 이 사업도 흐지부지되고 말았다.

지도 있었다고 한다.[61] 이러한 분위기 속에서 협률사도 상업적 공연 활동을 위한 외피로 칭경예식을 적극 활용해 나갔을 것이다. 신문에서 '司'로 표기한 것은 그러한 혼돈스런 상황이 빚어낸 결과로 설명할 수 있을 것으로 보인다.

협률사를 설립한 사람들이 누구인지는 아직 정확하지 않다. 『뎨국신문』에서도 대관(大官)들이 극장 건설의 주축임을 밝히고 있으나 실명은 거론하지 않고 있다.[62] 그렇지만 이미 이름이 거론된 장봉환의 경우에는 후일에 "天聰을 欺蔽하야 帑金 四萬元"[63]을 받아 극장을 건축했다는 비난 기사까지 나오는 것으로 보아 설립 운영자 중의 한 사람임에 틀림이 없다. 당시 의정부 종2품의 신분이었기 때문에 그는 협률사를 운영할 때 관의 힘을 적극 활용할 수 있었을 것으로 보인다. 그러기에 뒷날 "皇室遊戲場이라 稱托ᄒ고 宮內府 憑票를 使用ᄒ야 宮中 營業"[64]을 했다는 비난을 받게 된 것이다. 관허회사에 발행해준 인가증인 빙표를 마치 정부 기관을 지칭하는 양 사용한 것으로 보인다.[65]

협률사가 관 소속의 극장이 아님은 그 당시 대부분의 관리들이 알고 있었다고 생각된다. 1906년에 봉상부제조 이필화(奉常副提調 李

---

61) 관리들이 부정 축재하는 경우도 있었고, 명동 사거리의 松尾茂吉 상점처럼 백자 기념 잔을 임의로 만들어 국가 지정 공식 판매점인 것처럼 행세한 경우도 있었다. 『황성신문』, 1903. 7. 27, 8. 11. 광고 참조.

62) 『뎨국신문』, 1902. 12. 16.

63) 『大韓每日申報』, 1906. 3. 8. '협률사'가 건립될 당시 장봉환의 직책은 의정부 종2품이었다(『고종실록』, 1902. 2. 2).

64) 『大韓每日申報』, 1906. 3. 8.

65) 정부에서는 관허회사를 설립할 때 인가증에 해당하는 빙표를 만들어 주었다. 사원에게 준 빙표가 무기명증명서라 악용되는 경우가 많았다(김영모, 앞의 책, 379면 참조).

芯和)는 상소를 올리면서 협률사의 연극을 '傷風敗俗'으로 규정하는
한편, '宮內府所管發表營利'를 비난하였다.[66] 그런데 정부에서 논의하
는 과정에서 '傷風敗俗'의 측면은 사라지고, 소속 여부만 부각되고 있
다. 이필화의 상소가 있은 후인 4월 16일부터 5월 17일 사이에 의정부
와 궁내부 사이에 계속해서 문서를 주고받으면서 논의하지만, 의정부
와 궁내부가 문제를 서로 상대에게 떠넘기려는 듯한 태도까지 보이고
있다. 협률사의 운영자들이 당대 정부의 실세와 관련이 있었기 때문
에 처신이 어려워 그러했을 것으로 추측할 수가 있다.

그 점은 그들 사이에 왕래한 공문에서 확연히 알 수가 있다. 4월 20
일 의정부참정대신 박제순(議政府參政大臣 朴齊純)이 궁내부대신 이
재극(宮內府大臣 李載克)에게 보낸 공문(59호)[67]에서는 봉상사부제
조 이필화가 상소(4월 17일)한 내용, 즉 '襃旌例納錢及協律社革罷事'
에 대해 "其一은 卽掌禮院襃旌例納錢事也오 其一은 卽協律社之稱以
宮內府所管 發票營利事也"라고 정리하고 있다. 협률사가 궁내부소관
이라 칭하며 표를 팔아 영리를 취하는 일이라 한 것이다. 그리고 협률
사가 궁내부 소관이라 칭하였기 때문에, 궁내부에서 조사하여 경무청
에 의뢰하여 금단(禁斷)하게 하도록 요청하고 있다. 4월 21일에도 내
부대신 이지용(內部大臣 李址鎔)에게 공문(60호)[68]을 보내면서, 지난
회의에서 이지용도 협률사 혁파에 대해 동의했다는 사실을 환기시키
고 있다. 그런데 4월 23일 궁내부대신 이재극이 보낸 공문(86호)[69]에

---

66) 『황성신문』, 1906. 4. 19.
67) 議政府參政大臣 朴齊純이 宮內府大臣 李載克에게 보낸 공문(4월 20일자)
68) 議政府參政大臣 朴齊純이 內部大臣 李址鎔에게 보낸 공문(4월 21일자)
69) 宮內府大臣 李載克이 議政府參政大臣 朴齊純에게 보낸 공문(4월 23일자)

서는 "協律社一款은 但該家屋什物이 旣係本府所有故로 定限借租而
已요 其營業等事는 實非本府所管則自貴府로 嚴飭禁斷"이라고 했다.
건물은 임대해주었지만, 영업에 대한 소관은 의정부이므로 협률사의
공연을 중지시키는 것도 의정부 소관이라는 주장이다. 협률사가 궁내
부에 속한 건물을 임대해 공연장으로 쓰고 있었다는 것인데,[70] 여기서
도 협률사가 독립된 조직체였다는 사실을 다시 확인할 수가 있다. 4월
28일 의정부참정대신 박제순이 궁내부대신 리재극에게 보낸 공문(64
호)[71]에서는 협률사 혁파건에 대해 조처를 미루고 있는 궁내부에 대
한 불만을 담고 있다. 협률사가 궁내부 소속이 아니라는 주장에 대해
"協律社家屋什物이 確係貴部所有 則租借之權이 亦係貴府 而旣有租
借之權이면 亦宜有收回之權"라고 하며, 협률사가 발행한 표에 궁내부
소속이라 적힌 것을 보여주기 위해 "該社營業票一片另附"하고 있다.
증거물이 오가는 상황으로까지 나아간 것이다.[72] 의정부에서 문제 삼
고 있는 것은 협률사가 궁내부 소속을 내세우고 있다는 점인데, 궁내
부에서는 그 문제를 협률사의 영업 활동으로 보았으니 양자 간에 의
견이 조율되기는 어려웠다. 5월 17일 의정부참정대신 박제순이 내부
대신 이지용에게 보낸 공문(76호)[73]에서는 협률사가 계속 영업하고
있는데 대하여 불만을 표시하면서, 경시청에 의뢰하여 "該營業之許否
와 如何不爲禁斷之由를 亟行査核"할 것을 부탁하고 있다. 궁내부에서

---

70) 앞에서 제시한 「협률사가사문권」과 관련 있을 수도 있겠다.
71) 議政府參政大臣 朴齊純이 宮內府大臣 李載克에게 보낸 공문(4월 28일자)
72) 『대한매일신보』(1906. 5. 3)에서도 그 내용을 기사로 다루고 있다. 이때 협률사 운
   영에 관여하고 있던 일본인이 궁내부에 위약금 25만원을 청구하기도 했다. 일본
   인의 투자가 있었다는 점도 협률사가 희대회사였음을 알게 하는 증거가 된다.
73) 議政府參政大臣 朴齊純이 內部大臣 李址鎔에게 보낸 공문(5월 17일자)

일처리를 미루는 배경에는 협률사에 그들 조직의 사람들이 참여하고 있기 때문일 것이다. 그 무렵에는 김용제(金鎔濟), 최상돈(崔相敦), 고희준(高義駿)이 "協律社를 更起"[74]한 인물로 신문에 보도되고 있다. 이들 역시 정부의 관리였다. 김용제는 궁내부참서관이었으며[75], 최상돈은 농상공부광무국장(農商工部鑛務局長)[76], 고희준은 예식원예식관(禮式院禮式官)[77]이었다. 협률사의 경영진이 교체되어도 관허회사로서의 모습은 그대로 이어지고 있음을 알 수가 있다.

이필화의 상소에 의해 협률사가 혁파된 것으로 설명하는 경우도 있으나 사실과 다르다. 이두현은 1906년 4월 25일자 『황성신문』의 기사(「訓罷律社」)를 근거로 하여 "3년 5개월만에 폐지되고 말았다"[78]고 단정하였으며, 그 이후의 연구자들도 대개 그 사실을 받아들이고 있다. 그러나 그 기사는 궁내부대신 이재극이 의정부참정대신 박제순에게 발송한 공문(86호)에 의거한 것인데, 이필화의 상소가 옳다고 인정하면서 협률사에 대해 조사하라는 내용을 보도한 것에 불과하다. 협률사는 "旣稱宮內府所管"[79]이었을 뿐 정부의 조직이 아니었던 까닭에 이필화의 상소에도 불구하고 영업을 계속할 수가 있었다. 5월 17일 이후 공문에 더 이상 협률사 문제가 나타나지 않는 것으로 보아 의정부와 궁내부 사이에 해결책을 조율한 것으로 보인다. 궁내부 소속이라는 사실을 공식적으로 사용하지는 않고 영업은 계속한다는 선에서 마

---

74) 『대한매일신보』, 1906. 3. 8.
75) 『고종실록』, 1905. 6. 15.
76) 『고종실록』, 1906. 8. 2. 1905년 12월에는 철도국장이었다.
77) 『고종실록』, 1906. 1. 12.
78) 이두현, 『한국신극사연구』, 17면.
79) 『대한매일신보』, 1906. 4. 27.

무리된 것이 아닐까 한다. 계속된 협률사의 영업은 1907년이 넘어서
면서 정지된 듯하다. 이필화의 상소 이후 여론의 압박을 받아 그 이전
에 누렸던 특권을 내어놓아야 했던 것으로 보이며, 그 결과 영업이 예
전 같지 않았기 때문일 것이다. 1907년 2월 8일에 '관인구락부'가 협
률사 자리에 들어선 것으로 보아 이 직전에 공식적으로 마감된 것으
로 보인다.[80]

4. 종합적 연행물에 미친 관객의 기호

한국의 고전극 시대에는 상업적 실내극장이 없었다. 그런 까닭에
희대회사를 설립하여 영업을 하면 이익을 얻을 수 있다는 협률사 건
립 주체들의 발상은 대단히 파격적이다. 희대회사로서의 협률사가 탄
생하게 된 배경에는 관료들도 회사를 설립하여 운영할 수 있었던 사
회적 분위기가 있겠지만, 극장 운영도 상업적으로 성공할 수 있다는
가능성을 엿보았다는 측면이 대단히 중요하다. 그 무렵 용산에 있던
'무동연희장'에서 영업을 위하여 신문 광고[81]를 낼 수 있을 정도로 공
연문화의 제반 조건이 호전되고 있었다. 협률사의 건립 주체들은 그
러한 시대 변화를 읽어낸 것이다. 제대로 된 공연장에 훌륭한 볼거리

---

80) 근거지를 상실한 배우들이 모여 극단 협률사를 구성하여 독자 생존을 도모해 나
    간다. 협률사가 워낙 알려져 있었던 까닭에 상당한 유사 단체가 생겨난 것으로 보
    인다. 이를 통해 협률사라는 명칭은 근대전환기의 고전극 공연단체를 지칭하는
    일반 명사화된다.
81) 『황성신문』, 1900. 3. 1. 이 공연장은 실내 극장이 아니라 야외에 임시로 가설된 극
    장이었다.

를 제공한다면 많은 관객들을 모을 수 있고, 따라서 경제적 이익을 취할 수 있으리라는 계산이 바로 그것이다.

협률사는 근대적 공연 체계를 근대전환기 한국 연극계에 도입하는 한편, 독자적 공연물을 만들어 냄으로써 1900년대 연극계의 변화를 촉진시켰다. 실내극장을 건립하고 공연에 필요한 제반 요소들을 준비한 연후에, 새로운 공연 작품을 만들어서 광고하여 관객을 모으는 방식은 고전극에서는 볼 수 없는 새로운 공연 체계였다. 광고를 통해 관객들에게 정보를 제공하며, 약속된 시간에 공연을 시작하고 끝내는 협률사의 공연 체계는 근대전환기 사람들에게 공연물도 하나의 상품처럼 인식되도록 만들었다. 공연 "時間은 自下午六点으로 至十一点까지"[82]하는 규칙성은 관객들로 하여금 자신의 여유시간에 맞추어 극장을 찾아가는 일이 가능하도록 만들었다.

희대회사는 공연 활동을 주업으로 하는 회사이므로 수익을 지속적으로 올리기 위해서는 공연 작품을 적절한 시기에 바꾸어 주어야 했다. 협률사는 입장료가 있는 상업적 공연장이므로 관객들을 만족시킬 수 있는 공연물을 제공하는 것이 최우선시 되어야 했다. 협률사 이전에 존재했던 공연 단체들은 그 이전부터 계속해 오면서 정착된 공연물 목록(repertory)을 가지고 있었을 것이다. 그렇지만 협률사는 새로운 공연 단체이기 때문에 공연물을 스스로 구성해야 했으며, 운영 주체들은 배우까지 새로 확보해야 했다. 공연에 대한 많은 부분을 새로 시작해야 했던 협률사의 불리한 조건이 근대전환기에 어울리는 새로운 공연물의 생산을 촉발하는 계기로 작용하였다. 협률사의 공연 주

---

82) 『황성신문』, 1902. 12. 4.

체들은 극장 구조에 어울리면서 관객들이 좋아할만한 공연물을 만들기 위해, 그 이전의 공연물들을 해체시키고, 필요에 따라 재구성하였다. 〈소춘대유희〉[83]가 그들의 첫 작품이다. 근대전환기 연극을 대표하는 '종합적 연행물'의 시대가 열린 것이다.

종합적 연행물을 구성할 때 기준은 무엇이었을까. 협률사를 상세하게 안내하는 기사를 먼저 보기로 하자.

> 집은 벽돌반 양재로 짓고 그안혜 구경ᄒᆞ는 좌쳐를 삼등에 분ᄒᆞ야 상등 쟈리에 일원이오 즁등에는 칠십젼이오 하등은 오십젼 가량이라 ᄆᆡ일 하오 여섯시에 시작ᄒᆞ야 밤 열ᄒᆞᆫ시에 긋친다 ᄒᆞ며 ᄒᆞ는 노름인즉 가진 풍악을 가초고 혹 춘향이와 리도령도 놀리고 쌍쥴도 타며 탈춤도 취고 무동픠도 잇스며 기외에 또 무숨픠가 더 잇는지는 ᄌᆞ세치 안으나 대기 이상 몃 사지로만 말ᄒᆞ야도 풍악긔계와 가무의 련슉홈과 의복과 물건 차린거시 별로 보잘거슨 업스니 과히 초초치 아니ᄒᆞ며 츈향이 노리에 이르러는 어사츌도 ᄒᆞ는 거동과 남녀 맛나노는 형상 일판을 다각각 제복식을 츠려 놀며 남원일읍이 흡샤히 온 듯 하더라 ᄒᆞ며 망칙 긔괴ᄒᆞᆫ 춤도 많은 즁 무동을 세층으로 타는 거시 또ᄒᆞᆫ 쟝관이라 ᄒᆞ더라[84]

'벽돌반 양재'로 지은 협률사 극장의 내부 구조는 단순한 형태였을 것으로 보인다. 신축 기록이 없는 것으로 보아 사용 가능한 건물을 수

---

83) 〈소춘대유희〉는 여성 판소리 창자인 강소춘(姜小春)을 앞세워 공연한 것으로 보인다. 笑春은 그녀의 별명이다.(한국정신문화연구원, 『한국인물대사전』, 중앙 M&B, 1999, 39면) '笑春臺遊戲'라는 제목은 소춘이 판을 벌리고 노는 놀이라는 뜻으로 풀어볼 수 있겠다. 소춘은 당시 미인 명창으로 이름이 높았으므로 그녀를 앞세우는 것이 대중들의 이목을 끌기에도 적합하였을 것이다.

84) 『뎨국신문』, 1902. 12. 16.

리하여 활용한 것으로 추측할 수 있는데, 이 정도라면 강당 같은 곳에서 흔히 보는 일자형 무대(end stage)를 지닌 공간이었을 가능성이 높다. 일자형 무대는 관객석의 전면에 무대가 고정되어 있으므로, 무대에 가까우면서 중앙이 가장 좋은 자리(상등석)이고, 멀어지면서 외곽일수록 나쁜 자리(하등석)가 된다. 관객을 전면에 두고 공연하는 일자형 무대에서는 당연히 무대의 중앙, 그리고 전면에 가장 중요한 볼거리를 위치시키게 된다. 관객 중심의 무대가 구성되는 것이다.

관객 중심의 무대 구성 방식은 협률사에 들어올 수 있는 고전극 공연물과 그렇지 못한 공연물을 분간하는 기준으로 작용하게 된다. 가령 야외의 원형 무대를 기본으로 하여 공연하던 가면극은 일자형 무대에서 공연하게 되면 본래의 흥을 얻어낼 수가 없으므로 해체의 대상이 된다. 해체의 대상이 되는 공연물은 협률사가 필요로 하는 부분만 떨어져 나와 종합적 연행물의 한 부분으로 재가공 되는 것이다. 판소리는 공연 방식의 변화를 통해 극장 무대에 적응하여야 했다. 판소리는 창자와 고수만으로 공연할 수 있어서 격변기에도 생존의 위협을 적게 받는 강점을 지니고 있다. 그렇지만 일자형 무대에 올라서 다수의 관객을 상대하기에는 볼거리가 빈약하다는 점이 약점으로 작용한다. 특히 판소리 공연 시에는 창자가 공연판을 열어준 주빈을 향하여 소리와 발림을 하면 되지만, 다수의 관객이 객석을 채우고 있을 때에는 연행의 초점을 맞추기가 어렵게 된다. 이러한 약점을 극복하기 위해 판소리는 배역 분화와 무대 배경 사용하는 식으로 공연 방식을 바꾸어 협률사 무대에 오르게 된다. 이런 과정 속에서 판소리는 창극으로 변모하는 계기를 마련한 것이다.

협률사의 종합적 연행물을 구성하는 데에는 운영 주체인 양반들의 취향이 크게 작용하였다. 공연물을 구성하면서 그들이 익숙하게 접하고 있던 기녀들의 공연물 중에서 관객의 취향에 맞을 만한 것을 선택했던 것으로 보인다. 판소리가 협률사에 수용된 것도 그 당시에 양반들에게 인기를 얻고 있었기 때문이겠다. 위의 예문에서 알 수 있듯이, 장장 다섯 시간 동안 공연되는 협률사의 무대에는 '풍악', '춘향이와 리도령', '쌍줄', '탈춤', '무동패', '무동을 세층으로 타는 거' 등등이 연이어 무대에 올랐다. 오랜 기간 동안 독자적 공연물로 공연되어 온 것 가운데에서 부분들을 따로 떼어내어 하나의 공연물로 재구성한 것이다. 종합적 연행물의 중심 요소는 노래와 춤이다. 춤은 궁중의 정재에서 추어진 것을 대표로 해서, 기녀들의 춤이 결합되었을 것이며, 노래는 기녀들의 소리 외에 판소리 더늠도 포함되었을 것이다. 협률사에서 공연된 종합적 연행물은 지속적으로 부분 공연물을 교체한 것으로 보이는데, 관객의 호응도를 최우선시 하였다. 기녀에 비해 창우(唱優)가 인기가 없자 "再昨 爲始ᄒᆞ야 唱優ᄂᆞᆫ 停止ᄒᆞ고 妓生만 遊戲케"[85] 한 것이 좋은 예이다.

　협률사의 운영 주체들은 고종 즉위 40년 및 망육순(望六旬) 기념식으로 인하여 전국에서 재주 있는 기녀들이 모여드는 때를 호기로 삼은 것 같다. 앞서 살펴보았듯이, 봉상시 내에 있는 희대에서 연습을 시작한 때가 고종이 기로소에 든 것을 축하하는 진연이 끝난 직후여서 거기에 참여했던 기녀들의 다수가 협률사의 배우로 옮겨 갔을 가능성이 크기 때문이다. 칭경예식을 사업의 외피로 활용하였던 상황을 고려해보면 거의 틀림이 없어 보인다. 그 외에 부족한 배우들을 보충하

---

85) 『황성신문』, 1903. 2. 17.

는 방법도 역시 관의 위력을 이용하고 있다.

　　妓司新規 傳說을 聞ᄒ則 近日 協律司에셔 各色娼妓을 組織ᄒᄂ디
太醫院 所屬 醫女와 尙衣司 針線婢等을 移屬ᄒ야 名曰 官妓라ᄒ고 無
名色三牌等을 幷付ᄒ야 名曰 藝妓라ᄒ고 新音律을 敎習ᄒᄂ디 또 近日
官妓로 自願 新入者가 有ᄒ면 名曰 藝妓라ᄒ고 官妓藝妓之間에 處ᄒ야
無夫冶女를 許付ᄒᄂ디 勿論 某人ᄒ고 十人二十人이 結社ᄒ고 預妓에
願入홀 女子를 請願ᄒ면 該社에셔 依願許付홀차로 定規ᄒ얏다더라[86]

　태의원과 상의사에 소속되어 있던 기녀들을 넘겨받아 협률사가 필
요로 하는 배우로 활용하고 있다. 협률사가 궁내부 소관의 단체인 것
처럼 위장[旣稱宮內府所管]하고 있었으므로, 궁내부 소속으로 되어
있는 태의원과 상의사의 기녀들을 활용할 수 있었을 것이다.[87] 그 외
에 더 필요한 인원은 자원 신청자를 통해 해결한 것으로 보인다. 고전
극 공연에서 여성 배우들은 소수에 불과하고 대다수가 남성 배우들이
었다. 그렇지만 협률사 운영의 기본이 기녀 위주로 나아가면서 근대
전환기 극장의 공개된 무대에 여성배우들이 대거 진출하는 변화가 일
어나게 되었다. 협률사를 운영하는 주체들은 그들이 보고 즐겼던 양
반 문화의 경험 안에서 공연물을 규정하였기 때문에 기녀 중심의 운

---

86) 『황성신문』, 1902. 8. 25.
87) 여기에서 이지용을 협률사를 주도한 사람들 중의 한 사람으로 추측해 볼 수 있
　　다. 이지용은 1902년 4월에 상의사 제조였으며, 1902년 8월에는 진연청 당상관에
　　임명된다.(『고종실록』, 1902. 8. 9) 이 당시 이지용의 위치는 관의 기녀들을 영업
　　에 활용하는 데에 큰 무리가 없을 정도라 하겠다. 이지용은 중추원 고문으로 있던
　　1908년 9월에 이준용과 함께 사동(寺洞)에 극장을 건립(『대한매일신보』, 1908. 9.
　　1)하는데, 이러한 행적으로 볼 때 참여의 가능성이 무척 높다 하겠다.

영을 선택한 것으로 보인다. 협률사를 계기로 하여 연극계에 흡수되어 들어온 기녀 출신 배우들은 1910년대까지도 활발하게 활동하면서 한국의 초창기 연극을 이끌어 나가게 된다.

5. 개화담론과 협률사의 충돌

관의 위력을 교묘하게 이용하여 공연 수익을 올리려는 협률사의 영업 방침이 당대 지식인들에게 그리 좋은 인상을 남길 수가 없었다. 더욱이 애국 · 계몽의 담론이 지식인들을 지배하고 있던 시절이었으므로 협률사가 지닌 부정적 요소는 더욱 강하게 부각되었을 것이다. 협률사의 종합적 공연물에는 이야기가 들어갈 공간이 없다. 소규모의 볼거리들이 길게 이어져서 하나의 큰 공연물을 이루는 방식이어서 일관된 이야기로 정리할 수가 없는 공연물이다. 협률사의 공연물은 관람의 대상으로만 존재하지, 그 공연물을 통해 관객에게 사상적 교감을 전하려 하지는 않는다. 협률사의 공연 방침에 따라 기존의 공연물들은 해체되거나 공연 방식을 바꾸어 종합적 연행물로 재구성되었으므로 기존 공연물의 기량만 남고 의미는 사라져버리는 결과를 낳았다. 가면극과 판소리는 고유의 서사구조를 가지고 있다. 가면극과 판소리가 순조롭게 근대전환기 연극계로 진입할 수 있었다면 개화담론을 수용하기도 쉬웠을 것이다. 가면극이 지니고 있는 풍자 구조 속에 현실을 녹여 넣을 수도 있고, 부분 부분의 독자성이 강한 판소리 특성을 이용해 개화담론이 들어갈 여지가 충분히 있기 때문이다. 더 나아가 개화담론을 적극 수용하는 신작 가면극과 신작 판소리까지도 기대해볼만 하였다. 그렇지만 그러한 기회는 오지 않았다.

협률사의 공연물은 본질적으로 개화담론을 수용할 여지를 갖지 못하고 있었다. 관람의 대상으로만 존재하는 종합적 연행물을 공연하는 협률사 극장은 결과적으로 근대전환기의 애국·계몽적 사회 분위기와 담을 쌓게 된다. 상당 액수의 입장료를 내어야 하는 협률사의 주 관객층은 관공리(官公吏), 상공업 종사자들과 그 자제들이었을 것이다.[88] 그들은 근대전환기의 급변하는 정세 속에서도 특별한 혜택을 누리고 있는 계층이었을 터인데, 그들이 즐겨 찾는 공간이 개화담론에 배치되는 공간이었으므로 여론의 질책은 당연한 일이었다.

> 劇場停止 漢城內에 各項 物價가 逐日 ㅋ騰할 쏜더러 跨月嘆聲이 都
> 下 民情이 嗷嗷하기로 再昨 夕부터 協律社에셔 勸令을 奉承하야 戲具
> 를 停止하얏더라[89]

1902년의 콜레라 유행에 이어, 1903년에 봄 흉년까지 들어 백성들은 도탄에 빠져 있었으며, 고종도 칭경행사를 내년으로 미루도록 지시할 정도였다. 그처럼 어려운 상황에도 협률사는 "活動寫眞器械 一座를 排置하고 觀玩"[90]하게 하는 식으로 활동 영역을 계속 확장해 나갔다. 사회적 분위기를 무시한 협률사의 태도에 여론이 나빠졌을 것이지만 개의치 않고 활동을 계속한 것이다. 결국에는 위의 예문에서

---

88) 김재석, 「개화기 연극에서 고전극 배우의 위상 변화와 그 의미」, 『어문론총』(35집), 경북어문학회, 2001, 24면 참조.
89) 『황성신문』, 1903. 7. 15.
90) 『황성신문』, 1903. 7. 10.

보듯이 관의 '권령'에 못 이겨 휴업을 하게 되었다. 협률사는 희대회사이므로 영업 활동의 지속 여부에 대해서는 자율적이어야 마땅하지만 관이 나서서 휴업을 권유한 것에서 협률사를 불온시 하는 사회적 분위기가 퍼져 있었음을 충분히 감지할 수가 있다.

협률사가 활동을 시작한 시기는 국권회복운동으로서의 개화운동기[91]에 해당한다. 광무년간(光武年間)은 "식산흥업 정책을 펴면서 경제적 · 기술적인 면에서 어느 정도의 새로운 발전을 이루어 나"[92]간 시기이다. 철도가 건설되고 학교가 설립되었으며, 을미사변 · 아관파천을 겪으며 끝없이 추락해 갔던 황실의 권위를 되살리기 위한 사업도 활발하게 전개되었다. 어려운 국가적 상황을 타개하기 위한 애국 · 계몽운동이 백성들의 지지를 얻어가고 있었다. 이러한 사회적 분위기에서 "옛 스긔즁에 유명흔 스젹과 올코 착한사름에 조흔일을 쌋바다가 남녀로소로 흐여금 옛글에셔 보던 일을 눈으로 친히 보는듯시 되흐야 츄앙흐는 마음이 즈연히 싱기게 흐"[93]는 공연물을 협률사가 만들어 주기를 바라는 사회적 요구는 전혀 무리하지 않다 하겠다. 그렇지만 협률사는 그러한 요구를 외면한 채 관객들의 취향을 최우선시하는 영업 활동을 계속해나간 것이다.

협률사의 공연 활동에 대한 사회적 시선은 곱지는 않았으나 1906년에 들어설 때까지 우려할만한 사회적 저항은 나타나지 않았다. 1905년 11월에 이른바 '을사보호조약'이 체결되면서 저항 운동이 사회적으로 확대될 때 협률사에 대한 공격도 집중적으로 나타난다. 그 무렵

---

91) 강재언, 정창열 옮김, 『한국의 개화사상』, 비봉출판사, 1981, 213면.
92) 강만길, 『한국근대사』, 창작과비평사, 1984, 203면.
93) 『뎨국신문』, 1902. 12. 16.

에 출현한 갖가지 애국·계몽적 문예물과 맥을 같이하는 연극의 출현
에 대한 기대가 커졌기 때문이다. 이를 계기로 협률사의 연극을 공격
하던 논의가 서서히 연극 개량에 대한 논의로 나아갔다. 연극개량론
자들의 생각으로는 새로운 연극을 만들기 위하여 부정적으로 인식되
고 있는 협률사부터 타파해야 할 필요가 있었다. 언론에서는 협률사
를 비판하는 기사를 계속해서 실었으며, "年少子弟들이 心志가 搖蕩
ᄒ고 耳目이 悅홀"하도록 만들어 "청춘을 허송하야 가산 蕩殘"하게 하
는 "大韓國中에 一大淫逸風流之場이오 戮取民財之機關"94)으로 규정
하였다. 이필화는 상소를 통해 정부에서 협률사를 혁파해주도록 요청
하기까지 했다. 봉상부제조(奉常副提調) 이필화가 일개 극장의 문제
를 고종에게까지 상소하게 된 이유는 협률사가 정부 기관인 「봉상사」
(奉常司)와 관련 없는 단체라는 사실을 밝히고 싶었던 이유도 있었을
것이다.

이처럼 협률사에 대한 부정적 시선은 고전극에 대한 부정적 인식을
확대하는 부작용을 낳게 되었다. 고전극에 기반을 두고 있는 까닭에
외부자의 시선으로 바라볼 때 협률사의 종합적 연행물은 고전극 그
자체로 보이기 때문이다. 서양을 근대화의 모범으로 삼고 따르려 했
던 개화담론의 흐름 속에서 고전극의 부정은 서양극의 우수성을 더욱
강조해주는 결과에 이르고 말았다. 1900년대 한국에서 연극에 관련되
어 있던 많은 사람들 중에 서양적 연극을 제대로 접한 이는 아무도 없
다고 해도 틀리지는 않을 것이다. 그럼에도 불구하고 근대전환기 지
식인들을 중심으로 해서 서양적 연극에 대한 기대치는 점점 더 높아

---

94) 『대한매일신보』, 1906. 3. 8.

져 갔다. 실체가 없는 상상 속의 서양적 연극이 실제로 존재하는 한국
의 연극을 부정하는 상황이 벌어진 것이다. 서양적 연극/한국의 연극
구도는 교화적 연극/음탕한 연극의 구도를 갖게 되며, 서양극에 대한
환상을 더 커져 갔다.

> 其 유회ᄒᆞᄂᆞᆫ 條目은 고금 역사의 유명ᄒᆞᆫ 事蹟으로 족히 인심을 激起
> ᄒᆞᄂᆞᆫ 자와 감동ᄒᆞᄂᆞᆫ 자며 희열ᄒᆞᄂᆞᆫ 자와 歡樂 ᄒᆞᄂᆞᆫ 자를 分ᄒᆞ야 悲慘喜
> 悅樂戱의 二條 區別을 정ᄒᆞ고 或 汙穢한 풍속을 譏弄ᄒᆞ야 세인을 諷ᄒᆞ
> 기도 ᄒᆞᄂᆞ니[95]

협률사의 종합적 연행물과 이익을 추구하는 영업 방침은 현실적으
로 존재하는 것이지만, 애국·계몽적 서양극의 실체는 그때까지 없는
상상의 존재였다. 그러기에 "演劇場에 入ᄒᆞ야 古來의 忠臣義士와 孝
子節婦의 言動을 實見ᄒᆞ야 勸善懲惡의 理義를 悟홈이"[96] 마땅하지만,
협률사는 전혀 그러한 역할을 하지 못하고 있다는 주장이 호통의 수
준에서 끝나고 마는 것이다. 오래전에 유길준이 접하고 와서 전해주
었던 수준의 효용적 가치론만이 연극개량론자들의 절대적 바람이었
다. 1900년대 연극개량론자들은 연극에 관여하는 인물들이 아니라 실
력 양성론에 입각해 있던 당시 사회의 주변인(marginal man)들이었
기 때문에 더욱 그렇게 되었다.[97]

---

95) 유길준전서편찬위원회, 「서유견문」, 『유길준전서 1』, 일조각, 1995, 454~455면.
96) 윤효정, 「소식」, 『대한자강회월보』, 1906. 7, 46면.
97) 김재석, 「개화기 연극개량론의 성격」, 『인문과학』(15집), 경북대학교 인문과학연
구소, 2001, 57면.

협률사의 공연물에 대한 부정적 생각으로 인하여 고전극의 계승과 발전을 통해 대안을 찾을 생각을 하지 않게 된다. 1900년대 연극개량 론자들의 구미에 맞는 효용성이 강한 연극의 구체적 모습을 서양극 에서 찾아와야 했으나 현실적으로 불가능했다. 협률사 공연물의 부정 에서 촉발된 연극개량론이 방향을 찾지 못하고 서양극에 대한 환상 만 키우는 결과를 낳게 된 것이다. 부정은 하였으되 대체물을 제시하 지 못하고 있는 상황 속에 일본의 신파극이 서울에 서서히 자리 잡기 시작한다. 1900년대 중반 무렵 서울에서도 일상적으로 공연되고 있던 일본 신파극은 완성기[98]에 들어서서 대중적 인기를 크게 누리고 있었 으며, 무대 기술도 상당 수준에 이르러 있었으므로 새로운 연극을 기 대하는 많은 이들의 관심을 끌기에 충분하였다. 일본 신파극이 연극 개량론의 구체적 대안으로 서서히 부상하기 시작한다. 결과적으로 볼 때, 협률사 공연물을 부정적으로 보는 시각이 워낙 강했으므로 상대 적으로 일본 신파극의 긍정적 측면이 더욱 두드러져 보였던 것이다.

6. 맺음말

그간의 논의에서는 고종의 칭경예식을 위하여 협률사를 만들었으 나, 칭경예식이 연기되면서 일반 극장으로 바뀌었다고 했다. 이러한

---

98) 柳永二郎, 『新派の六十年』, 東京 : 河出書房, 1948, 8면. 창시기(명치 21년에서 명 치 27년까지), 발달기(일청전쟁에서 명치 37년까지), 완성기(일로전쟁에서 명치 말년까지), 난숙조락(凋落)기(대정년간에서 소화 초두까지), 재생노력기(소화 초 두에서 패전까지), 혼미모색기(패전부터 현재(1948년)).

설명은 여러 면에서 애매한 점을 안고 있다. 먼저, 고종의 칭경예식 계획에 협률사가 보이지 않는다는 것이다. 칭경예식을 위해 협률사를 세웠다면 어떠한 용도로 사용할 예정이었는지가 드러나야 할 터인데 계획 중에 아무런 언급이 없다. 그리고 고종의 칭경예식이 국가와 황실의 위상을 제고하려는 목적을 가지고 있었다는 점을 고려해보자면, '봉상시' 건물의 일부를 사용하여 극장을 설립 했다는 것도 이치에 맞지 않아 보인다. 서양의 대극장을 모범으로 삼은 극장을 건축하는 편이 칭경예식을 빛내기에 더욱 적합하기 때문이다. 협률사의 위치도 현재 알려진 것처럼 봉상시 구내에 있지 않고 야주현 근처의 현 새문안 교회 근처에 자리하고 있었다고 보아야 하겠다.

당시 언론을 통해 파악할 수 있는 협률사의 활동과 칭경예식의 진행을 비교해보면 일치되는 바가 없다는 사실을 알 수가 있다. 협률사는 칭경예식과 무관하게 영업활동을 하고 있으며, 1902년 12월에 내외진연이 거행되는 동안에 〈소춘대유희〉를 공연하기도 한다. 이런 점에서 볼 때, 장봉환과 같은 관헌, 혹은 당대 사회의 유력자들이 중심이 되어 건립한 희대회사가 협률사라고 보는 편이 타당하겠다. 그 당시 관료들이 주축이 되어 회사를 설립하는 경우가 많았으며, 이러한 회사들은 반관반민의 형태로 운영되어 백성들에게 혼란을 안겨 주기도 했다. 협률사의 경우도 그러한 관례를 이용하여 영업 활동을 한 것으로 보인다. 1906년에 협률사 혁파론이 일어났을 때, 협률사가 궁내부 소속으로 거짓행세하고 있다는 비난을 받고 있는 것에서 그 사실을 알 수가 있다.

협률사는 근대적 공연 체계를 근대전환기 연극계에 도입 시키는 한편, 새로운 공연물을 제작하여 근대전환기 연극계의 변화를 선도해

나갔다. 상업적 이익을 추구하는 희대회사이기 때문에 관객들의 취향을 고려하여 새로운 공연물을 계속 만들어야 했다. 협률사의 설립 주체들이 양반인 까닭에 그들이 접해 왔던 기녀들의 공연물과 판소리를 선택하여, 실내극장에 공연하기 좋은 형태로 해체하여 재구성하였다. 그 결과 〈소춘대유희〉와 같은 종합적 연행물이 만들어진 것이다. 종합적 연행물은 관객의 취향에 맞추어 계속 재구성된 것으로 보이는데, 그 과정에서 판소리에서 창극이 생성되는 계기를 맞게 되었다. 기생들을 공연무대에 불러들인 것도 특기할만한 사실인데, 협률사로 인하여 등장한 기생 출신의 배우들은 1910년대 여성 배우의 대부분을 차지하였다.

협률사의 종합적 연행물은 서사성이 아주 약한 공연물이다. 그러므로 협률사의 공연물은 본질적으로 개화담론을 수용할 여지가 없다. 협률사의 종합적 연행물은 관객에게 애국·계몽담론을 전하는 공연물이 아니었던 것이다. 협률사 공연물과 영업 방침에 대한 비판적 목소리는 1906년에 이르러 연극개량론을 촉발시킨다. 연극개량론자들은 협률사의 공연물이 고전극에 기반을 두고 있으므로, 고전극 자체를 거부하고 비판하는 데까지 이르렀다. 그 당시로서는 추상적이고 모호하기만 했던 서양극의 효용성에 연극개량론자들의 기대가 집중된 것도 협률사의 공연물을 부정하는 태도가 워낙 강했기 때문이다.

참/고/문/헌

1. 기본자료
• 『고종실록』, 『대한매일신보』, 『뎨국신문』, 『황성신문』,

2. 연구논문
• 김재석, 「개화기 연극개량론의 성격」, 『인문과학』(15집), 경북대
학교인문과학연구소, 2001.
• 김재석, 「개화기 연극에서 고전극 배우의 위상 변화와 그 의미」,
『어문론총』(35집), 경북어문학회, 2001.
• 백순재, 「원각사극장 연구」, 중앙대학교 대학원 석사학위논문, 1974.
• 우대성 · 박언곤, 「한국의 근대건축의 기수 沈宜碩에 관한 연구」,
『대한건축학회학술발표논문집』(16권 2호), 대한건축학회, 1996.
• 윤효정, 「소식」, 『대한자강회월보』, 1906. 7.
• 이윤상, 「고종 즉위 40년 및 망육순 기념행사와 기념물」, 『한국학
보』(111호), 일지사, 2003.

3. 단행본
• 강만길, 『한국근대사』, 창작과비평사, 1984.
• 강재언 · 정창열 옮김, 『한국의 개화사상』, 비봉출판사, 1981.
• 국사편찬위원회, 『日新』, 국사편찬위원회, 1983.
• 김재철, 『조선연극사』, 학예사, 1939.
• 김정동, 『고종황제가 사랑한 정동과 덕수궁』, 도서출판 발언, 2004.
• 대한예수교장로회 새문안교회 역사편찬위원회, 『새문안 교회
100년사』, 새문안교회, 1995.

• 민영환, 『海天秋帆』, 을유문화사, 1958.

• 사진실, 『공연문화의 전통』, 태학사, 2002.

• 서연호, 『한국연극사(근대편)』, 연극과인간, 2003.

• 영인본, 『高宗壬寅進宴儀軌』(상 · 하), 서울대학교 규장각.

• 유길준전서편찬위원회, 「서유견문」, 『유길준전서1』, 일조각, 1995.

• 유민영, 『한국 근대극장 변천사』, 태학사, 1998.

• 이두현, 『한국신극사연구』(5쇄), 서울대학교 출판부, 1981.

• 인남순 · 김종수 공역, 『고종황제 50세 경축연향 女伶呈才笏記』, 민속원, 2001.

• 조영규, 『바로잡는 協律社와 圓覺社』, 민속원, 2008.

• 최남선, 『조선상식문답 속편』, 삼성미술문화재단, 1976.

4. 번역서 및 외국 논저

• 改進散人, 『劇場改良法』, 大阪: 大版出版會社, 1886.

• 柳永二郎, 『新派の六十年』, 東京: 河出書房, 1948.

• 未松謙澄, 『演劇改良意見 全』(再版), 東京: 文學社, 1888.

• 薄田斬雲, 『暗黒なる朝鮮』, 東京: 日韓書房, 1908.

• 印南高一, 『朝鮮の演劇』, 東京: 北光書房, 1944.

• 井手正一, 『韓國倂合紀念帖』, 東京: 駿駿社, 1910.

• 朝鮮鐵道史 編纂委員會, 『朝鮮鐵道史』 第1捲(創始時代), 朝鮮總督府 鐵道局, 1937.

• 부르다레, 에밀, 정진국 옮김, 『대한제국 최후의 숨결』, (주)글항아리, 2009.

• 오자사 요시오, 이혜정 옮김, 『일본의 극장과 연극』, 연극과인간, 2006.

'영화 시장'으로서 식민지 조선
-1920년대 경성(京城)의 조선인 극장가와 일본인 극장가를 중심으로-[1]

김순주

1. 머리말

현대의 연구자들에 의해 복원된 식민지 시기의 영화사나 극장사와 달리 경성(京城)에는 두 개의 극장가가 있었다. 극장가는 시전거리인 종로 일대, 그리고 일본인들을 위해 개발된 남부 일대에 형성되었다.[2] 이 구역에서 극장은 1907년 전후로 동시에 나타났다.

---

1) 이 글은 『한국문화인류학』(47-1호), 한국문화인류학회, 2014, 135~172면에 게재된 연구 논문을 부분적으로 수정하여 총서로 재출간하는 것임을 밝혀 둔다. 특히 머리말과 맺음말을 편집하여 재구성하고, 머리말에는 이론적 논의를 보충하였다.

2) (공직자가 아닌) 일반 일본인의 도성 내 거주가 허용된 1885년을 기점으로 경성의 민족적 인구 구성이 점차 변화를 보이기 시작한 것으로 볼 수 있다(손정목, 『일제강점기 도시화과정연구』, 일지사, 1996, 361면 ; 김종근, 「서울 中心部의 日本人 市街地 擴散 : 開化期에서 日帝强占 前半期까지(1885~1929년)」, 『서울학연구』(20호), 서울시립대학교 서울학연구소, 2003, 206면 ; 김백영, 「일제하 서울에서의 식민권력의 지배전략과 도시공간의 정치학」, 서울대학교 박사학위논문, 2005, 107면 참조).

1900년대에 세워진 극장은 공연, 묘기, 기타 여흥거리 중심의 극장
이었으나, 1910년 황금정(黃金町 : 을지로)에서 경성고등연예관(京
城高等演藝館)이 개관하면서 활동사진상설관(영화관)이 나타나기 시
작하였다. 1920년대 초에 이르면 '북촌' 시가지에는 조선인을 대상으
로 하는 우미관(優美館), 단성사(團成社), 조선극장(朝鮮劇場)이, '남
촌' 시가지에는 일본인을 대상으로 하는 다이쇼칸(大正館), 기라쿠칸
(喜樂館), 주오칸(中央館), 고가네칸(黃金館)이 양립하게 되었다.

극장가의 색채는 영화 상영에서 가시적으로 나타났다. 북촌에서는
조선인을 대상으로 매일같이 외국(특히 미국) 영화를 상영하고, 드물
게 조선 영화도 개봉하였다. 이에 반해 일본인 중심의 남촌에서는 '내
지(內地)'로부터 들여온 일본 영화를 자국어 해설을 통해 자국민을 상
대로 상영하였으며, 영화관에 따라 서양 영화를 넣기도 하였다. 1920
년대에 이르러 확고하게 양분된 조선인 극장가와 일본인 극장가의 영
화 상영 양상은 경성이 조선인만이 아닌 두 민족의 수요를 가진 곳이
었음을 보여 준다. 1918년 단성사가 활동사진관으로 재개축하기 전
까지 북촌에는 영화상설관이 없었으므로 영화를 보려는 조선인은 남
촌의 영화관으로 가야 했다. 그렇다 하더라도 이들이 남촌에서 본 영
화는 서양 영화이거나[3] 조선인을 위한 영화 관람에는 특별히 조선

---

3) 윤치호(尹致昊)가 1917년 6월 20일 "저녁 6시 30분 부인, 여동생과 함께 〈Civilization〉
을 보러 다이쇼칸(大正館)에 갔다"고 일기에 적은 것에서 이러한 상황을 미루어 짐
작할 수 있다(『윤치호일기』(영문), June 20th, 1917. 한국사료총서, 한국사데이터베
이스, 국사편찬위원회, http://db.history.go.kr/). 〈Civilization〉은 미국 영화(전 10
권)로, 다이쇼칸은 이 영화를 「シビリゼーシヨン」으로 『京城日報』 1917. 6. 20일자
에 광고하였다.

어 해설을 제공하지 않을 수 없었던 것처럼,[4] 조선인에게 일본 영화는 자국어의 매개가 없이는 심리적만이 아니라 신체적으로도 접근하기 쉽지 않았을 뿐만 아니라, 일본 영화에 내재한 '지역적 지식(local knowledge)'과 정서는 더더욱 공감하기 어려운 것이었다. 영화는 누적된 민족적 감각과 기호를 누그러뜨리며 새로운 도시 '대중'의 취향을 창출하기도 하지만, 그러한 누적된 보수성을 영화관을 통해 새롭게 구축하는 매체로 작동한다.

이 연구는 경성의 극장가를 조선인과 일본인 간의 민족적 차이가 공간을 통해 발현된 한 사례로 다룬다. 1900년대 후반부터 조선인 중심의 구시가지와 일본인 중심의 신시가지를 배경으로 양 민족은 이름, 언어, 프로그램, 홍보 전략을 통해 극장가를 자신의 '민족적 장소(ethnic enclave)'로 만들어 갔다.[5] 본고는 경성의 극장사를 조선인 위주의 역사가 아닌 두 민족의 공간의 역사, 즉 극장가의 역사로 접근할 것이다.

최근의 영화사 연구는 '조선 영화'의 제작과 상영보다, 영화의 상영에 주목하였다. 이는 1910년대부터 조선어와 일본어 일간지에 광고된

---

4) 『매일신보』, 1916. 2. 5일 참조. 음력 새해에 한해서 별도로 마련된 조선인 관람 시간에 조선인 변사를 두고 조선어 해설을 제공하였다.
5) 일반적으로 'enclave'는 특정 소수 집단이 거주하거나 활동하는 장소 또는 공간을 말하며, 배제성, 소외성, 폐쇄성 등으로 인한 비개방성이라는 함의를 띤다. 'ethnic(ity)'은 국민국가처럼 인위적으로 형성된 정치적 공동체인 'nation'과 변별하여 혈연적, 지리적, 역사적, 언어적 공통성에 기반을 둔 특정 집단을 논의하는 데 사용된다. 'ethnic(ity)'은 민족(성), 종족(성)(種族性), 동족(성)으로 번역할 수 있는데, 한국어 어감을 고려하여 이 글에서는 '민족(성)'으로 번역하였으며, 맥락에 따라 '에쓰니시티' 그대로 표기한 경우도 있다.

극장 프로그램, 조선에서 제작된 영화 편수,[6] 나아가 최근의 영화사적
쟁점[7] 등에서 보이는 바와 같이 '조선 영화'가 일상적으로 상영된 다
른 국적의 영화에 비해 매우 적었기 때문이다. 조선의 영화 산업이 처
한 이러한 상황을 가장 분명하게 증명하는 자료는 활동사진필름검열
개요(活動寫眞フイルム檢閱槪要)』이다.[8] 총독부 경무국이 발간한 이
자료에 의하면, 도서과에서 필름 검열을 처음 실시한 1926년 8월부
터 1927년 7월 사이에 검열받은 전체 필름(극·비극(非劇)) 중 '내지
물(內地物)'이 약 49퍼센트, '외국물(外國物)'이 약 43%퍼센트(이 중
'북미합중국물'이 약 41퍼센트)인 데 비해 '조선물(朝鮮物)'[9]은 약 8

---

6) 「十二年間作品製作年代記」, 『三千里』, 1940. 5, 223~232면. 오류가 없지 않을 것이
   나 이 목록에는 1921~1940년까지 조선에서 제작된 총 126편의 영화 정보(일본인
   참여 포함)가 간략하게 제시되어 있다.
7) 유선영, 「극장구경과 활동사진 보기 : 충격의 근대 그리고 즐거움의 훈육」, 『역사
   비평』(64호), 2005, 9면(이순진, 「총설 : 식민지시대 영화 검열의 쟁점들」, 한국영
   상자료원(KOFA) 엮음, 『식민지 시대의 영화검열 : 1910~1934』, 한국영상자료원,
   2009, 27면 참조)은 1930년대 조선인들의 서양 영화 관람을 검토하면서, 이순진은
   식민지 시기의 (조선인과 관련된) 영화검열 쟁점을 제기하면서 조선 내의 영화 제
   작이 미미한 상황에서 식민당국의 영화통제정책이 '자국[조선] 내의 생산보다 외
   국 영화의 수입과 유통, 그리고 소비'에 겨냥되어 있었다고 보았다(이순진, 위의 글,
   17면, 27면). 한편, 한상언은 1910년대 말까지의 조선의 영화 산업을 검토하면서
   '연평균 10편 이내로 극히 소량의 영화만이 제작되던 조선 영화계의 상황에서 극장
   을 중심으로 한 영화의 배급과 상영'이 식민지 시기 영화사에서 훨씬 더 중요하게
   다루어져야 한다고 지적하였다(한상언, 「활동사진시기 조선영화산업 연구」, 한양
   대학교 박사학위논문, 2010, 132면).
8) 朝鮮總督府 警務局, 1931. 서울특별시 서초구 국립중앙도서관 소장(자료는 국립중
   앙도서관 원문DB에서 참고함, http://www.dibrary.net/). 한국영상자료원(KOFA)
   이 원문을 한국어로 해제·번역하면서 원 자료에 기재된 수치를 다수 정정하였으
   므로, 본고에서도 번역본을 함께 참고함(한국영상자료원, 앞의 책, 141~290면).
9) 경무국의 '극영화' 기준에서 '조선물'이란 제작, 출연, 내용에서 조선인 중심으로 이
   루어진 '순조선극' 및 제작지는 조선이되 일본극과 크게 다르지 않은 조선극 두 범
   주를 말한다(朝鮮總督府 警務局, 앞의 자료, 45면).

퍼센트에 불과하였다(길이(미터) 기준).[10] 또한, 전체 검열 필름(극·
비극) 총 2422건[11] 중 '순 조선' 극영화는 18건에 불과하였다.[12] 조선
현지에서 영화 제작이 이렇게 저조한 형편은 조선인과 재조선(在朝
鮮) 일본인 모두에게 해당하였다. 특히 재경성 일본인들의 경우, 내지
에서 영화를 들여오는 배급업자로, 그리고 들여온 영화를 자신이 운
영하는 극장이나 영화관에서 상영하는 상영업자로 조선의 영화 산업
에 종사하였다.[13] 경성은 영화 제작의 현지라기보다 상영과 소비가 특
징을 이룬 일종의 '시장'이었다.

 이러한 맥락에서 이 글은 상영과 관련된 두 측면을 통해 경성의 극
장가를 살펴보고자 한다. 우선 위에서도 언급한 바와 같이 영화의 상
영을 민족의 프리즘으로 접근하면서 경성 극장가가 조선인만이 아닌
두 민족의 수요를 가진 곳이었음을 확인한다. 한편, 1920년대 초반만
하더라도 경성의 영화관들은 일본 영화와 서양 영화를 막론하고 내지
의 영화사를 통해 영화를 공급받았다.[14] 이러한 시점에서 총독 사이토
마코토(齋藤實)는 조선총독부령 제59호로 활동사진필름검열규칙(活

---

10) 위의 자료, 29~30면 ; 한국영상자료원(KOFA) 엮음, 앞의 책, 180면.
11) 원자료에 기재된 수치대로 인용함(한국영상자료원(KOFA) 엮음에는 총 2,432건
 으로 정정 부기. 위의 책, 180면 참조).
12) 朝鮮總督府 警務局, 앞의 자료, 45면. 총 2442건 중 극과 비극(悲劇)의 비율은 90
 대 10이다.
13) 한상언, 앞의 글 참조.
14) 이후 서양 영화의 배급 채널은 점차 바뀌어 갔는데, 북촌 영화지구에서는 일본에
 진출한 서양 영화사의 대리점, 조선과 경성에 진출한 서양 영화사의 대리점, 나아
 가 조선인이 설립한 영화배급사를 통해 서양 영화를 공급받게 되었다(이호걸, 「식
 민지 조선의 외국영화─1920년대 경성의 조선인 영화관에서의 외화 상영」, 『대동
 문화연구』(72집), 성균관대학교 대동문화연구원, 2010, 83~91면).

動寫眞「フイルム」檢閱規則, 이하 '검열규칙')을 공포하였다.[15] 전국에 유통될 모든 필름을 경무국 도서과에서 일괄 사전검열하기로 한 이 검열규칙의 시행으로 조선 내 지역 간 검열 기준의 차이는 해소될 수 있었던 반면, 일본에서 들여오는 필름에 대한 검열 기준의 차이가 새로운 쟁점으로 부각되기에 이르렀다. 내지/조선 간 필름 검열의 '법역(法域)'을 이원화해야 한다는 식민당국의 방침은 '내지연장주의(內地延長主義)'를 내세우며 검열 법역의 단일화를 주장한 재경성 영화사업 종사자들과 내지로부터 유통되는 필름의 검열수수료를 놓고 첨예하게 대립하는 국면으로 전개되었다. 약 2년에 걸쳐 경성에서 전개된 이 운동은 영화 수입지, 즉 상영과 소비가 중심이 된 영화 시장으로서 경성의 특수성을 드러내는 사건이 된다.

이 연구는 민족, 영화, 지역의 세 요소를 고려하여 경성의 극장가를 에쓰니시티(ethnicity)의 공간적 발현으로 재조명하고자 한다. 이를 위해 우선 1900년대에 경성에 등장한 극장가로 시야를 돌려 볼 필요가 있다.

2. 경성의 '극장가' : 조선인 극장가와 일본인 극장가 의 형성

2.1. 극장가의 등장과 공간적 특성

서울에서 극장은 서부, 중부, 동부, 그리고 새롭게 개발되고 있던 남

---

15) 朝鮮總督府, 「朝鮮總督府令第五十九號」, 『官報』, 1926. 7. 5, 1면.

부와 용산에서 나타났다. 1900~1910년대 사이에 약 스무 곳의 극장이 문을 열었는데, 공간적으로는 점차 중부와 남부에 집중되어 갔다. 외국의 도시에서 극장은 군집을 이루면서 하나의 극장가가 조성되고는 하지만, 경성에는 그 수효가 많지 않을 뿐 아니라 흩어져 있었던 이유에서인지 '극장가'라는 표현이 문자로 기록된 용례는 1930년대 후반에야 찾아볼 수 있다.[16]

경성 극장가에 대한 이러한 인식은 1935~1936년 사이 남촌에 세 곳의 영화관이 잇따라 개관한 것을 계기로[17] 일본인 건축 전문가들이 영화관 좌담회를 개최하면서 피력한 소감에서 잘 드러난다. 당시 철도국 무공과(務工課)에 근무하는 오카다 슈헤이(岡田秀平)는 경성의 극장가를 도쿄 극장가와 비교하면서 "도쿄의 아사쿠사(淺草)나 신주쿠(新宿)에서는 비슷한 영화관이 줄지어 늘어서 있지만 각기 다른 종류의 영화를 하고 있어서 특별히 어떤 영화를 보겠다고 계획을 세우지 않아도 마음 내키는 영화관으로 들어가 영화를 볼 수 있지만, 경성의 영화관들은 일본 영화든 서양 영화든 영화관마다 비슷한 영화를 상영하고 있을 뿐만 아니라 영화관도 띄엄띄엄 떨어져 있어서 영화를 보려면 어느 영화관에 가야겠다는 결정을 미리 내리고 전차에 올라타야 한다"고 하였다.[18]

---

16) 白岩洞人, 「京城北村劇場街盛衰記」, 『批判』(6권 10호), 1938. 10, 74~76면.
17) 1935년에 개관한 와카쿠사영화극장(若草映畵劇場)과 1936년에 개관한 고가네자(黃金座), 메이지자(明治座)를 가리킨다.
18) 「映畵館に就ての座談會」, 『朝鮮と建築』(15집 12호), 1936. 12, 10면.

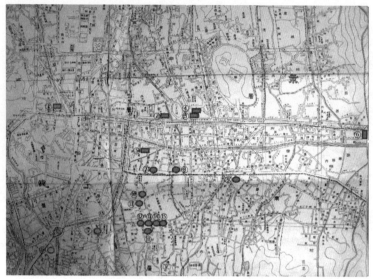

[그림 1] 1900~1910년대 서울의 극장가

① 협률사(協律社), 원각사(圓覺社) : 야주현(夜珠峴) 소재, ② 연흥사(演興社) : 사동(寺洞) 소재, ③ 단성사(團成社) : 중부 동문 안(內) 소재, ④ 장안사(長安社) : 장대장동(張大將洞) 소재, ⑤ 우미관(優美館) : 장교통 동곡(長橋通 東谷) 소재, ⑥ 광무대(光武臺) : 동대문 안 일한와사회사(日韓瓦斯會社) 소재, ⑦ 경성고등연예관(京城高等演藝館) : 황금정 2정목(黃金町二丁目) 또는 조동(棗洞) 소재, ⑧ 고가네칸(黃金館) : 황금정 4정목(黃金町四丁目) 소재, ⑨ 다이쇼칸(大正館) : 앵정정(櫻井町) 소재, ⑩ 나니와칸(浪花館) : 명치정(明治町) 소재, ⑪ (新)게이조자(京城座) : 명치정 1정목(明治町一丁目) 소재, ⑫ 혼마치자(本町座) : 본정 2정목(本町二丁目) 소재, ⑬ 고토부키자(壽座) : 본정 3정목(本町三丁目) 소재, ⑭ 고토부키칸(壽館) : 본정 3정목(本町三丁目) 소재, ⑮ (舊)게이조자(京城座) : 본정 4정목(本町四丁目) 소재, ⑯ 유라쿠자(有樂座) : 남산정(南山町) 소재, ⑰ 가부키자(歌舞伎座) : 욱정 1정목(旭町一丁目) 소재, ⑱ 오나리자(御成座) : 남대문 밖 어성정(御成町) 소재, ⑲ 류산자(龍山座) : 용산 소재(지도에는 표시하지 않음), ⑳ 사쿠라자(佐久良座) : 용산 소재(지도에는 표시하지 않음), 유라쿠칸(有樂館) : 본정 1정목(本町一丁目) 소재(지도에는 표시하지 않음) (자료) 지도 : 大阪十字屋 編,『市區改正豫定計劃 京城市街全圖』(1:10,000);, 1913. 4 ; ⑦~의 극장은 홍선영,「1910년 전후 서울에서 활동한 일본인 연극과 극장」,『일본학보』제56-2호, 한국일본학회, 2003, 248~249면에서 위치 참고, 인용 및 필자가 일부 추가, 재작성. (비고) ⑤ 우미관은 1945년의 한 지도에는 청계천 이북의 종로 2정목 전차로 가까이에 나타난다(위 지도에는 장교통 근처로 표시), ⑥ 광무대는 1913년 5월 황금정 4정목 황금유원 내로 장소를 옮겼다(위 지도에는 1913년 5월 이전의 소재지인 '일한와사회사' 자리로 표시).

오카다의 인상처럼 경성의 극장들은 산재해 있어 도쿄 같은 도시의 극장가 수준에 못 미쳤을 수 있다. 그렇지만 이렇게 떨어져 있는 각 극장의 위치를 지도상에 표시해 보면, 이 극장들은 동서로 뻗은 종로와 황금정통을 기축으로 북과 남에 분포되어 있었음을 알 수 있다([그림 1]). 다시 말하면 경성의 극장가는 밀집도가 아니라 공간적 배치가 특징이 된, 즉 조선인 중심의 구시가지와 일본인 중심의 신시가지를 배후로 형성되었음을 알 수 있다.

북에 위치하거나 이에 근접한 극장들(①~⑥)은 조선인 관람자를 대상으로 한 극장들로, 지명상 서부·중부·동부로 불린 곳에 들어섰다. 1902년 서부 야주현(夜珠峴: 종로구 신문로 1가와 당주동에 걸친 야주개마을에 위치) 봉상시(奉常寺) 내에 설치된 희대(戱臺) 협률사(協律社. 이후 圓覺社)를 비롯하여 중부에는 사동(寺洞: 인사동)의 연흥사(演興社), 동구(洞口: 경행방 동구계 내로 추측) 내 단성사(團成社), 장대장동(張大將洞: 돈의동)의 장안사(長安社) 등의 극장이 나타났다.[19] 동부의 동대문 바로 안쪽에 소재한 광무대(光武臺)는 일한와사회사(日韓瓦斯會社)의 부지에서 운영되다가 이후 황금정 황금유원(黃金遊園)으로 이전하였다.[20]

한편 남부 일대에는 일본인이 소유·운영하는 극장들이 나타났다(⑦~㉑). 약 15개에 이르는 이 극장들은 두 차례의 전쟁과 함께 개발된 남부 시가지의 시세 속에서 개관하고 또 이전하기도 하였다. 경성에서 처음 일본인들이 거주한 수정(壽町: 주자동), 즉 고토부키초에

---

19) 괄호 속의 지명과 위치는 서울특별시사편찬위원회, 『서울지명사전』, 2009 참조.
20) 『매일신보』, 1913. 5. 15 ; 『매일신보』, 1913. 6. 4.

는 일본인 최초의 극장으로 고토부키자(壽座)가 개관하였다.[21] 고토
부키자는 본정(本町)으로 이전하였는데, 이는 러일전쟁 후 명치정(明
治町)·영락정(永樂町 : 저동)과 함께 본정 일대가 일본인 활동지로
새롭게 포함되었던 것과 관련 있어 보인다.[22]

『경성번창기(京城繁昌記)』(1915)는 고토부키자를 포함한 일본인
극장의 내력에 대해 다음과 같이 기술하고 있다.

경성의 풍속사를 편찬하고자 하는 자라면 극장으로서 고토부키자
를 빼놓을 수 없다. 메이지 40년 전후, 전후(戰後)의 반동으로 부화경
조(浮華輕佻)의 분위기를 틈타 현재처럼 내지인이 다수 없음에도 불
구하고 극장으로 아사히초(旭町) 1정목, 혼마치(本町) 2정목(지금의 1
정목), 혼마치 7정목(지금의 4정목), 남대문 밖의 오나리자(御成座) 및
이 고토부키자(壽座) 다섯 군데가 있었는데, 어떤 것은 화재로 없어지
고 노후화되어 현재는 오나리자와 고토부키자만이 있다.

고토부키자는 경성 최초의 극장으로 고(故) 고사쿠 가쿠지로(古迫
角次郎) 씨 일 개인이 설립한 것으로 그가 사망한 후 유족이 관리하게
되었지만, 경영자인 사카모토 고이치(阪本五市) 씨의 힘으로 항상 유
수의 연기자를 초청해 도시의 인사들로 하여금 희망을 채우고 쾌락을
얻게 한다.[23]

---

21) 岡良助,『京城繁昌記』, 博文社, 1915, 477면.
22) 김종근,「서울 中心部의 日本人 市街地 擴散 : 開化期에서 日帝强占 前半期까
지(1885~1929년)」,『서울학연구』(20호), 서울시립대학교 서울학연구소, 2003,
205~214면 참조.
23) 岡良助, 앞의 책, 476~477면.

남부 일본인 극장가는 러일전쟁 후의 들뜬 분위기 속에서 다섯 곳의 극장이 개관하면서 형성되었다. 위의 글에서 '메이지 40년 전후 아사히초 1정목'에 개관하였다는 극장은 가부키자(歌舞伎座)로 짐작된다. 가부키자는 고토부키자, 오나리자와 함께 남부에서 가장 먼저 개관한 극장으로,[24] 가부키자가 소재한 욱정(旭町), 즉 아사히초는 청일전쟁 이후 일본인의 시가지로 편입되었다.[25]

일제강점 이전부터 황금정에는 도로개수사업이 진행되면서 부동산 투기열이 가득했고, 1912년에는 황금정통이 개통되었다.[26] 이 과정에서 1910년에는 경성 최초의 활동사진상설관인 경성고등연예관이, 1912년에는 고가네칸이 개관하였다. 그리고 1912년 인접 지역인 앵정정(櫻井町 : 인현동)에 다이쇼칸이 개관하였다. 북촌의 극장들도 활동사진을 상영하기는 했으나, 경성고등연예관·고가네칸·다이쇼칸과 같이 활동사진 전용극장은 일본인 극장가에서 먼저 나타났다. 고가네칸과 다이쇼칸은 일본 영화 개봉관으로 1920년대에도 계속 운영되었다.

2.2. 이름과 운영의 성격

초기 극장들은 명칭을 통해서 민족적 소속을 쉽게 식별할 수 있었다. 북촌 시가지에 등장한 극장들은 광무대를 제외하고는 모두 "ㅇㅇ

24) 홍선영, 앞의 논문, 248면 참조.
25) 김종근, 앞의 논문, 211면 지도 참조.
26) 위의 논문, 202면 ; 김백영, 「일제하 서울에서의 식민권력의 지배전략과 도시공간의 정치학」, 서울대학교 박사학위논문, 2005, 136면.

사(社)"라고 불렸다. 상업적 영업을 시작한 협률사를 비롯하여 원각사, 단성사, 연흥사, 장안사가 그 극장들로, 공연사의 맥락에서 '사'는 특정 연희단체 및 그 연희단체가 활동하는 연희장에 혼용되다가 점차 연희장, 즉 극장 고유의 이름을 가리키게 되었다.[27] 광무대만이 유일하게 연호를 사용하여 무대를 의미하는 '대(臺)'를 붙여 이름이 지어졌으나, 명칭과 관련된 내막은 정확히 알기 어렵다.

남촌 시가지에 나타난 극장들은 주로 "ㅇㅇ좌(座 : 일본어 발음은 '자')"라고 이름 지어졌다. '좌'는 조정 · 막부 · 사찰 · 신사에서 거행되는 의식에서 특정 좌석을 차지하며 의식의 특권을 누리던 조직을 의미했으나, 메이지시기에 이루어진 흥행규제 폐지와 함께 일반 공연 조직을 가리키게 되었다.[28] 1900년대에 서울 · 인천 · 평양 등지의 일본인 극장에서 활동한 신파극단들은 이러한 제도 변천 후 조선으로 온 극단들로, 이 흥행 극단들과 이들이 공연하는 극장을 조선에서도 'ㅇㅇ좌'라고 하였다.

서울의 일본인들은 특정 마치(町), 지역, 원호(元號) 명을 극장 이름에 활용하여 자신들의 민족적 정체성을 나타낼 뿐만 아니라 새로운 지역적 소속감을 부여하고자 하였다. 1901년부터 남부 구역에는 우편 배달의 편의를 위해 일본식 정명(町名)이 붙여졌는데,[29] 이 정명을 딴 혼마치자, 고토부키자, 오나리자, 고가네칸 등과 같은 이름의 극장들이 생겨났다. 일본인들에게 새로운 정착지가 된 경성, 용산의 지명을

---

27) 조영규,「協律社와 圓覺社 研究」, 연세대학교 박사학위논문, 2005 참조.
28) 박전열,「일본 인형극 흥행방식의 변천」,『공연문화연구』(10권), 한국공연문화학회, 2005, 160~161면.
29) 서현주,「朝鮮末 日帝下 서울의 下部行政制度 研究 - 町洞制와 總代를 중심으로」, 서울대학교 박사학위논문, 2002, 102면.

딴 게이조자(京城座), 류산자(龍山座)도 나타났다. 나아가, 다이쇼(大正) 원년인 1912년에 개관한 다이쇼칸처럼 원호를 붙인 극장도 나타났다.

활동사진을 전문으로 한 극장은 공연물 위주의 극장과 달리 "○○관(館 : 일본어 발음은 '칸')"이라 이름 짓는 것이 더 일반적이었다. 경성고등연예관을 비롯하여 고가네칸, 다이쇼칸, 우미관 등이 그러한 예이다. 보다 후대에 나타난 영화관은 '○○극장', '○○키네마(キネマ)', '○○영화관', '○○영화극장'으로 그 명명 방식이 다양해졌다. 나아가 다카라즈카(寶塚)와 같이 일본 흥행회사의 직영 영화관이나(京城寶塚劇場, 東寶若草劇場)[30] 쇼치쿠자(松竹座)와 같이 일본 영화제작사의 직영인 영화관도 생겨났다.

한편 프로그램 홍보 방향을 통해 두 시가지의 극장들이 자신들의 영업에서 의도하는 바를 추측할 수 있다. 극장 프로그램은 신문지면 광고, 극장 앞 광고, '마치마와리(町回り)'라 불린 거리순회 광고 등을 통해 홍보되었다. 이 중 자료상 비교적 분명하게 확인할 수 있는 홍보 방식은 신문지면 광고이다.

1906년에 창간된 『경성일보(京城日報)』와 1910년에 창간된 『매일신보(每日申報)』는 극장 프로그램 일정을 정기적으로 홍보하는 매체로 초기부터 활용되었다. 두 신문의 언어 차이에서 알 수 있는 바와 같이, 활동사진관을 제외한 공연 위주의 극장들은 국한문 혼용의 『매일신보』와 일본어 전용의 『경성일보』중 자신의 모국어 신문을 가려 홍

---

30) 오자사 요시오(大笹吉雄), 이혜정 옮김, 『일본의 극장과 연극』, 연극과 인간, 2006, 11~19면 참조.

보하였다. 경성고등연예관 · 다이쇼칸 · 고가네칸과 같은 활동사진관들은 1910년대 초반만 하더라도 『매일신보』에도 일정과 소식을 알리고는 했으나, 시간이 흐르면서 각자의 모국어 신문을 배타적인 홍보 수단으로 사용하는 관행이 약 25년간이나 지속하였다.[31]

그렇다면 관람자의 극장 출입이나 소비 경향이 민족적 소속과 어떠한 방식으로 매개되었는가를 살펴볼 필요가 있다. 가부키, 나니와부시(浪花節), 교겐(狂言)과 같은 일본의 전통 공연물은 조선인이 드나드는 극장에서 '구경'의 대상은 될 수 있을지 몰라도 조선인 공연자에 의해 실연되기는 어려웠다. 이는 판소리, 창극이 일본인 공연자에 의해 연행되기 어려운 것과 마찬가지인 것이다. 이와 다르게 메이지시기에 등장한 '신파(新派)'는 일본인 극단들이 남촌 극장가에서 자주 공연하면서 북촌 극장가에서도 큰 인기를 얻었다.

그렇다 하더라도 북촌 극장가에서 조선인 관람자들 앞에서 신파극을 실연한 자들은 조선인 공연자들이었다. '조선신파극원조(朝鮮新派劇元朝)' 극단임을 내세운 임성구(林聖九)가 이끄는 혁신단(革新團)이 오나리초에 위치한 일본인 극장 오나리자에서 1916년 신파극을 공연한다는 예를 찾아볼 수 있지만,[32] 그리고 '내지'의 유명 공연단이 초청되어 경성 · 용산에서 일본인과 조선인 앞에서 특별공연을 하기도

---

31) 1930년대 중반에야 『경성일보』와 『매일신보』의 극장 광고에 변화가 나타난 것을 찾아볼 수 있다. 단성사에서 일본 영화를 상영하면서 『매일신보』와 『경성일보』에 일본어 광고를 싣는 동시에, 그간 『경성일보』를 활용했던 남촌의 영화관들은 앞다투어 『매일신보』에 일본어 광고를 내기 시작하였다. 신문지면 광고에 일어난 이러한 변화는 경성 남북촌 영화지구의 전반적 변화와 직접적 관련이 있다.
32) 『경성일보』, 1916. 10. 7.

했지만,[33] 이런 예를 제외하고는 조선인 공연자들이 일본인 관람자를 위한 무대에서 상설 공연을 하는 일은 거의 없었으며, 그 반대의 경우도 마찬가지였다. 공연물에 있어 소비 취향의 경계는 쉽게 가로질러지지 않았다. 그렇지만 연행의 바로 그 속성, 즉 이국의 공연물이라도 자국인에 의해 실연될 수 있는 그 가능성 때문에 신파극은 남촌 극장가를 넘어 북촌 극장가로 유입될 수 있었다. 오랜 훈련과 숙련을 요하는 양국의 전통 공연물과 달리 신파와 같은 동시대적 장르는 조선인들도 '조선식'으로 시연하고 관람할 수 있는 새로운 연극으로 여겨졌기 때문이다.

그런데 북촌 극장가에서 신파극의 인기가 시들해질 무렵인 1910년대 말경 조선인의 신파극 공연에 보인 '내지인'의 요소가 거슬린다는 지적이 제기되었다.

> 단성사에서 제일 첫날 흥행하던바 〈의기남아〉를 보았다. 그에 대한 나의 소감을 말할진대 우선 〈의기남아〉라 하는 각본은 각본부터 현금 우리 사회에는 적합하지 못하다. 그 각본은 내지 구극과 및 신극을 절충하여 지은 것인 듯 한데 우리 조선에는 있음직한 것이 아니다. (…) 제일 먼저 표정하는 모양을 고칠 것이오, 그 다음에는 도구를 고칠 것이오, 그 다음에는 사람을 골라서 '역(役)'을 맡길 것이다. 이것을 다시

---

33) 1915년 공진회 행사 참석차 경성을 방문한 덴쇼이치자(天勝一座)가 오스카 와일드(Oscar Wilde)의 「살로메」를 공연한 예(『경성일보』, 1915. 10. 10 ;『매일신보』, 1915. 10. 10 ;『매일신보』, 1915. 10. 13), 다이쇼천황 즉위 축하행사가 경성 곳곳에서 거행되던 1915년, 그리고 이후 1917년에 예술좌(藝術座)가 극작가 시마무라 호게쓰(嶋村抱月)와 여배우 마쓰이 수마코(松井須摩子)를 대동하고 경성과 용산을 방문하여 공연한 예(『경성일보』, 1915. 11. 12 ;『경성일보』, 1915. 11. 13 ;『경성일보』, 1915. 11. 16 ;『경성일보』, 1917. 6. 16)를 들 수 있다.

분석하여 말하자면 제일 첫째 표정에 대한 것은 말을 배우며 연구하여 그릇되는 무식한 말이 없게 하며 이상하듯 치는 '악센트'를 없이 할 것, 내지인의 구극배우를 입내 내여 몸의 동작을 이상히 하는 것을 고칠 것, 관객을 웃기고자 공연히 너무 난폭한 거동을 하지 말 것이오. 둘째 도구를 고칠 것은 내지인을 본받아 수건을 꼬아서 머리를 동이는 것, 격금하는 것, 즉 긴 칼과 긴 작대기 등을 없이 할 것, '한넨'이라는 내지 인의 노동자의 옷과 및 양복 등을 남용하지 말 것, 곧 현금 우리 사회와 어그러지지 않게 할 것이오(…).[34]

이 관극기(觀劇記)는 1919년 9월 12일자 『매일신보』에 실린 것이 다. 조선인의 신파극이 '현금 조선 사회와 어그러져 보인' 것은 3·1운 동 후 '조선적인 것'에 대한 탐색이 광범하게 일어나는 분위기 속에서 일본식 신파극도 재고의 대상이 되었기 때문일 것이다. '내지'의 구극 과 신극을 절충하여 만든 각본, '내지인' 구극배우를 흉내 낸 몸동작, '내지인'의 복장과 소도구 등이 한때 조선인 사이에서 받아들여졌다 하더라도, 위의 글에서 보는 바와 같이 조선인이 실연할 신파극은 일 본식 신파극과의 관계에서 일본식 신파극과 다른 것으로 새롭게 모색 되고 있었음을 알 수 있다.

한편 새로운 관람물로서 활동사진은 민족과 관계없이 소비될 수 있 을 것 같지만, 실은 그렇지 않았다. 무성영화는 모국어의 매개를 통해 수용되었으므로 언어가 관람의 경계를 뚜렷이 만들어 갔다. 평소 '내 지인 전문의 활동사진관'으로 운영된 고가네칸이 "특히 구력 정초에 조선인을 끌 방책으로 변사 서상호를 두고 구주전쟁에 관한 좋은 사

---

34) 八克園, 「新劇座를 보고」, 『매일신보』, 1919. 9. 12(현대문으로 고쳐 인용).

진을 준비하여 낮에만 한하여 구경을 시키기로"[35] 한 것처럼, 남촌의 영화관들이 조선인 관람자를 따로 들이려 한다면 조선어 해설을 제공하고 조선인 관람 시간도 별도로 지정하였다. 당시까지만 해도 북촌 극장가에는 조선인을 대상으로 한 상설 영화관이 없었지만 1918년에 단성사가, 1922년에 조선극장이 활동사진관으로 개관함으로써 북촌에 단성사 · 조선극장 · 우미관이, 남촌에 기라쿠칸 · 주오칸 · 다이쇼칸 · 고가네칸이 양립하는 영화지구의 민족적 구도가 나타나기 시작했다.

3. 영화관 운영과 영화 수요의 양상

3.1. 조선인과 일본인 영화관 사업가들

식민지 시기 전반에 걸쳐 경성, 그리고 다른 대부분 지역에서 극장사업은 일본인의 사업이었다 해도 부당한 말이 아니다. 극장 · 영화관 운영, 흥행사업을 위한 회사 설립과 경영은 주로 재조선 일본인들이 관계한 사업이었다. 이러한 전반적 상황에서 많지는 않으나 경성을 비롯한 인천, 대구, 대전, 논산, 함흥 등과 같은 지역에서 극장사업에 종사하는 조선인들이 나타났다.

경성, 특히 북촌 극장가에서 극장을 운영한 조선인으로는 1908년부터 광무대를 운영한 박승필(朴承弼)을 꼽을 수 있다. 인물 자료에 따

---

35) 『매일신보』, 1916. 2. 5 ; 『매일신보』, 1918. 2. 11.

르면,[36] 박승필은 서울 출신으로 1875년에 태어났다. 그는 1927년까지 약 19년 동안 광무대를 운영했을 뿐만 아니라 1918년에 활동사진관으로 재개관한 단성사를 1932년까지 직접 경영하였으며,[37] 연극과 활동사진을 결합한 연쇄극(連鎖劇) 제작에도 적극 참여하는 등[38] 조선인 극장사업가로는 유례를 찾아보기 힘든 이력을 남겼다.

초기부터 남촌에서 극장사업에 종사하면서 자료상에 나타나는 일본인으로는 닛타 고이치(新田耕市)를 들 수 있다.[39] 야마구치현(山口縣) 출신인 닛타는 1910년 경성으로 왔다.[40] 경성에 온 지 2년이 되었을 무렵 그는 다이쇼칸을 운영하였고, 이보다 약 2년 먼저 개관한 경성고등연예관을 사들여 세카이칸(世界館) 또는 제2다이쇼칸으로 운영하였다.[41] 또한 자신의 성을 따 '닛타연예부(新田演藝部)'를 만들어 제1다이쇼칸과 제2다이쇼칸에 일본 영화를 직접 공급하도록 하였다. 닛타는 경성거류민단 의원, 경성학교조합 의원, 경성부협의회 의원 등의 요직도 맡아 재경성 일본인사회에서도 활동을 전개하였다.

닛타가 경성에 올 무렵 황금정에는 시구개정사업(市區改正事業)이 진행되면서 부동산 투기열기가 가득했다. 경성의 풍속사를 기술하면서 오카 료스케는 닛타를 "기회를 보는 데 눈치가 빠른 사람은 꼭 수

---

36) 한국민족문화대백과사전(한국역대인물종합정보시스템), 한국학중앙연구원 (http://encykorea.aks.ac.kr/).
37) 유민영, 『한국 근대극장 변천사』, 태학사, 1998, 64~116면 참고.
38) 『매일신보』, 1917. 9. 15 ; 『매일신보』, 1919. 10. 2 ; 『매일신보』, 1919. 10. 8 ; 『매일신보』, 1919. 10. 26.
39) 岡良助, 앞의 책, 478면.
40) 한국근현대인물자료, 국사편찬위원회 한국사데이터베이스(http://db.history.go.kr/).
41) 岡良助, 앞의 책, 479~480면.

를 써서 그 이득을 얻고는 한다. 관주 닛타 고이치가 그런 사람으로, 고가네초 도로 개수를 앞두고 토지를 사들여 대단한 이득을 얻었고, 더구나 시세 흐름을 잘 관찰하여 메이지 43년 활동사진 전문 상설관인 제1다이쇼칸을 창설하였다. 본관은 (…) 제일(祭日)이나 기타 특별한 날에 주야를 가리지 않고 개관하여 사람들이 쇄도하는 상황으로, 설립 이래 고가네초가 번영하는 데 많은 일조를 하고 있다"고 소개한 바 있다.[42]

닛타와 같은 시기에 남촌에서 극장사업에 종사한 또 다른 일본인으로 하야카와 마스타로(早川增太郞)를 빼놓을 수 없다. 하야카와는 1879년 도쿄에서 태어나[43] 러일전쟁 당시 종군한 후 1906년 조선 정부에 초빙되어 재정고문부(財政顧問部)에서 활동한 일본인이다. 하야카와는 1913년부터 고가네칸을 운영하기 시작하여 1917년에는 유라쿠칸(有樂館)의 관주가 되었고,[44] 닛타처럼 자신의 성을 따 '하야카와연예부(早川演藝部)'를 만들었다.[45] 그는 1924년에 북촌의 조선극장도 운영하면서 자신이 창설한 동아문화협회(東亞文化協會)를 통해 무성영화 〈춘향전〉도 제작한 바 있다.[46]

42) 위의 책, 478~479면.
43) 한국근현대인물자료, 국사편찬위원회 한국사데이터베이스(http://db.history.go.kr/).
44) 『경성일보』, 1917. 5. 5. 유라쿠칸은 1919년 5월 기라쿠칸(喜樂館)으로 개명된 후 남촌의 일본 영화 개봉관으로 운영되었다(『경성일보』, 1919. 5. 7.).
45) 『경성일보』, 1917. 5. 10.
46) 『매일신보』, 1924. 7. 12 ; 『매일신보』, 1924. 7. 14.

〈표 1〉 경성과 용산의 영화관(1927. 10)

관명	소재지	정원	경영자	주요 프로그램
기라쿠칸 (喜樂館)	본정 1정목	950	마쓰다 마사오 (松田正雄)	닛카쓰(日活) 영화, 기타 일정하지 않음
주오칸 (中央館)	영락정 1정목	733	후지모토 쇼조 (藤本省三)	마키노(マキノ) 영화, 기타 일정하지 않음
고가네칸 (黃金館)	황금정 4정목	1,000	다무라 나치 (田村ナチ)	데이키네(帝キネ) 영화, 기타 일정하지 않음
다이쇼칸 (大正館)	앵정정 1정목	1,040	후쿠사키 하마노스케 (福崎濱之助)	쇼치쿠(松竹) 영화, 기타 일정하지 않음
게이류칸 (京龍館)	한강통3 (신구용산 교차점)	750	이시하라 이소지로 (石原磯治郎 : 성남연 예주식회사 대표)	닛카쓰(日活) 영화, 기타 일정하지 않음
우미관 (優美館)	관철동	520	시바타 미요지 (柴田三代治)	폭스 영화, 기타 일정하지 않음
단성사 (團成社)	수은동	960	박승필 (朴承弼)	유니버설 영화, 기타 일정하지 않음
조선극장 (朝鮮劇場)	종로 2정목 파고다공원 인근	800	기요미즈 만지로 (淸水萬次郎)	파라마운트, 기타 일정하지 않음
가이세자 (開盛座)	용산	600	고토 요스케 (後藤要助)	파라마운트, 기타 일정하지 않음

(자료) 朝鮮總督府 警務局, 앞의 자료, 145〜146면 ; 朝鮮總督府,『朝鮮年鑑』, 京城, 1925, 374면.

하야카와가 잠시 경영을 맡은 조선극장은 사업가로 알려진 황원균
(黃元均)이 1922년 인사동에서 개관한 영화관으로 알려져 있다.[47] 조
선극장은 초기부터 일본인이 자본을 댄 극장으로, 건물 소유권은 일

---

47) 유민영, 앞의 책, 184〜186면.

본인 사업가와 동경건물주식회사에 있었지만, 흥행권을 포함한 운영
은 여러 조선인이 번갈아 가며 맡았다.[48] 조선극장은 1934년 12월부
터 미나토다니 히사키치(港谷久吉)가 소유주로 운영하면서[49] 2년 후
대화재로 완전히 소실되기 전까지[50] 북촌의 서양 영화 개봉관으로 있
었다.

　지금까지 1900년대 후반부터 경성에서 극장사업에 종사해 온 조선
인과 일본인이 세운 극장·영화관 중 1920년대에도 계속 운영된 일부
사례를 자료가 현전하는 한에서 그 이력을 중심으로 간략하게 살펴
보았다. 앞에서 살펴본 내용이 조선, 특히 경성의 영화 산업을 조망하
는 차원에서 사업가들의 구체적인 활동과 운영상의 특성을 분석하는
수준에는 미치지 못하였으나, 그럼에도 이들이 영화 제작보다 상영과
배급이 주가 된 경성의 영화 산업 현장에서 초기부터 영화관을 직접
운영한 사업가들일 뿐 아니라, 아래에서 살펴볼 식민당국의 정책에도
적극 대응한 자들이라는 점에서, 단편적으로나마 이들의 이력을 남긴
자료를 제시하는 작업은 의의를 지닌다고 본다. 자료가 전하지 않아
자세히 알기 어렵지만, 당시 기라쿠칸의 지배인으로 근무한 마쓰다
마사오(松田正雄)는 박승필, 하야카와 마스타로와 함께 아래에서 살
펴볼 검열수수료에 대한 당국의 정책에 강력하게 반발한 일본인이었
다. 마쓰다의 입장은 재경성 일본인 사업가 특유의 논리를 적실하게
보여 주는 예가 된다.

---

48) 이승희, 「조선극장의 스캔들과 극장의 정치경제학」, 『대동문화연구』(72집), 성균
　　관대학교 대동문화연구원, 2010, 117~158면 참조.
49) 『매일신보』, 1934. 12. 7.
50) 『매일신보』, 1936. 6. 12.

3.2. 영화관 운영과 상영 프로그램의 경향

〈표 1〉은 1927년 10월 당시 경성과 용산의 영화관 현황을 나타낸 것이다. 총 아홉 곳의 영화관 중 경성에 일곱 곳이 있었고, 용산 부근에 두 곳이 있었다. 당시의 영화관 운영 현황과 관련하여 경무국은 "영화 종류에 따라 내지인 관객을 목적으로 하여 관람시키는 것과 조선인 관객을 목적으로 하여 관람시키는 것으로 영업상 두 가지 형태로 나뉘고, 전자는 대부분 내지인이 경영에 관여하고 후자의 대부분은 조선인이 경영에 관여하는데, 내지인이면서 후자를 경영하는 경우도 없지 않다"[51]고 하였다. 경무국에서 파악한 영화관의 민족별 운영은 영화 종류에 대한 민족별 관람자의 선호도와도 상관관계에 있다.

영화의 계통을 보면 내지인 경영관의 경우는 원래부터 내지인 관객을 목적으로 하기 때문에 내지 제작회사가 만든 시대물과 현대물, 기타 영화를 상영하고 조선인 관객을 목적으로 하는 상영관은 서양물 상영을 주로 하며 이에 더하여 조선 내에서 제작한 조선물, 즉 조선의 시대물, 현대극, 기타 작품을 상영한다. 이것은 원래 영업 전략상에서 온 이유이나 한편 내지 작품인 영화는 역사와 그 외 인정 풍속이 달라서 일반 조선인 관객이 이해할 수 없어 흥미를 느끼지 못하는 결과로 관객이 적을 것이다. 서양물은 대부분 현대극으로 유럽 타이틀을 번역하여 조선어로 설명하는데, 내지물에 비해 일반적으로 이해하기 쉽고, 특히 서

---

51) 朝鮮總督府 警務局, 앞의 자료, 144~145면 ; 한국영상자료원(KOFA) 엮음, 앞의 책, 282면.

양물 중 미국의 서부 활극물을 가장 좋아하는 경향이 있다.[52]

위의 보고는 전국에 적용될 수 있지만 영화 수요의 민족적 편향성이 이 같이 뚜렷하게 관철된 지역은 다른 어느 곳보다 경성이었다. 1920년대 당시 영화관 수가 많아야 세 곳 정도인 대부분 지역과 다르게 경성에는 일곱 곳의 영화관이 있었을 뿐 아니라 그중에서도 선호하는 영화가 민족적으로 양분되어 있었기 때문이다. 영화지구의 민족적 양분은 일차적으로 '영업전략상의 이유', 즉 현지 제작 영화가 상대적으로 부재한 가운데 북촌 영화지구와 남촌 영화지구가 각기 다른 영화를 자국인을 상대로 상영한 데서 비롯되었다.

하지만 위의 보고에도 제시된 바와 같이 적어도 1920년대의 시기에 특히 북촌 영화지구에서 서양 영화 대신 일본 영화가 조선인의 수요를 충족시키지 못한 것은 시대물을 포함한 일본 영화의 언어적 · 문화적 이질감이 영화라는 매체를 통해서도 좁혀지기 어려웠던 데 있었다고 본다. 일본 영화는 민족 간 취향의 차이를 좁히기보다 확인시키는 매체였다고 할 수 있다. 서양 영화, 특히 미국 영화도 일본 영화와 같이 조선인에게 이국 영화이기는 마찬가지이나 서양 영화의 대다수가 비교적 단순한 현대극일 뿐만 아니라 자국인을 '위한' 모국어 해설이 매개된다는 점이 조선인 수요를 형성하는 데 중요하게 작용하였다.

북촌 영화지구에서는 초기에 두드러졌던 이탈리아, 프랑스 등의 유럽 영화 대신 유니버설(Universal), 윌리엄 폭스(William Fox), 퍼스트 내셔널(First National), 파라마운트(Paramount), 메트로 골드윈

---

52) 朝鮮總督府 警務局, 앞의 자료, 144~145면 ; 한국영상자료원(KOFA) 엮음, 앞의 책, 282면.

(Metro Goldwyn), 워너브러더스(Warner Brothers), 유나이티드 아티스트(the United Artist) 등의 미국 영화를 특약(特約)을 통해 공급받았다.[53] 반면 남촌 영화지구에서는 미국 영화는 부차적인 대신 닛카쓰(日活), 마키노(マキノ), 데이키네(帝キネ), 쇼치쿠(松竹) 사 등의 일본 영화를 특약을 통해 공급받았다. 1920년대 초반만 하더라도 두 영화지구의 영화관들은 일본 영화사의 배급을 통해 영화를 공급받았다. 이와 동시에 특히 북촌 영화지구에서 일본 및 조선에 설치된 미국 영화사의 대리점과 거래를 시작함으로써[54] 영화 배급망도 점차 양분화되면서 '현지화'하는 추세가 나타났다.

한편 1편당 6~8권 분량의 장편 극영화 세 편이 하루 프로그램을 구성하는 방식은 1920년대 중반 이후에야 가능해졌다. 그전까지는 비교적 짧은 영화 여러 편을 상영하는 것이 일반적이었다. 1921년부터 우미관에서 견습변사로 일한 성동호는 "그때는 방구미[반구미][55]가, 프로가 처음에 기록영화, 실사라고 있습니다. 기록영화. 그다음에 이제 두 권짜리 단편영화가 있어요. 서부활극이나 희극. 그다음에 이제 극영화 한 6~7권짜리. 그러고는 그다음에 연속사진이라고 있었어요. (…) 그것이 4권인가, 5권 하고. 이게 이제 한 프로예요"라고 증언한 바 있다.[56] 즉 1920년대 초에 프로그램은 기록영화(실사)—단편영화

53) 朝鮮總督府 警務局, 앞의 자료, 48~49면.
54) 이호걸, 「식민지 조선의 외국영화—1920년대 경성의 조선인 영화관에서의 외화 상영」, 『대동문화연구』(72집), 성균관대학교 대동문화연구원, 2010, 83~91면.
55) 반구미(番組, ばんぐみ)는 프로그램 구성을 말한다.
56) 이영일 · 한국예술연구소 편, 『이영일의 한국영화사를 위한 증언록(성동호 · 이규환 · 최금동 편)』, 소도, 2003, 21~22면.

(2권, 서부활극 또는 희극)—극영화(6~7권)—연속사진(4~5권)[57]으
로 구성되었다. 연속사진은 주로 외국물이었지만, 극영화의 경우 남
촌에서는 '신파'·'구극' 등의 일본 영화를, 북촌에서는 서양(주로 미
국) 영화를 상영하였다. 이러한 프로그램 구성 방식은 남북촌 양 지구
에서 크게 다르지 않았지만 영화관마다 그 내용을 달리하여 차별화를
추구하였다.

그렇다면 1927년 10월 당시 남부 영화지구의 주요 영화관의 프로
그램을 살펴보도록 하겠다.

남촌 및 용산 영화관의 프로그램(1927. 10)
- 기라쿠칸(10월 4일부터) : 닛카츠사의 시대극부(時代劇部) 시대
  극(6권)과 현대극(8권), 파라마운트사의 대희활극(大喜活劇, 6
  권)
- 고가네칸(10월 6일부터) : 데이키네사의 정서시대영화(情緖時代
  映畵, 6권), 데이키네사의 시대극(6권), 일본 영화 대희활극(大喜
  活劇, 7권)
- 다이쇼칸(10월 6일부터) : "만원어례 특별주간(滿員御禮 特別週
  間)", 쇼치쿠키네마사의 정희극(正喜劇, 6권), 교토스튜디오 특작
  일본 영화(8권), 일본 시대극(7권)
- 주오칸(10월 5일부터) : 마키노사 영화 두 편(각 7권, 9권), 프랑
  스 파테사(7권)

---

57) 이 당시에 특징적이었던 연속사진은 여러 권(reels)으로 이루어진 장편 스토리 한
  편을 말한다. 1주일에 보통 4권 분량의 연속사진을 상영하면서 '반구미' 전체를 교
  체하는 가운데 후편을 계속 이어서 상영하였다.

• 게이류칸(10월 4일부터) : 닛카쓰사의 해양대활극(8권), 닛카쓰사
시대극부의 시대검전(時代劍戰, 7권), 서양 영화 서부활극(6권)[58]

프로그램 구성에서 우선 눈에 띄는 경향은 이전의 실사, 단편영화,
연속사진은 찾아볼 수 없게 된 대신, 1편당 6~8권 분량의 극영화 세
편이 상설 프로그램으로 정착되었다는 점이다. 이중 고가네칸과 다이
쇼칸에서는 일본 영화 세 편을 상영하고, 기라쿠칸·주오칸·게이류
칸(용산)에서는 일본 영화 두 편 및 서양 영화 한 편으로 구성하였다.
즉 남부 영화지구에서는 일본 영화를 주종으로 하면서 영화관에 따라
서양 영화를 넣어 일본 영화 팬들의 국적별 영화 선호도를 겨냥하였
다고 할 수 있다.

다른 한편 대부분 영화관에서 세부적으로는 다르지만 시대극과 현
대극을 나란히 편성해 놓음으로써 결과적으로 프로그램의 차별성이
모호해지는 것을 알 수 있다. 이는 특약에 의한 특정 영화사 제작의 영
화라는 차이, 희극·활극·검극·정서극과 같이 세부적 형식과 내용
에는 차이가 있기는 했으나 영화관마다 엇비슷한 프로그램을 배치함
으로써, 결국 다르지만 유사한 요소를 놓고 경쟁을 벌여야 했던 상황
을 가리킨다. "경성의 영화관들은 일본 영화든 서양 영화든 영화관마
다 비슷한 영화를 상영하고 있다"는 일본인의 인상(1936)을 보았듯
이, 경성의 영화 수요의 폭은 그다지 다양하지 않았다. 민족주의 색채
의 영화가 당국의 검열을 통해 거부되거나 영화관 공간에서 유통될
수 있을 정도로 부분 삭제되었던 정치적 상황 등 다른 요인들이 작용

---

58) 『경성일보』, 1927. 10. 7.

했겠지만, 무엇보다 자체 제작 영화가 희소한 가운데 그 수요가 외부 시장에 의해 규정될 수밖에 없는 영화 수입지로서 경성의 특수성이 크게 작용한 것이다.

남북촌 영화지구의 영화 상영과 소비 경향은 1930년대 초에 이르러 그 성격에서 전적으로 달라지는 조짐을 목격할 수 있다. 발성영화의 상영, 당국의 외화 상영제한, 일본인의 대규모 영화관 건립과 북촌 영화지구의 쇠퇴는 북촌과 남촌, 조선인과 일본인, 서양 영화와 일본 영화라는 그간 민족적 편향성에 의해 지속된 구도를 무너뜨릴 정도였다. 이 시기에 이르러 기술, 정책, 사업이 만들어 낸 조선 영화 산업의 역동적 변화를 포착하기 위해서는 지금까지 간략하게나마 제시한 바와 같이 1920년대의 민족별 영화 수요의 양면성에 대한 이해가 선행될 필요가 있다. 아래 장에서는 총독부의 필름검열법 도입으로 촉발된 새로운 쟁점이 영화 수입지로서 경성의 위상을 어떻게 규정하는가를 살펴봄으로써 상영과 소비의 시장으로서 경성의 특수성에 대한 논의를 보충하고자 한다.

4. '영화 시장'으로서 경성의 특수성 : 제국/식민지 간 필름 검열의 법역 논쟁

4.1. 지역 간 검열에서 제국/식민지 간 검열로 : 새로운 필름 검열 '법역'의 대두

1926년 7월 5일 총독부는 『관보』를 통해 식민지 조선에서 볼 수 없었던 '활동사진필름검열규칙'이라는 필름검열법을 공포하였다. 총독 사이토 마코토에 의해 조선총독부령(제59호)으로 공포된 이 검열규 칙은 일차적으로 각 지역 경찰부(서)가 행한 필름 검열을 조선총독이 행할 것이라는 취지를 명시한 법이었다. 이에 따라 1926년 4월에 총 독부의 관제가 개편되면서 신설된 경무국 도서과로 하여금 필름 검열 업무를 일임하도록 하면서,[59] 그 대상도 유통 가능성이 있는 모든 필 름(종래의 흥행용에서 비흥행용까지)으로 확대시키기에 이르렀다.[60]

 1926년의 검열규칙이 단시일에 이루어진 것은 물론 아니었다. 필 름 검열은 기본적으로 지역 관할 경찰서 소관 업무였다. 그런데 이로 인해 지역 간 유통되는 필름의 검열 기준이 다른 데에서 발생하는 문 제가 제기되고는 하여[61] 1924년에 이르러서는 필름의 수입 거점인 부 산, 경성, 신의주에서 검열을 받은 필름을 다른 지역에서 새로 검열할

---

59) 정근식, 「일제하 검열기구와 검열관의 변동」, 『대동문화연구』(51집), 성균관대학 교 대동문화연구원, 2005 참고.

60) '활동사진필름검열규칙'은 검열관과 검열기구(정근식, 위의 논문, 1~44면), 영 화통제 정책(조준형, 「일제강점기 영화정책(1903~1945년)」, 김동호 외, 『한국 영화 정책사』, 나남, 2005, 45~105면), 개요(이화진, 「해제 : 활동사진필름검열 개요(1926년 8월부터 1927년 7월까지)」, 한국영상자료원(KOFA) 엮음, 앞의 책, 143~152면), 영화 쟁점(이순진, 「총설 : 식민지시대 영화 검열의 쟁점들」, 한국영 상자료원(KOFA) 엮음, 앞의 책, 33~36면), 조선인 영화산업에 대한 효과(한상언, 「「활동사진필름검열규칙」의 검열수수료 문제와 조선영화산업의 변화」, 『2011년 한국영화학회 춘계 정기 학술세미나 및 정기 총회』, 한국영화학회, 2011) 등의 관 련 연구에서 다각도로 검토된 바 있다. 본고에서는 이 규칙이 제국/식민지 간 필 름 검열의 법역을 쟁점화 한 계기가 되었다고 보면서, 이를 영화 제작지가 아닌 상 영지로서 경성의 특수한 상황을 단적으로 보여 주는 사례로 다룬다.

61) 1926년의 검열규칙이 단행되기까지의 과정은 岡稠松, 「朝鮮に於ける映畵の檢 閱に就て」, 『朝鮮』, 1931. 3(제190호), 岡稠松, 「映畵を巡るナンセンス」, 『朝鮮 及滿洲』, 1933. 7(제308호)[한국영상자료원(KOFA) 엮음, 앞의 책, 314~316면, 328~329면] 참조.

필요가 없다는 조치가 이루어진 적이 있었다.[62] 그럼에도 "경성에서 허가한 필름이 지방에서 상영 금지를 당하여 각 영업자의 비난이 높아" 간다고 하는 등[63] 지역 간 검열 기준의 차이로 발생하는 문제가 여전히 해소되지 않았다. 1926년 8월 1일부터는 경무국 도서과에서 전국에 유통될 필름을 일괄 사전검열하게 됨으로써, 이로써 조선 내 지역 간 필름 검열의 기준 차이는 대체로 해소되리라 예상되었다.

다른 한편 검열규칙의 공포와 함께 새로운 쟁점이 떠올랐는데, 이는 제국에서 식민지로 유통되는 필름의 검열 기준에 관한 것이었다. 일본에서도 각 지역 관청에서 필름을 검열하다가 조선보다 한 해 이른 1925년 5월 '활동사진필름검열규칙(活動寫眞「フィルム」檢閱規則)'이 공포됨으로써 검열 업무를 내무성에서 전담하게 되었다.[64] 이런 맥락에서 본다면, 일본에서 조선으로 유통된 필름은 종래에는 지역 관청, 이후에는 내무성의 검열이 완료된 필름들인 것이다. 이 필름들은 조선에서는 첫 상영을 앞둔 미공개 필름으로서, 검열규칙 시행 이후 당국에서는 이를 '신검열' 대상으로 분류하여 새로 검열하도록 하면서 이에 소요되는 비용으로 3미터 당 5전(錢)의 검열수수료를 부과하기로 하였다(검열규칙 제7조). 수수료 부과라는 새로운 법제의 도입은 종래까지 업자 사이에 문제시되지 않던 내지/조선 간 필름 검열의 '법역'이 쟁점화되는 결정적인 계기로 작용하였다.

경무국 도서과에서 처음으로 검열을 실시한 1926년 8월부터 1927년 7월 사이 전체 검열 필름에서 신검열 필름이 차지하는 비율은 무

---

62) 『매일신보』, 1924. 6. 30.
63) 『매일신보』, 1926. 3. 7.
64) 柳井義男, 『活動寫眞の保護と取締』, 有斐閣, 1929, 392면.

려 83.5퍼센트에 달한다. 경무국은 "당시 대부분의 검열 신청자가 흥행자로서 이들은 필름 소유자가 아니므로 흥행이 종료되면 내지, 기타 소유자에게 반려(返戾)하기" 때문이라고 설명하였다.[65] 조선 내에 유통되는 대부분의 필름은 제작자가 부재하는 대여 필름으로서, 검열 첫해에 검열 처분의 하나인 '개정' 판정이 제작자가 직접 개정해야 하는 '필름 개정'이 아닌 검열 신청자가 개정을 해야 하는 '설명대본 개정'으로 주로 나타난 것도 이러한 이유 때문이다.[66]

식민당국은 내무성에서 검열한 필름이라도 조선 내에 유통되려면 신검열 대상이 된다는 방침을 시종일관 견지하였다. 당국의 입장은 영화 검열관인 오카 시게마스(岡稠松)의 글에 아주 잘 드러난다.

> 또 필름은 대개 내지에서 이입된 관계로 내무성 검열 완료 필름도 적지 않은 숫자에 달하는바, 내무성에서 한번 검열을 받은 것은 다시 조선총독부에서 검열할 필요가 없지 않은가 하고 불만을 토로하는 사람도 있으나, 역시 굉장히 경솔한 생각으로 조선의 풍속, 관습 내지 민심의 경향 등에 대하여 경찰행정의 입장에서 이것을 내지와 동일시하는 것이 불가능하다는 점은 누구라도 수긍할 것이다. 그러므로 내무성 검열당국이 그 법역에 있어 행정상의 견해에 지장이 없다고 인정한 것이라도, 이것이 조선이나 대만 등에 이입되면 그 지역 고유의 사정에 따라 지장이 생기는 경우가 당연히 있다.[67]

---

65) 朝鮮總督府 警務局, 앞의 자료, 23~24면.
66) 위의 자료, 84~85면.
67) 岡稠松, 앞의 글(1931.3)〔한국영상자료원(KOFA) 엮음, 앞의 책, 316면에서 인용〕. 오카의 간략한 이력은 정근식, 앞의 논문, 24면 참조.

식민당국은 조선의 풍속, 관습, 민심의 경향은 일본과 다르다는 이유에서 내무성에서 검열한 필름을 자체적으로 다시 검열해야 한다고 본 것이다. 이는 곧 일본과 조선 간 필름 검열의 법역을 이원화해야 한다는 방침으로, 이러한 총독부의 통치 논리는 검열수수료를 지불해야 하는 재경성 영화관 사업가 및 배급업자에게서 강력한 반발을 불러일으켰다.[68]

4.2. '법역 논쟁'과 재경성 영화 사업가들의 대응

경성의 사업가들은 식민당국이 의식한 풍속, 관습, 민심의 차이, 나아가 검열 자체는 문제 삼지 않은 채 '내지'와 조선 간 필름 검열의 법역이 결코 달리 취급될 수 없다는 이유로 검열수수료를 면제하거나 그렇지 않으면 '재검열'을 적용하여 수수료를 인하할 것을 당국에 요구하였다. 이들은 약 2년에 걸쳐 '검열수수료 인하운동'을 전개하면서 위원회를 구성하고 탄원서를 제출하며 운영비 감축을 위한 방안을 강구하는 등 다방면으로 당국의 정책에 대응하였다.

먼저 이들은 기라쿠칸의 마쓰다 마사오, 다이쇼칸의 '나카마루(中丸)', 주오칸의 후지모토 쇼조(藤本省三), 고가네칸·조선극장의 하야카와 마스타로, 단성사의 박승필, 우미관의 '와키타(脇田)', 폭스영화배급소의 '아라키(荒木)', 앵바(櫻バー) 또는 앵정상회(櫻庭商會)의 '아이자와(相澤)', 만선활동(滿鮮活動)의 미야카와 스케노스케(宮

---

68) 검열규칙 시행 첫 1년간 극장, 영화관 등에 유통되는 흥행용 필름은 전체 검열 필름에서 약 70%를 차지하였다. 흥행용 필름 검열 신청자 중 조선인은 약 24퍼센트, 일본인은 약 76퍼센트였다(朝鮮總督府 警務局, 앞의 자료, 25면).

川助之助)를 위원으로 선출하였다.[69] 그리고 위원회를 구성하기 전후
경무국 앞으로 두 차례에 걸쳐 탄원서를 제출하였는데, 그 대강의 요
지는 아래와 같다.[70]

조선은 내지의 연장으로서 내무성에서 검열을 완료한 필름은 그 효
력이 전국적이므로 조선에서 다시 검열할 필요가 없을 것이다. 만약 필
요하다고 한다면 여기에 소요되는 경비는 당연히 조선총독부에서 부담
해야 하는 것으로 해당 업자에게 전가해서는 안 된다. 만약 굳이 검열
수수료를 징수할 시에는 해당 업자는 검열 요금을 이중으로 부담하게
된다.[71]

이 탄원서에는 '조선은 내지의 연장'으로 내무성에서 검열한 필름은
그 효력이 '전국적'이므로 조선의 식민당국이 다시 검열할 필요가 없
다고 요약되어 있다. 필름 검열 법역에 있어 이른바 '내지연장주의'를
내세운 이들이 어떠한 이유에서 그러한 주장을 하게 되었는가는 좀
더 자세히 살펴볼 필요가 있다.

1926년 7월 20일경 재경성 영화 사업가들이 경무국 도서과장 곤도
쓰네타카(近藤常尙)를 직접 방문하여 수수료 인하를 진정하였을 때, 곤
도는 "다섯 명의 위원으로부터 여러 가지 경영난 사정을 듣고 동정을 하
고는 있지만 벌써 규칙으로 공포한 것을 곧바로 변경할 수는 절대 없다.

---

69) 『경성일보』, 1926. 7. 20 ; 『동아일보』, 1926. 7. 20.
70) 제1차 탄원서는 검열규칙이 공포되기 약 45일 전에(1926.5.20), 제2차 탄원서는
    검열규칙 시행 일주일을 앞두고(1926.7.24) 제출되었다(朝鮮總督府 警務局, 앞의
    자료, 136~138면).
71) 朝鮮總督府 警務局, 앞의 자료, 136면.

(…) 결론적으로 얼마나 진정운동을 계속해도 이번에 요금을 곧바로 변경할 수 없다"는 강경한 입장을 보였다.[72] 곤도의 입장에 대해 기라쿠칸의 지배인 마쓰다 마사오는 언론을 통해 다음과 같이 변론하였다.

전국의 영화를 내무성에서 통일해서 3미터 5전으로 검열하고 있지만 내지에서는 1100관으로 그 비용을 부담하고 있으나 조선은 고작 19관[73]에서 같은 부담을 하고 있기 때문에 필연적으로 그 비용은 관객에게 전가되어 민중의 오락기관으로서 바람직하지 못한 결과가 된다. 일주일간에 1만 6천 척(尺)을 상영하기 때문에 하나의 영화관이 한 달에 340원(圓)을 지출하고 거기에다 소영화(小映畵) 프로덕션 영화배급자 및 순회흥행을 더하면 약 1년에 20만 원(圓)의 검열료가 조선의 민중에 부담이 되게 되어 내지에서 한 번 검열한 것을 법역(法域)이 다르다는 이유로 다시 조선에서 재검열을 한다는 것 자체가 벌써 근본적으로 잘못된 것이다. 가령 관청의 필요로 검열한다면 비용은 관청에서 부담하는 것이 당연하다. 그러나 우리는 전적으로 폐지(全廢)까지는 말하지 않고 인하를 요구한 것에 대해 고려의 여지가 없다고 말한다면 어쩔 수 없이 여론의 힘에 호소하고 이것을 해결할 수밖에 없다.[74]

이 글을 보면 마쓰다는 식민지에 있으면서 조선과 일본을 하나의 영토로 의식하고 있는 식민자라는 인상을 확실히 받는다. "전국의 영화를 내무성에서 통일해서 3미터 5전으로 검열하고 있지만"이라는

---

72) 『경성일보』, 1926. 7. 20.
73) 19관은 신의주 1관, 평양 2관, 경성 8관(내지인 5관·조선인 3관), 부산 3관, 대구 3관, 목포 1관, 군산 1관을 가리킨다(『매일신보』, 1926. 7. 21.).
74) 『경성일보』, 1926. 7. 20.

말에서 '전국'이란 다름 아닌 '내지'와 조선으로서, 일본과 동일한 3미터 당 5전이라는 수수료도 식민당국의 단독 정책이라기보다 내무성의 대식민지 정책으로 판단하고 있기 때문이다.

다른 한편 "내지에서는 1100관으로 그 비용을 부담하고 있으나 조선은 고작 19관에서 같은 부담을 하고 있기 때문에" 일본과 동일한 액수의 수수료가 터무니없다고 반박한 것에서는 재조선 일본인 사업가로서의 논리를 내세우고 있다. 위 글에서 밝혀진 바와 같이, 각 영화관의 주당 영화 상영의 허용 분량은 최대 20권, 길이로 1만 6천 척(약 4848미터)이었으므로,[75] 1개월의 상영에 지불해야 할 검열수수료는 최고 약 323원(총 1만 9392미터, 신검열 3미터당 5전), 즉 대략 마쓰다가 말한 340원으로, 한 언론의 기사처럼 '240원에서 320원이 되는 검열수수료는 불소한 금액'이었다.[76] 이러한 이유에서 사업가들은 "내지에서 한번 검열한 것을 법역이 다르다는 이유로 조선에서 재검열을 한다는 것 자체가 벌써 근본적으로 잘못된 것"이라고 응수하였다.

사실 사업가들이 거론한 내지/조선 간 검열의 법역은 수수료가 도입되기 전에는 그들 스스로가 의식하지 않던 문제였다. 지역 경찰서에서 검열 업무를 맡아볼 당시에는 별도의 검열수수료가 부과되지 않았기 때문에 사업가들은 검열수수료는 물론이며 신검열과 재검열의 개념, 나아가 검열 자체를 크게 문제 삼지 않았던 것으로 보인다. 다만, 지역 간 검열 기준의 차이, 매 지역에서 검열 신청을 해야 하는 절

---

75) 『시대일보』, 1926. 7. 18.
76) 『시대일보』, 1926. 7. 18.

차상의 번거로움만이 문제시되었을 뿐이다. 결국 검열수수료의 도입으로 제국/식민지 간 필름 검열의 법역에 대한 이들의 논리도 새롭게 만들어진 것이라 볼 수 있다.

경성의 사업가들이 반대한 검열수수료는 일본에서는 전혀 다른 이유로 불만을 샀다. 관련 업자들은 "경찰처분에 수수료를 징수하는 것은 행정이유 상 부당하고, 똑같이 내무성에서 검열하는 출판물의 검열에는 수수료를 받지 않으며, 두세 개의 부현(府縣)을 제외하고 종래 지방청의 검열에는 수수료를 징수하지 않았으며, 해당 업자에게는 흥행세·관람세를 부과하고 있는데 거기에다 검열수수료까지 지불하게 하는 것은 과중한 부담"이라고 주장하였다.[77] 요컨대 일본에서 제기된 불만은 부당한 행정 조치로 인한 과중한 경제적 부담에 대한 것으로서, 필름 검열의 법역과 같은 논쟁은 찾아보기 어렵다.

검열수수료 인하운동이 전개된 지 두 해가 넘은 1928년 8월 20일 경성의 사업가들은 이 운동을 더욱 확산시키고자 전국 단위의 '조선활동사진업조합'을 조직하였다.[78] 조합 결성에 도화선이 된 것은 일본과 대만에서 9월 1일부터 검열수수료를 인하하기로 한다는 소식이 조선에 전해지면서였다. 발회식이 개최된 지 한 달 후인 9월 19일 조선의 식민당국도 총독부령(제65호)으로 검열수수료 조항을 개정하였다.[79] 검열규칙이 개정되면서 수수료는 인하되었지만, 그렇다고 해서 필름 검열의 법역에 대한 식민당국의 원칙이 수정된 것은 결코 아니었다. 즉 내무성에서 검열한 필름이라도 경무국에서 다시 검열하도록

---

77) 柳井義男, 앞의 책, 418면.
78) 『경성일보』, 1928. 8. 22 ; 『동아일보』, 1928. 8. 23.
79) 朝鮮總督府, 『관보』, 1928. 9. 19.

한다는 당초의 방침은 관철되었다. 검열수수료로 촉발된 필름 검열의 법역 논쟁은 식민지이지만 조선은 식민본국과 별개로 통치되어야 한다는 식민당국의 입장을 확고하게 하는 계기가 되었다. 그러나 보다 근본적으로, 이 논쟁이 사업가들로 하여금 장기간에 걸친 운동을 전개하고 전국 단위의 조합 결성에까지 이르는 집단 행위를 조직하게 한 배경에는 경성이 일본과는 확연히 다른 영화 수입지인 상황이 작용하였기 때문이다.

5. 맺음말

이 연구는 식민지 조선, 특히 경성이 영화 제작의 현지가 아닌 상영과 소비의 도시라는 전제를 민족 간 영화 수요의 양상과 필름 검열의 법역 논쟁을 통해 경성의 특수성을 드러내는 데 일차적 목적을 두었다. 조선인이든 일본인이든 조선 현지에서의 영화 제작 활동은 매우 부진했으므로 남북촌 영화관에서는 조선 제작 영화를 제외한 대부분의 영화를 일본으로부터 들여와야 했다. 경성의 영화 공급이 대부분 '내지'를 통해 이루어지는 상황에서 사이토 마코토 총독은 1926년 8월부터 활동사진필름검열규칙을 시행하도록 하였다. 이 검열규칙에는 내무성에서 검열한 필름을 경무국에서 다시 검열하는 데 소요되는 비용을 검열수수료로 청구한다는 조항이 포함됨으로써, 당시까지 일본을 통해 필름을 들여오고 상영하던 경성의 영화관 사업가들이 큰 타격을 받을 것으로 예상되었다. '조선은 내지의 연장'으로서 내지와 조선 간 필름 검열의 법역이 결코 다를 수 없으므로 검열수수료를 면

제하거나 인하하라고 요구한 사업가들의 입장이 조선의 풍속과 관습, 민심의 경향은 내지와 다르므로 내무성에서 검열한 필름이라 하더라도 경무국에서 다시 검열해야 하며, 이에 따르는 검열수수료도 당연히 부과해야 한다는 식민당국의 방침과 노골적으로 대립하게 되었다. 동일한 수수료 규정을 도입하고도 검열 법역과 같은 논쟁이 일어나지 않은 일본의 상황에 견주어 볼 때, 식민지 조선은 일본과는 확연히 다른 영화의 수입지라는 사실을 확인할 수 있다.

이 연구는 경성의 극장사를 에쓰니시티의 프리즘으로부터 접근하는 데에서 시작하였다. 이는, 1900년대 이래 서울에 나타난 극장가의 공간적 재현, 그리고 1920년대 영화 수요의 양상에 이르기까지, 식민지적 상황에서 조선인과 일본인 간 문화적 접점이 가까워진다 하더라도 양 민족이 쉽게 섞이기 어려운 '지대'가 있다고 보았기 때문이다. 기술·행정·지식과 같은 영역에서는 강제와 이식·학습과 수용이 상대적으로 긴밀하지만, 전통·습성·정서와 같이 문화적 보수성이 작용하는 차원에서는 민족 간 '동화(同化)'나 '혼화(混化)'가 그렇게 쉽게 이루어지지 않았을 것이라고 보았기 때문이다.

근래의 식민지적 근대성론(colonial modernity)은 '네이션(nation)' 대신 사회집단으로서 조선인의 '에이전시(agency)'를 크게 부각한 바 있다.[80] 이 논의가 널리 받아들여진 주된 이유는 '민족'의 차원을 정치적 공동체로만 상정한 데서 비롯된 기존의 한계가 공감되었기 때문이

---

80) Shin, Gi-wook and Michael Robinson, "Introduction : Rethinking Colonial Korea". In Shin, Gi-wook and Michael Robinson (eds.), *Colonial Modernity in Korea*, Cambridge and London : Harvard University Press, 1999, pp.1-18, 특히 pp.13~17 참조.

라고 본다. 하지만 식민지적 근대성론조차 민족을 다른 차원으로 열어놓지 않은 채, 그것을 계급·젠더와 같은 사회적 정체성 차원에서 이해하고자 하였다. 근대기가 새로운 사회적 정체성과 더불어 민족적(national) 정체성의 의식이 첨예해지는 시기임을 감안한다면, 그러나 국민국가의 형성이 좌초됨과 동시에 민족적 발현이 공식적으로 부인된 상황임을 고려한다면, 정치적 공동체로서 민족은 변방으로 밀려나거나 혹 포기되었을지 몰라도 에쓰니시티 차원의 민족은 일상의 영역에서 보수성의 모습을 띤 채로 여전히 작동했으리라 가정할 수 있다.

그러한 맥락에서 1900~1920년대에 걸쳐 경성에 양립한 두 극장가는 에쓰니시티 차원의 민족이 일상적 공간을 통해 발현된 한 증거로 볼 수 있다.[81] 자신의 문화적 자원을 재창조할 여건이 갖추어지지 않은 상황에서 조선인들은 북촌에서 서양 영화의 전유를 통해 '일본인'과는 다른 '조선인성'을 구축하는 과정에 있었던 한편, 식민지로 건너온 일본인들은 남촌에서 자국 영화에 몰두하면서 멀리 있는 내지인과 다르면서 가까이에 있는 조선인과도 같지 않은 '일본인'으로서의 의식을 자각했으리라 해석할 수 있다.[82]

---

81) 유선영은 '임검순사의 존재', '훈육과 처벌'이 도사리는 조선인의 극장이 '단순히 연예오락기관에 그치지 않고 식민치하에서 거의 유일하게 허용된 종족의 공간(space of ethnicity)이자 집합의 공간(place of gathering)으로 기능했다'고 해석한다(유선영, 「극장구경과 활동사진 보기 : 충격의 근대 그리고 즐거움의 훈육」, 『역사비평』(64호), 역사비평사, 2003, 371~373면). 이 맥락에서 '종족'은 식민자(임검순사) 대 피식민자(조선인)의 관계를 지시하는 민족(nation)에 가깝다. 극장·영화관을 식민자가 감시하고 처벌하며 피식민자가 굴종하고 저항하기도 하는 '정치적 공간'으로 바라보는 입장에는 과장된 측면이 없지 않다.

82) 이 글의 시각과 다르지만 '재경 일본인'에 대한 이러한 설정은 Hoshino Yuko, 「'경성인'의 형성과 근대 영화산업 전개의 상호 연관성 연구—「경성일보」와 「매일신보」에 나타난 영화 담론을 중심으로」, 서울대학교 석사학위논문, 2012, 24~26면

참/고/문/헌

1. 기본자료

• 岡稠松, 「映畵を巡るナンセンス」, 『朝鮮及滿洲』(308호), 1933. 7.
• 岡稠松, 「朝鮮に於ける映畵の檢閱に就て」, 『朝鮮』(190호), 1931. 3.
• 大阪十字屋 編, 『市區改正豫定計劃 京城市街全圖』(1:10,000), 1913. 4.
• 白岩洞人, 「京城北村劇場街盛衰記」, 『批判』(6권 10호), 1938. 10, 74~76면.
•「映畵館に就ての座談會」, 『朝鮮と建築』(15집 12호), 1936. 12, 9~29면.
• 尹致昊, 『尹致昊日記』(英文), 7권, June 20th, 1917.
•「十二年間作品製作年代記」, 『三千里』, 1940. 5, 223~232면.
• 朝鮮總督府, 『관보』, 1926. 7. 5 ; 1928. 9. 19.
• 朝鮮總督府 警務局, 『活動寫眞フイルム檢閱槪要』, 京城, 1931.
• 朝鮮總督府, 『朝鮮年鑑』, 京城, 1925.
•『동아일보』
  1926. 7. 20.
  1928. 8. 23.
•『매일신보』

을 참고하여 이루어지고 있다.

1913. 5. 15 ; 1913. 6. 4.

1915. 10. 10 ; 1915. 10. 13.

1916. 2. 5.

1917. 9. 15.

1918. 2. 11.

1919. 9. 12 ; 1919. 10. 2 ; 1919. 10. 8 ; 1919. 10. 26.

1924. 6. 30 ; 1924. 7. 12 ; 1924. 7. 14.

1926. 3. 7 ; 1926. 7. 21.

1934. 12. 7.

1936. 6. 12.

• 『시대일보』

1926. 7. 18 ; 1926. 7. 19.

• 『경성일보』

1915. 10. 10 ; 1915. 11. 12 ; 1915. 11. 13 ; 1915. 11. 16.

1916. 10. 7.

1917. 5. 5 ; 1917. 5. 10 ; 1917. 6. 16 ; 1917. 6. 20.

1919. 5. 7.

1926. 7. 20.

1927. 10. 7.

1928. 8. 22.

2. 연구논문

• 김백영, 「일제하 서울에서의 식민권력의 지배전략과 도시공간의
정치학」, 서울대학교 박사학위논문, 2005.

• 김순주, 「식민지시대 경성의 극장 문화에 관한 연구」, 한국학중앙
  연구원 박사학위논문, 2011.

• 김종근, 「서울 中心部의 日本人 市街地 擴散 : 開化期에서 日帝
  强占 前半期까지(1885~1929년)」, 『서울학연구』(20호), 2003,
  181~233면.

• 박전열, 「일본 인형극 흥행방식의 변천」, 『공연문화연구』(10권),
  한국공연문화학회, 2005, 157~190면.

• 서현주, 「朝鮮末 日帝下 서울의 下部行政制度 硏究 - 町洞制와 總
  代를 중심으로」, 서울대학교 박사학위논문, 2002.

• 유선영, 「극장구경과 활동사진 보기 : 충격의 근대 그리고 즐거움
  의 훈육」, 『역사비평』(64호), 역사비평사, 2003, 362~376면.

• 이승희, 「조선극장의 스캔들과 극장의 정치경제학」, 『대동문화연
  구』(72집), 2010, 117~158면.

• 이호걸, 「식민지 조선의 외국영화―1920년대 경성의 조선인 영화
  관에서의 외화 상영」, 『대동문화연구』(72집), 2010, 79~116면.

• 정근식, 「일제하 검열기구와 검열관의 변동」, 『대동문화연구』(51
  집), 2005, 1~44면.

• 조영규, 「協律社와 圓覺社 硏究」, 연세대학교 박사학위논문, 2005.

• Hoshino Yuko, 「'경성인'의 형성과 근대 영화산업 전개의 상호
  연관성 연구―「경성일보」와 「매일신보」에 나타난 영화 담론을
  중심으로」, 서울대학교 석사학위논문, 2012.

• 홍선영, 「1910년 전후 서울에서 활동한 일본인 연극과 극장」, 『일
  본학보』(56-2호), 2003, 243~252면.

• 한상언, 「활동사진시기 조선영화산업 연구」, 한양대학교 박사학

위논문, 2010.

3. 단행본

• 서울특별시사편찬위원회, 『서울지명사전』, 2009.

• 손정목, 『일제강점기 도시화과정연구』, 일지사, 1996.

• 유민영, 『한국 근대극장 변천사』, 태학사, 1998.

• 유선영, 「황색 식민지의 서양영화 관람과 소비실천, 1934~
1942 : 제국에 대한 '문화적 부인'의 실천성과 정상화 과정」, 『언
론과 사회』제13-2호, 사단법인 언론과 사회, 2005, 7~62면.

• 이순진, 「총설 : 식민지시대 영화 검열의 쟁점들」, 한국영상자료
원(KOFA) 엮음, 『식민지 시대의 영화검열 : 1910~1934』, 한국영
상자료원, 2009, 15~38면.

• 이영일 · 한국예술연구소 편, 『이영일의 한국영화사를 위한 증언
록』(성동호 · 이규환 · 최금동 편), 2003, 도서출판 소도.

• 이화진, 「해제 : 활동사진필름검열개요(1926년 8월부터 1927년
7월까지)」, 한국영상자료원(KOFA) 엮음, 『식민지 시대의 영화
검열 : 1910 - 1934』, 2009, 143~152면.

• 조준형, 「일제강점기 영화정책(1903~1945년)」, 김동호 외, 『한국
영화 정책사』, 나남, 2005, 45~105면.

• 한국영상자료원(KOFA) 엮음, 『식민지 시대의 영화 검열 : 1910-
1934』, 한국영상자료원, 2009.

• 한상언, 「「활동사진필름검열규칙」의 검열수수료 문제와 조선영
화산업의 변화」, 『2011년 한국영화학회 춘계 정기 학술세미나 및
정기 총회』, 2011.

4. 번역서

• 오자사 요시오(大笹吉雄), 이혜정 옮김, 『일본의 극장과 연극』, 연극과 인간, 2006.

5. 해외서

• 岡良助, 『京城繁昌記』, 博文社, 1915.
• 柳井義南, 『活動寫眞の保護と取締』, 有斐閣, 1929.
• Shin, Gi-wook and Michael Robinson, "Introduction : Rethinking Colonial Korea". In Shin Gi-wook and Michael Robinson (eds.), Colonial Modernity in Korea, Cambridge and London : Harvard University Press, 1999, pp.1~18.

6. 디지털 데이터베이스

• 국립중앙도서관(http://dibrary.net/).
• 한국근현대인물자료, 한국사데이터베이스, 국사편찬위원회(http://db.history.go.kr/).
• 한국사료총서, 한국사데이터베이스, 국사편찬위원회(http://db.history.go.kr/).
• 한국민족문화대백과사전(한국역대인물종합정보시스템), 한국학중앙연구원(http://encykorea.aks.ac.kr/).

식민지기 공적(公的) 공간(空間)의 등장과 공회당(公會堂)

황병주

1. 머리말

사회는 근대 서구가 만들어낸 대표적인 구성물이다. 사회는 신분, 공간 등의 분할을 넘어 특정한 정치 공동체의 통합적 실체처럼 상정된다. 이른바 사회와 국가의 분리라는 헤겔적 도식은 서구 근대의 주요한 이론적 토대를 이루기도 한다. 이론과 실천의 차원에서 무수한 논란에도 불구하고 사회 개념은 근대를 구성하는 필수 요소이다.

새로운 집단적 생활형식으로서의 사회는 논리적 수준에서 자유롭고 평등한 개인의 구성을 전제로 한다. 개인은 합리적 이성과 함께 근대적 도덕율을 내장한 주체여야 한다. 이때 합리성은 경제적 합리성, 다시 말해 호모 이코노미쿠스의 합리성이기도 하다. 이들이 곧 퇴니에스가 말하는 이익사회의 주체일 것이다. 이익사회는 또한 사회 또는 시민사회를 생산관계로 파악한 마르크스의 인식과도 연동된다.

자유롭고 평등한 개인들의 경제적 합리성이 초래하는 최대의 이론적 난점은 홉스의 자연상태 개념을 통해 드러난다. 각자의 이기심이 최대한 성실하게 표출되어야 이른바 시장의 보이지 않는 손이 제대로 작동할 것이라는 스미스의 주장은 곧 만인에 대한 만인의 투쟁일 수 있다. 죄수의 딜레마처럼 인간의 합리성은 의외로 허약하고 비합리적 선택으로 귀결될 수도 있다. 따라서 근대 사회 성립에 있어 자연상태를 사회상태로 만들어내기 위한 담론과 전략의 필요성이 증대된다.

이 사회상태가 무엇인지는 베버의 강철새장(iron cage)을 통해 드러난다. 근대 사회는 신분제로부터의 자유를 주창했지만, 자본주의와 관료제의 합리적 운용의 결과는 그 자유를 다시 강철 새장에 수감하는 셈이었다. 이는 어쩌면 불가피한 것인지도 모른다. 고전적 자유주의가 강조했던 자유와 평등의 가치가 모든 계급 계층에 걸쳐 전면적으로 관철된다면 그것이야말로 근대 부르주아 사회의 종말을 의미할 수도 있다. 정체를 알 수 없는 거리의 군중이 어느날 갑자기 폭도로 돌변할 지 알 수 없는 세계가 곧 대중사회였다.

르봉이나 오르테가 이 가세트가 의심과 우려의 눈초리로 바라본 것이 이들 대중이었고 쿠베르탱이 올림픽 운동을 제창한 것도 대중에 대한 공포의 결과였다. 이광수가 3·1운동의 거리 군중을 '무지몽매한 야만인종'으로 격하한 것 역시 대중에 대한 공포의 발로였다고 하겠다. 요컨대 근대 이후 익명의 군중에 대한 공포는 거의 모든 부르주아 지식인들의 공통된 감각이었다고 해도 과언이 아닐 것이다. 따라서 공포의 대상이 된 대중을 유순하고 순종적이며 효율적인 주체로 길들이는 과제는 근대사회의 고유한 과제처럼 나타났다.

이러한 맥락에서 사회는 대중 길들이기와 밀접하게 관련될 수밖에 없다. 이른바 '사회화'란 위험한 군중을 안전한 주체로 전화시키기 위한 과정을 의미한다. 사회적으로 확립된 가치와 관습, 윤리와 도덕, 노동(생산)과 소비관념 그리고 공통의 미적 감각에 이르기까지 사회가 요구하는 덕목을 몸과 마음에 새긴 주체의 생산이 곧 사회화에 다름 아닐 것이다. 사회화는 곧 규율화에 다름아니었는데, 학교와 군대 그리고 공장은 규율화와 인과율적으로 연결되어 있다.

근대적 시간 리듬 하나만 보더라도 학교, 군대, 공장에서 규율화가 얼마나 중요한지 알 수 있다. 분초 단위까지 세분화된 시간 규율을 몸과 마음에 아로새기지 못한 주체는 사회적 생존이 불가능하다. 규율은 질서의 다른 이름이기도 하다. 사물의 질서처럼 자연화된 사회적 질서는 수직적 세계 배열을 기본으로 한다. 수직의 세계에서 자신의 위치를 자각하고 자신의 배치로부터 주어지는 규율을 체화하지 못한다면 역시 사회적 삶은 불가능하다.

여기서 근대사회가 공적 영역과 사적 영역의 구분을 전제로 성립한다는 사실이 중요하게 검토되어야 한다. 두 영역의 구분은 자유롭고 평등한 개인을 상정한 이상 불가피한 일이라고 보인다. 즉 신분 대신 천부인권의 개인을 인정하는 순간 개체의 규율화를 위한 또 다른 심급이 필요하게 될 것이며 공적 영역이 그것을 떠맡은 셈이었다. 세계의 질서를 개인에게 부과하기 위한 권위있고 또 자연화된 질서체계로서 공적 영역이 설정된 셈이었다. 그렇다면 공적 영역을 장악하는 것이야말로 사회를 규율잡힌 질서체계로 구성하는 관건이 될 것이다.

두 영역은 대칭적 독립 영역이 아니다. 시장은 사적 영역에 속하는 것으로 상정되지만, 국민경제는 이미 그것으로 국한될 수 없다. 나아가 사적 영역은 끊임없이 공적 영역에 의해 규율, 계몽, 감시, 처벌의 대상이 되어갔다. 두 영역은 조화로운 실체라기보다 이데올로기적 설정의 성격이 짙다.

그런데 공과 사의 구분은 서구 근대만이 아니라 동아시아 지역에서도 오래된 전통이었다. 동아시아 공사 관념은 전통적으로 공과 사를 엄격하게 가치론적으로 구별한다. 멸사(滅私)와 봉공(奉公)은 이미 조선시대의 용례였으며 빙공영사(憑公營私)는 조선시대의 주요한 가치론적 지탄의 대상이었다. 즉 조선시대 공과 사는 영역의 구분을 포함하되 더 중요했던 것은 가치 구분이었다.

근대 이후 서구와 조선시대의 공사 개념이 습합되면서 가치와 영역 구분이 중첩된 독특한 관념으로 재구성되었다고 보인다. 가치와 영역 두 차원의 습합에도 불구하고 공과 사의 가치론적 위상 차이는 의연히 지속된다. 오히려 서구의 사적 가치가 강조됨에 따라 그것을 재포섭할 공의 가치가 더욱 강조되는 측면도 있다. 예컨대 전근대 시기 멸사와 봉공은 따로 떨어진 것이었으나 근대 이후 '멸사봉공'의 사용이 일반화된다.

이러한 맥락에서 일제 시기 이래 개인주의와 자유주의를 불온시하면서 집단의 공적 가치를 우선시하는 이데올로기가 강력한 위력을 발휘해왔다. 이에 따라 근대사회의 주요한 공간적 특징 중의 하나는 공적 공간의 대대적인 확충이었다. 전근대 시기에는 신분제적 격벽, 가치론적 공사 구분에 의해 통합적 '사회'가 부재했기에 사회 영역에서 공적 가치를 재현할 공간 배치 역시 제한적이었다. 그러나 근대사회는 형식논리적으로 만인평등을 조건으로 내세웠고 영역별 공사 구분에 근거한 것이었기에 공적 영역과 사적 영역의 구분은 공간배치에도 강력한 영향을 미쳤다.

　무엇보다 공적 공간의 확대는 자유롭고 평등한 개인으로 상정된 근대 주체를 재포섭해야 할 기능적 필요성과 밀접히 관련된다. 특히 서구의 자유주의와 개인주의의 도입이 초래한다고 여겨진 집단적 질서와 가치의 붕괴를 막기 위해 공적 영역의 가치와 권위가 특별하게 강조될 필요가 있었다. 요컨대 근대적 사회형식에서 사적 공간과 구분되는 공적 공간의 확장은 필수적이었다.

　더욱이 근대질서는 인간 중심주의와 함께 비인간-사물의 질서를 강조한다. 합리적 이성의 개인은 주관성의 한계로부터 자유로울 수 없었고 '객관적 실재'로서의 사회가 실감될 수 있어야 했다. 기계장치의 정확성이 실험자의 주관적 오류 가능성을 대신하듯이 근대 사회는 사물의 질서를 통해 개체를 주체화할 수 있어야 했다. 예컨대 공중도덕이라는 공적 윤리 담론은 개체의 공적 공간 체험을 통해 각인되어야 한다.

　따라서 근대사회의 공적 공간은 다양한 기능적 측면과 함께 강력한 규율화 수단으로 등장했다. 극장, 공원, 공설운동장, 공중변소 등의 공적 공간은 문화, 위생, 스포츠 등의 영역별 기능을 수행함과 동시에 특정한 규칙과 행동윤리가 내장된 공간배치물이었다. 근대사회가 가정한 자유롭고 평등한 개인들 간의 자연상태 대신 사회상태를 만들어내기 위해서는 특정의 질서와 가치감각을 개별 구성원들에게 주입·각인시켜야만 된다. 다시 말해 사적 이익추구가 극대화되는 조건 속에서 사회전체의 공적 가치를 추구해야만 되는 근대사회의 딜레마는 공적 영역의 규율화로 연결된다.

　규율화의 다른 표현은 종종 '문화'였다. 근대 대중사회의 형성은 부르주아에게 커다란 공포의 근원이다. 대중-폭도화의 위험을 방지하기 위해 대중을 특정한 주체로 길들이기 위한 다양한 전략이 고안되었다. 근대의 대표적인 집단주체인 민족, 국민, 공민 등으로의 호명은 물론, 그 호명과정의 효율성을 극대화하기 위한 교양과 이성의 계몽기획도 빠질 수 없었다. 이른바 '문화'는 교양과 합리적 이성을 갖춘 안전한 주체의 상징처럼 이해되었다.

공간 구축과 배치는 그 자체가 문화이면서 문화가 유통-소비되는 장이었다. 교양과 문화가 자연스럽게 주체-사이를 흐르도록 하기 위해서는 어떤 촉매가 필요했고 미디어는 말 그대로 중개-매체였다. 주체-효과와 장소성의 긴밀한 연관을 생각할 때, 특정의 공간 조직-배치는 특정의 주체-효과를 산출하게 될 것이라고 믿어졌다.

공간 구축은 장소와 긴밀히 연관된다. 장소란 '일상생활에서 일정한 활동이 이루어지는 물리적 배경과 이에 부여된 상징적 의미'이다. 또한 장소는 '사회적 실천들이 전개되는 곳이라는 점에서 실천적 공간'이다. 이렇게 장소와 공간의 교직을 통해 인간은 장소성을 체득하게 된다. 장소성이란 '특정 사회의 구성원들이 집단적 생활을 영위하는 과정에서 그 생활의 기반이 되는 장소에 대해 가지는 사회적 의식'인 바, 정체성 형성에 중요한 요소를 이룬다.[1] 요컨대 '식민지 근대'의 공간구축과 장소성은 주체형성의 빠질 수 없는 부분일 것이다. 여기에서는 식민지기 공회당이라는 공간 조직-배치를 통해 그 과정을 살펴보고자 한다.

공회당은 공적 공간의 대표적인 상징이었다. 주요 도시는 물론이고

---

1) 최병두, 「자본주의 사회에서 장소성의 상실과 복원」, 『도시연구』(8권), 한국도시연구소, 2002.

시골 마을에도 공회당이 들어서기 시작했다. 공회당은 해당 지역의 공적 공간을 상징했을 뿐만 아니라 다양한 기능을 수행함으로써 일상적 공간이 되어갔다. 이러한 과정을 통해 공회당은 총독부-국가의 공적 영역이자 '시민사회'의 사적 영역이기도 했고 나아가 무의식적 심상지리 상의 익숙한 공간이 되기도 하였다. 요컨대 공회당은 식민지기 '지배'의 공간적 무대이자 '사회'의 소통과 교환, 사회적 관계 형성의 중요한 공간적 매개였다.

공회당이 식민지기 '사회형성'의 유력한 공간 매개였다면, 총독부 및 '일본인 사회'와 '조선인 사회' 간의 갈등과 긴장, 교섭과 타협이 이루어지는 무대였다고 볼 수 있을 것이다. 사회 및 주체형성은 다양한 사회적 힘들과 권력관계, 지배와 저항 속에서 모순적으로 해체-재구성을 반복하는 과정으로 보인다. 공회당을 통해 나타난 균열과 모순 속에서 식민지 조선사회가 압축적으로 재현되었을 것으로 보인다.

2. 공회당의 등장과 사회형성

2.1. 공회당 건립 실태와 종류

공회당은 이미 개항기부터 언론에 보도되고 있으나 식민지기에 들어서 실제로 중요한 사회적 기관으로 기능하며 대표적인 근대의 공적 공간으로 출현했다. 전근대 시기 공회당에 대당할 만한 시설이나 공간을 찾기는 쉽지 않다. 따라서 공회당은 그 자체로 강렬한 계몽의 상징이었다.

社會의 公益을 위하야 조흔 일만 만히 하게 하시오. 도서관이던지 公會堂이던지 遊戲室이라던지 知識機關으로 체육기관으로 여러 가지를 周到하게 설비한 上에서 우리 모든 靑年이 다 나아가 웃고 즐기며 노래하며 날뛰게 하야 無窮花園이 새빗에 푹 잠기도록 우리는 각기 구든 盟誓를 가집시다.[2]

그러나 여러분은 다른 나라 少年들과 가티 父祖의 遺業을 밧지 못한 代身에 여러분이 여러분의 손으로 모든 것을 맨들어 여러분의 뒤에 오는 千萬代 後孫에게 遺業으로 줄 수가 잇습니다...여러분은 여러분의 귀여운 아들과 딸들을 위하야 조흔 學校와 작난터와 運動場과, 또 會社와 銀行과 演劇場과 公會堂을 지을 수가 잇습니다.[3]

인용문에서 보이듯이 공회당은 도서관, 지식기관, 체육기관, 遊戲室과 같은 근대의 사회 공익기구로 이해되었다. 또한 학교, 회사, 은행, 연극장 등과 같은 수준의 근대적 사회 형식이었다. 그것은 선조로부터 물려받은 것이 아니라 새롭게 만들어야 될 미래의 가치지향이기도 했다. 구래의 낡은 질서가 아닌 새롭게 만들어야 될 사회형식, 그것은 곧 공회당이 근대성의 한 상징으로 등장했음을 보여준다. 그러면 먼저 식민지기 공회당은 어떻게 건립되었고 또 그 양상은 어떠했는가를 살펴보자.

식민지기 공회당은 매우 다양했다. 도시와 농촌의 경우가 달랐고 규모도 천차만별이었으며 설립 주체 또한 다양했다. 京城 府民館처럼 50

---

2) ㄷㅅ生,「對境觸時의 感으로 ㄷ兄에게 올림」,『개벽』(3호), 1920, 114면.
3) 魯啞子,「少年에게」,『개벽』(17호), 1921, 25~6면.

만 원의 공사비가 투입되어 수천 명을 수용할 수 있는 거대한 철근 콘크리트 건물이 있는가 하면 불과 수백 원 공사비가 투입된 자연마을 수준의 수십 평 기와집도 있었다. 물론 군과 지방 도시 수준에서는 그 중간 규모의 공회당이 대종을 이루었다. 부산 공회당은 총 공사비 17만 원으로 낙성되었는가 하면 대구는 10만 원의 예산으로 공회당 신축 예정이었고, 청주는 3만원 공사비로 공회당을 건축하고자 하였다.[4] 이는 곧 공회당의 지역적 편차가 상당했음을 보여준다. 지역적으로 보자면 공회당은 경성, 평양, 부산 등 대도시 공회당과 군, 지방 도시 수준의 중간 규모, 그리고 마을 수준의 소규모 공회당으로 구분된다.

공회당 설립을 시기별로 보면 1920년대부터 본격화되어 1930년대까지 이어진다고 보인다. 특히 1920년대에 공회당 설립이 본격화되는 것은 3·1운동 이후 총독부의 '문화정치'가 시행되면서 각종 사회운동이 활성화되는 것과 깊은 관련이 있다고 보인다. 특히 지역수준에서 공회당은 지역 사회단체, 청년단체 등이 주도하는 경우가 많았다. 민족적 성격에다 강렬한 계몽성을 띤 각종 사회단체들이 지역사회의 새로운 주체로 등장하고 있었고 공회당은 이들의 공간적 활동 무대가 되었다. 다시 말해 '조선인 사회'의 형성과 공회당 설립은 매우 밀접한 관련 하에 있었다. 한편 총독부의 농촌진흥운동이 본격화되면서 관의 지원을 받는 모범부락 등에서 공회당 설립이 활성화되는 양상을 보여주기도 했다.

공회당의 설립 주체 또한 다양했다. 관이 주도한 것과 민간 주도, 그리고 관과 민간의 공동 설립도 상당수였다. 관이 주도한 공회당의 대

---

4) 『동아일보』, 1928. 4. 11 ; 『동아일보』, 1928. 10. 14 ; 『동아일보』, 1929. 6. 21.

표적인 것은 京城 府民館이었다. 경성부민관은 경성전기의 회사금 50
만 원으로 건설되었는데, 경성부는 사용조례를 제정하는가 하면, 전임
부민관장을 임명하여 사실상의 소유자였다.[5]

　한편 지방 군 단위의 공회당은 관과 민간의 합작인 경우가 많았다.
즉 관이 주도하여 지역 유지들을 동원해 공회당 설립기성회를 조직하
고 관의 부담과 함께 민간 기부금을 적극적으로 유도하여 건설하는
경우가 일반적이었다. 경북 김천에서는 尚武館 겸 공회당이 경찰서장
의 노력으로 건축되었는가 하면 평북 초산군에서는 각 관공서장들과
민간 유지가 회합하여 공회당 건설을 결의하고 각 기관별로 분담금을
결정하기도 하였다.[6] 평북 후창에서도 군수, 면장 주도로 공회당 건축
을 결의하고 관공서 4백원, 일본인 1,600원, 조선인 7백원의 갹출을
결정했다.[7] 전북 금산에서는 군수와 지역 유지가 회합하여 호별 할당
방식으로 공회당을 건설하기로 결정하였다.[8]

　이렇게 관과 민간이 합작한 경우에 공회당이 練武場을 겸하는 경우
가 많았다. 연무장은 통상적으로 경찰의 무예 훈련장으로 기능했는데,
이는 그만큼 공회당에 대한 관의 영향력이 컸다는 것을 의미했다.[9] 관
과 민간의 합작인 경우 종종 갈등이 배태되기도 했다. 그 대표적인 경

5)『조선일보』, 1936. 11. 13.
6)『동아일보』, 1924. 3. 2 초산군 공사비 분담상황을 보면 초산면 600원, 각 관공서
　100원, 전군 각면 천원, 수비대 400원, 군농회 2천 원, 경찰서 700원 등이었다(『동
　아일보』 1928. 8. 31).
7)『동아일보』, 1931. 7. 2.
8)『동아일보』, 1927. 10. 28.
9) 공회당 겸 연무장으로 건설된 지역 사례를 몇 군데만 들어보면, 경기도 이천, 양주,
　함남 안변 등이었다(『동아일보』, 1925. 5. 9 ;『동아일보』, 1925. 5. 11 ;『동아일보』,
　1925. 10. 27 ;『동아일보』, 1926. 7. 25).

우가 강원도 화천이었다. 강원도 화천에서 공회당 건축 계획이 나오
자 경찰서 측에서 武道場 겸용을 주장하여 관철시키고 장소 또한 경
찰서 구내나 인근 지역으로 하자고 제안하여 민간인 기성회장과 부회
장이 사퇴하는 등의 소동이 일어났다.[10]

　관과 민간의 합작과 함께 조선인과 일본인의 합작이라는 양상도 나
타났다. 전북 전주군 전주면에서는 2만 5천 원에 공회당과 면사무소
신축을 계획했는데, 일본인이 5천원의 의연금을 내기로 하였다. 대구
에서는 공회당 건축 실행위원을 일본인 2인과 조선인 2인으로 구성
하기도 하였다.[11] 지역사회를 구성하는 관과 민간, 일본인과 조선인이
공회당을 매개로 일련의 관계를 형성하게 됨으로써 '사회'가 구성되
는 한 양상을 보여준 셈이었다.

　그런데 관-민간과 일본인-조선인의 구분은 겹쳐지는 것일 수 있
었다. 사실 관은 곧 일본을 의미하는 것일 수 있었으며 민간은 '조선
인 사회'를 의미하는 경우가 많았다. 관이 주도한 공회당에 대해 민간
의 그것을 강조하는 것은 곧 조선인 주도의 공회당을 의미하는 것인
경우도 있었다. 그렇기에 "민간 공회당의 期成을 望함"이라는 호소는
'관이 주도해서 건축한 연무장 겸 공회당'을 '조선인이 빌려쓰는 것은
여러 애로사항이 있으니 민간 공회당을 건립해야 한다'는 것이었다.[12]

---

10) 『동아일보』, 1928.11.4. 결국 군민대회까지 계획되게 만들었던 이 소동은 군청에
　서 위원회를 개최하고 郡警兩界에 건축하기로 결정했으나 관청 내 공회당 설치
　를 금지한 강원도청의 방침으로 타지로 이전하는 것으로 귀결되었다(『동아일보』,
　1928. 11. 7 ; 『동아일보』, 1929. 1. 31 ; 『동아일보』, 1929. 8. 9).
11) 『동아일보』, 1929. 9. 16 ; 『동아일보』, 1927. 7. 30.
12) 『동아일보』, 1928. 1. 12. 이 호소의 필자는 "공회당은 현대 공동생활상 다중운동
　상 불가결한 것"으로 규정하고 영광 여성동맹 주최 재만동포 구호 음악무도회가
　공회당에서 개최되었으나 빌린 자도 부득이해서 빌린 것이고 빌려준 자도 부득이

공회당의 민간 설립주체 중 자주 나타났던 경우는 상인층이었다. 황해도 안악군의 경우 읍내 상업협의회가 공회당 건축 결의를 했고, 평남 진남포에서는 물산객주조합이 공회당 건립을 추진했다. 함남 북청군 신창에서는 청년회의 발기로 공회당을 건축하였는데, 상업회의소, 상업조합, 신창조합 등의 단체와 개인들의 기부금으로 건설했다.[13] 이는 대도시 지역도 비슷해서 부산 공회당 건설위원회에는 豊泉 부산상의 부회두가 중요한 역할을 하였다.[14] 공회당 설립 이후 운영과정에서도 상인층의 역할은 두드러졌다. 평양공회당의 경우 평양부의 예산부족으로 평양상업회의소에 起債를 요청하고 관리운영권을 넘기려 하기도 했다.[15] 약간 다른 경우로는 함흥의 사례가 있었다. 공회당이 없던 함흥에 도지사가 중개하여 조선질소회사에서 자금을 제공하려고 하였으나 부민들은 10만 원을 요구한 반면 회사에서는 5만원을 내겠다고 해 결국 무산된 일이 있었다.[16]

이는 곧 공회당이 상당한 자금을 소요하는 사업이었기에, 특히 규모가 큰 공회당일수록 자산가의 역할이 중요했기 때문이었다. 상인, 기업, 부호 등의 자산가 층은 공회당 건립을 통해 지역사회에서 상당한 명망과 영향력을 증대시킬 수 있었다고 보인다. 그 대표적인 경우가 평양의 白善行의 경우였다.

평양의 부호 백선행은 총 5만 원이 넘는 자비를 들여 평양 공회당을 건축하고자 하였다. 평양공회당은 이미 있었지만, 일본인 거주지인 신

해서 빌려준 것이기에 갖은 애로 사항이 발생했다고 주장했다.
13) 『동아일보』, 1930. 2. 17 ; 『동아일보』, 1929. 2. 6 ; 『동아일보』, 1921. 10. 11.
14) 『동아일보』, 1924. 3. 5.
15) 『동아일보』, 1921. 6. 2.
16) 『동아일보』, 1930. 10. 18.

시가에 있어 조선인이 이용하기 불편하다는 것이 건설 이유였다. 공회당은 3층 전체가 석조건물로 계획되었는데 이는 평양 최초였다. 일반에서는 건물 이름을 백선행 기념관으로 불렀다고 하며 1층에는 도서관과 여자교육시설, 2층과 3층을 집회장으로 사용할 예정이었다.[17]

공회당을 건축한 백선행에 대해서는 "사회민중을 위하야 공회당을 건축"한 인물로 그 생애가 신문에 3차례에 걸쳐 연재되기도 했고, 다른 지역의 공회당 건립활동에 큰 자극을 주어 "사회에 그 일흠을 날니는 백선행기념관을 생각하자"는 언설이 나타나기도 했다.[18] 공회당 건립이 중요한 사회적 공헌이 됨에 따라 공회당 건립에 기여한 인물들에 대한 사회적 인식도 높아졌다. 평북 영변에서도 공회당을 건축 제공한 인물에 대한 篤志慰安의 밤 행사가 치러지기도 했다.[19]

그러나 자산가 층의 태도가 항상 긍정적인 것만은 아니었다. 공회당 건립은 많은 경비가 들어가는 사업임에도 경제적 이득은 기대하기 힘든 것이 대부분이었다. 따라서 자산가 층이 아무 댓가없이 공회당 건립에 선뜻 나서기는 쉽지 않았다. 심지어는 관에서 주도하는 공회당 건립에 부호층이 부정적 태도를 보이는 경우도 있었다.[20] 당시 언론의 공회당 설립 캠페인에서도 부호층은 각성의 주요 대상이었는데, 이는 그만큼 상당수 부호층이 공회당 설립에 적극적이지 않았음을 보여준다.

---

17) 『동아일보』, 1927. 3. 16.
18) 『동아일보』, 1931. 2. 7 ; 『중외일보』, 1929. 5. 11.
19) 『동아일보』, 1934. 12. 11. 이 기사는 『조선중앙일보』에도 동일하게 실려 당시 공회당에 대한 조선인 사회의 관심을 보여주었다(『조선중앙일보』, 1934. 11. 18).
20) 안성에서는 면사무소 주도로 면사무소와 공회당 건축을 시도했으나 읍내 부호들의 반대로 공회당 건축이 무산되기도 했다(『동아일보』, 1926. 2. 14).

그나마 부호층 중에서 상업계가 비교적 적극적이었던 데는 일정한 이유가 있었다. 산업자본이 미숙했던 조건상 부호층의 상당수가 상업 자본이었다는 점과 함께 업종의 속성상 다양한 사회관계를 맺을 수밖에 없어 도시지역의 공적 공간의 필요성을 비교적 크게 느끼고 있었다는 사정이 반영된 것으로 보인다. 특히 일본인 상인 집단은 주요 도시의 상권을 장악하고 관계에도 막강한 영향력을 행사하고 있었기에 식민도시의 주요한 행위자들이었다. 이들이 도시의 공적공간 창출에 큰 역할을 했다고 보이며 그만큼 공적 영역의 주요 담당자로 기능했다고 할 수 있었다.

그러나 공회당 설립에 가장 열성적이었던 것은 조선의 엘리트 지식인 및 지역 有志였다. 앞에서 보았듯이 당시 조선인 언론이나 지식인 층에서는 공회당을 대단히 중요한 근대적 사회시설로 인식하고 있었기에 그 설립 캠페인에 대단히 열성적이었다. 부산에서는 부산 청년회 제씨의 발기 하에 공회당을 건설하고 학예, 체육, 음악, 서무의 각 부를 설치하여 매월 公會日을 정하여 청년 자제를 회집하고 시세에 순응할 인지발달상의 연구토론 등의 집회 용도로 사용하고자 했다.[21] 이러한 상황은 지방 소 도읍이나 마을 수준으로 가게 되면 더욱 분명했다. 이 수준에서는 일본인도 매우 적었기에 조선인들에 의해 공회당 설립이 추진되었다.

보령군 웅천에서는 기독교회가 주도하여 공회당을 건립하고자 하였으나 재정난에 봉착하게 되자 형평사 보령분사가 기금을 희사하고

---

21) 이 공회당 건설은 경남은행 지배인 文尚宇 1,500원, 초량청년단 400원, 대신동 청년단 300원, 부민동 청년단 400원 등의 기부금으로 충당되었다(『동아일보』, 1921. 3. 22).

웅천노동협회에서 인부 2백 명을 지원하여 완공하였다. 평북 용천군의 양시에서도 공공 회집소가 없어 유감이었던 바 유지들의 결의로 공회당 건설이 추진되었고 함북 웅기항 청년들은 "완전한 집회장소"가 없음을 유감으로 생각하여 공회당 건축을 결의했다. 함북 명천군 하동면에서는 면내 유지들의 의연금으로 공회당 건축 준비에 나섰고, 마산청년회가 공회당 기성회를 조직했는가 하면, 강원도 회양군 도천면 신흥사 여승이 공회당 건설비 부족분 일부를 희사하기도 했다.[22] 이외에도 평북 위원군, 경남 밀양, 강원도 주문진, 황해도 곡산 등지에서 유지회, 번영회와 같은 단체 및 개인들이 공회당 설립에 나선 것이 신문기록으로 확인된다.[23] 때로는 언론사들이 나서기도 했는데, 충남 홍성에서는『중앙일보』와『동아일보』지국이 나서 공회당 건립을 위해 명함 행상대까지 조직하기도 하였다.[24]

공화당의 가장 작은 형태는 마을 단위에서 건립되는 것들이었다. 1920년대 초중반에는 별로 없었지만 1920년대 후반부터 마을 단위 공회당 건립이 등장하기 시작했다.[25] 신문에 보도된 것은 양적으로 그

---

22) 『동아일보』, 1923. 11. 11 ;『동아일보』, 1925. 6. 18 ;『동아일보』, 1926. 1. 24 ;『동아일보』, 1927. 5. 20 ;『동아일보』, 1925. 11. 11 ;『동아일보』, 1926. 1. 17.

23) 『동아일보』, 1928. 4. 6 ;『동아일보』, 1929. 6. 5 ;『동아일보』, 1933. 5. 11 ;『동아일보』, 1929. 7. 17.

24) 『동아일보』, 1932. 1. 25.

25) 1920-30년대『동아일보』지면에 보도된 마을 단위 공회당 현황은 다음과 같다. 함남 고원군 상산면 석교리(1925. 9. 16), 함남 정평군 3개 마을(1928. 10. 10), 평북 용천군 부라면 북겸동 세도촌(1928. 3. 18), 강원 화천군 상서면 신풍리(1929. 1. 2), 제주도 표선면 온평리(1929. 5. 8), 충남 서산군 송전리(1929. 9.2), 강원도 양구군 군북면 서호리(1929. 10. 9), 강원도 인제군 남면 於論里(1929. 10. 31), 평남 용강군 지운면 진지리(1930. 1. 8), 강원도 통천군 반월리(1930. 9. 14), 강원도 통천군 고저항(1930. 9. 15), 전남 고흥군 녹동항(1931. 3. 11), 평북 구성군 노동면 중방리 元村 마을(1931. 4. 22), 평남 맹산군 학천면 고상리(1932. 3. 21), 평북

한국의 극장과 극장 문화

리 많지는 않았지만 실제로는 훨씬 더 많았을 것으로 추정된다. 강원
도 통천군의 공회당을 보도하는 신문은 30-40호 되는 적은 촌락에도
거의 민간 공회당이 있다고 했다.[26)]

마을 단위 공회당은 유치원, 야학, 집회 등의 목적으로 설립되는 것
이 많았으며 마을 유지, 개인, 마을 단체 등이 주요한 설립 주체였다.
대표적 예를 들자면 강원도 통천군 반월리는 40호 미만의 작은 마을
이었는데, 농무청년회를 결성하여 금주, 잡기 엄금 등의 폐풍교정 운
동을 벌이는 한편 공회당을 신축하고 야학관과 청년회관으로 사용했
다.[27)] 때로는 문중재산으로 공회당을 건립하는 경우도 있었다.[28)]

마을 공회당이 중요한 사업이 됨으로써 마을정치의 중요한 이슈가
되기도 했다. 일례로 강원도 양구군 군북면 서호리에서는 공회당 건
축 문제로 두 자연마을 간에 분규가 발생했던 것이다. 구장의 독단으
로 진행한 일에 기부금을 낼 수 없다는 반발이 발생한 것이었는데, 이
는 공회당이 마을 내 권력관계의 중요한 사안이 될 정도였다는 것을
의미했다.[29)]

지방 공회당의 경우 기존 건물을 활용하는 경우도 상당수 있었다.
전북 남원에서는 군수가 재판소로 사용중이던 광한루를 공회당으로
만들겠다고 했는가 하면, 황해도 안악군에서는 구 鄕廳 자리에 공회

자성군 여연면 중상동(1932. 6. 1), 경기도 장단군 진남면 동장리(1933.9.14), 충
북 진천군 만승면 실원리(1935. 5. 21).
26) 『동아일보』, 1930. 9. 15.
27) 『동아일보』, 1930. 9. 14.
28) 평북 구성군 노동면 중방리 元村 마을에서는 문중재산 천원으로 공회당을 건축했
다(『동아일보』, 1931. 4. 22).
29) 『동아일보』, 1929. 10. 9.

당을 건립하고자 했다.[30] 평남 성천군에서는 군민대회를 통해 헌병
대 철수로 비게 된 청사를 군 공회당으로 사용하자는 청원을 총독부
에 제출하기도 했다. 그런데 이 헌병대 청사는 구한국 시대에 향청이
었다고 한다.[31] 평북 강계에서는 西鮮 8경의 하나인 仁風樓를 공회당
으로 사용하게 해달라고 도 당국에 건의하여 허가를 받고 개조공사에
착수하기도 하였다.[32] 기존 장소 내지 공간을 전용하는 경우 기존에
공적 공간으로 기능했던 곳이 선택되는 것이 일반적이었다.

　이렇게 공회당 건립이 확산되면서 그 개념적 용례도 분화되었다.
즉 공회당은 고유명사와 보통명사 두 가지의 용례를 가지게 된 것이
었는데, 경성 공회당처럼 특정 건물 명칭이 전자라면 공공의 목적을
위한 집회공간을 의미하는 것은 후자를 지칭하는 것이었다. 그래서
청년회관 및 사회단체 회관 등은 물론 극장 중에서도 공회당으로 불
리는 것이 드물지 않았다. 여기서 주목되는 것은 후자의 용례, 즉 보통
명사화된 공회당이었다. 고유명사로서의 공회당은 대상과 언어의 즉
각적 대칭관계가 형성되는 반면, 보통명사로서의 그것은 복수의 지시
대상으로 확산되는 특징을 보여준다. 즉 보통명사화된 공회당은 이미
특정 대상으로 국한되지 않는 사유의 일반화를 반영하는 것이다. 이
는 그만큼 공회당이 현실과 사유 양 영역에서 일반적인 것이 되었음
을 반증하는 것으로 보인다.

30) 『동아일보』, 1928. 2. 4 ; 『동아일보』, 1930. 2. 17 ; 『동아일보』, 1931. 7. 30.
31) 『동아일보』, 1923. 1. 4. 결국 헌병대 청사는 군 공회당으로 결정되었다(『동아일
　　보』, 1923. 4. 15).
32) 『동아일보』, 1923. 7. 23.

2.2. 공회당의 기능과 역할

공회당은 도시와 농촌을 막론하고 전국적으로 확산되었는데 도시 공회당의 대표적인 것이 경성공회당이었다. 1920년 7월에 건설된 경성공회당은 사용법을 구별하여 제1종은 강연회 일반, 제2종은 회사 은행의 주주총회 기타 상공업에 관한 회장, 일반의 환영 송별회장, 제3종은 회화전람회, 연회, 입장료를 징수치 않는 연예회, 제4종은 입장료를 징수하는 연예회 등 4종으로 하였으며 각각 차등적으로 요금을 징수했다.[33] 차후에는 제5종으로 활동사진이 추가되어 가장 많은 요금을 받았다.[34]

1923년 인천부협의회에서는 새로 신축된 인천공회당 사용조례를 제정하였다. 그 주요 내용은 다음과 같았다. 사용을 원하는 자는 일시, 목적, 입장료 징수 유무, 사용실, 사용물건의 종류와 수량, 추정 집회 참석숫자 등을 신고해 부윤의 허가를 얻도록 하였다. 또한 일정한 기준으로 사용료를 징수하였는데, "학술 연구강연 등으로 전혀 공익을 위한 회합, 구휼, 자선에 관한 사업과 회합" 등에 대하여는 사용료를 감면할 수 있도록 하였다.[35]

그러나 실제 공회당의 활용은 위와 같은 종류로 제한되지 않았다. 공회당에서 이루어지는 일은 다양하기 그지 없었다. 개발 촉구 결의 및 각종 요금 인하 결의대회, 정치적 연설회, 각종 계몽성 연설회, 예술행사, 생산품평회, 이익단체들의 집회, 결혼식, 각급 학교 동문회,

33) 『동아일보』, 1920. 7. 11.
34) 萩林茂 編, 『朝鮮の都市』, 大陸情報社, 1931, 117면.
35) 『동아일보』, 1923. 7. 27.

문화행사, 역기대회, 무술대회, 권투경기, 경전 부영화 운동, 재만동포
위문 문화행사, 각종 시민대회, 유치원 연합 아동율동대회, 전문학교
연합토론대회, 통속 의학강연회, 물산전시회, 축음기 감상회, 각종 영
화상영, 브나로드 결성대회, 손기정 환영대회, 올림픽의 저녁, 추도회
등등 도시사회의 집단적 모임의 거의 모든 분야를 망라하고 있었다고
보인다.

  도시 공회당은 거의 모든 집단의 행사가 개최되는 말 그대로 공공
의 공간이었다. 각종 예술행사는 물론이고 맑스와 레닌의 사진이 걸
리는 정치집회가 열리는가 하면 식민자와 기득권층의 이권이 주장
되는 공간이었다.[36] 사상단체로 유명했던 북풍회에서는 경성공회당
에서 강연회를 개최하여 鄭雲海, 金若水 등이 강사로 나서기도 하였

36) 공회당에서 개최된 행사들의 일부를 보면 다음과 같다. 韓國獨立軍의 琿春領事舘
  습격에 불안을 느낀 韓國에 거주하는 日本人들은 소위 實業家懇談會를 京城公會
  堂에서 열고 「熾烈執拗한 排日思想을 撲滅」할 것을 결의하다(『매일신보』, 1920.
  10. 12) ; 平壤電氣株式會社의 暴利를 非難하여 오던 平南 平壤府의 公職者와 各
  里 · 町 組合長과 其他 有志 數百人이 平壤公會堂에 會集하여 電燈府營電力値下
  期成會를 組織하다(『동아일보』, 1926. 2. 18) ; 全北 全州 · 郡山 · 裡里 · 金堤 · 井
  邑 등 各地의 35個 勞動團體 代議員 61人이 群山公會堂에 會集하여 全北勞働聯
  盟 創立總會를 開催하다(『조선일보』, 1926. 4. 7) ; 平壤 大東江의 船夫들이 統一
  的 行動을 취하기 위하여 大同江船夫勞働組合 發起會를 開催코자 平壤府外 高坊
  山 밑 大同江에 100餘隻의 배와 그 船夫 200여명이 모였는데, 管轄 大同警察署로
  부터 江上에 그와 같이 배와 사람이 많이 모이는 것은 交通妨害라는 理由로 解散
  당하다. 이들은 8月 3日에 平壤公會堂에서 그 創立總會를 開催키로 하다(『동아일
  보』, 1926. 7. 24 ;『동아일보』, 1926. 7. 30 ;『동아일보』, 1926. 8. 3) ; 科學文明普
  及會의 巡廻講演隊가 黃海道 長連邑 公會堂에서 講演會를 개최하였는 바 이날 연
  제와 연사는 「科學文明普及會의 使命 金奇鳳, 現代科學의 警異 申洪均, 科學的 應
  用 時機 吳應千」이다(『동아일보』, 1927. 10. 10) ; 槿友會 新義州支會에서는 公會
  堂에서 新春音樂會를 개최하다(『동아일보』, 1929. 3. 7).

다.[37] 공회당은 불온한 공간이자 계몽이 이루어지는 공간이었고 예술과 문화의 공간이었다. "현대에 잇서서 공회당은 도시 혹은 그 지방의 문화발전 내지 그 향상책의 일조가 되는" "公器"로 이해되었기에 "그 지방 민중의 耳目"이라고까지 부르기도 했다.[38]

무엇보다 공회당은 만인이 평등한 공간처럼 보였다. 그곳은 계급, 신분, 나이를 막론하고 모든 이에게 개방되어 있고 누구나 이용할 수 있는 열린 공간처럼 보였다. 그것은 "학교, 교회, 공회당, 공원, 도서관 등 재산이 한 두 사람의 명의로 되여잇스되 그 實 한 두 사람의 의지로는 결코 좌우할 것이 못되는 모양"으로 인식되는 것이었다.[39] 임석 경관으로 상징되는 권력이 드리워져 있기는 했지만, 공회당의 공공성은 누구도 의심할 수 없는 것처럼 보였다.[40] 공회당은 곧 공공영역의 상징이었고 나아가 식민지 조선의 축도였다. 공회당은 공상과 상상의 대상이 될 정도로 식민지 조선에 깊숙하게 들어와 있었다.

자긔가 그 아츰마다 맛나보는 녀학생과 정다웁게 사랑을 속살거리는 것이매 어느듯 자긔와 그 녀학생이 공회당에서 성대한 결혼식을 하야 가지고 눈 가티 흰옷을 입고 아름다운 꼿을 가슴에 꼬진 그 녀학생

37) 『시대일보』, 1924. 12. 11.
38) 『동아일보』, 1932. 8. 30.
39) 金東煥, 「權門勢家들의 反省을 促함」, 『삼천리』(10-5), 1938, 305~306면.
40) 이달에 咸南 定平警察署에서는 同地 新幹會支會와 青年會舘 공회당 등에 出動하여 會舘에 걸려 있는 「레닌」 「맑스」 등 사진과 「無産農民은 消費組合으로」, 「言論集會의 自由 전취」 등 포스타를 押收하다(『동아일보』, 1931. 2. 5) ; 경찰은 경성 공회당에서 개최한 조선웅변학회 강연회를 중지시키다. 李載甲이 「광막한 들에 나를 구할 자 누구냐」라는 제목으로 강연하자 입회경찰이 돌연 중지시킨 것이다 (『동아일보』, 1920. 7. 28).

과 연미복을 입은 작기가 손목을 맛붓들고 나란이 거러나와서 자동차
에 나란이 걸터 안지면 모든 사람들은 침을 삼키며 자긔네를 부러워하
는 광경이 나타낫다.[41]

이러한 공상이 가능했던 것은 그만큼 현실 속에서 공회당의 결혼식
이 화려하고 세련된 것으로 인식되었기 때문이었다. 당대 명사 중의
하나였던 金性洙의 결혼식은 공회당에서 치러졌는데 장안의 명사 수
백 명이 참석한 대단히 호화로운 결혼식이었다.

> 나는 호화로운 결혼식을 한 이로는 金性洙가 第一인 줄 알어. 그때는
> 朴泳孝가 사장이고 金性洙는 東亞日報의 社主로 있든 때인데 사회의
> 여러 명사로 결혼식준비위원을 내고 式은 公會堂에서 하였는데 場內가
> 화환으로 가득 차섯고 總督府로부터도 各局長들이 나왔었고 長安名士
> 도 수백이 참석했고 참으로 버젓하였지요.[42]

이외에도 베를린 올림픽 마라톤 우승자인 孫基禎의 결혼식도 평양
공회당에서 이루어졌다.[43] 이렇게 엘리트 층이 주도한 공적 공간의 각
종 의례는 점차 대중의 선망의 대상이 되어 공상 속에서나마 성취하

---

41) 朴月灘, 「黎明」, 『개벽』(55), 1925, 23면.
42) 이서구, 「長安『才子佳人』, 榮華와 興亡記」, 『삼천리』(11-1), 1939, 117면.
43) 손기정의 부인 강복신은 평양공회당에서의 결혼식을 다음과 같이 회고했다. "나
는 무한한 감격에서 가슴이 높이 뛰는 것을 숨길 수 없었다. 넓은 장내는 사람으
로 꽉 찼었다. 더구나 나와 유아원에서부터 체육학교까지 가치 다녀서 가치 졸업
한 동무가 피아노를 처 주는데, 피아노 소리가 장내를 넘쳐서 하늘가 저편에 까지
굉대한 소리로 울너 퍼졌다."(姜福信, 「'結婚式場' 行進記」, 『삼천리』(12-4), 1940,
150면).

고픈 욕망이 되었던 것이다. 그렇기에 공회당은 사회적 입신과 출세의 주요한 시현장으로 인식되었다. 그것은 "공회당 단상에 녀왕 가티 나타나 만중의 박수 속에 화환 속에 쌔여나오는 환상"의 무대가 바로 공회당이었던 것이다.[44] 공적 영역의 의미있는 주체란 곧 공회당에 출현할 수 있는 자를 의미했다.

한편 공회당은 주요한 볼거리를 제공하는 공연장, 사회적 명성의 상징, 대중욕망의 투사체이자 그 자체로 구경거리가 되는 것이기도 했다.

青年會舘-종로경찰서하고 나란히 섯는 저 군함가티 큰 양옥집이 中央基督敎靑年會舘일세. 지금으로부터 25년 전에 米國 사람이 8만圓 기부한 돈에 朝鮮서 모은 돈을 보태에 30만圓 드려 지어 가지고 이 안에 晝夜學學舘이 잇고 사진 인쇄 木工까지 따로따로 전문으로 배호는 기관이 잇슬 뿐 안이라 한 5-6백명 수용하는 강당이 잇서서 天道敎新敎堂이나 또 그 紀念舘이 생기기까지는 京城 민간의 유일한 公會堂이엿섯다네. 한 30분 限하고 드러가 구경하세.[45]

즉 공회당은 도시를 상징하는 공간이었고 도시공간의 이해와 장소성의 체험을 위해서는 빠뜨리지 않고 '구경'해야 되는 곳이 되었다. 특별한 볼 일이 없음에도 불구하고 공회당은 들러야 하는 곳이 됨으로써 '구경의 주체'를 구성하는 기능을 수행했다.

44) 「모던-껄 懺悔錄」, 『별건곤』(16·17호), 1928, 168~9면.
45) 一記者, 「2일 동안에 서울 구경 골고로 하는 法, 시골親舊 案內할 路順...」, 『별건곤』(23호), 1929, 62면.

도시 공회당이 매우 폭넓은 기능과 역할을 담당하고 있었던 것에 비해 마을 공회당의 역할은 그렇게 다양하지는 않았다. 주로 야학, 강습회 등의 계몽활동 공간이나 마을민들의 집회장 또는 사랑방 역할로 국한되었던 듯 하다. 이는 사회구성의 규모와 복잡도의 차이에 따른 자연스러운 모습이라고 할 수 있었다.

공회당의 기능과 역할의 핵심은 '사회적인 것'에 있었다고 보인다. 거의 모든 기능은 사회와 연루되는 것이었으며 공회당 자체가 사회의 축도에 가까웠다. 그렇기에 공회당의 건립과 그 역할은 곧 사회형성 및 유지와 밀접하게 관련된다고 하겠다.

2.3. 공회당과 사회형성

> 뎐주사가 새 대감으로 드러안즌 뒤에 처음으로 한 일은, 아버지의 遺志라는 일홈아레서, 이 도회에, 五十萬圓이라는 커다란 돈을 먹여서, 큰 公會堂을 하나 만드러 노흔 것이외다. 그 공회당은 聖徹舘이라 일홈하엿슴니다...(죽은 후 염라대왕과의 문답-인용자 주)「그 다음에, 세상에서, 네가 행한 가운데, 그 중, 良心에 쓰리든 일을 아뢰여라」.「업슴니다」.「업서? 그러면 그중 량심에 유쾌하든 일을 아뢰여라」.「그것은, 두 번 잇엇슴니다. 첫 번은, 아버님이 업슨 뒤에, 아버님의 일홈으로, 큰 공회당을 세운 일이외다. 아직 것, 린색하다고 아버님을 욕하든 세상이, 一時에 아버님의 만세를 부를 때에, 엇절줄 모르게 깃벗슴니다」[46]

공회당을 만들었다는 것이 일생의 가장 훌륭한 업적이 될 정도로

---

46) 김동인, 「明文」, 『개벽』(55호), 1925, 8~13면.

그것은 사회적으로 의미있고 중요한 상징이 되었다. 인색하기로 소문
만 사람조차 공회당 건축으로 일거에 명예를 회복하게 되었다는 설정
은 픽션의 과장이 있을 수 있겠지만 식민지기 공회당의 사회적 위치
를 반증해주는 것으로 보인다. 실제 현실에서도 공회당 건립에 희사
하는 행위는 '美擧'로 언론의 주목을 받는 행위이기도 했다.[47] 그러면
공회당은 왜 그렇게 사회에 필요한 것으로 이해되었을까.

> 인간의 고유한 특점은 그 집단성에 잇는 것이라. 미래의 인류의 진
> 보상과 발전력은 그 단체나 개인에게 나타나는 것이 아니라 사회의 구
> 성과 그 관계 밋 형상에 현현되는 것이라고 한다. 사회관계의 기조가
> 경제관계에 있다고 하겟스나 사회생활 企圖와 이론에는 상호의 작용
> 과 제약 또는 의지의 교환과 결합이 필요할 것이니 이의 구체적 표현은
> 집회이겟스며 그것의 감각적 일반 표시가 공회당이라는 건물일 것이
> 다.[48]

1920-30년대에 걸쳐 『동아일보』를 비롯한 주요 신문 지면에는 공
회당 건설을 촉구하는 무수한 기사와 논설들이 넘쳐났다. 그 중에 공
회당의 필요성을 정식화해서 표현하고 있는 것이 위 인용문이다. 인
용문은 인간의 본질상 진보와 발전은 사회의 구성을 통해 드러나는
것이며 사회생활은 곧 구성원 간 소통의 문제이기에 그 감각적 표시
로서 공회당의 필요성을 주장하고 있다. 한 마디로 근대사회의 필수

---

47) 朴周晟여사. 載寧邑 柳花里 朴周晟여사는 시가 6,500원의 토지를 喜捨하야 安岳
　　公會堂을 짓기로 하다(「最近 篤志家의 美擧」, 『삼천리』(7-7), 1935, 93면).
48) 『동아일보』, 1928. 9. 2.

적 사회시설로 공회당을 상정하고 있는 것이다.

특히 공회당 설립이 강조된 것은 '지방'이었다. 『동아일보』는 「지방논단」, 『중앙일보』는 「지방시론」이란 코너를 통해 집중적으로 공회당의 필요성을 강조했다.[49] 일례로 평안북도 강계의 『동아일보』 기자는 강계의 시급한 문제로 수도부설, 고등보통학교 설립, 철도촉성 등이 있지만 무엇보다 "공회당 설립이 급선무"라고 주장했다. 그 이유는 "사람은 일면에서 개인생활을 하는 동시에 사회생활을 영위함으로 반드시 종종의 집회가 필요하고 집회에는 상당한 장소가 필요"하는 것이었다. 즉 "사회구성원에게 단체적 의식 즉 사회생활의 기초가 잇서야 비로소 그 사회의 문화를 향상하며 행복을 도할 수 잇는 것"이라는 인식을 보여주었다.[50]

洞中公會堂의 建築 公會堂이라 하야 또한 數萬 或 數十萬圓을 投하는 都市公會堂을 연상하야서는 不可합니다. 그러한 經費를 投할 力도 無하거니와 농촌에 그러케 宏壯히 할 필요가 업습니다. 사람의 생활이 점차 意義를 帶하게 되면 자꾸 會合하게 되는 것이오, 또 會合하는 대서 문제가 생기고 문제가 생기어 비롯오 일을 하게 되는 것이외다. 더욱 농촌에 戶主會 主婦會 靑年會 少年少女會 各色組合, 기타 무슨무슨 機關이 생기게 되면 勢로 會合할 장소를 要하게 됩니다. 舊例에 洞事에 관한 會는 尊位(今區長)의 집에서 行하얏스나 是는 불과 幾人의

---

49) 『동아일보』의 「지방논단」에 게재되는 공회당 건설 촉구 글들은 일정한 패턴을 보여주었다. 먼저 공회당의 의미를 설명하고 해당 지역의 발전상과 규모를 자랑한 다음, 공회당이 부재한 것은 커다란 수치임을 강조하면서 분발을 촉구하는 식이었다.
50) 『동아일보』, 1931. 7. 31.

人員이 會合하던 그때 일이오 일반적으로 會合, 또 講習會와 如한 常時 會合을 行하는 今日에는 사실상 不能합니다. 此外 洞中에 敎會堂 또는 서당이 有하면 此를 유용함이 如何할가 하나 보통의 敎堂 또는 서당으로서는 그러케 유용할 餘裕가 업슬 듯 합니다. 농촌에는 대개 建築材料가 富하고 또 役事는 洞中 형제가 각자 負擔하면 經費도 不多할 터인즉 公會堂을 독립으로 건축함이 最可할가 합니다.[51]

인용문에서 농촌지역의 공회당은 다름아닌 '회합할 장소'로 이해되었다. 인간생활의 의의는 회합으로부터 나오는 것이기에 이를 담보할 독립 공간이야말로 근대의 의미있는 사회적 삶의 필수요소가 되는 것이었다. 여기서 '회합'은 단순한 모임 이상의 것으로 이해된다. 그것은 근대의 사회적 관계, 사회적 행위양식 다시 말해 사회적 삶 자체를 지시하고 있는 것이다. 근대의 사회적 삶의 중심엔 공적 영역이 놓여있고 공적 영역에서의 삶이야말로 의미있는 사회적 삶이었다.

공회당이 없다는 것은 곧 근대사회가 아님을 증거하는 중요한 기준이었다. 그렇기에 공회당의 부재는 종종 '유감' 수준을 넘어 '수치', '치욕' 등으로 표현되었다. 안악은 황해도 내의 굴지의 富邑이라 자처함에도 불구하고 "공회당 같은 집회장소가 없다는 것이 우리 안악 자체의 적지않은 수치"라고 인식되었다. 그것은 곧 사람답게 사는 것의 핵심으로 이해되었다. "안악도 사람사는 처소인 이상 사회적 집회가 업슬 수 업는 이상에 불가결할 집회장소가 업슬 수 업는 것"이었다.[52] 집회가 없다는 것은 곧 의사상통이 없기에 '의론의 결정'도 있을 수 없으

51) 金起瀍, 「農村 改善에 關한 圖案」, 『개벽』(6호), 1920, 23면.
52) 『동아일보』, 1926. 2. 14.

며 결국 "아모 실행이 업슬 것만은 사실"이었다. 따라서 "사회는 침체
되고 말 것"이었다.[53] 여기서 공회당이 사회와 맺고 있는 관계가 주목
될 필요가 있다. 공회당은 사회에 존재해야 될 것으로 주장되었지만
역으로 공회당이 사회를 구성하는 역할을 하고 있음이 주목된다.

사실 지방에 공회당에 준하는 장소들이 전혀 없었던 것은 아니었
다. 위에서 언급한 강계에도 천도교당, 장로교 예배당 등 수백 명 이상
을 수용하는 장소가 있었지만 "그는 각기 특정한 사용목적이 有함으
로 혹 일시적 차용은 될는지 모르나 何時든지 시민 일반이 자유로 사
용할 수 업는 것"으로 인식되었다. 즉 황해도 재령읍내에도 "집합에
충용하는 기관으로 말하면 雄壯宏傑한 건물이 3-4개소가 유하되 차
는 교회당의 건물이오 전 재령인사가 모일만한 전재령적 공회당은 하
나도 업는 것"이라는 인식을 보여주었다.[54] 천도교회당, 예수교회당
등의 종교시설에 대해서는 대부분의 지역에서 지역사회 전체를 포용
하는 공간으로 인식하지 않았다. 평북 선천지역의 공회당 건설을 촉
구한 한 기자도 기독교회당 또는 천도교회당을 "일부 선천의 회당"으
로 보고 "전 선천이 모일만한 전 선천적인 공회당"은 아직 없었다고
주장했다.[55]

이는 곧 공회당이 모든 계급 · 계층적 차이는 물론이고 종교, 사상
의 차이를 넘어 지역사회 전체를 포괄하는 공적 공간이라고 인식되었
다는 것을 보여준다. 사회는 다양한 분야로 분할되는 것이지만 또한
동시에 전체를 포괄하는 것이었다. 수직적 위계서열을 기본으로 하던

---

53) 『동아일보』, 1928. 5. 10.
54) 『동아일보』, 1928. 9. 7.
55) 『동아일보』, 1923. 12. 12.

신분제 질서가 수평적 관계를 중심으로 하는 (근대)사회로 재편되어야 할 이행기적 상황 속에서 공회당은 수평적 전체 사회를 상징하는 공적 공간으로 이해되었다. 그렇기에 사회를 구성하는 일 분야가 아니라 전체 사회의 공간이라는 상징성을 강하게 주장했다.

이는 근대사회 특유의 사회적 유동성의 증대라는 조건과 맞물린다. 평북 선천에서도 공회당 설립이 추진되었는데, 그 의의를 설명하면서 "교통이 편한 점으로 節時를 따라 혹은 신사조의 강연단 혹은 藝巡劇團 등의 내방은 선천인사의 公認하는 바로 침체의 선천을 위하여 감사할 것"이라고 주장했다. 그런데 "위선 此를 기회로 할만한 회관이 초미의 문제"였다.[56] 이는 곧 사회적 유동성의 증대를 조건으로 해서 특정 지역이 전체 사회와 결합되는 양상 속에 공회당의 역할이 주어졌음을 의미했다.

그런데 사회 형성은 단순한 사람들의 회합이나 집합일 수 없었다. 더욱이 신분제라는 강력한 기존 질서가 와해되고 있는 상황 속에서, 사회가 자연상태가 될 수는 없었기에 새로운 질서가 필요했다. 그 질서의 핵심은 규율이었다.

北靑풍속 가운대도 제일 切甚하게 느낀 것은 都廳制度니 매 동리에 도청이라는 公舍 (今日의 公會堂) 하나씩은 꼭꼭 잇는데 그 집은 피차간의 경쟁적 자랑거리로 그 동리 중에는 제일 크게 건축함이 통례이며 四時晝夜를 물론하고 老幼나 其外라도 좀 틈만 잇는 사람이면 다- 이곳에 모이서 각각 방을 정하여 가지고 일할 사람은 일하게 된 그 방으

56) 『동아일보』, 1924. 1. 26.

로, 글을 읽을 사람은 글 읽을 그 방으로, 이악이 할 사람은 이악이하게
된 방으로, 담배 먹을 사람은 담배 먹게 된 그 방으로, 각각 자기의 소원
하는 방으로 들어가되 廳內事를 總主掌하는 廳長이 잇고 各房에는 房
內事를 관리하는 방장이 잇서서 제반사를 질서잇게 통일 실천하며 만
일 洞里人 중에 어떤 사람이던지 酒色雜技에 沈惑하야 도청에 아니오
는 경향이 보이기만하면 여러사람이 강경한 여론을 일으켜서 청장의
명령으로 호출하야 질책을 주고 그래도 아니들어오면 태형을 행하고
그래도 아니들어오면 言權, 信用, 교섭 등 제 권한을 不許하는 嚴正한
規模가 有함으로 아모리 불량한 자라도 선량한 사람으로 화하며 좌우
간 조흔 일은 힘껏 장려하고 낫븐일은 未*에 掃却하자는 참말 극히 조
흔 제도이다. 아모쪼록 우리 조선지방에 어대던지 다 ─이러케 되엇스
면 조켓습디다.[57]

여기서 공회당(구 都廳)은 단순한 회합의 장소를 넘어 구체적이고
세밀한 규율이 작동하는 훈육공간임이 드러나고 있다. 다양한 사용
가치의 공간분할을 통해 인간행위를 규율하는 것은 물론 그 규율화
를 위한 질서 또한 구성하고 있다. 청장은 물론 반장까지 구성되어 방
사 및 청내사를 관장하고 있다. 이러한 조직과 질서가 사회 전체를 유
비한다고 하면 지나칠까. 공회당은 이러한 '청내사' 관장을 통해 공회
당 외부까지 지배하는 것으로 보인다. 공회당은 가장 큰 건축물이어
야 되었고 이는 곧 동리의 공간적 지배의 상징이자 권위와 위신의 전
시물이기도 했다. 이러한 위신과 내부 규율화의 위력은 동리 전체에

57) 趙基栞, 「北靑地方의 都廳制度, 우리 鄕土의 美風良規=(其一)」, 『개벽』(11호),
1921, 64면.

대한 규율화로 연결되었다. 주색잡기는 물론이고 도청에 자주 나타나
지 않는다는 이유만으로 특정 개인을 질책을 넘어 태형까지 행사한다
는 것은 공회당의 위력이 어느정도였는지를 웅변하고 있다. 즉 개체
는 공적 영역에 반드시 가시화되어야 하는, 삶 전체가 투명하게 확인
되어야 하는 존재로 이해되었다. 이는 물론 북청지역에 국한된 이야
기이지만 필자는 이러한 양상이 모든 조선지역으로 확장되기를 강력
히 희망하고 있다.

  북청 지역의 공회당은 '도청'의 연장이라는 특징을 갖는다. 사실 전
근대 시기 도청에 준하는 기구는 상당히 광범위하게 존재했다고 볼 수
있다. 향약, 동계류가 그 대표적 예가 될 것인데, 농촌지역의 공회당은
곧 이러한 질서의 연장으로 기능하기도 했던 것으로 보인다. 이는 총독
부의 농촌교화정책과도 일정한 관련이 있다. 1930년대 들어 총독부는
교풍회, 농촌진흥회 등의 명칭으로 마을 단위 규율화를 추진했고 이는
전근대 시기의 동리 조직이나 자치질서와 직간접적으로 연관되는 것
이었다. 그렇다면 농촌지역의 공회당은 전통적 마을 (자치)질서와 근
대적 관료제 및 규율권력과의 중첩공간으로 볼 수도 있을 것이다.

  농촌지역과는 다른 차원에서 도시지역 공회당 또한 규율화의 공간
이었다. 입퇴장 시간 규율, 좌석배치, 공연중 소란금지 등 근대성은 일
종의 규율장치였고 사적 개인의 공적 규율화 장치였다. 근대적 규율
을 일상적 체험으로 훈육하는 공회당이야말로 미시권력의 공연장일
수 있었다.[58]

---

58) 공회당과 유사한 기능과 역할을 수행한 극장 관람을 통한 규율화에 대해서는 유
    선영, 「극장구경과 활동사진 보기 : 충격의 근대 그리고 즐거움의 훈육」, 『역사비
    평』, 역사비평사, 2003 가을호 참조. 최병두는 4층위로 공간을 구분한다. 실천적

이러한 규율화는 무엇보다 '전체사회'의 압력으로 기능하게 된다. 공회당은 개체가 아니라 전체를 상징 재현하는 공간이었기에 개체의 철저한 복종대상이었다. 강원도 이천군에서는 6년 간 매호 대두 1두씩 징수하여 60평의 공회당을 준공했는데, 일정한 부채가 발생하게 되었다. 이에 부채 해결을 호소하는 신문기사는 다음과 같이 주장했다. "이천공회당은 결국 1개인의 소용이 아니오 이천군민의 전체 소유의 건물이며 공회당으로 인하야 생한 부채는 역시 개인의 부채가 아니라 군민 전체의 부채이다." 그렇기에 각 호당 1원 내지 80전의 부채 탕감 의무금 부과는 당연한 것이며 모든 군민이 따라야 하는 것이었다.[59] 사회가 전체를 의미하고 그 공간적 상징으로 공회당이 배치됨으로써 개체는 부분의 자리에 배치될 수밖에 없게 된다. 이후 이 전체 사회의 압력이야말로 사회를 유지하는 핵심 장치로 기능하게 되었다.

3. 공회당의 '식민지 근대 문화'

공회당-부민관의 중요한 역할 중의 하나는 문화공간으로 기능이다. 신분제적 격벽이 사라지고 사회적 유동성이 극대화된 근대 대중

공간(practical space or inter-space) : 대면적 관계와 상호행위 과정에서 즉시적으로 형성되며 행위가 끝나면 사라지는 공간. 구조화된 공간(structured space) 구조차원의 공간으로 사회제도적으로 구조화되어 일정한 기능을 가지는 공간. 생활공간(life=space) 일상생활이 영위되는 사회문화적 공간. 체계공간(system space) 경제정치적 공간으로 화폐와 권력에 의해 매개되며 이를 통해 사회적 부와 힘이 (재)생산되는 공간.(최병두, 앞의 글). 이러한 차원에서 보자면 공회당은 '구조화된 공간'이자 '체계공간'이며 동시에 '실천적 공간'이 될 수 있었다.
59) 『동아일보』, 1930. 9. 18.

사회에서 문화는 매우 중요한 사회적 통합 기제로 등장했다. 훈육과 규율화 또한 문화를 통해 자연스럽고 세련된 방식으로 관철될 수 있었다. 어원에서 드러나듯이 문화는 곧 '인간의 경작'에 다름아니었다. 야만과 무지몽매의 인간을 경작하여 문화적 주체로 구성하는 것이 곧 근대사회에서 문화의 지배적 역할이었다.

식민지 조선 사회에서 문화는 전근대와 매우 다른 독특한 장소성을 요구받았다. 한국의 전통 민속극은 대부분 야외공연을 위한 것이었으며 실내 극장은 존재하지 않았다.[60] 그러나 근대 이후 주요한 문화공연은 실내 장소에서 이루어지기 시작했으며 특수한 장치와 설비가 갖추어진 극장이 등장하게 되었다. 배우와 관객의 경계선은 물론 공연장과 비공연장의 경계도 모호한 채 열린 공간에서 진행되던 전통적 문화행사와 달리 입출입이 엄격하게 통제되고 객석과 무대가 확연히 구분되는 근대의 극장형식은 곧 규율잡힌 주체 구성의 장이기도 했다.[61]

공회당의 등장은 새로운 생활양식과 문화를 확산시키는 중요한 매개였다. 예컨대 경성공회당은 신년맞이 '명함교환회'의 장소였다. 1920년대 초반부터 경성부는 세배 대신 공회당에서 명함교환회를 개최하여 새로운 세시풍속을 만들어냈다. 행사를 보도한 신문에 따르면 신립한 자가 2천여 명이었고 경성부윤의 식사와 고등법원장의 만세

---

60) 김기철, 「전통민속극의 장소성에 관한 연구」, 『대한건축학회논문집』(3-1), 대한건축학회, 1987.
61) 유선영은 극장구경을 근대의 충격과 훈육으로 요약했다. 즉 타율적 질서, 개인성, 침묵, 분화, 이성주의, 공공성으로 훈육되는 과정이라는 것이었다. 그에 따르면 1920년대 이후 극장의 소란스런 풍경은 많이 잦아들었고 1920년대 말에는 영화 관람의 매너와 질서가 잡히기 시작했다고 한다(유선영, 앞의 글, 363~373면).

삼창 후에 축배를 들고 산회하는 형식으로 진행되었다고 한다. 이 행
사에는 양복에 모자를 쓴 일본인과 흰 두루마기를 입은 조선사람들이
수없이 모여들었다고도 했다.[62] 전통적인 명절 풍습인 세배를 대신한
공회당의 명함 교환회는 근대적 삶이 무엇인지를 상징적으로 보여준
다.

  사실 새로운 사회적 생활양식의 전범은 근대적인 것이었고 그 원형
은 서구로부터 도래했다. 공회당은 곧 서구 근대의 교양과 문화, 다시
말해 새로운 사회적 삶이 재현되는 무대였다. 식민지기 경성에 거주
하고 있던 서양인들은 공회당 무대를 통해 자신들의 문화와 삶을 재
현하기도 했다. 이미 1920년대 초반 경성에 있었던 서양 사립학교 주
최로 경성공회당에서 음악회가 개최되었다. 서양인 소학생 합창과 어
린 여사의 강담, '클락' 부인의 독창에 이어 중학교 생도들이 섹스피어
의 작품을 공연하여 6백여 명의 관중에 9백여 원의 수입을 올리기도
하였다.[63] 서울에 거주하는 외국인 중에서 음악에 기예가 있는 사람들
로 연주단을 조직하여 경성공회당에서 연주회를 개최하기도 했는가
하면 또한 헬렌 켈러 강연회가 개최되기도 했다.[64]

  이렇듯 공회당은 서구적인 것, 근대적인 것이 재현되는 공간이자
그 아시아적 모방으로서 일본의 근대성과 문화가 시현되는 곳이기도
했다. 경성 약초정 일본 기독교 청년회에서는 천연색 영화를 장곡천

---

62) 『동아일보』, 1922. 1. 2.
63) 『동아일보』, 1921. 3. 6. 이 학교는 미국 뉴욕주 학교규칙에 따라 운영되는 곳으로
    동교 졸업생은 미 본국에서도 상당한 학교에 입학할 수 있는 자격이 주어졌다고
    한다.
64) 『동아일보』, 1921. 6. 2 ; 『동아일보』, 1937. 7. 5.

정 공회당(경성공회당)에서 개최하여 성황을 이루었고,[65] 일본에서
이름높은 柳兼子 부인이 이끄는 도지사대(同志社大) 여학생 20여 명
이 공회당에서 공연을 하기도 했다. 합창은 일본에서는 유명하나 조
선에서는 아직 들어본 적이 없는 새로운 것이었다고 한다.[66] 그런데
이 음악회의 주최자는 다름아닌 『동아일보』였다. 이뿐만 아니라 『동
아일보』에서는 純宗 인산 실황영화를 경성 공회당에서 상영하였는데,
수많은 인파가 몰려 대혼잡을 빚을 정도였다.[67] 학생에서 기생에 이
르기까지 공회당은 새로운 문화와 생활양식을 보여주는 극장이 되었
다.[68]

　다음으로 식민지기 최대의 공회당이었던 경성부민관을 통해 '식민지
근대문화'를 살펴보자. 1934년 7월 30일 기공되어 1935년 12월 10일
준공된 경성 부민관은 경성부 태평통 1정목에 위치했는데, 부지 1,780
평, 연건평 1,717평에 이르는 대규모 공공시설물이었다. 건물은 지하 1
층, 지상 3층으로 건물 높이가 63척, 탑의 높이는 144척이었다.[69]

　내부 시설로는 대강당, 중강당, 소강당, 특별실, 사교실, 부속실, 담
화실, 집회실, 식당, 공중식당, 이발실, 疊間 등으로 구성되어 있었다.
3층에 위치한 301평 규모 대강당은 고정석 1,800석으로 강연회, 연극,
음악회, 무용회, 권투, 영화, 노가쿠(能樂) 등에 사용하며 147평의 중

65) 『동아일보』, 1924. 4. 16.
66) 『동아일보』, 1925. 10. 16.
67) 『동아일보』, 1926. 6. 17.
68) 배재고보 학생청년회에서는 보드빌(vaudeville) 대회를 경성공회당에서 개최하
　　였고, 조선권번은 경성공회당에서 예기후보생 상대로 溫習회를 개최하기도 하였
　　다.(『동아일보』, 1927.11.25 ; 1927.12.16)
69) 이하 건물 외관과 내부에 대한 설명 내용은 유민영, 『한국근대극장변천사』, 태학사,
　　1998, 273~276면 ; 염복규, 「부민관과 식민지 근대」(미발표 발제문), 2004 참조.

강당은 400-1,000명 수용의 시설로 대연회, 강연회, 각종 전람회, 견본시(見本市), 진열장, 결혼식, 실내체조 등에 사용한다고 했다. 소강당은 定席 160석으로 소강연회, 강습회, 町洞總會, 아동활동사진, 회화 전람회, 결혼식 등에 사용한다고 했다. 그리고 사교장으로서 건평 14평에 11석의 특별실이 있어서 내빈과 일반의 휴게실로 사용토록 되었고, 대강당과 중강당 사용 때는 건평 37평에 60석의 집회실이 휴게실로 사용되었다. 첩간은 결혼식, 위기(圍碁=바둑), 장기, 요(謠), 소집회, 다과회용이라고 했다.

부민관 건립 이전까지 경성의 공연장들은 명치좌, 황금좌 등 주로 일본인 소유의 극장들이었다. 부민관 설립 직전인 1935년 11월 1일 동양극장이 등장하기 전까지 규모도 그리 크지 않았다. 부민관을 제외하고 가장 컸던 동양극장이 700석 미만이었다. 상업 시설 외에는 경성상공회의소 건물에 들어있던 경성공회당이 공공시설로 기능하고 있는 정도였다. 이러한 상황에서 대강당 좌석 1,800석 규모의 부민관의 등장은 대단한 사건이었음에 틀림없다. 사실 부민관과 같은 문화시설에 대한 요구는 오래전부터 제기되었다.

반도의 정치경제문화의 중추인 경성부는 인구 40만을 포괄하는 계림의 수도로서 국제도시로서의 제반 시설 상공업의 발흥 등 약진의 도상에 있음에도 문화도시로서 강연회장, 사교장을 위시해 극장 등 부민의 교화 오락을 위한 문화적 시설을 결하고 있는 것은 부민의 유감이기에 이러한 시설을 요망한 지 다년이다.[70]

---

70) 『京城彙報』, 1936. 1.

이러한 인식은 조선인들에게 더 절실했다. 경성에는 적당한 "奏樂堂"이 없다는 한탄 속에 그나마 "公會堂"에 위안을 삼는 정도였다. 그러나 "從容한 집회실이 없다."는 점은 조선인들의 주요한 불만 중의 하나였다.[71] 식민자들은 '국제도시'와 '문화도시'를 강조했는데, 이는 곧 부민관이 근대라는 세계사적 압력 하에 건설된 것임을 의미했다. 근대성이 지배하는 국제-무대의 시민권은 곧 문화였다. 식민자들의 근대 문화에 대한 열망은 부민의 '교화'를 조건으로 하는 것이었는데, 이는 그들이 생각한 문화가 곧 위험한 대중의 길들이기 였음을 드러내준다. 식민자들의 의도와 겹쳐지면서 조선인 엘리트들의 요구 또한 '주악당'과 '집회실'로 표현되는 문화적 공간이었다. 근대-문화를 위한 공적 공간에 대한 열망은 식민-피식민의 경계를 넘나들었다.

세계사적 압력 하의 근대적 문화공간에 대한 열망은 부민관을 매우 특이한 복합공간으로 만들었다. 앞에서 보았듯이 부민관은 공연장, 집회장, 사교실, 식당 등 다중이 이용할 수 있는 거의 모든 시설을 포함하고 있다. 특정한 목적으로 환원되지 않는 다목적 또는 복합공간으로 보인다. '종합문화회관' 격인 이러한 특징은 어떠한 의미를 갖고 있을까?[72]

애초 건립 계획부터 부민관의 용도는 최대한 다양성을 확보하는 쪽으로 결정되었다. 경성부는 부민관 건립이 결정되자 일본 각 도시의 공회당을 시찰하고 공회당 기능에 극장, 사교장, 운동경기장, 사회교화시설, 심지어 결혼상담소 기능까지 수렴할 수 있는 건물 건립을 계

---

71) 洪蘭坡, 「中央樂壇의 가을 씨슨」, 『동광』(17호), 1931, 84면.
72) 유민영은 부민관의 이러한 특성이 연극 '전문극장'의 발전을 저해했다고 평가했다(유민영, 앞의 책, 290면).

획했다. 특히 시찰단이 유의한 것은 가장 핵심이 되는 대강당의 설계 문제였다. 대강당은 강연회, 연극, 음악회, 무용회, 권투, 영화, 각종 선거 등에 사용할 계획으로 공회당과 공연장의 복합적 공간으로 구상되었기에 음향과 조명은 물론 좌석의 경사까지 세밀하게 계획되었다.[73]

부민관이 복합공간화된 이유로는 먼저 효율성의 문제를 생각해 볼 수 있다. 다양한 시설을 한 곳에 집중시킴으로써 경제적 비용절감은 물론 이용의 편의를 도모한 것일 수 있었다. 각종 근대적 도시 시설 건설 요구에 대해 예산부족을 이유로 거부입장을 밝히곤 했던 총독부와 경성부로서는 부민관 하나로 일거에 문제를 해결하고자 했을 수 있다. 집중과 종합이 근대적 효율성의 핵심이라고 파악했을 가능성이 농후했다.

이는 곧 서구 근대 따라잡기와 관련된다. 부민관 건립은 '국제도시'에 걸맞는 도시 문화시설을 확보한다는 문제의식이 강렬했다. 일본 식민자들 또한 서구 근대를 기준으로 한다면 피식민의 열등한 위치에 있는 것이었고 그들의 식민지 경영은 근대성 추급이라는 압력 하에 있었다. 서구가 달성한 근대성을 동일한 속도와 방법으로 반복한다는 것은 근대성의 격차 또한 반복되는 것일 수 있었다. 근대적 도시시설의 집중과 종합은 곧 근대성의 집중과 종합을 지시하는 것이었고 부민관은 경성부의 문화적 근대성을 집중적으로 현시하는 공간이었다. 혼종성과 달리 종합과 집중은 단일한 중심, 곧 식민자들이 생각한 근대성의 중심을 공전하는 기능적 공간배치였다.

집중과 종합의 장점은 또 있었다. 그것은 다양한 의례와 집회, 공연

---

73) 염복규, 앞의 글 참조.

활동을 특정한 공간 중심으로 손쉽게 통제, 관리할 수 있다는 점이었다. 최신, 최고, 최대의 무대를 구축함으로써 자연스럽게 피식민자들의 다양한 문화활동을 유인하고 그 흐름에 개입할 수 있는 유리한 공간적 배치를 도모한 것일 수 있었다. 나아가 피식민자들의 참여하에 구축된 최고의 무대라는 상징성은 식민권력의 손쉬운 활용대상이 될 수 있었다. 전시 총동원체제기로 넘어가면서 부민관은 최고의 무대에서 최고의 선전장으로 전화되는 상황이 이를 입증한다.

부민관의 복합공간화는 일상과 문화의 접합을 넘어 전체화된 근대성의 도식을 재현하는 것으로 보인다. 식민자들은 근대적 도시생활의 일상과 문화의 거의 모든 부면을 포괄할 수 있는 집중 공간을 창출함으로써 도시민의 집중적 문화화를 달성할 수 있을 것으로 보았다. 문화의 공간적 집중은 곧 문화의 획일화와 게토화이기도 했다. 부민관은 당대 최대의 공연장을 갖고 있음은 물론 다양한 부대시설로 여타 문화공간과 비교하기 힘들 정도였다. 그것은 식민자들의 위력과 능력을 현시하는 것이자 그들이 달성한 근대성의 매력을 강조하는 것이었다. 식민자들의 지배성과 우월성은 공간적으로 확장(인)되었고 피식민자들의 신체에 기입될 장소감을 장악하게 된 것이다.

부민관은 건립 이후 대단한 인기를 누렸다. 규모도 그렇고 조명은 물론 냉난방까지 갖춘 시설은 당대 최고수준이었고 식민지 조선인들에게 커다란 매력으로 다가왔던 것이다. 부민관은 거의 연중 무휴로 대관되었고 각종의 문화공연과 일상 의례들이 매일같이 열렸다.

〈표-1〉 1936-1941년도 부민관 이용통계

연도 및 회수 실별	1936	1937	1938	1939	1940	1941
대강당	266	383	478	455	445	435
중강당	235	198	178	210	200	244
담화실	117	249	115	113	191	218
소강당	231	81	243	251	263	47
집회실	88	122	96	77	131	237
부속실	138	147	126	100	111	76
첩간	156	265	237	206	189	208
특별실	2	5	17	26	39	28
전관	2	1	13	21	1	
사용료	40,765원	43,265원	43,500원	65,581원	71,289원	76,160원

출전 : 『한국근대극장변천사』, 277면 및 『京城府勢一斑』 각년도판.

표에서 보이듯이 부민관의 이용실적은 상당히 좋은 편이었다. 동양 극장, 명치좌 등의 다른 민간 극장에 비해서도 입장객에서 월등하게 우세했다.[74] 이러한 시설의 우월성은 당대 문화계에 커다란 영향을 끼쳤다. 특히 연극계에 미친 영향이 컸다.

현재 일반으로 하여금 경이의 눈으로 보게 하는 부민관 대강당의 무대구조를 살펴보면 사실로 지금까지 극장다운 극장을 전혀 대해보지 못한 우리 조선의 관객으로 하여금 놀라우리만치 찬란한 근대식 대극장의 형태를 가진 극장임에는 틀림없다...일본 내지 같은 곳의 대극장의 설비에 그리 지지않을만큼 훌륭한 설비를 하였다고 본다...그러나

74) 김호연, 「1930년대 서울 주민의 문화수용에 관한 연구」, 『서울학연구』(15집), 서울시립대학교 서울학연구소, 2000, 206면.

이 극장은 관객석에 비하여 무대 전체가 너무나 협소한 것과 푸로시니엄 아취가 낮은 것, 그리고 가장 큰 결함은 호리존트가 전연 없다는 것이다. 이 결함은 특히 우리들의 신극상연에 있어서는 치명적인 결함이 된다. 그리고 또 한 가지 큰 결함으로는 이 극장은 조선의 신극계 재현의 힘으로 보아서는 너무나 크다는 것이다.[75]

인용문의 필자는 부민관의 시설을 극구 칭찬하면서도 몇 가지 결함을 지적하고 있다. 그런데 흥미로운 것은 부민관의 규모를 문제삼고 있다는 것이다. 이전까지 규모의 문제는 항상 작다는 차원에서 문제가 제기되었다. 그런데 규모가 너무 크다는 지적은 특이한 것이었다. 李雲谷은 규모의 절대적 크기를 문제삼은 것이 아니라 조선 연극계의 '능력'에 비추어 너무 크다는 지적을 하고 있다. 식민자들의 규모와 시설에 대한 강박이 식민지 조선의 문화적 능력과 부조화를 이루는 묘한 상황이 연출된 셈이었다.

그러나 반면에 柳致眞 같은 연출가는 부민관의 규모와 시설을 적극 활용하여 연극형식 상의 변화까지도 추구했다. 부민관은 근대극, 그것도 소품 아닌 대형공연을 할 수 있는 최초의 극장이었는데, 유치진은 소규모 극장에 어울리는 리얼리즘 대신에 인간의 자유로운 감정, 공상, 희망, 분노 등을 낭만적인 기법으로 재현할 것을 주장했다.[76] 실제 극예술연구회는 대규모 〈춘향전〉을 공연하여 커다란 반향을 얻기도 했다. 이는 기존의 소극장, 소수 지식인 관객 중심에서 대극장, 다수

---

75) 李雲谷, 「朝鮮新劇運動의 當面課題」, 『朝光』 1937. 2(유민영, 앞의 책, 278~279면에서 재인용).
76) 유치진, 「浪漫性 無視한 作品은 기름 업는 機械」, 『조선일보』, 1937. 6. 10.

대중관객 중심으로의 연극사적 전환이 암시되어 있다.[77]

특히 극예술연구회는 초창기 경성공회당을 통해 주로 지식인 관객 대상으로 공연하여 동양극장 배우들로부터 '공회당 배우'라는 핀잔을 들었다고 한다.[78] 즉 아마추어라는 비난이었다. 그러한 극예술연구회가 부민관을 통해 대규모 대중연극을 시도했다는 것은 부민관이 끼친 영향의 정도를 가늠케 한다.

우리가 부민관 무대를 사용함으로써 힘은 말할 수 업시 들지마는 연극에 대한 이상은 차침 가까워 오는듯하다. 그 이유는 부민관과 가튼 대극장을 사용함으로써 민중예술로서의 연극의 본망을 수행할 수 있는 까닭에서다.[79]

유치진은 부민관 무대를 이용하는 것이 결코 만만한 작업이 아님을 토로하면서도 '민중예술'이라는 연극적 이상을 실현할 수 있을 것이라고 생각했다. 수천 명의 군중을 대상으로 한 대규모 연극공연은 부민관만이 제공할 수 있었고 이는 대중의 문화화에 중요한 계기가 될 것이었다. 다시 말해 공간의 변화가 연극과 문화조차도 변형시켰다.

1938년부터는 부민관에서 연극대회가 개최되기 시작했다. 처음에는 동아일보 주최였으나 2회로 끝나고 이후부터는 총독부 관변단체인 조선연극협회가 연극보국주간의 이름으로 경연대회를 개최하였다. 특히 1942년 조선연극문화협회 주최의 연극경연대회는 본격적인

77) 염복규, 앞의 글.
78) 유민영, 앞의 책, 280~281면.
79) 유치진, 「梨園雜談-演劇無題」, 『조선일보』, 1937. 3. 20.

전시 총동원체제를 알리는 것이었다. '국민극 수준을 높이고 가 부분의 연극인들로 하여금 예술가로서의 각자의 역량을 기울여 전시하 반도의 문화전'을 이룬다는 이 대회는 총독부 정보과, 국민총력조선연맹, 경성일보사, 매일신보사 등이 후원하는 대회였다.[80]

부민관의 또 다른 특징은 연극 외에 악극, 중간극 등의 공연이 많았다는 점이었다. 전문 극단 외에 裵龜子 악극단, 빅타 가극단, 콜럼비아 악극단 등도 무대에 등장함으로써 부민관은 전문 연극 공연장으로서의 성격은 아니었다.[81] 신파극의 막간 무대로부터 출발한 악극은 정통 연극과는 상당한 거리가 있는 대중 흥행물이었는데 1930년대부터 1950년대까지 대중문화의 중요한 부분을 구성하였다. 악극은 노래, 만담, 쇼, 희가극, 춤 등의 다양한 요소들이 한데 뒤섞인 독특한 양식을 보여주었다. 서구 근대의 연극이나 뮤지컬도 아니면서 전통적인 연희물도 아닌 악극은 '식민지 대중문화'의 독특한 부면을 구성하였다. 그것이 혼종성의 한 양상인지 저급한 절충 흥행물인지에 대해서는 더 많은 고민이 필요하겠지만, 부민관이 그 과정을 촉진시켰다는 점만은 분명했다. 이는 곧 부민관이 초래한 대중문화 변화의 한 양상이었다.

연극, 악극, 중간극 등의 문화행사와 다양한 일상 의례 및 정치사회적 집회 등이 연일 개최되는 부민관은 식민지 대중사회의 압축적 재현공간처럼 보였다. 그곳은 개인의 결혼식에서 총독부의 공식 집회에 이르기까지 '사회' 전체가 출연하는 공적 무대였다. 그러나 부민관의

---

80) 유민영, 앞의 책, 284~285면.
81) 김호연, 앞의 글, 216~218면.

공적 공간은 식민권력의 막강한 위력 하에 있는 것이었음이 분명했다. 전시 총동원체제의 본격적 가동과 함께 부민관의 '재현' 체계 또한 전쟁-국가의 독무대로 바뀌어갔다. 그것은 교과서에서 '국민'이 '공민'을 대체하는 것과 유사한 과정이었다.

4. 공적 공간의 식민성과 균열

공회당은 식민지 조선의 대표적인 공적 공간이었다. 공적 공간은 가치중립 또는 객관적인 곳이 아니다. 그곳에는 다양한 가치와 힘들이 출현하며 '사회'가 그런 것처럼 식민-피식민, 지배-피지배가 재현되고 권력의 위력과 대중의 역능이 부딪히는 곳이었다. 정치적 성격의 옥외 집회가 봉쇄된 식민지 시기 공회당은 식민-피식민의 정치적 실천이 가능했던 드문 영역이었다. 권력의 입장에서 지배가 현시되어야 할 공적 영역, 대중을 특정 주체로 호명하기 위한 공적 공간은 불가피했고, 피식민자들 또한 자신을 유의미한 사회적 실체로 구성하기 위한 실천의 영역-공간을 필요로 했다. 식민지배가 근대적 사회형식을 통한 지배를 추구하는 한 공적 공간의 존재와 그 균열 또한 불가피했다.

특히 식민지적 현실이라는 조건 속에서 공적 공간의 균열은 더욱 복잡한 양상을 띠었다. 민족적 경계선을 따라 균열이 발생하는가 하면 '조선인 사회' 내부의 균열과 갈등도 드러났다. 전자의 가장 대표적 사건은 부민관 폭파사건이었지만 식민-피식민 관계는 그렇게 분명한 적대로만 현상하지는 않았다. 후자의 경우 엘리트-대중, 문화(명)-야만이라는 구도를 중심으로 발현된 것으로 보인다.

식민권력은 주도면밀하게 자신들의 공적 공간 배치 전략을 추구했다. 부민관에서 그 일단을 살펴볼 수 있다. 먼저 부민관의 위치를 살펴보자. 부민관 주변으로는 경성부의 요지답게 경성부청을 위시하여 경성공회당이 있던 경성상업회의소, 조선일보, 동아일보 등 주요 건물들이 밀집하고 있었다. 사실 일제의 주요 건물은 모두 경성부청 반경 1km 이내에 배치되어 있었고 부민관도 이 원칙에 벗어나지 않는 위치였다.[82]

부민관의 위치는 경성부를 크게 구획하고 있던 남촌과 북촌의 접점에 위치했다. 청계천 이남이기에 엄밀히 말하면 남촌에 속하는 것이었지만 북촌과의 경계선상에 위치했다고 할 수 있었다. 부민관의 낙성과 함께 당시 경성부윤이었던 伊達은 '부민의 융화와 친선을 촉진하야 그 복리증진을 위한 것이므로 애호활용을 바란다'고 그 의미를 강조했는데, 의례적인 말일 수도 있지만 특별히 '융화와 친선'을 강조했다는 점은 남촌과 북촌 곧 '조선인 사회와 일본인 사회'의 융화를 주문한 것으로 읽힌다.[83] 실제로 주요 공연장이 일인 거주지역에 집중된 것에 대한 조선인 예술가들의 불만은 상당했다. 복혜숙의 다음과 같은 진술은 그 불만의 일단을 잘 보여준다.

---

82) 일본은 명치유신 직후 도쿄의 도시계획에서 '일본교 중심 10리 사방의 洋式化'를 기도했는데 경성부는 이러한 원칙을 준용했다고 보인다(고석규, 「일제강점기 서울 중심부에 나타난 도시문화의 특성」, 『한국사학사연구』, 나남, 1997, 578면 ; 김호연, 앞의 글, 202면에서 재인용).

83) 伊達, 「국제도시로서 부끄러울 것 업다」, 『매일신보』, 1936. 1. 4(김호연, 앞의 글, 202면에서 재인용).

첫째 '京城府民舘'을 光化門通 네거리에다 옮겨다 놋코, 長谷用町 공
회당을 종로 네거리에다 옮겨다가, 서울 장안의 4, 50만 인구에게, 밤이
면 밤마다, 낮이면 낮마다, 公開音樂會나, 公開美術展覽會를 개최하도
록 하고, 그 엽혜다는, 음악가들의 연구소를 두워 練習케 하고, 미술가
들의 화실을 만들어 자유롭게 얼마든지, 연구하도록 하엿스면 합니다.
더구나, 빠꼬다 공원에다는, 훌융한 무대를 만들어 놋코, 매일 밤 〈市民
慰女 娛樂의 밤〉이 잇섯스면 합니다.[84]

卜惠淑은 부민관과 공회당이 조선인 사회의 중심인 광화문과 종로
축선에 위치하기를 강력하게 열망했다. 밤낮으로 예술행사를 개최하
고 예술가 거리를 만들고자 하는 그의 공상은 경성부라는 통합과 균
열의 공간을 지배하고 있던 식민자들에게 적지않은 부담이 되었을 것
이다. 피식민자들의 불만은 도처에서 발생했다.

全鮮日本人側實業大會는 10일부터 3일간 京城공회당내에서 開하고
각지 대표 120여 명이 叅集하야 총독부 당국 大官의 臨席下에 개회하
고 연일 비밀리에 議事를 진행하야 세간의 주목을 惹起하얏는데 그 내
용은 窺知키 難하나 조선인의 사상 及 태도의 격변과 此에 대한 日本人
實業者 又는 일본인으로의 대책을 凝議함 인 듯하며 該대표는 최후에
別로이 당국을 訪하고 立言한 것이 有하얏스며 조선인측 實業家는 該
會에 제외한 것을 忿히 여겨 純朝鮮人代表로 成한 全鮮實業大會를 開
하리라는 說이 有하얏스나 실현되지 못하얏다.[85]

---

84) 「'모-단'서울 設計案」, 『삼천리』(8-1), 1936, 192면.
85) 一記者, 「庚申年의 거둠(下)」, 『개벽』(7호), 1921, 96면.

조선인 실업자, 즉 부르주아들 또한 민족적 경계선으로부터 자유롭지 않았다. 일인 실업자들은 조선인 실업자를 배제하고 별도의 대회를 개최하고 비밀리에 회의를 진행하였다. 그 이유는 불분명하지만 '조선인의 사상과 태도의 격변'이 주요한 문제였던 것으로 추측되었다. 배제된 피식민자들의 불만은 별도의 조선인대회를 추동하지만 여의치 않았다. 식민지기 공적 영역으로의 진입은 피식민자들에게 결코 만만한 일이 아니었고 공적 공간 경성공회당의 문턱은 의외로 높았다.

이러한 사정은 지역에서도 마찬가지였다. 함경남도 영흥지역에서는 "경찰서에서 민간 기부금을 모집하야 소위 公會堂을 지여노코는 경찰서장이 감옥간수 모양으로 열쇠(開鍵)를 잔득 쥐고 안저서 일본인의 사용은 잘 허락하나 조선인의 사용은 잘 허락지 안는다."는 비난이 일어나기도 했다.[86] 영흥군에서는 이에 시민대회까지 개최하였다고 한다. 이렇게 불균등하고 차별적으로 배분되는 공적 영역의 민족별 위치배정은 식민지적 균열의 주된 배경을 이루었다.

조선청년웅변학회가 경성공회당에서 개최한 지방순회 강연대를 조직하고 강연회를 개최하였는데, 독창, 독주 등의 문화행사가 치러진 다음 본격 강연에 들어갔다. 그런데 별로 과격하지도 않은 언사를 놓고 임석경관이 강연중지를 시도하자 천여 명의 청중이 퇴장하지 않고 항의하는 사태가 벌어졌다. 이에 임석 경관이 응원대를 요청하여 본정서에서 100여 명의 경관대가 출동하고 공회당 내외를 둘러싼 삼엄한 분위기를 연출하기도 하였다.[87] 충남 홍성군 광천면 공회당기성위

---

86) 「咸南列邑大觀, 明紬名産地인 永興郡」, 『개벽』(54호), 1924, 82면.
87) 『동아일보』, 1920. 7. 28.

원회는 경찰의 간섭으로 구성이 연기되는 사태가 빚어지기도 했다.[88]

그렇기에 공회당은 민족적인 것을 담아낼 수 있는 중요한 공간으로 이해되었다. 공회당 설립을 촉구하는 언설들은 민족적 과업임을 강조했다. 조선민족의 공회당 건립은 "언어습속이 다른 이종족의 일이라도 대안의 火로 보지 못하겠거든 하물며 언어습속이 동일한 동족의 일"이었기에 수수방관할 수 있는 것이 아니었다.[89] 공회당을 통해 조선인 사회가 재현되고 그것이 민족이라는 집단주체화로 연결될 수 있는 것이었기에 식민자들의 우려 또한 컸다.

민족적 경계선을 따른 균열의 위험성을 감지한 식민자들의 우려는 부민관 개관 기념식을 통해서도 확인된다. 경성부에서는 1935년 12월 10일 성대한 부민관 개관식을 가졌다. 우가키 총독을 비롯해 경기도지사 등 일인 고위층과 관민 1,300여 명이 참석한 가운데 개관 기념식을 거행하고 식후 경성관광협회 주최로 부내 5대 권번 기생들이 총출연하여 기념공연을 진행하였다. 그런데 본권번, 동권번, 종로권번, 한성권번, 조선권번 등의 5대 권번이 총 6회의 공연을 치렀다.[90] 6회의 공연은 정확하게 3번씩 일본식 문화행사와 조선식 문화행사로 균등분할되었고 권번 또한 이에 맞게 배정된 것으로 보인다. 이는 곧 부민관이 조선인 사회와 일본인 사회의 균열지점의 접착 공간으로 배치된 것을 상징적으로 보여준 것이라 할 만 했다.

그러나 식민지의 민족적 균열의 봉합 시도가 식민성을 통한 봉합전략이었음도 분명했다. 그것은 근대성을 포함하기에 '식민지 근대'의

---

88) 『중외일보』, 1930. 2. 24.
89) 『동아일보』, 1928. 5. 10.
90) 유민영, 앞의 책, 276면.

특징을 잘 보여주는 것이기도 했다. 부민관 건축 기법은 그 대표적 사례였다. 부민관 건축 양식상의 특징은 塔屋이었다. 부민관은 북구에서 유행하는 디자인을 따랐다고 하며 장식이 배제된 모더니즘 기법이 적용되었다.

기본적 양식 채택과정 자체가 서구 근대의 유행을 모방하는 것으로부터 출발한 것이었다. 7층 높이에 해당하는 40m 이상의 고도를 자랑하는 부민관의 탑옥은 인근 지역에서 최고의 높이를 가진 건물이었다. 게다가 부민관은 전체적으로 수직성을 강조하는 건축기법을 적용했다. 전면부의 창문 틀 부분이 건물 뒤로 후퇴하면서 1층부터 옥상까지가 한 개의 단위로 보이게 되어 수직성이 강조되는 건물이었다.[91] 즉 인근 지역에서 부민관 탑옥은 랜드마크로서의 기능에 충실했다. 최고의 고도에서 식민자들은 무엇을 보여주고 싶었을까?

(고탑은) 부에 있어서 에포크메이킹(epochmaking=신기원을 이루는)한 사건을 사진 또는 도표 등으로 표현하여 보존 진열하는 것인데 이것은 단기일에 있어서 가치가 적지 않으며 길게 보아 부의 발전상황을 일목(一目)에 알 수 있는 흥미로운 자료가 된다. 경성부의 금석(今昔)이라고 칭할 수 있는 부의 발전경로를 보임으로써 애부(愛府)의 마음을 일으킬 수도 있다. 이러한 시설은 외국에는 있는데 아직 아국(我國, 일본을 가리킴)에서는 착수된 바가 없었다. 다음으로 부의 발전에 특히 진력한 사람의 초상(肖像)이나 소전(小傳) 등을 걸고 또 아래층에는 현재 부의 시설의 전람장을 설치하여 경성부를 시찰하러 온 사람들

---

91) 이근혜, 「일제 강점기 근대 문화공간 표현 특성에 관한 연구」, 경원대학교 석사학위논문, 2008, 52면.

이 이것을 관람하고 또 탑정(塔頂)에 올라가 시가를 관람함으로써 도시의 대국(大局)을 파악할 수 있게 한 것이다.[92]

식민자들은 주도면밀하고자 했다. 부민관 탑옥은 단순한 장식이나 멋이 아니었다. 모더니즘 기법을 활용해 최대한 단순한 외양을 갖춘 것은 곧 또 다른 상징기법을 적용할 수 있는 무대와 같은 효과를 내는 것이기도 했다. 즉 단순한 수직의 벽면에 다양한 상징과 기호들이 장착됨으로써 부민관은 '발전하는 경성의 상징'이 될 수 있었다. 식민자들의 의중에서 가장 중요하게 취급된 것은 '발전'이었다고 보인다. 발전의 상징이 곧 '愛府'의 마음을 격동시킬 것이라는 기대는 부민관이 무엇을 해야 될 것인가를 웅변한다.

식민자들은 부민관의 장소성을 격변시키고자 했다. 애초 德安宮터였던 곳에 세워진 부민관은 조선왕조의 지배중심이라는 장소성을 탈각하고 새로운 '발전의 장소성'으로 재구성되었다. 봉건적 지배 대신 근대적 발전을 대입함으로써 식민자들은 자신들의 지배를 은폐하거나 '발전을 위한 지배'로 치환하고자 한 것이었다. 그 발전의 인격적 주체를 전시하는 것 또한 빠뜨리지 않고 기획되었다. 군림하되 비가시적 대상인 군주 대신, 발전의 주체를 최고의 가시성으로 드러냄으로써 부민관은 '발전-주체'의 장소성이 되기도 했다.

발전의 현시는 부민관 체험-주체들에게 동일시 경험을 고려하여 기획되었다. 탑정의 전망은 곧 '발전하는 경성'을 조망할 수 있는 최적의 장소였으며 그 높은 곳에서의 시선은 발전-주체의 시선을 따라

---

92) 朝鮮建築會,『朝鮮と建築』, 1936, 염복규, 앞의 글에서 재인용.

가는 동일시의 과정이 될 것으로 기대되었다. 곧 탑옥은 총독부-경성부를 연결하는 지배 공간 축의 조망장소이자 발전의 전망대가 되고자 했다. 탑옥에 선 관람자는 곧 이 지배와 발전의 주체와의 동일시를 통해 애부와 애국을 조망하는 주체가 될 것을 주문받았다.

이 모든 것은 일본에도 없는 것이었다.[93] 제국보다 더 근대적인 식민지의 장소성은 곧 피식민자들이 근대의 충격에 보다 더 노골적으로 내몰렸다는 것을 보여준다. 피식민자들은 식민자들의 다양한 근대화 전략의 실험대상이 되었고 이들이 경험하는 식민지 근대성이 부민관의 핵심이었다. 일제 관료들은 식민지 조선이 선진적 도시계획 제도를 시행하기에 알맞은 조건이라고 보았다. 즉 "조선에서는 지식 및 경험이 부족하고 민도가 낮기 때문에 행정청이 일원적 도시계획사업을 집행하는 것이 필요"하다는 인식을 갖고 있었다. 구획정리 사업의 경우 일본에서는 민간 조합이 시행하기에 의론백출로 사업이 지지부진한데 반해 조선에서는 국가사업이기에 원활한 진행이 기대된다는 것이었다.[94] 요컨대 식민권력의 기술적 근대성은 피식민자를 침묵시키면서 일방적으로 관철될 수 있는 것이었다. 그러나 피식민자가 식민자의 의도와 전략을 순종할 것이란 보장은 없었다.

京城府民舘, 이 건물은 지금 건축중이므로 이러타 저러타 말할 수 업지마는 그 설계도만 보드래도 확실히 내부구조에 중심을 두고 가장 합리적인 현대적 건축양식으로 됨을 알 수 잇다. 그러나, 그 한편에 삐죽

93) 각주 36)의 필자는 "我國에는 아직 이런 시설이 미비한데 경성부가 內地 다른 도시 보다 솔선하여 이러한 시설을 갖추게 된 것이다."라고 강조했다(앞의 글 참조).
94) 염복규, 『서울은 어떻게 계획되었는가』, 살림, 2005, 28면.

히 높히 솟은 塔갓흔 부분은 일반에게 아무런 威信도 주는 것이 못되
고, 그만한 비용을 드린다면 보다 더 큰 건물이 될터이니, 이 점만은 그
리 합리적인 양식이라고 할 수 업다.[95]

인용문의 필자는 부민관의 합리성과 현대성에 높은 점수를 매겼음
에도 불구하고 탑옥에 대해서는 의구심을 떨치지 못하고 있다. 여기
서 식민자의 합리성과 피식민자의 합리성은 묘한 대조를 이루고 있
다. 발전과 위력을 과시하고자 한 식민자의 합리성은 피식민자에게
아무런 "위신"도 없고 다만 경제적 비합리성으로 읽힐 뿐이었다. 물론
이러한 대립을 과장할 필요는 없다. 건물 설계의도를 제대로 파악하
지 못한 소치일 수도 있고, 무엇보다 단순 경제효율을 따지는 합리성
의 범주는 식민자의 합리성과 그리 먼 거리에 있는 것이 아니었다. 게
다가 피식민자는 다만 사후적 품평의 주체에 머물 따름이었다.

식민지기 식민자와 피식민자는 일종의 근대화 경합 관계에 있었다
고도 보인다. 식민자는 피식민자를 전근대 야만성으로 규정하고 계몽
과 훈육의 대상임을 강조했고, 역으로 피식민자는 식민자의 야만적이
고 전근대적인 지배를 비판하면서 '진정한 근대성'의 구현을 강조했다.
물론 여기서 피식민자는 엘리트 지식인으로 국한되어야 할 것이고 이
들은 피식민 대중과 구분되는 자기위치를 고수했다. 대중의 계몽과 훈
육이라는 차원에서 이들은 식민권력과 경합 내지 야합 관계에 있기도
했으며 '동상이몽의 근대화 주체들'이었다. 식민지기 사회적 실천의 유
력한 장이었던 공적 영역에서 이들의 경합은 불가피한 것이었고 대중

---

95) 朴吉龍, 「大京城삘딩 建築評」, 『삼천리』(7-9), 1935, 182면.

에 대한 헤게모니 경쟁은 곧 근대성에 대한 경쟁이기도 했다.

> 月前에 朝鮮에도 '캐티슨' 夫人 갓흔 세계적 가수가 오기는 왓섯다.
> 公會堂도 滿員에 성황이엇다 만은 그의 예술을 이해한 자가 몃 사람이
> 나 되엿나? 이 외에 '테노' 가수 '쫀손' 씨도 왓다. 엇덧튼 우리는 직접
> 간접으로 이런 큰 예술가에 접해 보앗다. 이런 예술에 접할 때 마다 먼
> 저 우리에게 큰 교훈을 주는 것은 그들의 예술가다운 인격이고 그 다음
> 에야 '엑쓰프레-숀'이다. 여긔에 말한 예술가다운 인격이라는 것은 침
> 착한 성격에서 나오는 열광적 氣風을 의미한 것이다.[96]

공회당은 여기서 세계사적 무대처럼 보인다. '세계적 가수'들의 출
연은 '진정한' 예술성의 시현으로 이해되었고, 공회당을 가득 메운 식
민지 대중들에게 그것은 좀처럼 이해될 수 없는 것이어야 했다. 세계
적 큰 예술가들은 식민지 대중들에게 큰 교훈을 주고 게다가 인격적
감화조차 제공하는 근대성의 화신들이었다. '침착한 성격에서 나오는
열광적 기풍'이 무엇을 의미하는지는 불문명하지만 어쨌든 그들은 근
대적 예술성의 살아있는 상징이었고, 그 모호한 위대성이야말로 식민
지 엘리트들이 식민지 대중에게 제공해야 될 해석적 권위의 원천이
되어야 했다. 요컨대 식민지기 공적 공간은 식민자는 물론 피식민 엘
리트들에 의해서도 대중의 훈육과 계몽의 전당이 되었고, 이는 곧 이
중의 의미에 있어서 대중의 식민화라 부를만한 것이었다.
　공적 공간의 균열은 물론 다른 흐름으로도 나타났다. 좌파 계열 또
한 공적 영역의 주요한 행위자로 등장하고자 했고 이들에게도 공회당

---

96) 「美術과 音樂」, 『개벽』(65호), 1926, 74면.

은 정치적 실천의 유력한 무대였다.

> 전 조선에 散在한 勞農, 思想, 靑年 衡平, 女性 등 420여 단체(회원
> 수 10만여)를 網羅하야 일대 단결을 지으랴고 발기된 민중운동자대회
> 는...4월 20일에 長谷川町 公會堂내에서 제일聲으로 發會式을 행하랴
> 다가 19일 夜에 그 대회의 준비위원 權五卨 曺奉岩 兩氏를 本町署에서
> 突然 呼出하야 同署 高等係 主任의 명령으로 치안을 방해할 우려가 잇
> 다는 구실하에 집회를 금지하얏다...이에 분개한 300여의 대의원은 경
> 찰의 무리한 압박을 반항하랴고 일대 시위운동을 계획하야 20일 오후
> 9시경에 團成社 及 優美館 부근을 중심으로 하야 수백의 군중이 적기
> 를 선두로 하고 '민중운동자대회 만세, 無産者 만세'를 高唱하며 夜市
> 中으로 진행하매 일반의 군중은 附和合勢하야 큰 소동을 닐으키니 종
> 로 일대는 불시에 修羅場으로 化하야 騎馬警察隊까지 출동하야...[97]

1925년 4월 20일 경성공회당에서 개최예정이었던 '민중운동자대
회'는 식민지기 공회당에서 이루어진 수많은 정치적 집회 중의 하나
였다. 주지하듯이 이 대회는 조선공산당 창당을 은폐하기 위한 것이
었고 사회주의자들에 의해 주도되었다. 결국 경찰의 금지조치로 무산
된 대회는 가두시위로 연결되어 수많은 검속자를 낳게 되었다.

이 사건은 식민지기 공적 공간의 정치행위가 얼마나 민감한 사안이
었고 또 식민권력과의 충돌을 야기하는 것인가를 잘 보여주었다. 공
회당의 정치는 곧바로 거리로 확장될 수 있었고 식민권력은 실내 집
회도 불허할 정도로 불안에 사로잡혀 있었다. 실 내외를 엄격하게 구

---

97) 「開會前에 禁止된 民衆運動者大會」, 『개벽』(59호), 1925, 62면.

분하고 옥외집회를 금지했던 식민권력은 옥내의 공적 영역조차도 완벽하게 장악할 수 없었던 것이다. 반대로 피식민자들의 경우 스스로를 유의미한 정치적 주체로 구성하는 집단적 실천이 공적 공간으로부터 배제되는 조건 하에 놓여 있었고 이것이 공적 영역의 균열을 강화하는 또 하나의 주된 배경이었다.

균열은 종종 폭발의 징조임이 분명했다. 1945년 7월 24일, 해방을 불과 3주 정도 남긴 시점에 식민지기 공적 공간의 상징이었던 부민관이 폭발했다. 이른바 '부민관 폭파사건'이다. 기존 독립운동 진영은 물론이고 그 어떠한 조직적 연계도 없었던 일단의 청년들은 어느날 갑자기 부민관을 폭파하겠다는 놀라운 계획을 세웠다. 거의 대부분이 전시 총동원체제에 깊숙하게 편입된 조건 하에서, 청년들의 계획은 그들 스스로가 보기에도 '무모'한 것이었다. 당시 폭파사건의 주모자 중 하나였던 조문기의 회고를 들어보자.

> 부민관 폭파 사건이란 것은 당초 계획에 없었어요. 거리에 벽보가 나붙고 아침저녁으로 뉴스보도를 하고, 신문에도 커다랗게 나오고, 며칠 몇시에 아시아분격대회를 한다는 거죠...부랴부랴 그때부터 이번 기회를 놓치면 안된다, 막자, 못하게 하자고 해서...대회 참가는 아무나 할 수 있었습니까? 그럼, 그건 서울 시민들 다 강제 동원하는 자리였으니까. 대성황을 이룬 것처럼 과시를 했으니까. 물론 국내외 친일파들 다 모였지... 대회장을 꽉 채우게 해 놓으려고, 영문도 모르는 서울 시민들을 강제로 전부 동원해 가지고 그랬으니까, 많이 모일수록 좋아하니까 들어가는건 문제가 아니지. 대신에 거기에 총독이다 군사령관이다 정무총감이다 이들이 앉아 있으니까 친일파는 그만 두고라도, 그러니까

그 당시에 총독하면 대통령이거든. 그러니 경비가 얼마나 삼엄해요?
헌병, 경찰들이 안팎으로 좍 깔렸지...지금 생각하면, 참 무모했지. 아마
나이가 어려서 철이 없어서 그랬을 거야. 그렇게 무모할 수가 없어요.
거기가 어딘데, 화약 쥐고 불에 들어가 있는 거지. 폭탄을 안고 현장에
가서 1시간 가량 헤매고 다녔으니까. 어디다 장치하냐 하면서...[98]

전시체제기에 들어가면서 부민관은 연일 각종 시국관련 집회가 개
최되는 중심이었다. 공적 공간은 거의 완벽하게 식민권력-전쟁국가
에 접수되었고 더 이상의 균열은 허용되지 않는 것처럼 보였다. 이러
한 상황 속에서 부민관 폭파는 식민지 공적 공간의 폭발을 상징하는
것이었다. 물론 이 폭발을 과장해서는 곤란하다. 부민관 폭파사건은
철저한 언론통제 속에 거의 알려지지 않았고 식민지배질서는 요지부
동이었다. 그러나 최소한 근대적 사회형식으로 등장한 공적 공간이
커다란 모순과 균열에 쌓여있음을 드러낸 것도 사실이었다. 그것은
식민권력도 어쩔 수 없는 것이었다. 식민자들의 '초청'에 의해 부민관
에 걸어들어간 일단의 청년들은 공적 공간에서 배제되어 타자화된 존
재들이 아니었다. 그들은 식민지에서 자고 나란, 식민지 공적 영역의
주체로 끊임없이 호명된 자들이었다. 공회당의 폐쇄가 거리정치로 연
결되었다면 부민관의 개방은 폭발로 귀결되었다. 공회당 안팎을 어슬
렁거리는 이 불온한 기운이야말로 식민지 공적 영역의 불안의 근원이
었다.

---

98) 한민족문화연구소 편, 『내가 겪은 해방과 분단』, 선인문화사, 2001.

5. 맺음말

공회당은 '식민지 근대'의 대표적 공적 공간으로 등장했다. 그것은 일상적 의례에서부터 문화공연, 사회정치적 집회에 이르기까지 실로 매우 다양한 기능을 포함하고 있었다. 이러한 복합적 기능을 통해 공회당은 식민지 조선의 빠질 수 없는 사회형식으로 정착되었다. 식민지기 사회 형성은 다방면으로 관찰될 수 있겠지만 공회당은 그 중요한 매개가 된다고 할 수 있었다. 특히 공회당은 전체성의 시현장이었다. 사회는 개인들의 단순한 집합이 아니었고 개체가 부분으로 배치된 전체로 상징되었다. 이 전체의 압력이야말로 총독부나 조선의 엘리트 지식인들이 위험한 군중과 개체를 길들이고자 한 주요한 장치였다. 그렇기에 사회형성이란 곧 특정한 질서를 재구성하는 것이었다.

근대성은 인간주의와 함께 비인간주의를 동시에 발전시켰다. 근대 세계에서 인간은 만물의 영장임에도 불구하고 주관성의 한계를 동시에 지닌 불완전한 존재일 뿐이었다. 주관성의 오류를 대신한 것은 비인간-비주관으로서의 사물이었다. 근대 과학주의가 인간의 감각 대신 실험기구의 기계적 정확성에 근거하듯이, 근대 사회는 비인격화된 사물의 질서에 기반했다. 공회당은 주관성의 오류로서의 개별 인간이 전체 사회의 객관적 실체를 경험하고 확인하는 장소성을 제공하는 공간이었다.

공회당이라는 사회형식은 특정한 주체형성과 관련되었다. 훈육과 규율화는 공회당의 중요한 측면이었으며 사적 개인 또는 야만적 존재의 공적 주체화와 문명-문화화가 추구되는 공간이었다. 식민지 대중들은 이러한 장소성 체험과 공간경험을 통해 근대적 규율을 체득하게

되었다. 신분제 질서를 대체한 근대사회의 질서는 곧 모든 인간이 동
등하다는 가정 하에 구축되는 것이었고, 이 자유로운 개인들을 재영
토화하기 위한 장치로서 '공'의 가치가 집중 부각되었다. 공은 곧 전체
를 의미했고 동등성은 이내 동질성으로 연결되었다. 공회당은 동등한
인간들의 집합처이자 동질화된 집단주체들의 거처였다.

식민권력은 공회당의 가장 두드러진 주체였다. 그들은 식민지 조선
의 거의 모든 공적 영역을 장악하고 있었고 그 연장선상에서 공회당의
최고권력으로 등장했다. 식민자들은 공회당을 통해 자신들의 지배와
발전을 현시하고자 했다. 부민관 탑옥에서 드러나듯이 식민권력은 주
도면밀한 계획 하에 '식민지 근대'를 기술의 근대로 주조하고자 했다.
공회당의 권력이 곧 사회의 권력이며 질서의 형성자임은 분명했다.

식민권력의 기술의 근대는 피식민자들의 행위와 연루될 수밖에 없
는 것이었다. 피식민자들은 때로 식민권력의 합리성을 비웃기도 했지
만, 또 다른 한편에서는 그 기술의 근대를 통해 자신들의 문화적 실천
을 조직하고자 했다. '식민지 근대 문화'는 이렇게 식민-피식민 관계
의 기묘한 동상이몽 속에서 전개되었으며 공회당은 그 공간적 무대였
다. 문화적 행위는 사회형성의 주요한 통로이기도 했다. 피식민 엘리
트들의 입장에서 근대적 문화행위는 독립적 사회형성의 필수불가결
한 요소로 이해되었고 나아가 민족적, 국가적 정체성의 핵심으로 파
악되었다. 따라서 그들에게 공적 영역에서의 문화행위는 곧 정치적
기획의 연장일 수 있었고, 그것을 지배하고 있었던 식민자들과 '공공
성'을 둘러싸고 치열한 경합관계에 놓이게 되었다.

그렇기에 공회당은 다양한 균열과 갈등이 시현되는 공간이었다. 먼
저 식민지적 균열이 있었다. 공회당은 사회의 지배관계를 여실히 드

러내는 공간이자 그것을 재현-재생산하는 곳이었다. 총독부-일본인 과 '조선인 사회'와의 균열과 갈등은 공회당의 다양한 행사들을 통해 확인되었다. 식민지기 대부분의 공적 공간이 그러했듯이 공회당 또한 총독부 식민권력의 엄격한 통제하에 놓여있었고 민족적 경계선은 공회당 내외부를 관류하고 있었다.

또한 공회당은 엘리트와 대중, 문명과 야만, 낙후한 조선과 문명화된 세계가 교차하는 곳이었다. 공회당은 계몽의 언설로 무장한 엘리트와 낙후한 대중이 교섭하는 공적 공간이자 근대세계가 만화경처럼 펼쳐지는 스펙타클의 공간이었다. 관객 또는 청중이라는 이름으로 배치된 대중들은 근대의 스펙타클을 보고 들어야 되는 손님의 무리였다. 대중을 손님으로 초대하는 공회당의 주인이야말로 근대세계의 주체였다.

참/고/문/헌

- 『동아일보』, 『조선일보』, 『중외일보』, 『조선중앙일보』, 『매일신보』, 『시대일보』.
- 萩林茂 編, 『朝鮮の都市』, 大陸情報社, 1931.
- 『京城府勢一斑』
- 『京城彙報』 1936. 1.
- ㄷㅅ生, 「對境觸時의 感으로 ㄷ兄에게 올림」, 『개벽』(3), 1920, 92~97, 114면.
- 魯啞子, 「少年에게」, 『개벽』(17호), 1921, 25~31면.
- 金東煥, 「權門勢家들의 反省을 促함」, 『삼천리』(10-5), 1938, 303~307면
- 朴月灘, 「黎明」, 『개벽』(55호), 1925, 15~33면.
- 一記者, 「2일 동안에 서울 구경 골고로 하는 法, 시골親舊 案內할 路順...」, 『별건곤』(23호), 1929, 58~64면.
- 김동인, 「明文」, 『개벽』(55호), 1925, 8~13면.
- 最近 篤志家의 美擧」, 『삼천리』(7-7), 1935, 92~93면.
- 金起瀍, 「農村 改善에 關한 圖案」, 『개벽』(6호), 1920, 14~24면.
- 趙基栞, 「北靑地方의 都廳制度, 우리 鄕土의 美風良規=(其一)」, 『개벽』(11호), 1921, 63~65면.
- 洪蘭坡, 「中央樂壇의 가을 씨슨」, 『동광』(17호), 1931, 83~84면.
- 「'모-단'서울 設計案」, 『삼천리』(8-1), 1936, 188~192면.
- 一記者, 「庚申年의 거둠(下)」, 『개벽』(7호), 1921, 90~101면.

- 「咸南列邑大觀, 明紬名産地인 永興郡」, 『개벽』(54호), 1924, 80~82면.
- 朴吉龍, 「大京城삘딩 建築評」, 『삼천리』(7-9), 1935, 178~182면.
- 「美術과 音樂」, 『개벽』(65호), 1926, 66~78면.
- 「開會前에 禁止된 民衆運動者大會」, 『개벽』(59호), 1925, 62면.
- 유민영, 『한국근대극장변천사』, 태학사, 1998.
- 한국정신문화연구원 한민족문화연구소편, 『내가 겪은 해방과 분단』, 선인문화사, 2001.
- 염복규, 『서울은 어떻게 계획되었는가』, 살림출판사, 2005.
- 유선영, 「극장구경과 활동사진 보기 : 충격의 근대 그리고 즐거움의 훈육」, 『역사비평』, 역사비평사, 2003 가을호, 362~376면.
- 김기철, 「전통민속극의 장소성에 관한 연구」, 『대한건축학회논문집』(3-1), 대한건축학회, 1987, 95~103면.
- 최병두, 「자본주의 사회에서 장소성의 상실과 복원」, 『도시연구』(8권), 2002, 253~278면.
- 김호연, 「1930년대 서울 주민의 문화수용에 관한 연구」, 『서울학연구』(15), 서울학연구소, 2000, 199~225면.
- 이근혜, 「일제 강점기 근대 문화공간 표현 특성에 관한 연구」, 경원대 실내건축학과 석사논문, 2008.

극장을 짓는 항구의 상인들
-조선의 항구 도시에서 극장을 건립·운영한 상인들의 내력과 상호 관련성을 중심으로-

김남석*

1. 문제 제기와 연구사 검토

일제 강점기 조선의 지역극장은 누구에 의해, 어떠한 목적으로, 그리고 어떻게 건립되었을까. 이러한 문제제기는 오랫동안 의혹으로 남아 있는 근대극 초창기 연극영화사적 실체에 대한 총체적인 자문에 해당할 것이다. 사실, 연극영화학 관련 연구 분야에서 '극장'에 대한 연구는 전반적으로 미진한 상태이다. 최근에 들어서야 비로소 경성에 건립된 극장을 중심으로 학문적 논구가 확대되는 추세에 있고, 그 결과 일제 강점기 극장의 상황을 대략적으로 논의할 수 있는 정도의 성과에 도달할 수 있었지만, 지역극장에 대한 관심과 주목은 아직 요원한 상태라고 하지 않을 수 없다.

* 이 글은 동일 제명으로 『영남학』(29권)(경북대학교 영남문화연구원, 2016)에 수록된 논문에 기반했음을 밝혀둔다.

다만 연구 분야로서 '극장', 더욱 좁혀 '지역극장'에 대한 연구자의
시야가 확대되는 시점이기 때문에, 앞 선 문제제기 같은 포괄적인 문
제의식이 점차 심화 확대될 것으로 여겨진다. 비록 현재까지 제출된
논의들이 극장 환경 전반에 대해 논구하거나 시대적 편차를 고려하여
접근한 경우까지는 없을지라도, 일제 강점기 극장에 대한 학문적 견
해가 점차 개진되면서 극장 환경과 그 실체에 대한 접근이 한 걸음 진
전되고 있는 인상이다.[1] 그 결과 지역극장에 대한 연구도 미약하게나
마 그 성과가 축적되고 있는 상황이다.[2]

이 연구와 관련하여 해당 지역을 나누어, 인천 지역과 부산 지역 관
련 극장업에 대해 집중적으로 살펴보도록 하겠다. 인천 지역에 설립
된 지역 극장에 대한 연구로는 애관에 관한 연구와, 일제 강점기 인천
소재 극장 전반에 관한 연구로 나눌 수 있다. 애관에 관한 연구는 고

1) 박명진, 「1930년대 경성의 시청각 환경과 극장문화」, 『한국극예술연구』(27집), 한
국극예술학회, 2008, 63~93면 ; 홍선영, 「경성의 일본인 극장 변천사」, 『일본문화학
보』(43집), 한국일본문화학회, 2009, 281~305면 ; 한상언, 「무성영화시기 경성의
영화관에 관한 연구」, 『한국영화학회 학술발표대회 논문집』, 한국영화학회, 2010,
55~63면 ; 한상언, 「1910년대 경성의 극장과 극장문화에 관한 연구」, 『영화연구』
(53집), 한국영화학회, 2012, 403~429면 ; 박선영, 「잡후린(囃侯麟)과 애활가(愛活
家) - 조선극장가의 찰리 채플린 수용과 그 의미 : 1920-30년대 경성 조선인 극장
을 중심으로」, 『대중서사연구』(19권 2집, 대중서사학회, 2013, 149~183면 ; 김순
주, 「'영화 시장'으로서 식민지 조선」, 『한국문화인류학』(47권 1호), 한국문화인류
학회, 2014, 135~172면.
2) 지역극장에 대한 연구로는 다음의 연구를 꼽을 수 있다(이승희, 「공공 미디어로
서의 극장과 조선민간자본의 문화정치」, 『대동문화연구』(69권), 대동문화연구원,
2010, 219~259면 ; 배선애, 「대구경북지역의 문화 환경과 조선인 극장의 로컬리
티」, 『대동문화연구』(72집), 대동문화연구원, 2010, 7~35면 ; 김남석, 「인천 애관
연구」, 『인천학연구』(17호), 인천학연구원, 2012, 255~318면).

일,³⁾ 최성연,⁴⁾ 김양수,⁵⁾ 윤진현의 연구⁶⁾를 들 수 있고, 인천 소재 극장
전반에 대한 연구로는 이희환의 연구를 대표적인 것으로 상정할 수
있다.⁷⁾ 이러한 연구의 공통점으로는 애관의 중요성을 강조한 점과 인
천에서 극장업이 이른 시기에 자생했다는 사실을 밝힌 점을 꼽을 수
있겠다. 하지만 '정치국'이 협률사를 건립한 것 이외에는 정치국에 대
해 학구적으로 논의한 바가 드물고, 정치국이라는 상인이 담지하고
있는 상인 계층과 극장업의 관련성에 대해서는 접근하지 않았다는 한
계도 노정하고 있다.

이러한 상황은 부산의 경우에도 대동소이하게 나타났다. 홍영철의
경우에는 부산 소재 극장의 현황과 역사를 개별적으로 정리하면서 다
양한 극장의 소유주와 경영 관계를 파악했지만, 부산의 상인들이 이
루고 있는 인적 네트워크와 지역적 전파에 대해서는 별도로 논의하
지 않았다.⁸⁾ 따라서 기존의 선행 연구는 해당 지역에 대한 사료 수집
과 기초 해석 측면에서는 상당한 성과를 거두고 있지만, 이러한 성과
를 바탕으로 지역 사이의 관련성을 살피고 극장 건립의 주체와 숨은
이유를 찾은 작업에는 상대적으로 소홀했다고 보아야 한다. 본 연구
는 이러한 한계를 인식하고 이를 극복할 수 있는 방안으로 항구도시

3) 고일, 『인천석금』, 해반, 2001, 77~79면 참조.
4) 최성연, 『개항과 양관 역정』, 경기문화사, 1959, 197~199면 참조.
5) 김양수, 「개항장과 공연예술」, 『인천학연구』(창간호), 인천학연구원, 2002, 173~177면 참조.
6) 윤진현, 「1920년대 전국순회극단과 인천의 소인극」, 『인천학연구』(2-1호), 인천학연구원, 2003, 386~402면 참조.
7) 이희환, 「인천 근대연극사 연구」, 『인천학연구』(5호), 인천학연구원, 2006, 64~120면 참조.
8) 홍영철, 『부산극장사』, 부산포, 2014 참조.

의 상인들과 극장업의 관계를 집중적으로 살펴보고자 한다.

이러한 극장 연구가 필요한 이유는 다각도로 상정될 수 있겠지만, 일제 강점기 극장에 대한 연구가 초창기 연극 양식의 정립과 특성을 파악하는 데에 필수적인 과제라는 사실을 원론적인 이유로 상정할 수 있겠다. 극장을 건립하는 주체가 어떻게 이웃 도시와 조선 전국에서 활동할 수 있었는가를 살피는 일은, 근대연극영화 도입기의 중요한 관찰 사안이기 때문이다.

더구나 이전까지 연극영화 연구가 극작과 공연을 중심으로 제작의 역사를 살피는 데에 초점을 맞추고 있었기 때문에, 생산된 작품이 어떻게 유통되고 어떻게 수용되었는가에 대해서는 상대적으로 둔감할 수밖에 없었다. 극장에 대한 연구는 그 유통 과정과 수용 여부를 살필 수 있는 요긴한 통로 역할을 할 것이다. 물론 공연 기획과 창작의 기반이 되는 요소, 즉 관객의 성향을 살피는 데에도 유용한 연구 결과를 제공할 전망이다.

본 연구에서는 지역극장의 유형 중에서 개항장을 중심으로 한 일련의 항구 도시(부산과 인천 중심)에 세워졌던 지역극장에 집중하여 논의를 펼치고자 한다. 왜냐하면 항구의 지역극장이 비교적 이른 시기에 건립되었고, 그 규모가 상당했던 것으로 사전 조사되기 때문이다. 더구나 일련의 지역극장은 나름대로 공통점 내지는 연계점을 지니고 있다. 그래서 일단 '부산', '인천'을 근간으로 삼고, 부산의 영향을 받은 '울산'의 상황을 참조 사례로 부가하여, 해당 지역극장을 대상으로 그 공통점을 추려보기로 하겠다. 이 도시들 중 앞 선 두 개의 도시는 조선 개항의 선봉에 서 있던 항구로, 이른바 개항장으로 불리던 항구를 일찍부터 선점하여 변모 개발한 지역이었다. 외국인의 조차(租借) 구역이 설정되어 있었고, 외부와의 활발한 교류(교역)를 통해 물산과 문화의 집산이 신속하고 활발하게 이루어진 바 있다. 그리고 이러한 문물교류의 중심에는 상인들이 자리 잡고 있었다.

이른바 개항장의 상인들은 넓은 경제적 시야를 통해 부를 축적하고 물산을 이동시키고 경제적 손익을 계산하는 일에 능숙했다. 따라서 그들이 회사를 설립하고 교통 통신망을 체계화하는 사업에 치중하는 일은 전혀 이상하지 않다. 하지만 그들이 극장을 짓고 극장업을 주도하고 심지어는 문화적 운동에 뛰어드는 행위는 다소 의문의 여지를 남긴다. 왜냐하면 상인들의 경제적 활동과 사회의 문화적 움직임 사이에 밀접한 상관관계를 쉽게 짐작하기 어려운 경우가 허다하기 때문이다. 상인들이 앞장서서 극장 문화를 설립하고 확산시키는 일을 통상적인 사업이라고 단정하기는 어려운 일이었다.

여기서 주목해야 할 사안이 있다. 그것은 일제 강점기 조선의 개항장을 비롯한 항구도시에서 극장 건립은 활발한 논의 사항 중 하나였으며, 상인들이 이러한 논의를 이끌어가는 여론의 주체로 활동하는 경우가 적지 않았다는 점이다. 즉 상인들은 극장 건립과 극장 문화 보급에 앞장서는 문화적 주체로서 활동하였고, 이러한 현상은 부산에서 출발하여 인천, 울산 등의 도시에서 확인되고 있다. 이에 항구의 상인들과 그들의 문화적 인프라(기반) 사이의 관련성을 탐구하는 일은 일제 강점기 극장문화와 예술적 영역을 고찰하는 데에 주요한 전제 사항이 될 전망이다.

2. '정치국'이라는 문제적 인물과 극장업의 전파

2.1. 부산 객주에서 인천의 극장주로

극장 문화의 전파와 관련하여 부산 출신 '정치국(丁致國)'을 빼놓을 수 없다. 그는 원래 부산의 상인이었지만, 그의 이름이 연예와 관련하여 등장하는 지역은 인천이었다. 인천연극사에서 정치국은 청일전쟁 중인 1894년에서 1895년 사이에 단층 창고를 연극장으로 만들어 협률사라는 극장을 지었는데, 이 극장은 2층으로 증축되는 과정을 거치면서 확장을 거듭하였고, 결국에는 인천을 대표하는 극장 애관의 전신이 되었다고 기록되어 있다.[9]

인천의 지역 연극사는 이러한 기술에 힘입어 인천 협률사가 최초의 지역극장을 넘어, 최초의 근대식 극장이라는 입장을 고수하고 있다. 무엇이 최초이고, 어느 분야에서 최초인지를 밝히는 것이 반드시 중요한 것은 아니지만, 이러한 사실을 어느 정도 감안하면 인천 협률사가 당대 선각자의 눈과 손에 의해 건립된 이른 시기의 지역극장이라는 사실 자체를 부인할 수는 없게 된다. 즉 인천에 극장이 제대로 존재하지 않았던 시절임에도, 정치국은 실용적인 극장의 건립과 이를 바탕으로 한 흥행업을 구상한 상인이라고 하겠다.

2.2. 인천에서 정치국의 행적과 극장업의 전파 루트

---

9) 최성연, 『개항과 양관 역정』, 경기문화사, 1959, 198면.

정치국에 대해 보다 면밀하게 탐구하기 위해, 그의 활동 근거지였던 인천에서의 이력을 우선적으로 살펴보고자 한다. 정치국이 부산에서 인천으로 이주한 시점은 1895년으로 알려져 있다.[10] 이러한 기록은 대체로 사실로 인정된다. 이미 정치국은 1910년대 인천에서 지역유지로서 다양한 활동을 펼치며 그 위상을 확고하게 다지고 있었다.[11] 1913년 인천보건조합장, 1914년 공진회 평의원,[12] 1916년 인천상의 선거위원,[13] 1916년 인천상의원(부회두)[14] 등을 역임한 것이 그 증거이다.

1910년대 인천에서 그의 행적 가운데 인천보건조합장(仁川保健組合長) 직책은 주목된다. 인천보건조합은 1912년 인천경찰서의 주도하에 설립되었는데, 인천부 내에 거주하는 조선인이 결성하는 것을 원칙으로 삼고 있었다. 이 원칙에 근거한다면, 정치국은 적어도 1912년 이전에 이미 인천에서 거주하고 있었다고 보아야 한다.

정치국이 부산에서 인천으로 이주하여 정착한 지역은 '화계동'으로 알려져 있다.[15] 아래의 기사를 참조하면 정치국이 이주했다는 화계동에서 인천보건조합을 결성했는데, 결성 당시 정치국은 보건조합 건설을 주도하는 위치에 있었음을 확인할 수 있다.[16] 흔히 알려진 대로, 그는 인천으로 이주한 직후에 '기선을 운항하는 선구자'로 대우 받으며

10) 『부산시사』(1권), 부산직할시사편찬위원회, 1989, 823면.
11) 「독지자(篤志者)에게 목배(木杯)」, 『매일신보』, 1914. 11. 6, 2면 참조.
12) 「공진회 평의원 촉탁」, 『매일신보』, 1914. 9. 19, 2면 참조.
13) 「인천상의 선거위원」, 『매일신보』, 1916. 1. 21, 2면 참조.
14) 「인천상의 의원 당선자」, 『매일신보』, 1916. 1. 27, 2면 참조 ; 「인천상의 제 1회」, 『매일신보』, 1916. 2. 2, 2면 참조.
15) 『부산시사』(1권), 부산직할시사편찬위원회, 1989, 823면.
16) 「공영표창(功勞表彰)(4)」, 『매일신보』, 1915. 11. 13, 1면 참조.

타향에서 자리를 잡을 수 있었고, 일정 시간이 흐른 후 지역 유지로 거듭나면서 인천보건조합장이라는 자치 단체 격 우두머리로 올라설 수 있었던 것이다. 특히 그는 '우편물의 무료 운송'으로 여러 차례 표창을 받으면서 지역 사회에 공헌하는 인물로 인식되기에 이르렀다.[17]

또한 정치국은 손성칠 등과 함께 특행자 표창을 받은 바 있다.[18] 이때 정치국의 지위는 인천보건조합장으로 명기되어 있고, 총독이 상장과 목배를 사여할 정도로 총애를 받고 있는 상황이었다. 결과적으로 그의 1910년대 인천에서의 활동은 이 보건조합장과 관련이 있다고 해야 한다. 따라서 정치국의 인천 내 입지를 살피기 위해 그가 직책을 맡았던 인천보건조합에 대해 살펴 볼 필요가 있다.

인천보건조합의 기본 목적은 '위생상태의 개량 발달을 도모'하는 데에 있었다.[19] 인천이라는 지역 공간의 전반적인 정리와 재구성을 기획하고 추진하는 직책인 셈이다. 흥미로운 점은 이러한 인천보건조합의 관할 범위이다. 인천보건조합은 "여인숙, 요리점, 음식점, 극장 등과 여(如)히 중인군집(衆人群集)의 장소에 일층주밀(一層周密)의 방법을 사용"해야 한다고 명시하고 있다.[20]

그러니까 사람이 많이 모이는 장소(공간)에서는 허술한 구석이 없도록 한층 세밀하게 살펴야 한다고 주의를 주고 있는 셈이다. 특히 전염병이나 환자로 의심되는 이가 나타나면 특히 주의해야 한다고 강조하고 있다. 해당 지역에서 위급 사건이 발생하면 신속하게 의사에게

17) 「공영표창(功勞表彰)(4)」, 『매일신보』, 1915. 11. 13, 1면 참조.
18) 「인천 특행자(特行者) 표창」, 『매일신보』, 1913. 7. 3, 2면.
19) 「인천보건조합(仁川保健組合)」, 『매일신보』, 1912. 11. 9, 1면 참조.
20) 「인천보건조합(仁川保健組合)」, 『매일신보』, 1912. 11. 9, 1면 참조.

알리고 당국에 신고해야 한다는 수칙을 따르고 있는데, 이를 통해 보
건조합이 각 지역 내에서 상당한 권한을 지닌 자치 조직이었음을 확
인할 수 있다.[21]

실제로 인천보건조합은 인천유일의 '무료시료소(無料施療所)'로 그
중요성이 더해졌고, 재정 확보를 위해 부대사업(도수장(屠獸場) 개
설)도 허가 받게 되었다.[22] 이때까지도 정치국은 조합장 직책을 유지
하면서, 지역 사회에서의 자신의 입지를 더욱 굳건하게 다져나가고
있었다.

이러한 일련의 상황에서 주목되는 것은 정치국이 가입했거나 주도
했던 인천보건조합이 '극장'을 주요 관찰지로 삼고 있다는 점이다. 극
장은 군중이 모여드는 장소이고, 정치국은 협률사라는 극장을 설립 운
영하였기 때문에, 이러한 보건조합의 직책은 자연스럽게 그의 직업과
연결된다고 하겠다. 결국 정치국은 극장업을 원활하게 수행하기 위해
서라도 보건조합 조직을 관할할 필요가 있었다고 해야 할 것이다.

2.3. 상인의 직관에서 문화적 중추로
: 서선공연의 대표 공연장 애관의 시발점

정치국의 경영권은 이후 여러 사람에게 이전되면서 애관의 기능과

---

21) 1926년 인천경찰서는 인천 지역 각 음식점 주인들에게 영업시간을 제한하는 수칙
을 전달했는데, 그 이유는 보건 상의 안전이었다. 인천경찰서는 인천보건조합의
명분을 빙자하여 지역 상권을 임의로 제약한 셈이다(「인천각음식점(仁川各飮食
店) 영업시간 제한」, 『동아일보』, 1926. 12. 26, 5면 참조).
22) 「보건조합의 발전」, 『매일신보』, 1916. 2. 11, 2면 참조.

위상 역시 변모 발전하기에 이른다.[23] 이러한 변모 과정에서 주목되는 것은 공공성의 증대이다. 공공성의 증대는 애관을 일개 지역극장에 매몰될 수밖에 없도록 그 역할과 운영을 제한하지 않고, 경성과 지역을 연결하는 관문 극장으로 변화시키는 중요한 요인이 된다. 지역 공연을 준비하는 단체나 극단들은 애관을 기점으로 하는 인천 공연을 서선 루트의 관문(시작 혹은 마무리)으로 여겼고, 그로 인해 항구도시 인천이 문물의 집결지이자 교류 창구였던 것처럼 애관 역시 문화의 교류 지역이자 결집처로 기능하면서 다양한 문화적 교류와 소통의 창구 역할을 담당했다.

이러한 애관의 위상은, 인천 지역이 지닌 지역적 특장점과 애관이라는 선구적 극장이 지닌 지명도 그리고 '극장업'이라는 신생 사업을 주도하던 선각자의 견해에 의해 생성 확립되었다고 하겠다. 그리고 지역극장의 대표적인 성공 사례이자, 이후 지역극장의 모델이자 주요한 참조점이 되었다는 점에서 주목되는 결과가 아닐 수 없다. 더구나 이러한 문화적 이동과 교류의 중심에 개항장의 상인이 위치하고 있었기 때문에, 일제 강점기 문화 흥행과 극장 사업의 가능성을 상인들이 먼저 확신했다는 결론을 확보할 수 있다고 하겠다.

---

23) 정치국이 처음 인천에 세운 극장은 협률사였고, 이후 1911년에 축항사로 극장 명칭이 변경되었으며, 1921년에 다시 애관으로 명칭이 바뀌었다(김남석, 「인천 애관 연구」, 『인천학 연구』(17호), 인천대학교 인천학연구원, 2012, 5~6면 참조).

3. 부산의 극장업과 울산의 새로운 극장 건설

3.1. 부산의 일본 상인들과 극장업 투신

그렇다면 정치국이 인천으로 이전하기 이전에 거주했던 부산의 극장업은 이러한 인천에서의 활동과 어떠한 관련을 맺고 있을까. 정치국은 부산에서의 경험을 바탕으로 하여 인천의 극장업을 전파한 것으로 판단되기 때문에, 정치국이 관찰 목격한 부산의 극장 상황은 새삼 주목되지 않을 수 없다. 다행히도 부산의 극장 역사, 그것도 개화기를 거쳐 일제 강점기로 접어드는 시기의 부산의 극장사는 일차적으로 정리된 상태이다.[24] 이러한 선행 연구의 성과를 바탕으로 부산의 극장 사정에 대해 우선 살펴보도록 하자.

초량의 객주였던 정치국이 인천으로 이주한 시점은 1895년 경이지만, 당시 그는 인천에만 거주했다고 보기 어렵고 오히려 협동기선회사를 부산에 설립하면서 부산과 인천을 오고가며 사업을 벌이고 있었다.[25] 이러한 그의 행적은 1890년대 부산의 사정을 면밀히 관찰할 수밖에 없는 조건을 충족하게 되었고, 그로 인해 1890년대 부산의 상황을 곧 인천의 상황에 자연스럽게 대입할 수 있게 되었다.

1895년은 공교롭게도 부산에서 '극장취체규칙'과 '각종 흥행취체규칙'이 공표된 해이다. 부산 이사청은 거류지 내의 흥행 질서를 바로잡기 위해서 이 규칙을 제정했다. 실제로 1881년부터 '일본거류인민

---

24) 홍영철, 『부산극장사』, 부산포, 2014 참조.
25) 『부산시사』(1권), 부산직할시사편찬위원회, 1989, 823면.

영업규칙'이 제정되면서, 부산의 조차(租借) 지역 내의 일본인들을 위한 가설극장을 지을 수 있는 법률적 뒷받침이 마련된 바 있다. 그러니까 1895년의 규칙 공표는 기존의 가설극장뿐만 아니라 상설극장의 건설이 가능하다는 사회적 징표인 셈이다.[26]

1895년경에 부산에 설립된/남아 있는 극장에 대해서는 아직 파악되지 못한 형편이다. 다만 부산 최고의 상설극장은 1903년에 그 모습을 드러내는데, 그 극장은 남빈정(남포동)에 존재했던 행좌(幸座)와 행정(광복동)에 위치하던 송정좌(松井座)였다. 행좌는 1903년에 발행된 '부산항 시가 및 부근 지도'에서 그 존재감을 드러내고 있어, 1903년 시점에 이미 행좌가 영업 중이었다는 사실은 확실해 보인다. 그러므로 적어도 1903년 이전에 행좌가 설립되어 운영되었다는 추정은 거의 확신에 가깝다고 해야 한다.

이러한 추정은 1895년에 공표된 '극장취체규칙'과 연관 지어 살펴보면 더욱 그 가능성이 높아진다. 왜냐하면 이 취체규칙은 극장 운영에 대한 실무적인 방침뿐만 아니라 구체적인 사안까지 일일이 논의하고 있기 때문이다. 이러한 세세한 규칙이 공표되었다는 점은 현실적인 상황에서 극장 흥행과 관련된 제반 사항이 이미 논의되었음을 뜻한다. 즉 당시 부산에는 상설극장은 아니더라도, 극장업과 관련된 각종 문제적 사안이 도출되고 있었고, 이를 조율해야 하는 입장에서는 공식적인 규칙을 남겨두지 않을 상황에 도달한 것으로 판단된다.

당시 행좌를 건립하고 운영한 이는 하사마 후사타로(迫間房太郎)이다. 그는 일본인으로, 일찍부터 부산에 정착하여 각종 사업과 이권

---

26) 홍영철, 『부산극장사』, 부산포, 2014, 24~25면 참조.

에 개입한 인물이며, 부산의 상계를 대표하는 지역 인사였다.[27] 그가 관여한 사업체는 1904년에 설립된 농림업체 조선흥업(株)(대주주, 1739주)[28], 1907년에 설립된 수산업체 부산수산(株)(이사이자 대주주, 5752주)[29], 1910년에 설립된 조선와사전기(株)(이사이자 대주주, 6170주),[30] 1912년에 설립된 해운회사 조선우선(朝鮮郵船)(株)(주주, 780주)[31]와 은행 업종의 회사 경남은행(株)(이사)[32] 등이었다.

하사마 후사타로는 농림업, 수산업, 해운업, 창고업, 은행업 등의 다방면에 걸쳐 활동하고 있었으며, 막대한 영향력과 경제력을 지닌 지역의 유지로 성장하고 있었다. 또한 그의 회사는 부산부 대교통 3정목(부산수산)이나 부산부 초량동(경남은행) 등에 대부분 산재해 있었다. 이처럼 하사마 후사타로는 부산 상계 내에 확고한 위치를 점유하고 있는 인물로 알려져 있는데, 이러한 지역 점유를 통해 그의 사업적 기반이 부산에 확고하게 안착되어 있음을 확인할 수 있다.

하사마 후사타로가 참여한 회사 중에서 특히 주목되는 회사는 크게 두 종류로 나누어 생각할 수 있다. 하나는 해운회사 '조선우선'이었다. 이 회사의 목적은 '해운업과 그에 부대되는 업무'로 규정되어 있고, 업종은 '운수창고'로 기록되어 있다. 그러다보니 선박과장이 있고, 부산지점장, 원산지점장, 인천출장소장이 별도로 중역으로 등재되어 있다. 이 회사는 해운회사이기 때문에 부산-원산-인천을 잇는 루트를 활용

27) 「실업가 초대회」, 『매일신보』, 1913. 2. 13, 2면 참조.
28) 中村資良, 『조선은행회사조합요록』(1929년 판), 동아경제시보사.
29) 中村資良, 『조선은행회사조합요록』(1937년 판), 동아경제시보사.
30) 中村資良, 『조선은행회사조합요록』(1927년 판), 동아경제시보사.
31) 中村資良, 『조선은행회사조합요록』(1925년 판), 동아경제시보사.
32) 中村資良, 『조선은행회사조합요록』(1921년 판), 동아경제시보사.

하고 있었고, 각 지부처럼 지역의 책임자가 상주하는 형태였다. 이러한 회사를 운영하다보면, 자연스럽게 각 지역의 필요 물품(서비스)에 대해 통달할 수밖에 없을 것이다. 하사마 후사타로가 투자한 업종에는 이러한 지역 교류를 기반으로 하는 사업이 일찍부터 존재했다.

다른 하나는 부산상업은행 계열의 회사인데, 이 회사를 주목해야 할 이유는 회사 경영에 함께 참여한 인물들의 면면 때문이다. 부산상업은행은 1913년 3월 6일 부산부 본정(本町) 1정목(丁目) 10(현 부산광역시 중구 광복동 일대)에 설립된 은행으로, 이후 부산의 상계와 금융계를 좌우하는 주요한 은행이었다. 주로 일본에 거주하는 일본인들에 의해 설립되었고 이후 운영되었는데, 1917~1920년에는 대단히 양호한 수익을 올리면서 부산을 대표하는 은행으로 성장했다. 하지만 부산수산회사가 부도 처리되면서 경영 악화를 경험해야 했고, 결국 1935년 조선상업은행에 인수 합병되었다.[33]

하사마 후사타로는 이러한 부산상업은행의 가장 많은 주식을 가진 주주(5489주)이자 이사로 동참했다. 이때 하사마 후사타로와 함께 이사이자 대주주(2200주, 세 번째 대주주)로 등장한 인물이 있었다.[34] 이 인물은 실제로는 부산상업은행 이전에 하사마 후사타로가 관여했던 경남은행에서도 함께 이사로 봉직했던 인물이다. 경남은행의 이사로는 大池忠助, 迫間房太郎, 金弘祚, 姜渭秀, 崔浚, 吳泰煥, 具滋旭 등을 꼽을 수 있는데,[35] 이 중에서 '大池忠助' 즉 오이케 타다스케는 주목되는 인물이다. 왜냐하면 평범한 사업가로 알려져 있는 오이케 타

33) 박섭·장지영, 『부산의 기업과 기업가 단체(1900~1945)』, 해남, 2000 참조.
34) 中村資良, 『조선은행회사조합요록』(1925년 판), 동아경제시보사.
35) 中村資良, 『조선은행회사조합요록』(1925년 판), 동아경제시보사.

다스케가 실제로는 부산좌와 유락좌를 경영했던 인물로, 일본인으로 사업에 성공한 이후에는 극장업에 사업 자금을 투자한 인물이기 때문이다. 사실 오이케 타다스케는 '조선우선'에서도 이사로 재직한 바 있었다. 즉 그는 조선의 여러 지역 사정에 두루 접근할 수 있는 통로를 확보하고 있었고, 이러한 이점으로 인해 지역의 사정을 파악하거나 비교하는 데에 상대적으로 유리한 위치를 점유한 인물이었다.

사실상 오이케 타다스케와 하사마 후사타로는 일찍부터 사업상의 공조를 맺어 왔다. 가령 하사마 후사타로가 이사와 대지주로 가담했던 부산수산(株)에서 오이케 타다스케는, 하사마 후사타로 다음으로 많은 주식(2692주)을 보유한 대주주였다. 조선와사전기(株)에서도 이러한 사정은 마찬가지였는데, 두 사람은 모두 이사로 재직했으며 동시에 상당한 수준의 주식을 소유한 대주주이기도 했다. 이러한 공조 체제는 계속 이어졌고, 부산공동창고(株)[36], 부산일보사(株)[37], 부산증권(株)[38] 등에서 두 사람은 중역과 주주의 관계로 경영에 참여하였다. 그러니 두 사람의 공조 체제는 유달리 돈독할 수밖에 없었다. 두 사람은 서로 공조했을 뿐만 아니라, 각종 사업에서 부산을 대표하는 사업가로 나란히 이름을 올린 바 있다.[39]

---

36) 하사마 후사타로는 대주주, 오이케 타다스케는 이사로 재직했다(中村資良, 『조선 은행회사조합요록』(1925년 판), 동아경제시보사).

37) 하사마 후사타로와 오이케 타다스케 모두 대주주로 참여했다(中村資良, 『조선은 행회사조합요록』(1925년 판), 동아경제시보사).

38) 하사마 후사타로와 오이케 타다스케 모두 이사로 참여했다(中村資良, 『조선은행 회사조합요록』(1925년 판), 동아경제시보사).

39) 「지방거금(地方醵金) 발기자」, 『매일신보』, 1917. 1. 24, 2면 ; 「실업가 초대회」, 『매일신보』, 1913. 2. 13, 2면 ; 김연지, 「19세기 말 20세기 초 부산지역 객주 영업 과 자본 축적 유형」, 『역사와경계』(71집), 2009, 257면 참조

이러한 오이케 타다스케의 행적이 주목되는 이유는, 물론 일차적으로는 그가 부산좌와 유락좌를 경영하면서 1907년부터 1932년까지 극장업에 종사했고 이후 오이케 겐지에게 극장업을 물려주면서 중앙극장 등을 파생시킨 활동상 때문일 것이다.[40] 하지만 세심하게 주목해야 할 이유가 더 있다. 그것은 오이케 타다스케가 정치국과 연관되는 인물이라는 점이다.

두 사람의 관계는 회사 경영 관계에서 확인된다. 오이케 타다스케와 정치국이 공히 참여한 회사는 1899년 5월에 인천부 해안정 3정목 1에 설립된 인천미두취인소(株)였다. 이 회사에 오이케 타다스케는 주주로 참여하였고, 정치국은 감사로 참여하였다.[41]

주목할 점은 이 회사가 인천에 위치한 회사로, 비록 전국적인 미두 열풍의 진원지이기는 했지만, 지역적으로 유리된 부산 출신 상인들에게는 다소 이질적으로 보일 수도 있는 장소에 설립된 회사였다는 점이다. 부산 상업계에서 발이 넓었던 하사마 후사타로도 이 회사 경영에는 참여하지 않은 것으로 알려져 있다.

하지만 오이케 타다스케는 부산의 상인으로는 이례적으로 인천의 미두취인소에 투자를 했고, 그 투자 루트에서 정치국의 행적이 겹쳐진 것이다. 이러한 루트와 주변 정황을 바탕으로, 오이케 타다스케가 부산 상권 바깥에서 활동한 측면에 주목하지 않을 수 없다. 동시에 오이케 타다스케가 관여한 회사 중 조선운수 역시 주목하지 않을 수 없다(이사이자 6600주를 소유한 대주주). 앞에서 설명한 대로, 조선운

---

40) 홍영철, 『부산극장사』, 부산포, 2014, 48~50면 참조.
41) 中村資良, 『조선은행회사조합요록』(1921년 판), 동아경제시보사.

수는 부산뿐만 아니라 원산 그리고 인천과의 해상 운수를 다루는 회
사였고, 인천출장소가 별도로 설립되어 있는 구조였다. 당연히 조선운
수는 부산-인천, 부산의 상인들-인천의 정치국이 만날 수 있는 사업
상 통로 역할을 수행했다.

　더구나 이 조선운수(株)는 하사마 후사타로도 주주로 참여하고 있
던 회사였기 때문에, 세 사람은 어떠한 방식으로든 서로 연결되는 공
유점을 형성할 수밖에 없었다. 정치국은 부산에서 인천으로 사업 본
거지를 옮긴 인물이었고,[42] 이러한 정치국과 오이케 타다스케는 사업
상 루트에서 겹쳐지는 면이 발생한 것이며, 이러한 두 사람과 부산 극
장업의 대부 하사마 후사타로는 긴밀한 맥락으로 연계되고 있었다.

　여기서 정치국의 이동 루트와 활동 상황을 다시 점검해 볼 필요가
있다. 정치국은 본래 초량 객주였지만 1895년 인천으로 이주하면서
부산사람들의 인천(화계동) 이주를 촉진시킨 인물로 평가되고 있다.
특히 그는 1899년 인천을 내왕하던 부산진 상인들과 협동기선회사
(協同汽船會社)를 설립하였고, 인천의 이윤용(李允用), 안영기(安永
基) 등 사원 10명과 대한협동우편회사를 설립하기도 했다.[43] 대한협
동우선회사는 1900년 9월에 설립된 회사로 운수(창고)업을 목적으로
이윤용이 사장으로, 안영기와 정치국 등이 중역으로 참여한 바 있다
(본점 인천).[44] 해상을 통하여 전국의 물산을 교류하는 사업을 시행했
고, 그로 인해 전국(지역) 곳곳에 창고가 필요했다.

---

42) 정치국은 1917년에 인천부 금곡리 32에 설립된 제조공업사인 조선린촌(朝鮮燐
　　寸)(株)의 감사로 재직하고 있었다(中村資良, 『조선은행회사조합요록』(1921년
　　판), 동아경제시보사).
43) 『부산시사』(1권), 부산직할시시사편찬위원회, 1989, 823면.
44) 「대한협동우선회사」, 『황성신문』, 1900년 9월 참조.

오이케 타다스케가 인천미두취인소에 주식을 소유하게 된 배경에는 정치국의 이주, 즉 정치국이 인천으로 활동처를 옮기면서 일어난 부산 상인들의 이주와 관련이 깊어 보인다. 바꾸어 말하면 오이케 타다스케는 운수업과 창고업에 관심을 기울이면서, 인천 상권과의 교류 역시 활발하게 전개했는데, 그 배후에는 정치국이 존재하고 있었고, 인천으로 이주한 상인들이 있었다. 또한 오이케 타다스케는 일찍부터 해운과 창고업에 관여했기 때문에, 다른 지역의 사정과 물류의 이동에 상대적으로 밝았던 인물이었다.

정치국의 경우에서도 확인되지만, 개항기를 거쳐 일제 강점기로 접어드는 시점에서 항구의 상인들은 물류의 이동에서 사업적 이익을 취하는 경우가 빈번했다. 따라서 오이케 타다스케 역시 부산과 인천을 오고 가면서 변화하는 항구 도시의 성향을 파악했을 가능성이 높은데―거의 확실한데―이렇게 생성된 그의 사업적 안목은 극장업의 전도유망함에 주목하지 않을 수 없었을 것이다.

3.2. 극장업에 뛰어든 조선 상인들과 독점권에 대한 대처 방안

그렇다면 부산의 극장업은 일본 상인들만으로 충당되었을까. 이 질문에 대한 대답은 아무래도 극장 설립과 직접적으로 관련된 조선 상인들로부터 출발해야 할 것이다. 부산에서 극장 설립과 관련된 조선 상인으로 거론될 수 있는 이는 우선 두 사람이다. 한 사람은 송태관(宋台觀)이고 다른 사람은 이규정(李圭正)이다. 이 중에서 이규정은 부산의 상인이었지만 '울산극장'을 짓는 작업에 착수한 인물이기 때문에, 여기에서는 논의의 보완을 위해 참고적으로 언급만 하고 넘어

가기로 한다.

이규정은 울산에서 주로 활동하였지만,[45] 본래는 부산에서 활동하는 사업가로, 부산상의회 회두를 역임한 바 있고, 이러한 자격으로 경성주식현물시장의 조선인 추가 발기인으로 참여한 경력도 있다. 당시 발기인 명단에는 정치국과 이규정이 나란히 이름을 올리고 있는 것으로 확인되는데,[46] 이러한 관련성은 정치국과 연관된 극장업의 전파를 상정하게 만든다. 그 역시 상인들의 특성상 부산과 울산, 그리고 넓게는 경남 일대에서 사업을 벌이며 수익을 창출하고자 노력한 인물이었는데, 이러한 과정에서 울산극장이라는 극장 설립 주체로 나서게 되었다.[47]

이규정에 대해 알려진 바는 거의 없는데, 흥미로운 사실은 이규정이 오이케 타다스케가 사장으로 경영했던 경남승입(慶南繩叺)(株)의 감사이자 주주로 참여했다는 점이다.[48] 두 사람의 관계는 돈독했다고 할 수 있는데, 게다가 이러한 사업 루트는 부산 상권 내에 거미줄처럼 얽힌 사업상 관계를 설명한다고 하겠다. 더구나 조선상인 송태관이나 김해득이 부산 내에서 극장업 진출에 어려움을 겪었다는 사실에 주목한다면,[49] 이규정이 부산이 아닌 울산에 극장을 짓고 경영하려 했던 이유의 일단을 찾을 수 있다. 이규정은 일본 상인들의 방해를 피해 극

---

45) 中村資良, 『조선은행회사조합요록』(1933년 판), 동아경제시보사.

46) 「현주(現株) 추가 발기인」, 『매일신보』, 1920. 1. 30, 2면 참조 ; 「발기인, 창립위원 선정」, 『매일신보』, 1920. 2. 3, 2면 참조.

47) 울산극장 건립과 이규정에 대해서는 다음의 논문을 참조했다(김남석, 「울산의 지역극장 '울산극장'의 역사와 문화적 의의 연구」, 『울산학연구』(10집), 울산학연구센터, 2015, 37~42면 참조).

48) 中村資良, 『조선은행회사조합요록』(1929년 판), 동아경제시보사.

49) 홍영철, 『부산극장사』, 부산포, 2014, 47~50면 참조.

장 건립을 구상할 필요가 있었고, 울산이라는 이웃도시의 강렬한 열
망은 이러한 구상을 현실적으로 전환시킬 계기가 되었다고 볼 수 있
다. 본격적인 경쟁과 일본 상인들의 견제를 피하기에 울산은 적당한
위치였다고 해야 하며, 단지 교통의 문제만 어느 정도 해결되면 부산
같은 지역적 인프라를 최대한 활용할 수 있다는 계산도 깔려 있었던
것으로 보인다.

　다음으로 부산 상인 송태관을 살펴보자. 부산에서 극장 건립을 추
진했던 그는 부산의 사업가로 일찍부터 이름을 얻고 있었고, 경남은
행, 부산일보 등에서 하사마 후사타로, 오이케 타다스케와 함께 회사
경영에 참여한 인물이었다. 부산일보에서는 100주 정도를 소유한 주
주로만 참여했지만,[50] 경남은행에서는 사장으로 재직한 전력도 있었
다. 그러니까 송태관이 사장, 하사마 후사타로와 오이케 타다스케가
중역으로, 경남은행이 경영되었던 것이다.[51] 다만 1923년에 조사된
경남은행의 경영 구조를 보면 송태관이 사장에서 물러나 있다.[52] 이러
한 변화는 회사 내의 역학 관계의 변화를 암시하고 있다. 더구나 여전
히 송태관은 3396주를 소유한 경남은행 최대 주주였고, 하사마 후사
타로나 오이케 타다스케 역시 대주주로 그 이름을 올리고 있다.

　1920년대에는 주로 자동차 관련 회사에 투자하였던 것으로 보인다.
부산자동차(株)나 삼산자동차(株)는 모두 이러한 회사였다. 또한 그
는 서울사(株)라는 금융신탁 회사의 감사로 재직하고 있으면서, 경성

50) 中村資良, 『조선은행회사조합요록』(1923년 판), 동아경제시보사.
51) 1921년에 조사된 경남은행의 경영 구조는 그러했다(中村資良, 『조선은행회사조
　　합요록』(1921년 판), 동아경제시보사 참조).
52) 中村資良, 『조선은행회사조합요록』(1923년 판), 동아경제시보사 참조

과의 사업적 연계를 드러내기도 했다.[53] 경성과의 이러한 네트워크는 극장업에 진입할 때에도 일정한 뒷받침이 되었다.

부산지방에서는 조선인 측에 일개의 활동사진관도 업슴을 심히 유감으로 지내오던 방 금반 송태관 씨의 발기로서 주식으로 건축하기로 결정하얏는대 문제이든 장소에 대ᄒ야 초량 방면에 택지를 선정ᄒ얏다가 당지방에ᄂ 내지인측에 경영ᄒᄂ 4관니 유홈으로 형편에 의ᄒ야 부산진 방면에 선정ᄒ얏다가 동지방에도 불편리홈으로 동래 남문 방면에 예정ᄒ얏다가 동지방에도 부적당홈으로 결국에ᄂ 동래 온천장에 택지를 확정ᄒ고 목하 건축에 착수홀 예정인듸 주식의 총액은 2만5천원(으)로 ᄒ고 일주에 10원 50전으로 주식을 모집ᄒᄂ대 1500 주ᄂ 부산진 방면에서 모집ᄒᄂ듸 경성 우미관과 연락ᄒ야 사진을 사용할 예정이라더라(부산)   (밑줄:인용자)

부산 상설관 문제[54]

위의 기사는 크게 세 부분으로 나눌 수 있다. 첫 번째 부분은 부산 지방의 사정을 언급한 부분이다. 일단 부산 지역에는 적지 않은 극장이 있었지만, 이러한 극장은 모두 일본인 소유였다. 이러한 상황에 대해 조선인들 중에 유감으로 여기는 사람이 적지 않았고, 조선상인 중에서 송태관은 이러한 사정을 만회하고 극장 환경을 개선하기 위해서 조선인 극장을 지을 계획을 세운다.

이러한 사정은 조선의 상인들이 극장을 지어야 하는 당위성을 설명

---

53) 中村資良,『조선은행회사조합요록』(1921년 판), 동아경제시보사.
54) 「지방통신 : 부산 상설관(常設館) 문제」,『매일신보』, 1921. 3. 24, 4면 참조.

하고 있다. 부산은 조선 최초의 개항 도시였는데도, 막상 극장업 분야에서 민족적 불균형이 심화되고 있는 형편이었다. 그래서 조선상인들 중에는 상업적 이익 못지않게 민족적/국가적 형평성을 도모해야 한다는 사명감마저 인식하고 있는 이들이 생겨났다. 사실 이러한 문제의식은 비단 부산만의 것은 아니었다. 1920년대에 나타난 이러한 불균형은 이후 함흥 동명극장에서도 동일하게 발견되고 있으며—본 연구에서는 논제의 분량 상 다루지 않았지만—원산에서도 1930년대 원산관을 짓는 주요한 이유 중 하나로 대두된다.[55]

위 기사의 두 번째 부분은 이러한 조선 상인들의 극장 건축과 관련하여 일본 상인들이 취한 태도를 반영하고 있다. 물론 위의 기사에서는 일본 상인들이 직접적으로 행한 반응까지야 기록하고 있지 않지만, 전반적으로 조선의 극장업이 일본 상권에 잠식된 결과 조선 상인들이 부산에 극장을 짓는 사업은 크게 방해를 받고 있다는 사실이 조심스럽게 암시되고 있다. 즉 일본 상인들은 극장업에 조선 상인들이 개입하는 것을 환영하지 않는 상황이었다.

이 시점이 1921년이라는 점을 상기할 필요가 있다. 1921년 송태관은 경남은행의 사장으로, 이미 극장업에 진출한 하사마 후사타로와 오이케 타다스케는 이사로 재직하고 있었음에도 불구하고, 이러한 불균형에 대한 시정이나 도움은 없었던 것으로 보인다. 오히려 1921년 이후 송태관은 사장에서 내려와 대주주로 그 지위가 격하된다. 이러한 변화가 반드시 극장업과 관련 있다고는 단정할 수 없지만, 1920년

55) 김남석, 「함흥의 지역극장 동명극장 연구」, 『동북아문화연구』(44집), 동북아시아문화학회, 2015, 77~90면 참조.

대의 상황을 볼 때 송태관도 일본 상인들의 독점권을 물리치기 어려
운 구조였다고 볼 여지는 충분하다.

송태관은 어렵게 부지를 마련하면서 주식회사 형태의 극장 창업을
주도했다. 주식회사를 설립하면서 주식을 모집하는 형태는 이후 동명
극장에서 그대로 답습되며, 이러한 답습이 가능했던 것은 상인들의
네트워크를 통해 지역 바깥으로의 전파 때문으로 추정된다. 결과적으
로 송태관의 극장 건립 방안은 적어도 일본 상권에 대항하는 조선 상
인들의 명분과 방식을 창안했다는 점에서 그 의의를 높게 평가할 수
있다고 하겠다.

기사의 마지막 대목은, 송태관이 부산에 상설관을 건립한 이후에 경
성의 우미관과의 네트워크를 가동할 계획을 묘사하고 있다. 이것은 송
태관이 '서울사'를 통해 구축해 놓은 경성 네트워크를 활용하려는 의도
로 여겨진다. 물론 이러한 네트워크 연계 체제는 이후 지역극장에서도
답습된다. 가령 동명극장은 경성에서의 공연을 자신들과 연계하기 위
해서 노력한 흔적을 드러냈는데, 오리온오페라의 초청 공연 건이 그것
이다. 동명극장은 오레온오페라가 경성에서 공연하기도 이전에 순회
공연 예약을 체결하여, 자신들의 극장에 안정적으로 공연 콘텐츠를 제
공하기 위해서 노력했던 것이다.[56] 다른 사례로 표관과 닛타연예부, 인
천가무기좌와 단성사의 우호 협력 관계를 꼽을 수 있다.[57]

---

56) 「오리온 오페라」, 『동아일보』, 1931. 3. 14, 4면 참조.

57) 「가무기좌에 〈명금(名金)〉, 단성사 일행을 청하여다가 해」, 『매일신보』, 1920. 9. 1,
  3면 참조 ; 「양 극장의 반목(反目)」, 『매일신보』, 1925. 4. 13, 2면 참조.

3.3. 부산 상인들의 외지 진출과 극장 건립의 숨은 의도

송태관은 본래 울산 거주자였다.[58] 이러한 이력은 이규정의 이력과 겹쳐지는 대목이 상당하다. 왜냐하면 송태관이 부산에서 극장업을 실시함에 있어서 강력한 난관을 겪고 좌절에 직면해야 했다면, 이규정은 애초부터 부산에서 극장업을 시작하지 않고 울산에 울산극장을 건립하는 초강수를 두었기 때문이다. 우회해서 말한다면, 이규정은 부산이라는 극장업의 발원지에서 경쟁하기보다는, 울산이라는 새로운 개척지를 찾아 나선 경우이다.

울산극장은 1936년 즈음에 건립 논의가 본격화되었다. 처음에는 극장 건립보다는 공회당 필요성이 강조되었고, 그로 인해 이러한 사안은 울산 지역의 현안으로 널리 인정되었다. 그러자 울산번영회는 울산 유지들 사이에 이 문제를 공론화하기로 했고, 공론화에 붙인 결과 공회당 겸 극장을 짓는 방안을 결정하였다. 이때 이러한 여론을 이끌고 공론화 과정을 밟은 인사가 울산번영회장이었는데, 그가 이규정이었다. 울산극장은 구역 인근에 건립되기로 결정되었고 시찰단을 꾸려 '타 지역극장'을 견학하기로 세부 지침도 마련되었다.[59]

그렇다면 그 '타 지역극장'은 어디였을까. 구체적으로 알려진 바는 없으나, 부산은 유력한 견학 후보지였을 것이다. 비슷한 과정을 거쳐 공회당 겸 극장을 지은 동명극장이나 원산관도 유력한 후보지 중 하나였을 것이다.[60] 더구나 이 지역극장들은 항구의 상인들이 극장을 지

---

58) 「울산 재산가 불행」, 『매일신보』, 1913. 10. 7, 2면 참조.
59) 「대망의 울산극장 만오천원 경비로 신축」, 『매일신보』, 1936. 11. 1, 4면 참조.
60) 이승희, 「공공 미디어로서의 극장과 조선민간자본의 문화정치」, 『대동문화연구』

은 경우이며, 주식회사 체제로 조선인들에게 그 주식을 공모한 경우
이다. 그래서 울산극장 역시 동일한 방법을 밟았다고 볼 수 있다.

다시 말해서 부산-울산, 혹은 부산-인천으로 이어지는 항구 상인들
의 네트워크가 이러한 관련성을 상정하도록 만든다. 만일 이러한 네
트워크를 상정하면, 항구 도시의 상인들이 외지 이주를 통해 타 지역
에 극장을 짓는 전략을 상정할 수밖에 없다. 이러한 전략에 의거하면,
정치국이 인천으로 이주하여 극장을 건립한 '숨은 의도' 역시 추정되
는 바가 적지 않다. 정치국은 앞선 문물을 부산에서 접하고 이를 인천
에서 직접 실현한 상인이었지만, 동시에 부산의 엄격한 독점권을 피
해 상대적으로 자유로운 개항지인 인천을 찾아 나선 상인이기도 했
다.[61]

그러한 정치국의 눈에 극장업은 실패 가능성이 적은 유망한 직종
이었다. 송태관도 일본인과의 사업상 연계를 통해 극장업의 유망함
을 눈치 채고 있었지만 부산에서의 저항은 만만하지 않았다. 본래 부
산의 상인이었던 이규정이 부산을 벗어나서 극장을 지어야 했던 이유
역시 자연스럽게 파악된다고 하겠다. 따라서 송태관이 겪었던 극장
건립 좌절 사건은 곧 부산의 상인들이 외지로 이주했을 때, 혹은 비로
소 외지로 이주해서야 극장업을 창업하는 숨은 이유를 보여준다고 하
겠다.

(69권), 성균관대학교 대동문화연구원, 2010, 209~220면.
61) 인천의 정식 개항은 부산보다 늦게 이루어졌는데, 그 이유는 인천이 수도인 경성
의 보장중지(保障重地)이자 해문요충(海門要衝)이었기 때문이다(이희환, 『인천
아, 너는 엇더한 도시?』, 역락, 2008, 17~19면 참조). 이로 인해 인천은 앞서 개항
한 부산이나 원산보다 서구식 문물 도입의 예측이 어느 정도 가능했고, 선각자들
은 인천의 새로운 기회의 땅으로 인식했다.

4. 이주하는 항구의 상인들, 외지에 짓는 극장들

조선에서 가장 먼저 극장과 극장문화가 유행하고 극장업이 유망한 사업으로 부상한 지역 중 하나는 부산이었다. 부산은 적어도 1890년경에 이미 극장이 성행했고, 극장업을 규제하는 취체규칙을 공표해야 할 정도로 극장 건립과 운영에 활기를 띠고 있었던 도시였다. 하지만 이러한 극장들은 일본인에 의해 장악되어 있었고, 극장업의 유망함에도 불구하고 조선 상인들은 부산에서 좀처럼 극장 건립의 기회를 얻지 못했다.

'정치국'은 부산을 대표하는 상인이었는데, 사업상의 이유로 인천으로 이주했고, 그곳에서 다양한 사업을 벌이면서 동시에 극장업을 개창했다. 그가 인천에 남긴 발자취는 극장 애관의 시초를 닦은 이로 기억되고 있으며, 실제로 그는 이러한 극장업에 접근할 수 있는 사업에 종사하고 있었다. 극장 취체규칙은 환경과 보건의 문제와 관련이 있고, 사회적 인프라의 확충과 보존이라는 명제를 따라야 하는 조건을 본연적으로 갖추고 있었다. 따라서 정치국이 전념하고 있던 '보건조합장'은 이러한 관련성을 폭넓게 이해하도록 자극하고, 제약에 대해 상세하게 파악하도록 돕는 직책이었다고 해야 한다. 이렇게 정치국은 부산의 극장업을 인천에 전파할 수 있는 사회적/문화적/경제적 인프라를 형성해 나갔던 것이다.

정치국과 다른 행로를 보인 부산의 상인이 '송태관'이다. 송태관은 일찍부터 일본 사업가들과의 교류를 통해, 극장업의 허실을 파악할 수 있었던 것으로 보인다. 그리고 조선인 관객/지지층을 중심으로 부산에서의 극장 건립에 도전했다. 정치국이 부산을 떠난 곳(타지역)에서 자신의 안목과 수완으로 극장업을 전파했다면, 송태관은 부산에서 일본 상인/사업가/투자자들과 정면 대결을 벌인 셈이다.

하지만 그 결과는 참담하기 이를 데 없었고, 송태관은 당초 예상과 달리 극장업에 전념할 수 없는 어려움에 봉착해야 했다. 이러한 상황은 부산에서의 극장업이 상당히 견고한 독점권을 지닌 사업이었음을 역으로 증명하고 있으며, 그만큼 항구의 상인/사업가들이 눈독 들이고 있는 사업이었음을 반증한다고 하겠다.

송태관이 부산에서 조선인 극장을 건립하기 위해서 애쓴 상인이었다면 '이규정'은 인근 지역으로 극장 활동지(건립지)를 이동하여 부산에서의 극장업을 실현시킨 인물이라고 하겠다. 이규정이 극장을 건립하고 운영한 곳은 울산이었다. 울산은 교통편이 불편한 시절에는 각광 받는 연예계 순회처가 아니었다. 하지만 동해남부선이 개통되면서 울산의 교통은 비약적으로 발전했고, 울산 지역에 변변한 극장이 없는 상황은 점차 지역민의 여론에 힘입어 문제 사안으로 인지되었다. 이에 이규정은 울산번영회를 이끌면서 울산인의 지역적 지지를 바탕으로 울산극장을 건립(정확하게 말하면 재건축)하기에 이른다.

부산의 상인이라는 점에서는 동일하지만, 정치국은 인천으로 사업장을 옮겨 새로운 인프라와 극장 문화를 전파했고, 송태관은 부산 내에 새로운 극장 문화—조선인 중심 극장—를 일으키려고 애썼으며, 이규정은 지역적 필요를 요구하고 있는 인근 도시에 부산의 극장 문화를 이식하는 형태로 대응했던 것이다.

이러한 대응 방식은 주목되지 않을 수 없다. 항구의 상인들은 일찍부터 외국, 혹은 개항 도시와의 교류를 통해 문물(재화)과 서비스 그리고 이를 뒷받침하는 콘텐츠의 이동을 선취하고 목격할 수 있었다.

특히 유흥문화의 발달과 극장의 가치를 일찍부터 파악하고 있었고, 이를 사업적인 수단으로 사용할 수 있다는 사실도 알고 있었다. 하지만 사업 환경과 투자 가치를 기다려야 했고, 정치국/송태관/이규정은 나름대로의 극장관과 사업관으로 이에 대응했던 것이다.

그 과정에서 주목되는 것은 송태관은 조선인 극장을 앞세우면서 일본인 상권과 대결하는 구도를 취한데 비하여, 정치국과 이규정은 외지인이라는 신분을 활용하여 해당 지역의 인프라를 자신들에게 유용하도록 조정하는 역할에 충실했다는 점이다. 정치국은 부산 상인으로서의 안목과 수완을 자랑하면서 인천의 문화에 동화되어 갔고, 이규정은 울산의 지역적 필요를 자극하여 자신의 목적을 이루는 데에 성공했다. 이러한 대처법은 항구의 상인들이 극장을 짓는 데에 여론과 명분이 그만큼 중요했음을 간접적으로 증빙하였다.

항구의 상인들은 새로운 문물로서의 극장을 먼저 자각했고, 이를 조선으로 전파하기 위한 일련의 활동을 벌였으며, 실패와 한계를 벗어나서 보다 온전하게 지역극장을 이끄는 방식을 궁리한 주체(집단 혹은 세력)로 볼 수 있다. 본 연구 이후의 연구는 이러한 상인들의 네트워크와 공유된 전략에 대한 보다 정치한 근거와 분석에 맞추어져야 할 것이다. 본 연구는 이러한 시발점을 제공했다는 점에서 그 일차적 의의를 확보할 수 있을 것으로 기대된다.

참/고/문/헌

• 『동아일보』, 『매일신보』, 『시대일보』, 『매일경제』, 『중외일보』, 『조선일보』

• 『부산시사』(1권), 부산직할시사편찬위원회, 1989, 823면.

• 『조선총독부관보』, 1760면.

• 김남석, 「인천 애관 연구」, 『인천학 연구』(17호), 인천대학교 인천학연구원, 2012, 5~6면.

• 김순주, 「'영화 시장'으로서 식민지 조선」, 『한국문화인류학』(47권 1호), 한국문화인류학회, 2014, 135~172면.

• 박명진, 「1930년대 경성의 시청각 환경과 극장문화」, 『한국극예술연구』(27집), 한국극예술학회, 2008, 63~93면.

• 박선영, 「잡후린(囉侯麟)과 애활가(愛活家)」, 『대중서사연구』(19권 2집), 대중서사학회, 2013, 149-183면.

• 박섭 · 장지영, 『부산의 기업과 기업가 단체(1900~1945)』, 해남, 2000.

• 이승희, 「공공 미디어로서의 극장과 조선민간자본의 문화정치」, 『대동문화연구』(69권), 성균관대학교 대동문화연구원, 2010, 209~220면.

• 전우용, 『한국회사의 탄생』, 서울대학교 출판문화원, 2011, 455면.

• 최성연, 『개항과 양관 역정』, 경기문화사, 1959, 198면.

• 한상언, 「1910년대 경성의 극장과 극장문화에 관한 연구」, 『영화연구』(53집), 한국영화학회, 2012, 403~429면.

• 한상언, 「무성영화시기 경성의 영화관에 관한 연구」, 『한국영화

학회 학술발표대회 논문집』, 한국영화학회, 2010, 55~63면.

• 홍선영, 「경성의 일본인 극장 변천사」, 『일본문화학보』(43집), 한국일본문화학회, 2009, 281~305면.

• 홍영철, 『부산극장사』, 부산포, 2014, 24~50면.

• 황병주, 「식민지기 공적 공간의 등장과 공회당」, 『대동문화연구』(69권), 대동문화연구원, 2010, 276~279면.

• 中村資良, 『조선은행회사조합요록』(1921~1942년 판), 동아경제시보사.

2

한 국 의
지 역
극 장 들

1980년대 동아쇼핑센터 소극장과 지역연극

김재석

1. 서론

1980년대 대구지역에서 첫 번째 소극장은 분도(分度)이다. 1980년 7월에 개장한 소극장 분도는 '현대예술제 한판 80'을 기획하는 등 의욕적인 활동을 펼쳤으나, 경영난을 견디지 못하고 1981년 7월에 폐관되고 말았다. 한동안 소극장다운 소극장 하나 없는 상태가 계속되다가, 1982년 5월에 극단 원각사의 대표로 활동하고 있던 이필동이 누리예술극장을 개관하였다. 극단 원각사가 누리예술극장의 전속 단체였기 때문에 공연작품의 확보가 용이하므로, 소극장 분도에 비해 경영면에서 유리한 점이 많을 것으로 여겨졌으나 결과는 크게 다르지 않았다. 소극장 경영에 어려움을 겪고 있던 차에, 1983년 4월에 대구에서 일어난 나이트클럽 초원의 집 화재 사건으로 결정타를 맞게 되었다. 소방당국에서는 소극장 누리에게 소방법에 맞는 안전시설을 갖추도록 요구하였으나, 거기에 소요되는 경비를 마련하지 못하였다. 결국 소극장 누리는 1983년 7월에 폐관되고 말았다.[1] 의욕적으로 출발했던 대구지역 소극장 두 곳이 모두 겨우 1년 정도밖에 버티지 못한 것이다.

누리예술극장이 운영난을 타개하려고 노력하는 과정에서 흥미로운 일이 하나 일어났다. 1983년 1월에 누리예술극장이 극장명에서 '예술'을 삭제하고 소극장 누리로 명칭을 바꾼 것이다.[2] 앞으로 소극장 누리에서 공연되는 작품의 '예술성'을 판단하지 않고, 극장을 필요로 하는 어떠한 작품에게든지 문호를 개방하겠다는 입장의 선언이겠다. 소극장 누리의 이러한 입장은 소극장의 본래적 사명, 즉 "새로운 연극 창조를 위한 실험적인 장"[3]으로서의 역할을 포기하겠다는 것으로 받아들여진다. 1970년대 이래 견지되어오던 대구지역 소극장운동의 의식이 변화되고 있음을 보여준 상징적 사건이라 하겠다.

소극장과 실험성은 떼려고 해도 뗄 수 없는 관계이다. 1887년에 프랑스의 앙뜨와느(André Antoine)가 설립했던 소극장 떼아뜨르 리브르(Théâtre Libre)는 유럽 최초의 독립극장이었다. 떼아뜨르 리브르는 당국의 검열로 인하여 대극장에서 공연될 수 없었던 입센의 〈유령〉(Ghost)을 적극적으로 공연함으로써 자연주의극이 확산되는 계기

---

1) 대구지역 소극장 분도와 누리에 대해서는 김재석, 「1980년대 초 대구지역 소극장 '분도'와 '누리' 연구」(『한국연극학』(44호), 한국연극학회, 2011)을 참조.
2) 『대구매일신문』, 1983. 1. 19. "극장관계자들은 관객들에게 좀 더 참신한 이미지를 심어 준다는 점과 부르기에 누리예술극장은 너무 길다는 점에서 예술극장이란 말을 뺀 누리로 결정지었다는 것"이라고 했다. 이 시기에는 이필동 대표로부터 배우 황철희로 운영권이 이전된 상태였다.
3) 정호순, 『한국의 소극장과 연극운동』, 연극과인간, 2002, 13면.

를 만들어내었다. 떼아뜨르 리브르의 이러한 성과는 회원제 공연이라
는 방식으로 소극장을 유지할 수 있어서 자본으로부터 독립이 가능했
기 때문에 얻어진 것이다. 그렇지만 떼아뜨르 리브르 역시 재정적 어
려움은 많았고, 우여곡절 끝에 1896년에 폐관되고 말았다. 활동 기간
이 10년이 채 되지 않음에도 불구하고, 근대극운동에 종사하고 있는
세계 각국의 연극인들에게 있어서 떼아뜨르 리브르는 유럽의 어떤 대
극장보다 훨씬 더 강력한 힘을 가진 모범적 사례가 되고 있다.[4]

이러한 상황에 비추어 볼 때, 누리예술극장이 극장명에서 '예술'을
떼어낸 것은 바로 근대극 형성기부터 유지되어 오던 소극장운동 정
신으로부터 자유로워지고 싶다는 심정의 고백임이 분명한 것이다. 즉
소극장의 실험성에 대한 심적 부담을 없앰으로써 대중의 기호에 맞는
작품을 쉽게 공연할 수 있는 길을 열어보고자 한 것이다. 소극장 누리
에서는 직접 언급하지 않았으나, 대중성이 강한 작품을 공연하여 수
익을 올림으로써 소극장을 유지하는 것이 당면 목표였던 것이다. 그
러한 노력에도 불구하고 소극장 누리는 결국 폐관되어, 대구지역에서
소극장다운 소극장을 운영하는 것이 얼마나 어려운 일인지를 알게 해
주었다.

대구지역 연극계의 이러한 분위기 속에 개관되었으므로, 지역 연극
인들이 동아쇼핑센터소극장에[5] 거는 기대가 남달랐던 것은 당연한

---

4) 일본에서 신극운동을 주도했던 오사나이 카오루(小山內薰)가 설립한 극단의 명칭
도 떼아뜨르 리브르를 번역한 지유게키죠(自由劇場)였다. 식민지조선에서는 홍해
성과 김우진이 떼아뜨르 리브르(자유극장)를 신극운동의 모범으로 꼽고 연구의 대
상으로 삼았다. 김우진, 「자유극장 이약이」, 『개벽』, 1926. 5 ; 홍해성 · 김우진, 「우
리 신극운동의 첫길」, 『조선일보』, 1926. 7. 25~8. 2.
5) 동아백화점을 운영하고 있던 화성산업에서는 1983년 2월부터 대구 염매시장 일

일이었다. 1984년 12월에 개관한 동아쇼핑소극장은 지역에서 상업자
본이 독자적으로 개관한 첫 번째 소극장에 해당한다.[6] 그 무렵에 백
화점 업계가 소극장 운영에 적극적 의지를 표방하고 나선 것은 전국
적으로도 흔하지 않은 사례였다는 점에서 주목받을 만하다. 1980년
대 중반의 서울에는 약 25개 정도의 소극장이 운영되고 있었으나, 백
화점이 주도적으로 운영하는 소극장은 없었다.[7] 그 당시 서울 백화점
계의 선두 주자였던 신세계, 롯데, 현대 등에서는 소극장을 특별히 운
영하지 않았으며, 뉴코아 백화점의 소극장은 "만화영화 전용관"[8]으로
사용되고 있었다. 대부분 백화점의 문화센터에 공연이 가능한 공간이
있기는 하였으나, 특별히 연극을 위한 소극장으로 운영할 계획은 없
는 상태였다. 그러나 동아쇼핑소극장은 기획 및 대관 공연에 그치지
않고, 자체적으로 공연을 하기위해 전속극단까지 창단했던 것이다. 그
영향으로 인하여, 1986년 5월에 지역의 또 다른 백화점인 대구백화점
에서 소극장을 개관하는 성과를 얻었다는 점도 대구지역 연극사에서
동아쇼핑소극장을 중요하게 다루어야 하는 이유가 된다.

　동아쇼핑소극장은 그 이전이나, 혹은 그 무렵 운영되고 있던 대구
지역의 다른 소극장에 비해 월등히 뛰어난 시설을 갖춘 것이 강한 경
쟁력이었다. 동아쇼핑소극장은 뒤이어 개관한 대백소극장에 비해서

부 지역(덕산 제1지구)의 재개발 사업 일환으로 동아쇼핑센터 설립에 착수하였고,
　1984년 12월에 지하 3층 지상 12층 규모의 건물을 준공하였다.
6) 서술상의 편의를 위해 앞으로는 동아쇼핑소극장과 대백소극장으로 줄여 부르기로
　한다.
7) 차범석, 『한국 소극장 연극사』, 연극과인간, 2004, 219면. 국립극장소극장과 문예회
　관소극장은 제외한 수치이다.
8) 정호순, 『한국의 소극장과 연극운동』, 연극과인간, 2002, 214면.

도 그 시설이 월등 할 정도로 잘 갖추어져 있었다.[9] 시민회관 소극장
을 제외하면, 그 무렵 대구지역 소극장의 여건은 너무나 열악했다. 예
를 들어, 1985년 3월에 개관한 아미문화공간은 화실을 개조한 탓에
너무 협소하여 극인물이 소수인 작품만 겨우 공연 가능한 정도였다.[10]
동아쇼핑센터의 8층에 위치한 소극장은 다목적 공연장으로 설계되었
으며, 비둘기홀과 스타홀로 구성되어 있었다. 그중에서 연극공연에 더
욱 적합했던 비둘기홀은 "객석 150석, 그중 고정석 80석과 이동석 70
석"이었고, "용도에 따라 공간크기를 가감할 수 있는 가변성", 그리고
"공연형태에 따라 무대위치를 이동하여 삼면무대나 원형무대로 바꿀
수 있"[11]는 특징을 가지고 있었다. 스타홀은 전면에 액자형 고정 무대
(proscenium stage)가 있는 210석 규모의 극장이었는데, 영화 상영기
기와 "클래식 음악감상 및 공개방송을 할 수 있는 고성능 Audio시스
템"[12]을 갖추고 있었다.

동아쇼핑소극장의 개관에 대하여 지역 연극계의 반응은 대체로 호
의적이었다. 좋은 시설을 갖춘 소극장에서 제대로 된 공연을 하고 싶

---

9) 대백소극장은 동아쇼핑소극장 보다는 못하지만, 여느 대구지역의 여타 소극장에 비
해서는 훨씬 더 나은 시설을 갖추고 있었다. 1980년대 중반 본관의 리뉴얼 공사를 시
작한 대구백화점은 구 시립도서관 자리를 임대해서 '대백별관'으로 사용하고 있었는
데, 그곳에 액자형 고정 무대가 있는 140석 규모의 대백소극장을 마련하였다. 대구백
화점 오십년사 편찬위원회, 『대백50년사』, 대구 : 대구백화점, 1995, 416면.
10) 동성로 중앙파출소 인근에 위치하고 있던 화가 김삼학의 화실이었다. 그 당시에
는 조명 및 음향 시설이 갖추어져 있지 않은 가톨릭근로자 회관의 강당을 연극 공
연장으로 사용하는 경우가 많았다. 그 이후 극단 우리무대, 극단 처용, 극단 객석
과 무대 등에서 소극장을 만들기는 하였으나, 시설 면에서 동아쇼핑소극장을 따
라갈 수가 없었다.
11) 화성산업(주)동아백화점, 『화성산업(주) 동아백화점 삼십년』, 대구 : 화성산업
(주)동아백화점, 1990, 262면.
12) 위의 책, 위와 같은 곳.

었던 소망을 이룰 기회가 왔기 때문이겠다. 이 글은 여기에서 출발을 한다. 그 이전에 경험해보지 못한 훌륭한 시설과 새로운 체제의 소극장 등장이 소극장 분도와 소극장 누리의 실패를 경험했던 대구지역의 소극장운동에 어떠한 영향을 미쳤는가를 알아보고자 한다. 다시 말하자면, 1980년대 대구지역 소극장 운동사에서 동아쇼핑소극장이 차지하는 위치를 가늠해보고자 하는 것이다. 1980년대의 동아쇼핑소극장 활동에서 가장 중요한 시기를 꼽으라면, 단연 전속극단을 설립하여 운영했던 1986년부터의 1년간이라는 데 이의가 있을 수 없다. 이 글에서는 1986년을 중심에 두고 1980년대 동아쇼핑소극장의 활동을 3기로 나누어 살펴보고자 한다. 전속극단 설립 이전 시기를 제 1기로, 전속극단의 활동시기를 제 2기로, 그 이후를 제 3기로 나누어 공연작품의 특징을 살펴보는 방식을 취할 것이다.

2. 제 1기 : 소극장의 방향 설정

제 1기는 소극장 개관부터 비둘기극단이 창단되는 1986년 5월까지이다. 동아쇼핑소극장의 운영 방향이 마련되고, 그 가능성을 시험했던 시기에 해당한다. 동아쇼핑소극장은 문화사업부에서 관리하였으며, 극단 원각사의 대표인 이필동(아성)이 과장으로 영입되어 문화센터와 소극장을 관리하였다.[13] 1984년 12월에 개관하자마자, 동아쇼핑소

---

13) 정확히 언급하자면 동아쇼핑소극장의 운영주체는 동아쇼핑센터 문화 사업부가 되겠지만, 이 글에서는 편의상 동아쇼핑소극장이라 부르기로 한다. 문화센터 운영에 대해 확인이 필요한 부분, 특히 내부적 문제에 대해서는 한전기와 대면 인터뷰

극장은 대구지역을 대표하는 공연장으로 떠올랐다. 소극장의 시설은 물론이고 위치까지 좋은 이점을 살려 동아쇼핑 문화센터에서 적극적으로 공연기획에 나섰기 때문이다. 서울을 위시한 타 지역의 작품을 초청하기도 하고, 공연을 원하는 대구지역 극단에게 장소를 임대해주어 개관 첫 해부터 지역의 공연장 중에서 가장 많은 수의 공연을 소화하는 성과를 올렸다.

동아쇼핑소극장은 '개관기념공연'과 '모노드라마시리즈'를 기획하여 소극장의 존재를 부각시키려 했다. 1984년 12월 15일부터 12월 25일까지 계속된 개관기념공연에서는 지역 극단인 원각사가 〈연인과 타인〉(*Lovers and Other Strangers*)을 공연하였고, 서울 민중극장의 〈귀족수업〉이 초청공연 되었다.[14] 원각사의 〈연인과 타인〉은 미국의 극작가 르네 테일러(Renée Taylor)와 죠셉 볼로냐(Joseph Bologna)의 공동 작품인데, 극장을 찾은 관객이 부담 없이 웃고 즐길 수 있는 브로드웨이 방식(Broadway type)의 희극이다. 원각사가 공연한 이 작품은 원작을 그대로 번역한 것이 아니다. 원작에서 미국적 감수성이 강하여 한국 관객에에 맞지 않다고 판단된 부분을 들어내는 대신, 또 다른 외국 작품에서 필요한 부분을 따와서 번역자 정진수가 새롭게 구성한 작품이다. 정진수판 〈연인과 타인〉이 되는 셈인데, "원작 자체가 고도

를 통하여 사실 확인 과정을 거쳤다. 현재 대경문화산업연구소의 소장을 맡고 있는 한전기는 그 당시 문화센터 직원(계장)으로 소극장 관련 실무를 담당하였고, 비둘기극단의 연출가로 활동했었다. 한전기와 인터뷰는 2013년 11월 22일 오후 4시 30분부터 대경문화산업연구소에서 90분간 진행되었다. 앞으로 인터뷰를 인용할 경우에는 "한전기 인터뷰, 2013. 11. 22."라고만 표기하기로 한다.

14) 개관기념공연에서 두 편의 아동극이 더 있었다. 서울인형극회가 〈엄마랑 함께 보는 인형극〉, 민중극장이 〈신데렐라〉를 공연했다. 아동극에 관해서는 별도로 논의의 자리를 마련하기로 한다.

의 문학성 내지는 예술성을 띤 불후의 명작이 아니라 현지 관객들에
게 비교적 세련된 하루 저녁의 즐거움을 선사하는 작품"[15]이기 때문
에 한국적 감수성에 맞게 편집하여도 그리 큰 문제가 아니라는 입장
이었다. 여기서 〈연인과 타인〉의 작품 성격을 충분히 짐작할 수 있다.
동아쇼핑소극장을 찾는 관객들에게 비교적 세련된 하루 저녁의 즐거
움을 선사하는 공연이라는 입장에서 〈연인과 타인〉을 선택하였던 것
이다.

　원각사의 개막 작품 선택 이유는 〈귀족수업〉에도 그대로 적용
될 수가 있다. 〈귀족수업〉은 몰리에르(Molière)의 〈서민귀족〉(*Le
Bourgeois Gentilhomme*)을 각색한 것인데, 루이14세 치하의 프랑스
귀족들의 허위의식을 풍자한 작품이다. 졸부근성으로 가득 차 있는
주르댕(Jourdain)이 평민의 신분에서 벗어나기 위해 온갖 술수를 다
부리지만, 자신의 딸 루실(Lucille)을 결국에는 평민과 결혼시키고 만
다는 내용이다. 자신의 딸이 귀족이 아니라 평민과 결혼한다는 사실
을 주변의 모든 사람들은 알고 있지만, 계략에 넘어간 주르댕 혼자 모
른 채 기쁨에 차 있는 마지막 장면이 이 작품의 백미이다. 그러나 〈서
민귀족〉이 1980년대 한국에서 공연될 때 풍자의 효과는 극소화되고
만다. 극상황이 공연 당시의 사회적 상황과 긴밀성이 약한 경우 웃음
을 통한 비판이라는 효과가 급격히 감소되고 마는 풍자극 특유의 성
질 때문이다. 민중극장이 공연한 〈서민귀족〉은 1980년대 한국의 관
객들이 극상황의 의미를 자신의 입장에서 적극적으로 해석할 수 있는
계기가 준비되어 있지 않은 작품이다. 결국 과거 어느 시기에 프랑스

---

15) 정진수, 「역자의 말」, 『연인과 타인 팸플릿』, 원각사, 1981. 2. 19~3. 2(분도소극장)

에 살았던 희극적 인물의 우스꽝스러운 행동과 사건으로 관객들에게 웃음과 즐거움을 안겨주는 가벼운 희극 작품이 되어버리는 것이다.

개관기념 공연작 두 편은 동아쇼핑소극장의 운영 방향을 분명하게 보여주었다. 즉 동아쇼핑소극장은 '흥행의 안전성'을 제일 목표로 하고 있으며, 그것을 위하여 관객들이 편안하게 볼 수 있을 희극적 작품을 선호하고 있다는 것이다. 이러한 지향점을 가진 동아쇼핑소극장에서 당대 대구지역 연극에 영향을 남길 만한 실험적 작품이 공연되기 어려운 것은 당연한 일이다. 동아쇼핑소극장의 지향은 서울의 민중극장과 대단히 비슷하다. 개관 기념 공연작 두 편은 모두 민중극장의 정진수가 번역한 작품이며, 원각사가 공연한 〈연인과 타인〉은 민중극장이 1980년 11월에 엘칸토극장에서 '섹스코미디'라는 수식을 붙여 공연한 바가 있다.[16] 민중극장과 동아쇼핑소극장의 밀접한 관계를 충분히 짐작 할 수가 있다. 개관 기념공연에서 파악되는 것은 동아쇼핑소극장이 대구지역에 있기는 하지만 서울의 민중극장의 영향권 안에 있었다는 점이다.

1963년에 동인제극단으로 창단된 민중극장은 "즐거우면서도 품격 있는 연극의 창조"[17]를 선언하였다. 그 목표가 애매하기 때문인지, 민중극장의 공연연보를 보면 특정한 사조, 혹은 양식에 대한 지향성이 전혀 발견되지 않을 정도로, 고전극에서부터 현대극, 그리고 번역극과 창작극 등이 마구 뒤섞여 있다. 1970년대 들어서면서 번역극의 경우, 관객이 보기 편안한, 그리고 서양에서 공연되어 인기를 얻은 작품

---

16) 『동아일보』, 1980. 11. 18.
17) 유민영, 「민중극장 20년」, 『한국연극』, 1984. 1, 20면. 이근삼, 김정옥, 양광남, 최명수 등이 초창기 동인이었다.

을 주로 선택하고 있다. 예를 들면, 대극장 공연작품으로는 조지 카우프만(George S. Kaufman)의 〈우리 집 식구는 아무도 못 말려〉(*You Can't Take It With You*, 1978), 뮤지컬 〈아가씨와 건달들〉(*Guys and Dolls*, 1983)이 있고, 소극장 공연작품으로는 셀라 딜래니(Shelagh Delaney)의 〈꿀맛〉(*A Taste of Honey*, 1976), 〈연인과 타인〉(1980) 등이 대표적이다. 대중극장의 공연에서는 실험적인 작품이 배제되는 까닭에 한국 연극계에 신선한 자극을 주는 바는 그리 크지 않다. 그 대신 외국에서 공연이 성공하여 명성이 높은 작품을 주로 선택하기 때문에 흥행에 참패할 위험성이 적다는 점이 민중극장 방식의 강점이 된다. 동아쇼핑소극장 역시 실험적 작품보다는 흥행 가능성이 높은 작품을 선택하려 했고, 그 가능성을 서울의 민중극장의 지향점에서 발견한 것이다.

흥행의 안전성을 지향하는 동아쇼핑소극장의 특성은 모노드라마 시리즈 기획에서도 나타난다. 배우 한 사람이 출연하는 모노드라마는 연극의 본령이라 하기 어렵지만, 경제적인 측면에서 상당한 이점이 있어 기획 제작자들은 선호하는 경향이 있다. 한 명의 배우와 약간 명의 제작진만 있으면 공연이 가능하기 때문에 제작 경비도 적게 들고, 전국을 순회공연하기에도 용이하기 때문이다. 1977년 추송웅의 〈빠알간 피터의 고백〉으로 촉발된 관객의 관심이 1980년대에도 이어지고 있어서, 흥행에 안전성이 담보된다는 점이 동아쇼핑소극장 기획의 계기가 되었을 것이다. 그 무렵 공연되는 모노드라마 중에서도 작품의 수준이 참으로 낮은 〈당신의 어릿광대는 어디로 갔습니까〉를 선택한 것도 그 점을 확인 시켜준다. 동아쇼핑소극장에서는 여성잡지사의 기획협찬으로 서울에서 많은 관객을 모아 화제를 불러일으켰던 상황

을 대구지역에서 재연하고 싶은 마음이 있었을 것이다.[18]

1985년 2월 9일부터 3월 17일까지 계속된 모노드라마시리즈 기획 공연에는, 〈매호씨 거기서 뭐하는거요〉(김성구), 〈당신의 어릿광대는 어디로 갔습니까〉(양일권), 〈우리들의 광대〉(유현종 원작, 추송웅 각색), 〈목소리〉(장 콕토), 〈카스파〉(피터 한트케) 등 다섯 편이 연이어 무대에 올랐다. 추송웅의 〈우리들의 광대〉는 1979년 4월부터 공연을 시작하여 1983년 10월에 400회를 돌파한 작품이었고,[19] 1983년 극단 에저또에서 시작한 〈카스파〉는 최선택으로 시작하여 주진모로 배우가 바뀐 그 무렵까지도 서울에서 인기몰이를 하고 있는 작품이었다.[20] 인기 높은 작품을 앞세운 기획이었기 때문에 대구에서도 관객 동원은 성공적이어서 동아쇼핑소극장의 인지도를 크게 높일 수가 있었다. 〈매호씨 거기서 뭐하는거요〉가 공연되어 대구 관객에게 무언극 (pantomime)이라는 새로운 관극 체험을 안겨준 것, 그리고 지역배우 류강국(〈당신의 어릿광대는 어디로 갔습니까〉), 송정희(〈목소리〉)에게 모노드라마 공연의 기회를 제공한 것이 특기할 만한 일이었다.

---

18) "도대체 왜 이런 연극이 공연되어야 할까? (중략) 기승전결이 있고 관객이 분리된 무대 위의 환상에 기초한 서구연극에 대한 반발이라기에는 너무도 유치한 대안이다. 이런 연극이 최신의 유행사조와 패션감각을 대표하는 모 여성 잡지의 애독자를 할인 초대하는 등의 특수한 기획동원에 의해 5만 이상의 인스턴트 관객들 앞에서 행해졌다. 이것은 무엇을 의미할까?" 김방옥, 『「약장수」, 「신의 아그네스」 그리고 마당극』, 문음사, 1989, 130면.

19) 안치운, 『추송웅 연구』, 청하, 268 280면 참조.

20) 『동아일보』, 1983. 5. 19 ; 『동아일보』, 1983. 11. 7.

3. 제 2기 : 전속극단을 통한 실천

개관 이후 기획공연에 주력하던 동아쇼핑문화센터에서는 1985년 5월에 전속 극단의 창단 작업에 착수했다. 동아쇼핑소극장을 찾는 관객 수가 기대 이상이었고, 문화센터의 여러 강좌까지 인기를 끌자 문화센터에서 제안한 전속극단 창단을 동아쇼핑이 적극 수용하면서 이루어졌다.[21] 제 1기의 기획 공연 사이에 이미 〈아일랜드〉(아놀 후가드 외)와 모노드라마 〈당신의 어릿광대는 어디로 갔습니까〉, 〈목소리〉를 자체 제작한 바가 있어서 극단 창단을 위한 사전 준비 작업도 이미 이루어진 상황이었다. 동아쇼핑에서는 "향토 예술문화 발전을 더욱더 능동적으로 수행"[22]한다는 목적 하에 전속 극단에 소속되는 연극인들을 유급직원으로 대우할 것을 약속하였다.

흔히들 지방예술이다, 혹은 지역문화다 라는 말들을 하지만, 특히 문화에 있어서는 90%이상이 서울중심이라는 것은 부인할 수 없는 일이다. 진정한 의미의 지방문화를 형성하기 위해서는 지역주민에 의해 지역문화가 창조되고, 또 나아가 그 지역을 평생의 고향으로 알고 작업할 수 있는 분위기가 조성되어야 한다. 그런 풍토에서 나오는 작품이 로컬리티가 강하고 지역의 특수성이 강조될 때 지역문화 창달은 비로소 가능해지는 것이다.[23]

---

21) 한전기 인터뷰, 2013. 11. 22.
22) 화성산업(주)동아백화점, 앞의 책, 273면.
23) 위의 책, 273면.

동아쇼핑소극장은 지역 연극이 서울에 종속되는 것을 피하고, 지역의 특성이 살아 있는 연극을 만드는 데 일조하겠다는 의도를 분명히 하였다. 6월에 "연출, 연기, 무대예술분야에 걸쳐 1차로 12명을 모집"하였고, "전속극단의 명칭은 동아의 상징인 비둘기극단으로 정했다."[24] 대구지역에서는 "신극 70여년 사상 단원에게 월급을 주고 운영하는 극단은 국립극단 다음으로 동아문화센터 전속극단이 두 번째"[25]라면서 환영의 뜻을 표했다. 지역을 넘어서서 전국적으로 주목받는 소극장으로 나아간 것이다.

비둘기극단은 "연중무휴 공연이란 운영방침"[26]을 정했고, 이를 지키기 위하여 많은 노력을 기울였다. 비둘기극단은 창단작품으로 1985년 8월18일부터 8월28일까지 박우춘의 〈무엇이 될꼬하니〉를 이필동의 연출로 공연하였다. 이어서 스트린드베리(August Strindberg)의 〈미스 줄리〉(Miss Julie), 머레이 쉬스갈(Murray Schisgal)의 〈루브〉(Luv), 〈이수일과 심순애〉, 사무엘 베케트(Samuel Beckett)의 〈고도를 기다리며〉(Waiting for Godot), 해롤드 핀터(Harold Pinter)의 〈티타임의 정사〉(The Lover), 존 파울즈(John Fowles)의 〈나비사냥〉(The collector), 이오네스코의 〈대머리 여가수〉를 공연하였다. 거의 매달 신작을 공연할 정도로 활발한 활동을 펴고 있던 비둘기극단은 1986년 5월에 "내외적으로 여러 가지 복합적 요인이 겹쳐 이오네

---

24) 위의 책, 274면. 동아쇼핑에서 유급직원으로 확보한 인원은 아동극단의 배우들까지 포함한 인원이다. 이필동은 "김명규, 박동과, 류득천, 김종대, 이헌, 송정희, 최경화, 김동희, 김은경, 조선우 등 17명의 단원을 전속"으로 확보하였다고 밝혔다 (이필동,『새로 쓴 대구연극사』, 한솔, 2005, 300면).
25) 『대구매일신문』, 1985. 5. 30.
26) 화성산업(주)동아백화점, 앞의 책, 274면.

스코 작, 이필동 연출의 〈대머리 여가수〉를 끝으로[27] 해산되었다. 비둘기극단이 활동했던 1년이 채 못 되는 기간 동안에 9편이나 공연한 사실은 그들의 열정이 얼마나 컸던가를 충분히 말해주고 있다. 그러나 작품의 선정은 관객들이 좋아할 만한 작품을 선택하여 공연하는 흥행 안정성을 그대로 이어나가고 있어서, 전속극단을 보유한 강점을 제대로 살리지 못한 점이 있다.

제 1기의 작품과 비교 했을 때, 제 2기의 작품들은 남녀 사이의 사랑에 좀 더 많은 비중이 주어진 특징이 있다. 〈미스 줄리〉는 귀족 신분의 여성 줄리와 그 집의 하인 쟝(Jean), 〈루브〉는 고교 동창인 밀트(Milt)와 해리(Harry), 그리고 두 사람과 모두 결혼하게 되는 여성 엘렌(Ellen), 〈티타임의 정사〉는 남편 리처드(Richard)와 부인 사라(Sarah), 〈나비사냥〉은 프레데릭 클렉(Frederick clegg)과 납치당한 여인 미란다 그레이(Miranda Grey)의 밀고 당기는 관계 속에서 극사건이 전개된다. 거기에 낡은 신파적 사랑 이야기 〈이수일과 심순애〉까지 포함하면 비둘기극단이 얼마나 강하게 사랑 이야기에 포박되어 있었는지를 알 수가 있다. 이러한 강박은 동아쇼핑소극장이 극장의 소유주인 동아쇼핑을 강하게 의식하고 있었음을 알게 한다. 동아쇼핑의 입장에서는 소극장의 관객이 백화점의 소비자로 연결되는 것이 가장 이상적이다. 소극장에 관객이 많아야 백화점에 실질적 이득을 줄 수 있으므로, 동아쇼핑소극장에서는 '실험적 연극'보다는 '대중적 연극'을 선호하게 되었던 것이다. 더욱이 동아쇼핑소극장을 책임지는 위치에 있었던 이필동은 소극장 누리를 개관했다가 실패를 맛본 경

---

27) 이필동, 앞의 책, 302면.

험이 있으므로, 무엇보다도 소극장의 유지를 중요하게 판단하였을 것
이다. 백화점에 소속된 소극장이라는 조건과 소극장 운영에 실패하고
싶지 않다는 운영진의 의식이 결합되어, 작품의 '실험성'보다는 '대중
성'에 더 무게를 주는 소극장의 지향점이 설정된 것이겠다.

　비둘기극단이 지녔던 대중성에 대한 강박증은 연극에 대한 보도 자
료를 통해서도 확인이 된다. 근대연극사에서 자연주의극의 대표작
으로 인정받고 있는 〈미스 줄리〉를 "불륜의 관계로 심한 죄책감에 빠
진 한 처녀의 강박관념을 심도 있게 그"[28]린 작품이라 하거나, 〈티타
임의 정사〉를 "권태기에 접어든 한 부분의 정신착란적 사랑의 유희를
통하여 현대인의 대화의 단점과 사랑의 부재를 그리고 있다"[29]고 했
던 설명이 그러한 점을 보여주는 좋은 예이다. 〈미스 줄리〉에서 줄리
와 장의 관계는 불륜의 문제가 아니며, 이 작품은 줄리가 "자존심이
궁극적으로 의존하고 있다고 할 일관성의 원칙이 자기에겐 부족하다
는 진실을 깨달"[30]아 가는 과정을 그린 자연주의극이다. 〈티타임의 정
사〉라는 야릇한 제목으로 공연되는 〈정부〉(The Lover)의 경우, "결혼
이라는 제도 하에 사는 중산층 부부는 점잖음과 정중함을 중요시"하
기 때문에 "남녀 간의 정열적인 섹스는 결혼과 공존할 수 없는 별개의
것"으로 간주하고 살아가는 현대인의 "기존의 관행 및 통념"[31]에 문제
를 제기하려는 작가의도 역시 왜곡되어 있다. 이러한 상황에서는 존

---

28) 『대구매일신문』, 1985. 9. 4. 신문에 실리는 작품 소개는 극단에서 보낸 보도 자료
　　를 요약하는 경우가 일반적이다.
29) 『대구매일신문』, 1986. 2. 1.
30) 리챠드 길만, 박용목 옮김, 「A. 스트린드베리의 연극세계」, 『공연과 리뷰』(76호),
　　현대미학사, 2012, 139면.
31) 해롤드 핀터, 김세영 옮김, 『해롤드 핀터 전집 3』, 평민사, 2002, 290면.

파울즈(John Foweles)의 〈수집가〉(The Collector) 역시 변질되어 버
린다. 극에서 "나비를 수집하고, 미란다를 수집하고, 결국 또 다른 M,
마리엔(Marien)에 이르기까지 무의식의 욕망을 따라 움직이는 클렉
의 모습"[32])을 여성을 납치하여 밀실에 가두어 놓고 즐기는 변태적 남
성으로 만들어버린다. 관객의 호기심을 자극하여 흥행의 안전을 확보
하려는 동아쇼핑소극장의 입장은 그 작품이 지닌 본질적 가치, 혹은
연극사적 실험을 무시한 채 대부분의 작품을 상업적 대중성이 강한
작품으로 변질시켜 버리는 것이다.

　워낙 유명한 작품인 〈고도를 기다리며〉와 〈대머리 여가수〉까지 포
함해서, 비둘기극단이 선택한 작품은 너무나 무난한 것들이어서 동아
쇼핑소극장만의 고유한 특색을 만들어내지 못하고 있다. 다시 말하자
면, '왜 지금, 대구지역의 소극장에서 이러한 작품이 공연되어야 하는
지'에 대한 고민이 결여된 작품 선택이라는 것이다. 경제적으로 안정
된 극단이 마땅히 해야만 하는 새롭고 실험적인 작품의 발굴 없이 과
거에 공연되었던 작품, 특히 지역극단인 원각사에서 주로 했던 작품
을 재공연 한 것도 그러한 입장을 보여주고 있다. 기왕의 작품을 재공
연하는 자체가 문제가 아니라, 동아쇼핑소극장의 전속극단으로서 그
작품을 공연해야 하는 이유를 분명하게 설정하지 못했다는 점은 지적
되어야 한다. 비둘기극단의 공연작품은 당시 대구지역 연극계의 공연
수준에 비해 높은 완성도를 보여준 것은 틀림없지만, 대구지역 연극
계에 신선한 자극을 던져주지는 못했던 것이다.

---

32) 도세영 · 나병우, 「〈콜렉터〉의 주인공에 대한 정신분석학적 연구」, 『인문학논총』
　　(32집), 2013, 93면.

공연의 안전성을 추구하는 비둘기극단의 입장은 초청 및 기획 공연
에도 영향을 미쳤다. 그로토프스키의 〈워칭〉(Watching)을 장두이가
모노드라마로 각색한 〈아소님하〉, 추송웅의 〈빠알간 피터의 고백〉을
제외하고는 작품성에서 내세울 만한 초청작품이 없다. 극단 은세계가
공연한 〈콜렉터〉는 〈나비사냥〉과 동일한 작품이고, 서울 대중극장의
〈병사와 수녀〉(Heaven Knows, Mr. Allison)는 이른바 '벗는 연극'[33]의
부류에 든 작품이다. 기획 공연 작품도 예외가 아니었다. '향토연극축
제'라는 명칭으로 지역의 세 극단을 초청하여, 3일간 소극장을 무료로
대여해 공연 하도록 하였다. 자금력이 약한 지역극단에게 좋은 시설
의 소극장을 사용하도록 배려하였다는 측면에서 가치 있는 기획이었
다. 극단 에루야가 김용락의 〈연약한 침입자〉, 극단 맥이 〈돌아이들의
행진〉, 극단 처용이 우고베티(Ugo Betti)의 〈암산양섬의 범죄〉(Crime
on Goat-Island)로 참가하였다. 그러나 "향토연극 활성화"라는 동아
쇼핑소극장의 기획 의도가 무색하게도 세 극단은 비둘기극단과 동일
한 성향의 작품을 내어놓았다. 〈연약한 침입자〉는 "목사의 위선적인
사고방식과 창녀의 진실 된 면"을 그렸다고 했고, 〈돌아이들의 행진〉
은 심부름센터에는 "상상하지도 못했던 비인간적인 비윤리적인 일
만" 들어온다면서 호기심을 자극했다. 〈암산양섬의 범죄〉는 "소외와
버림 받은 과거를 지닌 3명의 여자만이 사는 외롭고 무료한 외딴섬에

---

33) 송영언, 「연극도 왜 벗기기만 하나」, 『동아일보』, 1986. 1. 29. 이 기사에서는 〈티타
임의 정사〉, 〈연인과 타인〉, 〈느릅나무 밑의 욕망〉 등을 같이 다루었다. 〈병사와 수
녀〉는 찰스 쇼(Charles shaw)의 소설을 각색한 영화에 기초한 작품이다. 원작은
인간의 본성에 대한 고찰이 중심을 이루지만, 한국에서 연극으로 공연되면서 '거
친 남자'와 '연약한 수녀'의 특수 관계에 집중한 홍보를 하여 논란을 많이 불러 일
으켰다.

홀연 젊은 사나이"[34]가 나타난 이야기라고 소개되었다. 동아쇼핑소극장의 극이라면 관객의 관심을 끌만한 선정적인 소재가 좋다는 생각에 대구지역의 신생 극단들도 감염된 것이다.

4. 제 3기 : 상업적 대중극의 요람

동아쇼핑소극장의 비둘기극단이 해체되자 대다수의 단원들은 떠날 수밖에 없었다. 동아쇼핑소극장이 출발할 때부터 주관해왔던 이필동을 위시한 핵심 인물들이 그만둠에 따라 동아쇼핑소극장 운영방침의 변화는 불가피 했다. 제 3기에는 다시 제 1기 때처럼 기획 및 대관 공연 위주로 운영되었지만, 점차 기획 공연은 축소되고 대관이 위주가 되어 갔다. 기획공연의 경우에는 동아쇼핑소극장이 자신의 지향점에 맞는 작품을 고를 수 있기 때문에, 공연작품의 방향성이 확보될 수가 있다. 제 1기의 경우처럼, 소극장운영에 무리가 가지 않는 안정성 위주의 작품 공연이라는 특성이 만들어질 수 있는 것이다. 그러나 대관의 경우에는 공연작품에 영향을 미칠 수가 없기 때문에 공연작품의 방향성은 찾을 수가 없게 된다.

제 3기의 동아쇼핑소극장에서 대관 공연된 작품 중에는 극단 시인의 〈만세! 전천후 선생님〉(장우담)이나 극단 한사랑의 〈비,풍,초,똥,팔, 삶〉(박철), 〈종이도시〉(박철)같은 지역 극단의 창작극 공연도 있지만, 대부분은 번역극 공연이었다. 지역극단인 우리무대가 샘 셰퍼드(Sam

---

34) 『대구매일신문』, 1985. 10. 22.

Shepard)의 〈매장된 아이〉(Buried Child)를 공연한 것을 제외하면 극
단 민중의 〈나비처럼 자유롭게〉(Butterflies are free)처럼 '현대통속
극'[35]이라 불릴 작품이 대세를 이루었다. 그 과정에서 동아쇼핑소극장
의 기획공연은 아동극 중심으로 옮겨갔고, 성인을 위한 연극에서는 한
발 물러서는 상황이 되었다. 대구지역 연극계를 주도하려 했던 동아쇼
핑소극장의 역할은 실질적으로 제 2기 때 마무리가 되고 만 것이다.

동아쇼핑소극장 제 3기의 성격을 잘 이해할 수 있는 사건이 하나 일
어났다. 1986년 9월에 극단 떼·풀이의 첫 작품인 〈햄릿〉의 공연을
동아쇼핑소극장에서 갑자기 금지시켜 버린 것이다. 극단 떼·풀이는
브레히트의 서사극 원리를 적극적으로 수용하여, 현실 비판적이면서
도 실험정신이 강한 작품을 공연한 극단이다.[36] 극단 떼·풀이는 시민
들이 전두환 정권에 대항하고 있던 당시 시국상황과 연결 시켜 셰익
스피어의 〈햄릿〉을 재구성하였으며, 작품 속에 시위대의 사진을 삽입
해 현실감을 높이려 했다. 동아쇼핑소극장에서는 그 사진을 문제 삼
아 공연장 대관을 갑자기 취소시켜버렸다. 극단 떼·풀이는 대관 기
간에 공연장을 떠나지 않고 항의를 계속하였으며, 그 사정을 모른 채
공연장을 찾은 관객들도 극장 측에 항의하기도 했으나, 극단 떼·풀
이의 〈햄릿〉은 동아쇼핑소극장에서 공연되지 못했다.

극단 떼·풀이의 〈햄릿〉과 같은 시도는 이미 서울의 극단76에서 여
러 차례 한 것이다. 기국서가 주축이 되어, 〈기국서의 햄릿〉(1981.4)
을 국립극장 소극장에서, 〈햄릿2〉(1982.11)를 문예회관 소극장에서,

35) 정진수, 「현대통속극에 나타난 성윤리」, 『한국연극』(77호), 1982. 8, 17~20면.
36) 김재석, 「대구지역 민족극운동 : 1983~1994」, 『한국 연극사와 민족극』, 태학사,
1998, 105면.

〈햄릿과 오레스테스〉(1984.5)를 문예회관 대극장에서 공연한 바가
있다. 첫 번째 시도였던 "〈기국서의 햄릿〉은 동시대의 젊은 대학생 관
객들을 '햄릿'으로, 시대에 대해 '참여냐, 방관이냐'를 고민"[37]하게 만
들었다. 전두환 정권 하에서 기국서의 시도는 시국과 관련되어 엄청
난 화제를 불러 일으켰다. 그럼에도 불구하고 공연취소 사태 없이 공
공극장에서 공연되었기 때문에, "외부로부터의 충격이 아니라 한국
연극 내부의 중요한 충격으로 자리 잡"[38]은 기국서의 전위극을 만들
어낼 수 있었던 것이다. 동아쇼핑소극장이 극단 떼·풀이의 〈햄릿〉에
공연장을 내어주지 않은 것은, 소극장 설립 당시 그들이 밝혔던 지역
연극의 발전에 대한 기여라는 명분에 더 이상 연연하지 않겠다는 선
언이나 마찬가지이다.

　소극장이 지녀야 할 최소한의 실험성마저도 포기한 동아쇼핑소극
장은 대구지역에 소재하는 극장 중의 하나로 전락해버렸다. 제 3기에
는 상업적 대중성이 농후한 작품의 공연이 절대적으로 증가했다. 동
아쇼핑소극장 만큼의 시설을 갖춘 소극장이 지역에 없기 때문에 관객
의 확보가 절대적으로 중요한 작품들은 이곳을 찾을 수밖에 없었다.
그러한 경향을 확실하게 보여주는 공연이 1989년 9월에 초청 공연된
로벨 또마(Robert tomas)의 〈뛰는 놈 위에 나는 놈〉(Double Jeu)이
다. 원래부터 예술적 성취를 염두에 두지 않은 상업적 대중성이 강한
작품이고, 특히 관객의 흥미를 자극하는 요소들이 가득한 수사물이기

---

37) 김옥란, 「5·18서사로서의 〈햄릿〉과 기국서의 연극사적 위치」, 『한국극예술연구』
　　(34집), 한국극예술학회, 2011, 242면.
38) 위의 글, 248면.

때문에 한국에서도 흥행에 성공한 작품이다.[39] 제목을 〈뛰는 놈 위에
나는 놈〉이라 자극적으로 붙였으나, 극단의 선전처럼 '치밀, 정교, 완
벽한 스토리'의 작품은 아니다.

　돈 많은 독신여성에게 접근하여 결혼을 하고 나서 차차 그녀의 돈
을 모두 갈취하고 살해해버리는 악당들이 있고, 그들을 체포하고자
하는 미모의 여성 경찰이 있다. 신분을 위장한 여성 경찰(프랑소와즈)
은 수사를 위하여 의도적으로 악당(리샤르)와 결혼하였다. 프랑소와
즈는 그들이 자신을 살해하고 돈을 갈취하려는 음모의 가운데 놓여
있으면서도 기지를 발휘하여 그들을 체포하는데 성공한다. 대부분의
수사물이 그렇듯이, 관객에게 혼란스러운 정보만 제공하다가 마지막
결론에 이르러 사실은 이러했다는 식으로 여성경찰이 모든 것을 설명
하면서 마무리한다. 공연하는 극단마다 조금씩 차별되는 재미를 넣기
도 하지만, 기본적으로 이 작품은 '시간 보내기 용 연극'의 범주를 벗
어나지 못한다. 이러한 작품을 동아쇼핑소극장의 소유주인 화성산업
의 창사 31주년 기념 작품으로 초청 공연한 것은 문제적이다. 동아쇼
핑소극장처럼 자본이 있고, 위치가 좋은 공연장에서 거리낌 없이 〈뛰
는 놈 위에 나는 놈〉을 공연하면, 대구지역 극단의 활동 영역은 축소
될 수밖에 없었다. 동아쇼핑소극장이 강한 대중성을 가진 작품으로
관객을 흡수하기 시작하면서, 상대적으로 시설이 열악한 소극장에서
공연하는 지역 극단들의 작품을 찾는 관객들이 줄어들었기 때문이다.

---

39) 1987년 극단 맥토에서 처음 공연한 이래, 지금까지 여러 극단들이 계속해서 공연
　　하고 있는 인기 작품이다.

5. 1980년대 동아쇼핑소극장의 의미─결론을 겸하여

서울은 거대한 도시이기 때문에 하나의 소극장이 연극계를 좌지우지하기는 어렵다. 그러나 부도심권이 약한 대구의 도시 특성상, 위치좋은 곳에 훌륭한 시설을 갖춘 극장의 등장은 상당한 변화를 불러 올수가 있다. 1970년대 대구지역 소극장운동의 결실이라고 할 소극장분도와 누리가 모두 1년 정도에 폐관되어 버린 뒤, 소극장다운 소극장이 없는 시기에 동아쇼핑소극장이 개관하였으므로 소극장의 긍정적역할에 대한 기대가 대단히 높았다. 동아쇼핑소극장에서도 의욕적으로 지역 소극장운동에 동참할 뜻을 피력하였다. 동아쇼핑소극장 측에서는 개관 그 자체만으로는 큰 의미를 가질 수가 없으므로, "이 공간이 지향해야 할 목표는 공간의 유지가 아니고 지방 문화예술계에 능동적인 기여"[40]를 하는 것이라고 했다. 대구지역 연극의 발전에 기여하는 소극장을 목표로 하고 있다고 밝힌 것이다.

지역 연극계가 동아쇼핑소극장의 개관을 한결같이 반기는 분위기속에서도 상업자본의 속성을 염려하는 우려의 목소리가 없었던 것은아니다. 지역연극인들은 "연극은 결코 돈이 되는 사업이 아니므로 기업가적 영리성을 추구하기에 앞서 이 땅 또는 이 지역문화예술의 육성발전을 도모한다는 사명의식"[41]을 가져야 한다고 주문했다. '기업가적 영리성'을 경계하는 목소리는 이익을 최우선으로 하는 자본의

---

40) 이필동, 「찬바람 속에 품은 뜨거운 불씨…」, 『아일랜드 팸플릿』(동아문화센터 제
   작공연, 1985. 1. 5~1. 21) 〈아일랜드〉의 공연은 아직 전속 극단이 창단되기 이전
   에 이루어졌으며, 문화센터에서 자체 제작하는 공연방식이었다.
41) 『대구매일신문』, 1985. 5. 30.

속성에 대한 염려에서 나온 것이지만, 이익을 크게 내기 어려운 소극
장의 본래적 한계를 명확하게 인식하고 운영해줄 것을 동아쇼핑소극
장의 운영자들에게 요구하는 것이기도 하다. 객석수가 많지 않은 소
극장의 특성상 매일 만석을 이루는 정도의 장기 흥행이 되지 않고서
는 이익이 창출되기 어렵기 때문이다. 더구나 소극장에서 실험성이
강한 새로운 연극을 시도할 경우, 낯선 연극을 찾는 관객의 수가 감소
할 수밖에 없으므로 현상 유지조차 힘들 수가 있다. 대구지역에서는
소극장 분도가 이미 그 점을 확인시켜 준 경험이 있다. 동아쇼핑소극
장이 대구지역 연극계의 발전에 이바지하고자 하는 목표를 제대로 수
행하기 위해서는 '백화점 자본'과 '소극장의 실험성' 사이에서 적절한
균형점을 찾아야 할 필요성이 제기되는 것이다.

소극장 연극으로 안정된 수익을 올리기 어렵다는 사실은 역사적으
로 이미 증명된 것이다. 파리의 떼아뜨르 리브르에서도 보았듯이, 기
성 연극계에 도전하는 실험적 연극을 하기에는 소극장이 유리하지
만, 지속적으로 극장을 유지하면서 연극인의 생활 안정까지 도모하기
에는 무리가 많이 따른다. 예를 들어, 1930년대에 극예술연구회를 이
끌던 유치진은 연극운동이 제대로 실천되기 위해서는 극단원의 생활
을 보장되어야 하나, 지금 형편은 그렇지 못하기 때문에 침체에 빠져
있다고 진단했다.[42] 그러한 상태에서 벗어나기 위해서, "(연극)기술자
양성과 관객층 조직, 대극장에서의 상설공연, 창작극 위주의 공연방침
과 같은 새로운 연극 방향을 제시"[43]하였다. 후일 그는 대극장인 부민

---

42) 유치진, 「조선극단의 현세와 금후활동의 다양성」, 『조선일보』, 1935. 7. 7 참조.
43) 이정숙, 『일제강점기 유치진 희곡 연구 - 관객지향성을 중심으로』, 경북대학교 박
    사논문, 2009, 100면.

관에서 연속적인 공연을 함으로써 자신의 주장을 현실화 시켰다. 세월이 많이 흘렀음에도 불구하고 유치진의 주장은 여전히 현실적인 유효성을 가지고 있다. 지금도 극단이 대극장 공연을 성공시키지 않고서는 연극으로 생활의 안정을 도모하기가 어렵기 때문이다. 그러므로 소극장운동이란 자신의 연극적 이상을 실천하기 위하여 필히 자기희생을 동반하는 활동이라는 점을 연극인들은 분명하게 인식하고 있어야 한다. 어쩌면 짧은 활동 기간 속에서도 강한 실험성을 가진 작품으로 긴 영향을 남기고 사라지는 것이 가장 이상적인 소극장운동일지도 모른다.

백화점자본이 만든 극장이라는 우려 속에서도, 지역 연극계의 발전에 기여하겠다는 동아쇼핑소극장의 목표는 적극적으로 추진되는 것처럼 보였다. 그러나 지역연극계의 우려가 곧바로 현실로 나타났다. 극단이 겨우 1년 만에 해체되고, 동아쇼핑소극장은 대관 위주의 극장으로 바뀌고 말았다. 앞에서 살펴본 것처럼, 동아쇼핑소극장의 제 1기와 2기 동안 공연된 작품의 수는 많고, 그것을 통하여 지역 연극의 활성화에 기여한 공은 인정된다. 그러나 동아쇼핑소극장이 지역연극계의 발전에 기여하겠다는 목표를 어느 정도 달성하였는가에 대해서는 회의적인 평가를 내릴 수밖에 없다.

초청된 서울 극단들의 작품들도 연극성이나 예술성보다는 흥미 위주의 얄팍한 상업주의 연극이 대부분이어서 백화점이 지역문화를 위해 기여하기 보다는 장삿속에 더 열을 올리는 느낌을 주고 있으며 '백화점식(式) 연극'이라는 말까지 생기게 된 것이다. 이는 문화를 물상화(物像化)하는 사고에서 나온 결과이며 예술 활동마저도 상업화하려는 발

상, 게다가 관리 운영자의 문화의식 결여가 빚어 낸 어쩌면 당연한 결과라고 봐야 할 것이다.[44]

동아쇼핑소극장에 대한 이러한 평가는 정곡을 찌르는 것이지만, 인용된 글의 필자가 동아쇼핑소극장 운영에 깊이 개입하고 있었다는 측면에서는 당황스러운 설명이기도 하다. 동아쇼핑소극장의 제 1,2기에 '백화점식 연극'이 대구지역에 크게 확산되었기 때문이다. 즉 동아쇼핑소극장이 1980년대 대구지역에 상업적 대중극이 확산되는데 촉매 역할을 한 것이다.

동아쇼핑소극장의 개관이 1980년대 대구지역 소극장 연극의 발전에 큰 영향을 줄 것으로 기대하였지만, 실질적으로 그렇게 되지 못하였다. 동아쇼핑소극장은 출범과 함께 흥행 안전성에 우선 목표를 두고 작품을 선정해나간 까닭에 '새로운 소극장'의 등장이라는 느낌을 지역 연극계에 강하게 심어 주지를 못하였다. 대구지역 연극의 미래를 견인해내는 소극장의 역할을 충실히 수행하기 위해서는 1980년대 대구지역 연극이 지녀야 할 특성이 무엇인가에 대한 고민이 있어야 했으나, 동아쇼핑소극장은 그러한 노력을 하지 않았다. 제 1기의 경우에는 시간이 충분하지 못하였고, 소극장의 안정을 위하여 그렇게 할 수 있다고 이해할 수 있으나, 전속극단인 비둘기극단이 주축이 된 제 2기의 경우에는 동아쇼핑소극장 다운 특징을 만들어내었어야 했다.

소극장 누리의 폐관 경험이 동아쇼핑소극장에 관여한 연극인들에게 상처로 남아 있어서 과감한 결정을 내리는 데 방해가 되었을 수도

---

44) 이필동, 앞의 책, 309면.

있겠다. '예술'을 버리더라도 극장을 지키고 싶었던 소극장 누리의 간절한 마음이 동아쇼핑소극장의 운영에 반영된 것이다. 최선을 다해 관객을 모은다면 백화점 운영자들이 극장의 필요성을 인정하리라는 믿음은 허망한 것이다. 소극장으로 백화점의 영업이익에 기여하기란 불가능하기 때문이다. 백화점의 공간 사용료와 운영비를 고려하였을 때, 소극장의 운영은 투자 대비 이익이 적은 쪽으로 분류될 수밖에 없다. 예를 들어, 1986년 12월1일에 개관되었던 대백예술극장은 6개월 만에 전격적으로 폐관되었다. 백화점 측에서는 "매장확장 계획에 따라 폐관"[45]할 수밖에 없다고 하였으나, 기업 이익을 극대화하려는 백화점 내 공간 배치에서 언제나 약자일 수밖에 없는 소극장의 운명을 단적으로 보여준 것이다. 기업가의 시각에서는 소극장 운영이 상당히 비효율적인 사업으로 비추어질 수 있으므로, 지역연극과 문화에 대한 기여도를 높여 대구지역에서 동아쇼핑소극장의 존재감을 높이는 방향으로 사고를 전환할 필요가 있었다. 동아쇼핑소극장이 지역 연극계 내에서 문화적으로 높은 위상을 차지하고 있다면, 지역 여론을 의식하지 않을 수 없는 백화점의 속성상 소극장을 함부로 다루기는 어렵기 때문이다.

그것이 소극장운동으로서의 동아쇼핑소극장이 나아갈 길이었다. 그러나 제 1기와 제 2기 동안 흥행 안정성에 스스로 포획됨으로써 지역 연극계에 대한 기여도를 높이지 못했다. 시설과 위치, 그리고 활동 여건까지 좋은 동아쇼핑소극장에서 상업적 대중성이 강한 작품을 많이 공연하게 되자 지역 연극계와 거리감이 발생하는 것은 당연했다.

---

45) 대구백화점 오십년사 편찬위원회, 앞의 책, 424면.

동아쇼핑소극장이 대구지역 관객의 확대에 기여하기 보다는 기존 관객을 흡수하는 방향으로 나아갔기 때문에, 시설이 열악한 공간에서 비슷한 경향의 작품을 공연하는 극단에서는 관객 동원에 타격을 입을 수밖에 없었다. 대구지역 연극의 미래에 대한 고민이 부족하고, 대구지역 연극계에 대한 기여도가 높지 않았기 때문에 동아쇼핑소극장은 지역 연극계에서 고립되어 갔다.

동아쇼핑소극장의 제 1,2기에 해당하는 시기의 대구 연극계에서는 새로운 변화가 일어나고 있었다. 1970년대 후반에 대학극에서 활동했던 인력들이 대거 지역 연극계에 유입되기 시작한 것이다. 그중 일부는 기존 극단에 가담을 하였지만, 아예 새로운 극단을 창단하면서 그 이전과 차별되는 연극을 주창하는 연극인도 상당했다. 그 예로 1983년에 극단 시인과 놀이패 탈이 창단되면서 대구지역 연극계에서도 민족극운동이 시작된 것을 들 수가 있다.[46] 극단 시인은 경북대학교 연극반이, 놀이패 탈은 경북대학교 탈춤반 출신들이 주축이 되어 결성하였으며, 모두 마당극을 공연하는 데 주력하였다. 이들 외에, 1985년에 창단된 극단 떼·풀이와 1988년에 창단된 극단 한사랑이 민족극운동에 동참하면서 대구지역에서도 그 세력 범위가 많이 넓어졌다.

또 다른 변화로는 상업적 대중성이 강한 공연을 거부하는 새로운 극단들이 등장한 것이다. 1983년에 창단된 극단 처용은 창작 작품의 공연을 선호하였으며, 대구지역 작가의 작품을 발굴하여 공연하는데 관심이 높았다. 1984년에 창단된 우리무대는 번역극을 제대로 공연하는데 많은 노력을 기울였다. 극단 처용과 우리무대는 면적도 좁고 시

---

46) 1980년대 대구지역의 민족극운동에 대해서는 김재석의 앞의 글을 참조.

설이 부족한 공간이기는 하지만, 자체 소극장을 마련하여 공연의 전
문화를 추구했다는 점에서 동아쇼핑소극장의 연극과 차별되는 성과
를 낳았다.[47]

대구지역 연극계의 이러한 변화 움직임에 동아쇼핑소극장이 무관
했다는 것은 문제라 지적하지 않을 수 없다. 기획 초청공연 등으로 서
울지역 연극계와 교류가 많아지면서 상대적으로 지역 연극계에 대한
관심이 소홀했던 점도 없지 않아 있을 것이다. 그렇지만 동아쇼핑소
극장이 1980년대 대구지역 연극계의 변화에 능동적으로 대응하면서
지역연극의 미래를 함께 만들어 가겠다는 인식을 갖지 못한 탓이 크
다. 자체 제작 및 기획 · 초청 공연도 많았으며, 동아쇼핑소극장을 찾
는 관객의 수도 타 소극장에 비해 많았으나 대구지역에서 동아쇼핑소
극장의 존재감은 그리 크지 못했던 것이다. 동아쇼핑에서 전속극단을
해체하고, 사실상 소극장운영에서 손을 떼는 과감한 결정을 내린 것
은 이러한 문제적 상황을 파악하고 있었기 때문으로 보인다. 즉 동아
쇼핑소극장을 포기하더라도 "향토 예술문화 발전을 더욱더 능동적으
로 수행"하겠다고 선언했던 백화점의 이미지가 크게 훼손되지 않을
것으로 판단한 것이다. 1980년대 동아쇼핑소극장의 행보에서, 실험정
신을 상실한 소극장은 힘없는 '작은 극장'에 불과하다는 사실을 다시
한 번 깨닫게 된다.

---

47) 극단 처용과 우리무대에 관하여서는 별도의 논의의 장을 마련해서 다루고자 한
다. 극단 처용에서 지역 극작가 최현묵을 발굴한 것이나, 우리무대에서 샘 셰퍼드
(Sam Shepard)의 번역극을 지역에 소개한 것은 특기할만한 일이다.

〈부록〉 1980년대 동아쇼핑소극장 공연연보

공연 날짜	작품제목	작가	극단명	비고
84.12.15 -12.19.	엄마랑 함께 보는 인형극		서울 인형극회	개관기념공연 (초청)
84.12.16 - 12.25.	연인과 타인	르네 테일러, 죠셉볼로나	원각사	개관기념공연 (초청)
84.12.21 - 12.25.	신데렐라		민중극장	개관기념공연 (초청)
84.12.22 - 12.25.	귀족수업	몰리에르	민중극장	개관기념공연 (초청)
84.12.31. - 85.1.14.	최후의 뜨거운 연인들	닐 싸이먼	대중극장	초청
85.1.5. - 1.21.	아일랜드	아돌프 후가드 외		동아문화센터제작
85.2.9. - 2.13.	매호씨 거기서 뭐하는거요 (무언극)	김성구	극단76	모노드라마시리즈 1(초청)
85.2.15. - 2.19.	당신의 어릿광대는 어디로 갔습니까	양일권		모노드라마시리즈 2 (제작)
85.2.23. - 2.26.	우리들의 광대	유현종 원작	떼아트르 추	모노드라마시리즈 3(초청)
85.3.1. - 3.3.	민喪家	무세중		초청
85.3.6. - 3.10	목소리	장 콕토		모노드라마시리즈 4(제작)
85.3.13. - 3.17.	카스파	P. 한트케	에저또	모노드라마시리즈 5(초청)
85.5.30 -6.3.	서울구경	최인석		초청
85.8.18 -8.28.	무엇이 될꼬하니	박우춘	비둘기극단	비둘기극단창단 기념공연
85.9.5. - 9.27.	미스 쥬리	스트린드 베리	비둘기극단	

85.10.	콜렉터	존 파울즈	은세계	대관
85.10.17. - 10.20.	빠알간 피터의 고백		떼아트르 추	초청
85.10.22. - 10.24.	연약한 침입자	김용락	에루야	향토연극축제 (초청)
85.10.25. - 10.27.	돌아이들의 행진	한대원	극단 맥	향토연극축제 (초청)
85.10.28. - 10.30.	암산양섬의 범죄	유고베티	극단 처용	향토연극축제 (초청)
85.10.26. - 11.11.	병사와 수녀	찰스 쇼(그대 여 순백의 영 혼이여)	대중극장	초청
85.11.9. - 11.25.	루브	머레이 쉬스갈	비둘기극단	뮤지컬
85.12.	이수일과 심순애	조일재, 하유 상 각색	비둘기극단	
85.12.1. - 12.12.	고도를 기다리며 (무언극)	베케트, 김성 구 각색	비둘기극단	
85.12.	암산양섬의 범죄	유고 베티	처용	대관
85.12.31.	아소님하	그로토프스키	장두이	초청, Watching을 1인극으로 각색
86.1.11. - 1.19.	각설이타령	이봉운		초청
86.1.14. - 1.20.	고도를 기다리며	베케트	비둘기극단	재공연
86.1.30. - 2.8.	티타임의 정사	헤롤드 핀터	비둘기극단	
86.4.	나비사냥	존 파울즈	비둘기극단	
86.5.	대머리 여가수	이오네스코	비둘기극단	전속극단 해체
86.9.20 - 9.25.	시즈위 벤지는 죽었다.	아놀 후가드	한가위	초청

86.10.15. - 10.20.	약장수	오태석	예전(서울)	대관, 순회공연
86.10.23 - 10.31.	배비장전		한가위	초청
86.7.	요지경	이근삼	원각사	대관
86.11.	신은 인간의 땅을 떠나라	박찬홍	사조	초청
86.12.3. - 12.5.	나비처럼 자유롭게		민중	초청
86.12.13. - 12.21.	데미안	헤르만 헤세	토탈시어터	개관2주년 기념초청
87.1.7. - 1.13.	고시래	박재서	원각사	대관
87.1.21. - 2.1.	엘리엘리라마사박다니	유럽선교회	객석과무대	초청
87.2.25. - 3.8.	핑크빛 야행	머레이 쉬스갈	토탈시어터 서울	대관
87.3.18. - 3.29.	품바	김시라	가가	대관
87.4.2. - 4.12.	희한한 한 쌍	닐 사이먼	서울기획	대관
87.7.9. - 7.19.	굿바이 엘마	윌리엄 인지	르네상스	대관
87.8.26. - 9.12.	카덴자	이현화	맥	대관
87.8.11. - 8.23.	테베의 아침이슬	장 아누이	원각사	대관
87.9.	사랑을 내기에 걸고	안톤 쉐프	은세계	대관
88.2. - 3.	매장된 아이	셈 세퍼드	우리무대	대관
88.4.26. - 5.6.	우리들 끼리만의 한번	이현화	원각사	대관

88.5.11. - 5.14.	노라가 될 수 없는 아빠	한대원	맥	대관
88.5.21. - 5.23.	만세! 전전후선새님	장우담	시인	대관
88.7.	비,풍,초,통,팔,삶	박철	한사랑	대관
88.7.18. - 7.31.	빨간 피터의 고백		에저또	대관
88.9.8. - 9.14.	누구시더라	강철수	춘추	대관
88.10.	오해	알베르 까뮈	대구무대	대관
88.10.23. - 10.30	순애 내 사랑		예전무대	대관
88.11.	어린 왕자	셍떽쥐페리	한사랑	대관
88.11.22. - 11.30.	가을 소나타	한대원	맥	대관
89.1.23. - 1.29.	사랑 청문회	이상화	미래	대관
89.2.1. -2.14.	종이도시	박철	한사랑	대관
89.2.16. - 3.1.	위기의 여자	시몬느 드 보봐르	은세계	대관
89.3.17. - 3.26.	서울 품바	박재서	대중	대관
89.4.7. - 4.15.	콜렉터	존 파울즈	연인무대	대관
89.4.21. - 4.30.	맹물타령	김광원	르네상스	대관
89.5.17. - 5.28.	가스등	패트릭 헤밀턴	배우극장	대관
89.7.19. - 7.31.	서푼짜리 오페라	브레히트	청우	대관, 대구지역극단, 창단공연

89.8.3. - 8.13.	광대설 남	김지하, 황병도 각색	완자무늬	대관
89.8.19. - 8.31.	쥐덫	아가사 크리 스티	대구무대	대관
89.9.5. - 9.12.	뛰는 놈 위에 나는 놈 (double game)	로벨 또마	세미	화성산업(주)창사 31주년 기념 초청
89.9.22. - 10.3.	걸떡쇠 타령		챔프	
89.10.17. - 10.29.	홍도야 울지마라	임선규	밝달	창단공연
89.11.18. - 12.3.	우리들의 일그러진 영웅	이문열 원작	이조	대관
89.11.	사랑산조	박재서	원각사	대관
89.12.26. - 12.27.	사람(유진규 팬터마임)	유진규		빈 디자인에이전 시(대표이강일) 초청

참/고/문/헌

1. 기본 자료

• 『동아일보』, 『대구매일신문』, 『영남일보』
• 대구백화점 오십년사 편찬위원회, 『대백50년사』, 대구 : 대구백화점, 1995.
• 이필동, 「찬바람 속에 품은 뜨거운 불씨…」, 『아일랜드 팸플릿』 (동아문화센터 제작공연, 1985. 1. 5~1. 21)
• 정진수, 「역자의 말」, 『연인과 타인 팸플릿』(원각사, 1981. 2. 19~ 3. 2, 분도소극장)
• 화성산업(주)동아백화점, 『화성산업(주) 동아백화점 삼십년』, 대구 : 화성산업(주)동아백화점, 1990.

2. 연구논문

• 김옥란, 「5 · 18서사로서의 〈햄릿〉과 기국서의 연극사적 위치」, 『한국극예술연구』(34집), 한국극예술학회, 2011.
• 김재석, 「1980년대 초 대구지역 소극장 '분도'와 '누리' 연구」, 『한국연극학』(44호), 한국연극학회, 2011.
• 도세영, 나병우, 「〈콜렉터〉의 주인공에 대한 정신분석학적 연구」, 『인문학논총』(32집), 2013
• 유민영, 「민중극장 20년」, 『한국연극』, 1984.1.
• 이정숙, 『일제강점기 유치진 희곡 연구-관객지향성을 중심으로』, 경북대학교 박사학위논문, 2009.

• 정진수, 「현대통속극에 나타난 성윤리」, 『한국연극』(77호), 1982.8.

3. 단행본
• 김방옥, 『「약장수」, 「신의 아그네스」 그리고 마당극』, 문음사, 1989.
• 김재석, 『한국 연극사와 민족극』, 태학사, 1998.
• 안치운, 『추송웅 연구』, 청하, 1992.
• 이필동, 『새로 쓴 대구연극사』, 한솔, 2005.
• 정호순, 『한국의 소극장과 연극운동』, 연극과인간, 2002.
• 차범석, 『한국 소극장 연극사』, 연극과인간, 2004.

4. 번역서 및 외국 논저
• 리챠드 길만, 박용목 옮김, 「A. 스트린드베리의 연극세계」, 『공연과 리뷰』(76호), 현대미학사, 2012.

5. 기타
• 송영언, 「연극도 왜 벗기기만 하나」, 『동아일보』, 1986.1.29.

광주극장의 공간적 의미와 관객들의
수용 방식

이오현 · 허진아

1. 들어가며[1]

한국 영화의 성장 배경에 멀티플렉스라는 유통 시스템이 있었다는
것을 부인할 수는 없다. 멀티플렉스 등장 이후 영화시장에는 큰 변화
가 일어났는데, 그 중 가장 가시적인 변화는 한국 영화의 점유율 증가
와 한국 영화의 대중화라고 할 수 있다. 영화산업이 어느 정도 성장하
는 데에 '극장'이라는 영화 유통 창구의 확대가 중요한 역할을 한 것이
다.[2] 1994년 프린트 벌수 제한이 폐지되고 그로 인해 1996년 멀티플
렉스가 등장하면서 영화 소비 형태가 바뀌었으며 더 나아가 영화 콘

---

1) 이 글은 『한국언론학보』(54-6호)에 실린 저자들의 논문인 「예술영화전용관으로서
   의 광주극장 읽기」를 수정한 것입니다.
2) 박소라, 「스크린 수 증가에 따른 영화의 국적 다양성과 소비 추세에 관한 연구」,
   『한국언론학보』(52-1호), 2008, 5~30면.

텐츠에까지 영향을 끼쳤다. 요컨대, 멀티플렉스는 기존 영화관 시절의 유통과는 전혀 다른 방식의 영화 상영을 가능케 하였는데 이는 흥행에 성공할 만한 대형 영화들 위주로 동시에 여러 편을 상영하면서 관객 수에 따라 영화 교체를 빠르게 진행할 수 있기 때문이었다.

그러나 멀티플렉스의 등장으로 스크린 수가 크게 늘어나면서 상영되는 영화의 수도 많아질 것이라는 기대와 달리, 국내에서 상영되는 영화들은 특정 유행 장르와 미국이라는 특정 지역 영화들에 치우쳐있다. 멀티플렉스는 일부 인기 있는 영화만 집중적으로 상영하고 있어 일반 관객들이 다양한 영화를 접할 기회가 점점 줄어들고 있다. 한국 영화의 지속적인 발전을 위해서는 양적인 성장뿐만 아니라 질적인 균형과 다양성이 확보되어야 하고, 이러한 발전은 제작, 배급, 상영이 서로 유기적으로 연결되어 성장할 때에 가능하다. 특히 상영공간의 확보는 다양한 영화들이 관객과 만나는 거점을 확대한다는 측면에서 중요하다. 영화는 극장에서 상영되어 관객과 만나기 위해 만들어지기 때문이다. 상영되지 못한 영화는 그냥 화학 물질에 불과하며 관객의 입장에서는 영화선택권을 박탈당하는 것이다. 그러나 흥행영화에 의존하는 우리나라 영화산업 구조에서 거대 자본을 들이지 않은 영화가 극장에서 상영되기란 쉽지 않다. 많은 투자비용이 들어가는 극장사업에서 수익을 극대화하기 위해 흥행영화 위주로 프로그램을 운영하는 것이 불가피하기 때문이다.[3]

멀티플렉스 시대에 단관 극장들의 생존문제는 단순히 극장이 사느

---

3) 박경미, 『시네마테크 전용관의 활성화에 관한 연구 : 서울아트시네마 운영사례를 중심으로』, 동국대학교 석사학위논문, 2004.

냐, 죽느냐의 문제가 아니다. 관객을 위해서도, 영화산업의 성장을 위해서도 다양한 극장문화는 존재해야 하기 때문이다. 즉 영화는 산업이기도 하지만 동시에 문화이기 때문이다. 이에 정부차원에서 영화진흥위원회가 2003년부터 예술영화, 독립영화 등 다양성 영화에 보다 많은 상영기회를 제공하고, 관객들에게는 영화선택의 권리를 보장한다는 취지로 아트플러스 지원 사업을 시행하였다. 아트플러스 지원 사업은 대안적 상업영화, 예술영화, 저예산 독립영화 등을 상영하는 예술영화관에 대한 운영보조금 지원과 프로그래밍 지원을 하였다. 지원을 받은 전용관은 2003년 하이퍼텍나다, 씨네큐브, 광주극장 등 5개 지역 10개관을 시작으로 2009년 27개 극장 29개 관으로 확대되었다. 그러나 자체 프로그래밍을 진행하고 있는 하이퍼텍나다나 씨네큐브[4]를 제외한 다른 전용관들이 여전히 경영상의 어려움을 안고 있지만, 수십억 원대의 제작비 또는 수입가, 그리고 수백 개의 상영관, 엄청난 물량의 홍보와 광고로 관객들에게 무섭게 다가가는 상업영화 시장에서 짧게는 1년, 길게는 5년 넘게 시행착오를 거듭하며 만 명대의 작은 영화 시장에서 나름의 방식으로 살아가고 있다.

현재 운영되고 있는 대부분의 예술영화전용관들은 영화 관객들의 발길을 끌기 위해 영화 상영 공간만이 아닌 다양한 문화예술 활동을 향유할 수 있는 복합문화공간으로서의 정체성을 형성하고 있다. 여기서 중요한 것은 시대의 변화에 따라 그 모습을 달리해 온 공간은 단지 공간의 변화만이 아닌 행위를 새롭게 조직하며 행동양식에 영향을 미

[4] 영화사 백두대간의 씨네큐브 광화문은 2009년 8월 31일 〈디스 이스 잉글랜드〉 상영을 마지막으로 문을 닫았다.

친다는 점이다. 그런데 지금까지 영화 또는 영화관 관련 연구들은 이러한 점을 간과한 채 영화 자체에 관한 연구와 마케팅 측면에서의 영화 선택 및 수용에 관한 연구, 그리고 멀티플렉스의 등장에 따른 영화관에 관한 연구가 주를 이루었다. 주로 '어떤 영화를 왜 선택하느냐'에만 초점을 맞추다 보니 영화를 보는 공간적 측면에 대한 관심이 부족했다.

이 글은 어떤 영화를, 왜 보는가 만큼 어디에서 보느냐, 그리고 왜 그곳에서 보는가도 중요한 문제라는 인식 하에 영화와 영화를 보는 장소와의 연관성 안에서 '영화 보는 행위'를 다차원적으로 살펴보고자 한다. 즉, 사람들의 영화 관람을 단순히 영화 소비 차원에서만이 아닌 영화, 영화를 상영하는 공간, 그리고 그 공간에서 일어나는 관객의 행위 차원에서 접근하고 이를 통해 하나의 공간이 가진 다양한 의미와 그 속에서 일어나는 다양한 의미 활동들을 입체적으로 이해하는데 기여하고자 한다.

2. 피터슨의 잡식성-편식성 가설

후기자본주의 체제 내의 포스트모던 문화적 분위기 속에서 피에르 부르디외의 정교한 문화적 구별질서가 해체되고 있다는 지적이 제기된다. 매스미디어의 성장, 문화의 대량상품화, 고등교육의 대중화, 소비문화의 대중적 확장, 여가 및 일상적 오락문화의 확산 등의 사회적 변화는 대중의 소비능력을 보편적으로 증대하였다.[5] 소비문화의 여건

---

5) D. Hesmondalgh, "Bourdieu, the media and cultural production", *Media, Culture*

이 일상적으로 풍부해짐에 따라 문화적 스타일은 계급적 아비투스보
다는 개인적 아비투스, 즉 '계급적' 차별 구조보다 '개인적인' 능력과
선호의 문제로 환원되고 있다는 것이다.[6]

　특히 리차드 피터슨(Richard Peterson)[7]과 그의 동료들[8]은 문화자
본과 사회적 범위에 관한 이론들을 재정립하였다. 이들은 제한된 고
급문화에 대한 취향을 가진 상위층들이 문화적 잡식가로 변해간다고
주장하였다. 문화적 잡식성이론은 상위계급은 고급문화를 선호하고
하위계급은 저급문화를 선호한다는 부르디외의 문화자본론에 반대
하는 이론이다.[9] 이들에 따르면 문화자본이 풍부한 사람일수록 특정
한 장르의 문화를 편식하기보다는 오히려 폭넓은 장르에 대한 취향을
갖는다. 상류계층은 특정한 자신들만의 문화를 고집하면서 다른 집단
의 취향을 싸구려로 취급하는 속물이 아니라 취향의 '다양성'과 다른
계층의 문화에 대한 '관용성'을 가진 사람들이며 이에 대응하는 집단
은 편협한 취향을 지닌 계층이라는 주장이다.[10] 정리해 보면, 고급문
화와 대중문화를 질적으로 차별화하는 과거의 관습 대신 다양한 문화

& *Society*, the 28-2 issue, 2006, pp. 211~231.
6) 김예란, 「1990년대 이후 한국사회의 문화생산 공간과 실천에 관한 연구」, 『언론과
　사회』(15-1호), 2007, 2~40면.
7) R. Peterson, "Understanding audience segmentation : From elite and mass to
　omnivore", Poetics, the 21 issue, 1992, pp. 243~258.
8) R. Peterson & R. Kern, "Changing highbrow taste : From snob to omnivore",
　American Sociological Review, the 61 issue, 1996, pp. 900~907. ; R. Peterson & A.
　Simkus, "How musical tastes mark occupational status groups", in M. Lamont & M.
　Fournier (Eds.), *Cultivating differences* : *Symbolic boundaries and the making of
　inequality*, Chicago : The University of Chicago Press, 1992, pp. 152~186.
9) 장윤정, 「여가소비에 있어 부르디외 문화자본론의 비판-포스트모던 소비현상의 관
　점으로」, 『한국여가레크리에이션학회지』(31-3호), 2007, 221~231면.
10) 이호영·장미혜, 「문화자본과 영화선호의 다양성」, 『한국사회학』(42-1호), 62~95면.

234 한국의 극장과 극장 문화

적 가치로 소비하려는 욕구가 확대되고 있는 것으로 이는 문화적 자
본의 차별이 사라졌다기보다는 그 평가의 기준이 달라졌음을 의미한
다. 새로운 문화 환경에서는 문화 자본이 전통적인 문화 질서(예컨대
고급문화 대 대중문화)에 의해 수직적으로 평가되는 것이 아니라, 다
양한 문화마다 고유하게 존재하는 문화적 개성을 발견, 해석, 향유하
는 능력의 정도로 평가된다는 것이다. 따라서 문화 자본이 풍부한 사
람일수록 고급예술로부터 키치와 대중문화 스타일에 이르기까지 다
양한 문화적 취향을 향유하는 '잡식성(omnivore)'의 아비투스를 취하
는 반면 문화적 자본이 적은 사람은 단일한 스타일에 한정되는 '단식
성(univore)' 아비투스를 취하게 된다는 것이다. 잡식성의 문화 취향
은 젊고 엘리트이며 경제적, 사회적 자본이 우수한 사람들에게 주로
나타나지만, 사회적, 경제적으로 취약한 집단은 단식성의 문화소비 양
태를 보인다고 한다.[11]

이러한 잡식성-편식성 가설은 영화장르 소비 행태를 살펴봄에 있
어 유용한 통찰력을 준다. 이는 영화라는 문화형식이 전체 문화의 위
계구조 속에서 '중간의', '모호한' 위치를 차지하고 있을 뿐만 아니라,
영화 안에서도 다양한 장르의 위계를 설정하기가 곤란하기 때문이다.
게다가 영화내의 장르들 사이에 뚜렷한 질적 수준의 차이가 있다고
가정하기에는 어려움이 있다. 오히려 영화에서는 (헐리우드를 전범으
로 삼는) '장르영화'와 그렇지 않은 영화(이른바 '예술영화', '작가영
화', '고전영화', '독립영화' 등) 사이의 구분이 더 핵심적이라고 할 수

---

11) 김예란, 「1990년대 이후 한국사회의 문화생산 공간과 실천에 관한 연구」, 『언론과
  사회』(15-1호), 2007, 18면.

있는데, 그나마 최근 가속화되고 있는 장르혼합과 경계 가로지르기, 다양한 기술적 예술적 실험 등으로 이러한 구분 자체가 상당히 무의미하게 되었다. 이러한 상황에서 영화소비의 문제를 사회경제적 변인들과 관련지어 설명하고자 하는 시도는 조심스러울 수밖에 없다. 영화를 많이 소비한다는 사실, 그리고 특정한 '장르영화'를 많이 소비한다는 사실이 지니는 의미가 역사적, 국가적 맥락에 따라 현격하게 달라질 것이기 때문이다.[12) 이렇듯 영화라는 문화재화 자체의 모호한 성격과 영화 내부 장르들 간의 위계설정의 난점 등을 감안하면, 피터슨의 '잡식성-편식성' 가설은 부르디외 식의 분명한 문화적 위계 구조와 그에 따른 계급적 소비구조의 상동성을 전제하지 않아도 된다는 점에서 매우 유연하고도 효율적인 분석틀을 제공한다.[13)

3. 소비와 공간의 관계에 대한 논의

시드니 레비(Sidney Levy)는 소비자가 어떤 제품을 구매할 때 그 제품의 기능이나 성능을 기초로 구매 의사 결정을 내리기 보다는 그 제품에 담긴 사회적, 주관적, 정서적 의미 및 제품을 소비하는 과정에서 느낄 수 있는 감정이나 이미지에 기초하여 구매하는 행동을 상징적

---

12) 예컨대, 영화 관람 횟수가 많다는 사실이 프랑스에서는 교양 있는 중상 계급의 징표일 수 있다면, 미국에서는 오히려 노동계급의 기호일 수 있다. 또한 특정 계급이 뮤지컬이나 서부극 장르의 영화를 더 많이 소비한다는 사실은 문화적 맥락의 구체성 안에서만 적절하게 해석될 수 있을 것이다(전범수 · 이상길, 「영화 장르의 사회적 소비 구조」, 『한국방송학보』(18-3호), 2004).

13) 전범수 · 이상길, 「영화 장르의 사회적 소비 구조」, 『한국방송학보』(18-3호), 2004, 567~569면.

소비라 정의한다.[14] 즉, 소비자들은 제품의 기능이나 성능에 기인하여
제품을 구매할 뿐만 아니라 제품이 가지고 있는 의미에 의하여 구매
를 결정하는 경향이 있는데, 이를 상징적 소비성향이라고 정의할 수
있다.[15] 이와 유사한 맥락에서 소비자들에게서 과시소비 현상을 살펴
볼 수 있다. 과시소비현상은 전부터 있어 왔지만 과시소비의 개념이
구체적으로 인식된 것은 토르스타인 베블런 이후부터라고 볼 수 있
다. 베블런은 재화 용역의 사용을 통하여 효용을 얻기 위한 목적 보다
는 금전력을 과시하기 위한 목적으로 재화와 용역을 소비하는 것으로
남에게 보이기 위한 지출을 과시소비라고 정의하고 있다. 문제가 되
고 있는 점은 부의 전시라는 것에 있다.[16] 이러한 상징적 소비와 과시
소비 경향은 상품의 소비에 있어서 뿐만 아니라 상품의 소비가 이루
어지는 공간 그 자체를 대상으로도 나타난다.

소비공간은 소비를 매개로 소비가 지니는 여러 가지 상징적인 현상
들이 나타나는 장(場)으로서 '상품의 소비'가 이루어지는 공간일 뿐만
아니라 공간에 대한 의미부여와 해석이 발생하는 '공간 자체의 소비'
라는 의미를 동시에 내포하고 있다. 소비공간의 이미지 자체가 소비
행위에 동기를 부여하고 소비행위를 촉발하기 때문에 소비 공간은 단
순히 판매를 위한 상품진열로서의 물리적 공간이나 자연적 공간은 아
니다. 다시 말해 소비공간은 경제적인 의미에서 개인의 소비활동 장

---

14) S. Levy, "Symbols for Sale", *Harvard Business Review*, the 37 issue, 1959, pp. 117~124.
15) 김영숙 · 이경옥 · 김민정, 「청소년의 상징적 소비성향에 관한 연구」, 『한국생활과
학회지』(14-2호), 2005, 277~292면.
16) 김혜인 · 이승신, 「청소년소비자의 과시소비성향에 관한 연구」, 『대한가정학회지』
(41-7호), 2003, 145~156면.

소임과 동시에 사회학적인 의미에서 공간에 대한 의미부여와 해석이 발생하는 '사회문화적인 복합공간'의 성격을 띠고 있다.

탈근대론자들은 '소비공간의 미학적 특성'과 '공간의 소비'를 현대 소비사회의 특징으로 설명하며, 장 보드리야르는 이러한 특징을 '분위기의 소비'로 집약시키고 있다. 여기에서 '분위기'란 현대 소비공간의 기호로서, 개인이 특정한 소비공간의 분위기를 경험하는 것은 그 소비공간의 기호를 소비하는 것을 의미한다.[17] 예를 들어, 스타벅스는 비싼 커피가격이 행사하는 차별 기능뿐 아니라 스타벅스가 문화적 체험을 제공하는 능력에 주목할 필요가 있다. 스타벅스는 도구적 효용을 주로 충족시키는 맥도날드나 던킨 도넛과 달리 감성에 호소하는 유사 문화 체험을 하게 해준다. "서점에 있는 느낌", "김이 나는 따뜻한 커피를 놓고 기분 좋은 대화를 하거나 편안하게 쉴 수 있는 공간", "트렌드에 뒤지지 않는", "듣기 좋은 음악과 보기 좋은 커피잔", "우아한 공간", "감정적 미적 만족" 등의 표현이 이런 특징을 보여준다.[18] 이와 유사한 맥락에서 도시 공간 즉, 상가와 건축물, 그리고 심지어 거리 자체까지도 하나의 이미지 소비공간이 된다. 깨끗하고 밝은 패스트푸드점, 외국영화에서 본 듯한 장식물과 소품들이 널려 있고 은은하게 밝은 조명과 안락한 소파를 갖춘 카페와 커피전문점, 개성적이고 여백이 많은 디스플레이와 공간배치가 강조된 의류점, 그리고 록카페 등 주로 신세대들이 즐겨 찾는 소비공간들은 그들의 감성에 적

---

17) 전해은 · 이기춘, 「현대소비공간과 소비행동 : 동대문 쇼핑몰의 소비문화적 의미 분석」, 『소비자학연구』(13-2호), 2002, 99~125면.
18) 김우식 · 김재준 · 김은정, 「첨단기술산업과 문화소비의 분화」, 『사회과학연구』 (17-1호), 2009, 84~106면.

합한 분위기를 갖추고 있고, 기호로서의 그러한 소비공간과 또 그것을 구성하는 기호들은 의미보다 느낌, 즉 이미지로서 그들에게 와 닿는다.[19] 더 나아가 특정 문화공간을 빈번하게 이용하는 사람들은 그 문화공간을 이용한다는 단순한 효용가치 외에 문화공간을 이용하는 사람들이라는 특정 계층에 포함되었다는 상징적 의미를 자연스럽게 내포하게 된다.[20] 이는 특정 상품을 소비함으로써 그 상품이 내포하고 있는 상징성을 자신이 획득하고자 하는 과시소비와 유사한 맥락에서 설명이 가능하다.

이러한 논의를 예술영화전용관에 적용해 보면, 전용관 역시 영화 상영 혹은 영화 보기라는 원래의 사용가치 이외에 '예술영화관'이라는 상징적 의미도 내포하고 있다고 볼 수 있다. 오페라 극장, 클래식 연주장 등이 고급문화의 장으로서 상징적 의미를 갖는 것과 유사하게 예술영화전용관 역시 영화라는 장르 내에서 대중영화나 상업영화가 아닌 예술영화, 비주류 영화를 향유하는 사람으로서 관객을 자리매김 할 수 있게 한다. 동시에 영화관이 갖는 '영화보기'와 같은 본래의 물질적, 도구적인 필요를 충족시키는 공간이라는 의미 외에 새로운 형태의 감성적 효용, 예술적 효용을 제공하는 상징적 공간의 의미를 갖는다.

상징적 소비 또는 공간의 소비를 논함에 있어 주의해야 할 점은 이미지와 스타일의 본질적 의미가 '소비자본주의의 문화적 논리'로서

---

19) 주은우, 「90년대 한국의 신세대와 소비문화」, 『경제와 사회』(21호), 1994, 70~91면.
20) 박낙종 한범수, 「문화공간의 상징적 소비와 의미에 관한 담론-국립중앙박물관의 입장료 무료 정책을 중심으로」, 한국관광학회 제 64차 학술심포지엄 및 연구논문 발표대회, 2008.

끊임없는 상품소비의 욕망을 불러일으키는 자본의 통제 메커니즘이
라 할지라도, 삶의 의미와 정체성 형성의 중요한 근원인 '이미지'와
'스타일' 자체를 부정해서는 안 된다는 것이다.[21] 요컨대, 자본주의 시
각에서 특정한 상징성을 적극 활용하는 공간들이 있는 한편 역으로
자본과 지배 권력의 논리에 저항하고 맞서는 대항이미지와 스타일을
구축하고 있는 공간들 역시 존재한다는 것을 간과해서는 안 된다.

이러한 맥락에서 이 글은 상징적 소비, 공간의 소비 관련 이론들이
주는 통찰력을 바탕으로 광주극장이 예술영화전용관으로서 어떤 '이
미지'를 창출하고 있으며 그 안에서 관객들은 이러한 '이미지'를 어떻
게 소비하고 있는지 분석해보고자 한다.

4. 광주극장과 관객

극장을 단지 영화 상영 공간으로서만이 아니라 극장이 구축하고 있
는 다양한 의미와 상징성은 무엇이며 관객들이 그러한 공간에 어떤
의미를 부여하고 이용하는지를 살펴보기 위해 광주광역시에 위치한
광주극장, 광주극장의 운영자 그리고 광주극장의 관객을 분석해보고
자 한다. 광주극장은 1933년 설립된 이래로 현재까지 1개 스크린에서
영사기를 돌리는 광주에서 유일하게 멀티플렉스가 아닌 영화관이다.
1990년 후반 멀티플렉스가 등장하면서 단관극장들이 문을 닫거나 멀
티플렉스로 변화하였지만 광주극장은 영사시설과 내부 인테리어만

---

21) 이무용, 「도시경관의 상품화와 문화정치」, 『공간문화비평』(4), 1998.

개보수하여 1968년 화재로 인해 재건축된 이후의 모습을 그대로 유지하고 있다. 아직도 일제시대 이후로 영화를 검열하는 지정석인 임검석(臨檢席)이 남아있고 손으로 그린 영화간판이 걸려있다. 광주극장에서는 일반영화관에서는 당연한 서비스를 기대하기 어렵다. 팝콘이나 콜라를 파는 매점 대신 가정용 커피메이커에서 내린 커피가 500원, 1000원에 판매되고 여름이면 영화 전단지를 부채삼고 겨울이면 극장 1층에 마련된 무릎 담요를 온풍기 삼아 영화를 본다. 멀티플렉스는 물론 다른 지역의 예술영화전용관과도 차별성을 갖는다. 광주극장은 작지만 고급스러운 이미지의 스폰지하우스, 하이퍼텍나다, 씨네큐브와 같이 잘 정비된 예술영화전용관은 가질 수 없는 오랜 세월 쌓아온 감성과 역사가 있다.

　현재 광주극장은 상업적으로 큰 성공을 거두지는 못하고 있다. '워낭소리'와 같은 특별한 이슈가 있는 영화들을 제외하고는 객석 점유율이 1%, 한 회 평균 관객이 8명 안팎이었다. 매년 적자를 기록하면서도 광주극장이 유지되고 있는 것은 소극적으로나마 광주극장을 아끼는 관객들의 온 오프라인 활동이 이루어지고 극장주의 소신, 지역예술인들의 예술 활동의 장으로 이용됨으로써 그 명맥을 유지해 나가고 있다. 이런 의미에서 관객의 편의와 영화관의 수익성을 높이기 위해 다들 바꾸고 뒤집고 없애는 시대에 고집스럽게 지키고 살리고 보태서 지금은 살아있는 영화박물관, 세대를 넘어서는 문화 소통의 공간으로 자리잡아가고 있는 광주극장을 통해 오랜 역사를 지닌 단관영화관으로서, 광주지역에 한 곳 밖에 없는 예술영화전용관으로서 극장이라는 공간과 그 내부에서 일어나는 영화 보는 행위, 그리고 그 둘의 상호작용에 의해 파생된 다양한 의미들을 살펴볼 수 있을 것으로 판단된다.

　조사방법으로는 문헌연구, 심층면접, 인터넷상의 게시글 분석을 사용하고자 한다. 먼저 기존의 보고서, 신문기사 등의 문헌자료를 통해 광주극장의 역사와 공간이 갖는 의미, 극장 활용 현황 등을 파악하였다. 다음으로 실질적으로 극장 운영의 총 책임을 맡고 있는 운영이사를 대상으로 심층면접을 실시하였다. 운영자에 대한 심층면접을 통해서 영화 선택 및 극장 활용 등 극장 운영 전반에 관한 사항들을 조사하고자 한다.

　마지막으로 광주극장 관객들의 다양한 소비 행위를 파악하기 위해서 온라인 광주극장 카페(cafe.naver.com/cinemagwangju)의 게시글(2005. 3. 30~2010. 7. 9, 4134개)과 포털 사이트 네이버, 다음, 싸이월드에서 검색어 '광주극장'으로 검색된 블로그의 게시글들을 조사, 분석하였다. 게시판의 글 이외에 개인 블로그의 글을 분석한 이유는 카페의 경우 4,754명의 사람들이 가입되어 있으나 카페에 글을 올리는 사람은 소수로 이들은 광주극장 및 광주극장의 온라인 카페를 적극적으로 이용하는 관객이라 판단되었기에 공개된 공간에 의사표현을 하지 않는 소극적인 관객들의 의견, 특히 솔직한 자기고백적 글을 살펴보기 위함이었다. 이에 부가적으로 연구결과의 현장성을 높이기 위해 극장 내부에서 일어나는 소비행위와 관련하여 광주극장 관객 5명을 대상으로 2009년 5월~6월 동안 심층면접을 행하였다. 면접 대상자는 광주극장 카페에서 가장 활발한 활동을 하고 있는 2명, 영화를 보고 나오는 관객 3명으로 극장 내부, 인근 카페 등에서 약 1시간에 걸쳐 진행되었으며 면접 시작 전에 녹음기를 통한 녹음 여부를 대상자들에게 알려주었다. 면접 내용은 영화 및 문화예술 전반에 대한 취향, 광주극장을 찾는 이유, 멀티플렉스, 또는 다른 영화관과의 차이, 영화를 선택하고 관람까지의 과정 등으로 구성하였으며 면접의 흐름을 방해하지 않는 선에서 문화에 관련된 다양한 이야기들이 나올 수 있도록 하였다.

〈표 1〉 심층면접 대상자

면접 대상자	성별	연령대	직업
A	여	40대 초반	프리랜서
B	남	20대 중반	영어학과 대학생
C	남	20대 중반	전기전자과 대학생
D	남	20대 후반	교육대 휴학중(독립영화 조감독)
E	남	60대 초반	퇴직 (전 고등학교 교사)
F	여	40대 후반	가정주부
G	남	40대 초반	광주극장 운영이사

여기서 주목해야 할 점은 게시글 분석과 심층면접을 통해 얻을 수 있는 내용에 차이가 있다는 것이다. 심층면접을 통해 광주극장의 긍정적인 측면들과 부정적인 측면들, 그리고 광주극장과 극장에서 상영하는 영화에 관한 이야기들은 들을 수 있었다. 반면 인터넷상의 글에서 볼 수 있었던 본인의 영화 선택 동기 및 영화 관람 행위와 같은 자신에 관한 이야기는 듣기 어려웠다. 이는 저자들의 면접 능력 부족도 이유가 될 수 있으나 과시 소비, 상징적 소비 등에 관한 부분이 면접 대상자들에게 약간은 민감한 부분으로 여겨진 것으로 생각된다. 또한 자신의 영화 취향 및 소비 행위에 대한 판단 보다 광주극장을 찾는 타인에 대한 판단을 조금 더 부정적으로 하고 있음을 알 수 있었다. 이는 극장 내에서 과시 소비 또는 이미지 소비가 일어난다는 것을 어느 정도 인정하면서도 자신은 그렇지 않다는 것을 밝히려는 심리가 작용한

것이라 여겨진다.

5. 텍스트로서의 광주극장 공간 읽기

5.1. 광주극장의 역사성[22]

일제 강점기부터 1955년 한국영화 산업의 발전이 본격화되기 이전까지 광주지역의 극장은 영화 이외의 공연물 상연이 주를 이루었으며, 대중적인 집회의 공간으로서 기능하였다. 광주 지역에서 영화 상영을 주로 하는 공간으로 최초로 설립된 곳은 광주좌와 제국관으로 1910년 일본인 자본에 의해 설립되었다. 광주좌와 제국관은 주로 일본 영화를 상영하였으며 일본인을 우선적인 관람대상으로 하는 민족 차별적인 문화 공간이었다.

광주 최초의 문화예술 법인체이며 민족자본에 의해 건립된 영화 상영관은 광주극장으로 광주읍이 광주부로 승격된 1935년에 개관한 이후 70여 년 동안 광주의 역사와 함께 하고 있다. 광주극장은 전남의 담양과 화순 등지의 토지를 소유하였던 만석꾼이자 광주지역의 경제 문화계의 유지인 최선진에 의해 창립되었다. 여기에 조응원, 김희성, 최준기, 조국현, 유연상, 최동문 등 광주지역에서 문화운동을 주도하던 인사들이 이사로 참여하여 민족자본으로 설립된 광주지역 최초의 영

---

22) 광주극장의 역사에 관한 부분은 2005년에 출판된 위경혜의 『광주의 극장 문화사』를 참조하였다.

화관이었다. 광주극장은 개관 당시 총 1,250명을 수용할 수 있는 규모로 이는 1935년 말 광주부 인구가 52,614명(조선인 44,715명)임을 감안했을 때, 광주부민 40명 중 1명을 수용할 수 있는 크기였다. 이러한 대형 극장의 등장은 광주극장이 단지 영화 상영이나 연극 공연을 위한 목적으로만 건립된 것이 아님을 의미한다. 광주극장은 당시 일본인 소유의 극장이 일본 영화와 연극만을 상영하면서 조선인을 차별한 것에 대항하여 조선인을 위한 문화 공간을 만들자는 취지에서 출발하였다. 더 나아가 일제 강점기의 억압적인 상황에서 조선인을 위한 교육과 집회의 공간으로 활용된 민족적인 색채가 강한 극장이었다.

광주극장의 정체성 형성에는 설립 자본뿐만 아니라 충장로 5가라는 지리적 조건 역시 중요한 영향을 끼쳤다. 일제 강점기 동안 일본인들이 중심이 된 상가는 충장로 1가에서 3가까지 형성된 반면에, 조선인들의 상점은 당시로서는 외곽인 충장로 4, 5가를 중심으로 몰려있었다. 즉, 1920년을 전후해서 충장로 파출소에서부터 광주극장까지의 거리에서는 조선인들이 생활필수품인 주단, 포목, 고무신, 미곡 등을 팔기 시작하였다. 따라서 이 거리에서 조선인을 대상으로 하는 각종 행사가 많이 열렸을 것으로 추측된다.

해방 직후의 광주극장은 정치적인 집회와 대중연희의 공간으로서의 성격이 더욱 강하게 드러난다. 대표적인 정치 집회로는 전남지역 조선건국준비위원회 결성식(1945년), 광주청년단 결성식(1945년), 김구 선생의 강연회(1948)가 열렸다. 이외에도 시민단체들의 집회, 음악회, 심지어 졸업식까지 열렸을 뿐만 아니라 야학이 운영되는 등 한국 문화의 자존심과 자율성을 위한 문화교육운동의 전당이었으며 시민문화예술이 새롭게 형성되는 공간이었다. 이러한 특성은 광주극장에서 상영하는 영화에서도 드러난다. 1960년~1964년 동안 광주극장 상영 작품을 보면, 양화를 18회 상영한데 반해 방화는 280회를 상영하였다. 이러한 수치는 같은 기간 방화 8회, 양화 348회 상영한 동방극장[23]과 뚜렷한 대조를 보인다.

1970년대 기존의 광주천변과 충장로를 중심으로 모여 있던 광주극장과 현대극장과 같은 대규모 극장 운영에 영향을 미친 것은 광주지역의 도시 공간 구조상의 지각 변동이다. 대표적인 일은 1976년 동구 대인동의 '광주시외버스터미널'의 등장이다. 기존의 광주 도심지에 산발적으로 존재하고 있었던 여객회사들이 현 롯데백화점과 광주은행 본점 자리인 동구 대인동으로 이전 하였다. 또한 북구 신안동에 '고속버스 호남공용터미널', 중흥동에 광주에서 서울을 오가는 '광주고속버스터미널'이 1973년부터 운행을 시작하였다. 이로 인해 광주역을 중심으로 교통망이 형성되면서, 이들 지역을 중심으로 한 인구의 집중과 상권의 형성이 가속화되었고, 이는 광주지역 극장계에 중요한 변수로 작용하였다. 먼저, 인구 이동의 중심이 대인동으로 바뀜에 따라 광주천변을 중심으로 위치했던 광주극장과 현대극장, 태평극장, 남동극장 등으로 몰렸던 관객이 감소하였다. 더욱이 1970년대 영화산업의 위축으로 극장산업은 전반적으로 침체되었다. 그러나 이러한 극장 산업의 위축에도 불구하고 1980년대에도 극장 개관은 계속되는데 이전의 대극장 대신 좌석 수 300석 미만의 소극장이 들어서기 시작했

---

23) 동방극장은 일제 강점기에 등장한 광주지역의 두 개 상설극장 중 하나인 제국관이 해방 이후 일본인 경영자가 물러나면서 이 극장에서 오랫동안 근무한 전기섭이 불하 받아 운영한 극장이다. 동방극장은 해방 이후부터 1966년 영화법 제2차 개정으로 인한 양화 전문 상영관에서의 국산영화 상영의 의무화 조치 이전까지 줄곧 양화만을 전문으로 상영하는 극장이었다.

다. 대규모의 극장과 비교하여 저렴한 입장료, 공간적인 깔끔함, 그리고 굳이 시내 중심가까지 가지 않아도 편리하게 영화를 관람할 수 있다는 소극장의 장점은 기존의 대형 규모의 극장들에게 일종의 도전이 되었다. 대형극장들은 소극장의 성행으로 극장 시설을 개선할 필요를 느끼게 되었고, 여기에 1980년대 중후반부터 진행된 외화의 직접 배급 상황과 맞물리면서 존폐를 결정지어야 하는 상황에 놓이게 된다. 더군다나 1990년 후반 멀티플렉스가 등장하면서 대형극장 중심의 광주지역 극장문화의 모습은 변화하기 시작하였다.

5.2. 광주극장의 영화적 의미

1990년대 들어 멀티플렉스가 등장하게 되자 기존의 대형극장 중심의 광주지역 극장문화가 변화되기 시작했다. 광주지역에서는 1999년 9월 7개의 스크린을 보유한 엔터시네마가 최초의 멀티플렉스이다. 엔터시네마는 영화의 상영이라는 본래 용도 외에 관객들에게 외식과 주차 문제의 해결 등을 포함한 다양한 서비스를 제공한다는 점에서, 또 하나의 스크린이 아닌 7개의 스크린을 통해 다양한 영화를 동시에 상영한다는 점에서 1990년대 후반 당시 광주지역의 다른 극장들과 차별성을 갖는다.[24]

엔터시네마 이후 롯데시네마, 메가박스가 연이어 새로 개관하는 등 멀티플렉스의 공세 속에서 일부 대형 극장들은 폐관되거나 다른 업종으로 변경하였으며 일부 극장들은 극장 시설을 변경해 소규모 멀티플

24) 위경혜, 『광주의 극장 문화사』, 다지리, 2005.

렉스 극장으로 운영하였다. 광주극장 역시 1997년 내부시설 개보수를 통해 Simplex CP500으로 영사기를 교체하고 6,000자 필름을 영사할 수 있는 2개의 영사기를 보유하면서 변화를 꾀한다. 그러나 이러한 변화는 광주극장 운영사업자의 자율의지에 기인한 것이 아니다. 1990년 대 중반의 1차 복합관 전환 붐의 시기에 광주극장 역시 복합관으로 변경하고자 하였으나, 학교보건법에 근거 행정당국으로부터 폐쇄 및 이전 명령25)을 받았다. 폐쇄 및 이전을 하지 않은 법령 위반혐의로 기소되어 있는 상태에서 증개축 허가를 받을 수 없어 영사시설과 내부 인테리어만 개보수할 수밖에 없었던 것이다.26) 극장 개보수 이후에도 여전히 개봉 영화관이었지만 멀티플렉스와의 경쟁에서 살아남기 위한 자구책을 마련하였다. 바로 야간 시간에 'Late Show' 기획전을 통해서 개봉영화가 아닌 일반 극장에서 보기 힘든 '안 팔리는 예술영화'를 상영하기 시작했다. 또 공연무대를 갖춘 단일상영관에서만 가능한 록밴드 공연을 유치하기도 하고, '세계의 화제작', '스페인 영화 페스티벌', '감독 회고전' 등의 이벤트도 꾸준히 열었다. 이런 노력들이 영화진흥위원회로부터 인정받아 2003년부터 '예술영화전용상영관'으로 지정되었다.

영화진흥위원회가 규정한 예술영화전용관에서의 예술영화는 '비주류영화', '(상업과 비상업 영화관) 경계선상의 영화'라는 의미가 지원사업의 내용에 보다 부합되는 영화이다. 현재까지는 별도의 용어를 만들어 사용하는 대신 기존에 사용하였던 예술영화라는 용어가 지칭

---

25) 2009년 1월 헌법재판소의 판결로 이러한 법적 문제는 해결되었다.
26) 김미현, 「예술영화관 지원정책 연구」, 『영화진흥위원회』(연구보고 2004-2), 2004.

하는 영화의 스펙트럼을 보다 넓혀 사용하고 있다. 따라서 예술영화 전용관으로서의 광주극장에서 상영하는 영화는 엄격하고 좁은 의미에서의 예술영화가 아니라 예술영화, 비주류영화, 독립영화, 해외영화제 수상작 등을 아우르는 다양성 영화라는 측면에서 이해하는 것이 정확하다. 이처럼 포괄적인 의미에서의 예술영화전용관이라는 광주극장의 정체성으로 인해 관객들 내부에서 간혹 상업성과 예술성 사이에서의 광주극장의 정체성에 대해 이견이 발생하기도 한다. 특히 일본영화에 대한 여성 관객들의 수요가 증가하면서 일본영화 기획전이 자주 열리거나 특정 영화, 소위 말해 잘 나가는 영화가 장기상영 또는 재상영 될 경우 관객들 사이에서 극장의 상업화에 대한 우려가 표출되었다.

"기본적으로 일반 대중과 유리된 소수 매니아들만의 영화는 상영관의 입장에서는 껄끄럽기 마련이겠지요. 그래서 광주극장을 더더더욱 자주 찾았던 것인데 요즘의 관객의 요구에 너무 맞춰주고 있는 듯한 느낌. …… '오든 말든 알아서 해. 나는 무조건 틀겠어.' 라는 식으로 2,3명만을 위해서라도 꿋꿋이 틀어주는, 애호가 입장에서는 곧 문을 닫을지도 몰라!!! 이런 난감한 고민을 안겨주는 대책없음ㅋ 처음부터 끌렸던 것이 바로 그 자신감이었습니다. 지독한 자본주의 사회에서 막말로 팔리는 것과 팔리지 않는 것, 이 두 개의 구분은 존재하고, 그것을 무시할 수 없는 노릇입니다만, 광주에 있는 많은 멀티플렉스 극장들 중 제가 유일하게 희망 비슷한 걸 걸고 있던 곳이라 그 본래의 자신감을 잃어가고 있는 듯해서 아쉬운 마음에 몇 자 적습니다." (glueall)

실질적으로 극장운영자 역시 장단기 상영 및 재상영 여부를 결정함에 있어 극장의 경제적 여건에 대한 고려를 완전히 배제할 수 없는 것에 대해 고민하고 있었다. 그러나 영화진흥위원회가 예술영화전용관으로서 규정한 1년 365일 중 219일을 제외한 일수는 극장이 선택한 영화를 상영할 수 있음에도 관객들의 기대, 믿음에 부응하기 위해 상업영화가 아닌 광주극장에서 인기 있었던 영화를 선택하여 상영하고 있음을 볼 수 있었다.

  "보고 싶고 상영하고 싶은 영화를 걸고 싶은 의욕을 잃지는 않습니
  다. 단지 운영에 대한 자신감이 엷어지는 때는 있겠죠. ……"(계속된
  다)[27]

  "평범한 상업영화를 걸면 왠지 미안한 느낌이 들기도 하더라구요."
  (광주극장 운영자, 전라도닷컴 2003년 10월 호 기사 발췌)

특이한 점은 게시판에 광주극장에 대한 불만의 글이 올라왔을 때 다른 관객들의 반응으로 많은 사람들이 경제적으로 어려운 광주극장의 상황을 공감하고 극장의 방침이나 선택을 옹호하는 발언들이 많다는 점이다.

  "우리가 기대하는 영화를 지속시키기 위한 모색이라고도 볼 수 있지

---

27) ID '계속된다'는 광주극장 온라인 카페에서 광주극장 운영자가 사용하고 있는 ID
   로 혼란을 줄이기 위해 운영자로 표시할 수 있으나, 온라인 게시글과 심층면접, 기
   사 발췌 등을 구분하기 위하여 운영자의 ID를 그대로 사용하기로 하였다.

않을까요. 전 지금의 방식이 최선이라고 봅니다. 광주극장은 새로운 방
식의 영화로 하여금 더 많은 사람을 아우르는 데 있지 씨네필들의 밀실
로 존재하는 것이 아니잖습니까. 몸을 던져 희생을 강요하는 논리는 무
모하고 위험하다기보다 비겁하다고 생각합니다." (oz_affinit)

"저도 많은 영화들을 좀 더 자주 보고 싶지만, 메종이나 후회나 수면
또는 허니 같은 영화들 덕분에 광주극장도 조금 여유를 갖고 또 광주
극장을 모르던 사람들이 그 존재를 알게 되길 바라고 있습니다. 그리고
사실 광주극장이 자선사업을 하는 것도 아니고... 정작 몇몇이 바라는
영화들을 틀면 그 몇몇만 보고 만다는 현실이 있잖습니까. …… 결국은
이상과 현실의 조화라고 생각합니다. 너무 이상에 치우쳐 있지도 않고
그렇다고 현실적이지도 않은... 저는 지금의 광주극장이 정말 딱 좋다
고 생각합니다." (cordulce)

이러한 논쟁은 시네마테크 전용관 서울 아트시네마가 완전히 예술
영화전용관으로서의 정체성을 확립하고 있는 것과 달리 광주극장은
예술영화전용관이기는 하지만, 확장된 예술영화의 범주에서 영화가
선택되고 상영되기 때문에 야기된 것으로 볼 수 있다. 따라서 예술영
화전용관에 대한 관객들의 인식과 기대치가 조금씩 차이가 있는 이상
이 문제는 항상 내재되어 있을 수밖에 없는 갈등이라고 할 수 있다.

5.3. 광주극장의 장소적 의미

광주극장은 '어떤 영화를 상영할 것인가'와 함께 극장이라는 공간의
독특함, 영화관람이라는 체험이 사람들에게 주는 감수성을 중요하게

생각하는 극장이라 할 수 있다. 즉, 멀티플렉스 영화관처럼 똑같이 생긴 공간에 들어가 사람들이 그 속에서 모두 동질적인 영화보기를 체험하기 보다는 다르게 생긴 극장에서 영화보기를 통해 사람들은 영화의 내용뿐만 아니라 공간이 주는 독특한 체험을 하게 된다는 것이다. 그런 점에서 광주극장은 오래된 극장의 시설과 이미지를 잘 활용하고 있다.[28] 영사실을 개방하거나, 극장의 옛날 좌석, 최초의 영사기, 손으로 그린 간판 등을 전시하여 멀티플렉스에 익숙한 젊은 층에게는 극장의 역사를 보여줌으로써 신선함과 신기함을, 노년층에게는 향수를 불러일으키고 있다(〈그림 1〉 & 〈그림 2〉 참조).

〈그림 1〉 오래된 영사기 전시   〈그림 2〉 극장 간판 포스터 전시

광주극장이 가진 또 하나의 색다름은 극장이 영화 상영의 공간만이 아닌 인접 문화와의 소통공간으로 활용되고 있다는 점이다. 1층과 2층 사이 카페테리아처럼 꾸며진 곳에서는 다양한 이벤트들이 열리는데 2007년에는 재독 미술가 안향희씨의 기획으로 '프로젝트 액트아트(Ac/rT)'가 진행되었다. '프로젝트 액트아트'란 공공미술 프로젝트

---

28) 정인선, 「멀티플렉스 시대, 지역 극장의 새로운 모색」, 『영화진흥위원회』(이슈 페이퍼 7~4), 2007.

로 극장의 공간을 이용해 예술가들의 미디어아트를 전시하고, 한 달에 한 번씩 워크숍 등의 문화 이벤트를 진행하며 관객의 자발적인 참여를 유도하는 프로그램으로 2007년 동안 광주극장 내부 공간을 활용하여 전시되었다. 2층 상영관 입구 주변의 공간 역시 극장과 공공예술가들이 마련한 각종 워크숍이 진행된다. 영화 관련 미술 워크숍뿐만 아니라 소원지 걸기 이벤트, 루이 말과 잉마르 베리만을 추억하며 프랑스 쿠키와 스웨덴 쿠키 굽기 이벤트, 젊은 예술가 김은와, 조은애의 〈잃어버린 기억을 찾아서〉 전시회 등이 열렸다(〈그림3〉 참조). 이처럼 광주극장은 공공미술의 힘을 빌려 공간으로 관객에게 말을 거는 다양한 방식을 모색하고 있다.[29]

　광주극장에서는 미술 작품 전시뿐만 아니라 음악 공연도 열리고 있다. 헤드윅 영화 상영에 맞춰 록밴드가 공연을 하거나 첼로 연주회가 열리기도 하였다. 이처럼 광주극장에서 다양한 공연 및 행사 진행이 가능한 이유는 극장이 처음 만들어 질 때 영화 상영 공간만이 아닌 공연 및 강연회가 가능한 공간으로 설계되었기 때문이다. 또한 해방 직후 광주극장은 정치적인 집회와 대중연희의 공간으로서의 이용되었는데 이러한 설립 초기의 성격을 이어 받아 2008년에는 6.15 남북공동선언발표 8돌 기념 북한 영화음악콘서트가 열리기도 하였다.

---

29) 장영엽, 「전국 아트플러스 상영관 순례 ①개관 73주년 맞은 광주극장」, 『넥스트플러스』(41호), 2007.

〈그림 3〉 액트아트 작가들의 영상작품들[30]

광주극장은 광주지역에서 역사적으로 그리고 영화적으로 의미 있
는 공간이기 때문에 예술인들에게 자주 이용되는데, 2008년 광주비엔
날레에서는 광주극장이 하나의 거대한 작품이 되기도 하였다. 비엔날
레측의 설명을 빌자면 광주극장에서 라이나 베르너 파스빈더의 '베를
린 알렉산더 광장'[31]을 총 28회에 걸쳐 상영했는데 이것 자체가 비엔

---

30) 이광재, 「영화도 보고 예술행사도 하고 주말 광주극장 즐길거리 풍성」, 『광주드
림』, 2008. 10. 10.
31) '베를린 알렉산더 광장'은 되블린의 소설을 각색한 것으로 감독 파스빈더가 1929
년 TV 프로그램으로 제작했는데 이 프로그램이 상영되던 시기는 도시 전체가 나
치정권으로 어수선했던 시기다. 이 작품은 베를린의 룸펜 프로레타리아 프란츠
비버코프의 일생을 다뤘다. 비버코프는 살인죄로 감옥살이를 한뒤 세상에 나와
아무런 연고없이 살다가 자신의 의지와는 무관하게 비극적인 사건에 얽히면서 결

날레 출품작이었다.

이와 같은 광주극장의 다른 문화예술 분야와의 소통의 시도는 멀티플렉스가 아닌 지역의 단관 극장만이 지역적 커뮤니티 안에서 시도할 수 있는 실험으로 극장을 단지 영화만을 소비하는 공간이 아닌 소비와 함께 문화적 담론들이 생산될 수 있는 공간[32]으로 만들고 있다.

광주극장의 이러한 시도는 공공미술이나 연주회가 열리는 작고 소박한 문화예술 공간으로서 관객들에게 영화 상영 이외의 또 다른 예술적 효용을 제공하고 있다. 광주극장이 문화공간으로 활용되면서 전문가들 이외에도 관객들의 자발적인 문화 참여가 일어났다.

"위에 사진은 일본 인디 때 전시? 했던 것들이고 애니메이션과 커피와 담배 이벤트 전시 사진은 아직 업데이트를 못했네요. 한 세 차례 정도 장을 벌였습니다. …… 이번 프랑스 영화제 때도 당연히 열 생각입니다. 제가 영화를 보러다니면서 조금조금 모아온 것들이 영화제 상영 때마다 얼마나 유효할지는 모르겠지만 프랑스 영화제때는 또 그에 맞는 것들을 찾아서 챙겨가겠습니다. …… 우리들의 이벤트는 앞으로도 쭈~~~~욱 계속해서 만들어 가자구요." (명화극장)

"광주극장에서 전시를 하고 싶은 생각. 전부터 생각은 했지만... …… 광주극장 이곳이라면 꼭 한번 전시를 하고 싶다는 생각이 들었다.

국 나락으로 떨어지는 인물로 알려졌다. 이런 비극적인 시대 상황과 암울한 삶이 마치 현대의 물욕과 몰가치성, 생명경시 풍조 만연, 권력에 의한 인권탄압과 말살 등을 상징하는 듯하다(고선주, 「광주극장에서의 또 다른 실험」, 『광남일보』, 2008. 9. 29).

32) 박구용, 「광주극장으로 가는 여행」, 『한겨레신문』, 2007. 9. 19.

······ 작지만 소박한 전시_ 다양한 전시를 통해 사람들과 교감하고 싶
다. 작은마음 바램이다. 꼭 나중에 광주극장에서 전시를 하겠다. ㅋㅋ"
(콩쥐언니)

  ㄴ, "ㅎ 저도 전시회를 비밀리에 계획중이였는데요 ㅋ" (안개아침)

  이상에서 볼 수 있듯이 광주극장의 관객들은 극장 공간을 영화 상
영만을 위한 공간으로 여기기보다는 다양한 문화 활동들이 공존할 수
있는 공간으로 생각하고 있다. 더욱이 극장을 극장주 소유의 공간으
로 보다는 경영자와 관객들이 함께 만들어가는 공간으로 여기고 있기
때문에 관객들이 스스로 생산적인 활동들을 만들어가고 있음을 볼 수
있었다.

6. 움직이는 텍스트로서 관객 읽기

  영화관람 관련 여러 연구들이 관객의 유형을 밝히거나 영화관
람의 동기들을 밝혀냈는데, 대체로 자아충만의 미적경험(self-
fulfilling aesthetic experience), 쉬고 싶고(to relax) 즐기고 싶은(be
entertained) 욕망(desire), 사회적 목적(social goals)달성, 새로운 경
험(new experiences), 학습(to learn) 욕구 등으로 나타났다. 한국에
서는 주로 영화진흥위원회에서 영화 관객에 관한 조사가 이루어졌다.
2004년 영화진흥위원회의 보고서에서는 영화 중심 유형, 여가 중심
유형, 사회적 관계 중심 유형으로 관객의 관람 유형을 나누고 있다. 남
궁영은 영화관람 동기유형과 특성에 관해 연구하였는데 간략하게 살

펴보면 영화관람 동기유형은 크게 4가지, 오락지향형, 분석취향형, 환
상추구형, 감정고양형으로 구분되었다.[33] 먼저 오락지향형은 관람의
오락적 가치를 추구하는 집단으로 영화가 재미있고 볼거리가 많으며
신나는 것이어야 이들을 영화관으로 끌어들일 수 있다. 이 유형의 사
람들에게 무거운 주제나 메시지 등 심각한 영화는 다가가기 힘들다.
두 번째로 분석취향형에 속한 사람들은 영화에 대해 분석비판하고 영
화선택에 있어 주관이 확실하지만 되도록 많은 영화를 접하려고 노력
한다. 세 번째 환상추구형은 영화관람이 가져다주는 나르시즘과 기분
전환의 기능을 즐기는 사람들로 자신이 좋아하는 장르의 영화를 보기
위해 미리부터 준비하는 버릇이 있으며, 분위기 좋은 극장에서 자신
이 좋아하는 배우의 연기를 보기 원하는 경향이 있다. 마지막으로 감
정고양형은 예술성 높은 작품들을 추구하는 감상주의자들로, 시간이
허락하는 한 혼자서 영화 감상하는 것을 주저하지 않으며, 역사물, 전
쟁물, 다큐멘터리, 페미니즘 등의 장르를 좋아하고 코미디, 로맨틱 코
미디, 액션, 할리우드 블록버스터 등을 상대적으로 싫어한다.

이상의 관객 유형을 광주극장을 찾는 관객들에게 그대로 대입하여
살펴보기에는 어려움이 따르지만 어느 정도는 광주극장 관객들의 소
비행위에 연관시킬 수 있다. 광주극장에서 가장 보기 어려운 유형은
오락지향형으로 이들이 선호하는 코미디, 로맨틱 코미디, 액션, 특히
할리우드 블록버스터와 같은 영화는 광주극장에서 거의 상영되지 않
기 때문이다. 반면 분석취향형과 감정고양형의 유형은 이 연구에서

---

33) 남궁영, 『영화관람 동기유형과 그 특성에 관한 연구』, 한국외국어대학교 박사학위
논문, 2002.

분류한 영화 소비 유형과 어느 정도 맥이 닿아있다. 분석취향형의 사람들은 영화 취향이 잡식성인 사람들로 볼 수 있는데 영화 장르에 대해 호불호를 가리지 않고 화제의 영화를 빼놓지 않고 관람하며 남들보다 영화를 먼저보고 주위 사람들에게 평을 해주는 것을 즐기는 영화 선도자들이라고 볼 수 있다. 다음으로 감정고양형의 사람들은 예술성 높은 작품을 추구하고 혼자서 영화 감상하는 것을 주저하지 않는 사람들로 일반적으로 영화 마니아들이라고 볼 수 있다. 광주극장 관객들 중 이러한 모습을 보이는 사람들은 주류영화 소비자들과 대비하여 자신들의 정체성을 확보하고자 하는 모습을 보인다. 또한 영화에 대해 가져야할 존중이나 관객들이 극장에서 지켜야할 예절 등과 관련한 글을 작성함으로써 전문적이고 취향적인 소비의 측면을 강조하고자 한다. 다시 말해, 이들은 취향에 따라 영화를 소비하고자 극장을 찾기 때문에 다른 극장에서 영화를 보는 사람들 보다 극장 예절을 잘 지킨다든지, 극장의 존재에 대해 아는 이들이 많지 않다든지 하는 내용 등을 통하여 자신을 여타 영화수용자와 차별화하고자 한다. 이상의 유형에 속하는 사람들은 영화관 선택이 영화 취향에 기반하고 있기 때문에 더 좋은 영화관이 생기거나 다른 영화관에서 자신의 취향을 만족시켜 줄 수 있는 영화가 상영된다면 언제든지 광주극장을 떠날 수 있는 사람들이다. 하지만 광주극장 관객들 중 앞의 유형에 속하지 않는 사람들도 존재한다. 이들은 극장 자체에 대한 충성도가 높은 관객들로 특정 영화가 그 극장에서 상영되기 때문에 혹은 특정 극장에서 그 영화가 상영되기 때문에 영화를 보고 극장을 찾는 사람들이다. 이들 중에는 예술영화의 취향을 가진 사람도 있고 오랜 시간 광주극장을 다녀 예술영화전용관으로 바뀐 이후에도 광주극장이 거기 있기 때문에 찾아오는 사람들도 있다. 이런 관객들은 광주극장이 취향에 기반함과 동시에 지역성이나 공공성 등 다른 특징적인 이유가 동반되지 않으면, 적극적 소비자로서의 관객이 존재하기 어려우며 결국 광주극장도 존재의 이유가 없어지게 된다는 점을 보여준다. 이상의 기존 연구의 분석을 기반으로 보다 구체적으로 광주극장 관객들을 살펴보았다.

6.1. 취향으로서의 예술영화 소비

광주극장은 기본적으로 영화관이다. 따라서 광주극장에 오는 사람들의 다수가 영화 관람을 위해서 극장을 찾는다. 특히 광주극장에 오는 사람들은 상업영화관에서 보기 힘든 예술영화, 비주류 영화, 혹은 상업과 예술의 경계에 있는 영화들을 보기 위해 온다. 이들에게서 발견된 특이점은 예술영화를 선호하지만 그 외 상업영화들에 대한 소비도 높은 수준이라는 점으로 영화 장르 전반에 걸쳐 매우 높은 소비를 하고 있었다. 이는 과거 부르디외를 비롯한 일부 사회 이론들이 고급문화와 대중문화를 질적으로 차별화하여 문화 향유와 계급을 상응관계로 설명했던 것과 달리 다양한 문화적 가치로 소비하는 욕구가 확대된 상황에 대해 가정하고 있는 피터슨의 '잡식성-단식성 가설'로 설명이 가능하다. 잡식성-단식성 가설은 계층별 문화적 선택의 패턴이 상위계층은 고급문화, 하위계층은 대중문화처럼 일대일로 대응하는 식으로 나타나지 않고 얼마만큼 다양한 문화를 향유할 수 있는가의 능력으로 구분된다는 것이다. 즉, 상위계층이 하위계층에 비해 고급문화를 훨씬 더 많이 소비하는 경향을 보이는 것은 사실이지만, 특정한 고급문화만을 고집하는 상위계층 구성원들은 극소수에 불과하며, 대다수는 고급문화 이외의 다양한 문화를 소비하는 반면 하위계층은 문화소비의 폭과 종류가 제한적이다.[34] 광주극장에서 예술영화를 소비하는 관객들 역시 이러한 가설을 지지하고 있다. 광주극장 관객들은 예술영화를 소비하기도 하지만 동시에 상업영화에 대한 소비도 높은 편으로 대체적으로 다양한 영화를 소비하고 있다는 점을 알 수 있었다.

"영화요? 잡식성이에요. 다 봐요. 다 좋아해요. 그 외 다른 취미는... 운동? 음악 듣는 거? 그냥 애들 듣는 거 그런 거 듣고 그래요. …… 클래식은 잘..." (C, 20대)

"영화는 여기 저기 가서 다 봐. 어릴 때부터 좋아했었거든. 중학교를 광주로 와서 그 때부터 쭉 좋아했지. …… 그림은 내가 원래 전공하고 싶었던 거라. 국문과랑 미대랑 고민하다가... 나는 예술은 완전히 천재들만 해야한다고 생각해서. 미대 안갔어. …… 가끔 광주에서 전시하면 가거나... 저번에는 전시 보러 서울 다녀왔어. 근데... 우리는 잘 못해도 딱 보면 어느 정도 한 줄 아니까... 가끔 아니다 싶은 화가들도 전시하고 그러더라고." (E, 60대)

특이점은 취향의 분야에 있어 세대별로 약간의 차이를 보였는데, 젊은 세대의 경우 영화에 있어서는 다양한 장르를 아우르는 소비 행태를 보였으나 다른 문화예술분야에 대한 관심은 음악 분야를 제외하

---

34) 전범수·이상길, 「영화 장르의 사회적 소비 구조」, 『한국방송학보』(18-3호), 2004, 554~597면.

고는 낮았다. 음악에 있어서도 음악 장르를 수직적으로 계층화 시키지 않는다 해도 다양한 장르를 소비하기 보다는 클래식 이외에 대중음악, 인디음악 등을 즐겨들었다. 반면 40~50대의 경우 영화에 있어서 뿐만 아니라 미술, 음악 등 문화 일반에 대한 조예가 깊었다. 이들은 미술 전시회나 클래식 공연장을 자주 찾고 있었으며 전문가 수준은 아니지만 상당한 수준의 지식을 가지고 있음을 알 수 있었다.

6.2. 기호로서의 예술영화 소비와 소수화된 관객 정체성 형성

시드니 레비(Sidney Levy)는 소비자가 제품을 구매함에 있어 효용적 가치보다는 그 제품에 담긴 사회적, 주관적, 정서적 의미 및 제품을 소비하는 과정에서 느낄 수 있는 감정이나 이미지에 기초하여 제품을 구매한다고 보았다.[35] 유사한 맥락에서 장 보드리야르 역시 소비가 구매자가 자신이 구매한 물건을 타인에게 내보임으로서 자신의 '정체성 의식'을 창조하고 유지하려는 시도에 적극적으로 관여하는 과정으로 개념화되어야 한다고 주장한다.[36] 다시 말하면, 사람들은 상품 그 자체, 즉 이용가치에서의 상품을 소비하는 것이 아니라 자신을 타인과 구별 짓는 '기호'로서 상품을 소비하며 사용 가치 이외의 가치를 획득하려는 경향이 있다는 것이다.

이러한 소비 유형을 광주극장의 관객들에게서도 볼 수 있었다. 이

35) S. Levy, "Symbols for Sale", *Harvard Business Review*, the 37 issue, 1959, pp. 117~124.
36) 조승이, 『현대 소비사회의 대중여성과 여성포털사이트에 관한 연구 : 보드리야르 소비 이론』, 성균관대학교 석사학위논문, 2007, 25면.

들에게 있어 예술영화 소비는 자신의 영화 취향이 예술영화라기보다는 예술영화가 가진 상징적 의미, 즉 고급문화라는 상징성 때문이었다. 이것은 영화라는 장르, 특히 예술영화전용관에서 상영되는 영화가 '지적인' 구별짓기를 가능하게 하는 장르로서 수용되고 있음을 보여준다. 여기에 덧붙여 또 다른 특이점은 광주극장에서 상영되는 영화가 예술영화인지 아닌지 보다는 '소수'의 사람들만이 알고 향유하는 영화라는 이유가 이들에게 더욱 중요하게 작용하고 있음을 볼 수 있었다. 다시 말해, 영화 자체가 갖는 어떤 상징성도 중요하지만 그것을 향유하는 사람들이 소수라는 점이 극장을 찾는데 크게 작용하고 있음을 볼 수 있었다.

> "엄마가 뉴스 보다가 영화 보러 가자고 대뜸 불러댔다. 뉴스 좀 보라면서 '워낭소리' 요걸 보잰다. 그다지 유명한 감독도 아니고 사람들에게 알려진 영화배우가 나오는 것도 아닌데다 다큐랜다...-- 근데 사람들 사이에서 입소문이 돌아 100만이 넘었다고 뉴스에 나온거다. 오~욜~~~~! 인터넷에 찾아보니 전국에 딱 7개관에서만 상영한단다 ㅋㅋㅋㅋㅋㅋㅋ 간지난다. 오. ㅋㅋㅋㅋ" (블로그, enjoy_se)

> "워낭소리와 낮술이 대세인가... 대세타면 또 안보는 청개구리 심보라...ㅋ." (블로그, kyh066)

이러한 소비 유형은 영화 소비를 통해 일종의 문화적 우월감을 확인하는 것으로 특히 젊은 층에서 발견되었다. 이들은 멀티플렉스에서 상영되는 상업영화를 보는 다수의 사람들과 자신을 구별 짓는 방식으로 정서적 소수자들이 갖는 우월감을 갖는다. 즉, 남들과 차별된 어떤 취향에 돈과 시간, 그리고 관심을 투자한다는 것 자체를 스스로 만족스럽게 여기고 스스로 비주류가 되고자 하는 욕망을 가지고 있다. 이러한 문화소비 형태는 비단 예술영화 장르에서만이 아니라 인디음악의 향유 태도에서도 유사하게 나타나는데 이들에게 소수의 문화, 비주류 문화는 소외 받거나 차별받는 문화라기보다는 오히려 상업화되고 대중화된 입맛에 길들여지지 않은 세련되고 즐길만한 문화로 받아들여지고 있다.

상징적 소비, 스타일의 소비가 과시 욕구를 통해 분수에 맞지 않은 사치품이나 고급품의 구매 행동으로 나타났을 경우 문제가 있지만, 때로 다른 사람들과 차별된 문화를 소비함으로써 자신을, 또는 자신이 속한 조직을 차별화시키기 위한 셀프 프로모션 전략으로 사용되기도 한다. 예컨대 '예술영화' 관객들에게 '일반 관객'은 타자로 설정되고 '할리우드 영화'로 상징되는 문화적 식민주의 속에서 비주체적이고 몰개성적으로 소비하는 것으로 담론화 된다. 이러한 담론 구조 속에서 '예술영화' 관객들은 타자로서의 일반 관객에 대한 거리두기를 통해 자신의, 그리고 더 나아가 같은 공간에서 같은 영화를 보는 사람들을 아우르는 자신들만의 정체성을 획득하고 있었다.

> "영진위 기금 없어지면 우짤까나. 패밀리 멤버쉽 하자고하면 욕먹을까. '식구' 개념 도입하면 좋을텐데. 지키고 싶다는 마음과 약간의 사명감 그리고 오랫동안 쌓여온 추억들을 아우르는 소속감을 묶어보면 재미있을텐데." (블로그, kyh066)

위의 인용구를 광주극장 관객 전체의 경향으로 일반화할 수는 없지만, 이들이 사용하는 언술 속에서 광주극장 관객들이 극장에 오는 다른 관객들과 동질감을 형성함과 동시에 자신들과 타 극장 관객과의 구별을 통해 동질적인 집단으로서의 정체성을 공유하고 있음을 볼 수 있었다.

7. '극장 가기'의 매력

진정으로 영화를 본다는 것은 '영화관에서 영화를 보는 것'이다. 다시 말해 영화관에서 영화를 보는 일, 그것은 '관객의 몸이, 영화관이라는 주어진 공간, 고정된 공간과 관계를 맺는 일이다.[37] 이처럼 영화를 보는 공간인 '극장'은 관객들에게 상영되는 영화만큼 중요하며, 때로는 극장에서 상영되는 영화보다 지금 자신이 그곳에서 영화를 보고 있다는 사실이 더 중요할 수도 있다. 광주극장 관객은 영화를 보고 있는 극장이라는 공간이 만들어내는 독특한 아우라에 싸여 공간이 주는 독특한 체험을 즐기고 여기에 적극적인 자세로 참여하기도 한다.

"나는 광주극장이 거기 있어서 행복한 사람이다. 사실은 어떤 필름이 돌고 있는지는 그렇게 중요하지 않다. 그 곳의 모든 필름들은 아름답다. …… 극장 2층 유리창 가에 놓인 테이블과 흡연구역이란 표지가 붙은 테라스가 오늘도 비어 있을 광주극장 사랑해." (rudnfskan202)

---

37) 심은진, 「영화, 영화관, 상상의 섬」, 『영화연구』(18호), 2002, 49면.

"어쩔 때는 영화보다 극장 자체가 좋아지는 그런 때가 있더라고요.-
그냥 좋은 느낌. 프리다, 클림트 잘 보았습니다. 가끔 영사실의 필름 돌
아가는 소리가 들릴 때 커피를 마시는 것처럼 기분이 좋아져요." (진)
    └, "네 정말 영화보다 극장이 더 좋을 때가 많아요.. ^^" (cordulce)

"어두운 조명이 깔린 복도. 그곳에 놓여진 의자와 테이블, 그리고 적
막. 이곳에서의 커피와 담배, 독서, 음악을 듣는 것, 이 모든 것을 난 사
랑해. 사실 사랑할 수밖에 없어. 상영을 기다리기 위해서가 아니라, 이
모든 것을 위해 상영을 기다려. 극장에 시간 맞춰 와서 단순히 영화만,
그것도 엔딩 크레딧이 채 올라가기도 전에 발걸음을 옮긴다는 일이
얼마나 삭막한 일인지 조금 더 많은 이들이 깨닫게 된다면 영화가, 사
람이, 극장이, 세상이 모두가 다 조금 더 아름다워 질텐데." (배종태)

  광주극장 관객의 경우 영화를 선택하고 극장에서 보기까지의 일반
적인 과정이 다른 극장의 관객들과 차이가 있음을 보여 준다. 일반적
으로 사람들은 멀티플렉스의 등장 이후 먼저 영화를 선택한 후 극장
을 선택하는 과정을 거쳤다. 다시 말해, 와이즈 릴리즈 개봉 방식의 도
입 이전 필름 프린트 벌수의 제한으로 특정 영화가 몇몇 영화관에서
만 상영 되었던 시절에는 특정 영화를 보기 위해서는 특정 영화관에
가야 했었던 것과 달리 오늘날에는 영화가 극장의 제약 없이 전국적
으로 거의 모든 극장에서 동시에 상영되기 때문에 영화를 정하고 그
후에 극장을 고른다. 이때에 어떤 극장에서 볼 것인가는 극장의 위치,
편리성이 고려되어 선택될 뿐 역으로 영화 선택에는 극장은 거의 영
향을 끼치지 않는다. 그러나 광주극장에서는 멀티플렉스와 조금 다른

과정을 볼 수 있었다. 영화를 먼저 선정하고 광주극장에 시간에 맞춰 가는 경우가 대다수이기는 하지만, 광주극장에서 영화를 보기로 결정한 후에 상영되고 있는 영화 프로그램을 살펴보고 그 중에서 영화를 선택하는 경우도 다수 볼 수 있었다. 이처럼 영화 선택의 선후 문제에 있어 광주극장에서 다른 극장과 차별적인 모습을 볼 수 있는 것은 광주극장을 찾는 사람들에게 영화 관람 못지않게 극장 자체가 어떤 의미를 가지고 있음을 보여준다.

유사한 맥락에서, 광주극장 온라인 카페 게시판이나 블로그의 글들에서 가장 자주 볼 수 있는 표현은 "광주극장에서 OOO 봤다" 또는 "광주극장에 다녀왔다"라는 표현이었다. 이 역시 광주극장이 단순히 영화 상영 공간 이상의 의미를 가지고 있음을 보여주는 것으로, 광주극장 관객들은 영화를 보러 가기 이전에 극장에 간다는 문화적 행위를 경험하고 있었다. 이는 광주극장이 '영화 보기'와 같은 본래의 필요를 충족시키는 공간이라는 의미 외에 오래되고 낡은 공간, 첨단화되고 시스템화 되지 않은 서비스 등 광주극장만의 독특한 극장 풍경이 주는 감성적 효용, 예술적 효용을 제공하는 공간이라는 의미를 갖는다는 것이다.

> "광주에서 25년을 살다 최근 서울로 거처를 옮긴 영화광입니다...
> …… 얼마전엔 하이퍼텍 나다에 갔었는데 깔끔하고 아담한 외관과 편리한 위치 등등 훌륭해 보였지만, 그래도 역시 광주극장의 연륜있는 포스는 따라갈 수가 없구나, 하고 느꼈습니다. 역사가 묻어있는 극장 건물... 여기저기 친구들과 지인들과의 추억이 서려있는 장소들... …… 따뜻한 담요와 보풀이 까칠까칠 느껴지는 극장 좌석까지 어느 것 하나 맘

에 안 드는 것이 없었는데... 흑흑 ㅠㅠ"(테사)

"가까이에 있어 얼마나 귀한 줄 깜빡깜빡 잊기도 하지만, 그래도 광
주극장은 정말 제 마음의 고향 같은 곳이에요. 힘들면 언제나 찾아갈
수 있고 항상 그 자리를 지키고 있는 고마운 곳"(띵)

광주극장에서는 다른 극장에서 볼 수 없는 풍경들을 볼 수 있는데,
이는 광주극장이 멀티플렉스 영화관뿐만 아니라 처음부터 예술영화
전용관으로 지어져 세련되고 잘 정비된 전용관들과도 다름을 보여준
다. 862석이나 되는 대형 극장에 한 회당 들어오는 관객은 2~10명으
로 다른 극장들처럼 냉난방 시설이 잘 갖춰져 있지 않을뿐더러 이미
보유하고 있는 시설로도 관객들이 불편 하지 않을 만큼 해주는 것이
불가능하기 때문에 상영관 입구에 담요를 준비해 놓고 필요한 관객들
이 사용할 수 있도록 하고 있다. 또 영화관 하면 떠오는 팝콘과 콜라는
볼 수 없다. 커피도 아르바이트생이 직접 내린 커피를 관객들이 자율
적으로 돈을 내고 마실 수 있게 준비되어 있다. 영화표에 좌석은 정해
져 나오지만 그 자리에 가서 앉는 사람은 없다. 자유롭게 자신이 영화
를 즐기고 싶은 좌석에 앉아서 볼 수 있다. 이런 낡고 노후된 광주극장
의 시설과 자율적 서비스는 멀티플렉스에 익숙한 사람들에게는 불편
하게 느껴지지만 광주극장을 자주 찾는 사람들은 이런 불편함을 오히
려 광주극장만의 매력으로 여기고 있었다.

"불편함이라고 말하는 부분들이, 저에겐 다른 곳에서 느낄 수 없는
경험&추억&낭만들인데... 사실 춥긴 춥죠? 그래서 광주극장 갈 땐 구

두신지 않고 등산양말에 운동화를 신고가지요.^^ 그리고 무릎담요 꼼
꼼하게 덮고, 원두커피 한 모금씩 홀짝홀짝 마실 때 그 짜릿함이 과연
'불편하다'라는 단어로밖에 표현이 안 되는 건지…" (ㅂㅈㅂㅈ)

　"추워도 담요 덮고 영화 보는 것도 광주극장이라서 가능한 낭만이라
고 생각해요. 불편함 마저 사랑해주는 광주극장 팬들이 많아지길… 하
는 작은 욕심^^" (켄짱조아)

　광주극장을 찾는 사람들에게는 광주극장이라는 이름 자체가 어떤
특별한 감성 코드와 연관된 공간의 정체성을 내포하고 있었다.

8. 나가며

　지금까지 대부분의 극장 관련 연구들은 극장이 가진 다차원적인 의
미를 살펴보지 못하고 사람들이 어떤 과정을 거쳐 영화를 선택하는
지, 극장이 더 많은 관객을 끌어모으기 위해 어디에 위치해야 하고 어
떤 서비스를 제공해야 하는지에만 관심을 두었다. 다양성 영화를 위
한 연구들 역시 마찬가지이다. 관객들이 다양한 영화를 향유할 수 있
어야 한다는 당위적 차원에서의 접근과 다양성 영화 상영을 위한 정
책적 지원에 관한 연구가 대부분이었다. 따라서 이 글은 극장이 문화
공간이자 소비의 공간이라는 점에서 여러 가지 상징적인 현상들이 나
타나는 장으로, 영화의 소비가 이루어지는 공간임과 동시에 공간에
대한 의미부여와 해석이 발생하는 곳으로 인식하고 관객들이 극장이

라는 공간과 그 곳에서 상영되는 영화를 어떻게 향유하고 소비하는지 살펴보았다.

이 글은 광주극장이라는 공간이 가진 의미와 그 안에서 일어나는 다양한 활동이라는 두 가지 차원에 초점을 맞추어 행해졌다. 먼저 광주극장은 광주지역에서 일제시대 일본자본에 의해 설립된 극장들의 조선인 차별에 대항하여 민족자본으로 세워진 최초의 극장이라는 역사성을 가지고 있다. 특히 공연물의 상영뿐만 아니라 정치적인 집회와 대중연희와 같은 문화 공간으로서의 성격을 형성하였다. 극장 환경의 변화와 광주의 지리적 여건이 변화해 가면서 광주극장 역시 흥망성쇠를 거듭하였다. 특히 1990년대 후반 멀티플렉스가 광주 지역에 등장하면서 광주지역의 단관극장과 소자본 극장들이 어려움을 겪게 되고 광주극장 역시 관객이 크게 감소하게 되었다. 경영상의 어려움을 타개하기 위해 지역극장들이 업종변경 또는 소규모 멀티플렉스로 변화를 시도한 것과 달리 광주극장은 단관극장이 가진 장점을 살려 멀티플렉스에서 소외받은 예술영화, 독립영화, 또는 해외영화제 수상작 등을 상영하고 대형 관을 이용해 영화제, 공연 등을 개최하면서 차별성을 갖게 되었다. 이런 활동을 인정받아 2003년부터 영화진흥위원회로부터 예술영화전용상영관으로 선정되어 지원을 받게 되면서 예술영화전용관으로서 그 성격을 보다 뚜렷이 할 수 있게 되었다. 더욱이 광주극장은 과거 광주극장이 단순히 영화 상영의 공간만이 아닌 문화 공간이었다는 점을 이어 받아 미술 작품 전시, 아트 마켓, 음악 콘서트 등을 꾸준히 기획하면서 다른 예술분야와의 소통을 시도하고 있다.

다음으로 광주극장 내부에서 일어나는 관객들의 소비행태, 의미 활동들을 분석한 결과 광주극장을 찾는 사람들은 크게 영화를 보기 위해서나 광주극장이라는 공간이 지닌 감성 코드와 분위기가 좋아서 찾고 있었다. 당연히 광주극장이 영화관인 만큼 대부분의 사람들이 영화를 보기 위해 오지만 방점을 어디에 두느냐에 따라 관객의 성격이 달라짐을 볼 수 있었다. 먼저 예술영화를 보기 위해 찾아오는 관객들이 있는데 이들은 자신들의 영화 취향이 비주류 영화라든지 독립영화, 예술영화에 가까워서 다른 상영관에서는 이런 영화들을 보기 어렵기 때문에 광주극장을 찾는 사람들이다.

한편, 취향이 예술영화라기보다는 예술영화를 하나의 기호로써, 다시 말해 예술영화가 가진 고급문화라는 상징성, 여기에 덧붙여 광주극장이 예술영화전용관으로서 내포하고 있는 상징성을 소비하기 위한 관객들도 존재하였다. 이들에게서 볼 수 있는 특징은 이들이 광주극장의 관객들과 다른 극장의 관객들을 구분짓고 있다는 점이다. 요컨대 광주극장 관객들과는 일종의 유대감을 형성하는 반면 타 극장 관객들과는 거리두기를 통해 그들을 타자로 설정하고 있었다. 즉, 이들은 특정한 공간에서 특정한 영화를 소비하는 행위 자체에서 차별화를 시도하고 있었다. 마지막으로 광주극장 자체의 매력 때문에 오는 사람들도 있음을 알 수 있었다. 이들은 광주극장이 지닌 특유의 분위기, 즉 화려하고 잘 정비된 멀티플렉스들과 달리 낡고 노후된 건물, 조직적이지 않은 시스템과 서비스를 광주극장만이 가진 매력으로 느끼고 이에 만족해 극장을 찾는 사람들로 이들에게는 광주극장이라는 이름 자체가 특별한 감성 코드와 연관된 공간의 정체성을 갖는다. 주목할 만한 점은 이들에게서 광주극장에 대한 충성도가 가장 높게 나타난다는 점이다.

이상에서 살펴보았듯이 극장은 기본적으로 영화 상영을 위해 만들어진 공간이다. 그리고 그곳의 관객들은 영화를 보기 위해 모인 사람들이다. 영화 보기라는 동일한 목적을 가지고 사람들이 모인 곳이라는 의미에서 극장은 '공적인 공간'이다. 그러나 광주극장은 영화만이 소비되는 공간이 아니다. 극장에서는 영화도 소비되지만 영화를 상영하고 있는 공간 그 자체도 소비되며 같은 공간에서 함께 영화를 보는 다른 관객들도 함께 소비된다. 광주극장을 찾는 사람들에게 영화를 본다는 것은, 그리고 광주극장을 간다는 것은 극장의 영화 프로그램, 관람 방식, 실내 분위기와 역사 그리고 같은 취향을 매개로 한 인연까지를 아우르는 의미를 갖는다. 이처럼 극장은 다중의 의미를 지닌 공간이며, 그 안에서 일어나는 관객의 행위 역시 다중의 의미를 지니고 있는 공간이 된다.

2009년 4월부터 점차 영화진흥위원회가 소규모 기획전에 대한 지원을 끊고 일부 예술영화전용관을 지원 대상에서 제외하면서 서울의 대표적인 예술영화전용관인 씨네큐브, 스폰지하우스 압구정과 중앙이 문을 닫았다. 오랜 역사와 아날로그적인 매력에 기대 겨우 1년에 2~3만 명에게 존재의 가치를 인정받고 있는 광주극장 역시 옛 도심인 금남로와 충장로의 근현대 건축물들을 도시의 역사를 기억하고 문화를 향유하는 공간으로 조성하겠다는 광주시의 계획 하에 390석짜리 예술영화전용극장, 영화체험관, 영화박물관 등으로 리모델링될 예정이다.[38] 근 몇 년간 CGV, 롯데시네마, 메가박스 등 대형 멀티플렉스 체인이 상영관 일부를 예술영화관으로 운영하면서 예술영화에 대한 접근성이 더 높아졌다고 생각할 수도 있고 다양성 영화의 상영 여건이

---

38) 안광옥 · 박임근, 「역사 숨쉬는 건물들 '새옷' 입어볼까?」, 『한겨레신문』, 2010. 4. 25.

확대되었다 생각할 수 있다. 물론 수적으로 그리고 표면적으로 예술영화, 독립영화에 대한 접근성이 높아졌다는 것을 부인할 수는 없다. 하지만 영화를 경험하는 맥락까지 예술영화 보기에 포함한다면 예술영화전용관에 대한 멀티플렉스의 진입이 마냥 환영할 만한 일인지는 추이를 지켜봐야 할 것이다.

체인화된 혹은 도시 계획에 의해 잘 정비된 예술영화전용관이 광주극장이 갖는 문화적 성격을 담보해 낼 수 있을까? 광주극장의 역사성, 경영상의 어려움에도 불구하고 상업영화에 밀려 상영의 기회마저 잃어버린 영화들을 상영하겠다는 경영자의 소신, 적은 수이지만 예술영화전용관으로서의 광주극장을 지지하고 그 안에서 또 다른 생산적인 활동을 하는 관객들의 존재만으로도 광주극장이 갖는 가치는 영화관 그 이상이다. '자본'의 논리를 따르면 관객이 적게 드는 상영관은 쓸모없다. 하지만 '문화'의 논리는 광주극장이 앞으로도 계속 좋은 영화를 볼 수 있는 극장으로 남아야 하는 충분한 이유를 제공한다.[39]

이 글은, 비록 여러 한계들로 인하여 광주극장이 가진 다양한 의미와 그 속에서 일어나는 다양한 의미 활동들을 목적한 바만큼 입체적으로 밝히지는 못하였지만, 광주극장과 광주극장 관객들의 상호작용 속에서 일어나는 행위들을 이해하고 이를 바탕으로 더 많은 소비와 생산적인 행위들이 일어날 수 있는 가능성을 살펴봄으로써 광주극장을, 더 나아가 예술영화전용관을 문화적 논리로 바라볼 수 있는 단초를 제공한다는 점에서 그 의의가 있지 않았나 생각한다.

---

39) 황해윤, 「광주극장의 매력에 빠지다. 상영 영화를 보는 것만으로도 당신은 문화인!」, 『광주드림』, 2007. 6. 21.

참/고/문/헌

• 김영숙 · 이경옥 · 김민정, 「청소년의 상징적 소비성향에 관한 연구」, 『한국생활과학회지』(14-2호), 2005, 277~292면.

• 김예란, 「1990년대 이후 한국사회의 문화생산 공간과 실천에 관한 연구」, 『언론과 사회』(15-1호), 2007, 2~40면.

• 김우식 · 김재준 · 김은정, 「첨단기술산업과 문화소비의 분화」, 『사회과학연구』(17-1호), 2009, 84~106면.

• 김혜인 · 이승신, 「청소년소비자의 과시소비성향에 관한 연구」, 『대한가정학회지』(41-7호), 2003, 145~156면.

• 박소라, 「스크린 수 증가에 따른 영화의 국적 다양성과 소비 추세에 관한 연구」, 『한국언론학보』(52-1호), 2008, 5~30면.

• 심은진, 「영화, 영화관, 상상의 섬」, 『영화연구』(18호), 2002, 49~70면.

• 이무용, 「도시경관의 상품화와 문화정치」, 『공간문화비평』(4), 1998.

• 이호영 · 장미혜, 「문화자본과 영화선호의 다양성」, 『한국사회학』(42-1호), 62~95면.

• 장윤정, 「여가소비에 있어 부르디외 문화자본론의 비판-포스트모던 소비현상의 관점으로」, 『한국여가레크리에이션학회지』(31-3호), 2007, 221~231면.

• 전범수 · 이상길, 「영화 장르의 사회적 소비 구조」, 『한국방송학보』(18-3호), 2004, 554~597면.

• 전해은 · 이기춘, 「현대소비공간과 소비행동 : 동대문 쇼핑몰의 소비문화적 의미분석」, 『소비자학연구』(13-2호), 2002, 99~125면.

• 주은우, 「90년대 한국의 신세대와 소비문화」, 『경제와 사회』(21호), 1994, 70~91면.

• 김미현, 「예술영화관 지원정책 연구」, 『영화진흥위원회』(연구보고 2004-2), 2004.

• 남궁영, 『영화관람 동기유형과 그 특성에 관한 연구』, 한국외국어대학교 박사학위논문, 2002.

• 박경미, 『시네마테크 전용관의 활성화에 관한 연구 : 서울아트시네마 운영사례를 중심으로』, 동국대학교 석사학위논문, 2004.

• 박낙종 · 한범수, 「문화공간의 상징적 소비와 의미에 관한 담론 : 국립중앙박물관의 입장료 무료 정책을 중심으로」, 『한국관광학회』, 제64차 학술심포지엄 및 연구논문 발표대회, 2008.

• 위경혜, 『광주의 극장 문화사』, 다지리, 2005.

• 장영엽, 「전국 아트플러스 상영관 순례 ①개관 73주년 맞은 광주극장」, 『넥스트플러스』(41호), 2007.

• 정인선, 「멀티플렉스 시대, 지역 극장의 새로운 모색」, 『영화진흥위원회』(이슈 페이퍼 07-04), 2007.

• 조승이, 『현대 소비사회의 대중여성과 여성포털사이트에 관한 연구 : 보드리야르 소비 이론』, 성균관대학교 석사학위논문, 2007.

• A. Stichele & R. Laermans, "Cultural participation in flanders : Testing the cultural omnivore thesis with population data", *Poetics*, the 34 issues, 2006, pp. 45~64.

- B. Austin, *Immediate Seating : A Look at Movie Audience,* Belmont, CA : Wordsworth. 1989.

- D. Hesmondalgh, "Bourdieu, the media and cultural production", *Media, Culture & Society*, the 28-2 issue, 2006, pp. 211~231.

- R. Peterson, "Understanding audience segmentation : From elite and mass to omnivore", *Poetics*, the 21 issue, 1992, pp. 243~258.

- R. Peterson & R. Kern, "Changing highbrow taste : From snob to omnivore", *American Sociological Review*, the 61 issue, 1996, pp. 900~907.

- R. Peterson & A. Simkus, "How musical tastes mark occupational status groups", in M. Lamont & M. Fournier (Eds.), *Cultivating differences : Symbolic boundaries and the making of inequality*, Chicago : The University of Chicago Press, 1992, pp. 152~186.

- S. Levy, "Symbols for Sale", *Harvard Business Review*, the 37 issue, 1959, pp. 117~124.

- 고선주, 「광주극장에서의 또 다른 실험」, 『광남일보』, 2008. 9. 29.

- 김시무, 「작은 영화들 "스크린 돌격 앞으로"」, 『주간한국』, 2008. 10. 08.

- 박구용, 「광주극장으로 가는 여행」, 『한겨레신문』, 2007. 9. 19.

- 안광옥 · 박임근, 「역사 숨쉬는 건물들 '새옷' 입어볼까?」, 『한겨레신문』, 2010. 4. 25.

- 이광재, 「영화도 보고 예술행사도 하고 주말 광주극장 즐길거리

풍성」, 『광주드림』, 2008. 10. 10.

- 황해윤, 「광주극장의 매력에 빠지다. 상영 영화를 보는 것만으로 도 당신은 문화인!」, 『광주드림』, 2007. 6. 21.

- 영화진흥위원회, 「영화 콘텐츠 이용자 조사 결과」, 2007, On-line Available.

일제강점기 대구 지역의 극장

김석배

1. 머리말

우리나라 상설 실내극장의 역사는 開港과 함께 일본인들이 들어오면서 시작되었다. 우리 전통연희는 대부분 옥외에서 이루어지므로 특별히 옥내 연희 공간인 극장이 필요하지 않았다. 그러나 1876년 부산이 개항되고 이어 원산(1879), 인천(1883), 목포(1897), 군산(1899)이 차례로 개항되면서 몰려든 일본인 거류민들에게는 그들의 전통연희인 가부키(歌舞伎), 노(能), 분라쿠(文樂), 교겐(狂言), 나니와부시

* 이 글을 작성하면서 여러 분의 도움을 받았다. 귀중한 자료를 제공해 주신 홍영철, 이종소, 권상구 님께 감사드린다.

** 이 글은 필자의 선행연구(김석배, 「일제강점기 대구의 극장 연구」, 『국어교육연구』 (49), 국어교육학회, 2011 ; 김석배, 「일제강점기 대구 지역의 극장」, 『향토문화』 (27), 대구경북향토문화연구소, 2012)를 바탕으로 새로운 자료를 더하여 수정, 보완한 것이다.

(浪花節) 등을 감상할 수 있는 실내극장이 필요하였다.

우리나라 최초의 극장은 언제, 어디에 세워진 것일까? 현재까지 실체가 확인된 것 중에서 가장 오래된 극장은 1892년 5월 당시 존재했던 인천의 仁富座이고,[1] 부산에 극장이 설립된 것은 1895년 무렵이라고 한다.[2] 하지만 인천보다 일찍 개항한 부산에 먼저 세워졌을 것으로 보는 것이 자연스럽다. 서울에는 극장이 이보다 조금 늦게 등장했다. 조선인 극장으로 協律社(1902), 圓覺社(1902), 光武臺(1903), 團成社(1907), 演興社(1907), 長安社(1908), 優美舘(1912), 朝鮮劇場(1922), 東洋劇場(1935) 등이 개관하였고, 일본인 극장으로는 京城座(1906?), 歌舞伎座(1907), 壽座(1907), 本町座(1907), 浪花舘(1909), 京城高等演藝舘(1910), 御成座(1910), 大正舘(1912), 壽舘(1912), 黃金舘(1913), 有樂舘(1915), 稻荷座(1916?), 開盛座(1917), 中央舘(1922) 등이 개관하였다.[3] 당시의 극장은 활동사진뿐만 아니라 연극, 판소리, 창극, 전통연희 등 다양한 장르가 공연되고 각종 행사가 열리던 복합문화공간이었다.[4] 그리고 복합문화공간인 長谷川町 京城公會

1) 한상언, 「활동사진시기 조선영화산업연구」, 한양대학교 박사학위논문, 2010, 23~26면.
2) 홍영철, 『부산근대영화사』, 산지니, 2009, 16~17면.
3) 김려실, 「일제시기 영화제도에 관한 연구-영화관 추이를 중심으로-」, 『영화연구』 (41), 한국영화학회, 2009, 11~12면 ; 백두산, 「근대 초기 서울지역 극장문화 형성 과정 연구」, 서울대학교 박사학위논문, 2017 ; 이효인 · 정종화 · 한상언, 『한국근대 영화사』, 돌베개, 2019, 33면.
4) 연극을 공연하는 극장(theater)과 영화를 상영하는 영화관(cinema)은 원래 그 용도와 성격이 다른 공간이지만 우리나라에서는 복합문화공간으로 뚜렷한 구분 없이 사용하여 왔다. 동일 공간에서 영화 상영과 연극 공연이 이루어지고, 무용 공연과 음악회 심지어 정치집회도 개최되었으므로 이 글에서는 편의 상 극장으로 통칭하고 필요한 경우에만 구분한다.

堂은 1920년 7월에, 府民舘은 1935년 12월에 개관하였다.

이 시기에 지방의 중소도시에도 극장이 등장하여 다양한 연예 오락
물을 상연하고 활동사진을 상영하였다. 부산에는 幸座(1903경), 松井
座(1903경), 富貴座(1905), 釜山座(1907), 東洋座(1912경), 辨天座
(1912), 蛭子座(1912), 旭舘(1912), 寶來舘(1914), 草梁座(1914경),
幸舘(1915), 相生舘(1916) 등이 등장하였고,[5] 인천에는 仁富座와 協
律舍(1895경), 仁川座(1897) 등이 등장하였다.[6] 그리고 대구에도 錦
座(1907)를 비롯하여 大邱俱樂部(1911), 七星舘(1916경), 大邱座
(1917), 朝鮮舘(1920), 大松舘(1922경), 萬鏡舘(1923), 대구키네마구
락부(1938) 그리고 大邱公會堂(1931)이 등장하여 문화를 생산하고
소비하는 거점 공간 역할을 함으로써 당대 지역민들의 문화적 욕구에
부응하였다.

우리나라 극장 문화사를 제대로 정리하기 위해서는 서울 지역의 극
장에 대한 연구는 말할 것도 없고 지방의 중소도시에 존재했던 극장
에 대한 연구도 긴요하다. 그리고 당시의 대중문화의 흐름을 제대로
이해하기 위해서도 대중문화 형성의 중심에 서 있었던 극장에 대한
연구가 절실하다. 이런 점에서 최근에 지방의 극장에 대한 연구가 이
루어지고 있는 것은 매우 바람직한 일이라고 하겠다.[7]

---

5) 홍영철, 『부산근대영화사』, 산지니, 2009, 16~17면.
6) 강덕우, 「협률(協律), 협률사(協律舍), 협률사(協律社)」, 『해반』(73호), 해반문화사
랑회, 2008. 7. 27.
7) 홍영철, 『부산영화 100년』, 한국영화자료연구원, 2001 ; 위경혜, 『광주의 극장문화
사』, 다지리, 2005 ; 위경혜, 『호남의 극장문화사』, 다홀미디어, 2007 ; 이승기, 『마
산영화 100년』, 마산문화원, 2009 ; 홍영철, 『부산근대영화사』, 산지니, 2009. 홍영
철, 『부산극장사』, 부산포, 2014 ; 김남석, 『조선의 지역 극장』, 연극과인간, 2018 ;
김남석, 『영남의 지역 극장』, 한국학술정보, 2018.

그런데 이제까지 일제강점기 대구 지역의 극장에 대한 연구는 거의 이루어진 바 없다고 해도 과언이 아니다. 몇몇 논저에 일부 언급되어 있지만 내용이 매우 소략할 뿐만 아니라 오류가 반복되고 있다.[8] 이런 점에서 최근에 이루어진 만경관과 대구좌에 대한 본격적인 논의는 주목할 만한 연구 성과라고 할 만하다.[9]

필자는 여러 해 동안 일제강점기에 간행된 각종 신문, 잡지, 연감, 저서, 토지대장 등의 문헌과 여러 종류의 대구부 지도를 살피며 대구 지역의 극장에 대한 사료를 조사하여 왔다. 이 글에서는 여러 자료들을 면밀하게 검토하여 일제강점기 대구 지역에 존재했던 극장들을 간략하게 정리하기로 한다. 대구공회당은 극장 용도로 건립한 것은 아니지만 영화 상영과 연극 공연 등이 열려 극장 기능도 하였으므로 함께 다룬다. 이를 통해 일제강점기 대구 지역의 극장에 대한 전반적인 이해에 이바지하고, 극장을 중심으로 형성된 대구 지역의 대중문화 이해에 필요한 토대를 마련할 수 있을 것으로 기대한다.

---

8) 박노홍, 「한국극장사 ④」, 『한국연극』, 한국연극사, 1979년 5월호(이 글은 김의경·유인경 편, 『박노홍의 대중연예사 1』, 연극과인간, 2008에 수록되어 있다). 우용호·추교광 편저, 『대구백년』, 대구홍보사, 1981 ; 대한민국예술원, 『한국 연극·무용·영화 사전』, 1985 ; 이용남, 「解放前 朝鮮 映畵劇場史 考察」, 청주대학교 석사논문, 2001 ; 이필동, 『새로 쓴 대구연극사』, 지성의샘, 2005.
9) 배선애, 「대구경북지역의 문화 환경과 조선인 극장의 로컬리티-대구 만경관을 중심으로」, 『대동문화연구』(72), 성균관대학교 동아시아학술원 대동문화연구원, 2010. 김남석, 「지역 극장 대구좌의 연원과 역사에 관한 연구」, 『영남학』(65), 경북대학교 영남문화연구원·퇴계연구소, 2018.

2. 대구 지역 최초의 극장 錦座

대구에 이주한 최초의 일본인은 1893년 9월에 남문 안 조선인 집을 빌려 醫藥 및 잡화 점포를 연 岡山縣 출신의 膝付와 室이라고 한다.[10] 대구에 거주하는 일본인은 나날이 증가하여 1903년 12월 말에 25호 76명이고, 1904년 12월 말에는 245호 730명으로 1년 새 약 10배 증가하였는데, 1904년 8월에는 일본인들이 大日本人居留民會를 설립할 정도였다.[11] 1910년 8월 말에는 무려 6,430명으로 6년 반 만에 9배 정도나 증가하였다.[12]

일본인 거주자가 빠르게 증가하면서 자연스레 극장의 필요성이 대두되었다.

극장 신축 계획 작년 여름 무렵부터 끊임없이 공론화되어, 그 후 진행을 고심하고 있었는데, 이곳 극장 설치 건은 요즘 들어 또 다시 재연되어 동문 밖의 上田力松 씨가 전적으로 계획을 진행하고 있다. 장소는 達城館 앞의 약 250~60평으로 짐작되고, 대략 부산의 幸座와 비슷한 설계라고 들었으며, 벌써 건축 자재 등도 갖추어, 현재는 건축 상의 상

---

10) 三輪如鐵, 『訂正 增補 大邱一斑』, 玉村書店, 1912, 52면. 古川昭, 『大邱の日本人』 (ふるかわ海事事務所, 2007, 12면)에 膝付靈과 室孝太郞으로 되어 있다.

11) 三輪如鐵, 『訂正 增補 大邱一斑』, 玉村書店, 1912년 10월 20일 발행, 52면. 河井朝雄, 『大邱物語』, 朝鮮民報社, 1931, 8면.

12) 대구 거주 일본인 호수와 인구는 1905년 말 501호 1,508명, 1906년 말 540호 1,648명, 1907년 말 761호 2,675명, 1908년 말 965호, 3,501명, 1909년 말 1,570호, 4,936명이었다. 大邱新聞社, 『慶北要覽』, 1910, 43면. 三輪如鐵, 『訂正 增補 大邱一斑』, 玉村書店, 1912, 124면.

황에 의해서 志岐組와 부지에 필요한 토지 호환의 교섭 중에 있다.[13]

1905년 여름에 일본인을 대상으로 하는 극장 건립이 공론화되기 시작했고, 1906년 3월 초에 上田力松이 극장 건립을 추진하여 達城舘[14] 앞에 約 二百五六十坪의 부지에 부산의 幸座와 같은 모양으로 지으려고 했다. 幸座(1903?~1915)는 迫間房太郎이 부산 남빈정(현 중구 광복동)에 건립한 극장으로 1904년 영화가 처음 상영되어 부산 영화의 모태가 된 곳이라고 한다.[15] 그러나 달성관 앞에 건립하기로 계획하던 극장은 그와 관련된 기록이 더 이상 보이지 않는 것으로 보아 건립이 무산된 것으로 짐작된다.

대구 지역에 등장한 최초의 극장은 1907년 3월에 개관한 錦座이다. 錦座는 비록 일본인이 일본인을 위해 세운 극장이지만 이로써 대구에도 '극장시대'가 열리게 되었다.

　대구 錦座 건축　이 무렵 처음으로 대구에 극장이 세워졌다. 경영자
는 中村喜一 군이었다. 장소는 錦町 松前石造倉庫가 있는 위치에 錦座

---

13) "劇場新築計劃 昨年夏頃より頻りに取沙汰され其後行悩みの有樣なりし當地劇場
　設置一件は昨今に至り又　再燃し東門外の上田力松氏專ら計劃中なるが場所は達
　城舘前にて約二百五六十坪を見積り略ぼ釜山の幸座と同樣の設計也と聞くが最
　早建築材料等も備り目下建築上の都合により志岐組に對し敷地に要する土地互
　換の交渉中なりと", 『朝鮮之實業』(10호), 조선실업협회, 1906년 3월, 45면.
14) 達城舘은 東城町에 있던 요릿집으로 「大邱朝鮮明細圖」(1912년경)에 보인다. 연
　회 시에는 약 100명 정도를 수용할 수 있었으며, 1909년 1월 7일 순종 황제 巡幸
　때 義陽君, 伊藤 統監, 각 대신, 기타 수행 고관을 초대한 환영회도 이곳에서 열렸
　다. 이 달성관을 경상감영의 客舍(達城舘)로 잘못 알고 있는 경우가 있는데, 객사
　인 달성관은 이미 1908년에 철거되었다. 河井朝雄, 『大邱物語』, 朝鮮民報社, 1931,
　118면.
15) 홍영철, 『BFC REPORT』(27), 2008 AUTUMN, 53면.

라고 이름 붙이고 4월부터 운영하였다. 함석지붕의 바라크식뿐이지만
1919년까지 12년 간, 대구에서 유일한 대중 오락장이었다. 나카무라 군
은 대구 花屋旅舘의 경영자이며, 또한 부산의 요정 花月의 주인이다.[16]

   1907년 일본인 中村喜一이 뒷날 松前石造倉庫가 있던 자리에 건립
한 錦座에서 4월부터 영업하였다. 錦座는 다음의 1912년 무렵에 작성
된 「大邱市街全圖」에서 확인할 수 있다.[17]

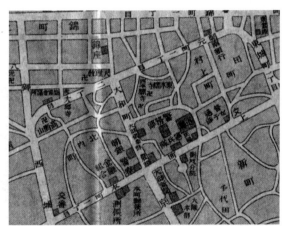

錦座, 大邱俱樂部(「大邱市街全圖」, 1912년경, 권상구 제공)

---

16) "大邱錦座建築 此頃初めて大邱に劇場が出來た. 經營者は中村喜一君である. 場
所は錦町松前石造倉庫のある位置に錦座と名付けて四月から蓋をあけた. 亞鉛茸
のバラック式だけれども. 大正八年までの十二ケ年間, 大邱唯一の民衆娛樂場だ
つた. 中村君は大邱花屋旅舘の經營者で又釜山の料亭花月の主人である.", 河井朝
雄, 『大邱物語』, 朝鮮民報社, 1931, 196~197면. '이 무렵'은 대구에 日本人商業會
議所가 설립되었던 1907년이다.

17) 大邱府廳, 大邱測候所, 西覆審法院 등이 표시되어 있으므로 1912년 무렵에 작성
된 것임을 알 수 있다. 三輪如鐵, 『朝鮮大邱一斑』(杉本染江堂, 1911.1.28)에 수록
된 「大邱市街略圖」와 1918년 6월 30일 陸地測量部에서 발행한 지도 「大邱」에도
錦座가 보인다.

松前石造倉庫의 위치는 1933년 大邱商工社에서 제작한 「大邱府 商工案內圖」[18]에서 확인할 수 있는데, 현 중구 태평로 3가 216번지 평화상가 일대이다.

錦座는 함석지붕의 바라크 건물로 4월부터 공연하였으며, 1919년까지 12년 동안 대중오락장의 역할을 하였다.[19]

錦座에서는 연극을 비롯하여 영화, 신파극, 다양한 행사 등이 열렸다. 다음은 錦座 사진으로 관명 錦座와 藝題 '新派 董會一行, 〈神田っ兒〉(全 7場), 本日五回替目'이 보인다.

錦座(권상구 제공)

18) 山田博陽, 「大邱府 商工案內圖」, 大邱商工社, 1933. 6. 1.

19) 河井朝雄, 『大邱物語』, 朝鮮民報社, 1931, 223면. 三浦好吉, 『鮮南要覽』, 大邱新聞社, 1912. 7, 89면.

錦座
『매일신보』(1916. 5. 12)

　錦座에서는 1915년 2월 27일~3월 1일에 〈松山嵐〉(2. 27), 〈松風村
雨〉(3. 1), 〈玉菊燈籠〉(3. 2),[20] 4월 27일에 讀者優待 大演劇會가 열
렸으며,[21] 7월 19~23일에는 敎育劇이 열렸다.[22] 한편 活動寫眞으로
1915년 12월 초에 〈實錄忠臣藏〉을 상영하였다.[23] 1916년 1월 당시
新田演藝部의 특약관[24]으로, 5월 14~16일에 〈御大典活動寫眞〉을 晝
夜로 상영하며 番外로 實寫物, 滑稽物, 西洋奇術 등을 함께 상영하였
다.[25] 1916년 7월 당시는 活動常設舘으로 日本活動寫眞株式會社 特

---

20)「大邱支局 發展 第二會 讀者優待 大演劇會」,『조선시보』, 1915. 2. 10.
21)『조선시보』, 1915. 4. 27.
22)『부산일보』, 1915. 7. 20.
23)『キネマ・レコード』, 1915년 12월호(1915. 12. 10. 발행), 13면.
24) 당시 신전연예부의 직영관은 大正舘(경성)과 瓢舘(인천)이고, 특약관은 優美舘(경
　　성), 寶來舘(부산), 櫻座(평양), 壽舘(원산), 錦座(대구)였다.『京城日報』, 1916. 1. 1.
25)『매일신보』, 1916. 4. 25, 5. 12. 〈御大典活動寫眞〉은 日王의 즉위식을 촬영한 것이다.

約舘이었고,[26] 그 무렵의 舘主 역시 中村喜一이었다.[27] 1917년 7월 13
일 전후에 小糸一座가 淨琉璃를 공연하고,[28] 10월 23~24일에 古靭太
夫一行이 공연하였다.[29] 그리고 1918년 2월 초에는 綠家鶴三郎一行
이 芝居를 공연하였다.[30]

3. 1910년대의 개관 극장

1910년대 대구 지역에는 大邱俱樂部와 七星舘, 大邱座가 새로 등장
하였다. 당시 대구의 인구는 1914년에 31,947명(조선인 24,522명, 일
본인 7,271명, 외국인 154명)으로 일본인이 약 23%이고, 1919년에는
41,413명(조선인 28,609명, 일본인 12,603명, 외국인 201명)으로 일
본인이 30%를 상회할 정도로 크게 증가하였다.[31] 일본인이 증가함에

---

26) 『조선시보』, 1916. 7. 6, 광고.
27) 『부산일보』, 1918. 1. 1, 광고.
28) 『부산일보』, 1917. 7. 13.
29) 『부산일보』, 1917. 10. 23.
30) 『부산일보』, 1918. 2. 5.
31) 다음은 1910년대 대구의 인구 현황이다. 靑柳綱太郎, 『新朝鮮成業銘鑑』(朝鮮硏
   究會, 1917년 8월 30일 발행, 17면), 佐瀨直衛, 『最近 大邱要覽』(大邱商業會議所,
   1920년 12월 25일 발행. 6~10면), 中濱究 · 山中雄三郎, 『大邱案內』(麗朗社, 1934
   년 10월, 9면)를 바탕으로 정리하였다.

연도	조선인	일본인	외국인	계
1914	24,522	7,271	154	31,947명
1915	24,653	7,948	139	32,740명
1916	26,325	10,718	(142)	37,185명
1917	27,190	11.772	(144)	39,106명
1918	28,107	12,359	(199)	40,665명
1919	28,609	12,603	201	41,413명

따라 그들을 관객으로 하는 극장이 더 필요하게 된 것이다.

3.1. 대구 지역 영화관의 효시 大邱俱樂部

1911년 辻園次郎이 大和町에 활동사진상설관 大邱俱樂部를 설립
하였다.

영화관의 효시 (전략) 1911년에는 이미 대구에 활동사진상설관을
만들었다. 장소는 大和町이고 지금 笠原陶器店이 있는 곳에 大邱俱樂
部라는 상설관이 생겼다. 대구구락부는 나중에 浪花舘이라고 개칭하
고 寄席이 되었다. 활동사진관 경영은 辻園 군이 대구에서 첫선을 보였
다.[32)]

大邱俱樂部는 『鮮南要覽』의 "大邱俱樂部(活動寫眞) 大邱 大和町
一町目"[33)]과 앞에서 본 「大邱市街全圖」(1912년경)에서 확인할 수 있
다. 1931년 당시 대구구락부 자리에 있던 笠原陶器店은 「大邱府商工
案內圖」(1933년)[34)]와 土地臺帳[35)] 등을 통해 大和町 一町目 79번지,
현 중구 대안동 79번지 대한예수교 침례회 대구중부교회 일대에 있었

---

32) "映畫館のトツプ (전략) 明治四十四年には早くも大邱に活動常設舘を造った, 場
所は大和町で今笠原陶器店のある所に大邱俱樂部と稱する常設舘が出來た, 大邱
俱樂部は後に浪花舘と改稱して寄席になつてゐた, 活動寫眞舘經營は辻君が大邱
でトツプを切つたのである.", 河井朝雄, 『大邱物語』, 朝鮮民報社, 1931, 93면.
33) 三浦好吉, 『鮮南要覽』, 大邱新聞社, 1912, 89면.
34) 山田博陽, 「大邱府商工案內圖」, 大邱商工社, 1933. 6. 1.
35) 토지대장에 의하면 1929년 5월 31일에 소유권이 笠原覺一에서 笠原廣吉로 이전
되었다.

음을 알 수 있다.[36]

大邱俱樂部
『매일신보』(1912. 2. 17)

대구구락부에서 활동사진을 상영한 기록으로 "活動寫眞常設館 大邱讀者의 優待"가 있다. 『매일신보』대구지국 개설 1주년을 기념하여 "大邱俱樂部 入場料 半額券 三枚(一日, 十日, 二十日을 限하여 通用)"를 讀者에게 寄贈한다는 것이다.[37]

대구구락부는 뒤에 浪花舘으로 개칭하고, 만담, 야담, 요술, 노래 등 대중연예를 흥행하는 寄席으로 전환하였다.[38] 大邱新聞社에서 『大邱

---

36) 笠原陶器店은 『大邱案內』("大和町, 笠原廣吉", 中濱究・山重雄三郎, 『大邱案內』(麗朗社, 1934, 「附錄 大邱商工業者營業別一覽」, 2면)와 大邱本町小學校(현 종로초등학교)의 昭和 18年(1943) 졸업생들이 함께 만든 「大邱府本町小學校區之圖」(大邱本町小學校同窓會, 『大邱本町小學校同窓會名簿』, 1982, 3~4면)에서도 확인된다.

37) 『매일신보』, 1912. 2. 17.

38) 河井朝雄, 『大邱物語』, 朝鮮民報社, 1931, 93면.

新聞』제1973호 부록으로 발행한 「大邱市街明細地圖」(1912년경)[39] 에 대구구락부 자리에 浪花舘이 보인다. 대구구락부는 개관한 후 얼마 지나지 않아 寄席으로 바뀌었던 것이다.

다음은 1915년 12월의 浪花舘 모습을 알려주는 자료이다.

甘浦(朝鮮) 경상북도청 소재지인 대구의 모습을 조금 말씀드리겠습니다. 대구는 인구 4만에 상설관으로서 錦座가 있고, 이 외에 부산의 旭舘이 출장 와 浪花舘에서 영업하고 있습니다. 영화는 모두 일본에서 많이 상영된 오래된 것으로 동경에 거주한 저희들은 차마 보기 힘듭니다. 지금 錦座(日活)에서는 〈實錄忠臣藏〉, 浪花舘(天活)에서는 山長一派의 〈花筏〉을 상영하고 있습니다. 제2보에는 경성 키네마계에 대해 알려드리겠습니다. (甘浦, 芳陽生)[40]

부산의 旭舘에서 출장 와 주로 일본영화를 상영하는데, 일본에서 많이 상영된 오래된 필름이어서 보기 힘든 상태였다. 당시 山長一派의 〈花筏〉을 상영했다.[41]

---

39) 1909년 7월 20일 대구신문사에서『대구신문』지령 1,000호 기념호를 발행했다. 당시 대구신문사의 경영 책임자는 河井朝雄이다. 河井朝雄,『大邱物語』, 朝鮮民報社, 1931, 367면. 휴간 없이 1주일에 6일씩 발행했다면 1912년 9월 무렵에 지령 1973호를 발행했을 것이다.
40) "甘浦(朝鮮) (Korea) 慶尚北道廳の所在地たる大邱の模樣を少しく申上候. 當大邱は人口四萬にして常設舘として錦座有之此の外釜山より旭舘出張致し浪花舘にて興行いたし居り候. 映畫は皆內地に於てさんざん寫されし古物にて東京に居りし小生等には見るに堪へ兼ね候. 只今は錦座(日活)に於ては「實錄忠臣藏」浪花舘(天活)にては山長一派の花筏を映寫致し居り候. 第二報には京城キネマ界を御報知申可く候. (甘浦, 芳陽生)",『キネマ・レコード』, 1915년 12월호. 1915. 12. 10, 13면.
41) 부산의 旭舘에서 1915년 11월 5일 〈花筏〉(上・中・下)을 개봉하였다.『부산일

3.2. 七星舘과 大榮舘 · 大鏡舘 · 互樂舘

1910년대 중반에 村上町에 활동사진상설관 칠성관이 있었다.[42] 1918년에 발행된 지도「大邱」와 토지대장을 통해 촌상정 51번지가 칠성관이 있었던 곳임을 알 수 있다. 현 중구 향촌동 51번지 향촌주차장 일대이다.

七星舘(「大邱」, 1918년)

정확한 개관 시기를 알 수 없지만『京城日報』(1917. 1. 1)에 게재된 新田演藝部의 신년인사 광고에 칠성관이 등장하므로 1916년에는 존재했던 것이 분명하다.[43] 1918년 11월 25일 新派悲劇〈カチウツヤ復

보』, 1915. 11. 5 ; 홍영철,『부산근대영화사』, 산지니, 2009, 96면.

42) "娛樂機關 (중략) 又村上町に常設活動七星舘ありて常に新畵を映寫して耳目を樂ましめつ あり", 佐瀨直衞,『最近 大邱要覽』, 大邱商業會議所, 1920년 2월, 90~91면.

43) 신전연예부의 영업주인 新田耕市는 당시에 일본활동사진주식회사 조선총대리

活劇〉(전 4권), 舊劇〈惡七兵衛景淸〉(전 3권), 洋劇〈優曇華〉(전 2권), 實寫〈ゴ-モニ畵譜〉, 滑稽〈男か女か〉, 喜劇〈たゝみの變裝家〉등을 상영하였다.[44] 1917년 10월 당시 辯士로는 주임변사격인 敷島를 비롯하여 塚本, 增本, 春日, 福井 등이 있었다.[45] 塚本은 1920년대에 한때 대영관과 소명관의 지배인이던 塚本麗水와 동일인물로 보인다.[46] 칠성관은 전국특산품진열대회 대구협찬회에서 1923년 10월에 제작한 「大邱案內圖」[47]에도 보이므로 이때까지는 존속했던 것이 분명하다.

1924년 8월 당시 칠성관은 이미 大榮舘으로 바뀌어 있었다. 『대구부세일람』(1924년 8월)의 「大邱府地圖」에 다음과 같이 칠성관 자리에 대영관이 등장한다.[48] 1926년 1월 당시 관주는 大江隆太郞이다.[49]

점을 운영하며 경성의 大正舘, 인천의 瓢舘, 부산의 相生舘, 대구의 七星舘, 평양의 歌舞伎座, 원산의 歌舞伎座 등 조선 내 7개 극장에 영화를 배급하였다. 『京城日報』, 1917. 1. 1, 광고.

44) 「大邱 愛讀者 優待, 七星舘の割引」, 『부산일보』, 1918. 11. 25.
45) 「七星舘 辯士評」, 『부산일보』, 1918. 10. 10 ; 「七星舘 辯士評(二)」, 『부산일보』, 1918. 10. 25.
46) 「松竹映畵特約 昭明舘 華 しく開場」, 『부산일보』, 1929. 7. 26.
47) 大邱座, 大松舘, 七星舘의 광고가 실려 있다.
48) 이영일, 『한국영화전사』(삼애사, 1969, 51면)의 '大學舘'은 '大榮舘'의 誤記이다. "劇場, 活動寫眞館一覽"(越智唯七, 『朝鮮年鑑』, 朝鮮ガイダンス社, 1925년 11월 10일)의 '大榮舘'을 인용하는 과정에 착오가 생겼는데, 그 후 대부분의 영화 관련 문헌에 그대로 인용되고 있으며, 이영일, 『개정증보판 한국영화전사』(소도, 2004, 51면)에도 수정되지 않았다.
49) 「大邱 村上町 活動常設 大榮舘 主 大江隆太郞」, 『朝鮮新聞』, 1926. 1. 1, 근하신년 광고.

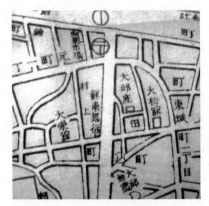

大榮舘, 大邱座, 大松舘 (「大邱府地圖」, 1924년)

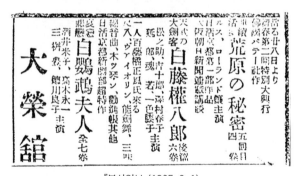

『부산일보』(1925. 2. 1)

『부산일보』의 대영관 광고를 통해 1925년 2~3월에 〈荒原の秘密〉(五回目, 4권)·〈白藤權八郎〉(後篇, 6권)·〈白鸚鵡夫人〉(전 7권),[50] 〈荒原の秘密〉(六回目, 4권)·〈岩見重太郎〉(전 7권)·〈運轉手榮吉〉(전 6권),[51] 〈犧牲の罪〉(전 6권)·〈天定祐定〉(전 7권)·〈忍び泣

---

50) 『부산일보』, 1925. 2. 1, 광고.
51) 『부산일보』, 1925. 2. 6, 광고.

〈親〉(전 8권)[52] 등을 상영하고, 11월 3일부터 〈母校のために〉·〈不如歸の浪子〉·〈鞍馬天狗〉를 상영했음을 알 수 있다.[53] 그리고 1926년에는 〈三日月治郎吉傳〉(10. 14~?)[54]과 〈橘中佐〉(10. 29~?)[55]를 상영하였다.

1927년 5월 18일 새벽에 京町에 있던 萬鏡舘이 화재로 全燒되자 李濟弼이 만경관 신축 기간 동안 대영관을 빌려 '萬鏡舘'이라는 관명으로 계속 영업하였다.[56] 1927년 10월에 제작한 「大邱市街全圖」에 촌상정의 대영관 자리에 만경관이 있고, 전정의 대송관 자리에 대영관이 있다.

1929년 1월 1일 만경관이 신축 개관되자 이제필은 관명 '만경관'을 원래의 만경관에 양도하고 관명을 大鏡舘으로 바꾸어 개관하였다.

　　大邱市內에 - 新映畫常設舘 영화상설관이 둘이 되엇다고
　　경북 대구(大邱)에서 조선사람 관객(觀客)을 본위로 조선사람이 경영하는 상설영화관(常設映畫舘)은 종래 만경관(萬鏡舘) 하나가 잇든 바 불행히 년전에 화재(火災)로 소실(燒失)한 후 그동안은 리제필(李濟弼) 씨가 촌상뎡(村上町)에서 극장을 빌어 가지고 만경관의 일음으로 경영을 하야오든 중 최근 경뎡(京町)에 만경관을 신축하든 것이 락성되야 지난 일일부터 개관하얏슴으로 리제필 씨는 만경관이라는 일음은 새로 지은 곳에 양도(讓渡)하고 대경관(大鏡舘)이라는 일음으로 역

52) 『부산일보』, 1925. 3. 17, 광고.
53) 「大邱演藝便り」, 『朝鮮新聞』, 1925. 11. 6.
54) 『부산일보』, 1926. 10. 14.
55) 『부산일보』, 1926. 10. 23.
56) 「萬鏡舘 再建, 興行만은 계속」, 『동아일보』, 1927. 6. 9.

시 지난 일일부터 경영을 하야 대구에는 금년부터 상설관이 둘이 되엇
더라(대구)[57]

얼마 지나지 않아 1929년 3월 11일부터 한동안 대경관을 폐관하고
만경관과 합동하였다.[58] 그러나 대경관이 1929년 8월에 만경관과 辯
士 金永煥 쟁탈전을 벌인 것[59]으로 보아 오래지 않아 재개관했음을 알
수 있다. 1930년 3월 18일에 〈판도라의 箱子〉를 상영하고, 4월 1일에
〈空中大統制〉·〈猛火〉·〈바보 서방님〉을 상영하였다.[60]

1930년 5월 초에 대구의 청년 실업가 曹秉琯이 대경관을 인수하여
경영하였는데, 조선영화를 많이 상영하였다.

活動寫眞 大鏡館의 革新
대구부 촌상명 활동사진상설 대경관은 종래의 경영주가 갈니고 금
번 당디 청년 실업가로 일반의 긔대가 만흔 曹秉琯 씨가 인수 경영하게
되엿는데 모든 경영난을 배제하고 일반 팬들의 긔대에 셩심껏 노력을

57) 『조선일보』, 1929. 1. 6 ; 「映畵 大鏡舘 新設 大邱의 常設映畵 萬鏡舘은 年前의 火
災를 當한 後 當時 經營者 李濟弼 氏는 村上町洞 大松舘 집을 빌어 萬鏡舘 이름을
保揭하고 爾來 積極的 努力을 하야오든바 今般 京町 燒址에 新舘이 再成되고 新
營者가 現出됨으로 氏는 從來의 萬鏡舘名을 該舘에 讓還하는 同時 新年 一月 一
日부터 從來 氏의 經營하든바 萬鏡舘은 '大鏡舘'이라 改稱하야 더욱 擴充에 盡力
하겟다는바 이로서 大邱에 映畵常設舘은 兩處가 된다더라(大邱)」, 『동아일보』,
1929. 1. 2.
58) 「兩活寫舘 合同」, 『동아일보』, 1929. 3. 14 ; 「萬鏡 大榮 合同」, 『중외일보』, 1929.
3. 13.
59) 「大邱 兩舘의 辯士 爭奪戰」, 『조선일보』, 1929. 8. 31.
60) 「大邱兩大劇場 讀者에 無料公開」, 『동아일보』, 1930. 4. 1 ; 「三支局讀者 慰安映畵
大會」, 『중외일보』, 1930. 4. 17.

다하겠다더라(대구)[61]

대경관 사진이 남아 있어 외관을 알 수 있는데 演題〈劍俠時代〉,
〈炭坑〉,〈熾烈의 氣魄〉,〈冒險王 後篇〉,〈空中라리〉 등이 보인다.[62]
1930년 7월에 〈아리랑〉·〈流浪〉(2일), 〈拳鬪家 키-톤〉·〈금붕
어〉(5일), 〈約婚〉·〈野鼠〉(9일), 〈暗路〉·〈잘 잇거라〉(15일), 〈洋俠帽
子〉·〈가-주샤(復活)〉(19일), 〈落花流水〉·〈셋 동무〉(21일)를 상영
하였고, 9월 27일에 〈猛鬪 달맛치〉·〈아리랑 後篇〉을 상영하였다.[63]
1933년 8월에 대경관은 互樂舘으로 관명이 바뀌었다.

> 大邱 互樂舘 十二일에 개관
> (대구) 조선사람 측 활동상설관 대경관이 없어지고 그 자리에 호락
> 관으로 개칭하야 尹武用 金尙德 金波影 등 제씨가 신경영자가 되어 그
> 동안 수리를 마치고 오는 십이일부터 개관하리라는데 발성영사기의 장
> 치도 하엿다 한다.[64]

尹武用, 金尙德, 金波影 등이 대경관을 인수하여 발성영사기를 장치
하는 등 수리를 마치고, 1933년 8월 12일 호락관으로 개관한 것이다.
金尙德과 金波影은 辯士 출신이다. 『조선중앙일보』(1933. 10. 19)에
호락관에서 〈브론드 비-느스〉(금발 미인)를 개봉한다는 기사가 보인

---

61) 『중외일보』, 1930. 5. 8.
62) 김석배, 「일제강점기 대구 지역의 극장」, 『향토문화』(27), 대구경북향토문화연구
   소, 2012, 15면.
63) 『眞心의 日誌』. 이 일기는 姓氏 未詳의 吉榮이란 사람이 1930년 7월 1일부터 1931
   년 2월 16일까지 쓴 것이다.
64) 『동아일보』, 1933. 8. 10.

다. 이후 호락관은 1938년 7월 9일 발생한 화재로 폐관되었다.

> 大邱 互樂舘 白晝에 火災
>
> [大邱特電] 九일 오후 一시 二十분경 대구 촌상정(村上町) 활동사진
> 상설 호락관(互樂舘)에서 영화를 상연하는 중 탄소봉(炭素棒)의 고장
> 으로 '필림'에 불이 옴기부터 '필림' 二권을 태우고 十五분에 진화하엿
> 는데 그로 말미암아 기사 최봉석(崔鳳碩)(二二)은 왼편 손에 화상을 당
> 하엿스나 그 외 관객 약 六十명은 전부 무사하엿다 손해는 영사긔의 파
> 손과 '필림' 태운 것 등 약 二천원에 달할 것이라 한다.[65]

박노홍은 칠성관과 대영관을 각각 다음과 같이 소개하고 있는데,
대부분 착오이다.

> '七星舘' 劇場
>
> 이 극장은 지금의 상업은행 옆자리에 있었다. 해방 뒤엔 교회로 쓰여
> 졌다. 누가 건립했는지는 알 길이 없다. 1926년쯤에 지었을 것이다. 한
> 때 好樂舘이라고 했었다. 수용 인원은 5백 명이었다. 무대는 넓지 않았
> 다. 다다미를 깔았으나, 1930년대에는 의자로 바꾸었다.[66]

> '大學舘' 劇場
>
> 이 극장은 大邱府 村上町에 있었다. 누가 건립했는지 모르나 1910년
> 대에 있었다. 수용 인원은 3백 명이었다. 다다미를 깔았다. 목조로 된

---

65) 『매일신보』, 1938. 7. 10.
66) 박노홍, 「한국극장사 ④」, 『한국연극』, 한국연극사, 1979년 5월호, 75면.

극장으로 무대는 넓었다. 1930년대에 없어진 극장이다.[67]

두 극장은 다른 극장이 아니라 경영자와 관명이 바뀐 것이고, 칠성 관이 대영관보다 먼저 존재했으며, 大學舘은 大榮舘의 잘못이고, 好樂 舘도 互樂舘의 잘못이다. 그리고 해방 후에 한때 호락관 자리에 감리 교 교회가 있었다.

3.3. 大邱座와 大邱劇場

1917년 하반기에 十二間道路(현 중앙로)의 大角戲(씨름)하던 장소 인 田町 4번지에 大邱座가 개관하였다. 현 중구 화전동 4번지 주차장 일대이다.

> 演劇場 建築 着手
>
> 大邱 演劇場 建設 計劃 諸氏는 京城 龍山에 在흔 櫻座를 買收호야 移
> 築홀 豫定으로 數日 前브터 龍山 櫻座를 破毀호는듸 今月 中에 全部 破
> 毀를 終了호야 來月 三日신지 大邱에 運搬호야 十日頃에 建築을 着手
> 흔다는듸 市內 十二間道路 大角戲호던 場所에 三百坪의 敷地를 要호야
> 來十月 末日신지 竣工홀 豫定이라더라.[68]

---

67) 박노홍, 「한국극장사 ④」, 『한국연극』, 한국연극사, 1979년 5월호, 75면.

68) 『매일신보』, 1917. 8. 29. 토지대장에 의하면 전정 4번지의 소유권이 1917년 2월 2
일자로 向坂庄吉ㆍ木村竹太郎에서 大邱企業株式會社로 이전되었다. 向坂庄吉과
木村竹太郎 둘 다 大邱企業株式會社 사장을 역임한다.

大邱企業株式會社에서 1917년 8월 말에 서울 龍山에 있던 櫻座[69]를 매수하여 9월 10일경에 移築에 착수하여 10월 말까지 준공할 예정이었다. 1920년 2월 당시 대구좌의 관주는 中村喜一이고,[70] 1923년에는 中村興行部에서 경영하였다.[71] 1925년 무렵부터는 극장주가 山根初太郎으로 바뀌었고,[72] 1929년 1월 1일자 『경성일보』와 『부산일보』에 대구극장의 신년인사 광고가 山根初太郎 명의로 난 것[73]으로 보아 당시 그가 관주임을 알 수 있다.

大邱座(권상구 제공)

대구좌에서는 1919년 8월 31일부터 공연된 革新團 林聖九一行의

---

69) 1915년 11월 9일부터 용산의 櫻座에서 일본의 藝術座一行이 〈카츄시야〉, 〈싸로메〉, 〈마구다〉와 기타 여러 가지 고상한 社會劇을 하였다. "藝術座一行 來演", 『매일신보』, 1915. 11. 9.

70) 『매일신보』, 1920. 2. 26.

71) 「大邱座 中村興行部」, 『조선시보』, 1923. 1. 1, 광고.

72) 『부산일보』, 1925. 9. 11. "大邱劇場 主 山根初太郎", 『朝鮮新聞』, 1926. 1. 1, 근하신년 광고. 『부산일보』, 1926. 10. 4.

73) "大邱劇場 主 山根初太郎", 『경성일보』, 1929. 1. 1 ; 「大邱劇場 山根初太郎」, 『부산일보』, 1929. 1. 1.

공연[74]을 비롯하여 民衆劇團(1922. 3. 6~?),[75] 市川鯉三郎과 實川新四郎이 合同한 大一座 공연(1925. 11. 5~?)[76]이 있었다. 그리고 土月會(1928. 11. 18~22),[77] 聚星座 金小郎一行(1928. 2. 6~9),[78] 靑春座(1936. 4. 23~26),[79] 극단 豪華船(〈流浪三千里〉, 1939. 1. 1~1. 5),[80] 劇團 阿娘(〈靑春劇場〉, 1939. 9. 27~30)[81] 등에서 공연하였다. 1928년 11월 18일부터 22일까지 5일 동안 공연한 土月會의 프로그램은 다음과 같다.

> 18일 : 〈月曜日〉(朴勝喜 作, 一幕), 〈秋風感別曲〉(綠川生 編, 一幕),
> 　　　 十五分間(金雲行 作)
> 19일 : 〈간난이의 설음〉(朴勝喜 作, 一幕), 〈쑤리아의 運命〉(天寶山
> 　　　 人 編, 一幕), 〈이 大監 망할 大監〉(朴勝喜 作)

74) 「조선연예계」, 『매일신보』, 1919. 9. 3.
75) 『매일신보』, 1922. 3. 9.
76) 「大邱演藝便り」, 『朝鮮新聞』, 1925. 11. 6.
77) 「藝題를 精選하야 土月會 公演遂開幕」, 『조선일보』, 1928. 11. 19.
78) '斬新 奇拔한 新演劇'으로 〈病妻〉, 〈埋沒된 戀愛〉, 〈五月 비〉, 〈새 우는 집〉, 〈꽃피는 집〉, 〈아들 생각〉을 공연하였다. 『동아일보』, 1928. 2. 7. 취성좌 김소랑일행은 1929년 2월 15~19일에도 대구극장에서 공연한 바 있다. 『중외일보』, 1929. 2. 23.
79) 『동아일보』, 1936. 4. 22.
80) 林仙圭 作(2막 7장)으로, 1939년 1월 1일 대구극장에서 시작하여 1월 19일까지 大生座(6~7), 마산 共樂舘(8~9), 진주 진주극장(10~12), 통영 통영극장(13~14), 순천 순천구락부(15~16), 광주 광주극장(17~19) 등에서 지방순회공연을 하였다. 『조선일보』, 1939. 1. 3, 광고.
81) 임선규 작(3막 6장)으로 劇團 阿娘의 창립공연이다. 1939년 9월 27일 대구극장에서 시작하여 10월 17일까지 마산 공락관(10. 1~2), 진주 진주극장(3~5), 순천 순천극장(6~7), 광주 광주극장(8~9), 목포 목포극장(10~11), 이리 裡里座(12~13), 군산 군산극장(14. 하루뿐), 대전 대전극장(16~17) 등에서 지방순회공연을 하였다. 『매일신보』, 1939. 9. 27.

20일 : 〈데이아보토〉(綠川生 編, 一幕), 〈國交斷絶〉(朴勝喜 作, 一
幕), 〈校長의 딸〉(笠井生 編, 二幕)

21일 : 〈犧牲하든 날 밤〉(朴勝喜 作, 一幕), 〈悲劇〉(春崗 編, 一場),
〈謀叛의 血〉(朴勝喜 作, 一幕)

22일 : 〈산서낭당〉(春崗 編, 一幕), 〈사랑과 죽엄〉(天寶山人 編, 一
幕), 〈늙은 외입쟁이〉(朴勝喜 作, 二幕)

상영한 활동사진으로는 印度哀史 〈魔의 毒手〉(辯士 雲宮, 1922.
12. 8~11),[82] 〈紅戀悲戀〉·〈사갓세데이〉·〈금강산실경〉·〈탈선 다
리〉(1927. 8. 31~9. 1),[83] 〈椿嬉〉·〈競實隊〉(1928. 9. 29~10. 1),[84]
〈다이타닉크〉·〈街의 天使〉(1930. 9. 18)[85] 등이 있다. 그리고 秋季
藝妓演藝會(1930. 10. 13),[86] 崔承喜 舞踊公演(1931. 2. 24~25),[87] 홍
난파 송별음악회(1931. 6. 29),[88] 金楚香 獨唱會(1931. 12. 2),[89] 朝鮮
樂正會 朝鮮音樂大演奏會(1932. 1. 26~28),[90] 朝鮮聲樂研究會 南鮮
巡廻公演(1935. 10. 24~26),[91] 李東伯隱退記念 地方巡廻公演(1939.
6. 23~25)[92] 등 음악연주회나 무용공연도 열렸다. 1940년대에도 반

---

82) 『매일신보』, 1922. 12. 7.
83) 『중외일보』, 1927. 8. 13.
84) 『동아일보』, 1928. 9. 30.
85) 『眞心의 日誌』, 1930년 9월 18일.
86) 『부산일보』, 1930. 10. 14.
87) 『동아일보』, 1931. 2. 15.
88) 『동아일보』, 1931. 6. 23.
89) 『조선일보』, 1931. 12. 6.
90) 『중앙일보』, 1932. 1. 24.
91) 『조선중앙일보』, 1935. 10. 19 ; 『매일신보』, 1935. 10. 24.
92) 『조선일보』, 1939. 5. 21.

도가극단의 〈姊妹花〉·가극 〈심청〉(1944. 2. 6~8),[93] 제일악극 대
공연(1944. 8. 16~18)과 신생극단 대공연(1944. 8. 19~21),[94] 〈三友
人〉·〈祖國の魂〉(1945. 1. 1~5)[95] 등이 열렸다.[96]

박노홍은 대구극장을 다음과 같이 소개하고 있는데, 사실과 다른
부분이 있다.

> '大邱' 劇場
>
> 이 극장은 大邱府 田町에 있었다. 山根이라는 이가 건립했었다. 개관
> 은 1920년쯤이었다. 다다미를 깔았었다. 수용 인원은 7백 명이었다. 무
> 대는 넓었다. 平壤의 金千代座와 같이 '大道具方'이 있었다. 회전무대였
> 다. 연극을 하기 위하여 지은 극장이었다. 물론 '花道'라는 것이 일본의
> 歌舞伎를 하기 위해 있었다. 화장실이 여러 개가 있었다.[97]

대구극장은 「대구광역시 중구 관내 영화상영관 현황」(2006. 7. 27)
에 의하면 2002년 11월 4일 폐업하였으며, 현재는 건물을 철거하고
사설주차장으로 사용하고 있다.

---

93) 『대구일일신문』, 1944. 2. 6, 광고.
94) 『대구일일신문』, 1944. 8. 18, 광고.
95) 『대구일일신문』, 1944. 12. 31, 광고.
96) 이 외의 공연이나 연주회, 각종 행사에 대해서는 김남석, 『영남의 지역 극장』(한국
   학술정보, 2018, 262~285면)에 정리되어 있다.
97) 박노홍, 「한국극장사 ④」, 『한국연극』, 한국연극사, 1979년 5월호, 76면.

4. 1920년대의 개관 극장

1910년대 말에는 錦座와 大邱俱樂部, 浪花舘이 사라졌고, 1920년대 초반에 조선관(만경관)과 대송관이 새로 건립되어 기존의 칠성관(대영관)과 더불어 3관이 흥행하였다. 1920년대 대구 지역의 인구는 1920년에 44,707명이고, 1924년에 66,283명(조선인 44,985명, 일본인 20,765명, 외국인 525명)이며, 1929년에는 94,801명(조선인 66,092명, 일본인 28,090명, 외국인 619명)으로 일본인은 30% 정도였다. 조선관과 만경관의 주관객은 조선인이고, 대송관과 칠성관의 주관객은 일본인이었다.

1925년[98]과 1926년[99]도 대구 지역 극장의 흥행 현황은 다음과 같다.

구 분		만경관	대구극장	대송관	대영관	계
1925년	延興行日數	364일	143일	363일	364일	1,234일
	延入場人員	91,963명	30,262명	44,454명	51,857명	218,536명
	一日平均人員	252명	212명	122명	142명	728명
1926년	延興行日數	346일	202일	306일	356일	1,210일
	延入場人員	108,489명	47,269명	44,883명	59,273명	259,914명
	一日平均人員	307명	234명	146명	166명	853명

---

98) 「大邱 各 興行場」, 『매일신보』, 1926. 2. 10.
99) 「大邱 興行場」, 『매일신보』, 1927. 1. 22.

1925년에 대구의 인구는 72,127명이고, 1926년 12월 말에는 77,263명(조선인 53,174명, 일본인 23,513명, 외국인 576명)으로 일본인은 약 33%이다.[100] 1925년도에는 1일 평균 728명의 관객이 극장을 찾았고, 1인이 1년에 3회 정도 영화나 연극 등을 관람한 것이다. 만경관은 입장객 91,963명에 입장료 수입은 36,780여 원이고, 일본인측 극장인 大邱座와 活動常設舘 大榮舘과 大松舘을 합하여 입장객 126,573명에 입장료 수입은 60,000여 원이었다.[101] 1926년에 만경관을 찾은 관객은 108,489명으로 1일 평균 307명, 1인이 연 2회 정도 관람하였고, 일본인 극장을 찾은 관객은 총 151,425명으로 1일 평균 546명, 1인이 연 6.4회 정도 관람하였다. 일본인이 조선인보다 3배 이상 극장을 찾은 가장 큰 이유는 그들이 문화를 즐길 수 있는 경제적 여유가 있었기 때문이다.

4.1. 朝鮮舘과 萬鏡舘 · 大邱映畵劇場

1920년 8월에 京町 一丁目 29번지에 조선인 전용극장인 조선관이 개관하였다. 현 중구 종로 1가 29번지 LOTTE CINEMA(구 만경관)가 있는 곳이다.

大邱에 劇場 新設 됴션인 소용의 됴션관
대구에 잇는 뎐당포 영업쟈의 십일회(十日會)와 밋 딕구좌 쥬인 즁 촌희일(中村喜一) 씨 됴션인 비모(裵某)의 계획 즁의 됴션인 소용의

---

100) 『매일신보』, 1927. 2. 2.
101) 「入場者로 본 大邱의 觀劇熱」, 『동아일보』, 1926. 2. 8.

연극장을 건설ᄒ랴는 것은 아죠 구례덕의 셜계를 맛치고 요ᄉ히 소관
ᄉ텽에 청원ᄒ얏다는듸 공비는 ᄉ만이쳔여 원이요 극장은 됴션관이라
고 일홈을 지엇다더라(대구)[102]

大邱常設寫眞舘
本年 二月부터 大邱에서 日本人 立島領三郎 及 朝鮮人 裵桂純 兩君
間에 組合이 組織되야 京町 一丁目에 四萬五千圓의 巨額으로 常設寫眞
舘을 建築 中이더니 今에 竣工되여 本月 三十一日에 落成式을 擧行할
터인대 當日은 官民間 有志 五百餘 名을 招請하고 餘興으로 活動寫眞
을 映寫하며 朝鮮藝妓의 歌舞를 演奏할 豫定이라더라(大邱)[103]

中村喜一과 裵桂純이 조선관 건립을 계획했으나 중도에 일부 변경
이 있었던 것으로 보인다. 1920년 2월부터 立島領三郎과 裵桂純이 조
합을 조직하고, 45,000원의 거액을 들여 6개월여의 공사 끝에 8월 31
일 낙성식을 거행하였다. 당시 立島領三郎은 29번지의 소유자고, 裵
桂純은 전 소유자였다. 조선관은 일본인과 합작으로 설립한 극장이지
만, 대구 지역에 처음 건립된 조선인 전용극장이고, 일부나마 조선인
자본이 투입된 극장이라는 점에서 의의가 크다. 1920년 9월 20일 조
선관에서 〈內地事情〉(전 5권)을 상영하였는데, 관람자가 2,500명이나
되었다고 한다.[104]

---

102) 『매일신보』, 1920. 2. 26.
103) 『동아일보』, 1920. 8. 28.
104) 복환모, 「1920년대 초 조선총독부 '활동사진반'의 역할에 관한 연구」, 『영화연
구』(24), 한국영화학회, 2004, 266~270면 ; 최길성, 『영상이 말하는 식민지 조
선』, 민속원, 2009, 49면.

朝鮮舘은 개관하고 겨우 4개월 정도 지났을 때 화재로 전소되었다.

大邱 朝鮮舘 燒失

련소 이호 손히 오만 / 실화 원인은 취죠 즁

이십일일 오후 령시(零時) 이십오분애 딕구부(大邱府) 경정 일정목
에 잇는 활동사진 상셜관인 됴션관(朝鮮舘)에 실화되여 됴션관은 전소
되고 그 이웃집 두 치신지 연소되엿는대 불난 원인은 자셰치 못ᄒ나 목
하 취죠 즁이며 진화는 일시 이십분에 되엿스나 숀히는 필경 오만여 원
을 게산ᄒ계 되엿다는바 만약 밤즁에 실화가 되엿든들 큰일을 면치 못
ᄒᆯ 번ᄒ엿다더라(대구지국뎐)[105]

조선관은 1920년 12월 21일 실화로 전소되고 이웃집 2채도 연소되
는 바람에 5만여 원의 손해를 입게 되었다. 그런데『조선일보』1921년
2월 6일자에 활동사진반 李丙祚一行이 조선관에서 활동사진을 영사
하는데 밤마다 대성황을 이루었다[106]는 기사로 보아 한동안 다른 장
소에서 '조선관' 이름으로 계속 영업했던 것으로 짐작된다.

1923년 3월 7일 조선관 자리에 수용 인원 800명의 활동사진상설관
만경관이 개관하였다.

大邱 二五劇場 新設

大邱府 京町 一丁目 前 朝鮮舘 基址에 大邱 有力者 十二人이 合名하
야 劇場을 建設하고 其名을 二五舘이라 하야 活動寫眞까지 兼營하리라

---

105)『매일신보』, 1920. 12. 22 ;「大邱の火事」,『京城日報』, 1920. 12. 22.
106)「大邱 朝鮮舘, 活動寫眞 盛況」,『조선일보』, 1921. 2. 6.

더라(大邱)[107]

大邱 萬鏡舘 開館

再昨年에 火災로 燒失된 大邱府 京町 一町目 活動寫眞常設舘 朝鮮
舘 基地에 經費 四萬五千圓으로 建築 中이든 活動寫眞常設 萬鏡舘은
今回 落成을 告하여 去 七日 午後 四時브터 盛大한 開舘式을 行하얏는
대 該舘은 朝鮮人 十四名 內地人 一名의 合資로 經營하야 主로 朝鮮人
市民을 相對로 하는 朝鮮人 專用 劇場이더라(大邱)[108]

1922년 6월 조선인 14명과 일본인 1명이 合資하여 화재로 소실된
조선관 터에 二五劇場을 짓기로 계획하였다. 그해 8월에 관명을 만경
관으로 변경하고[109] 22명이 45,000원을 출자하여 목조 2층, 정원 800
명의 극장을 건축하였다.[110] 개관 시에 漢南券番 기생 30명이 출연하
여 대성황을 이루었다.[111]

1924년 12월에 鄭鳳鎭, 徐昌圭, 安炳吉, 李相岳 등이 출자하여 촬영
부를 설치하고, 배우를 모집하여, 제1회 작품으로 변사 金尙憙 각색
〈추월색〉(5권), 제2회 작품으로 김상덕 작 〈번뇌의 청춘〉(5권), 제3회

---

107) 『동아일보』, 1922. 6. 28.
108) 『매일신보』, 1923. 3. 11.
109) 「萬鏡舘 建築 着手」, 『동아일보』, 1922. 8. 13 ; 「大邱 劇場에 建築」, 『매일신보』,
      1922. 8. 15.
110) 『매일신보』(1925. 5. 20)의 만경관 殘骸 사진과 『中外日報』(1927. 5. 25)의 「萬鏡
      舘 再建」 기사 중 "이번에는 화재의 념려가 업스리만치 「콩쿠리토」로 하고 쏘한
      전에 팔백 명의 명원이든 것을 좀 크게 지어 일천 명 명원으로 하야 건축할 작뎡
      이라더라"에서 알 수 있다.
111) 「漢南妓 出演 대구 만경관에셔」, 『매일신보』, 1923. 2. 27.

작품으로 〈흑진주〉(8권)를 촬영할 계획이었다.[112]

1925년 7월 당시 경영주는 玄泳健과 李濟弼이었으며,[113] 『조선일보』(1925. 5. 6)에 실린 사진을 통해 당시 만경관의 내부 모습을 알 수 있다.[114] 당시 대부분의 극장과 마찬가지로 극장 안은 2층 구조로 되어 있고, 바닥은 다다미를 깔았다.

 이제필   만경관 내부(『조선일보』, 1925. 5. 6)

1926년 3월 당시 대구만경관활동사진순업단을 운영하고 있었다. 3월 8일 밤부터 진주에서 〈暗黑市〉를 상영하였는데, 10일 밤 해설이 문제가 되어 변사 金成斗가 檢束되는 일이 발생하기도 했다.[115] 1926년 5월에 1층을 대확장하고, 객석을 의자식으로 개량하여 下足의 불편이

---

112) 「萬鏡舘에 撮影」, 『시대일보』, 1924. 12. 21. 1923년부터 조선키네마를 설립하려고 했으나 재정적인 문제로 설립하지 못했고, 세 편의 영화로 흥행에 성공하면 조선키네마를 설립할 계획을 가지고 있었다. 그러나 3편 가운데 어느 하나도 상영되었다는 기록이 발견되지 않아 그 뒤의 사정은 알 수 없다.
113) 『시대일보』, 1925. 7. 7 ; 이제필 사진, 『매일신보』, 1925. 5. 20.
114) 「대구 독자 우대 관극」, 『조선일보』, 1925. 5. 6.
115) "活動寫眞 說明中 辯士 突然 檢束", 『조선일보』, 1926. 3. 13.

없게 되었다.[116] 당시의 경영자는 이제필이다.

만경관에서는 영화 상영을 비롯하여 연극 공연, 음악회, 각종 행사 등이 열렸다. 그 중의 일부를 들어보면 한남권번 지방순업흥행(1923. 3. 5),[117] 모험활극 〈륙군쌀〉(1924. 5. 26),[118] 富民劇團一行의 康明花 의 사실극(1924. 5. 30),[119] 〈海의 秘曲〉(1924. 11. 18),[120] 대구예기조 합 연주(1925. 1. 7),[121] 大邱舞臺協會 公演(1925. 9. 1~4),[122] 土月會 巡廻公演(1925. 11. 9~13),[123] 〈愛國喇叭〉(1926. 1. 29~?),[124] 大邱妓 生組合 秋期特別大演奏會(1926. 9. 26~28)[125] 등이다.[126]

만경관은 1927년 5월 18일 새벽에 구내매점 점원의 失火로 全燒되 어 오만 원의 손해를 보았다.[127]

---

116) 『시대일보』, 1926. 5. 23.
117) 『매일신보』, 1923. 2. 27.
118) 『조선일보』, 1924. 5. 26.
119) 기생 姜明花와 대구 부호 張吉相 씨의 獨子 張炳天의 자살 사건을 다룬 연극인데, 제1막이 끝난 뒤 臨場 警官의 제지로 제2막부터 하지 못해 관객들이 항의하였다고 한다. 『시대일보』, 1924. 6. 3. 강명화는 1923년 6월 12일 온양온천에서 자살했고, 장병천은 같은 해 10월 29일에 자살하여 한때 장안의 화제가 되었다. 『동아일보』, 1923. 6. 15 ; 『동아일보』, 1923. 10. 30.
120) 『동아일보』, 1924. 11. 17.
121) 『시대일보』, 1925. 1. 5.
122) 『동아일보』, 1925. 8. 27. 〈돌아오는 아버지〉(菊池寬 作), 〈希望의 눈물〉(李春世 作), 詩劇 〈人類의 旅路〉(吳天園 作) 등을 공연하였다.
123) 『시대일보』, 1925. 11. 6. 〈춘향전〉, 〈심청전〉, 〈부활(가주-사)〉, 〈사랑의 노래(籠 속에 든 새)〉 등을 공연하였다.
124) 『시대일보』, 1926. 1. 30.
125) 『매일신보』, 1926. 9. 30.
126) 배선애의 앞의 논문에 1920~30년대 만경관에서 열린 공연 및 행사 일부가 정리되어 있다.
127) 「大邱의 大劇場 萬鏡舘 全燒」, 『매일신보』, 1927. 5. 19 ; 「昨朝 大邱 大火 됴선인 경영의 활사관 만경관 소실」, 『동아일보』, 1927. 5. 19 ; 「大邱 萬鏡舘 又復燒失!」,

大邱의 大劇場 萬鏡舘 全燒, 십팔일 새벽에 불이 낫다

[大邱支局特電] 대구에 잇는 죠선인 죠합죠직의 활동사진상설관 만경관(萬鏡舘)은 전에 불탄 극장 자리에 새로 셰운 남션 유일의 큰 극쟝이엇셧는대 십팔일 새벽에 돌연이 불이 나서 대구 시내의 소방대는 일제히 출동하야 진화에 노력하야 연소는 업섯스나 만경관은 전소되고 악긔와 밋 비품도 전부 소실되고 마랏다는대 진화는 오전 여섯 시경이 엇다 츌화한 원인에 대하야는 아즉 조사 즁이나 삼층 우에서 발화된 듯 하다 하며 손해액은 전부 오만 원 이상에 달하겟고 보험에는 삼만 원이 드럿잇다고 한다 만경관은 최근에 신축된 남션 유수한 극장이다.[128]

그러나 이제필은 6월 11일부터 촌상정에 있는 대영관을 빌려 '만경 관'이란 관명으로 계속 영업하였다.[129]

萬鏡舘 再建 興行만은 繼續

대구에서 활동사진상설극장으로 유일한 조선인 경영인 만경관이 一朝에 초토로 변하야 직접 경영의 任에 잇든 李濟弼 氏는 勿論 일반인사는 통석의 정을 금치 못한다 함은 기히 본지에 보도한 바이엿거니와 그 후 이에 대한 善後策을 강구키 위하야 종래의 조합원 유지인사의 수차 회합이 잇슨 결과 재건의 서광을 보게 되엿다 하며 再建이 期成될 째까지는 적어도 수개월을 要하겟슴으로 그 동안은 李濟弼 氏의 노력에 의

『조선일보』, 1927. 5. 19 ;「萬鏡舘은 失火, 아해의 실수」,『每日申報』, 1927. 5. 21.
128) 『매일신보』, 1927. 5. 19.
129) 『조선일보』(1927. 6. 9)의 「萬鏡舘 又復 建築」 중에 田町에 있는 大榮舘을 빌렸다는 것은 착오이며, 이때의 대영관은 村上町에 있던 대영관(칠성관 후신)이다.

하야 來 六月 十一日부터 市內 第二大榮舘을 빌녀 흥행만은 계속하겟
다는바 일반은 이에 대한 기대가 크며 이제필 씨의 막대한 희생이 잇섯
음에도 불구하고 百折不屈의 용기와 꾸준한 노력을 찬양 축복하야 마
지 안는다더라(대구)[130]

1928년 10월 당시 만경관의 辯士와 樂士는 8명인데, 변사 중에는
孫炳斗도 있었다.[131] 상영된 영화로는 團成社巡廻活動寫眞隊의 〈怪人
의 正體〉·〈薔花紅蓮傳〉 등(1927. 6. 15~17),[132] 〈紅戀悲戀〉·〈시갓
세데이〉(1927. 8. 31~9. 1),[133] 나운규프로덕션의 〈사나이〉(1928. 10.
15)[134] 등이 있다.

1928년 6월에 유지들이 뜻을 모아 대구에서 유일한 조선인 전용극
장인 만경관을 신축하기 시작하여 1928년 12월 말에 준공하였다. 2층
煉瓦造에 정원 1,000명이었다.[135] 1929년 1월 1일 재개관하여 徐丙桓,

---

130) 『동아일보』, 1927. 6. 9.
131) 「萬鏡舘員 罷業」, 『중외일보』, 1928. 10. 30. 만경관 주임 변사 손병두는 『조선일
보』 부산지국이 개최한 "부산독자 위안 영화대회"(부산공회당, 1929. 2. 15)에서
상영한 〈숙영낭자전〉과 〈장화홍련전〉을 해설하였다. 『조선일보』, 1929. 2. 20.
132) 『동아일보』, 1927. 6. 17.
133) 「독자 우대 영화일」, 『중외일보』, 1927. 8. 30.
134) 「萬鏡舘에 騷動」, 『중외일보』, 1928. 10. 17.
135) 「新築 中의 萬鏡舘 활동사진관, … 不幸히 昨年 五月 十八日에 再次의 火災로 빈
터만 남겨두고 슬々한 가운데에 새 主人만 기다리고 잇드니 最初부터 該舘에 對
하야 만흔 努力을 하야 오든 徐丙元, 李相岳, 徐昌圭, 鄭鳳鎭 四 氏의 熱誠으로 새
主人公 徐喆圭 氏를 마지하야 從來의 關係 諸氏側에서 一萬 五千 圓을 負擔하고
徐喆圭 氏가 二萬 五千 圓을 負擔하야 都合 四萬 圓의 經費로써 總坪數 二百六十
餘 坪, 內建物 坪數 百三十 坪에다가 煉瓦造 二層을 建築하기로 作定하고 裵桂純
氏가 請負하야 지난 二日에 발서 地鎭祭를 맛치고 目下 工事가 着々 進行 中인바
竣工 期限은 오는 九月 末日까지인데 …」, 『매일신보』, 1928. 6. 10 ; 「萬鏡舘 新
築」, 『동아일보』, 1928. 6. 10.

李相武, 閔泰貞 3명이 공동 경영하였다.

> 大邱 萬鏡舘 新築 開演 일월 일일부터
>
> 大邱에서 朝鮮사람으로 經營하야 오던 活動寫眞常設舘이 昨年 九月
> 에 불에 타서 업서진 以後로 그를 다시 經營하고 아니함에 對하야는 問
> 題가 百出하야 一時는 萬鏡舘을 廢止한다는 말까지 잇게 되엿던 中, 南
> 鮮의 都會地로 數十萬의 朝鮮사람이 사는 地方에 常設舘 한아도 업슴
> 은 大邱의 羞恥라 하야 李相武, 徐丙桓, 閔泰貞 外 數名의 有志의 發起
> 로 株式會社로 萬鏡舘을 다시 經營하게 되야 가을부터 工事에 着手 中
> 이더니 近日에 이르러 落成되얏슴으로 明年 一月 一日부터는 開舘할
> 터이라는바 이 劇場은 모든 設費로 보아 南鮮에서는 第一位를 占領하
> 게 되엿고 또 上映할 寫眞은 世界에서 獨步를 點하고 잇는 '유나이텟
> 트' '파라마운트' '폭쓰' 等 세 會社의 寫眞이라는데 임의 京城에 잇는
> 以上 세 會社의 代理店과 特約을 하얏다더라.[136]

 1929년 3월 11일부터 대경관을 폐관하고 합동으로 흥행하였으
며,[137] 뒤에 다시 독자적으로 영업하였다.[138] 당시 만경관에 영화, 연
극, 음악회 등 다양한 문화행사가 열렸는데 〈쎈허〉(金波影 解說,
1929. 2. 15~?),[139] 달성권번의 慶北旱害救濟 慈善演奏大會(1929. 4.

---

136) 『매일신보』, 1928. 12. 25 ; 「大邱 萬鏡舘 新築舘 落成」, 『조선일보』, 1928. 12. 25.
137) 「兩活 合同」, 『동아일보』, 1929. 3. 14.
138) 「大邱 兩大劇場 讀者에 無料公開」, 『동아일보』, 1930. 4. 1. 1930년 3월 18일 대
    경관에서 〈판도라의 箱子〉를 상영한 것으로 보아 대경관이 재개관되었음을 알
    수 있다.
139) 「萬鏡舘員 檢擧」, 『중외일보』, 1929. 2. 20.

15~17),[140] 〈不知火〉·〈女は遂に〉 등(1929. 5. 29),[141] 〈종소리〉·〈금붕어〉(1929. 8. 30~31),[142] 裵龜子一行 公演(1929. 11. 8~10),[143] 토월회의 〈희생〉(1930. 2. 21~25),[144] 〈空中大統制〉·〈猛火〉·〈바보 서방님〉(1930. 4. 1),[145] 崔承熙 舞踊(1930. 5. 25~26),[146] 東洋映畵社 作 〈僧房悲曲〉(1930. 6. 8~12),[147] 〈정의는 이긴다〉(전 6권)·實寫〈전조선여자정구대회〉(전 1권)·해양복수활극 〈怪靈船〉(전 6권)·모험희활극 〈脫線曲馬王〉(전 6권)(1930. 10. 15~17),[148] 〈바다와 싸호는 사람들〉(1930. 11. ?~?),[149] 달성권번의 만주동포구제 연예(1931. 11. 28~30)[150] 등이다.

서울 지역에서는 조선극장이 1930년 1월 파나마운트의 토키를 상영하여 흥행에 성공하였는데, 대구 지역에서는 만경관이 발성영사기를 처음 도입하였다.

大邱 萬鏡舘에서 發聲映畵機 裝置, 記者團 招待코 試寫
[大邱] 대구 만경관(萬鏡舘)에서 발성영화기(發聲映畵機)를 장치한다 함은 임이 보도한 바이어니와 지난 이십일 『파나마운트』 발성영화

---

140) 『동아일보』, 1929. 4. 5, 4. 15.
141) 『조선시보』, 1929. 5. 20, 광고.
142) 『동아일보』, 1929. 9. 4.
143) 『동아일보』, 1929. 11. 9 ; 『중외일보』, 1929. 11. 9.
144) 『동아일보』, 1930. 2. 7 ; 『중외일보』, 1930. 2. 27.
145) 「三支局讀者 慰安映畵大會」, 『중외일보』, 1930. 4. 17.
146) 「崔承喜 舞踊行脚」, 『중외일보』, 1930. 5. 22.
147) 「〈僧房悲曲〉 大邱서 興行」, 『조선일보』, 1930. 6. 6.
148) 「동아일보 讀者優待 活寫大會」, 『동아일보』, 1930. 10. 16.
149) 『조선일보』, 1930. 11. 1.
150) 『매일신보』, 1931. 11. 30.

긔 두 대를 이만사천 원이란 거대한 돈을 드려 구입하야 완전한 장치를 맛치고 대구 긔자단(大邱記者團)을 초청하야『파나마운트. 인. 파레드』와『방랑의 왕자(放浪의 王者)』란 전발성영화를 봉절하야 시사한 결과 성적이 매우 량호하엿슴으로 일반팬들의 인기는 고조에 달하엿다고 한다[151]

1932년 2월 20일에 거금 24,000원을 들여 파나마운트 발성영사기 2대를 장치하고 大邱記者團을 초청하여 〈파나마운트 언 파레드〉와 〈放浪의 王子와 巨人〉으로 시사회를 열고 23일부터 일반 관객을 대상으로 영업하였다.[152] 당시에 朴泰俊渡美送別音樂會(1932. 6. 18),[153] 〈젊은이의 노래〉 및 서양사진 3편(1935. 4. 1),[154] 서울무란루주 공연 (1936. 8. 21~22)[155] 등이 있었다. 한편 만경관에서는 五洋映畵社를 설립하여 1935년 11월에 감독 李圭煥, 촬영 鮮于學의 〈그 후의 李道令〉(전 7권)을 완성하였다. 출연자는 張翰, 李遠, 獨銀麒, 楊白姬, 申鉉珠 등이었다.[156]

---

151) 『조선일보』, 1932. 2. 25. 「大邱 萬鏡舘에 全發聲映畵 上映 / (대구) 시대문화에 따라 외국에서는 전발성영화를 상영하고 잇스나 대구에서는 아즉까지 전발성영화를 상영치 못함을 유감으로 생각하고 잇든 중 대구 경정 일정목 활동상설관인 만경관에서는 거액의 투자를 하야 발성영화긔를 장치하고서 지난 二十三日부터 『放浪의 王子와 巨人』이라는 전발성영화를 상영하게 된바 당일은 일긔가 혹한임에도 불구하고 정각 전부터 운집하는 관객은 대만원의 성황을 일우엇섯다고 한다」, 『중앙일보』, 1932. 2. 26.

152) 「大邱萬鏡舘에 全發聲映畵 上映」, 『중앙일보』, 1932. 2. 26.

153) 『동아일보』, 1932. 6. 17.

154) 『동아일보』, 1935. 4. 1.

155) 『동아일보』, 1936. 8. 20.

156) 「大邱의 五洋映畵社 第一回作 撮影完了」, 『동아일보』, 1935. 11. 5 ; 「大邱 五洋映畵社 作品 〈그 후의 李道令〉完成, 封切은 今年 內로 京城에서」, 『동아일보』,

1940년 1월 당시 舘主는 李濟弼, 支配人은 朴民天이고,[157] 1942년 9월 당시 흥행주는 이제필, 정원 720명, 發聲機는 磯野, 映寫機는 미쿠니(ミクニ)였다.[158] 1943년에는 西山吉五郎이 경영하였다.[159]

1944년 2월에 만경관은 新舘을 大邱映畵劇場이란 관명으로 개관하였다.[160] 당시 상영한 영화로 〈怒りの海〉(1944. 8. 17~19),[161] 〈高田の馬場 前後〉(1944. 9. 7~?)가 있으며,[162] 반도가극단의 대가극 〈牽牛織女〉(全 3景)·악극 〈記念祭〉(3막)(1944. 12. 31~1945. 1. 4)[163]도 공연하였다.

대구영화극장 초대권

『대구일일신문』(1944.12.31)

박노홍은 만경관을 다음과 같이 소개하고 있는데, 일부 오류가 있다.

　　'萬鏡舘' 劇場

　　1935. 11. 5.
157) 「조선영화연극상설관명부」, 『영화연극』 2, 1940년 1월, 4면.
158) 田中三郎, 『昭和十七年 映畵年鑑』, 日本映畵雜誌協會, 1942, 10~114면.
159) 田中三郎, 『昭和十八年 映畵年鑑』, 1943 ; 김려실, 앞의 논문, 30면.
160) 『대구일일신문』(1944. 2. 6)의 극장 광고란에 만경관 명의로 "新舘名 略稱 (大映) 大邱映畵劇場 (近日 開舘)"을 광고하고 있다.
161) 『대구일일신문』, 1944. 8. 18.
162) 『대구일일신문』, 1944. 9. 9.
163) 『대구일일신문』, 1944. 12. 31.

대구부 京町에 한국인 李在弼이 건립했었다. 개관은 1914년 8월 5일에 했다. 당시 거의 모든 극장이 다다미를 깔고 下足番이라고 하여 신발을 맡아두는 때에 이 극장은 나무의자를 놓았었다. 2층은 다다미를 깔았었다고 한다. 수용 인원은 7백 명이다. 이 극장을 李在弼이 건립하고 그 아내와 더불어 표를 팔고 하여 경영하였었다고. 1930년 초에 일본인의 손에 넘어갔다.[164]

해방 후 관명이 다시 만경관으로 바뀌었다. 멀티플렉스시대를 맞아 2002년 6월 28일 복합상영관 MMC만경관(대표 강대진)으로 재개관했는데, 당시 15개관, 좌석 2,600석은 국내 최대 규모였다.[165] 그리고 2018년 4월 25일부터 LOTTE CINEMA로 관명이 바뀌었다.

4.2. 大松舘과 大榮舘·昭明舘·新興舘·大邱松竹映畵劇場

大松舘은 田町 11번지에 있었던 극장으로 1922년경에 개관한 것으로 짐작된다.[166] 현 중구 화전동 11번지에 있는 송죽씨어터 자리이다. 대송관은 1922년 5월에 공설운동장 설비 기금을 충당하기 위하여 대구교육회 주최로 체육선전활동사진대회(18~20)를 大松舘에서 개최하였다는 기사[167]가 있는 것으로 보아 당시에 존재했던 것이 분명하다.

164) 박노홍, 「한국극장사 ④」, 『한국연극』, 한국연극사, 1979년 5월호, 76면.
165) 『매일신문』, 2002. 6. 15 ; 『매일신문』, 2002. 6. 27.
166) 대송관의 후신인 신흥관이 1939년 6월 초에 폐관할 때 "同舘か建築以來十八星霜の長年月を閲し"라고 했다. "キネマの殿堂 新興舘 閉鎖", 『부산일보』, 1939. 6. 9.
167) 「大邱體育宣傳映寫」, 『매일신보』, 1922. 5. 22.

『부산일보』(1925. 2. 1)

1922년 목포청년회가 동경에 유학하고 있는 苦學生을 후원할 목적
으로 목포활동사진대를 조직하고 南鮮을 순회할 때 8월 5~6일에 대
구 大松舘에서 상영하여 滿場의 성황을 이루었다.[168] 그리고 1925년
1월 28일부터 リールクラフ映畵 〈サクパリ判らん〉(전 3권)과 송죽
キネマ 浦田 最新作品 〈仙人〉(전 6권), 〈舞姬悲し〉(전 8권), 〈河內山
宗俊〉(전 6권) 등을 상영하였다.[169] 2월 1일부터 〈銀の拍車〉, 〈夢の
戀塚〉, 〈山の神秘〉, 〈戰國時代〉를 상영하고,[170] 3월 18일부터 시대극
〈木村又藏〉(전 6권) 외 4편을,[171] 11월 3일부터 〈彌六の鎌復〉·〈河童
の妖行〉·〈女賊玉虫お仙〉을 상영하였다.[172]

1927년 6월 당시 대송관은 大榮舘으로 관명이 바뀌어 있었다. 1927
년 6월 1일 이제필이 촌상정의 대영관을 빌려 만경관으로 영업을 하

---

168) 「木浦靑年巡回活映」, 『동아일보』, 1922. 8. 9. 全國特産品陳列大會 때 大邱協贊
    會에서 제작한 「大邱案內圖」(1923년 10월)에 대송관이 보인다.
169) 『부산일보』, 1925. 2. 1, 광고.
170) 『부산일보』, 1925. 2. 6, 광고.
171) 『부산일보』, 1925. 3. 17, 광고.
172) 「大邱, 演藝便り」, 『朝鮮新聞』, 1925. 11. 6.

게 되고, 전정의 대송관은 大榮舘이 된 것이다. 1927년 10월에 제작
된 「대구시가전도」에는 대송관 자리에 대영관이 있다.[173] 당시 경영자
는 大江ウメ이며, 수용 인원은 824명, 日活의 영화를 상영하였다.[174]
1927년 6월 27~29일 〈南支動亂の實寫〉[175]와 1928년 1월 21~22일
昭和키네마에서 거금을 들여 일본인이 만든 발성영화를 상영하였
다.[176] 당시 관주는 大江隆太郎이고 지배인은 塚本麗水이다.

　1929년에 대영관은 관명이 昭明舘으로 바뀌었으며, 1931년 4월 16
일부터 경영자가 塚本에서 山岡隆利로 바뀌었다.[177]

　　松竹映畵特約 昭明舘 화려하게 개장
　　(대구) 대구 활동상설관으로서 오랜 역사를 지닌 府內 田町 大榮舘
은 종래 大江隆太郎씨가 소유하여 경영하였으나 이번에 大江 씨가 일
본으로 돌아가면서 바로 木村竹太郎 씨의 소유로 이전되었고, 지배인
은 여전히 塚本麗水 씨의 수완에 맡기면서도 관명은 새로이 昭明舘이
라고 개칭함과 동시에 관의 안팎을 크게 수리하여 25일부터 松竹키네
마의 특약 상설관으로서 순조롭게 개관하게 되었기 때문에 그것을 기
념하여 대흥행을 목적으로 冷木傳明 주연, 八雲惠美子, 田中絹代가 함
께 출연하는 〈육지의 왕자〉 전 10권 및 林長二郎 주연, 田中絹代 조연
의 시대비극 〈海國記〉 전 11권의 2대 특작 영화를 상영하게 되었는데
오랫동안 침체된 대구영화계도 이로 인하여 일대 활력을 얻게 되었고

173) 『대구부세일람』(1926년 8월)의 대구부지도에 대송관이 보인다.
174) 한국영상자료원 편, 『식민지시대의 영화검열 1910-1934』, 한국영상자료원, 2009, 283면.
175) 『부산일보』, 1927. 6. 28.
176) 「物言ふ映畵來る」, 『부산일보』, 1928. 1. 9.
177) 『부산일보』, 1931. 4. 17.

굉장한 인기를 불러오게 되었다.[178]

1929년 7월 木村竹太郎[179]이 大江隆太郎으로부터 대영관을 인수한 후 관명을 소명관으로 바꾸고, 안팎을 크게 수리한 후 7월 25일 松竹키네마 특약 상설관으로 개관한 것이다. 개관 기념으로 二大特作映畵〈陸の王者〉(전 10권)와〈海國記〉(전 11권)를 상영하였다. 지배인은 塚本麗水였다. 1930년 6월 당시 경영자는 鈴木留吉이고 지배인은 立花幸雄으로 松竹, 서양 영화, 마키노프로덕션 작품을 상영하였으며,[180] 1931년 4월 16일부터 경영자가 山岡隆利로 바뀌었다.[181] 소명관의 사진이 남아 있어 외관을 알 수 있는데 藝題〈刀拔いて〉,〈森の丹治屋〉,〈觀音丹次〉 등이 보인다.[182]

1931년 4월에 소명관은 新興舘으로 관명이 바뀌었다.

---

178) 「松竹映畵特約 昭明舘 華 しく開場 (大邱) 大邱活動常設舘として古い歷史を持つ府內田町大榮舘は從來大江薩太郎氏の所有經營であったが今回大江氏の內地引揚げと同時に木村竹太郎氏の所有に移り支配人は依然塚本麗水氏の敏腕に俟つべきも舘名は新に昭明舘と改稱すると同時に舘の內外に大修理を施し廿五日より松竹キネマの特約常設舘として芽出度く開舘する事となったので其の記念大興行として冷木傳明主演, 八雲惠美子, 田中絹代共演の『陸の王者』全十卷及林長二郞主演, 田中絹代助演の時代悲劇『海國記』全十一卷の二大特作映畵を上映することと,なったが久しく沈滯せる大邱映畵界もこれによつて一大生氣な加へ非常な人氣を呼ぶことであった」, 『부산일보』, 1929. 7. 26.

179) 木村竹太郎은 大邱起業(株)과 大邱魚朵(株)의 사장을 지냈다. 『朝鮮銀行會社組合要錄』(1923년 판, 1929년판, 1939년판).

180) 그런데 市川彩, 『日本映畵事業總覽 昭和五年版』(國際映畵通信社, 1930. 김려실, 앞의 논문, 15면)에 소명관 대신 昭和舘이 등장하는데 誤植인지 아니면 잠깐 동안 소화관으로 관명이 바뀐 것인지 확인하기 어렵다.

181) 「映畵 常設 昭明舘 山本 氏が經營」, 『부산일보』, 1931. 4. 17.

182) 김석배, 「일제강점기 대구 지역의 극장」, 『향토문화』(27), 대구경북향토문화연구소, 2012, 30면.

신흥관이라고 개칭, 대구 田町의 昭明舘

(대구)기보=대구 田町 활동사진 상설 昭明舘은 지난번 경영자 塚本에 의해 鈴木留次郎 氏로부터 山岡高利의 손에 들어갔는데, 鈴木 씨는 전부터 경영 중이던 농원에 주력을 기울이게 되었기 때문에 昭明舘을 山岡 씨의 명의로 해서 최대한 원조하게 됨과 동시에 관명을 '新興舘'이라고 개칭해서 영화계를 위하여 크게 활약할 방침이라고.[183]

山岡高利가 鈴木留次郎으로부터 권리를 넘겨받아 경영자가 되었으며, 관명도 신흥관으로 개칭한 것이다. 그리고 1934년 2월 당시에 경영자는 滿生峰次郎이고, 토키는 스플렌더톤이었다.[184] 신흥관에서 상영한 영화로 〈大岡越前守の切腹〉·〈女の感情〉·〈坊や萬歳〉(1935. 7. 5~10),[185] 〈雪之丞變化〉(1936. 3. 30~?),[186] 〈感情山脈〉(1936. 6. 5~8),[187] 〈伊勢屋小判〉(1937. 1. 18~21),[188] 〈人肌觀音〉(1938. 4.

183) 「新興舘と改稱 大邱田町の昭明舘 (大邱)旣報=大邱田町活動常設昭明舘は過般 經營者塚本こと鈴木留次郎氏から山岡高利の手に移ったが 鈴木氏はかねて 經營中の農園に主力をそ ぐことになったので昭明舘を山岡氏の名義とし極力援助することになり同時に舘名を '新興舘'と改稱し映畵界の爲に大いて活躍する方針であると」, 『부산일보』, 1931. 4. 26.

184) 國際映畵通信社, 『國際映畵年鑑 昭和九年版』, 1934 ; 김려실, 앞의 논문, 19면. 滿生峰次郎은 후쿠오카 출신으로 영화계에서 활동 중 1913년 8월 부산에 정착하여 1916년 연극전용극장 변천좌를 인수하여 활동사진상설관으로 개축, 개관하였고, 1936년 중앙극장을 인수하여 대생좌로 극장명을 바꾸고 두 극장을 동시 상영 방식으로 경영하였으며, 서울의 경용관도 경영하였다(홍영철, 「근대 부산 극장사 4, 활동사진 상설관 시대의 극장들(1914년-1929년)[Ⅱ]」, 『BFC Report』 (SPRING), 2009, 47면).

185) 『부산일보』, 1935. 6. 28.

186) 『부산일보』, 1936. 3. 31.

187) 『부산일보』, 1936. 6. 5.

188) 『부산일보』, 1937. 1. 16.

1~4) 등이 있다.

신흥관은 1939년 6월 초에 閉業屆를 제출하고 폐관하였다.[189] 그 후
1년여가 지난 1940년 7월에 大邱松竹映畵劇場(약칭 松劇)으로 관명
이 바뀌었다.[190]

大邱松竹映畵劇場 六日부터 開舘

대구부내 전정 속층 銀座通에 잇는 영화상설관 前 新興舘은 오래동
안 폐업 상태에 잇엇는데 금번 도전(島田) 씨가 인게를 받은 후로 대구
송죽영화극장이라 명명하고 내용 외관을 근본적으로 공사 중이더니 요
지음 전부 완성되여 六일부터 영업을 개시하엿는데 五일 오후 四시부
터 시내 각 신문관게자 기타를 초대하고 시사회를 개최한 바 잇엇다.
내외의 장식에 상당히 공을 드럿고 몰매정한 대구에 환락장이 한 개 더
생긴 것은 다행한 일이라고 영화펜 들은 상당히 기뻐하고 잇다 한다.[191]

島田金四郞[192]이 오랫동안 폐업 상태로 있던 신흥관을 인수하여
관명을 大邱松竹映畵劇場으로 변경하였다. 대대적으로 보수한 후 7
월 5일 시사회를 열고, 6일 개관하였다.[193] 1942년 9월 당시 경영자
는 伊藤勘吾이고, 수용 인원은 570명, 發聲機는 로얄(ロ—ヤル), 映寫

---

189) 「キネマの殿堂 新興舘 閉鎖」, 『부산일보』, 1939. 6. 9.

190) 「조선영화연극상설관명부」(『영화연극』(2), 1940년 1월, 영화연극사, 4면)에 신
흥관의 관주는 大邱映畵商會, 지배인은 濱口錦城으로 되어 있는데, 그것은 폐관
이전에 조사한 것을 그대로 수록했기 때문으로 보인다.

191) 『동아일보』, 1940. 7. 6.

192) 島田金四郞은 1939년 3월 당시 朝鮮藥業(株)의 이사였다. 『朝鮮銀行會社組合要
錄(1939년판)』.

193) 「大邱松竹映畵劇場 六日부터 開舘」, 『동아일보』, 1940. 7. 6.

機는 로얄L(ロヤルL)이었다.[194] 松劇에서 상영한 영화로는 〈彫次長人名〉(1944. 2. 4~7),[195] 〈山莊の怪事件〉(1944. 8. 16~19),[196] 〈清水港〉(1944. 12. 27~29),[197] 〈太陽の子供ろち〉(1945. 1. 3~9)[198] 등이 있다. 한편 「大邱府本町小學校區之圖」[199]에는 대송관 자리에 大正舘이 보이는데, 자세한 것은 알 수 없다.

박노홍은 송죽영화극장을 다음과 같이 소개하고 있는데, 사실과 다른 부분이 있다.

> '松竹映畫' 劇場
>
> 이 극장은 大邱府 田町의 大松舘 자리에 伊藤勘吾가 건립하였다.
> 1933년에 개관을 했다. 다다미를 깐 극장이 아니고 현대식 극장이었다.
> 수용 인원은 5백 명이었다. 무대는 거의 없었다. 영화 전문 극장이다.[200]

해방 후 관명이 朝鮮映畫劇場,[201] 대구송죽영화극장, 송죽극장으로 바뀌었으며, 현재는 송죽씨어터로 주로 연극을 공연하고 있다.

---

194) 田中三郎, 『昭和十七年 映畵年鑑』, 日本映畵雜誌協會, 1942, 10-114면.
195) 『대구일일신문』, 1944. 2. 6, 광고.
196) 『대구일일신문』, 1944. 8. 18, 광고.
197) 『대구일일신문』, 1944. 12. 31, 광고.
198) 『대구일일신문』, 1945. 1. 3, 광고.
199) 大邱本町小學校同窓會, 『大邱本町小學校同窓會名簿』, 1982, 3~4면.
200) 박노홍, 「한국극장사 ④」, 『한국연극』, 한국연극사, 1979년 5월호, 75면.
201) 『대구시보』, 1945. 10. 31, 광고. 당시 舘主는 朴在鳳이었다.

5. 1930년대의 개관 극장

1930년대 대구의 인구는 1932년 말에 103,511명(조선인 76,527명, 일본인 26,550명, 외국인 424명)이고, 1935년에는 105,716명(조선인 79,103명, 일본인 26,150명, 외국인 463명)으로 일본인은 대략 25% 정도였다.[202] 대구는 1914년에 인구 31,947명에 불과했는데, 25년이 지난 1939년에 인구 169,399명[203]이 거주하는 대도시로 급성장한 것이다.

당시 대구 지역에는 새로 영락관과 대구키네마구락부가 개관하고, 복합문화공간인 대구공회당이 건립되었다. 이로써 당시 대구 지역에는 칠성관 후신인 대경관(호락관), 대구극장, 조선관 후신인 만경관, 대송관 후신인 소명관(신홍관) 등 5개 극장과 복합문화공간 1개가 상호 경쟁 구도 속에서 지역 문화 발전에 기여하였다. 1938년도 5개 극장의 총 흥행 횟수는 1,885회이고, 입장객 63만 3천여 명에 입장 수입은 180,758원인데, 그중에서 활동사진 입장객는 523,812명으로 입장 수입은 122,172원이었다.[204]

다음은 1930년 당시의 대구 지역 극장의 위치를 알려주는 「大邱府地圖」이다.[205] 田町에 大邱座(대구극장)와 昭明舘, 永樂舘이 있고, 村上町에 大鏡舘이 있으며, 京町에 만경관이 있다.

---

202) 매년 발행되던 『대구부세일반』을 참고하여 정리하였다.
203) 1932년 103,511명, 1933년 105,797명, 1934년 107,657명, 1935년 105,716명, 1936년 108,669명, 1937년 110,866명, 1938년 172,040명, 1939년 169,399명, 1940년 175,002명이었다. 『대구부세일반』, 『대구시사』 등 여러 자료를 참고하여 정리하였다.
204) 「一年間 觀覽料 八十萬餘圓」, 『동아일보』, 1939. 3. 9.
205) 대구부, 『대구부세일반』, 1930.

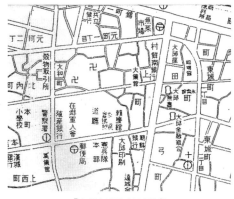

「大邱府地圖」(1930년)

5.1. 永樂舘과 大邱東寶映畵劇場

1930년에는 田町 14번지(현 중구 화전동 14번지)에 永樂舘이 있었다.[206] 永樂座가 1930년 6월의 조선의 영화관 목록에 등장하고,[207] 『眞心의 日誌』의 1930년 7월 26일자에 영락관에서 〈東京行進曲〉과 〈劍道家 叶次郞〉을 관람했다는 기록이 있으므로 그 이전부터 영락관이 존재했던 것이 분명하다.[208] 1930년 당시 경영자는 長尾喜重郞이고, 日活 영화를 상영하였다.[209] 1934년 2월 당시 경영자도 長尾이고, 정원은 800명, 日活·新興키네마·서양영화 상영, 토키는 오더

---

206) 1920년대 말에 개관되었을 가능성도 있다.
207) 市川彩, 『日本映畵事業總覽 昭和五年版』, 國際映畵通信社, 1930 ; 김려실, 앞의 논문, 15면.
208) 『부산일보』(1930. 10. 19)에 近日 現代劇〈無憂華〉를 공개한다는 기사가 있다.
209) 市川彩, 『日本映畵事業總覽 昭和五年版』, 國際映畵通信社, 1930 ; 김려실, 앞의 논문, 15면.

폰이었다.[210] 1934년 12월에 영락관 경영 등을 목적으로 하는 大邱映興商會(株)가 설립되었는데, 長尾는 이사 중의 한 명이었다.[211] 그리고 1942~43년에는 대구영흥상회(주) 사장 堀越友二郎[212]이 경영주이고, 영사기는 미쿠니4였다.[213] 영락관에서 상영한 영화로는 〈釣鐘草〉·〈春雪白日夢〉·〈娘振分け〉(1935. 7. 5~10),[214] 〈家族會議〉(1936. 7. 24~?),[215] 〈五五の春〉·〈白き王者〉(1936. 9. 25~?),[216] 〈伊達競艶錄〉(1937. 1. 14~16),[217] 〈浴槽の花嫁〉(1937. 3. 26~29),[218] 〈大地〉(1938. 3. 17~?)[219] 등이 있다.

영락관은 大邱東寶映畵劇場으로 관명이 바뀌었다. 1943년 8월 3~6일에 朝鮮樂劇團이 南鮮巡廻公演을 할 때 대구동보극장에서 공연한 것[220]으로 보아 당시 대구동보영화극장으로 바뀌어 있었음을 알 수 있다. 대구동보영화극장에서 상영한 영화로는 〈海峽の風雲兒〉(1944.

210) 國際映畵通信社,『國際映畵年鑑 昭和九年版』, 1934 ; 김려실, 앞의 논문, 19면.
211) 大邱映興商會(株)는 1934년 12월 18일 설립되었다. 자본금 25,000원, 본점 대구부 전정 14, 사장 長繩斧二, 赤木專治, 長尾喜重郎, 矢吹米一, 山岡高利, 감사 三浦和平, 尾關與三郎 등이었다. 中村資郎,『朝鮮銀行會社組合要錄』, 東亞經濟時報社, 1935, 402면.
212)『朝鮮銀行會社組合要錄』(1942년판).
213) 田中三郎,『昭和十七年 映畵年鑑』, 日本映畵雜誌協會, 1942년 9월 20일 발행, 10-114면 ; 田中三郎,『昭和十八年 映畵年鑑』, 日本映畵雜誌協會, 1943년 ; 김려실, 앞의 논문, 30면.
214)『부산일보』, 1935. 6. 28.
215)『부산일보』, 1936. 7. 21.
216)『부산일보』, 1936. 9. 22.
217)『부산일보』, 1937. 1. 13.
218)『부산일보』, 1937. 3. 21.
219)『부산일보』, 1938. 3. 18.
220)『매일신보』, 1943. 8. 5.

2. 5~10),[221] 〈江湖の朝霧〉(1944. 8. 16~19),[222] 〈巨鯨傳〉(1944. 9. 7~10)[223], 〈戰國一番待〉(1944. 12. 31~1945. 1. 2)[224] 등이 있다.

「대구일일신문」(1944. 2. 6)

박노홍은 영락관을 다음과 같이 소개하고 있는데, 일부에 오류가 보인다.

'永樂舘' 劇場

이 극장은 해방 전에 自由劇場이 되었다. 大邱府 田町에 있었다. 1930년대 후반기에 지어졌다. 수용 인원은 500명이다. 무대는 좁았다. 1942년에 大邱東寶劇場이 되었다.[225]

해방 후에 다시 영락관이 되었다가 1946년 8월 1일부터 自由劇場으로 바뀌었다.[226] 「대구광역시 중구 관내 영화상영관 현황」(2006. 7.

221) 『대구일일신문』, 1944. 2. 6.

222) 『대구일일신문』, 1944. 8. 18.

223) 『대구일일신문』, 1944. 9. 9.

224) 『대구일일신문』, 1945. 1. 1.

225) 박노홍, 「한국극장사 ④」, 『한국연극』, 한국연극사, 1979년 5월호, 76면.

226) 『대구시보』, 1946. 8. 4. 당시에는 李厚根, 金光寅, 金基喆이 공동으로 경영하였다.

27)에는 2002년 2월 27일자로 휴관한 것으로 되어 있는데, 그 후 재개
관하지 않았다.

5.2. 大邱키네마俱樂部와 大邱寶塚劇場

1938년 8월 21일 朝鮮映畵興業株式會社에서 東城町 88번지(현 중
구 동성로 2가 88번지)에 대구키네마구락부를 개관하였다.

대구키네마구락부 준공

대구 東城町 한 모퉁이에 공사비 25만 원을 투자하여 건설 중인 영
화상설관 키네마구락부가 애호가들의 기대 속에 완성되어 드디어 오는
21일부터 개관하게 되었고, 같은 날 오전 10시부터 성대한 낙성식이
거행된다. 동관은 건평 243평, 연건평 620평, 철근콘크리트 3층, 정면 4
층 건물, 관중 830여 명을 수용할 수 있는 白岳의 근대적 영화 전당으
로 대구의 중앙로에 하나의 장관을 더하고 있다. 또한 기설의 永樂, 新
興, 互樂 3관은 앞으로 재개봉(second run) 상설관으로서 계속 유지되
고 있다. =사진은 신설의 대구구락부[227]

---

227) 「大邱キネマ俱樂部 竣工 大邱東城町の一角に工費二十五萬圓を投じて建設中
の映畵常設舘キネマ俱樂部はフアン特望のうちに完成しいよいよ來る二十一日
から開舘することになり, 同日午前十時から盛大な落成式が擧行される. 同舘
は建坪二百四十三坪, 延坪六百二十坪, 鐵筋コンクリート三層, 正面四階建, 觀
衆八百三十餘名を收容され, 白堊の近代的映畵殿堂で大邱の中央街に一偉觀を
添へている. なほ旣設の永樂, 新興, 互樂 三舘は今後セカンドランの常設舘と
して存續されることになっている=寫眞は新設の大邱俱樂部」, 『大阪朝日新聞』,
1938. 8. 19.

키네마극장(1961년)

　玉團建築事務所가 설계하고 屋代組가 시공한 대구 최초의 철골 · 철근 콘크리트조 건물로 建坪 243평, 延建坪 620평이고, 지상 3층 지하 1층으로 관객 830여 명을 수용할 수 있었다. 당시 최신의 구조와 공법을 사용하여 지은 건물로 외관과 함께 내부 공간이 웅장하고, 형태면에서는 서구의 표현주의 양식의 건물이라고 하여 상영되는 영화만큼이나 구경거리였다고 한다.[228]

　1940년 1월 당시 관주는 大邱映畵商會, 지배인은 堀越友二郎이고,[229] 1942년 9월 당시 경영자는 堀越友二郎, 정원 950명, 발성기 롤라(ローラー), 영사기 롤라(ローラー)였다.[230] 대구키네마구락부에서 상영한 영화로는 〈鶴八鶴次郎〉(1938. 11. 22~?),[231] 〈漁火〉(1938.

228) 한국건축가협회대구지회, 『대구 · 경북의 건축』, 1999, 85면.
229) 「조선영화연극상설관명부」, 『영화연극』(2), 1940년 1월, 영화연극사, 4면.
230) 田中三郎, 『昭和十七年 映畵年鑑』, 日本映畵雜誌協會, 1942년 9월 20일 발행, 10~114면.
231) 『부산일보』, 1938. 11. 15.

10.?~?),[232] 〈鶯〉·〈小公子〉(1939. 3. 14~17),[233] 〈國境〉(1939. 6. 5~8),[234] 〈新天地〉(1939. 6. 28~7. 1),[235] 〈越後獅子祭〉(1939. 9. 5~7),[236] 〈化粧雪〉(1940. 2. 23~25),[237] 〈海の荒鷲〉(1940. 4. 9~13)[238] 등이 있다.

1943년 5월에는 관명이 大邱寶塚劇場으로 바뀌어 있었다.[239] 영화 〈海賊旗吹シ飛ぶ〉(1944. 2. 5~10),[240] 〈團十郞三代〉(1944. 9. 7~13),[241] 〈肉彈挺身隊〉(1945. 3~9)[242] 등을 상영하였다. 다음은 『대구일일신문』(1945. 1. 1)의 극장 광고란에 실린 극단 現代劇場의 〈落花巖〉(1944. 12. 31~1945. 1. 2) 광고와 당시 발행한 초대권이다.

---

232) 『매일신보』, 1938. 10. 9. 〈漁火〉는 極光映畵社 作品(원작 각색 徐丙珏, 연출 安哲永, 촬영 李丙穆, 출연 尹北洋·羅雄·朴學·李鉉 등)으로 10월 16일 황금좌에서 개봉하였다. 『동아일보』, 1938. 10. 19. 그 후 평양 大劇, 대구 키네마구락부, 부산 寶來舘, 인천 愛舘, 목포 木浦劇場, 진남포 衆樂舘, 신의주 新劇場에서 상영하였다. 『동아일보』, 1938. 10. 6, 광고 ; 『매일신보』, 1938. 10. 9 광고.

233) 『부산일보』, 1939. 3. 11.

234) 『부산일보』, 1939. 6. 1. 〈국경〉은 감독 崔寅奎, 주연 金素英의 고려영화사 작품으로 1929년 5월 22-25일 明治座에서 개봉하였다. 『동아일보』, 1939. 5. 23.

235) 『부산일보』, 1939. 6. 25.

236) 『부산일보』, 1939. 9. 4.

237) 『부산일보』, 1940. 2. 23.

238) 『부산일보』, 1940. 3. 31.

239) 1943년 1월 21-22일 大邱키네마에서 제1회 연극경연대회 수상기념공연으로 〈대추나무〉(4막)와 〈춘향전〉(5막 8장)을 동시 공연한다는 안내(『매일신보』, 1943. 1. 21)가 있고, 5월 30일부터 6월 1일까지 극단 현대극장에서 〈어밀레鍾〉(5막, 함세덕 작, 서항석 연출, 김일영 장치)을 大邱寶塚劇場에서 공연하다는 안내가 있다. 『매일신보』, 1943. 5. 25.

240) 『대구일일신문』, 1944. 2. 6, 광고.

241) 『대구일일신문』, 1944. 9. 9, 광고.

242) 『대구일일신문』, 1945. 1. 3, 광고.

「대구일일신문」(1945. 1. 1)

현대극단 초대권
(1944. 12. 31~1945. 1. 2)

박노홍은 대구보총극장을 다음과 같이 소개하고 있는데, 사실과 다른 부분이 있다.

'大邱寶塚' 劇場

이 극장은 1941년 이전까지는 대구키네마라고 했었다. 해방 후 6·25를 거친 후에 중앙국립극장으로 있기도 했었다. 大邱府 東城町에 있었다. 屈越友二郎이 건립했었다. 1934년에 개관을 했다. 현대식 건물로 3층 콘크리트로 지었다. 기역자로 된 두 거리를 내려다보는 위치에 서있는 이 극장은 京城의 明治座에 뒤지지 않는 극장이었다. 수용 인원은 1,400명이다. 무대도 넓었다. 조명도 좋았다.[243]

해방 후에 '키네마→ 문화극장(1949년)→ 국립극장(1953. 2. 14. 개관)→ 키네마(1961. 12. 31. 개관)→ 한일극장(1967. 9. 17. 개관)' 등

243) 박노홍, 「한국극장사 ④」, 『한국연극』, 한국연극사, 1979년 5월호, 76면.

으로 관명이 여러 번 바뀌었고, 2000년 11월 30일 7개관의 복합상영
관으로 신축하여 씨네시티한일극장으로 재개관했으며,[244] 그 후 다시
리모델링하여 2012년 12월 28일 CGV한일로 재개관하였다.

5.3. 大邱公會堂

1931년 11월 대구역전(현 태평로 1가)에 대구부민을 위한 복합문
화공간으로 大邱公會堂이 준공되었다.

> 大邱公會堂 竣工
>
> [대구] 그럭저럭 준공되어 오는 十一일 락성식을 거행하는 대구공회
> 당은 대구의 건물 중의 거물로 역전의 장관을 이루엇다고 건평 사백팔
> 십 평으로 정원 수용지와 함께 팔백삼십칠 평 공사비 십사만 사천구백
> 구십 원 四층 건물(지하실까지)이다 삼층 대집회실에는 약 이천 명, 이
> 층 소집회실은 약 일백팔십 명, 식당 일백오십 명을 수용하며 사용료는
> 대집회실 십 원 내지 오십오 원까지이고 소집회실은 오 원 내지 십오
> 원까지라 한다[245]

1929년 부비 및 유지들의 기부금 154,990원으로 공사를 시작하여
1931년 11월 11일 낙성식을 열고 개관한 것이다.[246] 설계는 조선총독
부 技師였던 笹慶一이 하고, 공사는 대구의 여러 업체들이 참여하였

---

244) 『매일신문』, 2000. 11. 25.
245) 『동아일보』, 1931. 11. 11.
246) 사진 ; 대구문화예술회관 향토역사관, 『옛 사진으로 본 근대대구』, 대구문화예술
　　회관, 2008, 68면.

다. 건축부지 480평, 정원 용지 357평에 연건평 1,075평, 높이 63척, 수용 인원은 대집회실 약 2,000명, 소집회실 약 180명, 대식당 약 150명, 일반식당 약 53명이고, 4층 및 5층의 정면은 호텔이었다.

大邱公會堂

대구공회당(1931년)

『동아일보』(1935. 2. 17)

대구공회당에서는 영화 상영을 비롯하여 다양한 공연과 행사가 열렸다. 제5회 全朝鮮辯護士大會(1931. 11. 15),[247] 朴慶姬 獨唱會 (1932. 9. 16),[248] 崔리차드氏 獨奏會(1933. 7. 8),[249] 水害災民救濟 현제명 독창회(1934. 9. 7),[250] 조선가극대회(1935. 2. 5),[251] 趙澤元

---

247) 『매일신보』, 1931. 11. 14.
248) 『동아일보』, 1932. 9. 16.
249) 『동아일보』, 1933. 7. 5.
250) 『동아일보』, 1934. 8. 25.
251) 『조선일보』, 1935. 2. 8.

舞踊會(1935. 2. 20),[252] 李寅善 獨唱會(1937. 11. 20),[253] 영화대회 (1939. 3. 28),[254] 納凉映畵(1939. 8. 6),[255] 全鮮一流名唱大會(1939. 10. 24~26),[256] 가요경연대회(1941. 6. 26),[257] 李仁星畵伯 개인전 (1942. 9. 24~29)[258] 등이 있었다.

1972년 9월 시민회관을 새로 짓기 위해 철거한 후 1975년 10월 신축 개관하였다. 그 후 2011년 4월부터 리노베이션을 위해 휴관하였다가 2013년 대구시민회관으로 재개관하였으며, 2016년 1월 1일부터 명칭을 대구콘서트하우스로 바꾸었다.

6. 맺음말

일제강점기 대구 지역에도 다른 지역과 마찬가지로 다수의 극장이 등장하여 문화를 생산하고 소비하는 거점 공간 역할을 함으로써 당대 지역민들의 문화적 욕구에 부응하였다.

이 글에서는 일제강점기에 간행된 각종 신문, 잡지, 연감, 저서, 토지대장 등의 문헌 자료와 여러 종류의 대구부지도 등을 통해 당시 대구 지역에 존재했던 극장들을 살펴 이 지역의 극장에 대한 전반적인

---

252) 『조선중앙일보』, 1935. 2. 18.
253) 『매일신보』, 1937. 11. 15, 광고.
254) 『동아일보』, 1939. 3. 28.
255) 『동아일보』, 1939. 8. 5.
256) 『매일신보』, 1939. 10. 23.
257) 『매일신보』, 1941. 7. 1.
258) 『매일신보』, 1942. 9. 26.

이해는 물론이고, 극장을 중심으로 형성된 대중문화 이해에 필요한 토대를 마련하고자 하였다.

이상에서 살핀 바를 간추리면 다음과 같다.

첫째, 대구 지역에 일본인 거류민이 증가하면서 일본인들에게 그들의 전통연희인 가부키, 노, 분라쿠, 교겐, 나니와부시 등을 감상할 수 있는 옥내극장이 필요하였다. 대구 지역에서는 1905년 여름 일본인들 사이에 극장 건립이 공론화되기 시작했다. 1906년 3월 초에 上田力松이 요릿집 달성관 앞에 부산의 幸座와 같은 모양의 극장을 건립하려고 추진했지만 무산되었다.

대구 지역 최초의 극장은 1907년 中村喜一이 錦町에 건립한 錦座이다. 현 중구 태평로 3가 216번지 평화상가 일대이다. 이로써 대구 지역에도 '극장시대'가 열리게 된 것이다. 錦座는 1919년까지 존속하며 12년 동안 대중 오락장의 역할을 했다.

둘째, 1910년대는 대구 지역에 大邱俱樂部, 七星舘, 大邱座 등 3개의 극장이 새로 등장하였다. 대구구락부는 대구 지역 최초의 활동사진상설관으로 1911년 辻園次郎이 大和町 一町目 79번지(현 중구 대안동 79번지 대구중부교회 일대)에 개관하였고, 1912년 무렵에는 寄席인 浪花舘으로 바뀌었다.

칠성관은 1916년 당시 村上町 51번지(현 중구 향촌동 51번지 향촌주차장 일대)에 있었던 활동사진상설관이다. 칠성관은 1924년 8월 당시 大榮舘으로 바뀌어 있었고, 1929년 1월 1일 大鏡舘(관주 조병관)으로 바뀌고, 1933년 8월 12일 다시 互樂舘(관주 윤무용·김상덕·김파영)으로 바뀌었다. 1938년 7월 9일 화재로 全燒된 후 문을 닫았다.

1917년 10월 말 무렵에 田町 4번지(현 중구 화전동 4번지 주차장 일대)에 大邱座(대구극장)가 개관하였다. 서울 용산에 있던 櫻座를 移築한 것이다. 1920년 2월 당시 관주는 中村喜一이고, 1925년 무렵부터는 山根初太郎이 관주였다. 2002년 4월 폐업하였으며, 현재는 건물을 철거하고 사설주차장으로 사용하고 있다.

셋째, 1910년대 말에는 금좌와 대구구락부(낭화관)가 사라졌고, 1920년대 초반에 朝鮮舘(萬鏡舘)과 大松舘이 새로 건립되어 칠성관과 더불어 3개 극장이 흥행하였다. 조선관과 만경관의 주관객은 조선인이고, 칠성관과 대송관의 주관객은 일본인이다.

1920년 8월 31일 조선인 전용 활동사진상설관인 조선관이 京町 一丁目 29번지(현 중구 종로 1가 29번지)에 개관하였다. 대구 지역에 처음 건립된 조선인 전용극장으로 조선인 자본이 일부 투입된 극장이라는 점에서 의의가 크다. 관주는 立島領三郎과 裵桂純인데, 개관하고 겨우 4개월여 만인 1920년 12월 21일 화재로 전소되었다.

1923년 3월 7일 조선인 14명과 일본인 1명이 합자하여 옛 조선관 자리에 조선인 전용 활동사진상설관인 萬鏡舘을 개관하였다. 1925년 7월 당시 경영주는 玄泳健과 李濟弼이다. 1927년 5월 18일 화재로 전소된 후 다시 건축하여 1929년 1월 1일 재개관하였다. 당시 徐丙桓, 李相武, 民泰貞 등 3명이 공동으로 경영하였다. 1932년 2월 20일 대구 지역에서는 처음으로 발성영사기 2대를 설비하였고, 오양영화사를 설립하여 1935년 11월에 이규환 감독의 〈그 후의 이도령〉을 제작하였다. 1940년 1월 당시 관주는 이제필이고, 1943년에는 西山吉五郎이 경영하였다. 1944년 2월에 관명이 대구영화극장으로 바뀌었다. 해방 후 다시 만경관으로 영업하다가 2018년 4월 25일부터 LOTTE CINEMA로 바뀌었다.

1923년에는 田町 11번지(현 중구 화전동 11번지)에 일본인을 대상으로 하는 상설영화관 大松舘이 존재하였다. 1927년 6월 당시 관명이 大榮舘으로 바뀌어 있었으며, 관주는 大江隆太郎이고 지배인은 塚本麗水였다. 1929년 7월 25일 木村竹太郎이 인수하여 昭明舘으로 개관하였다. 1930년 6월 당시 경영자는 鈴木留吉이고 지배인은 立花幸雄이었다. 그리고 1931년 4월 16일부터 山岡隆利가 경영자가 되었다. 1931년 4월에 山岡高利가 경영자가 되어 관명을 新興舘으로 바꾸었으며, 1940년 7월 6일 島田金四郎이 인수하여 관명을 大邱松竹映畵劇場으로 바꾸고 개관하였다. 1942년 9월 당시 경영자는 伊藤勘吾이다. 해방 후에 조선영화극장, 대구송죽영화극장, 송죽극장으로 관명이 바뀌다가 현재는 송죽씨어터로 주로 연극을 공연하고 있다.

넷째, 1930년대 대구 지역에 개관한 극장으로 영락관과 대구키네마구락부가 있고, 복합문화공간인 대구공회당도 개관하였다. 이로써 대경관(호락관)과 대구극장, 만경관, 소명관(신흥관) 등 5개 극장과 복합문화공간 1개가 상호 경쟁하면서 지역 문화 발전에 이바지하였다.

1930년에는 田町 14번지(현 중구 화전동 14번지)에 상설영화관 永樂舘이 존재하였다. 당시 경영자는 長尾喜重郎이고, 1934년부터는 堀越友二郎이 경영하였다. 1943년 무렵에 대구동보영화극장으로 관명이 바뀌었다. 해방 후 영락관으로 영업하다가 1946년 8월 1일 자유극장으로 바뀌었으며, 2002년 2월 27일자로 휴관한 후 재개관하지 않았다.

1938년 8월 21일 東城町 二町目 88번지(현 중구 동성로 2가 88번지)에 최신 설비를 자랑하는 대구키네마구락부가 개관하였다. 1940년 당시 관주는 대구영화상회이고, 지배인은 堀越友二郎이었다. 1943

년 5월에는 관명이 大邱寶塚劇場으로 바뀌어 있었다. 해방 후에 관명이 대구키네마, 문화극장(1949년), 국립극장(1953. 2. 14. 개관), 키네마(1961. 12. 31. 개관), 한일극장(1967. 9. 17. 개관) 등으로 바뀌었다. 2000년 11월 30일 7개관의 복합상영관으로 신축하여 씨네시티한일극장으로 재개관했으며, 그 후 다시 리모델링하여 2012년 12월 28일 CGV한일로 개관하였다.

1931년 11월 대구역전에 복합문화공간으로 大邱公會堂이 개관하였다. 해방 후 시민회관으로 운영하다가 1972년 철거한 후 1975년 10월 신축 개관하였다. 그 후 리노베이션하여 2013년 재개관하였고, 2016년 1월 1일부터 명칭을 대구콘서트하우스로 바꾸었다.

이 글에서는 일제강점기 대구 지역의 극장에 대한 연구에 필요한, 극장 건립(개관) 연도, 극장 위치, 관명 변경 등 기초적인 것을 주로 살펴보았다. 앞으로 『대구신문』, 『조선민보』, 『대구일일신문』 등 대구 지역의 사정을 많이 보도했던 신문을 발굴하고 면밀히 조사하여 칠성관, 대송관, 영락관 등의 정확한 개관 연도 등 미진한 부분을 밝혀야 하고, 나아가 각 극장에 대한 깊이 있는 연구도 할 필요가 있다. 그리고 이 글에서 미처 다루지 못한 일제강점기 대구 지역의 극장이 지니고 있는 사회·문화적 의미 등에 대한 구체적인 검토 등도 뒤따라야 할 것이다.

참/고/문/헌

1. 기본자료

• 신문 :『대구시보』,『대구일일신문』,『大阪朝日新聞』,『동아일보』,
  『매일신문』,『매일신보』,『부산일보』,『시대일보』,『조선시보』,
  『조선신문』,『조선일보』,『조선중앙일보』,『중외일보』

• 대구부 편,『대구부세일반』, 대구부 : 1923년, 1924년, 1926년,
  1927년, 1930년, 1934년, 1935년, 1938년

• 잡지 :『삼천리』,『조광』,『중앙』,『별건곤』

• 연감 :『조선연감』, 1926, 1934~1945, 경성일보사. 砂田辰一,『慶
  北年鑑』(1941~1942), 조선민보사, 1941.

• 大邱市街地圖 : 1911년, 1912년, 1918년, 1923년, 1924년, 1926
  년, 1927년, 1928년, 1930년, 1933년, 1934년, 1935년, 1938년 지
  도 등

• 일기 : 吉榮,『眞心의 日誌』(1930. 7. 1~1931. 2. 16)

2. 논저

• 강덕우,「협률(協律), 협률사(協律舍), 협률사(協律社)」,『해반』
  (73호), 해반문화사랑회, 2008.

• 김남석,『영남의 지역 극장』, 한국학술정보, 2018.

• 김남석,『조선의 지역 극장』, 연극과인간, 2018.

• 김려실,「일제시기 영화제도에 관한 연구-영화관 추이를 중심으
  로-」,『영화연구』(41), 한국영화학회, 2009.

• 김석배, 「일제강점기 대구의 극장 연구」, 『국어교육연구』(49), 국어교육학회, 2011.

• 김석배, 「일제강점기 대구 지역의 극장」, 『향토문화』(27), 대구향토문화연구소, 2012.

• 김의경·유인경, 『박노홍의 대중연예사』(1), 연극과인간, 2009.

• 대구문화예술회관 향토역사관, 『옛 사진으로 본 근대대구』, 대구문화예술회관, 2008.

• 목포개항백년사편찬위원회, 『목포개항 백년사』, 목포백년회, 1997.

• 박노현, 「극장의 탄생」, 『한국극예술연구』 19, 한국극예술학회, 2004.

• 박노홍, 「한국극장사 ④」, 『한국연극』, 한국연극사, 1979년 5월호.

• 배선애, 「대구경북지역의 문화 환경과 조선인 극장의 로컬리티 – 대구 만경관을 중심으로」, 『대동문화연구』(72), 성균관대학교 동아시아학술원 대동문화연구원, 2010.

• 백두산, 「근대 초기 서울지역 극장문화 형성과정 연구」, 서울대학교 박사학위논문, 2017.

• 복환모, 「1920년대 초 조선총독부 '활동사진반'의 역할에 관한 연구」, 『영화연구』(24), 한국영화학회, 2004.

• 우용호·추교광 편저, 『대구백년』, 대구홍보사, 1981.

• 위경혜, 『광주의 극장문화사』, 다지리, 2005.

• 위경혜, 『호남의 극장문화사』, 다홀미디어, 2007.

• 유민영, 『한국 근대극장 변천사』, 태학사, 1998.

• 이승기, 『마산영화 100년』, 마산문화원, 2009.

• 이영일, 『한국영화전사』, 삼애사, 1969.

• 이영일, 『개정증보판 한국영화전사』, 소도, 2004.

• 이용남, 「해방 전 조선영화극장사 고찰」, 청주대학교 석사학위논문, 2001.

• 이필동, 『대구연극사』, 중문, 1995.

• 이필동, 『새로 쓴 대구연극사』, 지성의 샘, 2005.

• 최길성, 『영상이 말하는 식민지 조선』, 민속원, 2009.

• 한국건축가협회대구지회, 『대구・경북의 건축』, 1999.

• 한국영상자료원 엮음, 『식민지시대의 영화검열 1910-1934』, 한국영상자료원. 2009.

• 한상언, 「활동사진시기 조선영화산업연구」, 한양대학교 박사학위논문, 2010.

• 홍영철, 『부산영화 100년』, 한국영화자료연구원, 1999.

• 홍영철, 『BFC REPORT』 27, AUTUMN, 2008.

• 홍영철, 「근대 부산극장사 4, 활동사진 상설관 시대의 극장들 (1914년-1929년)[Ⅱ]」, 『BFC Report』, SPRING, 2009.

• 홍영철, 『부산근대영화사』, 산지니, 2009.

• 홍영철, 『부산극장사』, 부산포, 2014.

3. 외국 논저

• 古川昭, 『大邱の日本人』, ふるかわ海事事務所, 2007.

• 大邱新聞社, 『慶北要覽』, 1910.

• 大邱本町小學校同窓會, 『大邱本町小學校同窓會名簿』, 1982.

• 三輪如鐵, 『增補 訂正 大邱一班』, 玉村書店, 1912.

- 三浦好吉,『鮮南要覽』, 大邱新聞社, 1912.
- 越智唯七,『朝鮮年鑑』, 朝鮮ガイダンス社, 1925.
- 田中三郎,『昭和十七年 映畵年鑑』, 日本映畵雜誌協會, 1942.
- 佐瀨直衛,『最近 大邱要覽』, 大邱商業會議所, 1920.
- 河井朝雄,『大邱物語』, 朝鮮民報社, 1931.

3

경 계
바 깥 의
극 장 들

축지소극장(築地小劇場)의 체험과
홍해성 연극론의 상관성 연구

김현철

1. 머리말

홍해성(洪海星, 1894~1957)은 한국의 근대연극사에서 최초의 연출가로 알려져 있는 인물이다. 연출가로서의 본격적인 연극수업은 일본의 축지소극장(築地小劇場)에서 시작되었다. 1924년 6월, 일본 근대극운동의 요람이었던 축지소극장(築地小劇場)에 단원으로 입소하여 1929년 3월까지 연기 및 무대연출의 수업을 받았다. 일본연극사에서 축지소극장(築地小劇場)은 '근대극의 실험실'이라고 불리며, 상업주의와 오락본위의 저속성을 탈피하려는 연극운동을 펼친 본산지였다.[1] 홍해성은 서구 근대극을 적극적으로 수용하려했던 축지소극장

---

[1] 카와타케 시게토시(河竹繁俊)는 일본연극사에서 축지소극장의 등장은 "후기 신극 운동의 기점이며, 기념할만한 소극장"(後期新劇運動の起点となった,記念すべき小劇場であった.)이라고 평가했다. 河竹繁俊,『日本演劇全史』, 岩波書店, 1959, 1066

에서 최신 연극을 직접 체험하며, 연극인으로서 풍부한 경험을 쌓아 나아갔다. 이 과정에서 축지소극장의 핵심적인 운영자이자 지도자이 며, 일본 근대극의 선구자로 불렸던 오사나이카오루(小山內薰, 1888- 1928)를 만나게 되었고, 그로부터 자연스럽게 많은 영향을 받게 된다. 1928년 12월 오사나이카오루(이하 오사나이(小山內)로 지칭)가 갑자 기 죽음을 맞이하자, 이듬해인 1929년에는 축지소극장이 신축지극단 (新築地劇團)과 극단축지소극장(劇團築地小劇場)으로 분열되어 버 리고 말았다. 이러한 상황을 계기로, 홍해성은 일본생활을 청산하고 1930년 6월 서울로 귀국하여 조국의 근대극 운동을 위한 본격적인 활 동에 들어갔다. 1931년 7월에는 극예술연구회(劇藝術研究會)의 창립 동인이 되어 한국 최초의 근대극 연출가로서 활동하게 되었다.

이처럼 '근대극 최초의 연출가'라는 수식어가 말해 주듯이, 홍해성 은 한국 근대연극사에서 본격적인 연출가로서 활동한 첫 번째 인물이 다. 특히, 그는 당대 최고로 인식되던 축지소극장(築地小劇場)에서 배 우로서 활동한 매우 특이한 경력의 소유자였다. 그러므로, 한국의 연 극계 인사들이 홍해성에게 거는 기대는 무척 클 수밖에 없었다.[2] 이와 같이 한국 근대극의 개척자로 기대를 받았던 홍해성은 일본의 근대극 이 한국으로 어떻게 수용되었는가를 밝히는 매우 중요한 열쇠를 쥐고 있는 인물이기도 하다. 홍해성의 연구는 한국의 근대극 운동이 어떤

면 참조.

2) 1933년 홍해성이 극예술연구회를 일시적으로 이탈하여, 흥행극단인 조선연극사에 서 연출을 맡게 되었는데, 이것은 극예술연구회 내부적으로 큰 논란을 불러일으켰 다. 이러한 상황에서도 서항석은 축지소극장에서 습득한 홍해성의 연출력을 인정 해야한다고 하면서 그 논란을 일시적으로 무마시켰다. 서항석, 『나의 이력서』, 『서 항석전집』(5), 하산출판사, 1987, 1785~1786면 참조.

방향으로, 어떻게 시작되었는가에 대하여 힌트를 제공해줄 것이다. 그러므로, 이 논문에서는 日本 축지소극장(築地小劇場)의 근대극운동 이론이 구체적으로 홍해성을 통하여 어떻게 수용되었는가를 밝히고자 한다.

그러나 현재까지 이루어진 홍해성의 연구를 살펴보면, 축지소극장과의 관계가 매우 소홀하게 다루어져 있다는 사실을 쉽게 알 수 있다. 지금까지의 연구는 홍해성의 연극론 자체를 분석하는 것에 초점이 맞추어져 왔다.[3] 축지소극장과의 관계를 본격적으로 다루고 있는 논문도 있지만, 개괄적인 비교에 그치고 있는 실정이다.[4] 그러므로, 본 논문에서는 이러한 문제점을 보완하기 위해서, 우선 홍해성이 주장한 근대극 이론과 축지소극장의 대표적인 지도자였던 오사나이(小山內)의 이론을 비교분석하고자 한다. 이 비교를 통하여 홍해성이 일본의 근대극 이론에서 무엇을, 어떻게 받아들였는가가 자연스럽게 밝혀질 것이다. 적극적으로 수용한 이론은 무엇이며, 또 독자적인 견해로 새롭게 발전시킨 이론은 무엇인지를 동시에 밝히고자 한다.

또한, 홍해성은 한국 최초의 근대극 연출가라는 명칭을 부여받고

---

3) 홍해성에 관한 대표적인 연구는 주로 그가 발표한 연극론을 중심으로 논의되어 왔다. 안광희, 「홍해성론」, 『국문학논집』(13), 단국대학 국어국문학과, 1989 ; 유민영, 「海星 洪柱植 硏究」, 『한국연극』, 한국연극협회, 1994. 11 ; 서연호, 「연출가 홍해성론」, 『한림 일본학연구』(1), 한림대학교, 1996. 이상우, 「극예술연구회와 연출가 홍해성」, 『작가연구』(4), 새미, 1997. 10 ; 이상우, 「홍해성 연극론에 대한 연구」, 한국극예술연구 8, 한국극예술학회, 1998 ; 정철, 「한국근대연출사 연구-홍해성」, 유치진, 이해랑을 중심으로, 조선대학 박사논문, 2000 ; 홍재범, 「홍해성의 무대예술론 고찰」, 『어문학』(87), 한국어문학회, 2005.
4) 김재석, 「일본의 '축지소극장'이 한국연극에 미친 영향 연구」, 『어문학』(73), 한국어문학회, 2001. 神永光規·馬政熙, 「韓國新劇運動に与えた築地小劇場の影響-洪海星を中心に」, 『日本大學精神文化硏究所紀要』34, 日本大學精神文化硏究所, 2003.

있지만, 그가 연출한 공연이나 연극무대에 대한 논의는 매우 부족한 실정이다. 연출가로서의 홍해성을 판단하기 위해서는 우선 연출에 대한 논의가 당연히 선행되어야 할 것이다. 그러나 지금까지 이러한 논의가 제대로 이루어지지 않았는데, 그것은 바로 연출가 홍해성을 평가할 자료가 거의 존재하지 않기 때문이었다. 특히, 1930년대의 연출을 평가하기 위해서는 공연상황에 대한 자세한 기록이 필요하지만, 현재 그러한 기록이나 자료가 거의 전무한 상태이다. 이러한 난점을 극복하기 위해 본 논문에서는 당시의 관극평(觀劇評)을 통하여 홍해성의 연출가로서의 특징을 논의하고자 한다. 특히, 홍해성이 극예술연구회에서 연출한 작품 중에는 축지소극장의 공연과 중복되는 작품이 있는데, 그 대표적인 작품이 바로 〈해전(海戰)〉과 〈검찰관(檢察官)〉이다. 축지소극장과 극예술연구회에서 동시에 공연된 이 작품들의 관극평을 통하여 어떤 공통점과 차이점이 있는가를 살펴보면, 연출가 홍해성의 면모를 일정부분 밝혀낼 수 있을 것이다. 또한 부수적으로 이 작품들에 대한 관객들의 반응은 어떠했는가에 대해서도 살펴보고자 한다.

다음으로는 홍해성의 연극활동 중에서 가장 큰 의문점으로 남아있는 극예술연구회의 탈퇴와 흥행극단인 동양극장으로의 이적에 대해서도 논의하고자 한다. 변호사의 꿈 안고 일본으로 건너가 유학을 시작한 홍해성이 스스로 중앙대학 법학과를 자퇴하고, 일본대학 예술학과로 편입한 것은 자신의 인생을 연극에 바치겠다는 중대한 결심에서 비롯된 것이다. 즉, 연극을 통하여 조선을 개혁하고자 한 굳은 의지를 엿볼 수 있다. 이러한 의지를 실현하기 위해서 당대 근대극 운동의 본산지였던 축지소극장의 단원으로 들어가 밑바닥 생활부터 시작했

던 것이다. 이러한 그가 근대극 수업을 마치고, 조선으로 돌아와 극예
술연구회의 연출가로 활동한 시기는 고작 1931년부터 1934년까지 약
3년 정도에 불과하다. 1935년 11월에 동양극장이 설립되면서 홍해성
은 극예술연구회의 동인들로부터 비난을 받으면서도 동양극장의 연
출 및 무대 지도자로 자리를 옮기게 된다. 몇 년 사이에 일어난 그의
파격적인 연극론의 변화를 어떻게 해명할 것인가도 한국연극사 연구
에 있어서 매우 중요한 과제일 것이다. 필자는 이러한 갑작스러운 전
환에도 반드시 그 계기가 있으며, 그것은 일본의 축지소극장의 체험
과 관련이 깊은 것이 아닌가하고 조심스럽게 가정해 본다. 본 논문에
서는 홍해성의 연극인 생애를 좌우한 가장 큰 분기점이었던 동양극장
으로의 이적원인을 그의 연극론에서 찾아보고자 한다.

2. 근대극 이론의 한국적 수용

2.1. 근대극운동의 동지로서 관중양성론

홍해성은 자신의 대표적인 극이론을 제시한 「우리 신극운동의 첫
길」(『조선일보』, 1926. 7. 25~8.2)에서 첫 번째로 '관중(觀衆)'의 중
요성을 역설하였다. 이 글은 친구인 김우진과 공동 집필한 것으로, 한
국 근대극 수립운동론으로서는 매우 선구적인 논의로 손꼽히고 있
다.[5] 이 글은 우선 '관중의 양성'에 초점을 맞추고 있다.

---

5) 이상우, 「홍해성의 연극론에 대한 연구」, 앞의 논문, 359면 참조.

新劇運動에 쯧하는 諸君은 이 點에 잇서서 觀衆이란 것을 等閒히 해서는 안된다. 오늘 이 觀衆을 그대로 압해두고 舞臺를 公開한다 하면 그것은 極히 無意味한 일이 되거나 또는 某會의 前轍을 다시 밟는 것에 不過하게 될 것을 우리는 밋는다. 이런 稚頭의 民衆을 驅逐하고 新劇運動의 旗 아래서 가티 일하고 가티 刺戟하고 가티 힘 어들 先驅者가 되기를 바랄 觀衆의 養成, 覺醒, 紹喚이 우리들이 걸어야 할 첫 길인 줄 안다. 舞臺가 생기고 劇場이 열리고 舞臺藝術家가 나오고 偉大한 作家와 壯大한 人生이 생기기 前에 가티 일하는 데 한 分子된 觀衆의 養成이 시작되지 안는 동안 時機尙早의 失敗는 明若觀火한 일이다.[6]

위의 주장에서 눈여겨 볼 대목은 관중의 '양성(養成)'이란 주장에 있다. 홍해성은 단순히 관중의 중요성을 역설하는 데 그치지 않고, 관중을 양성해야한다고 강조하고 있다. 양성(養成)이란 새로운 관중을 길러야 한다는 의미이다. 즉, 기존의 관중들과는 다른 새로운 관중을 기대하고 있는 것이다. 이러한 의식에 밑바닥에는 현재의 관중에 대한 부정적 인식이 깔려 있다. 인용문의 바로 앞에서 신극운동에 도움이 되지 않는 관중들로 "기생연주회, 신파극, 남사당패 노름, 창루(娼樓)에 가는 호남자(好男子), 한량꾼, 외입장이 등의 향락주의자들"을 열거하고 있다. 그리고 이런 관중들은 완전히 "박멸하고 도태"시켜야 한다고 극단적으로 말하고 있다. 그러나 홍해성이 활동하던 시기의 관객 구성을 살펴보면, 대부분이 그가 부정했던 관객들이 중심을 이루었다. 실제로 당시 극예술연구회 공연에 모인 관객들도 대부분이 경제력이 있는 부유한 지식인 계급이었다. "월급쟁이, 지주의 아들

---

6) 洪海星 · 金水山, 「우리 新劇運動의 첫길(二)」, 『조선일보』, 1926. 7. 26.

및 부인들, 남녀전문학생들"⁷⁾이 중심이었고, 노동자나 농민들은 생활
고에 시달리고 있었기 때문에 도저히 연극을 볼 수 없는 처지에 놓여
있었다. 이와 같이 홍해성의 '관중양성론'은 이상론이라는 한계를 갖
고 있지만, 적극적으로 일반 대중들까지 새로운 근대극 운동의 동료
로 포섭하려고 했다는 점에서 의의가 있다. 홍해성의 관중양성론에는
'새로운 관중의 등장'에 대한 열망이 내재되어 있다. 홍해성에게 관중
은 단순히 극을 관람하는 수동적 집단이 아니라, 함께 근대극 운동을
펼쳐 나갈 능동적인 동지의 집단이었던 것이다.

　그러면, 이와 같은 관중 양성론은 어디에서 기인한 것인가를 생각
해 볼 필요가 있다. 새로운 관중, 진보적인 관객에 대한 열망은 일본
의 신극계도 예외가 아니었다. 일본에서도 관중은 근대극운동의 중요
한 반려자였다. 하지만, 당시의 관중은 아쉽게도 언제나 실망감을 안
겨주는 존재에 가까웠다. 그 대표적인 예가 바로 오사나이(小山內)
의 '자유극장 논쟁'에서 잘 나타난다. 오사나이(小山內)는 이치가와사
단지(市川左団次)와 함께 서구의 독립극장 운동을 지지하며, 1909년
'자유극장(自由劇場)'을 만들었다. 비상업적(非商業的), 실험적(實驗
的), 예술적(藝術的) 연극 활동을 전개하여 당시의 진보적인 청년 지
식층에 압도적인 지지를 받았다.⁸⁾ 이렇게 일본 연극계의 주목을 한몸
에 받았던 오사나이(小山內)에게 큰 관심을 나타냈던 인물이 바로 마
야마 세이카(眞山靑果)였다. 근대극운동에 관심이 많았던 극작가이
자 소설가였던 마야마 세이카는 「새로운 종자를 뿌려라(新しき種子

---

7) 유진오,「제3회 극연공연을 보고」,『조선일보』, 1933. 2. 13.
8) 大笹吉雄,『日本現代演劇史』(明治 大正篇), 東京 : 白水社, 1985, 102~106면 참조.

を播け)」라는 평문을 통하여 오사나이(小山內)를 일본 극계에 새로운
씨를 뿌리는 사람이 되라고 충고했다.[9] 그러면서 앞으로 근대극 운동
이 나아가야 할 길을 세 가지로 제시했다. 첫째, 배우들에게 예술가로
서 자각을 이끌어 내기, 둘째, 외국의 각본을 다수 소개하기, 셋째, 진
보된 관객이 출현하기를 기다려야 한다는 것이다. 이러한 주장에 대
해 오히려 오사나이(小山內)는 단순히 배우의 자각을 일깨우고, 외국
각본을 소개하며, 진보된 관객을 기다리는 수준에 머물러서는 안된다
고 반박하였다. 즉, 오사나이(小山內)는 당시 일본 연극계가 전반적으
로 타락의 길로 들어섰다고 진단하고, '연극계 자체의 개혁'[10]을 주장
하였다.

특히, 그 중에서 가장 심각한 요인을 관객의 타락으로 보았다. 관객
을 타락시키지 않으려면 "자각시키는 연극(自覺せる演劇)"을 보여주
는 길이 최선책이라고 주장했다.[11] 이렇게 오사나이(小山內)는 좋은
연극을 만들어 대중을 교화시킬 수 있다고 자신했던 것이다. 이러한
자신감의 밑바탕에는 좋은 연극에는 반드시 대중들의 절대적인 호응
이 있을 것이라는 낙관적인 생각이 깔려 있었다. 하지만, 실제로 축지

9) 眞山靑果,「新しき種子を播け」,『近代文學評論大系』9(演劇論), 角川書店, 1972, 83~91면 참조.
10) 스가이 유키오(菅井幸雄)는 이론가이자 연출가였던 오사나이(小山內)는 연극계 그 자체의 개혁을 원했지만, 극작가였던 마야마는 새로운 희곡을 창조하는 것을 강조하는 정도에 머물렀다고 두 사람의 차이를 설명하고 있다. 菅井幸雄,「日本近代演劇論爭史6 - 自由劇場論爭」,『悲劇喜劇』(30(11)), 早川書房, 1977, 83~85면 참조.
11) 오사나이는 지금의 연극은 타락할대로 타락했기 때문에 조만간 관객들까지 기존의 연극에 질릴 때가 올 것이라고 전망하며, 관객을 자각시키는 연극의 중요성을 강조했다. 小山內薰,「先づ新しき土地を得よ」,『近代文學評論大系』9(演劇論), 角川書店, 1972, 93~94면 참조.

소극장은 일반 대중들까지는 관객으로 흡수하지 못했다. 오히려 소수의 지식인들을 위한 실험실에 머물렀다고 비판을 받고 말았던 것이다.

그러면, 과연 당시의 축지소극장의 구체적인 관중의 상황은 어떠했는가에 대한 의문이 남게 된다. 관중 수에 대한 정확한 기록은 없지만, 축지소극장에서 문예부원(文芸部員)이자 연기연구생(演技研究生)으로 활동했던 센다고레야(千田是也)의 증언을 참고할 만하다.

> 실제 문제는, 아직 신극의 관객수가 적었기 때문이죠. 기껏해야 2, 3천명. 500명의 소극장에서 5, 6일을 하면 끝나는 숫자입니다. 게다가 극장은 우리들의 상설 소극장. 이것을 15일 이상 비워둘 수도 없고, 빌려 줄만한 신극단체도 아직 2, 3개 밖에 없었기에, 우리들이 할 수 밖에 없었습니다. 축지소극장의 영향으로 여러 신극단체가 생겨난 것은 훨씬 뒤였기 때문입니다.[12] (필자 번역)

위의 인용문은 히지카타요시(土方与志)의 연출에 대해서 설명하는 부분 중에서 축지소극장의 당시 관객의 상황을 언급하는 대목이다. 축지소극장이 설립된 1924년 6월부터 1929년 3월까지 4년 9개월 동안 평균 한 달에 2회 이상 언제나 새로운 공연이 올려졌다. 이렇게 많은 작품의 공연이 가능했던 에너지의 원천에 대해서 센다고레야(千田

---

12) 實際問題としては,まだ新劇のお客が少なかったためでしょう.せいぜい二,三千人.五百人はいる小屋で五日か六日やれば濟んでしまう人數です.しかも劇場は自分たちの常設小屋.それを半月以上も空けとくわけにはいかないし,借れてくれそうな新劇団はまだ二つか三つしかなかったし,自分たちでやるしかなかった.築地の影響でいろいろ新劇団が生まれたのはずっと後になってからです.千田是也,「土方与志の人と芸術」,『千田是也演劇論集』9, 未來社, 1992, 325면.

是也)는 당시의 열악한 공연환경도 큰 몫을 했다고 증언했다. 즉, 당시 축지소극장에 공연을 보러 오는 관객이 최대 2, 3천명을 넘지 못했기 때문에 468명의 정원이었던 축지소극장은 어쩔 수 없이 항상 새로운 작품을 선보일 수밖에 없었다는 것이다. 이와 같이 일본의 신극운동 도 한정된 관객들을 대상으로 이루어질 수밖에 없었고, 시간이 흐르면서 이러한 경향은 점점 심화되었다. 축지소극장의 공연은 점점 일반 관중들의 관심에서 멀어지게 되었고, 결국 몇몇 한정된 지식인들이 즐기는 연극으로 전락할 수밖에 없었던 것이다.

이러한 축지소극장의 선체험을 가졌던 홍해성에게 관객의 확대는 근대극 운동의 성패가 걸린 매우 중요한 문제였다. 오사나이(小山內)가 마지막까지 일반 관객의 확충을 위해 노력했지만, 그 염원은 대중들에게 제대로 전달되지 않았다. 이러한 상황을 목격한 홍해성은 수동적으로 관객들이 축지소극장을 찾아오기만을 기다리는 방식은 무의미하다고 느꼈을 것이다. 또한, 오사나이(小山內)의 주장대로 좋은 연극, 완벽한 공연을 하더라도 그것은 불과 2, 3천명의 관객들을 감동시킬 뿐이었다. 결국 홍해성은 대중들을 적극적으로 관객으로 수용해야 한다는 생각으로 발전하였다. 오사나이(小山內)가 관객을 단순히 근대화시킬 대상으로 보았다면, 홍해성은 함께 근대극 운동을 펼쳐나갈 동지라는 적극적인 존재로 인식했던 것이다. 이러한 논리가 바로 관중의 양성론(養成論)으로 나타나게 된 것이다. 그 구체적인 관중양성의 방법론으로 '강연회, 전람회, 시연회를 개최'하거나 '신문 잡지사에 연극관련 기자를 배치'하고 '연극예술잡지를 간행하는 것'을 들었다. 그러나, 이러한 방법론은 사회 전반적인 협력과 문화적 토대가 마련되어 있어야 가능한 것이다. 그렇기 때문에 홍해성의 관중양성론은 현실적인 실현가능성에 초점이 맞추어져 있기 보다는 이상적인 방안을 제시한 것에 불과하였다. 즉, 연극의 불모지였던 식민지 조선에서 하루빨리 신극운동을 해야 했던 홍해성에게 그 대상이 되는 다수의 관중이 절대적으로 필요했던 것이다.

2.2. 방법론적 차용으로서 번역극 도입론

홍해성은 근대극을 정립하기 위해서 우선, 일본 신극계에서 도입한 방법론을 그대로 수용해야 한다고 주장하였다. 즉, 축지소극장의 번역극 중심의 공연방식을 적극적으로 도입하여 근대극운동을 전개하고자 하였다. 이러한 주장의 이면에는 축지소극장의 방법론에 대한 긍정적인 인식이 밑바탕에 깔려 있다.

> 더구나 오늘 朝鮮, 입대것 참뜻으로 劇場과 舞臺와 演出家와 戲曲이 全無햇든 이 荒蕪地 벌판에서 다른 곳으로부터 輸入해 오는 새 種字가 아니면 무엇으로써 新劇運動을 일으킬가? 不斷한 새 生命의 創造에 잇서서는 模倣이니, 複寫이니, 輸入이니가 單純한 模倣, 複寫, 輸入에 그치지 아니할 것이다. 日本서는 明治四六年 前後 新劇運動이 島村抱月, 坪內逍遙, 小山內薰들의 손에서 일어낫다. 그러면 그이들은 在來의 劇的傳統이 업서서 西洋劇의 複寫를 하게 된 것인가? 또는 그것에 不滿을 가지고 反抗한 것인가? 우리는 그이들의 新劇運動이 單純한 複寫나 反抗이 아니엿슴을 歷史上으로 본다. 只今까지의 그 複寫와 反抗이 設令 새 日本劇을 創造하는데 顯著한 效果가 아즉것 나타나지 안헛드래도 創作家의 出現, 新日本劇의 勃興에 잇서서는 그이들의 일이 헛됨이

아니엿슴을 確實히 볼 수 있다.[13)]

위 인용문에서 홍해성은 신극운동을 하기 위해서 외국극의 수입이 필요하며, 이것은 "새 種字"를 수입하는 것과 같은 것이라고 표현하고 있다. 연극의 토대가 전혀 없는 조선에서 신극운동을 하기 위해서는 당연히 외국 희곡을 수입하는 것은 당연하다는 논리이다. 홍해성이 주장한 종자(種子)는 바로 인용문의 앞에서 언급한 '歐米나 日本의 先進劇團의 작품'이다. 그렇기 때문에 가장 이상적인 종자(種子)는 바로 축지소극장에서 직접 체험한 공연들이 된다. 또한 축지소극장에서 실시한 번역극 중심의 공연은 "單純한 複寫나 反抗"이 아니었다고 옹호하고 있다. 홍해성은 축지소극장의 번역극 중심의 공연을 매우 이상적인 방법론으로 인정하고 있는 것이다.

그러면 축지소극장의 번역극 중심의 공연은 어떠한 방식으로 이루어졌는가에 대해서 살펴볼 필요가 있다. 축지소극장의 '번역극 논쟁'은 오사나이(小山內)가 1924년 강연회에서 2년간 서양희곡만을 공연하겠다고 선언하면서 촉발되었다.[14)] 오사나이(小山內)는 1924년 당

---

13) 洪海星 · 金水山, 「우리 新劇運動의 첫길(三)」, 『조선일보』, 1926. 7. 27.

14) 다음으로 상연 각본에서는 앞으로 2년간은 서양물만 연출하고자 한다. 왜 일본의 각본을 연출하지 않으려고 하는가? 이것에 대해서 나는 간단하게 대답하고자 한다. 우리들은 연출가로서 일본의 기성작가- 만약 내 자신도 그렇다면 여기에 함께 포함시키고자 한다 -의 창작으로부터는 전혀 연출의 욕구가 일어나지 않는다. (次に上演脚本であるが目下二年間許りは西洋物許り演る筈である.何故日本の物を演らぬか？これに對して私は簡單に答える.私達は演出家として日本の旣成作家 - もし私自身がそうであったらそれも含める - の創作から何等演出慾を唆られない.) 小山內薰, 「築地小劇場と私」, 『小山內薰演劇論全集』(2), 東京:未來社, 1965, 44면.

시 일본의 창작희곡 가운데에는 공연을 올릴만한 작품이 없다고 단정하였다. 물론, 이러한 오사나이(小山內)의 도발적인 발언은 일본 문학계의 큰 반발을 불러 일으켰다. 하지만, 이미 자유극장(自由劇場) 시기부터 오사나이(小山內)는 번역극을 공연하여야 일본의 연극술이 발전할 수 있다고 주장해왔었다. 그는 일본 신극계는 운명적으로 「번역극의 시대」로 접어들 수밖에 없다고 예언하고 있었던 것이다.[15]

그러면 오사나이(小山內)는 당시 어떠한 방식으로 번역극을 연출했는가에 대해 살펴볼 필요가 있다. 오사나이(小山內)는 외국 작품의 관극 체험을 그대로 축지소극장에서 재현시키고자 했다. 1912년 12월부터 1913년 8월에 걸쳐 오사나이(小山內)는 새로운 돌파구를 찾기 위해 유럽의 공연을 직접 체험할 목적으로 여행을 떠났다. 이 여행기간에 모스크바에서 25일간이나 장기간 체류하면서 여러 공연을 관람하며 문화적으로 큰 충격을 받게 된다. 특히, 스타니슬랍스키의 연출에 의한 사실주의적 연기, 무대미술 등에 크게 감명을 받았다.[16] 일본으로 돌아온 오사나이(小山內)는 모스크바 예술극장의 방식을 그대로 따라 연출하려고 시도하였다.

그러므로, 나는 먼저 무대의 분위기를 만든다. - 이것은 거의 모든 것이 모스크바예술좌의 형식을 따랐다. 왜냐하면, 나는 지금 이 상황에서 그 이상 이 희곡에 적당한 무대를 고안해낼 수가 없기 때문이다. 식

---

15) 오사나이(小山內)는 현재로서는 연극술을 발전시킬만한 일본 창작희곡이 없기 때문에 "일본의 극장은 앞으로 진실로 번역의시대로 들어갈 수밖에 없다.(日本の劇場はこれから眞の翻譯時代に這入れなければならぬ。)"고 주장하였다. 小山內薫, 「'自由劇場' 談」, 『早稻田文學』, 東京 : 早稻田文學社, 1909(明治42年 4月), 66면.
16) 曾田秀彦, 『小山內薫と二十世紀演劇』, 勉誠出版, 1999(平成11年), 68~69면 참조.

탁의 위치를 잡는다. 의자의 위치를 잡는다. 무대의 구도를 분필로 바
닥 위에 긋고, 그리고, 배우에게 출입구를 지시한다.[17] (필자 번역)

위의 인용문은 오사나이(小山內)가 체홉의 〈벚꽃동산〉을 어떻게
연출을 했는가에 대해서 서술한 부분이다. 모스크바 예술좌에서 본
무대를 그대로 수용하여, 극의 분위기를 살리려고 했다고 분명히 서
술하고 있다. 이 결과, 오사나이(小山內)가 연출했던 〈벚꽃동산〉은 완
전히 모스크바 예술좌의 공연과 흡사할 수밖에 없었다. 물론, 위의 오
사나이(小山內)의 글을 자세히 살펴보면, 완벽한 공연을 올리기 위해
많은 시간을 들여서 배우들과 의견을 주고받았다고도 설명하고 있다.
이러한 방법론 역시 스타니슬랍스키가 했던 사실적인 연기론을 그대
로 수용하려고 의도적으로 시도한 것이다. 즉, 당대의 시점에서 오사
나이(小山內)가 생각한 가장 이상적인 축지소극장의 〈櫻の園〉은 우
선 모스크바 예술좌의 〈벚꽃동산〉을 완벽하게 재현해내는 것이었다.

일본 연극계에서는 오사나이(小山內)가 '번역극 논쟁'을 불러일으
키기 이전부터 이미 번역극에 대한 논쟁이 끊임없이 반복되고 있었
다. 대표적인 논쟁으로는 하세가와 텐케이(長谷川天溪)와 구스야마
마사오(楠山正雄)를 들 수 있다. 하세가와는 「미신적 극단(迷信的劇
壇)」(『讀賣新聞』, 1913년 4월13일)과 「일본의 극단은 번역극을 버려
라(日本の劇壇は翻譯劇を捨てよ)」(『大正演芸』, 1913년 4월호)를 발

---

17) それ故,私は先ず舞台の雰囲氣を作る─これは殆ど總てモスクワ美術座の型であ
る.なぜと言えば,私は今のところこれ以上この戯曲に適当な舞台を案出すること
が出來ないからである.卓の位置をつける.椅子の位置をつける.舞台のプランを白
墨で床の上に引く,そして,俳優に出入の口に指示する. 小山內薰, 「『櫻の園』の演
出者として」,『小山內薰演劇論全集』 2, 東京:未來社, 1965, 280면.

표하며, 번역극(飜譯劇)을 부정하고 그 대안으로서 사회극(社會劇)이나 사극(史劇)의 창조를 해야 한다고 주장했다. 이러한 주장에 구스야마는 「「미신적 극단」을 읽고」(「迷信的劇壇」を讀んで　長谷川天溪氏に)에서 일본에서 외국극을 무분별하게 연출하는 것이 반드시 경박한 일은 아니라고 주장했다. 즉, 영국의 버나드쇼 같은 작가가 태어난 이유도 외국극의 무분별한 번역과 연출에 의해서 대륙의 새로운 공기를 접촉한 결과라는 것이다. 또한, 프랑스의 자유극장, 독일의 자유무대 등 근대극 운동사에서는 번역극이 범람했던 것처럼 일본 신극계에서 번역극 공연이 주류를 이루는 것은 당연한 현상이라고 주장했다.[18]

그러므로, 오사나이(小山內)의 번역극 수용의 논리는 구스야마의 논리와 일맥상통하고 있는 것이다. 번역극은 새로운 실험의 재료들이며, 이 실험의 실패와 성공을 반복하며 신극운동은 발전적인 방향으로 나아갈 것이라는 긍정적인 논리이다. 이와 같은 구스야마와 오사나이(小山內)의 논리는 홍해성에게로 이어졌던 것이다. 오사나이(小山內)와 홍해성은 자국의 근대극을 수립하기 위해서는 우선 토양의 마련이 급선무였다. 대안이 없는 상황에서 번역극은 최선의 실험재료였다. 특히, 홍해성은 문화적 후진국이란 상황을 넘어서 문화적으로 완전히 불모지에 해당하는 조선에서 근대극을 뿌리내리기 위해서는 어쩔 수 없이 외국극을 이용할 수밖에 없다고 생각했다.[19] 그것이 입센이건, 괴테이건, 체홉이건, 버나드 쇼이건, 그리고 심지어 그리이스

---

18) 菅井幸雄, 「日本近代演劇論爭史7 - 翻譯劇論爭」, 『悲劇喜劇』(30(12)), 早川書房, 1977, 71~75면 참조.
19) 서연호는 홍해성이 신종자(新種子論)을 통하여 서구 근대극에 대한 체험적 습득, 방법적 수용의 필요성 및 정당성을 강조하였다고 주장했다. 서연호, 「연출가 홍해성론」, 앞의 논문, 329면 참조.

극이건, 세익스피어든 별로 문제가 되지 않았다. 가장 중요한 것은 미
래의 창작극을 만들어 낼 수 있는 자극과 영감을 불러일으킬 수 있는
것이라면 어떠한 것이든 수용할 수 있다는 관점인 것이다. 그렇기 때
문에 홍해성은 서구의 번역극을 도입하여 단순 재현하는 방식에 대해
서도 부정하지 않았다.

이처럼 홍해성에게 번역극은 근대극 수립으로 나아가는 첫 번째 시
도로서 가치가 있었다. 즉, 번역극의 공연이 최종 종착점이 아니라 출
발점이었고, 근대극 정립이란 종착역으로 가기 위해서는 어쩔 수 없
이 거쳐야 하는 과정이었다. 이러한 논리는 그가 실제로 체험한 축지
소극장에서 실시한 방법론을 그대로 수용하고 있는 것을 알 수 있다.
왜냐하면, 오사나이(小山內)도 초기에는 축지소극장의 공연이 번역
극 중심이었으나, 점차 일본의 창작극을 수용하는 방향으로 바꾸어
갔기 때문이다. 오사나이(小山內)가 사망하면서 완전히 그 결실을 보
지 못하였으나, 후반기의 축지소극장에서는 고전극을 이용한 창작극
의 공연이 시도되었다. 특히, 1928년 10월 11일부터 31일까지 공연된
〈코쿠센야캉센(國性爺合戰)〉이 대표적이다. 이 작품의 원작은 치카
마쓰몬자에몽(近松門左衛門)의 시대죠루리(時代淨瑠璃)로 오사나이
(小山內)의 현대적인 해석을 통하여 새로운 방식으로 연출되었다.[20]
이와 같이 축지소극장에서 연극적 수업을 차곡차곡 쌓아갔던 홍해성
에게 실험의 재료로서 번역극은 출발점에 선 당시의 한국 연극계 상

---

20) 당시 연극계의 반응은 스펙타클한 무대연출에 놀라워했다. 이 공연에 대해서는
대부분 충격적인 카부키의 대수술(大手術)이라고 평하였다. 西村博子, 「「國性爺
合戰」 - 小山內薫から野田秀樹まで」, 『近松の三百年近松研究所十周年記念論文
集(近松研究所叢書3)』, 和泉書院, 1999, 74~75면 참조.

황에서는 어쩔 수 없는 선택이었던 것이다.

하지만, 이러한 축지소극장의 번역극 도입론을 그대로 받아들이는
방식은 결국 소수 지식인들을 위한 공연으로 전락할 수밖에 없는 한
계를 가지고 있었다. 홍해성을 비롯한 극예술연구회의 한계가 바로
이 지점에 있다. 아이러니하게도 대중들에게서 멀어진 축지소극장의
방식을 비판하면서도, 한편으로는 같은 번역극 도입론을 선택하여 동
일한 방식으로 연출하고자 노력했다. 즉, 동일한 방법론을 수용하면서
도, 그 결과는 완전히 다르게 나타나길 기대하는 모순적 자세를 취하
고 있었던 것이다.

2.3. 사회적 역할이 강조된 이상적 배우론

홍해성은 근대극을 하루빨리 정립을 위해서는 인적 자원의 중요성
을 절감하고 있었다. 그렇기 때문에 연극인의 양성에 대한 중요성에
대해서도 역설하였다. 이상우는 홍해성의 연극론을 크게 '연극운동
론', '실무적 연극론', '희곡론 및 해외연극론'으로 구분했다. 이 가운데
에서 '실무적 연극론'으로 연출론, 무대예술론, 배우연기론 등을 꼽았
다.[21] 즉, 실무 연극론은 대부분 '어떻게 유능한 무대예술가, 연출가,
배우를 양성할 것인가?'에 초점이 맞추어져 있었다.

홍해성은 현장에서 직접 연출가로 활동했기 때문에 그의 주된 관심
은 '연출가, 무대예술가, 배우의 양성'에 집중되었다. 작가에 대한 관
심이 적었던 이유는 앞에서 논의한 바와 같이 이미 번역극이란 대본

---

21) 이상우, 「홍해성의 연극론에 대한 연구」, 앞의 논문, 357면 참조.

을 염두에 두고 있었기 때문이다. 이 가운데에서도 홍해성의 관심은 배우의 양성에 집중되었다. 즉, 제대로 된 연기를 할 수 있는 배우의 양성이 시급한 과제라고 인식했던 것이다.[22]

홍해성은 「죠선은 어디로 가나- 劇壇」(『별전고』(5권 10), 1930. 11.)에서는 조선 연극계의 상황을 완전히 참담한 상황으로 규정하고 이렇게 된 중요한 원인을 "배우들의 타락된 행동"과 "권위있는 극작가나 연출가가 없었다"고 진단하였다. 또한, 「演劇界의 將來를 爲하야」(『문예월간』, 1932. 1)에서 연극을 복합적인 결정체로 규정하고 "그 결정체의 핵심은 항상 演技에 있다"고 강조했다. 실제로 배우 교육에 대한 중요성은 「舞臺藝術과 俳優」(『동아일보』, 1931. 8. 14~9. 26)에서 25회에 걸쳐 연재하며 구체적으로 강조하였다.

> 俳優는 社會的 機能을 가진 데 意義가 잇는 것이다. 自己自身에 對한 關係라든가 信念에 대한 關係가 아니고 社會에 對한 關係가 中心點이 되는 것이다.
>
> 劇藝術은 社會와 密接한 關係를 가진 藝術圈內에 屬한 것임으로 우리에게 許與된 時代事業의 特殊性을 社會學的 評價로 決定할 것이며 暫時라도 批評的 態度를 이저서는 아니될 것이다. 藝術的 創造를 不斷히 그 形像 가운데서 探究評價하는 同時에 藝術性의 分析檢討를 持續하여야 할 것이다.[23]

위의 인용문은 「舞臺藝術과 俳優」의 마지막 결론에 해당하는 부분

---

22) 위의 논문, 365~366면 참조.
23) 홍해성, 「舞臺藝術과 俳優 (24)」, 『동아일보』, 1931. 9. 25.

이다. 이 결론 부분에서 특히 홍해성이 강조하고 있는 것은 배우의 사회적 역할이다. 홍해성이 생각하는 배우는 단순히 연기만을 잘하는 배우가 아니다. 배우는 연기를 통하여 관객에게 무언가를 전달할 수 있어야 하는 것이다. 즉, 홍해성에게 훌륭한 배우란 '인간 의식의 전체를 표현'할 수 있고, 잠재되어 있는 신경의 움직임까지 지배하는 '통어력'까지 갖춘 완벽하고 이상적인 존재에 가깝다. 현재 상황을 이해하고, 새로운 시대적 욕구까지 파악한 배우는 연기를 통하여 예술적으로 형상화된 메시지를 관객에게 전달할 의무를 가진 것이다. 그렇기 때문에 위의 인용문에서 홍해성은 배우란 단순히 개인의 차원에 머무는 것이 아니며, 항상 '사회적 기능'을 수반하고 있다고 강조하고 있다. 사회적 기능이란 바로 배우는 예술가이면서도 동시에 사회운동가라는 의미가 농후하다. 즉, 신극운동을 이해하고, 이 운동에 적극적으로 참여하는 능동적인 배우의 필요성을 강조하고 있는 것이다.

이러한 이상적인 배우의 표본은 바로 홍해성 자신이었다. 실제로 홍해성은 축지소극장에서 배우 수업을 받으며 항상 고국으로 돌아가 어떻게 신극운동을 전개할 것인가를 고민하고 있었다. 그가 기관지인 『築地小劇場』에 남긴 글에는 젊은 시절 홍해성의 고민이 매우 잘 나타나 있다. 「젊은 유랑자의 꿈(若き漂泊者の夢)」(築地小劇場』(二卷 一号), 1925년 1월 1일)에서 식민지가 된 조국을 떠나 일본에서 연극인으로 생활하고 있는 자신의 상황을 운문체로 토로하고 있다. 그리고, 마지막에 "꿈 나라의 음향을 접하는 기쁨 속에서 강하게 살아가고 싶습니다. 무대는 기쁨이며, 기쁨은 나의 극장생활입니다.(夢の國の音響に接する喜びの中に強く生きたいのです.舞台はよろこびであり,

よろこびは私の劇場生活であります。)"[24]라고 하며, 축지소극장에서의 연극수련을 기쁘게 생각하고 있음을 강조하였다. 또한, 「오뇌의 무도(懊惱の舞踏)」(『築地小劇場』 四卷 四号, 1927년 4월5일)에서는 현실을 무자비한 전쟁과 극심한 고통이 난무하는 암흑과 같은 지옥이라고 단정하고, 자신이 앞으로 나아갈 길을 스스로 반문하고 있다. 그 해답으로 "너의 마지막 고향은 어디냐! 너의 조국은 오뇌의 세계 바로 그것인가! 구원의 세계는 어디인가. 아아, 무대의 생활! 이것이야말로 구원의 세계이다! 나는 무대의 세계에 내 자신의 고민을 한탄하리라! 내 자신을 해방시켜 무대의 지평선 위에 살 것이다.(お前の最後の故鄕は何處！お前の祖國は懊惱の世界それなのか！救の世界は何處なのだ.ああ,舞台の生活！それこそ私を救はれる世界なのだ！私は舞台の世界に自己の懊惱を哀訴しやう！自己を解放して,舞台の地平線上に生きることだ.)"[25] 라고 부르짖으며, 결국 무대가 자신의 고민을 해결할 수 있는 유일한 장소라고 강조하고 있다.

이처럼 홍해성은 식민지화된 조선의 상황을 항상 염두에 두고 축지소극장에서 연극 수업을 받아왔던 것이다. 왜 축지소극장에서 이렇게 힘든 생활을 인내하고 있는가를 반문하고, 연극수련은 바로 현실의 모순과 부조리를 타개하는 힘을 기르는 원천이라고 굳게 믿고 있다. 즉, 축지소극장에서의 신극 수업은 단순히 작품을 이해하고 연기하면서 관객들에게 박수갈채를 받는 것에 그치는 것이 아니었다. 그는 이상이 높은 배우였으며, 이러한 배우상(俳優像)은 그 연극론에서

---

24) 洪海星, 「若き漂泊者の夢」, 『築地小劇場』(二卷 一号), 築地小劇場, 1925, 68면.
25) 洪海星, 「懊惱の舞踏」, 『築地小劇場』(四卷 四号), 築地小劇場, 1927, 20~21면.

이상적인 배우론으로 나타나는 것이다.

그리고, 홍해성의 배우론과 관련된 논의에서 피할 수 없는 것이 스타니스랍스키와의 영향관계이다. 홍해성이 쓴 「舞臺藝術과 俳優」는 당시로서는 혁신적일만큼 자세한 연기론이었고, 그 내용을 볼 때 스타니스랍스키의 영향을 부정할 수 없다고 논의되어 왔다. 또한, 홍해성의 연극적 스승이었던 오사나이(小山內)가 스타니스랍스키에게서 많은 영향을 받았다는 사실은,[26] 자연스럽게 홍해성과 스타니스랍스키의 영향관계라는 논리로 연결되었다. 실제로 오사나이(小山內)는 1912년 12월 유럽의 연극외유의 기간 중에 가장 긴 25일간을 모스크바에 머물면서 모스크바 예술좌의 공연을 관람하였다.[27] 이 체험을 통하여 '배우의 창조성'이란 완전히 새로운 측면을 발견하고, 인식의 전환을 일으키게 된다. 과거 오사나이(小山內)의 주장을 살펴보면, 배우는 단순히 희곡에 있는 내용을 그대로 연기하는 인형에 불과하다고 생각했지만, 모스크바 예술좌의 공연체험을 통해 배우의 가치를 새롭게 인식하게 된 것이다.[28] 하지만 오사나이(小山內)의 체험은 단순히

---

26) 오사나이의 모스크바의 방문은 1912년 12월과 1927년 11월 2차례에 걸쳐 이루어졌다. 스가이 유키오(菅井幸雄)는 1927년 방문에 대해서 스타니스랍스키와도 만나고, 모스크바 예술좌의 성장도 함께 보려는 의도였다고 서술하였다. 하지만, 소다히데히코(曾田秀彦)는 1912년 1차 방문이 스타니스랍스키와의 만남이 목표였다면, 1927년 2차 방문은 메이어홀드 연극을 직접 보기 위해서였다고 주장했다. 그러면서, 오사나이(小山內) 연극론이라면 무조건적으로 스타니스랍스키와 리얼리즘을 연결시키는 편견에서 하루 빨리 벗어나야 한다고 강조했다. 曾田秀彦, 『小山內薰と二十世紀演劇』, 勉誠出版, 1999, 255~259면 참조.

27) 모스크바에 체류하던 기간 중에 오사나이는 직접 스타니스랍스키의 집에서 열리는 신년파티에 초대를 받아, 모스크바 예술좌의 연극인들과 개인적인 교류를 갖기도 하였다. 小山內薰, 「ロシアの年越し」, 『小山內薰演劇論全集』(3), 東京:未來社, 1965, 25~38면 참조.

28) 오사나이(小山內)는 희곡과 배우를 비교하면서 다음과 같이 배우의 가치를 매우

관객석에서 바라본 관극체험에 불과했다. 그렇기 때문에 실제로 "배우의 훈련방법인 '스타니스랍스키의 시스템'의 존재까지는 자세히 알 수 없었다."[29]고 할 수 있다. 왜냐하면 모스크바 예술좌의 공연에 실제로 참여하지 않았던 오사나이(小山內)로서는 배우들이 어떻게 연기 연습을 하고 있는가에 대해서는 전혀 알 수 없었기 때문이다. 이러한 관점에서 본다면, 오사나이(小山內)조차 정확하게 스타니스랍스키의 연기론을 이해하지 못했던 것을 알 수 있다. 그러므로, 홍해성도 체계적으로 스타니스랍스키의 연기론을 배울 수는 없는 상황이었다.[30] 홍해성이 배운 것은 모스크바 예술좌의 공연을 보고, 배우의 연기의 중요성을 새롭게 인식한 '오사나이식 연기론'이라고 할 수 있다.

이와 같이 홍해성은 축지소극장에서 배우로서 활약하며, 체험적으로 축지소극장 방식의 연기론은 습득할 수 있었다. 이 과정에서 습득한 연기론을 자기방식으로 정리하여 「舞臺藝術과 俳優」를 쓴 것이다. 결국 스타니스랍스키의 영향은 매우 미미한 것이었으며,[31] 오히려 축

낮게 평가했다. "배우는 인형이다. 배우의 직무는 각본의 인형됨에 있다. (俳優は人形である.俳優の職務は脚本の人形たるにある)"小山內薫,「人形たれ」,『讀賣新聞』, 1909. 2. 28.

29) 소다히데히코(曾田秀彦)는 오사나이(小山內)와 스타니스랍스키의 접점을 찾으려는 노력을 기우려 왔지만, 여전히 특별히 두 사람 사이의 영향관계는 모호하다고 지적하고 있다. 曾田秀彦,『小山內薫と二十世紀演劇』, 앞의 책, 70~72면 참조.

30) 김방옥은 기존의 스타니스랍스키 영향론에 대해서 부정적이었던 나상만과 송선호의 논리를 발전시켜, 홍해성과 스타니스랍스키 연기론의 영향관계에 대해서 기존의 논의를 전면 부정했다. 그 근거로 첫째, 오사나이(小山內)가 스타니스랍스키의 연기론을 심층적으로 접한 기회가 없었다는 점, 둘째, 축지소극장의 목표가 서구 사실주의극의 도입이 아니었다는 점을 들었다. 김방옥,「한국연극의 사실주의적 연기론 연구」,『한국연극학』(22), 한국연극학회, 2004, 155~162면 참조.

31) 카이자와 하지메(貝澤哉)는 오사나이와 스타니스랍스키를 관계를 설명하면서 '스타니스랍스키 시스템'이라고 불리는 체계적 방법론과는 전혀 영향 관계가 없

지소극장식 연기론을 익혔다고 하는 편이 더욱 설득력이 있는 것이다. 그리고, 홍해성의 배우론은 자신의 개인적 체험과 연결되면서 연기력과 인격적 완성을 이룩한 이상적인 인간론에 가까운 '형이상학적 배우론'으로 발전하게 되었던 것이다.

2.4. 소극장 회원제의 동지적 단결론

홍해성은 근대극운동을 하기 위한 실질적인 방법으로 소극장 운동을 적극적으로 지지하였다. 프랑스의 자유극장(自由劇場), 독일의 자유무대, 영국의 독립극장, 일본의 자유극장 등을 예로 들면서 소극장 운동 방식으로 시작된 근대극 운동을 적극적으로 주장했다. 그러면서도 강조한 것이 '극장이 없는 극단'의 조직의 문제에 대해서는 '회원제도'를 제안하였다.[32]

극예술연구회의 현실적인 문제는 전용극장이 없다는 것이었다. 이러한 상황에 대하여 극장없이 충분히 근대극 운동이 가능하다고 전제하며 프랑스의 자유극장, 독일의 자유무대를 예로 들었다. 결국 홍해성은 극장 없이 극단이 존재할 수 있는 현실적인 방안을 모색하였고, 그 결과가 바로 회원제였다. 하지만, 홍해성의 생각하는 회원제는 소수의 지식인들로 구성된 기존의 소극장운동과는 어느 정도 거리가 있었다. 극장도 없고, 관객도 거의 존재하지 않는 현실적 상황을 우선 직

다고 단정지었다. 단지 오사나이는 스타니스랍스키의 독특한 등장인물 배치나 화려한 무대장치에 감명을 받아, 그것을 일본에서도 그대로 재현하고자 했던 정도였다고 주장했다. 貝澤哉, 「不在の中心として新劇 小山內薰とスタニスラフスキイの出會い」, 『演劇人』(1号), 演劇人會議, 1998, 44~45면 참조.

32) 洪海星·金水山, 「우리 新劇運動의 첫길(七)」, 『조선일보』, 1926. 7. 31.

시하고 있었다. 이러한 상황에서는 어쩔 수 없이 소수의 관객이라도
한 사람씩 동지(同志)로 규합하자는 것이다. 강력한 구심점을 마련하
기 위해서 시작은 회원제를 주장하고 있지만, 그의 최종 목표는 대중
들을 모두 동지(同志)로 만드는 것이었다. 그러므로 홍해성의 회원제
라는 방식은 목적을 위한 수단에 불과했다. 즉, 소극장의 활성화를 위
한 방법론으로서 회원제를 주장한 것이며, 뜻을 같이 하는 사람이면
누구나 회원이 될 수 있다는 열려진 회원제였다.

　이러한 회원제라는 방법론은 앞서 서술한 '관중양성론'과 언뜻 반대
되는 입장처럼 보이기도 한다. 하지만 그의 주장은 일관되게 현실론
을 바탕으로 하고 있다. 소수의 동지를 위해 연극을 만드는 것은 일반
민중을 무시하고 배타적으로 행동하는 것으로 보일 테지만 "신극운동
의 봉화를 든 이로서는 맨 처음으로 발붙일 길이 이것 외에 없는 줄 안
다"[33]고 강조하고 있다. 즉, 관중양성론은 당위론이며, 이러한 목표를
달성하기 위해 현재 할 수 있는 최선의 방법을 선택해야 한다고 강조
한다. 이 과정에서 어쩔 수 없이 소수의 회원제를 선택할 수밖에 없다
는 논리에 도달하는 것이다. 결국 회원제는 시작에 불과하고, 이것을
기폭제로 하여 모든 관중을 소극장의 회원으로 만드는 것이 목표였던
것이다. 이러한 목표를 달성하기 위해 시작한 것이 바로 극예술연구
회의 참여였다.

　이러한 홍해성의 동지적 단결이 강조된 회원제의 논리도 바로 축지
소극장의 체험이 있었기 때문에 가능한 것이었다. 실제로 축지소극장
의 전체적인 분위기는 연출가의 독단적인 결정에 따르기 보다는 모든

---

33) 洪海星 · 金水山, 「우리 新劇運動의 첫길(七)」, 『조선일보』, 1926. 7. 31.

스텝들과 함께 어울려 희곡을 연구하고 연기를 토론하는 방식을 취했다.[34] 축지소극장의 단원으로 일체감을 맛 본 홍해성은 모든 단원이 하나가 되어 근대극 운동을 펼쳐 나가는 이상적인 형태를 식민지 조선에서도 다시 한번 실현시켜보고 싶었던 것이다.

그러나 홍해성의 이러한 시도는 제대로 결실을 맺지 못했다. 왜냐하면 극예술연구회의 홍해성의 위치가 매우 애매모호했기 때문이다. 즉, 축지소극장의 훌륭한 시스템을 극예술연구회에 도입하기 위해서는 홍해성에 대한 회원들의 신뢰와 강력한 지도력이 밑바탕이 되어야 했다. 하지만, 홍해성은 극예술연구회의 전체적인 방향을 결정하고 이끌어갈 위치에 있지 못했다.

물론, 홍해성은 1932년 5월 1회 공연부터 1934년 12월 7회 공연까지 4회와 5회 공연을 제외하면 거의 대부분의 극예술연구회 공연에서 연출을 맡았다. 이렇게 거의 모든 작품의 연출을 맡았지만, 극예술연구회를 주도했던 것은 홍해성이 아니었다. 오히려 공연 레퍼터리를 결정하는데 핵심적으로 관여했던 것은 해외문학파 동인들로 이루어진 연구부(硏究部)였다. 연구부의 대표적인 이론가였던 이헌구(李軒求)와 김광섭(金珖燮)은 조선에는 극전통이 없었다는 논리에서 출발하여, 우선적으로 번역극을 수용해서 신극운동을 펼쳐야 한다고 주장했다.[35] 이러한 논리에는 일본의 신극계(新劇界)도 동일하게 번역극

---

34) 축지소극장에서 여배우로 활동했던 야마모토야스에(山本安英)의 증언에 의하면, 무대연습을 할 때는 기본적으로 소도구 담당하는 스텝까지 전원 참석하는 것이 원칙이었다고 한다. 또한, 연기에 대해서도 연출가에 의지하지 않고, 모든 스텝들이 함께 연구하는 경향이 강했다고 한다. 山本安英,「築地小劇場」, 『近代の演劇』(II), 東京:勉誠社, 1996, 51~56면 참조.
35) 이헌구는 조선은 극적 전통이 없음을 강조하였고, 김광섭은 연극의 전통이 없는

을 수용한 과정을 거치고 있다는 설명이 덧붙어 있다. 그러므로 이러한 주장을 실현할 수 있는 가장 적합한 인물이 바로 축지소극장에서 연극수업을 받고 돌아온 홍해성이었다. 결국 홍해성은 극예술연구회의 다수파였던 해외문학파로부터 일시적으로 그 권위를 위임받은 위치에 있었던 것이었다.[36) 실제로 해외문학파가 중심이 된 연구부의 주도권 행사는 내부적으로 실천부와의 갈등을 일으키기도 했다. 연구부와 실천부의 갈등을 상징적으로 보여주는 사례가 실천부의 탈퇴소동이다. 1933년 6월 실천부 회원 11명이 연구부의 독단적인 극단 운영에 불만을 품고 극예술연구회를 탈퇴하는 소동까지 벌어졌다.[37)

이처럼 홍해성은 극예술연구회에서 중심적인 위치를 갖지 못한 결과 자신이 의도한대로 극단 전체의 일체감을 확보할 수 없었다. 이렇게 이상과 현실이 상충하던, 1933년 5월에는 잠시 극예술연구회를 떠나 당시 흥행극단이었던 조선연극사(朝鮮硏劇舍)의 연출을 맡게 되었다.[38) 그러나 이것은 홍해성의 입지를 결정적으로 약화시키는 계기가 되었다. 홍해성이 흥행극단에서 연출을 맡은 행동은 당시 극예술

침체한 사회에서는 외국극을 상연하는 것이 유일한 길이라고 강조하였다. 이헌구(李軒求), 「朝鮮에 잇서서의 劇藝術運動의 現段階－「實驗舞臺」誕生에 際 하야(上)」, 『朝鮮日報』, 1931. 11. 15. 김광섭(金珖燮), 「우리의 演劇과 外國劇의 影響」, 『朝鮮日報』, 1933. 7. 30. 참조.

36) 이상우, 「극예술연구회에 대한 연구」, 앞의 논문, 101면 참조.

37) 김인선(金仁善), 「『劇硏』紛糾의 報를 듣고(一)」, 『朝鮮中央日報』, 1936. 7. 8.

38) 유치진은 당시 홍해성의 연출작인 〈파는집〉, 〈개화전야〉를 보고 전체적으로 홍해성의 가담으로 무대장치와 의상, 조명이 전보다 좋아졌다고 평가했다. 그러나, 인물의 성격묘사가 제대로 되지 못했다고 지적하고, 특히 막간극의 어린 소녀의 등장은 새디즘적이며 비인간적인 영업전략이라고 크게 분노하였다. 즉, 유치진은 홍해성이 조선연극사에 가담한 것에 대해서 극히 부정적으로 인식하고 있었던 것이다. 유치진, 「硏劇舍 公演을 보고」, 『東亞日報』, 1933. 5. 5~9.

연구회 내에서도 크게 문제화되었다. 하지만, 연출가가 부족하다는 상황적 논리 때문에 갈등은 일시적으로 수면 아래로 가라앉게 되었다.

이와 같이 홍해성은 축지소극장의 체험을 바탕으로 전용극장이 없는 현실을 극복할 수 있는 동지적 결속력이 강력한 회원제를 상상하였다. 소규모의 회원제로 시작한 극예술연구회가 한명씩 동지(同志)를 규합하다보면 언젠가는 다수의 대중들까지 모두 동지로 확보할 수 있을 것이라고 기대했던 것이다. 그러나, 극예술연구회의 내부에서도 발언권이 크지 않았던 홍해성은 새로운 대안을 찾아 외부의 극단으로 조금씩 눈을 돌리게 된다. 왜냐하면 그는 자신과 뜻을 같이할 동지를 하루 빨리 규합하고 싶은 열망이 있었기 때문이다. 이러한 성급한 열망과 궁핍한 생활고를 해결하기 위해 조선연극사의 연출을 맡게 되었는데, 이로 인하여 극예술연구회의 연출가로서의 입지는 말할 나위 없이 비중이 약해지고 말았다. 그가 이상적으로 생각했던 축지소극장의 방식처럼 모든 단원들이 일체감을 갖고, 서로간의 의견을 토론하고 작품을 해석하는 방식이 점점 불가능해지자 새로운 출구를 찾을 수밖에 없었다. 이러한 과정에서 점점 생활고는 극심해지게 되었고, 결국 홍해성은 자신을 애타게 원하던 흥행극단으로 옮기는 현실적인 선택을 할 수밖에 없었던 것이다.

3. 극예술연구회와 축지소극장의 실제 공연
-<해전>과 <검찰관>을 중심으로

3.1. 대중성과 실험성의 상징적 텍스트

홍해성과 축지소극장의 관계에 대한 논의를 하기 위해서는 극예술
연구회에서 어떠한 작품을 연출했는가에 대해서 살펴볼 필요가 있다.
기존의 연구사를 살펴보면, 극예술연구회의 공연작품이 축지소극장
에서 공연한 작품과 그대로 중복되고 있다는 점은 이미 밝혀졌다.[39]
본고에서는 우선 극예술연구회가 왜 축지소극장의 번역극을 선택했
는가라는 매우 단순한 문제부터 짚고 넘어가고자 한다. 논의를 구체
화하기위해 극예술연구회의 제1회 공연과 제2회 공연에 한정하여 살
펴볼 것이다.

극예술연구회의 역사적인 1회 공연은 고골리의 〈검찰관〉으로 1932
년 5월 4일부터 6일까지 조선극장(朝鮮劇場)에서 공연되었다. 고골리
의 〈검찰관〉은 축지소극장에서 25회(1925년 4월 1일~10일)와 56회
(1927년 1월 6일~16일) 공연으로 무대에 올려졌던 작품이다. 특히,
홍해성에게는 축지소극장에서 시골의사 역으로 이미 출연한 경험이
있었기 때문에 매우 친숙한 작품이기도 했다.[40] 이렇게 축지소극장에

---

39) 1932년 5월부터 1934년 12월까지 극예술연구회에서 상연된 번역극은 모두 12편
이었는데, 이 가운데 축지소극장의 레퍼터리와 중복되는 작품은 모두 6편(〈검찰
관〉, 〈해전〉, 〈기념제〉, 〈베니스의 상인〉, 〈바보〉, 〈벚꽃동산〉)이었다. 이 작품들 가
운데 대부분은 축지소극장 시절 홍해성이 출연한 작품들이다. 이상우, 「극예술연
구회에 대한 연구」, 앞의 논문, 97~100면 참조.
40) 「築地小劇場上演年譜」에 의하면, 제25회와 제56회 공연 모두 홍해성은 시골의사

서 이미 경험한 작품을 홍해성이 연출을 맡았기 때문에 극예술연구회 내부에서도 홍해성 연출에 대한 기대가 매우 컸다. 그러면, 수많은 번역극 중에서 고골리의 〈검찰관〉이 역사적인 1회 공연의 대상이 되었는가라는 의문이 들 수밖에 없다.

　이러한 의문에 대한 답의 힌트를 공연의 관극평에서 유추해낼 수 있다. 「劇藝術研究會公演 〈檢察官〉 觀劇記」에서는 전반적으로 첫 공연이 '大成功'이라고 규정하고, 그 성공의 첫 번째 원인을 희곡의 선정으로 손꼽고 있다. "〈檢察官〉은 다른 만흔 脚本보다도 훨신 더 民俗的이기 때문에 感賞力 程度가 아직 高級에 達하지 못한 朝鮮民衆에게도 一種의 압필을 줄 수있는 것이다"[41] 라고 평가했다. 즉, 희곡의 내용 자체가 일반인들도 쉽게 이해할 수 있을 정도로 평이하고 알기 쉬웠기 때문이다. 또한, 이미 고골리의 작품은 연극계에서 매우 높은 평가를 받고 있었기 때문에 극예술연구회의 초연작으로도 손색이 없었다.[42] 결국 고골리의 〈검찰관〉은 매우 높은 작품성을 가지고 있으면서 동시에 일반인들도 쉽게 접근할 수 있는 평이한 내용이라는 장점을 갖고 있었다. 대중성과 작품성을 모두 갖고 있는 작품이었기 때문에 극예술연구회의 초연작으로 매력적일 수밖에 없었던 것이다.

　또한, 검열을 쉽게 통과할 수 있는 현실적 문제도 크게 작용한 것으

　　(田舍医師) 역을 맡았다. 遠藤愼吾, 川崎照代, 「劇評から見た「築地小劇場」(三)」, 『共立女子大學文學部紀要』26, 共立女子大學, 1980, 234면 참조. 遠藤愼吾, 川崎照代, 「劇評から見た「築地小劇場」(四)」, 『共立女子大學文學部紀要』(27), 共立女子大學, 1981, 155면 참조.
41) 牧童, 「劇藝術研究會公演 〈檢察官〉 觀劇記」, 『신동아』, 1932. 6, 42면.
42) 홍해성은 근대연극사에서 〈검찰관〉은 산문 희극으로서 러시아 근대극의 원천이자 출발점이라고 높이 평가했다. 홍해성, 「演出者로서 본 고-골리와 檢察官(一)」, 『동아일보』, 1932. 4. 28.

로 보인다. 고골리의 〈검찰관〉은 비판과 풍자가 들어있는 내용이었음
에도 불구하고 작품의 희극성으로 인해서 검열의 문제를 쉽게 피해
갈 수 있다는 장점까지 가지고 있었다.[43] 당시 검열의 문제는 열악한
신극운동의 환경을 더욱 궁핍하게 만드는 요인이었으며,[44] 각본의 검
열은 다른 출판물에 비해 더욱 심했기 때문에 당시 연극인들의 고통
은 이루 말할 수 없을 정도였다.[45] 하지만, 검열은 단지 식민지 조선의
문제만은 아니었다. 이미 일본의 연극계 내에서도 검열이 신극운동의
큰 장애요소였다. 실제로 오사나이(小山內)도 이러한 검열에서 자유
로울 수 없었다. 1909년 11월 27일 자유극장의 창립공연 작품으로 입
센의 〈요한 가브리엘 보르크만(ジョン・ガブリエル・ボルクマン)〉
이 상연되었는데, 이 작품이 초연작으로 결정되기까지는 여러 가지
우여곡절을 겪었다. 초연작으로 하우프트만의 〈일출직전(日の出前)〉
을 공연하자는 의견도 있었지만, 자유극장의 순조로운 첫출발이라는
의미가 중요했기 때문에 검열을 무사히 통과할 명작을 선정하는 쪽으
로 결론이 났다.[46] 이처럼 일본 신극계에서도 검열이란 현실적인 문제
에 대해서 쉽게 간과할 수 없었던 것이다.[47] 그러므로 극예술연구회의

---

43) 「'극예술연구회' 창립50주년 기념 좌담회」, 『신동아』, 1981.7, 342면 참조.
44) 당시 신극운동의 환경은 매우 열악했는데, 그 중에서 제일 큰 문제로 첫 번째 손
   꼽히는 것이 검열(檢閱)의 문제였다. 玄民, 「劇研公演을 보고 (上)」『朝鮮日報』,
   1933.2.13.
45) 김을한은 당시 당국은 신경과민적인 분위기에서 각본검열을 하였고, 이 검열에
   걸려 공연을 하지 못하게 된 연극인들은 사랑하는 자식을 죽이는 것과 같은 침통
   한 기분을 맛보았다고 서술하고 있다. 김을한(金乙漢), 「演劇雜談(一)」, 『朝鮮日
   報』, 1926.6.7.
46) 菅井幸雄, 「日本近代演劇論爭史6 - 自由劇場論爭」, 앞의 글, 82면 참조.
47) 축지소극장 제32회 공연 예정작도 원래 하젠 크레펠의 〈결정(決定)〉이었지만, 검
   열에 걸려 상연금지가 되었다. 그래서, 할 수 없이 스트린드베리의 두 작품인 〈열

제1회 공연으로 선정된 고골리의 〈검찰관〉은 작품성, 대중성, 현실성
을 모두 만족하는 이상적인 공연작이었던 것이다. 이와 같이 극예술
연구회는 불모지인 조선에 근대극을 정립하려는 목표를 세웠기 때문
에 자연스럽게 같은 목표를 갖고 출발한 일본 축지소극장의 운동 방
식을 참고할 수밖에 없었다. 또한, 한국과 일본의 연극인들은 검열이
라는 시대적 탄압에서 자유로울 수 없었기 때문에 자연스럽게 자유극
장이나 축지소극장의 대응방식과 유사한 방향으로 나아갈 수밖에 없
었다.

극예술연구회의 2회 공연은 1회 공연 약 한 달 뒤인 1933년 6월 28
일부터 30일까지 조선극장에서 올려졌다. 어빈의 〈관대한 애인〉, 그
레고리 부인의 〈옥문〉, 괴링의 〈해전〉 세 작품은 모두 1막으로 된 짧
은 작품으로 홍해성이 연출을 맡았다. 특히, 이 작품들 가운데 〈해전〉
은 표현주의 연극이라는 새로운 시도로 인해 많은 주목을 받았다. 또
한 축지소극장의 창립 공연작으로서도 널리 알려져 있었다. 축지소극
장의 창립 공연작은 괴링의 〈해전(海戰)〉, 안톤체홉의 〈백조의 노래
(白鳥の歌)〉, 에밀 마죠의 〈휴일(休みの日)〉이었다. 축지소극장의 첫
공연은 연극평론가, 문학자들에게 전체적으로 호평을 받았다. 특히,
관심이 집중되었던 것은 히지카타요시(土方与志) 연출의 〈해전〉이
었는데, 대사와 관련된 비판이 있기는 했지만 대체적으로 관객들에게
가장 큰 감명을 준 작품으로 평가받았다.[48] 일본에서 독일표현주의가

풍(熱風)〉과 〈주리 양(ジュリー嬢)〉으로 작품을 바꾸어 공연하게 되었다. 菅井幸
雄,, 「築地小劇場の演劇」, 『한일연극 심포지엄 일본극단 '츠키지 소극장'의 연극과
오늘의 한일연극을 말한다』, 서울국제공연예술제(극단 산울림), 2005.10.20, 5면
참조.
48) 遠藤愼吾, 川崎照代, 「劇評から見た「築地小劇場」(一)」, 『共立女子大學文學部紀

소개가 된 것은 1914년이었지만, 표현주의 희곡이 널리 알려지게 된
계기는 1922년 독일문학자 야마기시미쓰노부(山岸光宣)가 「최신독
일문단의 경향(最近獨逸劇壇の傾向)」을 발표하면서였다.[49] 특히, 야
마기시는 표현주의를 '세계개조(世界改造)'의 예술로서 소개함으로
써 일반인들에게도 큰 관심을 불러일으켰다.[50] 이후 점점 표현주의 문
학과 표현주의극에 대한 관심이 고조되었고, 그 와중에 축지소극장의
〈해전〉이 개막작으로 공연되자 자연스럽게 화제를 불러일으킬 수밖
에 없었다. 아키타우자쿠(秋田雨雀)는 초연작을 표현주의극으로 선
택하여 공연한 것에 대하여 "〈보르크만〉이 상연된 시대는 일본의 무
대에 처음으로 자연주의가 이식된 시대이며, 〈해전〉의 표현주의적 연
출이 일본에 이식된 오늘은 일본의 젊은 예술의 세계에 하나의 막다
른 곳으로 와서, 새로운 주관욕구의 외침이 바로 거론되고 있는 시대
이다.(「ボルクマン」の上演された時代は日本の舞台に始めて自然主
義の移植された時代であり,「海戰」の表現主義的演出が日本に移植さ
れてゐる今日は日本の若い芸術の世界に一つの行きづまりが來て,新
しい主觀欲求の叫びが當に擧げられやうとしてゐる時代である.)"[51]
라고 강조하며, 연극사적 가치를 매우 높이 평가했다. 즉, 자유극장의
초연작인 〈보르크만〉과 축지소극장의 초연작인 〈해전〉을 동등한 위

　　　要』24, 共立女子大學, 1978, 26면 참조.
49)　大笹吉雄, 『日本現代演劇史』(大正 · 昭和初期篇), 東京 : 白水社, 1986, 419~420
　　　면 참조.
50)　曾田秀彥, 「表現主義の時代 - 「築地小劇場論爭」への道程」, 『文芸研究』(43), 明治
　　　大學文芸研究會, 1980, 40~72면 참조.
51)　秋田雨雀, 「雨空の下の感激　築地小劇場の初演を觀る」, 『築地小劇場』(第一卷 第
　　　二号), 築地小劇場, 1924(大正13年), 62면 참조.

치에 놓고 새로운 시도에 대한 연극사적 의의를 강조한 것이다.

이렇게 일본의 연극사에서도 화제가 되었던 축지소극장의 초연작 〈해전〉이었기 때문에 극예술연구회의 2회 공연작으로는 매우 매력적인 작품이었다. 극예술연구회에서 〈해전〉을 2회 공연작으로 올렸던 것은 축지소극장의 새로운 시도와 연속선상에 있었다. 결국 축지소극장이 〈해전〉의 공연을 통하여 새로운 표현주의극을 실험하려는 의도를 그대로 극예술연구회에서도 이어받은 것이었다. 즉, 제2회 공연작품인 〈해전〉은 조선에서 최초로 시도되는 표현주의 연극이라는 의미에서 선구적인 작품으로서 큰 매력이 있었다.

이처럼 홍해성의 연출로 이루어진 〈검찰관〉과 〈해전〉은 극예술연구회와 축지소극장의 영향관계를 잘 드러내준다. 첫째, 기존의 축지소극장에서 공연된 작품을 선택했다는 것이다. 〈검찰관〉과 〈해전〉은 이미 축지소극장에서 공연된 작품들로서 신극계에서 명작으로 검증된 작품들이었다. 그러므로, 극예술연구회에서는 그저 공연을 올리는 것만으로도 근대극 운동의 흐름에 참여한다는 대의를 자연스럽게 실현하게 되는 장점이 있었다. 둘째, 검열을 피해갈 수 있는 현실적인 문제도 만족한다는 것이다. 작품성이 있으면서 이미 일본에서 공연된 작품이었기 때문에 쉽게 검열을 통과할 수 있다는 장점까지 있었다. 셋째, 대중성과 실험성의 절묘한 관계를 상징적으로 잘 보여준다. 이 대중성과 실험성은 한국과 일본의 근대연극사에 항상 화두로 손꼽히는 개념이었다. 〈검찰관〉은 작품성을 갖고 있으면서 동시에 일반 관중들에게 쉽게 접근할 수 있는 대중성을 갖고 있었고, 〈해전〉은 작품은 난해했지만 표현주의라는 새로운 실험정신을 표현한 작품이었다. 1회 공연과 2회 공연이 이렇게 극단적으로 다른 성격의 작품을 선정한 것은 당시 축지소극장과 극예술연구회의 공통된 「이상과 고민」을 단적으로 보여주는 것이다. '이상'은 현실에 대한 비판적인 시각을 가지고 있으면서도 예술적인 가치를 확보하고 있는 작품이라면 언제든지 공연을 올릴 수 있다는 것이고, '고민'은 이러한 난해한 작품으로 다수의 대중들과 어떻게 예술적 쾌감을 공유할 것인가라는 문제였다.

실제로 오사나이(小山內)는 근대극을 "입센이래 19세기에 확립된 부르조아사회에 반항하거나 비판적인 시각을 가진 연극(イプセン以下, 一九世紀に確立するブルジョア社會に反抗する, あるいは批判の目を向ける演劇)"[52]이라 규정하고, 이러한 관점에서 벗어난 가부키(歌舞伎)로 대표되는 전통예능(傳統藝能), 번안극(飜案劇)을 주로 다룬 신파(新派)는 완전히 부정하였다. 하지만, 오사나이(小山內)의 근대극의 논리로서는 점점 기존의 관객층과 멀어질 수밖에 없었다. 결국 오사나이도 후기로 올수록 관객과 공유할 수 있는 작품선정을 위하여 더욱 깊이 고민하게 되었다. 이러한 고뇌는 홍해성의 관중양성론과 번역극 도입론으로 그대로 이어졌다. 대중을 근대극 운동의 동지로서 양성하기 위해서는 우선 그들의 눈높이를 고려해야 하지만, 한편으로는 의식의 지평을 넓혀줄 사회비판적이고 난해한 작품들도 끊임없이 공연해야만 했다. 이러한 상반된 경향이 극예술연구회의 1회 공연 〈검찰관〉, 2회 공연 〈해전〉의 작품 선정에서도 매우 상징적으로 잘 나타고 있는 것이다. 이처럼 당시 극예술연구회는 대중성과 실험성이란 두 마리의 토끼를 잡기 위해 항상 동분서주할 수밖에 없는 상황에 놓여 있었다.

---

52) 曾田秀彦, 『小山內薰と二十世紀演劇』, 앞의 책, 36면.

3.2. 축지소극장식 연출 수용과 기대수준의 문제

홍해성이 연출을 담당한 〈검찰관〉과 〈해전〉은 실제로 어떠한 모습
으로 무대에서 상연되었고, 그 평가는 어떠했는가에 대해서 연극평을
중심으로 살펴보기로 하자. 우선 고골리의 〈검찰관〉은 극예술연구회
의 제1회 공연이자, 홍해성의 첫 번째 연출이라는 연극사적 의의 때
문에 관극평은 대부분 긍정적인 입장이 우세했다. 긍정적인 평가에는
연출가 홍해성에 대한 앞으로의 기대감도 포함되었던 것이다. 나웅은
「실험무대 제1회 시연 초일을 보고」에서 이 공연을 조선 신극운동의
"비로소 眞正한 스타-트가 될 것"으로 평가하고, 홍해성을 "朝鮮의 最
高 演出家 洪海星"이라고 부르며 앞으로의 연출에 큰 기대감을 나타
내었다.[53] 이러한 평가는 김광섭과 고혜산의 관극평에도 그대로 이어
지고 있다. 하지만 홍해성의 연출을 긍정적으로 평가하면서도 은근히
무언가가 부족하다는 아쉬움을 드러내었다.

고혜산은 "多年間 築地小劇場에 잇서서 그곳에서 上演한 〈檢察官〉
을 直輸入的으로 그대로 옴겨노앗스니까"[54]라고 언급하며, 첫 공연
치고는 훌륭했다고 평가했다. 고혜산은 홍해성의 연출을 높이 평가
한 이유를 축지소극장의 연출을 '직수입(直輸入)'했기 때문이라고 서
술하고 있다. 즉, 홍해성의 연출작인 〈검찰관〉의 의의는 선진적인 축
지소극장식 연출을 그대로 수입하여 연출한 것에 있다고 평가한 것이
다. 그리고, 김광섭은 홍해성의 연출에 대하여 작품분석의 근본적인

---

53) 나웅(羅雄), 「實驗舞臺 第一回 試演 初日을 보고 (三)」, 『동아일보』, 1932. 5. 13.
참조.
54) 고혜산(高惠山), 「實驗舞臺 第一回試演 檢察官을 보고(一)」, 『매일신보』, 1932. 5. 8.

한계를 지적하고 있다. 그것은 관객들의 웃음을 유발시키는 장면에서 심각미가 부족한 웃음에 그쳤다고 비판하고 있다. 관중들에게 "醜惡에 對한 憎惡의 諷刺的 嘲笑"[55]를 주지 못했다고 비판한 것이다. 즉, 고골리의 원작에 들어 있는 본질을 제대로 파악하지 못하고 작품을 연출했다는 논리이다. 이것은 좌익계열의 비판을 대표하는 신고송의 관극평에 와서는 더욱 분명하게 나타난다. 신고송은 고골리의 〈검찰관〉의 공연은 "學生과 인테리層 以外의 觀客에게는 喜悅을 주지 못하였다"고 비판하면서, 최종적으로 홍해성의 "全體의 演出方法이 잇어서 조금도 새로운 것을 發見할 수 없다"[56]고 비판했다.

이렇게 홍해성은 〈검찰관〉 작품 자체를 「희극(喜劇)」의 관점으로 바라보고 연출했다. 이것은 축지소극장(築地小劇場)의 〈檢察官〉과 같은 방식으로 연출했기 때문이다. 1925년 제25회로 공연된 〈檢察官〉은 사회풍자극(社會諷刺劇)이라는 관점보다는 고전적인 러시아의 풍속희극(風俗喜劇)으로 연출되었다.[57] 풍자적인 측면을 무시하고 풍속희극(風俗喜劇)적인 측면만을 강조한 연출방식은 1927년 제56회 재공연에서 좌익계열로부터 강력한 비판을 받을 수밖에 없었다. 프롤레타리아 계열의 작가이자 평론가였던 나카노시게하루(中野重治)는 관극평에서 〈검찰관〉은 당시 러시아의 "극단적인 봉건관료주의에 대한 비판(極端な封建的官僚主義とに對する批判)", "상인과 무지한 농

55) 김광섭(金光燮), 「고-골리의 『檢察官』과 實驗舞臺 (二)」, 『조선일보』, 1932.5.14.
56) 신고송(申鼓頌), 「劇評 實驗舞臺의 檢察官(完)」, 『조선일보』, 1932.5.12.
57) 축지소극장의 〈검찰관〉의 연출 방향도 새로운 사회풍자극(社會諷刺劇)이라는 측면보다 고전적인 풍속희극(風俗喜劇)의 관점이 강조되었다. 昇曙夢, 「築地小劇場の『檢察官』を觀て」, 『演芸畵報』五月号, 東京 : 三一書房, 1925(大正十四年), 10~11면.

민에 대한 비판(商人と無智の農民とに對する批判)"등 당시 사회의 통렬한 비판을 담고 있다고 서술하면서, "축지소극장은 고골리를, 〈검찰관〉을, 곡해했다(ゴ ゴリをば, 「檢察官」をば, 築地小劇場は曲解した.)"[58]고 단정하였다. 또한, 프롤레타리아계열의 연출가이자 배우였던 사사키타카마루(佐 木孝丸)는 "현재의 사회에서, 현재의 일본에서, 〈검찰관〉에서 우리가 기대하는 것은 그 예술적인 아름다움보다도, 그 각본에 들어있는 반봉건적 전제정치의 지배로서의 지방정치의 폭로의 통렬한 충격에 있다(現在の社會で, 現在の日本で, 『檢察官』より 我 が期待するところのものは, その芸術的な美しさよりも, あの脚本に含まれてゐる, 半封建的專制政治の支翼としての地方政治の暴露並び痛撃, これであった.)[59]"고 주장하였다. 이처럼 축지소극장의 〈검찰관〉 공연은 일반인들에게는 호의적인 반응을 얻었지만, 반대로 좌익진영으로부터는 격렬한 비판을 받았다. 이러한 관점에서 보면, 홍해성이 연출한 〈검찰관〉은 오사나이(小山內)가 연출한 〈검찰관〉을 그대로 차용하였다는 것을 잘 알 수 있다.

이러한 축지소극장의 연출방식의 수용은 〈해전〉의 공연에서도 그대로 이어진다. 박용철은 〈해전〉이 조선에서 최초로 공연되는 표현주의극이라는 연극사적 의의를 강조하였지만, "조금도 아라드를 수업는 臺詞를 드르며 數十分을 經過하는 것은 實로 苦痛이엇다"[60]고 문제점을 지적하였다. 즉, 표현주의극의 언어적 특징을 감안하더라도 아무런

---

58) 中野重治, 「『檢察官』の上演に關連して」, 『帝大新聞』, 1927. 1. 31.

59) 佐 木孝丸, 「新劇の掃き溜め」, 『文芸戰線』三月号, 東京 : 日本近代文學館, 1927, 136면.

60) 박용철(朴龍喆), 「實驗舞臺二回 試演初日을 보고 (三)」, 『동아일보』, 1932. 7. 3.

효과도 없는 무의미한 언어로만 채워진 연출의 한계를 지적하였다.
그리고 마지막에는 조선의 현실을 감안하면 표현주의 연극은 아직 시
기상조라고 규정하고, 극예술연구회의 레퍼토리 작품으로는 부적절
하다고 비판하였다. 그리고, 주영하의 관극평에서도 표현주의에 대한
전반적인 이해부족의 상황을 문제로 지적했다. 일반 관객이 표현주의
극을 전혀 이해할 수 없는 상황에서 시작부터 뜻모를 대화가 30-40분
씩이나 이어지는 연출은 적절하지 않다는 것이다. 그리고, "舞臺裝置
도「築地小劇場」의 것을 模倣 하던말던 잘 되엇다고 본다"[61]고 하면서
도, 우리의 생활, 감정, 민족성에 맞추어 어느 정도 개작(改作)할 수는
없었는가라고 반문하고 있다. 이처럼 주영하는 관극평에서, 홍해성
의 연출이 축지소극장의 선진적인 연출을 그대로 수용하고 있다는 것
은 인정하고 있지만, 그것은 단순 모방에 그치고 있다는 한계를 지적
하고 있다. 즉, 조선의 대중이 전혀 이해할 수 없는데 홍해성의 연출이
과연 무슨 의미가 있는가라고 의문을 제시하고 있는 것이다.

난해한 대사에 대한 지적은 축지소극장의 〈해전〉 공연평에서도 그
대로 나타나고 있는 것이다. 극작가였던 오카에이이치로(岡榮一郎)
는 표현주의를 제대로 이해하지 못하고 있다는 전제를 깔고, "오직 유
창하게, 템포가 무섭게 빠른 어조로 대사를 말하는 것만으로 충분히
그 논의의 내용을 알 수 없다.(唯流暢に,テンポの恐ろしく早い口調で
白を言ふだけでは,十分にその議論の內容が分からない.)"[62]며 제대
로된 대사의 전달 없이 어떻게 일반인들에게 공감을 얻을 수 있는가

---

61) 주영하(朱永夏),「實驗舞臺試演 表現派劇 海戰, 外 偉大한愛人, 獄門」,『朝鮮日
報』, 1932. 7. 1.
62) 岡榮一郎,「築地小劇場」,『新小說』七月號, 東京:春陽堂, 1924, 20면.

라고 반문하고 있다. 그러나 극작가이자 연출가였던 타카타타모스(高田保)는"그 필연적 템포인 빠른 속도의 발성이나 교향악적 효과를 의도한 다수의 동시발성을 단순히 듣기 힘들다는 이유로 연출을 부정했다. 이것은 무지와 관계없는 것을 말하는 것에 지나지 않는다.(その必然のテムポである極度の速力的發聲や,交響樂的効果を意図した多人數の同時發聲を,ただ單に聽きとれないといふだけの理由で,その演出を否定した.この事はしかし彼等の無智と無緣とを語るに過ぎない.)"[63]고 비판하며, 새로운 표현주의 방식의 연출을 적극 지지하기도 했다. 이러한 비판과 논쟁의 가운데에서도 축지소극장의 〈해전〉은 종래의 가부키(歌舞伎)나 신파극(新派劇)에서 전혀 볼 수 없었던 무대장치나 조명, 그리고 배우들의 대사나 움직임 때문에 대체적으로 공연은 긍정적으로 평가받았다.[64]

이와 같은 관극평에서도 알 수 있듯이 축지소극장의 〈해전〉도 표현주의의 난해한 대사로 인하여 지식인들에게까지 거세게 비판을 받았다. 하지만, 히치카타의 연출력과 축지소극장의 새로운 무대기술, 그리고 새로운 연극을 바라는 지식인들의 욕구가 자연스럽게 맞아떨어지면서 대체적으로 긍정적인 평가를 받았다. 한편, 홍해성의 〈해전〉은 축지소극장의 방식을 그대로 수용하였기 때문에 '모방'이라는 평가를 피할 수 없었다. 새로운 방식의 연출을 기대했던 한국의 지식인들은 홍해성의 〈해전〉이 축지소극장의 〈海戰〉보다 더욱 새로운 방식으로 연출되기를 기대했었던 것이다. 이러한 높은 수준의 기대는 극예술연

---

63) 高田保, 「築地小劇場について」, 『早稻田文學』八月號, 早稻田文學社, 1924, 65면.
64) 遠藤愼吾, 川崎照代, 「劇評から見た「築地小劇場」(一)」, 앞의 논문, 30면 참조.

구회의 전체에 대한 기대와 맞물려 있다. 박용철의 관극평에서는 극예술연구회에 대한 높은 기대수준이 극명하게 나타난다. 그는 "우리는 劇研이 追從的이 아니라 指導的立場을 維持하기를 바란다"[65]고 언급하며, '그만하면 괜찮다'가 아닌 보다 이상적인 연극, 보다 충격적이고 새로운 연극을 기대하고 있음을 숨기지 않고 있다.

하지만 홍해성은 축지소극장의 연출을 그대로 차용하는 방식을 선택했다. 그는 '번역극 도입론'이라는 주장대로 극예술연구회의 첫출발은 축지소극장식 연출을 그대로 답습하는 정도라면 충분하다고 생각했던 것이다. 하지만, 축지소극장의 번역극과 연출방식을 그대로 직수입하는 정도로는 당시 지식인들을 만족시킬 수 없었다. 그들은 홍해성의 연출에서 좀더 완벽한 작품해석과 화려한 무대연출을 기대했던 것이다. 하지만, 무대장치나 조명, 배우 등 전반적인 연극상황이 열악했던 극예술연구회의 수준으로는 축지소극장의 공연을 뛰어 넘기란 결코 쉽지 않은 일이었다. 오히려 비슷한 수준의 공연을 하기에도 급급한 상황이었다.

또한, 홍해성의 축지소극장 체험은 주로 배우로서의 경험이 대부분이었다. 본격적인 연출가로서 작품을 총체적으로 분석하고, 배우를 교육시키고, 무대장치를 배치한 경험이 없었기 때문에 당시의 경험을 살려 최대한 축지소극장식 연출을 재현해내는 것도 쉽지 않았을 것이다. 만약, 홍해성이 실제로 연출가로서 공연제작에 참여했던 경험이 있었더라면, 좀더 새로운 연출시도도 가능했을 것이다. 하지만, 현실적으로 연출가로서 그렇게 경험이 풍부하지 못했던 홍해성으로서는

---

65) 박용철, 「實驗舞臺二回 試演初日을 보고 (四)」, 『東亞日報』, 1932. 7. 5.

우선 축지소극장의 연출을 재현해내는 것이 급선무였다.

결국, 높은 기대수준에 미치지 못한 공연이었기 때문에 관극평은 부정적일 수밖에 없었고, 홍해성의 연출력에 대한 평가도 낮을 수밖에 없었다.[66] 이처럼 홍해성은 극예술연구회를 대표하는 연출가로서 기대를 한몸에 받고 있는 존재였지만, 한편으로는 지식인들의 높은 기대수준을 충족시키지 못했다는 딜레마를 갖고 있었다. 이것은 훗날 극예술연구회에서 정착하지 못하고, 동양극장으로 이동하게 된 여러 가지 원인 중에서 중요한 요인으로 작용한 것으로 보인다.

3.3. 관객의 구성과 미진한 반응

공연에 대한 실제 관객들의 반응은 어떻게 나타났는지에 대해서도 살펴볼 필요가 있다. 홍해성이 축지소극장에서 연극수업을 마치고, 조선으로 돌아온 이유는 바로 연극을 이용하여 황폐한 조선의 민중들에게 희망을 주기 위함이었다. 그렇기 때문에 연극이 관객들에게 어떻게 전달되었는가도 매우 중요한 요소였다. 실제로 「民族과 劇藝術 – 劇藝術運動과 文化的 使命」에서 자신의 의견을 다음과 같이 피력하고 있다.

---

[66] 홍재범은 서항석이 홍해성의 연출가로서의 능력을 중시하면서도 "홍해성은 연출가로서 능력이 부족하다"고 이야기 했다는 이원경의 증언에 대해서 의문을 제기했다. 하지만, 이러한 서항석의 태도는 홍해성에 대한 높은 기대수준과 그 눈높이를 충족시켜 주지 못하는 당시 공연상황이 복합적으로 만들어낸 극예술연구회 내부의 이중적인 태도를 매우 잘 보여주는 것이다. 홍재범, 「홍해성의 무대예술론 고찰」, 앞의 논문, 692~693면 참조.

한 나라의 生活이나 思想을 演劇으로써 鳴動하는 同時에 劇藝術을 通하야 그 生活과 思想을 光輝잇게 할 수도 잇습니다. 이러한 演劇은 그 國民들의 어쩔 수 없는 모든 苦悶과 永遠한 아름다운 꿈의 慰安所이며 共鳴하는 心靈의 至聖所가 되고 그리고 새로운 文化의 꽃다운 搖籃이 되는 것이외다. 이로 말미암아 보면 自國의 高貴한 文化가 업스며 自國의 藝術(劇藝術)을 가지지 못한 國民은 벌서 精神的으로 滅亡하는 地境에 이를 것이라고 생각합니다.[67]

위의 인용문을 보면, 홍해성은 반복적으로 연극의 중요성을 역설하고 있다. 연극이 한 나라의 생활과 사상을 더욱 빛나게 만들며, 어쩔 수 없는 고통의 상황 속에 놓여 있는 민중들에게 마음의 위안을 줄 수 있는 "꿈의 위안소"이자 "심령의 지성소"라고 강조하고 있다. 더욱이 극예술을 가지고 못한 민족은 결국 "정신적인 멸망"에 이를 수밖에 없다는 극단적인 생각까지 하고 있었다. 이처럼 홍해성은 대중들에게 얼마나 연극이 중요한가를 끊임없이 강조하고 있는 것이다. 이러한 논리는 근대극 운동을 함께 펼쳐나갈 동지로서의 '관중양성론'과도 밀접하게 연결되어 있다.

그러나, 홍해성이 연출한 〈검찰관〉과 〈해전〉은 일반 관객들의 마음을 제대로 사로잡지 못했던 것으로 보인다. 1회 공연인 〈검찰관〉을 본 신고송의 공연평에는 관객들의 반응을 직접 엿볼 수 있는 대목이 있다. "學生과 인테리層以外의 觀客에게는 『檢察官』은 喜悅을 주지 못하엿다"고 언급하면서, "初日의 所見에 依하면 第三幕의 終末쯤되여

---

67) 홍해성, 「民族과 劇藝術 - 劇藝術運動과 文化的 使命(一)」, 『동아일보』, 1929. 10. 15.

벌서 觀客席의 一部는 空虛하여서 잇섯다"[68]고 객석의 상황을 설명하고 있다. 신고송의 공연평이 매우 비판적이었다는 측면을 감안하더라도, 위의 상황은 5막이나 되는 장막극에 인내심을 잃어버린 관객들이 성급하게 자리를 떠나는 모습이 적나라하게 묘사되어 있다. 또한, 반대로 매우 긍정적인 관극평을 썼던 목동의 「劇藝術硏究會 〈檢察官〉 觀劇記」에서도 홍해성의 연출의 문제가 간접적으로 지적되고 있다. 관극평의 제일 마지막 부분에서 "劇을 다 보고 나니 좀 지루햇섯다는 感이 잇섯다. 그것은 演技關係보다도 脚本自體가 조곰 지루스러웟든 것이 아닌지!"라고 전체적인 분위기를 지루했다는 평가로 끝맺고 있다. 지루했다는 느낌은 연출자나 연기자의 문제가 아니라, 희곡 자체의 문제가 아닌가라고 추정하고 있지만, 지루했다는 평가에서 연출가인 홍해성도 그 책임을 회피할 수는 없는 것이다.

더욱이 제1회 공연부터 문제점으로 지적되는 것이 바로 관객 구성의 문제이다. 김광섭은 "第一回 公演에 잇서서 大體로 보건대 實驗舞臺가 文藝的 趣味의 比較的 洗練된 坯는 少數의 인테리階層에 그 觀衆의 分野가 局限되여잇슴"[69]을 지적하고 있다. 공연을 관람하고 있는 관객이 대부분 소수의 인텔리계층이 중심이 되었다는 것이다. 이러한 문제에 대하여 김광섭은 극예술연구회가 앞으로 "대중화(大衆化)"문제에 대해서도 심각하게 고민해야할 것이라고 지적하며 글을 끝맺고 있다. 홍해성이 극예술연구회의 연출자로 참여하여 연극을 공연하는 것은 소수의 지식인들만을 위한 것이 아니었다. 앞의 인용문

---

68) 신고송(申鼓頌), 「劇評 實驗舞臺의 檢察官(完)」, 『조선일보』, 1932. 5. 12.
69) 김광섭(金光燮), 「고-골리의 『檢察官』과 實驗舞臺 (完)」, 『조선일보』, 1932. 5. 17.

에서 언급하였듯이 한나라의 "국민(國民)"의 마음을 위로할 수 있는 연극을 만드는 것이 홍해성의 꿈이자 이상이었다.

이러한 홍해성의 갈등은 제2회 공연 〈해전〉에서도 반복된다. 난해한 텍스트를 가진 표현주의 작품인 〈해전〉은 기존의 공연과 다른 새로운 실험이라는 의미는 있었지만, 그 실험의 의도는 제대로 관객들에게 전달되지 못했다. 박용철은 "觀衆 가운데는 쉽게 斷念해버리고 도라가는 사람도 잇섯다"[70]고 당시의 객석의 상황을 설명하며, 마치 처음부터 끝까지는 모르는 외국어 발성영화를 보는 것 같았다고 현장의 분위기를 전했다. 특히, 박용철은 제1회 공연보다 제2회 공연의 성과가 좋지 못했다고 언급하면서 '대본선정'의 문제를 제기하였다. 대본을 선정하기 위해서는 '예술적 가치', '극단의 연출능력과 여러가지 조건', '관중'을 고려하지 않으면 안된다고 주장했다.[71] 결국 박용철도 극연에 걸고 있는 희망은 매우 크지만 현실과 이상의 괴리를 직시해야 한다고 언급하고 있다. 현재의 상황에서 가장 이상적인 것은 관중을 고려하면서도 실험적이고 지도적인 연극을 만들어 갈 수 있는 연출을 기대하고 있으며, 현실적으로 자신의 기대에 미치지 못하는 홍해성의 연출에 대하여 아쉬움을 토로하고 있는 것이다. 이러한 관극평을 참고해 보면, 홍해성의 연출력은 지식인들뿐만 아니라 일반 관객들에게도 그다지 만족감을 주지 못했던 것으로 보인다.

그러면, 홍해성을 비롯한 당대의 지식인들은 왜 그렇게 관객들에게 집착하였는가라는 의문을 제기할 수 있다. 그것은 바로 축지소극장의

---

70) 박용철(朴龍喆), 「實驗舞臺二回 試演初日을 보고 (三)」, 『동아일보』, 1932. 7. 3.
71) 박용철(朴龍喆), 「實驗舞臺二回 試演初日을 보고 (四)」, 『동아일보』, 1932. 7. 5 참조.

실패라는 전례가 앞에 있었기 때문이다. 당시의 연극인들은 축지소극
장의 소극장운동을 매우 높이 평가했지만, 실질적으로 축지소극장은
일부 문학청년의 서재 역할에 머물렀고, 민중들의 욕망은 전혀 반영
하지 못했다고 한계를 지적하였다.[72] 그러므로 앞에서 지적한 대로 축
지소극장 방식을 추종하면서도 그들의 실패는 반복하지 않으려는 모
순된 의식이 자리잡고 있었다.

　이와 같이 홍해성은 극예술연구회의 공연으로는 도저히 일반 관중
들의 관심을 불러일으킬 수 없다는 한계를 깨닫게 된다. 즉 동지로서
관중을 양성할 수 없는 상황을 절실하게 인식한 것이다. 더우기 홍해
성이 가장 믿고 의지했던 동지들인 극예술연구회 회원들까지 내부적
으로 비판의 압력을 가하자, 서서히 대중극단으로 시야를 돌려 탈출
구를 모색하게 되었다. 동지로서 관중의 양성도 불가능하고, 회원들
간의 동지적 단결감도 맛볼 수 없는 상황에서 홍해성으로서는 어쩌면
자연스러운 선택일 수밖에 없었다. 극예술연구회 내부에 남아서 현상
황의 개선되기를 기다릴 수 없었던 것은 지금까지 대부분의 연구자가
지적한 대로 경제적인 문제도 중요한 요인으로 작용했지만,[73] 근본적
으로 홍해성의 내부에서는 다수의 대중들과 함께 호흡하고 기쁨을 주
는 연극에 대한 열망이 매우 크게 작용했던 것으로 보인다. 이러한 열

---

72) 유치진은 축지소극장은 일부 연극청년들을 위한 희곡 소개 기관에 지나지 않았다
　　고 비판하였다. 유치진(柳致鎭), 「最近十年間의 日本의 新劇運動(4)」, 『조선일보』,
　　1931. 11. 15.
73) 서항석은 홍해성이 일본에서 조선으로 귀국한 1930년 무렵부터 생계를 이어나가
　　지 못할 정도로 매우 궁핍했다고 증언하고 있다. 또한, 1931년에 조금이나마 자금
　　을 만들어 주기 위해 6월 18일부터 1주일간 '演劇映畵展'을 열었다는 에피소드까
　　지 소개했다. 서항석, 「나의 이력서」, 앞의 글, 1778~1780면 참조.

망이 구체적으로 '조선연극사'의 연출로 나타났고, 그 결과 극예술연구회의 동인들로부터 극심한 비판을 받으면서 그의 위상은 완전히 흔들릴 수밖에 없었다. 이러한 상황은 점점 홍해성의 연출가로서의 위치를 약하게 만들었고, '동양극장'의 탄생과 함께 자연스럽게 자신을 열망했던 대중극의 연출가의 자리로 이동하게 된 것이다.

4. 맺음말

홍해성은 축지소극장에서 연극적 수업을 마치고, 극예술연구회에서 본격적으로 근대극운동을 시작했다. 그는 축지소극장의 체험을 바탕으로 독자적인 연극론을 제시하며 불모지였던 조선에서 새로운 연극운동을 펼치려고 노력하였다. 지금까지 살펴본 바에 의하면, 홍해성의 연극론은 관중양성론, 번역극도입론, 이상적인 배우론, 회원제의 동지적 단결론 등으로 나누어 볼 수 있다.

첫째, 관중양성론은 축지소극장의 선체험이 매우 크게 작용한 논리였다. 축지소극장이 소수의 지식인들만을 위한 실험실에 지나지 않았다는 비판은 곧 일반 대중의 관심을 전혀 반영하지 못했다는 의미이다. 즉, 대중들의 연극에 대한 열망을 전혀 반영하지 못했던 축지소극장의 방식은 홍해성이 반드시 극복해야할 대상이었다. 이러한 문제를 타개하기 위해 홍해성은 대중들을 적극적으로 근대극 운동의 동지로서 육성시켜야한다는 관중양성론을 주장하게 된 것이다. 둘째, 번역극도입론은 연극의 불모지였던 조선에서 가장 효율적으로 근대극 운동을 펼치기 위해서는 번역극을 위주로 공연해야한다는 논리이다. 축지소극장에서 했던 것처럼 극예술연구회에서도 번역극이란 실험 재료를 이용하여, 실패와 성공의 과정을 거치면서 근대극을 정립할 수 있을 것이라고 생각했다. 하지만, 축지소극장의 방식을 그대로 수용하면서도 소수의 지식인들만을 위한 공연에 머물지 않기를 기대했다는 점에서는 모순적 자세를 취하고 있었다. 셋째, 이상적 배우론은 홍해성 자신의 체험이 바탕이 된 형이상학적 배우론이다. 그에게 있어서 이상적인 배우란 단순히 무대예술가에 머무는 것이 아니라 언제나 사회적 역할과 책임을 의식하는 완성된 존재였다. 즉, 축지소극장에 있을 때부터 배우란 신극운동을 함께 펼쳐나갈 수 있는 가장 최측근의 동지(同志)로 인식하고 있었던 것이다. 넷째, 회원제의 동지적 단결론은 축지소극장에서 몸소 체험했던 끈끈한 인간적인 유대관계가 극단의 운영방법론으로 나타난 것이다. 극예술연구회의 시작은 어쩔 수 없이 소수의 회원으로 출발할 수밖에 없지만, 그 회원들이 한 사람씩 동지로 규합해나가다 보면 언젠가는 모든 대중들을 동지로 규합할 때가 올 것이라는 기대를 하고 있는 것이다. 이처럼 홍해성의 연극론에서 대부분 축지소극장의 생생한 체험이 기본적인 토대를 이루고 있는 것을 쉽게 확인할 수 있다.

그리고, 축지소극장과 극예술연구회에서 동일하게 공연으로 올려진 〈검찰관〉과 〈해전〉의 관극평을 통하여 연출가로서의 홍해성의 특징과 위상을 밝혀낼 수 있었다. 홍해성은 축지소극장에서 배우로서 활동한 매우 독특한 이력 때문에 극예술연구회의 회원들뿐아니라 당시 연극인들로부터 많은 기대를 한몸에 받았다. 그러나 이렇게 높은 기대에도 불구하고, 그의 연출은 단지 축지소극장의 공연을 그대로 재현하기에 급급했다. 일본의 축지소극장이 갖고 있는 연극적 토대보다 훨씬 열악했던 당시 극예술연구회의 인적, 물적 조건으로는 어쩌면 매우 당연한 결과였다. 그러나 당시 연극계의 홍해성에 대한 높은 기대감은 점점 큰 실망감으로 바뀌어 갔고, 극예술연구회 내에도 홍해성의 위치는 점점 낮아져 갔다. 이러한 와중에 경제적 궁핍을 해결하기 위해 조선연극사의 연출을 잠시 맡게 된 사건이 터지면서 더욱 궁지에 몰리게 된다. 개인적인 생활의 궁핍과 더불어 이러한 여러 가지 불리한 상황이 누적되면서 홍해성은 어쩔 수 없이 극예술연구회를 떠나 새로운 활로를 찾을 수밖에 없었고, 때마침 동양극장이 개관하면서 지도적 연출가로 자리를 옮기게 된 것이다.

이와 같이 홍해성이 대중극단인 동양극장으로 옮기게 된 것은 여러 외부적 상황요인이 강하게 작용했지만, 기본적으로 그가 갖고 있었던 대중에 대한 애착과 기대수준에 부응하지 못한 연출가로서의 한계도 크게 작용했다. 특히, 그가 축지소극장 시절부터 조선으로 귀국하면 민중들의 고통과 아픔을 위로해 줄 수 있는 꿈의 위안소를 만드려는 목표를 갖고 있었기 때문에 소수의 지식인 중심의 극예술연구회 공연 스타일과는 괴리가 있었던 것이다. 그의 관중에 대한 무한한 애정은 점점 인식의 폭을 넓혀 가서 결국 대중극단으로 자리를 옮길 때도 자기합리화의 논리로 작용했던 것으로 보인다.

참/고/문/헌

• 고혜산(高惠山), 「實驗舞臺 第一回試演 檢察官을 보고(一)」, 『매일신보』, 1932. 5. 8.

• 김광섭(金光燮), 「고-골리의 『檢察官』과 實驗舞臺」, 『조선일보』, 1932. 5. 13~17.

• 김광섭(金珖燮), 「우리의 演劇과 外國劇의 影響」, 『조선일보』, 1933. 7. 30.

• 김방옥, 「한국연극의 사실주의적 연기론 연구」, 『한국연극학』 (22), 한국연극학회, 2004, 155~162면 참조.

• 김을한(金乙漢), 「演劇雜談(一)」, 『조선일보』, 1926. 6. 7.

• 김인선(金仁善), 「『劇研』紛糾의 報를 듣고(一)」, 『조선중앙일보』, 1936. 7. 8.

• 김재석, 「일본의 〈축지소극장〉이 한국연극에 미친 영향 연구」, 『어문학』(73), 한국어문학회, 2001.

• 나웅(羅雄), 「實驗舞臺 第一回 試演 初日을 보고 (三)」, 『동아일보』, 1932. 5. 13 참조.

• 牧童, 「劇藝術研究會公演 〈檢察官〉 觀劇記」, 『신동아』, 1932. 6, 42면.

• 박용철(朴龍喆), 「實驗舞臺二回 試演初日을 보고」, 『동아일보』, 1932. 6. 30~7.5.

• 서연호, 「연출가 홍해성론」, 『한림 일본학연구』(1), 한림대학교, 1996.

- 서항석, 「나의 이력서」, 『서항석전집』(5), 하산출판사, 1987, 1785~1786면 참조.
- 신고송(申鼓頌), 「劇評 實驗舞臺의 檢察官」, 『조선일보』, 1932. 5. 10~12.
- 안광희, 「홍해성론」, 『국문학논집』(13), 단국대학 국어국문학과, 1989.
- 유민영, 「海星 洪柱植 硏究」, 『한국연극』, 한국연극협회, 1994. 11.
- 유진오, 「제3회 극연공연을 보고」, 『조선일보』, 1933. 2. 13.
- 유치진(柳致鎭), 「最近十年間의 日本의 新劇運動(4)」, 『조선일보』, 1931. 11. 15.
- 유치진, 「硏劇舍 公演을 보고」, 『동아일보』, 1933. 5. 5~9.
- 이상우, 「극예술연구회와 연출가 홍해성」, 『작가연구』(4), 새미, 1997. 10.
- 이상우, 「홍해성 연극론에 대한 연구」, 『한국극예술연구』(8), 한국극예술학회, 1998.
- 이헌구(李軒求), 「朝鮮에 잇서서의 劇藝術運動의 現段階-「實驗舞臺」 誕生에 際 하야(上)」, 『조선일보』, 1931. 11. 15.
- 정철, 「한국근대연출사 연구-홍해성」, 유치진, 이해랑을 중심으로, 조선대학 박사논문, 2000.
- 주영하(朱永夏), 「實驗舞臺試演 表現派劇 海戰, 外 偉大한愛人, 獄門」, 『조선일보』, 1932. 7. 1.
- 玄民, 「劇硏公演을 보고 (上)」 『조선일보』, 1933. 2. 13.
- 홍재범, 「홍해성의 무대예술론 고찰」, 『어문학』(87), 한국어문학

회, 2005.

- 洪海星, 「若き漂泊者の夢」, 『築地小劇場』(二卷 一号), 築地小劇場, 1925, 68면.

- 洪海星, 「懊惱の舞踏」, 『築地小劇場』(四卷 四号), 築地小劇場, 1927, 20-21면.

- 洪海星·金水山, 「우리 新劇運動의 첫길」, 『조선일보』, 1926. 7. 25~8. 2.

- 홍해성, 「演出者로서 본 고-골리와 檢察官(一)」, 『동아일보』, 1932. 4. 28.

- 홍해성, 「舞臺藝術과 俳優」(24), 『동아일보』, 1931. 9. 25.

- 홍해성, 「民族과 劇藝術 - 劇藝術運動과 文化的 使命(一)」, 『동아일보』, 1929. 10. 15.

- 「'극예술연구회' 창립50주년 기념 좌담회」, 『신동아』, 1981. 7, 342면 참조.

- 遠藤愼吾, 川崎照代, 「劇評から見た「築地小劇場」(一)」, 『共立女子大學文學部紀要』24, 共立女子大學, 1978, 26면 참조.

- 遠藤愼吾, 川崎照代, 「劇評から見た「築地小劇場」(三)」, 『共立女子大學文學部紀要』26, 共立女子大學, 1980, 234면 참조.

- 遠藤愼吾, 川崎照代, 「劇評から見た「築地小劇場」(四)」, 『共立女子大學文學部紀要』27, 共立女子大學, 1981, 155면 참조.

- 岡榮一郎, 「築地小劇場」, 『新小說』七月號, 東京:春陽堂, 1924, 20면.

- 河竹繁俊, 『日本演劇全史』, 岩波書店, 1959, 1066면 참조.

- 貝澤哉, 「不在の中心として新劇 小山內薰とスタニスラフスキ

イの出會い」,『演劇人』(1号), 演劇人會議, 1998, 44-45면 참조.

- 高田保,「築地小劇場について」,『早稻田文學』(八月號), 早稻田文學社, 1924, 65면.

- 佐 木孝丸,「新劇の掃き溜め」,『文芸戰線』(三月号), 東京 : 日本近代文學館, 1927.

- 山本安英,「築地小劇場」,『近代の演劇』(Ⅱ), 東京:勉誠社, 1996, 51-56면 참조.

- 秋田雨雀,「雨空の下の感激 築地小劇場の初演を觀る」,『築地小劇場』第一卷 第二号, 築地小劇場, 1924(大正13年), 62면 참조.

- 小山內薰,「人形たれ」,『讀賣新聞』, 1909. 2. 28.

- 小山內薰,「『櫻の園』の演出者として」,『小山內薰演劇論全集』2, 東京:未來社, 1965, 280면.

- 小山內薰,「『自由劇場』談」,『早稻田文學』, 東京 : 早稻田文學社, 1909(明治42年 4月), 66면.

- 小山內薰,「ロシアの年越し」,『小山內薰演劇論全集』(3,) 東京:未來社, 1965, 25~38면 참조.

- 小山內薰,「先づ新しき土地を得よ」,『近代文學評論大系』(9)(演劇論), 角川書店, 1972, 93~94면 참조.

- 小山內薰,「築地小劇場と私」,『小山內薰演劇論全集』(2), 東京:未來社, 1965, 44면.

- 昇曙夢,「築地小劇場の『檢察官』を觀て」,『演芸畫報』(五月号), 東京 : 三一書房, 1925(大正十四年), 10~11면.

- 眞山靑果,「新しき種子を播け」,『近代文學評論大系』(9)(演劇論), 角川書店, 1972, 83~91면 참조.

- 神永光規・馬政熙,「韓國新劇運動に与えた築地小劇場の影響－洪海星を中心に」,『日本大學精神文化研究所紀要』(34), 日本大學精神文化研究所, 2003.

- 菅井幸雄,「日本近代演劇論爭史6－自由劇場論爭」,『悲劇喜劇』(30(11)), 早川書房, 1977, 83~85면 참조.

- 菅井幸雄,「日本近代演劇論爭史7－翻譯劇論爭」,『悲劇喜劇』(30(12)), 早川書房, 1977, 71~75면 참조.

- 菅井幸雄,,「築地小劇場の演劇」,『한일연극 심포지엄 일본극단 「츠키지 소극장」의 연극과 오늘의 한일연극을 말한다』, 서울국제공연예술제(극단 산울림), 2005. 10. 20, 5면 참조.

- 西村博子,「「國性爺合戰」－小山内薫から野田秀樹まで」,『近松の三百年近松研究所十周年記念論文集(近松研究所叢書3)』, 和泉書院, 1999, 74~75면 참조.

- 千田是也,「土方与志の人と芸術」,『千田是也演劇論集』(9), 未來社, 1992, 325면.

- 曾田秀彦,『小山内薫と二十世紀演劇』, 勉誠出版, 1999.

- 曾田秀彦,「表現主義の時代－「築地小劇場論爭」への道程」,『文芸研究』(43), 明治大學文芸研究會, 1980, 40~72면 참조.

- 大笹吉雄,『日本現代演劇史』(大正・昭和初期篇), 東京 : 白水社, 1986, 419~420면 참조.

- 大笹吉雄,『日本現代演劇史』(明治 大正篇), 東京 : 白水社, 1985, 102~106면 참조.

- 中野重治,「『檢察官』の上演に關連して」,『帝大新聞』, 1927. 1. 31.

만주국의 '조선인 극장' 공간과
연극 공연의 의미

이복실

1. 만주국의 '조선인 극장' 공간이란

식민지 시기 조선의 극장은 대표적인 종족문화 공간이었다. 이 점에 있어서는 만주국도 마찬가지였다. 만주국시기의 극장은 크게 일본인 전용인 일계·日系 극장과 중국인 전용인 만계·滿系 극장으로 분리되어 있었으며 주로 신징·新京, 하얼빈·哈爾濱, 펑톈·奉天 등 도시에 집중되어 있었다. 그 밖에 하얼빈 지역에 주로 러시아인을 대상으로 한 전문 극장이 존재했다. 그렇다면 만주국 문화장의 주요 구성원 중 하나였던 선계·鮮系 즉 조선인의 오락예술 활동은 주로 어떠한 공간에서 이루어졌을까.

현재까지 보존되어 있는 『만선일보』에 기록된 조선인 공연 활동(주로 연극) 정보를 정리한 아래의 표를 통해 그 답을 찾아보도록 하자.

공연 단체	공연명칭 및 기타	공연 작품	공연 날짜	공연 장소
대동극단 제3부 조선어부	제1회 공연	〈신아리랑〉(3막) (趙鳳寧 작) 〈국경의 안개〉(1막) (板垣守正 작)	1938.2.5 ~6	신징 협화회관
대동극단 제3부 조선어부	제2회 공연	〈蒼空〉(3장) (藤川研一작, 森武 각색) 〈風〉(1막) (藤川研一작, 森武 각색)	1938.12.17. ~18	滿鐵社員俱樂部
신징계림 분회문화부 연극반	제1회 공연	향토극 〈아리랑 그 후 이야기〉 (李台雨 연출)	1939.1.27	滿鐵社員俱樂部
신징계림 분회문화부 연극반	제2회 공연 및 황기 2600년 기념 행사 (협화회 수도 본부 주최, 계림분회, 『만선일보』 후원)	문예극 〈김동한〉 (3막)(金寅石 작, 김영팔 연출) 특별연출-신징군악대 연주, 신징고려음악 연구회 합창	1940.1.15	협화회관
신징계림 분회문화부 연극반	제3회 공연	〈여명전후〉(3막) (이무영 작, 이갑기 각색) 희극〈假死行進曲〉(1막) (有道武郎 작, 김영팔 번안) 〈協和〉(金村榮造 작, 김영팔 번역)	1940.7월 공연예정 이었음.	
안둥협화 극단	제1회 공연	〈한낮에 꿈꾸는 사람들〉 (이무영 작) 〈更生의 길〉(金晶動 작)	1939.2.10 ~11	
안둥협화 극단	협화회 창립 8주년 기념공연	〈여명의 빛〉 (金晶動 작)	1939.7.25.	

안둥 협화극단	제 2회 공연	〈國境의處女〉 (藤川硏一 작) 〈國境線〉(윤백남 작)	1939.10.13 ~14	
안둥 협화극단	제 3회 공연	〈숙명의 황야〉(2막 3장) (김정훈 원작)		
안둥 협화극단	제 5회 공연	〈목화〉(1막) (박영호 작, 심우암 연출) 〈맴도는 남편〉 (죠르쥬 단단 작, 안기석 번역, 연출)	1941.12.11 ~12	協和會館
하얼빈 금강극단	제 2회 공연	〈바다의 별〉(2막 3장) (문예부案, 황영일 각색) 〈벙어리냉가슴〉(1막 2장) (문예부案, 한진섭 각색)	1942.1.2~3	상무구락부
간도 협화극단	제 2회 공연	〈인생 제 1과〉	1941.1.31	大和國民優 級學校 강당
계림극단	제 1,2차 지방 순회공연	〈건설행진보〉 (원제 〈첫눈 오는 날 밤〉) 〈풍운〉(김건 작)	1941.9월 하순부터 약 2개월 간	
계림극단	철도총국과 제휴하여 애로촌 위문순회공연	愛路극〈햇불〉 (1막)(윤백남 작) 〈愛路祭〉(15경) (이영일 구성)	1941.1125 ~20일간	간도성 내 沿線愛路村
계림극단	건국 10주년 기념 공연	〈事員腐傳令三勇士〉 (3막5장(永安人작)		
극단만주	제 1회 공연	〈흑룡강〉 (5막)(유치진 작)	1941.12	哈爾濱 牡 丹江 圖們 龍井 明月 溝 등 동만, 북만 지역 순회공연

극단동아	제 1회 공연(海龍 조선인 위문 공연)	비극 〈기생의 자식〉(1막) 〈만약 백만원이 생긴다면〉 (1막)		國民優級 學校
예원동인	제 2회 공연 (평톈 선계 보도 분과위원회 주최)	〈해연〉(1막 2장) (함세덕 작)	1942.6.22	萩町紀念 會館
은진고교 학생극	제 1회 공연 (은진교우회 주최)	〈생명의 관〉(3막) (山本有三 작, 김진수 역)	1940.2.3	龍井劇場
은진고교 학생극	제 2회 공연	〈국기계양대〉(3막) (김진수 작)〈暗箱〉(3경) (上泉秀信 작, 김진수 역)	1941.12.3	龍井劇場
은진고교 학생극	제 3회 공연 (은진교우회 주최, 시국인식연예회)	〈국기계양대〉(3막) (김진수 작)	1942. 6.13~14	龍井振興 中學
용정 협화회 회원	日滿軍警慰安 음악과 연극의 밤	현대극 〈어머니와 흙〉	1940. 12.21	弘中學校
			1940. 12.24	龍井劇場
협화회 수도 계림분회 교류반	구정의 가족 위안 교류반 연극과 위안의 밤	촌극 〈소문만복래〉(1막) 촌극 〈택시의 수난〉(1막) 창극 〈홍보전〉기타 승무, 가야금 병창 등	1940. 2.10	協和會館
在承德鮮系 (承德조선 인 소인극)		개척극〈고향의 나무〉 (星野增馬 연출)		承德劇場
和龍소인극	허룽의용소방대 주최	방공방첩극 〈街路魂〉(2막) (松岡宮弘), 〈잊혀진 고향〉(3막)	1942. 3.3~4	東源泰

〈표 1〉 만주국 조선인 연극 단체와 공연 작품[1]

1) 이 표는 주로 『만선일보』, 『선무월보』에 기록된 공연 기사를 참고하여 작성한 것이다. 연극 단체가 아닌 조선인분회 및 그 산하의 일부 단체들에 의한 일회성 공연도

위 표에 의하면 조선인 공연 활동은 신징 협화회관(3회), 신징 만
철사원구락부(2회), 안둥협화회관 · 安東協和會館(1회), 용정극장 ·
龍井劇場(3회), 승덕극장 · 承德劇場(1회), 허룽동원태극장 · 和龍東
源泰劇場(1회), 하얼빈 상무구락부 · 商務俱樂部(1회), 펑톈 추정기념
회관 · 萩町紀念會館(1회), 대화국민우급학교 · 大和國民优級學校(1
회), 하이룽 국민우급학교 · 海龍國民优級學校(1회), 용정 진흥중학
교 · 振興中學校(1회), 용정 홍중학교 · 弘中學校(1회) 등에서 이루어
졌다. 그 중 신징과 안둥의 협화회관은 만주국의 사상교화기관이었던
협화회의 활동 공간이었다. 따라서 주로 협화회 사업과 관련된 회의
나 집회, 강연 등 비영리적인 공간으로 활용되었으며 때로는 염가의
대관료로 오락문화 활동을 제공하는 영리적인 '극장 공간'으로 활용
되기도 했다. 1937년에 설립된 신징 협화회관은 1000명을 수용[2]할 수
있는, 당시로서는 비교적 큰 규모의 공간이었다. 신징 만철사원구락부
는 당시의 만철 사원들에게 제공되었던 일종의 종합적인 '오락 공간'
으로 연극과 영화를 상연할 수 있는 극장 외에도 체육관, 도서관 등 다
양한 오락시설을 겸비했다. 상하 두 층으로 이루어진 극장은 1150 여
명의 관객을 수용할 수 있는 규모였으며 실내 장식은 간결하고 실용
적이었다.[3] 1902년에 건축한 3층 구조의 하얼빈 상무구락부는 유태
인을 중심으로 한 교민들의 상업교류 장소였다. 만주국이 건립된 후,
이 건물은 하얼빈 제일상무학교로 사용되다가 1943년에 이르러 러시

표에 포함시켰다(이 표는 본인의 학위논문을 단행본으로 출간한 『만주국 조선인
  연극』(지식과 교양, 2018) 3장 2절에 제시된 표를 참고했다).
2) 김려실, 「조선 영화의 만주 유입-『만선일보』사의 순회영사를 중심으로」, 『한국문학
  연구』(32집), 263면, 표 2 참고.
3) 이복실, 『만주국 조선인 연극』, 지식과 교양, 2018, 133면.

아 교민구락부로 활용되었다.[4] 건축 당시 지하는 당구실, 1층은 식당
과 극장이었고 2층은 헬스클럽, 3층은 도서관이었다.

하얼빈 상무구락부 외부 모습[5]   신징 협화회관 외부 모습[6]

용정극장과 승덕극장은 전문적으로 오락문화를 제공하는 영리적인
극장 공간이었으며 일본인 전용 극장이었다. 용정은진중학교에서 교
편을 잡고 있던 극작가 김진수의 수필 「심청전구경」[7]에 의하면 용정
극장에서 '충효'를 취지로 조선영화 〈심청전〉을 상연한 것으로 보인
다.[8] 이러한 사실은 조선영화를 비롯한 당시의 조선인 공연 활동이 그
내용보다는 조선어, 조선의 경치와 풍물, 의복 등과 같은 조선인 고유
의 정서적인 측면에서 만주의 관객들에게 더 큰 감동을 주었다는 점
을 말해준다. 용정극장 외에 신징의 장춘좌, 펑톈의 대승극장, 하얼빈
의 평안좌를 비롯한 일본인 전용극장에서도 〈장화홍련전〉, 〈수업료〉

4) 渡橋, 「哈爾濱旧影3 : 哈爾濱商務俱樂部」, http://imharbin.com/post/15604
5) 渡橋, 「哈爾濱旧影3 : 哈爾濱商務俱樂部」, http://imharbin.com/post/15604
6) https://baike.baidu.com/item/%E6%96%B0%E4%BA%AC/9995840?fr=aladdin
7) 『조광』, 「심청전구경」, 1940.6.
8) 이 수필에서는 용정극장이라고 직접적으로 밝히지 않았지만 그 극장이 이 지역의
유일한 오락기관이라고 언급한 점, 또한 용정에서 근무하고 있던 김진수가 학생들
을 데리고 〈심청전〉을 구경했던 사실 등으로부터 짐작컨대 용정극장일 가능성이
상당히 높다. 수필에서 김진수는 당시 영화를 구경했던 조선인 학생들이 '충효'보다
는 화면에 비치는 조선의 경치와 풍물에 도취되었다고 한다. 김진수 위의 글, 88면.

등 여러 편의 조선영화를 상영하였다.[9]

동원태극장에 관한 정보는 확인되지 않지만 '극장'이라는 명칭을 사용한 것으로 보아 연극과 영화 상연 위주의 전문 극장이었을 가능성이 높다. 그 밖에 조선인들은 학교 강당을 이용하기도 했는데, 위의 표를 통해 알 수 있듯이 주로 학생극을 공연할 때 이용되었다.

이처럼 전용 극장이 없었던 만주국 조선인들은 주로 협화회관을 비롯한 '공공 미디어 공간'이나 일본인 전용 극장 및 학교 강당을 무대로 오락문화 활동을 전개했다. 그 중 협화회관과 같은 '공공 미디어 공간'은 1930-1940년대 식민지 조선의 순회공연 단체들도 많이 이용했다. 그 이유는 아마도 비영리 기관이었으므로 대관료나 관극료가 전문 극장에 비해 상대적으로 저렴했으며 대관 또한 비교적 수월했기 때문이었을 것이다.

조선인 관객을 위한 극장에서는 연극, 만담, 음악, 무용 등 다양한 장르가 종합적으로 공연되었다. 당시 조선인들의 공연 활동은 대부분 각 지역 협화회의 주최 하에 이루어졌는데, 그들의 취지에서 볼 때, '조선인 극장'[10]은 문화적으로 소외된 조선인들에 대한 오락적 위안, 군경과 개척민에 대한 위문 및 국책 선전과 국방헌금을 통한 문화보국을 실현하는 공간이었다. 그렇다면 공연 주체와 수용 주체의 입장에서 볼 때, '조선인 극장'은 과연 어떠한 공간이었을까. 이에 대한 해답은 중일전쟁 이후 제국 일본의 프로파간다로서 주목받았던 연극 공

---

9) 이와 관련된 글은 김려실, 「조선영화의 만주유입-『만선일보』의 순회영사를 중심으로」, 『한국문학연구』(32집), 동국대학교 한국문학연구소, 2007, 참고.
10) 이 글에서는 조선인들의 오락예술이 공연되었던 공간을 편의상 '조선인 극장'이라 부르기로 한다.

연의 양상과 그 의미를 통해 찾아보기로 한다.

2. 조선인 연극 단체와 활동 양상[11]

중일전쟁 이후, 연극이 영화와 함께 제국 일본의 강력한 선전무기로 부각됨에 따라 만주국에도 연극이 본격적으로 등장하고 발전하게 된다. 조선인 연극 단체 역시 그 흐름 속에서 등장했다. 조선인 연극 단체는 1938년에 대동극단(제 3부 - 조선어부)이 처음으로 등장한 이후 잇따라 여러 단체들이 조직되는데 〈표 1〉을 통해 확인되는 단체를 정리하면 다음과 같다.

1938-1942년에 존재했던 단체는 대동극단, 신징계림분회문화부연극반(이하 계림분회연극반), 안둥협화극단, 하얼빈금강극단, 간도협화극단, 예원동인, 신흥극연구회, 민협, 계림극단, 극단만주, 극단동아, 은진고교 학생극 단체 등 총 12 개이다. 그 중 1941년 12월 7일에 결성 소식을 알렸던 민협은 이듬해 2월 3일에 극단 전원이 계림극단으로 통합되었다. 윤백남이 회장을 맡아 순수한 극예술단체로 출발했던 신흥극연구회의 활동 기록은 『만선일보』의 자료 유실로 그 뒤의 공연 정보를 확인할 수 없다. 따라서 민협과 신흥극연구회를 제외하면 총 10 개의 연극 단체가 존재했던 것이다. 그 중 예원동인, 계림극단, 극단만주, 극단동아, 은진고교 학생극 등 5개는 민간 단체였고 나머지는

---

11) 이 글의 2~4장은 본인의 학위논문을 단행본으로 출간한 『만주국 조선인 연극』 3장 2절의 내용을 참고했다.

모두 관변 단체였던 것으로 확인된다. 관변 단체는 모두 협화회 조선인분회에 소속되어 있었으며 단원들 대부분이 협화회 회원들이었다. 따라서 당시의 관변 연극 단체는 대부분 소인극 단체였다. 앞에서 제시한 표를 통해 각 단체의 연극 활동과 그 유형을 파악할 수 있다.

〈표 1〉을 보면 협화회 조선인분회 소속의 관변극단 중 2 회 이상의 공연 기록을 남긴 극단은 대동극단(조선어부)(제 1~2회), 계림분회연극반(제 1회~3회), 안둥협화극단(제1~3회, 제 5회, 기념공연)이다. 나머지 하얼빈금강극단과 간도협화극단은 각각 1회의 기록 밖에 없다. 2회 이상의 기록을 남긴 극단 중 대동극단은 1938년 5월과 12월, 계림분회연극반은 1939년 1월, 1940년 2월과 7월, 안둥협화극단은 1939년 2월, 7월, 10월, 1941년 12월에 각각 공연했다. 이로부터 보아 당시의 관변극단은 대체적으로 1년에 1~2 차례, 상반기와 하반기로 나누어 정기 공연을 한 것으로 보인다. 당시 협화회 소속의 극단들은 대부분 협화회 회원들로 구성된 소인극단이었기 때문에 전문극단과 같은 빈번한 공연을 기획하기 힘들었다. 예외적으로 정기공연이 기념공연으로 대체되거나 한 차례의 기념 공연을 추가적으로 더 하는 경우도 있었다. 1940년 2월에 개최된 계림분회연극반의 '황기 2600년 기념'공연과 1939년 7월에 개최된 안둥협화극단의 '협화회 창립 8주년 기념'공연이 바로 그러한 경우에 해당한다. 특히 계림분회연극반의 제 2회 공연은 매우 철저한 국책 기획공연으로 대체되었다.

계림분회연극반의 '황기 2600년 기념'공연은 애초에 연극반의 제 2회 공연으로 기획된 것이었다. 1940년 1월 계림분회 문화부의 신년 총회에 의하면 음력 정월 15일 오후 7시, 서광장 만철사원구락부에서 〈김동한〉과 아리시마 타케오 · 有島武郎의 작품 〈가사행진곡 · 假死

行進曲)으로 제 2회 공연을 개최할 계획이었다.[12] 하지만 '황기 2600
년'을 기리는 행사가 전국적으로 거행되면서 〈김동한〉은 계림분회연
극반 제 2회 공연이 아닌 '기원절 봉축행사'라는 보다 거대한 국가적
행사로 승격하게 된다. 아래의 기사를 통해 확인할 수 있다.

협화회 수도 계림분회문화부에서는 신년도 공작방침의 하나로 구정
15일을 기하야 문화부 연극반 제 2회 공연을 만철사원구락부에서 공연
키로 하고 본사 신춘당선 희곡 〈김동한〉 전 3막물을 선정, 에의 준비에
분망중이라 함은 투보한바이어니와 이 보를 접한 협화회 수도 본부에
서는 만주 개척의 선구자요 건국 공로자의 일인인 고 김동한씨의 생애
를 연극화식히여 선계 국민에게 널리 알니운다는 것은 우리 협화회로
서 중차대한 거룩한 공작수단일 것이다. 이 위대한 선계 국민의 대표가
될 고 김동한씨를 추모하는 의미로서 보드래도 이를 문화부공연에 그
칠 것이 아니라고 하고 2월 11일 기원절을 기하야 전지에서 거행되는
〈황기 2600년 기념행사〉의 하나로서 당당 공연케하기로 되어 수도 본
부 주최와 계림분회급 만선일본사후원으로 2월 11일 오후 6시 반부터
협화회관에서 문화부원 총출동으로 당일 공연키로 되엇다.[13]

(밑줄 : 인용자)

협화회 수도본부는 연극 〈김동한〉을 통해 그를 '선계 국민의 대표'
즉 만주국 조선인의 영웅적 모델로 제시함과 동시에 반공사상을 고취
하고자 했으며 이를 '중차대한 공작수단'으로 간주했다. 이 공연은 협

12) 「조선인 협화회 문화부 금년도 제 1회 총회, 기구개혁과 본년도 공작방침을 결정,
수도 계림분회에서 개최」, 『만선일보』, 1940. 1. 22.
13) 「기원절 행사의 하나로 연극 〈김동한〉 상연」, 『만선일보』, 1940. 1. 31.

화회 수도본부 주최와 계림분회 및 『만선일보』사의 후원 하에 김영팔 연출과 계림분회 문화부 직원 출연으로 무료 상연되었다.

안둥협화극단의 '협화회 창립 8주년 기념'공연의 기획 과정에 대한 정보는 알려진 바 없고 상연 작품인 〈여명의 빛〉의 내용도 확인되지 않는다. '협화회 창립 8주년'을 기념하는 공연이었기 때문에 협화의식을 고취한 작품을 공연했을 가능성이 높다.

물론 협화회 소속의 극단이라고 해서 모두 목적의식을 강조한 국책연극만 기획·공연한 것은 아니다. 이 점에 유의하면서 공연 작품에 주목해보자. 〈표 1〉에 제시된 관변극단들의 공연 작품은 총 20개이다. 그중 완전한 텍스트를 확인할 수 있는 것은 〈김동한〉, 〈가사행진곡〉, 〈한낮에 꿈꾸는 사람들〉, 〈목화〉, 〈맴도는 남편〉, 〈생명의 관〉 등 여섯 작품뿐이다. 그 밖에 대강의 줄거리를 파악할 수 있는 작품으로 〈아리랑 그후 이야기〉가 있다. 이 작품들 중 국책의식이 드러난 작품은 〈김동한〉, 〈한낮에 꿈꾸는 사람들〉, 〈목화〉이다.

공연 주최자인 협화회의 국책사업과 긴밀한 연관성을 지닌 〈김동한〉과 〈한낮에 꿈꾸는 사람들〉에 대해서는 다음 절에서 구체적으로 살펴 보기로 한다. 1930년대 조선에서 공연되었던 박영호의 〈목화〉는 1941년 12월 11일, 12일 이틀 동안 만주의 안둥협화극단에 의해 공연되었다.

안둥선계측의 유일한 극단인 협화극단 제 2부에서는 제 5회 공연을 앞두고 진용을 강화한 후 목하 맹렬한 연습을 계속한 보람이 있어 드디어 오는 11,12 양일간 협화회관 내에서 대대적으로 공연의 막을 내리게 되었다.

동극단은 과거 4회의 궁한 공연결과에 비추어 금번의 공연은 좀 더 쇄신한 맛을 넣어 각본 선택에도 의식적인 경향을 치중하야 실로 혁신한 공연을 대중앞에 내여놓기로 되어 벌써부터 안둥 전시민의 기대와 주목을 받고 있다. 그리고 금번 상연할 〈목화〉(박영호 원작, 심우암 연출)와 〈죠르쥬단단〉(모리엘 원작, 안기석 역, 연출)의 배역은 다음과 같이 결정을 보았다고 한다.[14]

기사에 의하면 제 5회 공연은 극단의 진용 강화와 더불어 각본 선택에 보다 '의식적인 경향을 치중하여' 박영호의 〈목화〉와 모리엘의 〈죠르쥬단단〉을 상연하기로 되었다. 〈목화〉는 고구려와 백제의 전쟁을 역사적 배경으로 삼아 주인공 목화가 위기에 처한 국가 백제를 구하기 위해 자신의 몸을 기꺼이 포기하는 강인한 희생정신을 그리고 있다. 주인공 목화는 백제의 충신이었으나 역적으로 몰린 아버지 우인과 함께 신라에 숨어 살게 된다. 재능과 미모를 겸비한 목화는 신라의 뭇남성들로부터 구애를 받지만 모두 거절한다. 그녀의 마음 속에 이미 사랑하는 사람이 있기 때문이다. 그 남자가 곧 백제의 난을 피해 잠시 신라로 숨어든 태자 문주였다. 목화와 문주가 서로 사랑하는 사이임을 눈치 챈 우인이 둘을 맺어주기로 할 때 백제의 또 다른 충신이 나타나 나라의 위기 소식을 전하게 된다. 이에 우인과 목화는 신라 성주와 혼인하는 대신 황금 천만 냥을 받아 백제의 군자금으로 헌납하고자 결심한다. 이 사실을 알게 된 문주는 목화와의 이룰 수 없는 사랑을 한탄하는 한편 그녀의 숭고한 희생정신에 탄복하며 자신 또한 전장에서 그러한 정신을 발휘할 것을 다짐한다. 이로써 극은 막을 내린다.

---

14) 「협화극단공연 11,12 양일 협화회관서」, 『만선일보』, 1941. 12. 6.

작품은 전반적으로 지고지순한 사랑을 지켜오던 목화가 국가 위기의 순간에 자신의 몸과 개인적인 사랑을 선뜻 포기하는 자아희생정신에 초점을 맞추고 있다. 전체/국가를 위해 개인을 희생하는 목화의 숭고한 희생정신은 곧 전시체제기 일제가 요구했던 전체주의 즉 파시즘의 정치 논리였다.[15] 이상으로 보았을 때 공연기사가 언급한 '의식적인 경향'이란 곧 국가를 위한 〈목화〉의 희생정신이었다. 태평양전쟁이 개시된 시점에서 안둥협화극단은 〈목화〉를 통해 전체주의적인 사상을 선전함으로써 연극보국을 실천하고자 했을 것이다.

하지만 유의해야 할 것은 〈목화〉가 내포하고 있는 이중적인 의미이다. 말하자면 〈목화〉 속 그녀와 우인이 백제의 유민이라는 점에서 일본제국에 나라를 빼앗긴 식민지 조선인들로 바뀌어 해석될 여지도 있다는 것이다.[16] 따라서 작품의 이러한 이중성이 공연 의도와는 전혀 다른 효과를 초래할 수 있다는 점에 유의해야 한다.

조선인 관객들은 식민지 조선에서 밀려나 만주로 이주해온 자신들의 신세를 신라로 망명한 우인 및 목화의 처지와 동일시하여 오히려 목화를 희생하게 만든 주체, 그리고 자신들에게 희생을 요구하는 식민주체 일제에 대해 적개심을 드러냈을 수도 있다. 1942년도에 대동극단과 펑톈협화극단에 의해 각각 공연되었던 〈임측서 · 林則徐〉와 〈분노하라, 중국이여 · 怒吼吧 , 中國〉가 영미귀축의식을 고양하고자

15) 이경숙, 「박영호의 역사극 연구」, 『한국극예술연구』(27집), 한국극예술학회, 2008, 154면.
16) 김남석, 『조선의 대중극단들』, 푸른사상, 2010, 250면(김남석은 작가 박영호가 일제의 식민침략에 허덕이는 조선인들의 처지를 백제의 상황에 우회적으로 대입하고 있으며 작품 결말에 나타난 독립과 투쟁의지는 바로 조선인들에게 제시한 하나의 대안으로 보았다. 같은 책, 250~252면).

했던 협화회의 본연의 의도와는 달리 오히려 식민당국 일제에 대한 중국인들의 저항의식을 불러일으키는 역효과를 초래하고 말았다는 사실[17]을 감안하면 〈목화〉 역시 일제에 대한 조선인들의 저항의식을 불러일으켰을 가능성이 충분하다.

이러한 역효과를 의식하여 예정된 공연을 취소하고 극단마저 해체한 것으로 짐작되는 사례가 하나 있다. 바로 계림분회연극반의 '실종 사건'이다. 우선 계림분회연극반의 공연 작품(〈표 1〉 참고)을 보면 제 2회 공연작인 〈김동한〉 외에 뚜렷한 국책의식을 드러낸 작품을 찾아보기 어렵다. 〈가사행진곡은〉 가벼운 희극으로 명시되어 있고 〈협화〉는 내용을 알 수 없지만 제목상으로는 만주국의 협화사상을 고취한 것으로 보인다. 그 밖에 〈아리랑 그후 이야기〉와 〈여명전후〉는 조선인들이 직면한 사회현실에 대한 일종의 저항의식을 내면적으로 표현한 작품으로 여겨진다.

'향토극'이라는 수식어로 고향의 정서를 자극하고 있는 제 1회 공연작 〈아리랑 그후 이야기〉는 작품 개요에 대한 이우송의 평론을 통해 그 내용과 성격을 얼마간 파악할 수 있다. 평화로운 세계를 추구하는 주인공 영진이는 지주의 박해에 시달려야 하는 현실에 회의를 느끼고

---

17) 중국인들의 정신을 마비시켰던 아편을 불태움으로써 영국 등 서양 식민주의 열강들에게 과감하게 대응한 린저쉬를 통해 영국과 미국 등 서양 열강들에 대한 적개심을 불러일으키고자 했으나 정작 연극인들을 비롯한 중국 관객들이 주목한 것은 일본을 비롯한 제국주의 침략에 대한 적개심이었다. 이러한 이중성은 안시, 신스·辛實 등의 평론을 통해 공개되었다. 1924년에 일어난 '완센·萬縣참사'를 다룬 반제국주의 성격의 〈분노하라, 중국이여〉 역시 〈린저쉬〉와 같은 공연 효과를 초래했는데 그 정도가 한층 심각했던 탓에 당국의 지시로 공연이 강제적으로 금지된 바 있다(逄增玉,「殖民話語的裂痕與東北淪陷時期戲劇的存在態勢」,『廣東社會科學』第3期, 2012 , 180~181면 참조).

마침내 미치게 된다. 그러다 여동생 영희를 겁탈하려는 지주 오기호를 낫으로 베어 죽이고 급기야 온전한 정신을 되찾는다. 하지만 여전히 그의 이상과 동떨어진 현실은 그를 또다시 미치게 만들고 만다. 그 상태로 영진은 만주로 이사를 가게 되지만 결국 정신을 회복하지 못한 채 죽음으로 끝을 맺는다. 영진이가 추구하는 평화로운 세상과 유리된 현실은 곧 오기호와 같은 강자들이 약자를 괴롭히는 불합리한 현실이었다. 그러한 현실이 영진이를 미치도록 만들었던 것이다. 결국 '왕도낙토' 만주에서도 그의 정신은 회복되지 못하고 결국 죽게 된다. 만주에서의 구체적인 내용은 더 이상 알 수 없지만 작품의 핵심이 영진의 죽음에 있는 것이 아닌가 한다. 즉 영진의 죽음은 '왕도낙토'라는 유토피아-만주국 역시 영진이가 추구하는 평화와 행복의 세상이 아니라는 점을 말해주는 것이라 할 수 있다. 환언하자면 〈아리랑 그후 이야기〉는 주인공 영진의 죽음을 통해 식민지 조선과 '왕도낙토' 만주국을 부정하고 나아가 제국 일본의 침략성과 허위성을 우회적으로 폭로한 작품으로 간주할 수 있는 것이다. 작품의 결말에 대한 이우송의 비평은 바로 그러한 내면의식에 대한 불만으로부터 비롯된 것으로 보인다.

放浪性이라 할는지 生活潮水에 밀여드럿다 할는지 엇잿든 永鎭이가 만주로 移舍를 왓다. 作者는 아즉 建設途中에 定著되지 못한 우리 生活 舞台위에 영진이를 이주식혓다. 그리하야 엇더한 理性格이 奈邊에 잇는가? 영진이를 죽이지 안코는 낙토건설을 창조할 수 업섯든가? 이 모든 질문성에서 作者의 행동이 크게 주목된다. 영진이는 절대로 죽을 수 업다. 우리는 죽일수 업다. 사러야 한다. 사러야 한다. 미친 정신에서 회복하지 못한채로 죽는다면 세상은 오즉 지옥이다. 만일 정신이 회복되지 못한채로 죽엇다면 도저히 낙토건설은 불가능하다. 굳이 낙토가 건설되엇다 하면 그것은 거짓 건설이요, 강제 건설이다. 재삼 영진이는 살어야 한다. 깨인 정신으로 회복되여 그로 하여금 낙토건설의 씩씩한 용사가 되여 그의 이상이 이땅 위에 뿌리 깊이 현실되여서 지난날에 애처러운 아리랑 노래가 우리 생활 위에서 영원히 사러지고 새로운 진군가가 명랑히 들려야만 비로소 낙토건설의 결백성이 시준될 것이다. 그러나 作者는 복잡한 현실의 권태를 느낀 모양이다. 성급한 作者는 복잡한 이유와 조건을 물리치고 오직 o裁 이상을 휘드르는 듯하다. 그러나 작자는 藝術은 법률이 아님을 알어야 하겠다. 그럼으로 건실한 藝術을 築成함에는 건실한 양심적 작가의 행동에서 시작될 것이다.[18]

(밑줄 : 인용자)

영진이가 '정신을 회복하지 못한 채 죽었다면 도저히 낙토 건설이 불가능'하며 오직 영진이가 정신을 회복하여 낙토건설의 용사가 되어 그의 이상을 실현해야만 '낙토건설의 결백성'이 인정되므로 반드시 영진을 살렸어야 한다는 이우송의 관점은 '낙토건설'을 부르짖는 만주국 내지 제국 일본의 입장을 대변한 것이라 할 수 있겠다. 그러나 결과적으로 영진은 죽었고 그의 죽음을 바라보는 만주의 조선인 관객들은 '낙토건설'의 허무맹랑한 이상보다는 그와 유리된 비참한 현실에 더욱 공감하며 영진의 죽음을 동정하고 나아가 그를 죽음으로 몰고 간 현실 및 자신들이 처한 현실에 대해 일종의 저항의식을 갖게 되었

18) 「향토극 '아리랑 그후 이야기' - 작자의 態度와 疑問性에 대한 片想」(하), 『만선일보』, 1939. 12. 20.

을 가능성이 충분해 보인다.

계림분회연극반은 〈아리랑 그후 이야기〉에 이어 또 한번 내면의식을 표출한 공연을 기획하게 되는데 그 작품은 바로 제 3회 상연 예정작이었던 〈여명전후〉이다. 계림분회연극반은 1940년 5월 20일, 『만선일보』를 통해 7월 상순에 제 3회 공연을 개최할 예정이라는 기사와 함께 상연 예정작을 공개했다. 공연 예정 작품에는 이무영 원작, 이갑기 각색의 〈여명전후〉를 비롯하여 제 2회 공연에서 무산되었던 아리시마 타케오의 〈가사행진곡〉과 이마무라 에이조 · 金村榮造의 〈협화〉 등 세 작품이 있었다. 그 후 '계림분회문화부 하기공연상연각본'이라는 제목으로 〈여명전후〉가 1940년 5월 21일 ~ 6월 6일에 거쳐 총 12회 연재되었다. 그런데 제 1, 2막만 연재되고 제 3막의 연재는 중단되었다. 문제는 6월 6일 2막 연재를 끝으로 계림분회연극반 제 3회 공연에 관한 모든 소식이 돌연 자취를 감추었으며 그 후 연극반의 존재여부조차 확인되지 않는다는 점이다. 1939년 제 1회 공연 이래 연극에 대한 열의를 보이며 정기적인 공연을 기획했고 무엇보다 협화회 수도본부의 지원을 받으며 국가행사까지 참여하여 좋은 업적을 거두었던 연극반이 왜 갑자기 아무런 예고도 없이 사라졌을까.

이무영의 희곡 작품을 확인해본 결과 〈여명전후〉는 그의 희곡 〈어머니와 아들〉, 〈아버지와 아들〉, 〈탈출〉 등 세편[19]을 하나의 작품으로 묶은 작품이었다. 또한 『만선일보』에는 '이무영 원작, 이갑기 개편의

---

19) 이무영은 이 세편의 희곡을 〈어버이와 아들〉(3막)이라는 제목으로 『신동아』에 발표하려고 했다. 그러나 지면의 제한으로 부득이하게 세 편으로 떼어 각가의 제목을 붙인 채 각 1막씩 연재하게 되었다. 이 세 편의 희곡은 1933년 6월~11월 『신동아』에 수록되어 있다. 본고는 제 3막과 누락된 부분(『신동아』 연재 참고) 외의 1,2막은 『만선일보』에 연재된 〈여명전후〉 참조).

공연각본'이라고 적혀 있었지만 원본과 대조한 결과 원본 제 1막의 일부분이 누락되었고 일부 지문이 생략되었으며 제 2막의 마지막 부분과 제 3막의 연재가 중단되어 확인 불가능한 부분을 제외한 나머지 부분은 원본의 내용과 똑같았다. 작품은 표면적으로는 자식에 대한 부모의 무한한 사랑을 보여주고 있다. 하지만 내면적으로는 일제의 수탈로 인한 고달픈 식민지 현실을 문제 삼고 있다.

> 고모 : 저이두 참 신세 고단할게라. …중략… 쇠돌아버지가 닢담배
>   한대 얻어피다가 들켜서 이 백 량 벌금을 해놓고는 저렇게
>   쩔쩔매잔어-
> 형수 : 마뜩싸지요, 뭘 그걸 웨 물어줘요?
> 고모 : 그까짓거 물어주고두 살어나갈 것 같았겠지. 그랫든 것이 세
>   상이 망해서 그 모양 이지, 세상은 잘돼간다면서두 담배한대
>   를 맘놓고 못먹으니! 온![20]
> 아버지 : 하마터면 큰일날 번 했다. 채선달이 빚을 모두 일본사람한
>   테 넘겼드구나. 그래서 모두들 저 아래서는 집행을 당한다
>   니--필시 내게두 올텐데-이를 어쩌면 좋으냐?[21]
>
> (밑줄 : 인용자)

위의 인용문은 제 2막의 내용으로 당시 조선에서 일제가 실시했던 담배전매제도로 인해 담배조차 함부로 피울 수 없는 현실과 일본인에게 넘어간 빚을 갚지 못해 집행까지 당해야 하는 현실을 통해 일제의

---

20) 〈여명전후〉,『만선일보』, 1940. 6. 2.
21) 〈여명전후〉,『만선일보』, 1940. 6. 2.

경제 수탈을 간접적으로 보여주고 있다. 〈여명전후〉가 2막을 끝으로 더 이상 연재되지 않았는데 이 부분이 일정한 원인으로 작용하지 않았을까 한다. 게다가 연재되지 않은 제 3막은 주인공 박웅이 사사로운 감정에 얽매이지 않고 과감하게 자신 앞에 놓여진 현실로부터 탈출하여 더 나은 미래로 추구해 나가는 내용을 담고 있다. 유민영은 이러한 결말이 독립운동을 의미한다고 했다.[22] 이무영이 1930년대 동반자 작가로 활동했던 점, 그리고 작품에서 일제의 경제 수탈을 문제 삼은 점, 박웅이 현실-식민지적 현실을 부정하며 탈출한다는 점, 등 일련의 정황으로부터 볼 때 주인공 박웅의 탈출이 독립운동 혹은 사회주의운동을 암시했을 가능성은 꽤 크다. 그런 점에서 볼 때 〈여명전후〉라는 제목은 어두운 식민지배현실로부터 광명을 되찾기 전후를 의미하는 것이다.

이처럼 일제의 침략성을 직접적으로 드러냄과 동시에 그 침략적 현실 즉 식민지적 현실로부터 각성하여 사회주의운동으로 나아갈 것을 암시한 작품이 일제의 이익을 대변하는 『만선일보』를 통해 버젓이 연재되기란 상당히 어려웠을 것이라 생각된다. 즉 〈여명전후〉는 『만선일보』 및 일제의 검열에 걸려 더 이상 연재할 수 없었을 것이다. 이 점이 사실이라면 계림분회연극반이 돌연 사라진 이유는 더 분명해진다. 성공적인 제 2회 공연에 이어 제 3회 공연까지 구체적으로 기획했던 연극반이 상연예정작 연재 중단은 물론 일언반구 없이 갑자기 사라진

22) 유민영, 「이무영 희곡 연구」, 『연극평론』(18집), 1979. 유민영은 이 세 작품이 식민주의 현실을 반영하고 있으며 〈여명전후〉로 연재되지 못한 〈탈출〉은 식민주의 현실로부터의 이탈 및 독립운동을 의미한다고 보았다.

점은 적어도 그들의 의지에 의한 것으로 보기는 어렵다. 보다 더 확실한 증거가 뒷받침되어야 하겠지만 〈아리랑 그후 이야기〉를 통해 '불온성'을 잠재하고 있던 계림분회연극반이 〈여명전후〉의 기획으로 그 '불온'의 실체가 폭로됨으로써 결국 당국의 제지와 탄압을 받았을 가능성이 높아 보인다.

한편 관변 단체는 대중들의 관극 성향에 영합하기 위한 대중연극도 공연했다. 〈표 1〉을 보면 한 극단이 일반적으로 두 개의 작품을 공연하는데 하나는 목적의식을 내세운 작품이고 다른 하나는 희극이나 비극과 같은 통속적인 연극임을 알 수 있다. 이러한 공연 형식은 오락성과 공리목적성 등 이중의 공연목적을 의도한 것이라 할 수 있겠다. 내용은 확인되지 않지만 희극과 촌극으로 표기되어 있는 〈가사행진곡〉과 〈소문만복래〉, 〈택시의 수난〉 등은 오락성을 염두에 둔 대중연극이다. 〈맴도는 남편〉도 마찬가지다. "모리엘의 〈조르쥬 단단〉"으로 표기되어 있는 이 작품은 프랑스 극작가 몰리에르의 〈조르주 당댕〉이다. 3막으로 구성된 이 작품은 귀족과 결혼한 농업 부르주아인 주인공 당댕이 부인의 불륜사실을 고발하기 위해 갖은 방법을 동원하지만 결국 부인과 처가 식구들로부터 수모를 겪게 되는 이야기를 희극적으로 표현했다. 그 밖에 하얼빈금강극단의 〈바다의 별〉이 1941년 12월 30일자 기사를 통해 대강의 줄거리가 전해진다. 북선 어느 바다의 어부로 살아가는 주인공 인길이 어느 날 바다에 익사한 사람이 자신의 딸 옥분을 요정에 팔아먹은 사실을 알고 옥분을 동정하여 그녀를 요정에서 빼내려고 한다는 내용이다. 작품 속 어촌이라는 배경과 '딸 팔기' 모티프는 1930년대 조선의 대중연극에서 흔히 나타나는 특징 중 하나로 그와의 영향관계 속에서 생각해볼 필요가 있다.

〈표 1〉을 보면 알 수 있듯이 민간 단체의 연극 활동은 그다지 왕성하지 못했다. 특히 예원동인, 은진고교의 학생극, 극단동아 등은 1년에 1회 정도의 저조한 공연을 기록했다. 계림극단과 극단만주는 그나마 전국 각지를 돌아다니며 상대적으로 활발한 공연을 한 것으로 보인다. 이 차이는 직업극단과 소인극단의 차이에서 비롯되었을 것이라 생각한다. 계림극단과 극단만주는 직업극단으로서 시간적으로나 경제적으로 지방 순회공연을 다닐 여유가 있었던 반면 예원동인을 비롯한 소인극 단체는 시간적, 경제적 여유가 없었다. 예원동인은 펑텐의 조선인 청년문학동인으로 연극보다는 문학 활동에 열중했다. 말하자면 연극은 일종의 과외 활동이었던 셈이다. 극작가 김진수가 이끌었던 은진고교의 학생극 단체는 학생 신분임에도 불구하고 3회의 공연 기록을 남겼다. 또한 은진고교의 학생극은 주로 은진교우회의 주최로 이루어졌으나 계림극단과 예원동인은 철도총국, 펑텐협화회조선인 보도분과회 등 정부 기관과의 밀접한 관계 속에서 활동했음을 알 수 있다. 협화회를 비롯한 정부 기관과의 관계 유지가 보다 원활한 활동을 하는데 도움되었기 때문이다.

이상의 민간 단체들이 공연한 12개의 작품 중 완전한 텍스트를 확인할 수 있는 작품은 유치진의 〈흑룡강〉과 〈생명의 관〉이다. 그 외에 줄거리를 파악할 수 있는 작품은 〈국기게양대〉와 〈암상〉이다. 〈흑룡강〉은 조선인 이민자들의 만주 개척 과정을 통해 민족협화 및 만주 개척 의식을 고양한 국책연극이다. 은진고교의 제 2회 공연작인 〈국기게양대〉 역시 국책연극으로 파악된다. 〈국기게양대〉는 『만선일보』를 통해 대강의 줄거리가 전해진다. 일도 하지 않고 동네의 방탕아 명수와 어울려 다니며 방탕한 생활을 하던 영수가 어느 날 명수의 돈을 빌려 만주로 떠난다. 그 후 명수에게 영수가 진 빚을 갚는 탓에 형 영구가 결혼도 못하고 온 가족이 슬픔에 잠긴 채 살아간다. 그런데 가을이 끝날 무렵 영식은 만주에서 돈을 벌어와 마을에 국기게양대를 세우고 형과 함께 합동결혼식을 올리게 된다. 이 작품이 시국인식의 주제로 두 번이나 공연된 점으로 보았을 때 작품은 방탕아 영수가 만주에서 개과천선하여 금의환향한 이야기를 통해 간접적으로 '왕도낙토 만주'를 예찬하고자 한 것으로 짐작된다. 그 밖에 내용은 전해지지 않지만 '애로촌 위문공연'으로 공연되었다는 점, 그리고 제목에 '협화', '애로' 등 수식어가 사용되었다는 점으로부터 〈협화제〉, 〈애로제〉, 〈횃불〉 등 역시 만주국의 애로사상을 고취한 국책연극일 가능성이 높다.

그 밖에 은진고교의 학생극 〈생명의 관〉과 〈암상〉은 자본주의논리를 겨냥한 작품이다. 〈생명의 관〉은 상업도덕과 신용을 숭상하는 자본가와 탐욕스럽고 음흉한 자본가, 그리고 사리사욕을 위해 도덕과 양심까지 팔아먹는 자본가 등 세 명의 자본가를 형상화했다. 이 세명의 자본가가 대량의 통조림 가공권을 놓고 각축전을 벌이다 결국 도덕적인 자본가가 두 명의 간교한 자본가에 의해 파산된다는 내용이다. 작품은 이러한 내용을 통해 약육강식의 자본주의논리를 비판하고자 했다. 1940년 12월, 은진교우회의 주최 하에 용정극장에서 공연된 〈생명의 관〉은 입장하기 힘들 정도로 초만원을 이루었으며 관객들로부터 큰 호평을 얻었다고 한다.[23]

〈암상〉은 밀매상인들의 부도덕함을 다룬 내용이다. 구체적인 내용은 알 수 없으나 당시 만주에 밀매, 밀수 등 불법적인 상업 활동이 많

---

23) 「은진교우회 주최 음악과 연극의 밤」, 『만선일보』, 1940. 12. 10.

았던 점으로부터 짐작컨대, 이 작품을 통해 상업가들의 부도덕성을 비판하고자 했던 것으로 보인다.

함세덕의 〈해연〉은 동복남매의 이룰 수 없는 사랑을 다룬 비극이며 내용은 알 수 없지만 〈기생의 자식〉 역시 비극으로 관객들의 감성과 눈물을 자극하는 멜로드라마임을 알 수 있다. 요컨대 만주국의 조선인 연극은 국책의식을 강조한 이른바 국책연극 외에 희극과 비극, 촌극 등 오락성과 영리성을 강조한 대중연극도 공연했다. 대부분의 작품을 알 수 없는 상황에서 어떤 유형의 연극이 주류였는지 함부로 단언할 수는 없을 것이다. 분명한 것은 협화회가 관여한 극단의 연극 또는 표면적으로 국책의식을 내세운 작품이라고 해서 무조건 국책연극으로 간주해서는 안된다는 점이다. 그 속에 일부 저항의 논리들이 내재되어 있음을 발견할 수 있기 때문이다.

3. 〈김동한〉의 기획 배경과 국책성

연극 〈김동한〉은 협화회와 『만선일보』에 의해 철저히 기획된 국책연극이다. 〈김동한〉의 기획 배경과 그 과정을 파악하기 위해 우선 실존인물이었던 김동한에 대해 알아볼 필요가 있다. 1892년 함경남도 단천군에서 출생한 김동한은 평양대성중학을 거쳐 러시아 사관학교를 졸업한 후 공산주의자가 된다. 그 뒤 고려혁명군 장교단장까지 역임했으나 1922년에 반유대인운동을 벌이다 소련군에 체포되어 당적을 박탈당하고 투옥당하는 등 고초를 겪은 뒤 1925년에 조선으로 송환되었다. 이후 김동한은 만주로 건너와 간도협조회를 조직하면서 본격적으로 친일 행보를 걷게 된다.[24] 김동한을 필두로 1934년 9월 6일 간도에서 조직된 간도협조회는 관동군 헌병사령부 연길 헌병대에 소속된 외곽조직으로 그 주요 사업은 조선인에 대한 사상 선도였다. 그들은 조선인들이 만주국의 국민임을 자각하여 만주국 나아가 동아 신질서 건설에 이바지하도록 지도하는 한편 항일무장세력을 귀순시키거나 토벌하는 것으로 구체적인 사업을 전개해 나갔다.[25] 1936년 12월에 간도협조회가 해산하고 협화회 특무조직으로 편입되면서 김동한은 협화회 특별공작부장을 겸하게 되었다. 그러다 1937년 12월 7일 둥베이항일연군 제 11군 정치부 주임이었던 김정국을 상대로 귀순공작을 벌이다 결국 목숨을 잃고 말았다.[26]

그 후 2년 뒤, 『만선일보』 및 협화회에 의해 김동한을 추모하는 사업이 대대적으로 추진된다. 우선 1939년 12월 2일에 '신춘문예현상모집'이라는 공고를 통해 김동한을 주제로 한 희곡 공모가 개최되었다. 김동한의 생애와 활동에 대한 내용이 공고의 전제조건이었으며 당선작에 대해서는 신문 연재에 이어 공연 기회까지 제공했다. 그 뒤 1939년 12월 7일, 김동한의 기일을 맞이하여 연길 공원에서 동상과 기념비 제막식이 성대하게 거행되었다.[27] 제막식 당일에는 박팔양이 『만선일보』사의 이름으로 축사를 보내기도 했다.[28] 그 밖에 김동한의 생애

---

24) 김효순, 『간도특설대』, 서해문집, 2014, 96~101면.
25) 위의 책, 102~103면. 간도협조회의 회원들은 각지의 친일파와 지역유지로 구성되었고 그들의 활동은 간도뿐만 아니라 남만과 북만까지 뻗어나갔다. 그들은 항일무장세력을 회유, 매수, 협박, 모략 등 갖은 방법을 동원하여 자신들의 공작에 투입시켰다. 그런 방식으로 포섭한 항일부대원의 수는 최소 2500명이 넘는다고 한다. 위의 책, 103~104면.
26) 위의 책, 106면.
27) 「고김동한씨의 동상, 7일 옌지서 제모식 집행」, 『만선일보』, 1939. 12. 8.

와 항일무장세력 귀순공작에 대한 활동을 회고하는 좌담회가 열렸는
데『만선일보』는 그 내용을 1939년 12월 13일부터 12월 21일까지 총
5회 연재했다. 좌담회는 김동한의 아들 김희선과 동생 김동준을 비롯
하여 군부측 대표, 각 지역 협화회 대표 및 간도협조회 간부와 신문통
신 관계자들의 참석 하에 김동한의 업적과 인격에 대한 회고를 주제
로 진행되었다.[29] 그 뒤 희곡공모 당선작이 김우석의 〈김동한〉으로 발
표됨과 동시에 1940년 1월 10일부터 1940년 1월 24일까지 총 11회에
거쳐 연재되었다. 이어 같은 해 2월 11일에 신징 협화회관에서 연극
〈김동한〉이 상연되었다.

연극 〈김동한〉 제 3막(위)과 고려음악회 연주(아래) 장면[30]

---

28) 그날 오전의 제막식은 동상 제막과 함께 각 대표자들의 축사로 진행되었고 저녁
   에는 민생부 청장 류민성劉民生의 강연방송이 진행되었다. 「제막식 당일 본사에
   서 축사증정」,『만선일보』, 1939. 12. 10. 3.
29) 「고김동한추억좌담회」,『만선일보』, 1939. 12. 13, 12. 15, 12. 17, 12. 20, 12. 21.

그렇다면 『만선일보』는 왜 김동한이 죽은 2년 뒤의 시점에서 이처럼 거창한 방식으로 다시 그를 소환하게 되었을까. 이 글에서는 1939년의 항일무장세력 토벌 강화 및 간도특설대의 설립이 그 배경으로 작용했다고 본다. 1936년부터 둥베이 지역의 항일무장세력 숙청계획과 함께 토벌작전을 벌이던 관동군은 1939년 10월에 이르러 병력을 한층 더 집중적으로 강화하여 1941년 3월까지 퉁화 · 通化, 지린 · 吉林, 간도 세 지역의 항일무장세력을 '대토벌'할 작전을 계획했다.[31] 당시 이 작전에 참여한 조선인 부대가 바로 간도특설대였다. 간도특설대는 1938년 9월 15일 만주국 치안부 산하의 한 부대로 창설되어 그 이듬해부터 정식으로 항일숙청작전을 개시했다.[32] 당시 『만선일보』는 간도특설대를 홍보하고 그에 대한 조선인들의 지원병 지원을 독려하는 데 총력을 기울였다. 이처럼 만주국의 항일숙청작전이 강화되고 간도특설대의 협력이 중요해지던 시점에서 『만선일보』는 "만주국 치안숙청의 공로자이요, 동아 신질서 건설의 공로자인"[33] 김동한을 다시 소환하기에 이르렀던 것이다. 즉 김동한을 '항일숙청의 공로자'이자 '흥아운동의 선각자'로 미화하고 그런 그를 조선인 나아가 만주국의 영웅으로 표상함으로써 항일무장세력 토벌에 대한 조선인들의 협력을 고취하고자 했던 것이다. 이는 연극 〈김동한〉을 통해 분명하게 드러난다. 작품의 내용은 다음과 같다.

작품은 협조회를 발족한 날을 기념하여 손지환, 김길준, 삼택조장

30) 「협화문화부의 열연에 도취」, 『만선일보』, 1940. 2. 13.
31) 李茂傑, 「治安與軍事」, 『僞滿洲國的眞相』, 社會科學文獻出版社, 2009, 57면.
32) 김효순, 앞의 책, 138면.
33) 「劉氏生廳長 , 講演放送」, 『만선일보』, 1939. 12. 6.

등이 김동한의 집에서 냉면을 먹는 장면으로 시작한다. 그들은 냉면을 먹으면서 공산당이었던 김동한이 '대일본제국국민'으로서 국가를 위해 기꺼이 자신을 희생하는 그의 '영웅적 기개'를 높이 칭송한다. 이에 김동한은 국가를 위해 제 일선으로 나아가야 할 것을 주장하며 협조회 회원들과 함께 공산당 귀순공작을 구체적으로 토의한다. 또한 조선인들이 '대화민족' 즉 일본과 불가분의 관계에 있으며 일본과 협력해야만 조선인의 미래가 비로소 밝아질 수 있음을 강조한다. 협조회 회원들과 작별인사를 나눈 뒤 김동한은 부인과 잠시 옛추억에 잠긴다. 그때 창가에 검은그림자가 나타나더니 자신이 김정국이라 밝히며 김동한에게 어리석은 짓을 하지 말라며 충고한다. 이에 뛰어나가려는 김동한을 그의 아내가 가로막으며 1막이 내린다.

2막이 열리면 김동한은 산 속에 숨어 살며 항일 운동을 하는 '비수'를 상대로 귀순공작을 벌인다. 그는 '비수'에게 한때 사회주의국가인 러시아에서 사회주의자로 살았던 자신의 경험을 털어놓으며 러시아의 현실과 사회주의이상의 괴리를 강조한다. 반면 나날이 발전해 나가는 만주국을 '왕도낙토'로 강조한다. 아울러 김동한은 '비수'를 대장군으로 치켜세우며 '흥아운동'의 건설에 협력할 것을 요구한다. 이러한 노력을 통해 김동한은 '비수'와 그 부하들을 성공적으로 귀순시킨다.

3막이 시작되면 동네 노파가 김동한이 늘 마을 사람들을 동정하고 비적을 귀순시켜 치안을 유지하며 세계 각국 언어까지 구사할 줄 아는 다재다능한 인재라며 칭찬을 늘어놓는다. 이어 동생 김동준이 등장하여 형인 김동한에게 공산당 귀순공작에만 몰두하지 말고 가족의 안위도 신경 쓸 것을 충고한다. 그러나 김동한은 자신의 안위만을 생각하는 것은 곧 '천황폐하'와 제국 국민들에 대한 '불충성'이라며 동생의 충고에 찬성하지 않는다. 즉 3막에서는 노파와 동생을 통해 김동한의 동정심과 자기희생정신이 부각되었다. 이처럼 희생정신이 강한 김동한은 그를 위협했던 김정국에 대한 귀순 임무조차 망설임없이 받아들인다. 작품은 김동한이 귀순공작을 위해 또다시 가족들과 작별하고 떠나는 것으로 막을 내린다.

이처럼 〈김동한〉은 주인공 김동한이 일종의 반공숙청단체인 간도협조회를 조직해서부터 둥베이 항일연군 제 11군의 김정국을 상대로 귀순공작을 떠나기까지의 그의 반공 행적과 업적 및 인간성을 다루었다. 작품은 이를 통해 김동한을 반공 및 멸사봉공의 영웅으로 재탄생시키고자 했다.

반공영웅의 이미지를 형상화하기 위해서는 반공사상에 대한 김동한의 확고한 이유나 신념이 제시되어야 하며 이를 바탕으로 귀순공작을 벌였을 때 비로소 설득력을 얻게 될 것이다. 하지만 작품에서 김동한의 반공사상은 매우 추상적으로 표현되었다.

김 나와 함께 볼스뷔-키엿섯지요

비수 당신도요?

김 네 그러나 조곰도 놀랄것은업습니다. 그때는 내 나이 절머서 국가사상이라든가 민족관념이 박약한때엿스니가 잠시 세계 사조에 몰드럿슬분이지요.

비수 그런 요시말로 사상전환을 한것인가요?

김 보다도 그들이 말하는 공산주의라든가 사회주의라는 것은 세계의 평화라든가 인류의 행복을 파괴시키는데 다른 아무

것도 업다는 것을 깨다른 까닭입니다.[34]

즉 공산주의가 세계의 평화나 인류의 행복을 파괴시킨다는 점이 작품에서 밝혀진 김동한의 반공 이유로 공산주의사상의 결함이나 그 파괴력에 대한 구체적인 설명이 생략된 채 매우 추상적인 관념에 머물러 있다. 대신 작품이 강조하고 있는 것은 내선일체사상과 대동아사상이다.

김   너무나 관람합니다(사이)우리는 다른무엇보다도 흐터저서는 안될시기이니까 서로밋고 단결하는데서 우리의 행복을 차저볼수도잇고 민족적발전향상을 바랄수잇는 것입니 다 공연한 시기와 질투할대가아니고 손을마조잡고 건설의길로 전진한때라고봅니다 물 론 아즉까지 아지못하는사람들은 우리들을 가르켜 옛날 문자로 친일파라고부르겟지요 그런사람들은 친일이란 문자해석까지도 모르는사 람이니까요

길준   물론만습니다. 간도성만하드라도 전일의그사상이 뿌리가 박힌곳이되어서

김   문제는 간단한것이아니예요 카나다민족과 앵글로색손민족과의 역사적실례를가지고도 알수 잇는 것과 가티우리조선민족은 대화민족과는떠러저서는 도저히민족적 발전향상을바랄수 업습니다 그럼으로 우리는 국민화운동을 왕성케함으로써 조선인번영발전에 귀정 되며또 서광이차저올것이라고 생각합니다.

---

34) 김우석, 〈김동한〉, 『만선일보』, 1940. 1. 17.

손　　그렷습니다. 그러한점이 선생과의 공통되는 점이올시다.

김　　더군다나우리는 지금국가적으로 비상시기가아니예요? 이러
　　　한때에 선계동포의 각오가 업서가지고는 안될줄압니다.[35]

　　　(밑줄 : 인용자)

　간도협조회를 조직하던 날 김동한은 회원들과 함께 반공 계획을 세
움과 동시에 친일만이 조선 민족이 발전할 수 있는 길임을 주장하며
조선인들이 이 점을 깨닫고 일본에 협력할 수 있도록 자신들이 앞장
설 결의를 다지는 대목이다.

비수　나는 귀순할수업소. 마음대로하시오 당신이나를 타일르는말
　　　이요?

… (중략) …

김　　만주국의리상이란 왕도락토입니다 그러면 그근본정신에비
　　　치여가지고 설령반만행위를 하고 량민을 괴롭게하는 무리들
　　　이잇다고하드라도 그리한사상을가진사람들에게 권하고타일
　　　러서 과거의그릇된 사상을 뉘웃처가지고 진실한만주국국민
　　　이되기를 히망하는데 잇는것입니다.

비수　그럼결국귀순을 아니한다면?

김　　… 지금만주건국만오년입니다 물론 내가 말슴아니하여도 신
　　　문으로 잘아시겟지여요 국내 치정이얼마나 활발하바니까 민
　　　생에잇서서나 치안 경제 산업 교통 사법외교등각부문에 잇
　　　서서 기성국가에 대비하야 조고만한 손색이업지 아니합니다

35) 김우석, 「김동한」, 『만선일보』, 1940. 1. 11.

아마장군이 지금 예전장춘인 신징을가보신다면 깜짝놀랄것
입니다. 그러나 그리한 것도 소소한 문제입니다 그보다도 더
깜짝 놀라실것이만습니다

비수   그래무엇이 또 더 놀랠일이잇단말이요

김   만주국민들의 생활입니다 지나간날의 군벌시대의 민중의생
활에 비하야 얼마나 윤택하고 행복스러운 생활을하고있는지
모르시겠지요 다른 것은 다그만두드라도 로동자들의 하로
임금최고 사오원부터최하일원평균이요 양차 마차부가 최고
십이삼원으로부터 최하사사원을 법니다 거리에는 라디오와
축음기소리로찻고 극장과 활동사진판에는 만원으로 들러갈
수업습니다…

비수   그러기에 내가어듸만주국이납부다는것이요 그리고 좀생각
해보겠다는것이지

김   물론 그러실줄압니다… 장군과가튼대인물이 하루라도 속히
만주국에 귀순하 서흥아운동의투사가되어 동아신건설에 온
힘을 써주었으며하는[36]

위 인용문은 김동한이 비수를 성공적으로 귀순시키는 핵심 장면이
다. 김동한은 만주국은 왕도낙토로서 정치, 경제, 사회, 문화적으로 모
두 발전하여 국민들에게 윤택한 생활을 제공하고 있으며 반만이나 공
산주의 사상을 지닌 사람들을 "진실한만주국국민"으로 선도하여 함
께 만주국 나아가 대동아 건설에 이바지하도록 하는 데 귀순공작의
목적이 있음을 주장하고 있다. 즉 김동한은 일제 및 만주국의 입장에

---

36) 김우석, 〈김동한〉, 『만선일보』, 1940. 1. 17.

서 친일의 목적을 대변함으로써 비수의 귀순을 설득시키고자 했다. 이에 비수는 결국 귀순을 결심하게 된다.

수년간 항일무장부대의 장수로 활동하던 사람이 뚜렷한 의식 없이 무조건 친일로 귀순한다는 점이 독자나 관객의 입장에서 받아들이기에는 설득력이 부족하다. 게다가 작품은 김동한의 반공 행적과 귀순공작 및 멸사봉공의 사적을 극적 행동을 통해 보여주지 못하고 전반적으로 인물들의 대사에만 의존한 결과 김동한의 영웅적 이미지를 극적으로 형상화하지 못했다. 다시 말하자면 내선일체나 왕도낙토의 만주국에 대한 선전 목적에는 성공했을지 몰라도 반공영웅으로서의 김동한의 영웅적 이미지 창조 및 반공사상의 선전 목적에는 성공하지 못했다. 〈김동한〉이 당시 평론가들의 혹평을 받았던 이유도 바로 여기에 있다.

박영준은 우선 예술의 정치성을 부정하지 않지만 '예술적 작품은 어디까지나 예술적 방향이 도는데 그 가치가 있는 것이며 생명이 있으며 아무리 의식적 작품이라 할지라도 예술성을 상실했다면 작품으로서 실패며 또한 작품적 효과가 적을 것'인데 이 점에서 〈김동한〉은 문제적이라고 지적했다. 이어 그 이유는 작품이 전반적으로 대화로만 채워져 있으며 인물들의 행동이 상당히 결여되어있기 때문이라고 밝혔다.[37] 즉 박영준은 인물들의 구체적인 행동을 통해 작품 주제를 극화시키지 못하고 대화에만 의존하여 정치목적성만을 내세운 점을 〈김동한〉의 주요 문제점으로 지적했다. 이 점에 대해 영화평론가이자 연출가로 활동했던 이대우는 보다 간단명료하게 〈김동한〉을 '레제드라

---

37) 박영준, 「김동한 독후감 - 희곡평」(상), 『만선일보』, 1940. 2. 22.

마'라고 혹평했다. 사실 〈김동한〉은 항일숙청공작에 관한 업적에서부터 그의 사생활에 이르기까지 상당부분의 내용을 좌담회의 회고를 그대로 옮겨왔다.[38] 따라서 〈김동한〉의 한계는 곧 좌담회의 내용을 극예술적으로 승화하지 못한 극작가의 극작술의 한계로 귀결된다고 볼 수 있다.

그럼에도 불구하고 당시 『만선일보』는 연극 〈김동한〉에 대해 "선계국민으로서는 다시 볼수 업는 우리의 선구자 만주 건국의 공로자로서의 공비귀순공작에 순직한 고 김동한씨의 과거를 추모하는 김동한씨의 재현을 말하는 당야 연극을 볼려고 정각 전부터 운집하야 상하층 립추의 여지가 업는 대성황을 이루었다."[39]고 찬양했다. 공연에 앞서 그에 대한 대대적인 추모 활동을 통해 조선인들의 이목을 집중시킨데다 무료공연이었기 때문에 많은 관객을 동원하기에 충분했을 것이다. 하지만 "극전체에 잇서서 연기원들의 렬잇는 순정적 연기와 밋 리갑기씨의 력작인 침착하고도 채색이 선명한 무대장치는 연출자 김영팔씨의 고심과 조화된바 잇서 근래에 보지 못하든 국도극계의 한 '에폭'을 지엇다."[40]는 평은 전문가의 입장에서 본 이대우의 평과는 상반되었다. 그에 의하면 "연출의 무력은 연극반원의 결함만흔 연기를 '실질적'인 것으로 통일하지 못하얏다. 가장 중대한 치명상은 연기의 무

---

38) '김동한 추억 좌담회'와 희곡 〈김동한〉의 내용 일치에 관한 글은 문경연과 최혜실의 글 「일제 말기 김영팔의 만주활동과 연극 〈김동한〉의 협화적 기획」, 『민족문학사연구』(38집), 민족문학사학회, 2008 참조.

39) 「기원 2600년 봉축 '연극과 음악의 밤' 성황, 협화문화부원의 열연에 도취」, 『만선일보』, 1940. 2. 13.

40) 「기원 2600년 봉축 '연극과 음악의 밤' 성황, 협화문화부원의 열연에 도취」, 『만선일보』, 1940. 2. 13.

통제와 김동한역(리대균)의 배역의 실패로 말미아마 '모틔-브'를 충분히 살리지 못한 것이다."[41]

요컨대 〈김동한〉은 공연에 앞서 대대적인 홍보를 진행함에 따라 많은 관객을 동원하는데 성공했으나 극작술을 비롯한 연기, 연출 등 극예술 측면에서는 실패한 작품이었다. 이는 협화회가 연극 〈김동한〉을 통해 그의 영웅적 이미지를 형상화함과 동시에 반공사상을 고취하려던 목적이 충분히 실현되지 못했을 것이라는 점을 간접적으로 말해준다. 국책적으로 기획된 작품이 단 한 번의 공연으로 사라졌다는 사실이 이러한 가능성에 일정한 힘을 실어준다. 그 뒤 연극 〈김동한〉은 사라졌으나 김동한의 이미지 창조에 대한 정치적 노력은 지속되었다.[42]

4. 〈한낮에 꿈꾸는 사람들〉의 공연 배경과 민족성

이무영의 〈한낮에 꿈꾸는 사람들〉은 1939년 2월 안동협화극단의 창립공연에 올려진 작품이다. 〈한낮에 꿈꾸는 사람들〉은 현실을 외면한 채 예술의 환영 속에서 부유하며 살아가는 청년들에게 현실적 자각을 요구한 작품이다. 작품 속 청년들의 허황된 삶은 중일전쟁 이후

---

41) 이대우, 「신극평 - 〈김동한〉을 보고 - 의의 깊은 문화부 제 2회 공연」, 『만선일보』, 1940. 2. 20.

42) 연극이 끝난 뒤 1940년 3월에 김동한은 만주국으로부터 훈 6위경운장을 수여받았다.(「김동한씨에 훈 6위 경운장을 수여, 26일 은상국 발표」, 『만선일보』, 1940. 3. 28.2) 그해 2월에 이미 일본 제국으로부터 훈 6등 욱일장을 수여받았다. 뿐만 아니라 일본의 호국영령이 되어 야스쿠니 신사에 합사됨에 따라 그해 4월에 김동한의 부인과 남동생이 도쿄에서 열린 야스쿠니 신사의 임시 대제에 참석하기도 했다(김효순, 위의 책, 98면).

만주국의 도시에서 현실에 안주하지 못하고 특정한 직업 없이 떠돌던 청년 '부랑자浮浪者'[43]들을 연상케 한다.

실제로 중일전쟁 이후, 만주국 도시의 조선인 인구가 늘어나면서 여러 가지 사회 문제가 발생했다. 도시로 이주해온 조선인들 중 에는 만주에 정착하려는 사람들이 있었는가 하면 만주에서 일확천금의 꿈을 이루고 금의환향하려는 허영에 빠진 사람들도 있었다. 만주에 정착하려는 조선인들은 만주를 '제 2의 고향'으로 만들고자 만주개척에 힘을 쏟았지만 도시의 일부 사람들은 종종 사회적 물의를 일으키며 도시의 조선인 사회에 악영향을 미쳤다.

조선사람이 만주에서 여러 가지로 말썽을 일으키고 있는 것도 자세히 그 내용을 검토하여 보면 결국 도회지의 일부 좋지 못한 양복쟁이가 원인이 되어 있는 것을 누구나 알 것입니다. (중략)농민의 사정은 우리의 일상생활과는 격리된 사실이기 때문에 도회지에 있는 우리에게 뚜렷이 나타나지 않는데 도회지의 소수 불량분자의 소행은 반대로 우리의 일상생활에 있어서 눈에 띄우기 때문에 과대인상되는 것이라고 생각합니다. 그래서 결국 전체적인 의미로 좋지 못하게 조선사람을 말할 때 그 타당성이 의문이 되어 동시에 도회지의 일부 좋지 못한 양복쟁이를 증오하지 않을 수 없습니다. 그런데 한걸음 더 그러한 분자들의 심

---

43) '부랑자'는 특정한 직업이 없이 떠도는 사람을 가리킨다. 1930년대 후반에 이르면 만주국 도시에 조선인 무직자와 실업자들이 많이 생겨나는데 이들은 특정한 직업 없이 만주의 도시를 떠돌며 절도, 도박, 마약, 밀수 등 범죄행위를 일으키게 된다. 당시 협화회에서는 이들을 '부정업자', '도시부랑자 브로커류'로 규정했다(김경일, 윤휘탁 외, 『동아시아의 민족이산과 도시』, 역사비평사, 2004, 84면). 이 글에서는 그 사람들 중 많은 사람들이 만주에 대한 정착의지가 없었다는 점을 고려하여 '부랑자'라는 용어를 차용하기로 한다).

리를 해부해보면 그들에게는 만주에 정착하여 조선사람의 건전한 발전을 위하야 노력하겠다는 아무런 생각도 없는 것입니다. 즉 만주를 일시적인 돈벌이하는 곳으로 알기 때문에 만주에서 실제로 영위되는 민족협화의 생활따라 그 가운데의 한 분자로서의 조선사람의 자각있는 행동을 취하지 않으려 하고 다만 돈만을 추구하기 때문에 민족적 명예도 돌아보지 않을뿐더러 최초부터 일확천금을 하여가지고 고향사람들에 대하여서는 금의환향을 자랑할려고 하는 패이기 때문에 맨손으로 돌아 갈 수도 없어 "오미야게" 하나라도 가지고 갈려고 별의별 짓을 감히 하려고 하는 것을 알 수 있습니다.[44] (밑줄 : 인용자)

위의 인용문은 만주의 도시 조선인 사회에 여러 가지 문제가 발생하고 있으며 그러한 문제를 일으키는 사람으로 불특정 다수의 '도회지의 좋지 못한 양복쟁이'를 지목하고 있다. 아울러 '도회지의 좋지 못한 양복쟁이'를 '불량분자', '만주에 정착하려는 의지가 없는 사람', '만주를 일시적인 돈벌이로 아는 사람', '돈 때문에 조선인들의 명예를 돌보지 않는 사람', '일확천금을 꿈구며 금의환향하려고 별의별짓을 다하는 사람'으로 간주했다. 여기서 핵심적인 문제는 만주정착 의지와 돈이다. 우선 도시 '양복쟁이'와 관련된 흥미로운 사례 하나를 더 보도록 하자.

만주국내에 있어서 생활사정이 비교적 조선과 다름이 없이 조선인이 가장 밀집되어 있는 간도를 제하고는 어느 곳의 가두나 사람이 많

---

44) 「문제는 생활태도 如何, 결국 歸鮮할 사람은 반갑지 않은 무리들」, 『만선일보』, 1940. 3. 20.

이 모이는 집합장소에나 조선옷을 입고 나가는 것은 수치스러운 일이라고 하여 격에 어울리지 않는 양복이나 양장을 하고 다녀야 행세가 되는 것으로 생각하는 경향이 곳 가리울 수 없는 비겁한 자멸적인 태도의 한 가지 대표적인 것이라 할 것이다. 물론 남자에 있어서는 도회지 생활 기타 활동에 협화복같은 표준적인 복장이 외관상으로나 경제상으로 만주생활에 적절하다고 승인할 이유가 있으나 그것이 조선옷에 대한 자조적인 반동적 심리에 있어서 나온 것이라면 비굴한 태도라고 볼 것이다. 그러면 이 그릇된 조선옷에 대한 자멸적 의식의 근원은 무엇일까.(중략) 타인에게 선계라고 지탄을 받고 차별을 받게 된다든지 마차를 탈 수 없다든지 하는 이외에 여러 가지 비자주적인 기우로 드디어는 가면을 쓰는 것으로 천박한 목전 생활의 공리를 획득하여 보는 소아적인 비굴한 행위라 할 것이다.[45] (밑줄 : 인용자)

도시의 '양복쟁이'란 흔히 엘리트 계층을 연상시키지만 만주국 도시의 조선인 '양복쟁이'는 자신들의 정체성을 은폐하려 했던 다양한 계층의 사람들이었다는 사실, 아울러 그들이 자신의 정체성을 은폐하려 했던 가장 큰 이유가 차별에 있었다는 사실이 위의 인용문을 통해 드러난다. 초민족적 식민공간이었던 만주국에서 차별은 다양한 측면에서 드러난다. 그중 중국인과 조선인 간의 갈등과 차별은 만주국이 건립되기 전부터 존재했던 매우 고질적인 문제였다. 건국 이전에 〈흑룡강〉의 조선인들이 겪었던 일련의 사정들, 이를테면 조선인들에게 '까오리高麗'라 부르며 침을 뱉고, 양식을 팔지 않는다든지, 일본영사관으로 피신했다는 이유로 온 동네사람들이 들고 일어나 매를 치고 쫓

---

45) 「조선의복과 선계 가정부인」, 『만선일보』, 1940. 5. 16.

아낸다든지 등과 같이 조선인들이 받았던 차별은 협화적인 만주국이
건립되었다고 해서 나아지지는 않았다. 오히려 조선인들이 일본제국
으로부터 '2등국민'의 신분을 부여받으면서 중국인들로부터 더욱 큰
반감을 사게 되었다. 당시 중국인 농민들이 조선인 농민들에게 일본
인의 그늘에서 거만을 떤다며 반감을 표현했던 사례[46]가 그러한 사실
을 직접적으로 말해준다. 그래도 벼농사를 할 수 있다는 장점으로 갈
등과 차별 속에서도 농민들은 자리를 잡고 살아갈 수 있었지만 도시
조선인들의 사정은 그렇지 못했다. 근대적인 기술을 갖추지 못한데다
언어 문제까지 부딪히면서 그들은 중국인, 일본인과의 취업경쟁에서
늘 뒤처졌다.[47] 그리하여 조선인 사회에는 무직자들이 늘게 되었다.
그들은 할 일없이 도시를 떠돌며 생계를 위해 혹은 일확천금을 노리
고 도박과 밀수, 절도, 사기 등 각종 불법행위를 저지르며[48] 조선인 사
회에 불명예를 초래했다. 이러한 상황 속에서 조선인들은 민족적 자
긍심을 상실할 수밖에 없었을 것이며 이에 따라 양복으로 신분을 위
장함으로써 차별을 극복하고자 했을 것이다.

　중요한 것은 신분차별을 극복하고자 양복을 입고 다녔던 사람들 역
시 '도시의 좋지 못한 양복쟁이'였다는 점이다. 그들이 돈 때문에 저질
렀던 '별의 별 짓'이란 곧 상술한 각종 범죄행위였을 것이다. 환언하자
면 도시의 '양복쟁이'는 곧 할 일 없이 떠돌며 각종 범죄를 저지르는

---

46) 신규섭, 「만주국의 협화회와 만주국 조선인」, 『만주연구』, 만주학회, 2004, 119면.
47) 김경일, 윤휘탁 외, 앞의 책, 84면.
48) 당시 도시의 조선인들은 상당히 빈곤했는데 남자들의 경우 상당수가 무직자 또는
　　실업자로서 결국 범죄의 유혹에 휘말려들었고, 여성들은 상당수가 매춘으로 전락
　　했다고 한다. 1930년대 후반에 이르러 이들은 신징을 비롯한 도시 하층에 존재하
　　면서 심각한 사회문제를 야기했다고 한다(김경일 · 윤휘탁 외, 위의 책, 84면).

'부랑자'들이었다. 한편 이 '부랑자'들은 만주에 대한 정착 의지가 약한 사람들이었다. 그들은 만주를 단순히 돈벌이 공간으로만 간주하며 돈을 벌면 언젠가는 조선으로 되돌아갈 것을 희망했다. 따라서 그들에게는 만주국 국민으로서의 자각이 전혀 없었던 것이다. 민족적 차별을 극복하기 위해 만주국 국민복장인 협화복 대신 양복으로 위장한 것도 사실은 만주국에 소속되려는 의지가 없었기 때문인 것으로 볼 수 있다. 그리하여 민족의 명예를 실추시키는 일도 아랑곳하지 않을 수 있었을 것이다. 조선인 사회의 명예는 물론 타 민족의 생활에도 악영향을 미쳤을 조선인 '부랑자'의 문제는 1930년대 후반에 이르러 상당히 심각한 사회문제로 부각되었다.

이에 각 지역의 협화회 조선인 분회는 이러한 사회적 문제를 해결하기 위해 이른바 자정운동·自淨運動을 핵심 사업으로 전개해 나갔다. 이 운동의 목적은 크게 두 가지 측면으로 이해할 수 있다. 하나는 "조선인이 가지고 있는 주관적 조건을 만주국의 객관적 조건에 부합하도록 적응시킴으로써 만주국민적 생활을 확립하고 이어서 다시 그 발전을 꾀하자"[49]는 것이었다. 환언하자면 조선인들을 다민족 공존의 공동체적 생활에 정착시키고 그 속에서 그들의 역량을 발휘하여 만주국의 건설과 발전에 이바지하도록 하자는 것이었다. 가장 근본적인 생존조건조차 보장되지 않는 상황에서 국민 의식과 국가 발전의 문제를 운운하기 어렵기 때문이다. 다른 하나는 "민족잡거생활에 있어 너무나 유달리 나타내지는 조선인의 모든 불명예한 것을 숙청하여 조선인의 대외적인 명예를 향상시키는 동시에 내적으로 우리 자체의 내부

---

49) 「自淨運動을 전개시켜 만주생활건설을 提倡」, 『만선일보』, 1940. 3. 1.

적 정화를 실현함으로써 장래 발전에 선결 요건이 되는 내부적 충실을 기하자는"[50] 것 이었다. 여기서 '불명예한 것'이란 아마도 당시 도시 조선인 사회에 만연하고 있었던 도박, 절도, 밀수, 마약 등과 같은 범죄행위일 것이다. 조선인들의 범죄행위가 다른 민족들에게 나쁜 이미지를 심어주기 때문에 그들을 지도하여 조선인들의 명예를 향상시킴과 동시에 조선인 사회의 발전을 도모하려는 것이었다. 즉 이 시기 자정운동은 '국가적' 이익과 '민족적'이익의 이중적인 목적 하에 실행되었다. 이에 따라 당시 자정운동은 조선인들이 직면해 있던 여러 가지 현실적인 문제 해결에 집중되었다. 이를테면 주택, 식량 및 석탄 배급, 취직 등과 같은 근본적인 생존조건과 직결된 문제들이었다. 실제로 자정운동은 이와 같은 생활 문제 해결을 중심으로 이루어졌으며 이상적인 결과를 이끌어내기도 했다. 예를 들면 교류반 결성과 실직자 취직 알선, 각 지역의 중등학교 설립과 주택난 해결[51] 등이다. 조선인분회의 이러한 사업 결과가 궁극적으로 '민족협화'와 '왕도낙토'의 공동체적 이익으로 귀결되었을지 모르겠으나 현실적으로는 조선인들의 민족적 이익 향상으로 귀결된 측면이 강하다. 이에 따라 "各系 국민이 함께 번영하야 이 나라를 건설하여야 될 我國에 잇서 鮮系가 鮮系만의 행복을 위하야 노력한다는 것은 他系에 조치못한 인상을 줄뿐아니라 태도가 좁은 소치라 할 것"[52]이라는 자성의 목소리가 흘러나오기도 했다. 이는 곧 당시의 조선인분회가 맹목적으로 '민족협화'내지 사상통합의 거창한 이상만을 추구한 것이 아니라 협화회 지도방침

50)「鮮系국민의 제 문제」,『만선일보』, 1939. 5. 29.
51)「鮮系국민의 제 문제」,『만선일보』, 1939. 5. 29.
52)「鮮系국민의 제 문제」,『만선일보』, 1939. 5. 29.

을 수행하는 범위 내에서 보다 현실적으로 민족적 생존과 그 이익 쟁
취를 위해 노력했다는 사실을 간접적으로 말해준다. 즉 민족분회로서
의 협화회 조선인분회가 이중성을 지니고 있었다는 것이다.

안둥협화회 조선인보도기구 또한 자정운동에 적극적으로 동참하여
일정한 성과를 거두었다.[53] 안둥협화극단의 〈한낮에 꿈꾸는 사람들〉
은 바로 이러한 사회적 배경 하에 공연하게 된 것으로 보인다. 〈한낮
에 꿈꾸는 사람들〉의 등장인물들은 현실을 외면한 채 소설, 시, 미술,
음악, 영화 등에 빠진 '예술광'들이 경성의 '예술광사'라는 공간에 모
여 바깥의 현실을 외면한 채 예술적 이상만을 추구하며 퇴폐적인 삶
을 살아간다. 하지만 정작 자신들이 욕망하는 만큼의 예술적 성취를
이루지 못해 고민한다.

> 시광A 늘 하는 말이지마는 조선이라는 곳처럼 예술에 대한 이해
> 가 없는 사회는 없을 것이다. 예술이 뭔지……문학이 어떤
> 것인지 도무지 모른다. 그 증거로는 우리 조선에는 천재가
> 나오지 못한다. 그렇다고 우리 조선에는 천재가 없는 것도
> 아니다. 있다, 확실히 있다. 있지마는 그 천재를 찾아내지
> 못한다. 천재를 찾아내는 데는 그만한 이해가 있어야 하고
> 그만한 감상안이 있어야 한다…… 이것이 우리 사회에는 없
> 다.

---

53) 안둥 협화회 조선인보도기구는 가난한 조선인들의 주택난을 해결하고자 조선인
주택위원회를 조직하여 노력한 결과 100호의 가옥을 조선인들에게 제공하는 등
조선인들의 생활 개선에 큰 힘을 발휘했다.(「協和會傘下에서 추진되는 각지 鮮系
輔導機構의 현세(2)-안둥편(하)」, 『만선일보』, 1940. 1. 21)

영화광   옳소! 동감이오.[54]

   그들은 자신들이 예술적으로 성공하지 못하는 이유를 조선 사회의
문제로 돌리고 있다. 즉 조선 사회에는 예술적 천재를 발굴해 줄 혜안
이 없다는 것이다. 이에 대해 이 작품에서 이들과 유일하게 대립하는
'대학생'은 오히려 그들의 예술지상주의 관념, 그리고 그 관념에 함몰
되어 현실을 직시하지 못하는 태도를 신랄하게 비판한다.

> 대학생   우리는 무엇보다도 배고픈 줄을 알아야 한다. 그래야만 거
> 기서 힘찬 문학도생기고 시도 나온다. 사람은 고생을 해야
> 한다. 그리고 불행한 민족일수록 위대 해진다고 한다. 그런
> 데 우리만큼 불행한 민족이 유사이래 없었건만 우리만큼
> 위대하지 못한 민족을 나는 못보았다. 한낮에 꿈만 꾸고 있
> 다. 젊은 것들이란 모두 자네들 따위다. 육십원짜리 양복에
> 만 눈이 어두웠다. 카페와 다방에 다니는 것만을 일삼는다.
> 배가 고파서 굶을지언정 홀홀 벗고 나서서 괭이 자루를 잡
> 을 줄 모른다.[55] (밑줄 : 인용자)

   '대학생'은 예술지상주의에 빠진 조선 사회의 청년들을 '한낮에 꿈
꾸는 사람들'에 비유하며 민족의 불행을 그들의 책임으로 돌리고 있
다. 예술의 환영에만 빠져 현실을 외면하거나 양복, 카페, 다방 등 소
비행위에만 집중하며 퇴폐적인 삶을 살아가는 조선의 청년들은 현실

54) 서연호,『한국희곡전집』(3), 태학사, 1996, 284면.
55) 위의 책, 286면.

에 안주하지 못하고 허황된 금욕주의에 빠져 온갖 범죄를 저지르는 만주국 도시 조선인 '부랑자'와 교묘하게 닮아 있다. 즉 현실을 직시하지 못하고 허황된 꿈만 쫓는다는 점에서 이들은 동격의 존재들인 것이다. 뿐만 아니라 이들에게는 공통적으로 현실사회에 대한 부정의식이 내재되어 있다. 예술광들이 자신들의 예술적 역량을 알아주지 못하는 조선 사회의 현실을 부정했다면 만주국의 조선인들은 그곳의 여러 가지 불편한 사회 환경을 혐오했다. 이를테면 기후와 생활 양식의 차이[56], 혼종, 차별, 갈등, 경쟁 등을 비롯한 여러 요소들이 혐오의 감정을 유발했을 것이다.

한편 작품 속 '대학생'은 조선 청년들의 현실부정의식이 민족의 불행으로 이어질 것을 우려하며 그들에게 현실로 뛰쳐나올 것을 요구한다.

소설광B   우리의 노력이 성과를 못나타내는 것은 이 사회가 그만큼 무지하기 때문이다.
대학생   아니다! 생활이 없기 때문이다! 너희들에게는 생활이 없다! (중략) 오늘날은 생활이다. 생활이 없는 곳에는 문학이고 예술이 아무것도 없다.
대학생   생활이란 밥을 먹으란 말이 아니라 하는 일이 있어야 한다는 말이다. (중략) 다른 이들을 봐라! 자기네의 행복을 위해서 목숨을 내놓고 있다! 너희들처럼 이러고 있지는

---

56) 자정운동이 전개된 이유 중 하나가 곧 기후나 생활양식의 차이에서 비롯된 만주 생활에 대한 조선인들의 혐오감을 청산하고 만주에 정착시키기 위해서였다.(「자정운동을 전개시켜 만주생 활건설을 제창」, 『만선일보』, 1940. 3. 1) 그 밖에 불평등한 민족관계 내지 민족차별로부터 기된 혐오감도 분명 존재했을 것이다.

않는다! 먹을 것도 입을 것도 없는 우리로서 밤낮 하는
일이(주먹을 친다)그래, 이것이란말이냐. 자, 나가거라.
거리로 나가라. 거리로 나가서 이 세상을 봐라, 우리의 사
회를 똑바로 좀 들여다 봐라![57](밑줄 : 인용자)

여기서 말하는 생활 즉 '하는 일'이란 구체적으로 명시되지 않았다.
그런데 이 작품이 1930년대 동반자 작가로 분류되었던 이무영에 의해
씌어졌다는 점, 작품의 결말 부분에서 '대학생'이 피투성이가 된 채로
등장한다는 점, 그리고 '대학생'이 민족의 운명을 걱정하며 청년들에
게 사회 속으로 나아갈 것을 호소하고 있다는 점으로부터 볼 때 작품
이 말하는 생활이란 곧 예술이 아닌 생활에 기반을 둔 일종의 사회운
동을 의미한다고 볼 수 있다.[58] 피를 흘릴 정도의 격렬한 사회운동이
라면 당시의 식민지적 현실을 고려할 때 민족독립운동을 의미하는 것
으로 읽을 수도 있을 것이다.

분명한 것은 작품은 예술주의의 환영에 빠져 있는 청년들에게 그
꿈에서 깨어나 사회현실을 직시하고 행복을 위해 적극적으로 생활
할 것을 호소하고 있다는 점이다. 이는 곧 허황된 꿈에 빠져 현실생활
에 정착하지 못하는 만주국 조선인 사회의 '부랑자'들을 향한 호소이
기도 했다. 당시 조선인분회가 전개했던 자정운동의 궁극적인 목적이
만주국 건설에 이바지하는 것이었지만, 현실적으로 자정운동은 조선

---

57) 서연호, 앞의 책, 289~290면.
58) 한옥근은 이 작품에 대해 '민중예술론적 사회주의사상과 지식인의 부도덕성을 내
　　용으로 예술가는 생활에 근거하여 사회정의에 동참해야 한다는 작가의 공리주의
　　예술관을 피력한 작품'이라고 했다(한옥근, 「이무영 희곡연구」, 『인문학연구』(25
　　집), 2001, 29면).

인들의 이미지 개선과 생활수준 향상에 주력함에 따라 민족적 이익과 발전에 일조했다. 이런 점에서 볼 때 〈한낮의 꿈꾸는 사람들〉이 표면적으로는 자정운동 및 만주국 건설이라는 국책사업의 일환으로 공연된 듯하지만 실질적으로는 조선인의 불량한 이미지를 개선하고 사회생활에 정착하여 조선인 사회의 발전을 도모하려는 목적에서 공연되었다고 할 수 있다. 협화회 조선인분회 및 그 자정운동의 이중성이 이러한 추론을 뒷받침해 준다.

5. 초민족 국가 속 조선인 연극과 극장

중일전쟁 이후 본격적으로 등장한 만주국의 연극은 태생적으로 프로파간다라는 제국주의 정치적 속성을 지니게 되었다. 이에 따라 조선인 연극은 물론 중국인과 일본인 연극 활동 또한 대부분 만주연예협회, 만주극단협회, 특히 협화회 등 사상문화통치기관의 직접적인 관여 하에 이루어졌다. 특히 만주국시기 조선인 연극 단체들은 대부분 협화회 산하의 소인극 단체들이었으므로 국책의 영향을 더욱 직접적으로 받을 수밖에 없었다. 이 점에 있어서는 〈김동한〉의 기획 공연이 가장 대표적인 사례라고 할 수 있다. 또한 설사 민간 단체라 할지라도 협화회의 개입 없이 원활한 활동을 할 수 없었기 때문에 국책의 영향을 완전히 벗어나기는 어려웠다. 계림극단의 활동이 대표적이다.

물론 그렇다고 해서 만주국의 조선인 연극이 모두 국책성을 지닌 것만은 아니었다. 오락을 위한 통속적인 대중극도 분명 있었다. 또한 국책의식을 드러낸 연극이라 하더라도 공연 주체와 수용 주체의 입장에 따라 전혀 다른 목적의식으로 표현되고 수용될 수도 있었다. 이를 테면 안둥협화극단에 의해 공연되었던 〈목화〉나 〈한낮에 꿈꾸는 사람들〉과 같은 작품들이다. 하지만 만주국이라는 초민족적인 식민국가 속에서의 조선인 연극 공연은 그 유형이나 작품의 성격을 떠나 '조선어 극예술'을 협화회관이나 학교 강당, 일본인 전용극장 등 식민지 배 세력의 무대에 당당히 상연시킴으로써 조선 민족의 문화를 유지했다는 점에서 가장 큰 의미를 지닌다. 또 한 가지 중요한 의미는 조선인 연극 공연이 조선인 배우와 관객, 그리고 조선인 문화정서, 심지어 조선민족의식 등 조선의 민족적 요소들을 극장이라는 공간에 집중시켜 '조선민족으로서의 공동체적 감각'을 생산했다는 데 있다. 이런 점에서 볼 때, 만주국의 '조선인 극장'은 초민족적 공간도, 식민주의 사상문화 공간도 아닌, 오직 조선인과 조선 문화로 형성된 '진정한 민족 공동체 공간'이었다.[59] 이러한 공간을 통해 만주국의 조선인 관객들은 잠시나마 마음의 위안을 얻을 수 있었다.

국책적으로 기획된 연극 〈김동한〉은 그의 일대기를 통해 민족의 배신자인 김동한을 영웅으로 형상화하고 반공사상과 친일의식을 선전하려 했다는 점에서 부정적인 의미를 갖는다. 하지만 김동한의 소극적인 행동과 모호한 반공의식은 그를 반공영웅으로 크게 형상화시키지 못했다. 그러므로 〈김동한〉의 공연이 긍정적인 선전 효과를 획득했을 것이라고 보기는 어렵다.

〈한낮에 꿈꾸는 사람들〉은 협화회 조선인분회가 시행했던 국책사업의 일환인 자정운동을 배경으로 공연된 작품이었다. 이에 따라 이

---

59) 이복실, 앞의 책, 161면.

작품을 자칫 만주 개척 또는 만주국 건설을 지향한 국책연극으로 간주할 수 있다. 하지만 당시의 자정운동은 전개 과정에서 그처럼 거창한 목적을 강조하고 실현한 것이 아니라 조선인 사회의 안위를 더욱 강조하고 실질적으로는 조선 민족의 이익을 향상시킨 측면이 강하다. 따라서 당시 만주국 조선인 사회의 현실에 비추어볼 수 있는 〈한낮에 꿈꾸는 사람들〉은 조선인 사회 및 조선 민족의 안정과 발전을 목적으로 공연되었다고 할 수 있다. 요컨대, 이 작품은 당시 조선인 사회의 현실에 비추어 민족주의 관점을 제시했다는 점에서 공연의 의미를 갖는다.

참/고/문/헌

- 『만선일보』, 『선무월보』
- 서연호, 『한국희곡전집』(3), 태학사, 1996.
- 김경일, 윤휘탁 외, 『동아시아의 민족이산과 도시』, 역사비평사, 2004.
- 김남석, 『조선의 대중극단들』, 푸른사상, 2010.
- 김려실, 「조선 영화의 만주 유입-『만선일보』사의 순회영사를 중심으로」, 『한국문학연구』(32집), 2007.
- 김효순, 『간도특설대』, 서해문집, 2014.
- 신규섭, 「만주국의 협화회와 만주국 조선인」, 『만주연구』(1집), 만주학회, 2004.
- 이경숙, 「박영호의 역사극 연구」, 『한국극예술연구』(27집), 한국극예술학회, 2008.
- 이복실, 『만주국 조선인 연극』, 지식과 교양, 2018.
- 한옥근, 「이무영 희곡연구」, 『인문학연구』(25집), 2001.
- 增玉, 「殖民話語的裂痕與東北淪陷時期戲劇的存在態勢」, 『廣東社會科學』(第3期), 2012.
- 李茂傑, 「治安與軍事」, 『僞滿洲國的眞相』, 社會科學文獻出版社, 2009.

개항장 원산에 설립된 원산관의 특징과
그 운영에 관한 연구

김남석

1. 서론

일제 강점기 지역극장에 대한 연구가 전반적으로 부진한 상황인 것
은 부인할 수 없는 사실이지만, 원산관에 대한 연구만큼은 여타 지역
극장에 비해 한결 진전을 보이고 있는 것 또한 인정할 수밖에 없는 사
실이다. 이러한 측면에서 이 연구는 기존 원산관에 대한 연구의 보완
의 성격을 지닌다.[1]

---

[1] 이 글은 다음의 지면에 최초 발표되었는데, 이 저서의 목적에 맞게 일부 수정되었음
을 밝혀둔다(김남석, 「개항장 원산에 설립된 원산관의 특징과 그 운영에 관한 연구」,
『도서문화』(47집), 목포대학교 도서문화연구원, 2016, 7~33면). 또한 이 글은 그 이
전에 발표된 논문(김남석, 「일제강점기 원산의 극장 원산관 연구 – 지역의 문화적 거
점 공간 생성과 활용을 중심으로」, 『국토연구』(85권), 국토연구원, 2015, 119~136
면)의 문제의식을 이어 받아 그 연속선상에서 수행한 일련의 연구라는 사실도 함께
밝혀둔다.

그럼에도 불구하고 지금까지 연구는 주로 원산관에 대한 개략적인 내용을 소개하는 측면이 강했기 때문에,[2] 원산관의 실체를 세부적으로 해명하는 지점까지는 미처 나아가지 못하고 있었다. 따라서 기존 연구 성과에도 불구하고, 원산관에 대한 연구는 향후 더욱 심화될 여지를 남겨 놓고 있다고 해야 한다.

우선 선행 연구의 공헌에도 불구하고, 원산관의 위치와 시설에 대한 정보가 제한되어 있는 실정이다. 원산관의 위치와 시설에 대한 정보는 미흡하기 이를 데 없으며, 지역 사회와 맺는 관련성도 제대로 해명되지 못한 상태였다. 그래서 원산관이 어디에 위치했으며, 어떠한 시설을 지니고 있었는지에 대해 구체적으로 규명해야 할 필요가 자연스럽게 발생했다. 또한 기존 연구에서 원산관의 창립과 관련하여 적지 않은 정보가 정리되었지만, 원산관의 경영자와 운영 방안에 대해서는 여전히 모호한 상태로 남겨져 있었다. 따라서 원산관의 경영 방식에 대한 학문적 논구도 새롭게 재기(再起)할 필요가 생겨났다.

이것은 한국 연극계에서 지역극장에 대한 현재의 연구 동태와도 관련이 적지 않다. 전술한 대로 지역극장에 대한 연구는 전반적으로 미흡한 편인데, 이로 인해 지역극장 관련 자료와 그 근거를 추출하는 방식 또한 제한적일 수밖에 없었다. 그러므로 지금까지와 다른 방식으로 원산관에 접근해야 한다는 문제의식이 생성될 수밖에 없다. 그것은 원산관이 '조선인 극장'이었기 때문에, 그 의의를 높게 평가하여 집중적으로 논구하는 방식에서 벗어나야 한다는 반성을 전제한다.

---

2) 이승희, 「공공 미디어로서의 극장과 조선민간자본의 문화정치」, 『대동문화연구』 (69권), 대동문화연구원, 2010, 209~220면 ; 김남석, 「일제강점기 원산의 극장 원산관 연구」, 『국토연구』(85권), 국토연구원, 2015, 119~136면.

뿐만 아니라 원산관에 대한 자료가 적층되면서 그 실체에 접근할 수 있는 방안을 별도로 마련할 여지도 생겨났다. 원산관의 운영자와 운영 방식에 대한 규명은 현재로서는 일정한 답보를 보이고 있는 상황이다. 그것은 자료의 부족 때문인데, 이러한 자료의 부족은 새로운 자료 확보를 통해 어느 정도는 보완되고 또 대체될 수 있다고 판단된다. 본 연구에서는 원산의 지도와 지역 사회의 관련성을 그 가능성으로 타진하고자 했다.

정리하면, 지역극장에 대한 연구는 자료의 부족과 근거 확보의 어려움으로 인해 그 진전 상태가 매우 느리고 또 그 성과가 매우 미흡한 상태임을 감안하고 출발해야 한다. 그 중에서도 극장 설립에 대한 논의는 매우 소략하고 희박해서 관련 논의의 확대가 필요한 상태이다. 관련 연구를 살펴보아도 지금까지는 설립자의 이름과 간단한 배경을 조사하고 기록하는 데에 그치고 있다. 따라서 향후 연구는 그들의 문화적/경제적/사회적/국적 배경을 면밀히 파악하여 극장 설립에 대한 보다 온당한 견해를 이끌어낼 수 있어야 한다.

또한 설립으로부터 해체까지의 극장 운영에 대한 한결 심화된 탐색을 시행할 필요가 있으며, 이를 통해 일제 강점기 지역극장의 운영 방안에 대한 전반적인 정보(근거)를 확보할 필요가 있다. 이러한 탐색이나 정보 확보 작업 역시 자료 부족으로 별다른 진전을 이루지 못하고 있는데, 개별적 사례에서라도 일정한 진전을 이끌어 낼 수 있다면 관련 연구에 중대한 실익을 남길 것으로 전망된다. 개별적 진전만큼 지역극장에 대한 이해의 폭이 확대되고 후대 연구에 참조할 만한 지침이 마련될 수 있다는 믿음 하에, 본 연구는 기존 연구와 다른 각도에서 원산관에 대한 학문적 접근을 시도하고자 한다.

2. 원산관의 지리적 위치와 내부 시설

2.1. 원산관의 내부 시설

원산관에 대한 사진 자료는 거의 남아 있지 않다. 실제로 그 시설과 형상을 궁금하게 여기는 이들에게는 안타까운 일이 아닐 수 없다. 그나마 다음의 사진은 원산관의 내부 시설로 여겨지는 풍경을 포착한 것이다.

원산관의 내부 전경 사진 [3]

1931년 11월 중순 경 조선은 재만조선동포를 구제해야 한다는 여론으로 들끓고 있었다. 비단 원산뿐만 아니라, 군산, 양주, 단천, 평양, 강화 등에서 조난당한 재만조선동포를 돕기 위한 방책이 강구되고 있었던 것이다.[4] 이 중에 원산에서는 크게 두 가지 동포구제 사업이 열

---

3) 「원산의 동포구제연주회」, 『매일신보』, 1931. 11. 26, 7면.
4) 「재만조난동포 각지의 눈물 겨운 동정」, 『조선일보』, 1931. 11. 26, 7면.

렸는데, 그 중 하나가 원산 예기권번의 공연이었다. 이 공연은 1931년 11월 17~18일에 '원산좌'에서 열렸으며, 주최가 원산예기권번이었고 후원 단체가 원산재만동포구제회와 조선일보사 그리고 동아일보사의 양 지국이었다.[5] 위의 사진은 1931년 11월 무렵, 그러니까 원산을 비롯한 전국 각 지역이 동포구제 활동으로 분주하던 그 무렵, 『매일신보』에 수록된 원산의 동포구제연예회 정경이다.

비록 신문에서는 이 장소를 '원산좌'라고 표기했지만, 전후 사정을 따져 볼 때 11월 말 경에 열렸을 구제연주회의 장소는 '원산관'임에 틀림없다. 더구나 원산 남촌에는 원산관을 제외하면 이러한 연주회를 시행할 시설이 없었다. 그렇다면 위의 사진은 그토록 희구하던 원산관의 내부 정경(객석)을 보여주는 사진인 셈이다.

1층 객석은 의자가 완비되지 않았고 서 있는 관객이 많을 정도로 혼잡했다. 1층은 2~3미터 정도의 간격으로 기둥이 위층을 떠받치고 있는데, 이러한 기둥은 가로 폭으로 4~6개가량 되었고, 그 중앙 부근에 밖으로 통하는 출입문이 배치되어 있었다. 출입문은 정 가운데로 여겨지지는 않는데, 높이가 그리 높지 않은 문이어서 비좁은 인상을 주는 것이 사실이다.

2층 객석은 의자가 놓여 있지만, 객석이 5~6줄 이내의 단출한 크기였다. 객석 벽면은 직사각형을 이루면서 1층과 2층을 감싸고 있었는데, 그중 2층 오른쪽 모서리(객석에서 볼 때 오른쪽)에 특별한 공간이 있어, 그 공간을 통해 조명실 등의 사용이 가능했던 것으로 여겨진다.

비록 사진을 통해 알 수 있는 사실은 제한적이나 간접적인 정보를

---

5) 「在滿同胞救濟演奏會」, 『동아일보』, 1931. 11. 15, 3면.

확인하는 데에는 유용하다고 할 수 있다. 원산관은 당초 계획대로 하면 2층 1동의 벽돌건물이었고, 공회당을 겸하는 구조로 건축되었다.[6] 위의 사진은 이러한 사실을 뒷받침하고 있다. 물론 1층의 관객 시설이 다소 열악하고, 2층 역시 협소한 인상을 지울 수 없다는 새로운 정보도 함께 알려주고 있다.

2.2. 원산관과 원산의 조선인 거주 지역

1920년대 원산(부)은 두 개의 서로 다른 구역(촌)으로 나뉘어 있었다. 하나는 앞에서 논구한 일본인 거주 지역이었고, 다른 하나는 앞으로 논의할 조선인 거주 지역이다.

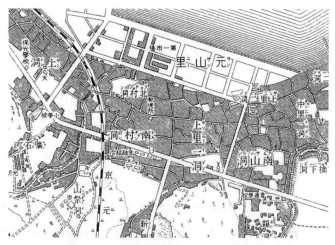

(i) 1928년 간행된 원산(남촌)의 '북촌동' 일대 지도

6) 김남석, 「일제강점기 원산의 극장 원산관 연구」, 『국토연구』(85권), 국토연구원, 2015, 120면.

위의 지도에는 안타깝게도 원산관이 표시되어 있지 않다. 그것은 지도 간행 시기와 극장 건립 시기가 비슷하거나 시기적으로 거의 차이가 없었기 때문일 것이다. 1927년에 주식회사원산관의 창립총회가 열렸고, 같은 해 5월 25일 인가가 났으며,[7] 1928년 음력 정월에 낙성식이 개최되었다.[8] 이러한 시점은 1928년 이전에 측량되어 간행된 위의 지도에 원산관의 위치가 제대로 반영되지 못하는 이유가 된 것 같다.

하지만 당시 남아 있는 자료를 통해 원산관의 위치를 추정할 수 있다. 일단 원산관은 남촌동이 아닌 북촌동에 설치되었다. 정확한 주소는 원산부 북촌동 75-12번지인데,[9] 위의 지도에서 이 주소를 찾기는 매우 힘들다. 하지만 북촌동과 남촌동이 연이어 붙어 있고, 그 중간에 우편소가 있는 것을 확인할 수 있다. 즉 우편소에서 해안 방향으로 북촌동이 펼쳐져 있음을 확인할 수 있다.

관련 자료에 따르면, 원산관을 북촌동으로 표기하기도 하고 원산부 남촌 원산관으로 표기하기도 하여 혼란이 일었는데,[10] 이것은 원산을 분할하는 일본인 거주지를 북촌이라고 지칭한 바 있고 동시에 북촌에 대항하는 조선인 거주지(남촌 원산진)에도 '북촌동'이 존재했기 때문이다. 위의 지도 (ⅰ)는 남촌에 해당하는 원산진을 보여주고 있다. 원산의 북촌과 남촌 구획은 적전교(관다리)를 기준으로 이루어졌는데, 위의 지도는 적전교의 남쪽인 남촌을 묘사한 지도이다. 전술한 대로

---

7) 中村資良, 『朝鮮銀行會社組合要錄』(1923년 판), 동아경제시보사, 1923.
8) 「원산관 낙성 舊元旦에 落成式」, 『동아일보』, 1928. 1. 26, 4면.
9) 中村資良, 『朝鮮銀行會社組合要錄』 1923년 판, 동아경제시보사, 1923 ; 「금지된 기념식」, 『동아일보』, 1928. 2. 17, 4면.
10) 「원산 해안에 익사체 표착」, 『동아일보』, 1931. 5. 1, 2면 ; 「窮民救濟音樂會」, 『동아일보』, 1935. 3. 12, 5면.

이러한 남촌 조선인 거주지에는 행정 구역 명칭으로 '북촌동'과 '남촌동'이 존재하는데, 원산관은 바로 '남촌' 원산진의 행정구역 상 '북촌동'에 위치한 극장이었다.

다른 자료에 따르면, 원산관 뒤쪽으로 하수가 흘렀는데,[11] 이 하수는 광석동, 산제, 남촌, 북촌, 상도 5동을 거쳤다고 기록되어 있다.[12] 이러한 하수의 흐름은 (i)의 9시 부근에 위치한 하나의 길을 주목하도록 만든다. 이 길은 왼쪽으로는 광석동을, 오른쪽으로는 산제동을 끼고 있고, 남촌동과 북촌동을 차례로 훑어 지나는데, 그 왼편으로는 상동(上同)이 펼쳐져 있다. 그러니까 지도상의 이 길 아래로 하수가 흘렀다면 광석동→산제동→남촌동→북촌동을 거치게 되었고, 넓은 의미에서 상동도 지난다고 할 수 있다. 그렇다면 이 길이 남촌동을 지나 북촌동으로 접어드는 어귀의 좁은 지역 내에 원산관이 있었다는 사실을 어렵지 않게 확인할 수 있다.

그 지역은 지도상에서 경원선이 지나는 부근이다. 즉 경원선이 하행 길과 만나면서 펼쳐지는 좁은 북촌동 구역 내에 원산관이 위치하고 있었던 것이다. 이러한 위치는 해안가에서 가깝고, 조선인들이 밀집하고 있으며, 동시에 원산역에서 그렇게 멀지 않았다는 기존의 연구 결과와도 일치한다. 원산관이 애초부터 조선인 밀집 지대에 설립되면서 기존 상가와 시설을 활용할 수 있는 위치를 고려했던 설정에도 부합된다고 하겠다.

원산관의 위치를 추정할 수 있는 또 하나의 단서는 옮겨 간 시장에

대한 기록이다. 원산관은 시장이 이전한 자리(터)에 건립되었다고 술
회되고 있다. 즉 원산관은 '前上市場' 혹은 '上里市場'에 건립되었다고
알려져 있다. 1929년 기사에 상리 1동에 구시장이 있었다는 내용이
소개되어 있는데,[13] 이러한 기사 내용으로 판단할 때 상리에는 구시장
이 있었다고 해야 한다. 상리 옆에 상동이 생기면서 상리라고 불리는
옛 지명에 있던 시장이 상리시장으로 불렸고, 이후 이 상리시장이 해
안가로 이전하면서 당시 시장터는 원산관 자리가 되었던 것이다.

위의 지도는 북촌동 한 가운데 빈 터를 표시하고 있고, 원산의 해안
가에 '제 1시장'이 위치하고 있음을 명확하게 밝혀주고 있다. 이 제 1
시장은 북촌동 상리시장이 '이전한 시장'으로 여겨지는데, 이로 인해
북촌동 빈터는 공지로 남아 있게 되었다. 제 1시장은 조선총독부가 시
장을 통제하기 위해서 1914년 제정하여 적용한 '시장규칙'에 의해 설
립된 시장으로, 이 규칙에 따르면 '제 1호 시장'은 재래시장을 가리킨
다.[14]

원산관의 자리는 이 공지였고, 그로 인해 북촌의 유지들은 자신들
의 사업장(상점 혹은 회사)과 연관된 주요 인구 유동 원인을 찾을 수
있었다.

결과적으로 이 공지에 원산관이 들어서면서, 인근 지역민들을 대상
으로 한 극장업으로 수익을 얻을 수 있었을 뿐만 아니라, 유동 인구의
확대를 통해 상업적 인프라의 확대를 꾀할 수 있었다. 물론 원산관을
각종 모임 장소나 다수의 의견을 교환하는 회의장으로도 사용하는 데

---

13) 「원산파출소 4개소 증설」, 『동아일보』, 1929. 5. 3, 4면.
14) 허영란, 「근현대 울산지역 장시 변동과 지역질서의 재편」, 『역사와 경계』(81집),
    경남사학회, 2011, 75~76면.

에 한결 유리한 입지를 장악할 수 있었다. 이러한 원산관의 건립은 기존의 공터를 해결하면서도, 동시에 그 자체 이익(극장업)과 원산관을 통한 간접 이익(상권 회복)을 모두 자극 촉진하는 결과를 낳은 셈이다.

원산관을 건립할 때 새로운 건물을 요구했던 점과, 건립 논의부터 건물 완공까지 시일이 짧았던 점, 그리고 상인들이 적극적으로 이 극장의 건립에 나선 점, 그러면서도 공회당의 성격을 강화한 점 역시 이러한 입지와 주변 정황을 통해 이해될 수 있을 것이다. 축약하여 정리하면 원산관은 주변 상인들이 공동의 이익과 공터의 활용을 위해 구상된 일종의 대안이자 보완책이었던 셈이다.

3. 원산관 경영자들의 면모와 변모 양상

3.1. 창립자 노기만과 초기 운영자 전운용

주식회사원산관을 주도하며 건립 사업을 이끈 노기만은 사업가로 알려진 인사였다.[15] 그는 원산부 북촌 일대에서 객주업을 수행하며 일찍부터 원산의 유지나 상인들과 교분을 쌓아왔다.[16] 1926년 원산 시영회를 발의하며 원산관 건립에 앞장섰고, 건립 직후 주식회사원산관의 사장으로 취임했다. 이후 각종 구제 사업에 참여하거나 관련 단체 중역으로 선출되면서 사회 지도층 인사로 부상했다.[17] 1937년까지 박

15) 「산업대회 추가 발기인」, 『동아일보』, 1921. 7. 18, 2면.
16) 「救護船을 매입」, 『동아일보』, 1924. 4. 13, 3면.
17) 「어민구제금 元山서 모집」, 『동아일보』, 1931. 4. 6, 3면 ; 「大盛裡에 終幕된 원산시민운동회」, 『매일신보』, 1931. 6. 3, 3면 ; 「원산고아원에 동정품 답지」, 『동아일보』, 1931. 9. 18, 4면 ; 「중국수재동정 원산(元山)서도 조직」, 『동아일보』, 1931. 9.

태섭에게 원산관을 매매할 때까지 사장으로 활동한 것으로 보인다.

노기만과 경영진에 의해 원산관이 설립된 이후, 원산관의 최초 운영자는 '극계의 명성'이었던 전운용이었다. 전운용은 낙성식을 맞이하여 극우회를 원산에 초청했고, 극우회는 이 낙성식을 계기로 재기에 나서고자 했다.[18]

1928년 음력 정월에 거행된 낙성식은 오후 1시부터 짜임새 있게 행사를 시작하여, 회장의 개회사→청부업자의 공사보고→기념품 수여→내빈과 유지의 축사가 이어졌고, 오후 3시 반에 낙성식 전반부 행사는 마무리되었다. 그리고 저녁(밤)에 신극 수종(극우회 공연)과 무용 공연이 이어졌다.[19]

낙성식 마무리 단계에 해당하는 공연을 맡은 극우회는 연극 극장으로서 원산관의 입지를 다지는 데에 일조했다. 극우회는 전속극단을 아직 갖추지 못한 원산관에게 반가운 존재가 아닐 수 없었다. 더구나 비슷한 극장 행사에서 연극 공연이 빠질 수 없는 주요 행사였다고 할 때, 관련 연극 단체를 보유하고 있지 못한 원산으로서는 어쩔 수 없는 선택이기도 했다.

원산관의 낙성식 행사는 1923년(3월 4일) 평양제일관의 낙성식 행사 수순과 비교하여 살필 수 있겠다. 평양제일관의 낙성식은 다음 같은 순서와 내용으로 진행되었다. 먼저 관장인 박경석이 '개식급례사'를 한 이후 '관계자 소개'와 '공사 보고'와 '내빈 축사'와 '축하 주연'이

21, 2면 ; 「鹽干魚輸出組創立總會」, 『매일신보』, 1933. 9. 16, 5면 ; 「원산광명후원회장 노기만씨 취임」, 『동아일보』, 1937. 9. 19, 5면.

18) 「극우회의 재기」, 『동아일보』, 1928. 1. 18, 3면.

19) 「원산관 낙성 舊元旦에 落成式」, 『동아일보』, 1928. 1. 26, 4면.

이어지면서, 원산관 낙성식 전반기 행사와 비슷하게 진행되었다. 다른 점이 있다면, 평양제일관의 낙성식은 '활동사진 영사'가 이어졌고, '만세 삼창' 등의 부수 순서가 곁들여졌으며, 오후 5시에 폐회했다는 점이다.[20] 이러한 비교를 통해 원산관의 낙성식이 '공회당겸용극장'을 선언한 단체답게, 연극 공연과 무용 공연의 무대 행사를 마련했다는 변별점과 숨은 이유를 발견할 수 있을 것이다.

전운용의 낙성식 행사에서 원산관 초기 운영 방침이 그 단초를 드러낸다. 원산관은 영화상연관만이 아니라 종합적인 연극 극장으로서의 운영을 주지시킨 셈이며, 외부 극단을 초빙하여 극장에 필요한 연극 콘텐츠를 공급하고 이를 통해 극장으로서의 역할과 위상을 확보하는 것에 주력했다고 볼 수 있다. 다만 전운용의 기용과 등장이 곧바로 연극 분야만의 집중을 의미하는 것은 아니었다. 실제로 식민지 시기의 거의 모든 극장은 영화 상영과 연극 공연을 겸업하는 형태로 경영이 이루어졌으며, 반드시 영화상설관을 표방하지 않더라도 외부 대관 형식으로 영화 상영을 시행하는 경우가 적지 않았다. 원산관 역시 예외가 아니었는데, '영화상연관으로서의 기본 운영 방침'에 대해서는 이후 다른 장에서 살펴보기로 한다.

3.2. 전속극단 주간(단장) 김창준

김창준(金昌俊)은 본래 원산에서 회사를 운영하는 사업가였다. 그가 운영하던 회사는 1928년에 3월에 자본금 1만 7천원으로 설립된 합

---

20) 「평양수일의 제일관」, 『매일신보』, 1923. 3. 6, 3면.

자회사 '상신사(相信社)'로, 원산부 상동 34번지에 위치하고 있었고, '농수산물 무역 및 위탁 판매'를 전문으로 하는 회사였다. 그가 어떤 경로를 통해 원산관의 전속 부서 극예부(WS연예부의 전신)의 지휘자가 되었는지는[21] 지금으로서는 상세하게 알려지지 않다. 다만 상인이던 그가 원산관 창립기 전운용이 하던 극단 지휘를 인계받고 극장 흥행을 전담했다는 점은 분명하다고 할 수 있다.

김창준은 원산관의 전속극단을 운영하면서도, 거듭되는 검열에 맞서 극단 명칭이나 극단 성향을 변화시키며 흥행을 이어갈 수 있는 방안을 끊임없이 물색한 인물이었다. 특히 김창준은 '애트랙션'이나 '레뷰' 등의 막간 공연을 이끌어갈 수 있는 소녀극단원을 조직/구성/유지하여 극단을 꾸려가는 운영상의 일관성을 선보였다.

소녀단원들의 운영은 극단의 수익을 보장하고 당대 관객의 구미를 자극하기 위한 처사로 여겨지지만, 동시에 이러한 흥행 위주의 극단 운영을 통해 박영호나 김용환 등의 저항적 메시지를 담은 연극을 보호하는 결과를 낳기도 했다. 박영호는 극단의 좌부작가(전속작가)로 선임되어, 실질적으로 WS연예부-동방예술좌-조선연극공장-연극호의 중심에서 활동했다. 이러한 극단들은 순차적으로 원산관과의 연관성(영향력)이 줄어드는 성향을 띠지만, 김창준이 주간(혹은 단장)으로 자리를 지켰다는 점에서 원산관에서 전면 분리된 단체라고 보기도 어렵다고 해야 한다. 식민지 시기에서 이러한 전속극단의 비슷한 사례로 김희좌를 들 수 있다. 김희좌 역시 인천 지역극장 낙우관의 전속극단으로 출범했지만, 향후 독립된 극단으로 성장하여 전국을 순회하

21) 「원산 예원 독점한 원산관」, 『조선일보』, 1930. 11. 2, 3면.

는 극단으로 변모한 바 있다. 마찬가지로 원산관의 전속극단도 결국
에는 독립극단으로 분리되어 각자의 길을 걸어갔다고 볼 수 있다.

3.3. 새로운 인수자 박태섭과 흥행주 원석규

1937년에 접어들면서 원산관의 경영 일선에 변화가 나타났다. 원
산관의 새로운 사장으로 박태섭이 취임하고, 지배인 김문수와 흥행주
원석규가 경영 일선에 등장한 것이다. 흥행주 원석규 역시 상인 출신
이었다.[22] '흥행주'는 흥행권을 소유한 사람을 가리키는 용어로 위탁
경영에 의해 극장의 흥행을 대행하는 인물을 일컫는 명칭이었다. '관
주' 역시 흥행주와 비슷한 용어로, 자신이 직접 극장을 경영하지 못하
는 경우에는 지배인을 별도로 두기도 했다.[23] 유사한 사례로, 함흥의
동명극장 역시 임대 계약을 통해 위탁경영자에게 흥행(권)을 전담시
킨 바 있다.[24]

흥행주 원석규 체제 하에서, 원산관은 동보, 전승, 대도, RKQ 등 제
회사 작품을 '특약'하고 경영에 나섰다.[25] 새로운 경영 전략은 다섯 가
지로 세분되어 소개되고 있다. 첫째, 명화 선택에 유의할 것, 둘째, 대
중오락기관으로 완성할 것, 셋째, 대중을 목표로 영화를 선택할 것, 넷

22) 원석규는 원산 남촌에 거주하는 상인으로 1922년부터 한흥양화점을 경영하였고
1940년에 원산양화제조조합 조합장으로 재직한 바 있다(『함남명감(원산)』, 146
면 ; http://db.history.go.kr)
23) 이호걸, 「식민지 조선의 문화사업 극장업」, 『대동문화연구』(69), 성균관대학교 대
동문화연구원, 2010, 181~183면.
24) 「동명극장처분문제 임대차제로 낙착」, 『조선일보』, 1936. 5. 17, 7면.
25) 「시민의 오락전당 원산관의 위관」, 『동아일보』, 1937. 11. 30, 4면.

째, 조선영화신작을 차제 봉절(개봉)할 것, 다섯째, 관객의 요구에 수응해서 쇄신 개선할 것 등이다. 이러한 다섯 개의 슬로건을 바탕으로 원산관은 과거 경영 전략을 극복하고자 했다. 이를 위해 RCA 발성기 장치를 구입하고 내부 증설을 위해 4만 여원의 자금을 투입했다.[26]

원산관 경영주의 변화는 경영상의 변화를 가져왔다. 1937년 이전 원산관 경영 정책에서 영화 상영은 주요한 운영 방안 중 하나였다. 하지만 원산관이 영화 상영을 위한 극장으로만 활용되지는 않았다. 원산관은 원산진에서 가장 주목받는 조선인 오락 공간이자 공연 무대였기 때문에, 다양한 문화 예술 장르뿐만 아니라 조선인을 위한 시책 혹은 시민 위안을 위한 다목적 공간으로 운영되는 것을 자연스럽게 경영 원칙으로 삼고 있었다.

하지만 1937년 신 경영체로서 원산관은 영화 상영 업무에 주요 초점을 맞추고 있다. 위의 다섯 가지 슬로건 중에서 첫째와 셋째 그리고 넷째 슬로건은 영화 상영과 직접적인 관련을 맺는 경영 전략에 해당한다. 둘째와 다섯째도 대중성을 고려해야 한다는 점에서, 간접적으로나마 영화 상영관으로서 원산관 경영 전략을 뒷받침한다고 할 수 있다.

이러한 변화는 1930년대 후반에 들어서면서 나타난 조선 영화관의 호황과 관련이 깊다. 특히 1937년은 조선인 극장의 호황이 두드러진 한 해였다. 인천의 애관의 경우, 전년 대비 관객 수가 2만 5천 명가량 증가했고, 수익 역시 1만 5천 원 정도 확대된 것으로 보고되고 있다.[27] 개성의 개성좌 역시 1937년부터 지속적으로 호황을 누리면서 관객 수

---

26) 「시민의 오락전당 원산관의 위관」, 『동아일보』, 1937. 11. 30, 4면.
27) 「이제야 채산 맞는 인천의 흥행업계」, 『동아일보』, 1938. 2. 2, 7면 ; 「불경기 모르는 인천의 흥행계」, 『동아일보』, 1938. 2. 6, 7면.

가 증가하는 추세를 보였다.[28] 이러한 추세는 비단 한 지역만의 특수
는 아니었다. 따라서 영화관 원산관의 호황을 예상하는 일은 당연한
수순이었다.

1937년을 기점으로 일어난 이러한 변화는 원산관의 경영주와 경영
전략에서 영화 상영의 비중을 제고하는 결과를 가져왔다. 그러니까
원산관이 그동안 시행했던 영화 관련 정책을 더욱 강화하고 이를 실
질적으로 최우선 목표로 삼는 변화를 의미했다고 할 수 있다. 실제로
당시 취체규칙에 따르면 1개월 당 15일 가량만 영화를 상영할 수 있
었음에도 불구하고, 원산관마저 이러한 영화 상영에 주력했다는 점은
영화 상영관으로서의 위상이 점차 확대되고 있었던 당시 상황을 깊게
반영하고 있다.

3.4. 경영자의 변화와 경영상의 변화

원산관의 운영은 노기만(설립자, 주식회사 사장), 전운용(초기 전문
경영자), 김창준(전속극단 지휘자, 주간), 박태섭(사장)과 원석규(홍
행주)의 조합으로 변모했다고 정리할 수 있다. 이들의 공통점은 상인
이라는 점이다. 그것도 개항장을 중심으로 하여 각종 이권과 상권에
능했던 항구의 상인들로, 그들이 원산관 경영에 참여하기 이전에는
사실상 극장업과 관련 없는 이들이 대부분이었다.

따라서 이러한 항구의 상인들이 극장업에 뛰어들거나 전담하는 과

---

28)「상설관 개성좌는 부의 체면 오손」『조선일보』, 1937. 3. 7, 3면 ;「개성에 영화팬
격증」,『동아일보』, 1940. 2. 18, 3면.

정은 주목되지 않을 수 없다. 그것은 일제 강점기 극장 운영의 일단을
보여주기 때문이다. 여기서는 우선 각자의 역할을 살펴보면 다음과
같다. 노기만의 실제적인 임무는 극장 건립에 있었다. 사장인 그는 위
탁 경영자를 선정하여 극장 운영을 위탁하는 역할에 충실했다. 이른
바 당시 흥행 용어로 건물주 혹은 흥행권을 행사하지 않는 관주였다.

노기만에 의해 발탁된 흥행주가 전운용과 김창준이었다. 전운용은
극우회를 기용하여 초기 극장 운영의 예시를 선보였고, 이후 김창준
은 보다 능동적인 경영 방침을 세웠다. 전속극단을 창단하고 이를 활
용하여 적극적인 콘텐츠 개발과 공격적인 마케팅(조선인 관객에게 호
소하는 연극)에 나선 셈이다.

김창준의 역할은 크게 두 가지로 설명된다. 하나는 전속극단 체제
를 유지하며 흥행의 기조를 유지하는 일이다. 소녀단원으로 요약되는
흥행 원칙은 포기하지 않고 유지될 수 있었다. 다른 하나는 박영호를
기용하여 조선인에게 호소할 수 있는 작품을 산출하는 일이었다. 박
영호의 작품은 검열에 걸려 문제가 되기도 했지만, 지역 주민들에게
큰 호응을 받은 것으로 확인되고 있다. 이것은 어떤 의미에서 보면, 흥
행을 위해 불온성을 선택한 결과였다고 할 수 있겠다. 그 결과 원산관
의 전속극단이었던 WS연예부는 1930년 12월 이전에 이미 17~18회
공연 횟수를 기록했다.[29]

전운용(1928년)과 김창준(1930년 이후)에 의해 연극 단체 기용(상
연)도 시행되었지만, 동시에 영화 상영도 이루어졌다. 영화상영관으
로서 원산관의 면모(비정기적인 상영)는 1928년부터 나타나기 시작

---

29) 「원산신극단 동방예술좌 제 1회 공연준비 중」, 『동아일보』, 1930. 12. 6, 5면.

했고, 1929~1930년에는 본격적인 영화상설관으로 기능한 것으로 보인다. 이 시기는 김창준의 WS연예부가 창설된 시점에 해당한다. 따라서 원산관 경영 주체들은 김창준을 통해서 연극 단체를 기용하고, 다른 한편으로는 영화 상영을 도모하는 방식으로 극장을 운영했다고 할 수 있다. 이 시기 원산관의 건물주는 노기만 사장(주식회사원산관)이었고, 김창준은 흥행권을 소유한 관주로 활동했다. 따라서 원산관의 경영은 연극 극단과 영화 상영이라는 이원적 체제로 유지되었을 것이다.

김창준이 흥행권을 내놓은 시기(전속극단 해제)는 명확하게 확인되고 있지는 않다. 지금으로서는 두 가지 추정이 가능한데, 하나는 원산의 극단인 동방예술좌가 조선연극공장으로 개편되는 1931년 4월이고, 다른 하나는 역시 원산관에서 파생된 극단인 조선연극공장이 연극호로 개편되는 1931년 10월이다. 조선연극공장이 3개월 남짓 외부 공연에 치중할 수 있었다는 점을 감안한다면 1931년 4월 무렵이 보다 안정된 추정에 가깝겠지만, 김창준이 원산관 경영의 일선에서 전면 퇴장했다는 정보를 확인할 수 없기 때문에 영향 관계를 전면적으로 부인할 결정적인 근거는 아직 없다고 해야 한다.

원산관은 초기 극장 운영을 극단 공연(외부와 전속)과 영화 상영으로 이원화하였다가(1929년~1930년), 1930년을 경과하면서 영화상설관으로서의 면모에 집중했던 것으로 여겨진다. 이후 1937년 건물주, 즉 원산관 사장이 교체되면서 이러한 상설관으로서의 면모(상업성)는 한층 강화된 것으로 풀이된다.

전속극단을 이끌었던 김창준이 회사를 운영하던 사업가였고, 새로운 흥행주 원석규가 양화점을 운영하는 상인이었다는 점은 상업 자본을 형성한 이들(항구의 상인들)이 극장업(흥행업)에 뛰어들었음을 시

사한다. 식민지 시기 초기 조선에서 극장업을 시도한 일본인 중에서
도 이러한 상업 자본가의 면모가 확인된다. 경성의 일본인 거류지에
서 상점을 운영하던 사카모토 고이치는 상업 자본을 축적하고 일본인
극장을 건설하여 극장주로 변신한 이력을 선보인 사례였다.[30]

　일본 본토의 사례를 인용하면 더 이른 시기까지 소급할 수 있다. 초
기 무성영화를 대중에게 공개하고 변사를 통해 이익을 꾀한 흥행주들
은 대개 상인들로, 1890년대부터 흥행업에 나선 아라이상회나 요지자
와상회를 대표적인 사례로 꼽을 수 있다.[31] 이들 흥행주들은 무역업자
인 경우가 많았고, 이로 인해 외국 문물과 다른 지역의 사정에 밝은 사
람들이었다. 인천에 애관을 설립한 정치국 역시 일본 문물의 영향을
일찍부터 받았다가 인천으로 거주 지역을 옮기면서 이러한 문화 사업
을 실천에 옮긴 사례에 해당한다.[32]

　원산의 자금 흐름에 밝았던 노기만 등의 원산의 상인들도 문물과
유행의 흐름에 민감했다는 점에서 동일한 특성을 지닌다고 하겠다.
일찍부터 개항한 도시 원산(두 번째 개항장)에 이러한 일본식 극장업
은 낯설지 않은 풍경이었으며, 극장업의 사업상 유망함을 일찍부터
체감하고 있었다. 더구나 이웃도시 함흥에서 1923년에 이미 함흥상업
회의 상업 자본을 이끌고 동명극장을 설립한 사례가 이미 나타난 바
있었다.[33] 이를 관찰한 원산의 상업 자본과 상인들 역시 극장 건립과
운영에 유입될 기회를 엿보고 있었다고 볼 근거가 충분하다. 실제로

30) 홍선영, 「1910년 전후 서울에서 활동한 일본인 연극과 극장」, 『일본학보』(56-2),
　　한국일본학회, 2003, 246면.
31) 박영산, 「변사와 벤시의 탄생」, 『월경하는 극장들』, 소명, 2013, 123~125면.
32) 김남석, 「인천 애관 연구」, 『인천학연구』(17호), 인천학연구원, 2012, 8~9면.
33) 「함흥 동명극장 상량」, 『동아일보』, 1923. 10. 26, 6면.

원산관의 건립부터 상업 자본의 유입은 그 단초를 보였기에 김창준과 원석규라는 흥행주가 탄생할 수 있었다. 문제는 이러한 상업 자본의 대두로 인해 원산관의 공익성을 침해하는 중대한 현상이 벌어질 가능성 또한 함께 증가했다는 점이다.

4. 원산관의 구체적 운영 방식

4.1. 창립 시기의 극단 초청

1928년 원산관 낙성식에서 창립 공연을 담당한 극단은 '신파극우단 일행'(극우회)이었다.[34] 극우회는 1926년에 창단되어 단성사에서 창단 공연을 연 이후 한동안 휴면 상태에 접어들었다가, 원산관의 개관에 맞추어 활동을 재개하면서 1928년 1월 진영을 정리하여 원산 공연을 준비해왔다. 극우회가 준비한 상연 예제는 〈칼멘〉과 〈춘희〉 등 6~7편이었다.[35]

원산관의 낙성식을 담당한 극우회에 대해 살펴 볼 필요가 있다. 극우회는 1926년에 결성된 연극 단체로,[36] 변기종, 이경환, 복혜숙 등의 배우들이 참여한 극단이다.[37] 창단 이래 간헐적으로 지방을 순회하면서 공연을 펼친 극우회는 지방 공연에 주력한 극단이라고 할 수 있는

---

34) 「원산관 준공. 원산시영회의 사업인 공회당 겸용의 원산관은 구 원일 낙성식」, 『조선일보』, 1928. 1. 22, 4면.
35) 「극우회의 재기」, 『동아일보』, 1928. 1. 18, 3면.
36) 「극우회 조직」, 『동아일보』, 1926. 10. 6, 5면.
37) 「활기 띄운 조선신극운동」, 『동아일보』, 1926. 10. 15, 5면.

데, 그중에서 1927년 3월에 함경도 순회공연이 주목된다.[38]

함경도를 순회 공연하였다는 사실을 통해, 극우회가 함흥과 원산 지역을 순회공연 했을 가능성을 배제하기 힘들다. 함경도 공연에서 원산과 함흥은 대표적인 순회공연지였다. 그 이유는 공장 지대로 인해 경제적인 여유가 있었고, 연극을 선호하는 대표적인 도시였기 때문이다. 또한 경성에서 접근할 때에는 기차를 이용하여 원산에 도착하는 루트를 염두에 둘 수밖에 없기 때문에, 원산은 주요 순회지로 이름이 높았다. 실제로 동양극장의 함경도 순업은 대체로 '원산-함흥-영흥-성진-청진-운기-나진'의 루트로 진행되어왔다.[39]

더구나 1927년 시점의 조선 연극계를 살펴보면, 토월회 이후 조선의 연극 극단이 대체로 약진한 사실은 인정되지만, 활동사진관과의 경쟁에서 불리한 위치를 벗어나지 못하고 있었고, 극장의 대다수가 일본인 소유의 극장이어서 조선 극단의 대여가 여의치 않은 상황이었다.[40] 따라서 신생 극단들은 연극 공연에 적지 않은 곤란을 실감해야 하는 시절이었다.

토월회의 공백을 메우면서 조선 연극계에서 활동하는 극단 중 하나가 극우회였는데(또 다른 대표적 극단은 '취성좌'), 이러한 극우회의 함경도 순회공연은 극장 건립의 필요성을 극단 측뿐만 아니라, 원산 지역민들에게 불어넣는 계기가 되었던 것으로 추정된다. 이러한 주변 상황에 대해, 유민영은 '의욕을 상실한 채 침체의 늪에서 재건 작업에

---

38) 「신문 파리 소동이 희극영화 명성」, 『동아일보』, 1927. 3. 22, 5면 ; 「극과 영화계의 현상 2(二)」, 『동아일보』, 1927. 5. 7, 5면.
39) 고설봉, 『증언 연극사』, 진양, 1990, 60~61면.
40) 「극과 영화계의 현상 2(二)」, 『동아일보』, 1927. 5. 7, 5면.

몰두하던' (조선)극우회가 원산관의 창립을 계기로 '재기의 시동'을
걸 수 있었다고 단적으로 기술할 수 있다.[41]

조선극우회의 공연은 원산관으로서는 어쩔 수 없는 선택이었다. 왜
냐하면 당시까지만 해도 원산관은 전속극단을 출범시키지 못하고 있
었고, 원산 내의 인력으로 이를 전담할 지역 극단을 기대하기도 어려
웠기 때문이다. 하지만 원산관의 출범은 불리한 여건에서도 연극 공
연 단체를 생성해야 한다는 당위성을 성립시켰고, 원산관 측은 이를
외부 조달을 통해 일단 충족하는 정책을 선택한 것이다. 사실 이것은
어쩔 수 없는 선택이었다고 해야 할 것이다.

4.2. 개관 직후의 문화 공연

극우회 공연 이후 원산관은 한편으로 영화 상영(정책)을 간헐적으
로나마 시행하였고, 다른 한편으로는 각종 문화 행사를 곁들여 개최
하는 운영 방침을 병행했다. 가장 부각된 행사로 이동백을 초청하여
공연한 판소리 행사를 들 수 있다.[42] 이로써 원산관은 연극, 영화, 판소
리 장르를 망라하여 다양한 문화적 공연을 개최한 것이다. 이후 전통
연희 공연으로 '각희' 대회를 열었는데,[43] 각희 대회는 향후에도 지속
적으로 개최된 바 있다[44]

41) 유민영, 『한국근대연극사신론』(상), 태학사, 2011, 420~421면.
42) 「동북지방」, 『동아일보』, 1928. 2. 10일 4면 ; 「원산빈아교양원 동정 명창 대회」,
　　『동아일보』, 1935. 11. 17, 3면.
43) 「동북지방」, 『동아일보』, 1928. 2. 10, 4면.
44) 이후에도 원산관에서 각희 대회가 열리곤 했다(「원산각희대회 본보지국 후원」,
　　『동아일보』, 1932. 2. 3, 3면).

원산관 초청 공연 중에는 '써커스'도 포함되어 있었다. 원산관에서 써커스 대회를 주최한 단체는 '의용철봉단'이었다. 의용철봉단은 원산에서 발원하여 함흥을 비롯한 영흥, 고원 일대를 순회하며 공연을 펼쳤으나, 단체 유지에 어려움을 겪다가, 다시 원산으로 돌아와 원산관에서 써커스 대회를 열기로 결정했다. 더구나 이 대회에서는 경성과 함흥 선수를 초청하여 그 규모를 확장하고자 했다.[45]

1928년 2월에 열린 일련의 행사들은 원산관이 얼마나 지역 주민들에게 필요한 장소였는가를 상징적으로 보여준다. 낙성식이 거행된 후 한 달도 지나지 않은 시점에서, 신극단체(극우회)/영화상영/판소리 대회/씨름대회/써커스 공연이 연이어 공연되었고, 심지어는 지역 문화 단체의 출범과 공연 선포까지 촉발되었다. 공연 문화 시설의 확충으로 인한 원산 지역의 문화적 욕구가 드러나는 상황이라고 할 수 있다.

일제 강점기 지역극장은 단순한 공연 공간이 아니었다. 그곳은 지역민들의 욕망과 취미를 충족시키는 관람의 장소였으며, 각종 행사와 볼거리를 함께 즐기는 공유의 공간이었다. 원산관 역시 그러했으며, 더구나 북촌 일본 거류지와의 상대적 차이로 인해 이러한 기능은 강화되었다. 즉 상대적으로 발달된 시설을 갖추고 있었던 북촌의 유락관과 수좌에 비해 원산관은 여러모로 열악한 점이 많았지만, 그럼에도 불구하고 조선인들의 기호와 취향을 고려하고 기쁨과 슬픔을 함께 나눌 수 있던 공간이 마련되었다는 사실에서 조선인의 환영을 받았다고 해야 할 것이다.

---

45) 「써커스 대회 원산에서 제최」, 『동아일보』, 1928. 2. 14, 4면.

4.3. 영화상영관으로서의 기본 운영 방침

원산관은 일찍부터 영화상영관의 면모를 갖추고 운영되었다. 원산관 영화상영 증거가 1928년과 1929년 기사에서 발견되고 있고, 1929~30년에는 기사에는 '상설관'[46]이라는 수식어도 부기되고 있다. 먼저 1928년의 상황을 보자. 원산관에서는 〈낙화유수〉를 비롯한 명작 영화가 상영되었다. 이 영화 상영은 단성사 영화부가 주도한 행사로 치러졌다.[47] 이 무렵만 해도 원산관이 영화 수급과 상영에 대한 노하우를 제대로 터득하지 못한 상태였다. 1929년 3월에는 원산관에서 〈벤허(뻔허)〉가 상영되었다. 이 작품은 연일 대만원의 성황을 올렸다.[48] 특히 원산관이 공회당을 겸용하는 극장이었기 때문에, 이 작품은 공회당의 성격에도 부합되었다고 할 수 있다. 부내 각 학교뿐만 아니라, 성경학원에서의 단체 관람이 이어진 사실 그 증거이다. 1929년 10월에도 원산관에서 영화가 상영되었는데, 이때 원산관은 '활동사진상설관'로 지칭되고 있었다.[49] 1928년 창립 무렵부터 원산관은 상업적 공간 활용의 목적에 부합되도록 영화관으로 운영되었고, 이러한 운영 방침은 1929년에 접어들면서 한결 강화되었다. 1930년에도 이러한 활동은 계속되었는데, 음력 정월부터 〈애국전화밀사〉를 앞세워 흥행을 주도한 바 있다.[50]

---

46) 「원산 독자 우대」, 『동아일보』, 1929. 10. 16, 3면 ; 「원산 독자 위안」, 『동아일보』, 1930. 1. 30, 3면.

47) 「본보 원산 독자 우대」, 『동아일보』, 1928. 3. 14, 5면.

48) 「본보 독자 우대」, 『동아일보』, 1929. 3. 21, 3면.

49) 「원산 독자 우대」, 『동아일보』, 1929. 10. 16, 3면.

50) 「원산 독자 위안」, 『동아일보』, 1930. 1. 30, 3면.

1930년에도 원산관은 영화상설관으로 인식되고 있었다. 그 근거는 1930년 2월에 원산관 영화 할인 금지에 불만을 품은 관객(노동자)들이 일으킨 소동(사건)에서 찾을 수 있다.[51] 이 사건은 원산관에 영화 상영과 할인 행사가 일상적이었다는 사실을 알려주는 사례에 해당하며, 원산관 영화 상영에 대한 원산주민들의 관심이 지대했다는 사실을 간접적으로 시사한다.

1930년 11월에도 동아일보사가 주최하는 영화가 상영된 바 있다.[52] 당시 상영 작품은 〈정의는 이긴다〉(전 7권), 〈전조선 여자정구대회〉(실사, 전 1권), 해양복수 활극 〈괴영선〉(전 6권), 모험활극 〈탈선곡마왕〉(전 6권)이었고, 11월 13일부터 15일까지 상영하였다.

1931년에는 러시아의 명화 〈아시아의 대동란〉이 상영되는 기록을 남기기도 했다.[53] 이 작품은 백인의 학정에 저항하는 몽고인을 그리고 있는데, 이러한 내용은 식민지인과 피식민지인의 관계를 상징한다는 점에서 대단히 문제적이었다고 해야 한다. 하지만 원산지역에서는 이 영화 상영이 제한이나 규제 없이 이루어졌다. 한편 수해 지역의 현황을 알리고 수해민을 돕기 위한 활사대회가 개최된 기록도 남아 있다.[54]

1931년 자료를 참조하면 원산관은 여전히 '영화상설관'으로 경영되고 있었다. 같은 해 10월 경 원산관에는 3명의 변사(해설자)가 활동하고 있었고, 악사와 기사를 비롯하여 20여 명의 관련 인력이 고용되어

---

51) 「노동자 할인 경찰금지 원산관전 일대 소동」, 『조선일보』, 1930. 2. 12, 7면.
52) 「동아일보 독자우대」, 『동아일보』, 1930. 11. 12, 6면.
53) 「독자 우대 영화 원산관에서」, 『동아일보』, 1931. 6. 8, 3면.
54) 「수해 활사 순회」, 『동아일보』, 1934. 8. 7, 4면.

있는 상황이었다. 하지만 급료 문제로 분규가 발생했고, 이로 인해 변사, 악사, 기사들의 동맹파업이 실시되기에 이르렀다. 그 무렵 영화관에서 일하는 악사, 기사, 변사를 삼우(三友)라고 칭하는 조직이 경성에서 생겨나기 시작했고, 이들은 공동의 이익을 위해 공동의 관심사에 대항하곤 했다.[55] 이러한 삼우회 조직은 1929년 함흥에서도 발의되었는데,[56] 원산관에서의 파업은 이러한 조직의 연장선상에서 이해된다.

동맹 파업에 대해 원산관은 이태풍이라는 선임 변사를 기용하여 적극적으로 대응했고[57] 이로 인해 파업 종업원들과 이태풍 그리고 원산관의 갈등이 심화되기에 이르렀다. 이 분규는 오래 지속되지는 않았다. 원산관 측과 동맹파업 측에서는 가급적 원만하게 문제를 해결하고자 했고, 이 과정에서 3명의 사상자와 1명의 도주자(이 모 씨로 표기, 이태풍으로 여겨짐)를 제외하고는 파업 이전의 상황으로 돌아갔다.[58] 이 시점은 분규가 불거진 후 약 3일 후였고, 원산관은 곧 영화 상영 프로그램을 재개했다.

원산관에서 곧바로 열린 영화 상영 프로그램은 '시민 위안 대회' 성격을 담고 있는 영화 상영회였다. 이 상영회는 매일신보사가 주최하였지만, 그 결과 총독부의 시책도 일부 가미되었다. 처음에는 1931년 10월 18일부터 종교 영화 〈십계〉와 교육영화 〈육체의 도(道)〉를 무료로 상영하려고 했으나, 만원사례를 겪으면서 21일부터 독일영화 '괴

---

55) 「제1회 삼우회 출연」, 『동아일보』, 1925. 5. 28, 2면
56) 「3극장원 주최 영화 삼우회 조직」, 『중외일보』, 1929. 10. 14, 4면.
57) 「원산영화관 종업원 파업 해설자를 비롯하야 악사 등 20명 급료부불이 이유」, 『매일신보』, 1931. 10. 13, 7면
58) 「원산관 분규 해결」, 『동아일보』, 1931. 10. 16, 2면.

순양함' 〈엠엔〉과 정무총감 추천 현대영화 〈의용소방〉을 3일간 추가
상영하기로 결정했다.[59]

 이러한 원산관 영화 상영 프로그램은 원산관의 분규와 맞물려 시
행된 결과로 여겨진다. 원산관은 원산을 대표하는 조선인 영화관으로
원산부민(조선인)의 오락을 책임지는 단체였다. 원산관의 파업과 분
규는 곧 영화에 대한 지역민의 관심을 자극했고, 이로 인해 원산관 영
화 상영에 대한 참여를 확대시켰다. 매일신보사 주최 영화 상영회는
이러한 원산관의 위상을 상징적으로 보여주는 사건이었다. 이러한 원
산관의 위상을 고려할 때, 원산관은 지역 주민들에게 영화상영관으로
서의 입지를 이미 확고하게 다진 상태였다.

 1933년 원산관에서는 원산 최초로 발성영화를 상영하였다. 발성영
화 상영은 당시 민중의 자연스러운 관람 욕구를 반영하고 있었다. 하
지만 발성영화 시설이 완비되지 않은 상태에서 발성영화 상영은 미루
어질 수밖에 없었는데, 1933년에 접어들면서 원산관이 이러한 숙원을
달성시킨 셈이다. 당시 상영된 영화는 1933년 3월 20일부터 파라마운
트사의 〈지킬박사와 하이드 씨〉와 〈파라마운트 언파레트〉였고, 3월
25일부터 〈유쾌한 중위〉와 〈스키-〉였다.[60] 원산관이 어떤 경로로 발
성영화 상영에 참여했고, 부대시설을 어떻게 마련했는지는 밝혀지지
않았지만, 발성영화관으로의 변모를 통해 영화상설관의 이미지를 보
다 공고하게 하려 했던 것으로 판단된다.

---

59) 「본사 원산지국 주최 시민위안 영화회 대성황리에 개막」, 『매일신보』, 1931. 10.
    20, 7면.
60) 「원산관에서 발성영화 상영」, 『매일신보』, 1933. 3. 26, 7면.

5. 맺음말과 향후 전망

원산은 조선에서도 일찍 개항된 개항장이었고, 일본인에 의해 개발이 촉진된 도시였다. 정확하게 말하면 구 '원산진'이 아닌 곳(훗날 북촌)에 원산의 일본인 거주지를 마련했고, 일본은 이러한 거주지를 바탕으로 원산의 향후 발전 계획을 수립했다. 본래부터 원산에 머물던 조선인들은 기존의 구역(훗날 남촌)에 살고 있었지만, 개항장에 유입된 일본인들은 새로운 도시를 건설하고 그들의 구역을 형성했다. 일제가 조선을 점령한 이후에는 더욱 강력하게 이러한 일본인 이주 정책을 폈기 때문에, 북촌과 남촌의 도시 형세는 크게 달라졌다.

원산의 극장들은 이러한 남북의 차이를 반영하여 설립되었다. 원산의 북촌을 대표하는 극장은 유락관과 수좌였다. 하지만 수좌는 설립부터 곤란을 겪어야 했고, 결국에는 화재로 전소되어 그 수명이 길지 못했다. 반면 일본인 극장으로 운영된 유락관은 1920년대부터 1940년대까지 존속하면서, 일본인들의 취향과 관심을 배려한 연극 공연 혹은 각종 대회장으로 활용되었다. 원산의 북촌에는 공회당(주로 일본인을 위한)도 마련되어 있어, 필요에 따라 공연장으로 사용할 수 있었으며 상업 공간을 요구하는 이들에게 활동 공간으로 대여될 수도 있었다.

하지만 이러한 시설물들은 조선인들에게는 불편하고 또 그 사용이 제한된 경우였다. 조선인들이 일본인의 극장을 방문하거나 해당 시설을 대체하여 사용하려고 해도, 건축 취향과 극장 시설에서 차이를 보이는 극장을 편안하게 활용하기는 쉽지 않았다. 공회당의 사용에도 적지 않은 제약이 따르곤 해서, 공회당 건립에 대한 여론이 비등하기에 이르렀다. 그 결과 조선인들은 자신들의 관심과 취향 그리고 요구 사항을 충족할 수 있는 새로운 극장이 필요했다.

이러한 필요에 따라 기획된 극장의 건립 장소는 이전한 시장 터가 유력했다. 당시 극장 건립 주체들은 이전한 시장 터에 극장이 건립된 다면, 공연 관람이나 회의 공간 확보라는 직접적이 이익 외에도 유동 인구의 증가나 상권과의 시너지 효과 같은 부수적인 이익을 얻을 수 있다는 기대를 품게 되었다. 왜냐하면 그들은 기본적으로 상인이었기 때문에, 민족 공유의 이익 외에도 경제적 이익을 무시할 수 없었다.

물론 조선인 거주 지역의 자긍심을 제고할 수 있는 상징적인 이익도 무시할 수 없는 상황이었다. 결과적으로 조선인 원산 상인들은 주식회사 형태의 원산관을 적극적으로 건립하였고, 그 결과 원산관은 유락관에 대응하는 조선인 극장으로 신속하게 자리 잡을 수 있었다.

원산관은 조선인 극장으로서 그 출범부터 해산까지의 과정이 비교적 상세하게 공개된 경우이다. 전반적으로 그 실체가 뚜렷한 편인 원산의 극장들 가운데에서도 상대적으로 더욱 소상하게 그 실체가 밝혀진 경우에 해당한다. 하지만 이러한 기존 연구 성과에도 불구하고, 원산관이 지닌 함의는 제대로 드러나지 못했다.

원산관을 한층 구체적으로 이해하기 위해서는 원산관의 특징과 운영자 그리고 운영 방안에 대해 살펴볼 필요가 있었다. 원산관이 지니는 극장으로서의 장점과 동시에 한계를 살피고, 이러한 운영을 이끌어 온 운영자의 면모와 특색에 대해 살피는 일은 반드시 필요한 일이었다. 이 역시 본고에서 지금까지의 자료를 통해 수행하고자 했다. 노기만과 전용운은 사주와 흥행주의 관계를 최초로 맺은 경영자들이었고, 이후 김창준이 전속극단을 유지 조율하면서 원산관은 자체 공연

프로그램을 충족하기 위한 방안을 찾기 시작했다. 김창준에 의해 운영되던 전속극단이 항상 본연의 목적에 맞게 운영되었다고는 단정할 수는 없지만, 전속극단의 설립과 운영을 통해 지역 문화의 유산이 지역과 중앙으로 퍼져나갈 수 있었고 무엇보다 원산관의 공연 레퍼토리를 충족하여 관객들의 관람물을 공급할 수 있었다는 점은 주목되지 않을 수 없다.

원산관은 지역민의 공연 관람 욕구와 조선인 사회의 다양한 요구를 수용하고 매개하는 중추 역할을 한 극장이었다.[61] 태생적으로 일본인 극장이 될 수 없었고, 지역적으로 남촌 원산진에 소속되어 운영될 수밖에 없었지만, 지역적/문화적/사회적 구조를 활용하여 극장으로서의 입지를 다져나간 덕분에, 전국의 저명 극단이 직접 찾는 원산의 대표적인 극장으로 발돋움했으며, 원산부 일본인 극장의 위세 속에서도 굳건하게 그 명맥을 유지하는 문화의 장으로 남을 수 있었다.

본 연구에서는 이러한 문화의 장으로서의 원산관이 보다 구체적으로 운영되고 설립된 이유에 대해 탐색했지만, 여전히 미진한 부분이 남는 사실을 인정해야 한다. 그것은 아무래도 원산관을 비롯한 원산의 극장들을 올곧게 파악하기 위해서는, 일본인 극장으로 도외시하고 폄하했던 당대의 극장 분포와 그 특징을 함께 고려할 필요가 있음을 부인할 수 없기 때문이다. 잊혀진 조선의 문화와 예술을 보존한다는 측면에서 원산관은 분명 한국인에게 가장 중요한 극장임에 틀림없지만, 그렇다고 유락관이나 수좌 그리고 동락좌 등이 모두 불필요하

---

61) 원산관의 문화적 역할과 파급 효과에 대해서는 다음의 논문을 참조했다(김남석, 「일제강점기 원산의 극장 원산관 연구」, 『국토연구』(85권), 국토연구원, 2015, 119~136면).

거나 망각해도 상관 없는 대상이라고는 할 수 없다. 어쩌면 이러한 극
장들의 진정한 목적은 원산의 극장으로 함께 논구되고 서로 비교되며
상호 영향 관계를 제대로 파악할 수 있을 때 그 실체를 드러낼 수 있을
것이다. 이에 대한 깨달음을 바탕으로 향후 연구는 각 극장의 특색과
장점을 보다 면밀하게 살필 수 있는 방향으로 진전되어야 할 것으로
전망된다.

참/고/문/헌

- 『조선일보』, 『삼천리』, 『매일신보』, 『중외일보』, 『동아일보』, 『함경남도 사업과 인물명감』
- 고설봉, 『증언 연극사』, 진양, 1990, 60~67면.
- 박영산, 「변사와 벤시의 탄생」, 『월경하는 극장들』, 소명, 2013, 123~125면.
- 유민영, 『한국근대연극사신론』(상), 태학사, 2011, 420~455면.
- 中村資良, 『朝鮮銀行會社組合要錄』(1927~1942년 판), 동아경제시보사, 1927~1942.
- 김남석, 「일제강점기 원산의 극장 원산관 연구」, 『국토연구』(85권), 국토연구원, 2015, 119~136면.
- 김남석, 「인천 애관 연구」, 『인천학연구』(17호), 인천학연구원, 2012, 8~9면.
- 이호걸, 「식민지 조선의 문화사업 극장업」, 『대동문화연구』(69권), 대동문화연구원, 2010, 181~183면.
- 홍선영, 「1910. 전후 서울에서 활동한 일본인 연극과 극장」, 『일본학보』(56-2), 한국일본학회, 2003, 246면.

찾/아/보/기

필자 소개

김재석

경북대학교 국어국문학과 및 동대학원 졸업(문학박사)
현재 경북대학교 국어국문학과 교수
『근대전환기 한국의 극』(2010), 『식민지조선 근대극의 형성』(2017) 외 다수

김순주

한국학중앙연구원 선임연구원. 인류학전공.
연구 분야는 식민주의의 인류학으로, 식민지 문화정책과 에쓰니시티(ethnicity), 지역사, 근대 아카이브연구에 관심을 가지고 있다.
저서로는 『동아시아 관광의 상호시선 : 근대 이후 한중일 관광 지형의 변화』(공저), 『경성제국대학 부속도서관 장서의 성격과 활용 : 식민주의와 총동원체제』(공저), 『근대문화유산과 서울 사람들』(공저), 『하와이 사진신부 천연희의 이야기』(공역) 등이 있으며, 관련 논문으로 「식민지시대 도시생활의 한 양식으로서 '대극장' - 1930년대 경성부민관을 중심으로」 등이 있다.

황병주

한국 현대사를 전공했다. 해방공간을 공부하다 1960-70년대로 관심이 확대되어 박정희 체제의 지배담론이란 주제로 박사학위논문을 썼다.
한국의 근대적 변화과정 전반에 관심이 있으며 특히 최근에는 자본주의적 관계의 형성과 변화과정에 초점을 맞춰 공부하고 있다. 해방 공간 한민당의 '냉전 자유주의'와 사유재산 담론, 1960년대 한국 지식인의 68운동 담론, 1950~60년대 엘리트 지식인의 빈곤 담론, 1970년대 중산층의 소유 욕망과 불안 : 박완서의 1970년대 저작을 중심으로, 냉전체제하 휴머니즘의 유입과 확산 등의 논문이 있다.

이오현

고려대학교 신문방송학과 졸업. 뉴욕주립대학교 언론학 석사. 매사추세츠주립대학교 언론학 박사. 현재 전남대학교 신문방송학과 교수. 주요 논문으로는 〈텔레비전 다큐멘터리 프로그램의 생산과정에 대한 민속지학적 연구〉, 〈지역신문 장의 작동원리에 대한 비판적 연구〉, 〈지역방송 프로그램 생산의 제한 요인에 대한 질적 연구〉, 〈언론의 '대학개혁' 담론에 대한 비판적 연구〉 등이 있다.

허진아

전남대학교 신문방송학과 졸업. 동 대학원 언론학 석사 및 박사과정 수료

김석배

경북대학교에서 문학박사학위를 받았으며, 현재 금오공과대학교 교수로 재직하고 있다. 판소리학회장, 대구광역시 문화재위원회 위원 등을 지냈다. 저서로 「춘향전의 지평과 미학」(박이정, 2010) 등이 있고, 「대구지역의 판소리문화 연구」(2017), 「일제강점기 강소춘과 신금홍 명창의 예술 활동」(2018) 등 여러 편의 논문을 발표하였다.

김현철

1969년 경상남도 고성 출생
2003년 고려대학교 대학원 문학박사
현재 일본 동북대학(東北大学) 언어문화교육센터 준교수
전공은 한국희곡. 지금까지 한국과 일본의 근대연극론을 중심으로 비교연구를 진행하고 있으며, 최근에는 비교문화론의 관점에서 한일 공연예술론에 대해서도 연구를 진행하고 있다.

이복실

1983년 중국 헤이룽장성에서 출생.

2006년 6월 중국 연변대학교 조선언어문학 학부 졸업.

2009년 2월 한국 숭실대학교 문예창작학과 문학석사학위 취득.

2018년 2월 한국 고려대학교 국어국문학과 문학박사학위(학위 논문-『만주 조선인 연극 연구』) 취득.

현재 재만 조선인의 극문학을 비롯한 각종 문화 활동에 대한 연구를 진행 중에 있음.

김남석

부경대학교 국어국문학과 교수.

『한국의 지역 극장』, 『영남의 지역 극장』 등을 저술했다.

한국의 극장들에 관한 관심이 많고 이를 정리해야 하는 필요성을 절감하여 이 책을 기획하고 편성했다. 이 책이 극장에 관심을 가진 많은 이들에게 도움을 주었으면 하는 마음 가득하다.

한국의 극장과 극장 문화

초 판 인 쇄 | 2019년 6월 29일
초 판 발 행 | 2019년 6월 29일

지 은 이 문화동력

책 임 편 집 윤수경

발 행 처 도서출판 지식과교양
등 록 번 호 제2010-19호
주   소 서울시 강북구 우이동108-13 힐파크103호
전   화 (02) 900-4520 (대표) / 편집부 (02) 996-0041
팩   스 (02) 996-0043
전 자 우 편 kncbook@hanmail.net

ISBN 978-89-6764-138-2 93800   **정가** 35,000원